本书为国家社科基金重大项目"海外藏中国宝卷整理与研究"（17ZDA266）阶段成果，商洛学院科研项目"中华优秀传统文化研究"（sk2016）阶段成果，西安建筑科技大学科研项目"中华优秀传统文化研究"（resk2017）阶段成果。

阡陌暖春

中华诗词的格局与文脉

张志昌 ○ 著

中国社会科学出版社

图书在版编目（CIP）数据

阡陌暖春：中华诗词的格局与文脉／张志昌著． ‒‒北京：中国社会科学出版社，2024.6（2025.5 重印）
　ISBN 978-7-5227-3416-3

　Ⅰ. ①阡…　Ⅱ. ①张…　Ⅲ. ①古典诗歌—诗歌评论—中国　Ⅳ. ①I207.22

　中国国家版本馆 CIP 数据核字（2024）第 073762 号

出 版 人	赵剑英
责任编辑	朱华彬　李　立
责任校对	谢　静
责任印制	李寡寡

出　　版	中国社会科学出版社
社　　址	北京鼓楼西大街甲 158 号
邮　　编	100720
网　　址	http://www.csspw.cn
发 行 部	010-84083685
门 市 部	010-84029450
经　　销	新华书店及其他书店
印　　刷	北京君升印刷有限公司
装　　订	廊坊市广阳区广增装订厂
版　　次	2024 年 6 月第 1 版
印　　次	2025 年 5 月第 2 次印刷
开　　本	710×1000　1/16
印　　张	27.75
插　　页	2
字　　数	348 千字
定　　价	99.00 元

凡购买中国社会科学出版社图书，如有质量问题请与本社营销中心联系调换
电话：010-84083683
版权所有　侵权必究

序 作为人的诗

吴克敬

骄傲我的故乡在古周原上的扶风县。我没有别的什么靠山，扶风就是我的文化靠山；我没有别的什么背景，扶风就是我的精神背景，我把我的灵魂与故乡紧紧地捆绑在了一起，当然还有我的鲜血、眼泪和伤心。我以故乡为荣，我是故乡的游子。身在大学担任要职的张志昌，星期六上午把一部《阡陌暖春：中华诗词的格局与文脉》的书稿，拿到我的扶风堂来，双手交予我，而我也双手接来的时候，去冬我率性写来的一段话，蓦然泛滥在了我的脑海里，久久不能散去，清早起来，我端坐在电脑前，欲给他的这部书稿写点什么时，那段话又强硬地活跃在我的指尖上，被我敲在了文章的起首处。

原因非常简单，我是扶风县的游子，张志昌如我一般，祖籍扶风县的他当然也是扶风县的游子。

能够成为扶风县的游子，是我们的大幸呢！阅读《诗经》，映入眼帘里的《大雅·绵》，即是我们故乡当时的句子，读来朗朗上口，如饮纯醪，让人不禁心醉而神迷，幻化出一幅"周原膴膴，堇荼如饴。爰始爰谋，爰契我龟"的大图景来。3000年前，建国都于此的周王室，为了聆听民间的声音，他们选取部分德高望重、腿脚硬朗的老人，发给他们木铎，游走民间听风，采诗而还，成就并兴盛了我国第一部诗歌总集《诗经》。

诗这个美妙的东西，由此而生，开启了人之诗意的向往，以及生命的成长与精神的追求。

披删订正了《诗经》的孔老圣人，喟而叹之，诗"可以兴，可以观，可以群，可以怨"，他的这一体会，说透了诗的本质，不可以脱离人的感受，以及人的命运。张志昌呕心沥血写作的这部书稿，其所用心，恰也就在于此。我仔细地翻看下来，我的眼睛，触摸在了他书稿的文字上，发觉那所有的字句，仿佛通了神似的，有种说不清、道不明的灵性，激烈地跳动着，贲张着血的生力！

采诗官行走在民间的足迹，因为《诗经》的存在，会一直清晰在人们的眼前，采诗官问情于民间的木铎声，还因为《诗经》的存在，会永远嘹亮在人们的耳畔。

拜读张志昌探寻"中华诗词的格局与文脉"的文字，我所看到的一点，就在于他秉持的民间立场。为此我是想了，《诗经》的故乡，也就是他生长的地方，先天性植入了非常厚实的文化基因，以及妙绝天下的诗风、诗情和诗意。对此我有话说，而且是记忆在心，随口就能说出，如是一曲西府口谱说唱大声那样，"口谱口，打面斗，面斗没梁，白马上墙；墙脊上摘月亮，墙顶上唱太阳"。我与张志昌就此有过交流，知他起小记忆了许多这样的歌谣，当然我记忆下来的也不少，"青山在，绿水在，揣着心里的人不在；风常来，雨常来，锦书音讯不常来"。阅读张志昌对于诗词的见识，我不禁是要大声地惊叹了。

诗自民间来，代表了民间的情感，代言了民间的声音；诗人还是人，脱离不开民间，脱离不了民间。

可悲的是，有点儿文字能力的人，写点儿小说、散文的文字，就不是"人"了，冠冕堂皇地给自己编织出一顶"家"帽子，戴在头上，招摇过市，还津津乐道他文字的认识能力、教育能力和审美能力。我不能说这有什么不对，或是不好，但我可以说能如诗人一般，秉持人的性灵，葆有人的趣味，坚持人的立场，才是最重要的呢。

努力触味张志昌咀嚼诗词的心机，这是我获得的另一重心得，作为人的诗，以人为本，直面人的生活，直击人的心灵，自然能够得到人的喜爱。

书稿里被重点着墨的诗人，就无不具备这样的品质，如大家耳熟能详的唐人李白、杜甫、白居易，韦庄、杜牧、刘禹锡，以及宋人苏轼、张载和后来的王鼎、宋伯鲁、牛兆濂等。作者张志昌，之所以浓墨重彩于他们，既因为他心里敬重他们，还因为他也努力地体会和体验他们，立志做个他们一样的人。

立志容易做到难。担负一所大学主要领导职责的作者，心知肚明，但他迎难而上，依照自己的志向，业已做出了"足以慰平生"的成绩。

在这部书作成稿前，张志昌即已出版了《文化传统与家国情怀的审视：以陈忠实及其〈白鹿原〉为例》的专著。我获赠他这部书时，正逢忙累了一年的春节时分，害得我计划放松休息一下的节奏，突然又紧迫起来，像拧紧了发条的钟表，一刻不息地阅读了起来，消耗了我本该喝酒的几个日头。不过我不后悔，而还庆幸忙里偷闲，从他的书籍中，习见到了许多认识生活、认识事物的关节。再次阅读他的《阡陌暖春：中华诗词的格局与文脉》，除了我文中抒发出来的感受外，还有一些想要表达的情愫，却又一时不能明了，茫然中我扭头看见书桌边的书柜里存放了多年的一瓶茅台，我不能自禁笑了起来，心里念叨说，就等乡友张志昌的书稿，完美成一部书本时，就把他喊来我的扶风堂，我们举杯相庆，一醉方休！

诗是酒的魂，酒是诗的情。诗酒相欢的日子，多几个朋友更好。

2023 年 3 月 28 日　扶风堂

自序　怀念好日子，让当下充满诗意

记得上小学时甚至在上小学之前，我父亲曾要求我每两三天背诵一首古诗词。咿咿呀呀，摇头晃脑，这些古典的东西蒙蒙顿顿中在我心中扎了根。诵读过程中大多不求甚解，囫囵吞枣，夹生的理解很多，这时候就感觉分明遇到了拦路虎，尤其李白的《蜀道难》之类。平白简单的句子也不少，于是扬扬得意，感觉是一马平川，朗朗上口，似乎和古人可以对话了。又比如李白的《静夜思》、王维的《相思》等。

慢慢地自己对中华诗词有了比较浓厚的兴趣，于是就下功夫抄录了其中的四五千首。我很精心地准备了几个笔记本，工工整整一笔一画地记录了不少，放学后再翻一翻，那选的当然都是自己中意的、短小精悍的作品。童年的记忆，到今天怎么也忘不掉。四十年前我在家乡镇上的新华书店里买到了两本书，视若珍宝，至今保存。一本是唐圭璋先生编选的《唐宋词选注》，另一本是武汉大学古典文学教研室编选的《新选唐诗三百首》，现在抚摸翻阅，恍若隔世但仍感当年暖意。这些曾经的记忆和泛黄的笔记本随着时间的流逝，仍然时不时跳出来，让我想起曾经有过那样一段黄金般的日子。那些岁月让我日日夜夜和中华诗词耳鬓厮磨，静静爱恋，绵绵喜欢，难以分开。

后来发现，很多同时代的人都有过类似的经历，这分明缘于诗词感发性情的巨大功用。中国古代的诗歌理论著作《毛诗序》把诗教理论纳入了政教体制之中，"正得失，动天地，感鬼神，莫近于诗。先王以是经夫妇，成孝敬，厚人伦，美教化，移风俗"，当然，这只能是诗的功能之一。诗词诵读对每个人的影响和体会不同，阅读体验自然也不一样。作家潘向黎忘不了和父亲潘旭澜教授有关杜甫的争论，一句"杜甫埋伏在中年等着我们"，于我总是心有戚戚焉。作家陈忠实蛰伏在白鹿原，拿出一段时间专门用来熟读唐诗宋词，这对于他后来的创作不无裨益。我遂感悟到经典总是越读越厚，任何美食均不耐咀嚼，而传世经典总是耐咀嚼和咂摸的。作家贾平凹对李白、王维等大诗人作品和人生阅历的理解深刻老辣，由此我觉得诗词中饱含人生苦痛，每个凡人的人生本身也可成为一首首经典诗词。作家吴克敬走遍关中的村村镇镇和陕北的沟沟壑壑，收集了大量的西府口谱和信天游，让我明白《诗经》里"风"的起源和陕北人民自古以来酣畅的诗意人生。

寸心以谋千里，白首长观万物，我谨记这个出发点，在阅读和感悟中记录下自己对传统诗词的理解。原本是为了纪念一段日子，也是对父亲当年教我诵读诗词的一种回报，但我现在则是责任感使然了。传统诗词是中华民族流传下来的好东西，传承并发扬好它，让它永久地滋润、慰藉我们的心灵，是中华儿女的责任。

中国古代社会的选士制度造成一批士人郁郁不得志，他们以诗酒浇胸中块垒，在作品中就表现为言志抒怀或山水田园等不同的艺术内容，给我们留下了宝贵的精神财富。当然，不同时代的作者们还表现出对自然、社会和人生的哲学思考，如张若虚《春江花月夜》、南唐后主李煜的词、苏轼的多首诗词等。明月依旧，我们和古人面临的哲学思考依旧。发自灵魂的哲学追问始终困扰着我们，让我们穷尽此生，也难以得到满意的答案。然而，一代代的人就是在这片热土上传承着优秀的中华民族文化瑰宝，为人类文明贡献着智慧。东方智慧、中国方案一次又一次在国际上引起震惊，这绝不是偶然的。中华民族始终保持着拒绝平庸和庸俗、敬仰英雄，向往高尚、爱国、自强、和谐、和平的价值追求，这离不开中国优秀的传统文化。

诗词选评过程中突出了五个特点。一是既关注典型作家和作家的典型作品，也不遗漏历史长河中个别新鲜的案例。二是注重诗词作品和阅读者的体验，即中国诗歌传统的"比"和"兴"。三是突出了地域文化的特征，如唐、宋诗人、词人围绕长安的作品分析；部分诗人在某一特定地域的作品分析等。四是在分析过程中知人论世，还重点关注了每一名作者的时代背景和个人经历。五是行文中兼顾了历史上比较有名的论家对这些诗词的点评。当然需要说明的是，选评过程中注重了我个人的偏好，注重了历代诗人词人对陕西、对关中、对长安的偏好，这在阅读过程中是显而易见的。这不用过多解释，从文学地理的角度或者唐长安文化地位的角度可以轻而易举地说明缘由。

中华诗词，犹如天边的长虹、地上的彩缎一样，绚丽奇美。悠悠岁月流逝，抵挡不住我们对诗词的热爱，对艺术美的向往，销蚀不了诗词对我们灵魂的浸淫。那么，品咂这些愈读愈痴愈妙的经典句子吧，作为一种爱好或责任，甚至一种此生不读中华诗词的擦肩而过的缺憾。从一个朝代开始，或者从自己喜欢的一个作者开始，深深爱上诗词吧。

我用大约五年的时间，实现对中华诗词品鉴并结集出版的心愿，也算不枉自己少年时期辛勤地抄录和诵读，不负自己青年和中年以后对中华诗词的频频回望。听雨歌楼上、听雨客舟中与听雨僧庐下，自是三种不同的心境，当然，我也并没有刻意地怀念少年时期那段黄金岁月和明月可鉴的心灵。

　　吴克敬先生曾经说过，未来可期，但过去的每个日子都是好日子。张九龄在《高斋闲望言怀》中说得好，"岁华空冉冉，心曲且悠悠"，应当符合我们此时此刻的心态。我的本意是，最重要的是活好当下的每一个日子，让永恒的当下充满诗意。想来吴先生自然也同意我表达的这个意思。

张志昌
2023 年 3 月 7 日

目　　录

第一章　文学地理：叙述和创作的"原点" ……………… 1

　　01. 终南何有

　　02. 岐下

　　03. 蓝关、商山和富春江

　　04. 白鹿原上的诗

　　05. 草堂寺

　　06. 见证兴衰的亲仁坊

　　07. 文学地理与作家行走

第二章　唐长安城：魂牵梦萦的舞台 ……………… 26

　　08. 包容开放的长安

　　09. 波斯人在长安

　　10. 卢照邻眼中的长安

　　11. 长安城的孤独者

　　12. 刘禹锡的长安

　　13. 登塔同题

　　14. 同游曲江

　　15. 长安大，白居易不易

16. 张载与兴庆宫

第三章 行旅羁思：赠别、思归及人在旅途 ················· 62

17. 《行行重行行》：平凡日子的坚守
18. 回归：杜甫的快乐
19. 人在旅途：奔波的杜甫及境界
20. 故园之思
21. 送别时的歌咏
22. 韦庄：洛阳才子他乡老
23. 宋伯鲁：不应遗忘的名字
24. 当下与未来

第四章 李白杜甫：双子星不同的人生格局 ················· 94

25. 李白：邻居家的大男孩
26. 杜甫也曾年轻过
27. 李白：鱼和熊掌不可兼得
28. 悲怆感慨的杜诗
29. 诗人从政
30. 喜欢杜甫是需要年龄的
31. 诗人面对权力
32. 仁爱的杜甫
33. 焦虑、文化与德治
34. 诗词与民族精神

第五章 诗人格局：梦想和理想的坚守 ················· 130

35. 严武的故事

36. 高适的奇崛人生

37. 李贺：短暂而困顿的人生

38. 刘禹锡的兼济情怀

39. 刘禹锡如何交友

40. 杨广和《饮马长城窟行》

41. 昔日友人

42. 七绝圣手王昌龄

43. 杜牧和晚唐诗风

44. 冯延巳的悲伤

45. 做事做人：晚清王鼎与北宋张载

46. 张载与《吕氏乡约》

47. 诗人多有双重身份

48. 诗词中的家、国格局

第六章 文风文脉：不同时代和质白奇崛 ………………… 180

49. 唐诗的繁荣

50. 盛唐诗与晚唐诗

51. 盛唐之音

52. 多彩的中唐：韩愈的险怪诗风

53. 唐诗的亲近感

54. "明月直入，无心可猜"的唐代诗人

55. 日常生活中的精神兴奋

56. 杜甫和李因笃的《秋兴》八首

57. 读书何为

58. 诗词中的男性凝视

59. 一种精神凝视

60. 天才如何写

61. 诗词中的大白话

62. 关于"诗无达诂"

第七章　诗酒宴饮：期待、排遣和集体的忧伤 ················ 232

63. 饮酒的规矩和态度

64. 宴会上的忧伤

65. 苏轼的达观知命

66. 向阳而生

67. 醉酒、醒酒与"静穆"

68. 诗词让人温柔敦厚、温暖高贵

69. 魏晋名士和风度

70. 诗酒趁年华，赏花当及时

第八章　情思眷恋：明月深情与悼亡之痛 ················ 262

71. 难解的《锦瑟》，易懂的李商隐

72. 遇合无期的惆怅与执着

73. 纳兰性德的忧伤

74. 从悼亡词到忠魂颂

75. 元稹的温情，元白的悲情

76. 率真至情至性的女子

第九章　山水田园：庙堂之外的乐趣 ················ 289

77. 王维的心态

78. 36 岁的王维

79. "独"的心态与"谁"的追问

80. 别样心境，何以寄托

81. 张载也有田园诗

82. 于良史、张翰和蒋勋

第十章 托物言志：桃花、春韭和炊烟的悠远暖心 ………… 317

83. 桃花入诗

84. 刘禹锡和桃花

85. 饮食与诗歌

86. 人与自然：心灵沟通的诗性

87. 诗人的农民性格烙印

88. 关中士人牛兆濂

89. 年龄不同，感悟不同

第十一章 言志抒怀：近代以来诗词文脉的传承 ………… 343

90. 大家出现，并非偶然

91. 信不弃功，知不遗时

92. 我来人间一趟

93. 我以我血荐轩辕

94. 只待新雷第一声

95. 《望大陆》何以感人

96. 作为精神灯塔的柳青

97. 两位先生与诗词

98. 独开水道也风流

99. 轻车碾醒少年梦

100. 我有使命不敢怠

附录 寸心谋千里，白首观万物（关于本书的三次宽泛式
对话） ·· 394

参考文献 ·· 414

后记 微笑向暖，明媚如诗 ··· 421

第一章 文学地理：叙述和创作的"原点"

01. 终南何有

对秦岭、终南山的诗歌记忆当从《诗经·秦风·终南》中的"终南何有"开始。《诗经·秦风·终南》篇云："终南何有？有条有梅。君子至止，锦衣狐裘。颜如渥丹，其君也哉！终南何有？有纪有堂。君子至止，黻衣绣裳。佩玉将将，寿考不忘！"①

诗的作者或为秦大夫，或为周遗民。南宋朱熹在《诗集传》中认为这首诗是"秦人美其君之词"，故应是先秦时大夫所作。晚清文学家方玉润《诗经原始》中认为此诗应该是周遗民所作，"此必周之耆旧，初见秦君抚有西土，皆膺天子命以治其民，而无如何，于是作此。"一个脸庞红润光泽，服饰华美高贵的君子来到终南山，当地山民心中暗暗揣度，这会是我们的君主吗？他是来祭祀的吗？按照方玉润的解释，诗中的君子应该是受到周王室分封的一个诸侯，这与《史记》内容相吻合。《史记·秦本纪》记载："（周）平王封襄公为诸侯，赐之歧以西之地。其子文公，遂收周遗民有之。"因

---

① 程俊英、蒋见元著《诗经注析》，北京：中华书局，1991年，第349—350页。本书出自《诗经》的引文皆依据该版本，下文不再一一标注。

此，后世多认为方玉润的解释比较客观平允。

终南山中有什么？有山楸有梅树，有杞柳和棠梨。山之有木，然后成山之高。终南险峻，万民景仰，新来的君主要做明君，要像山一样受到崇敬。诗作者委婉告诫新君主不要忘了，这里曾是周天子的土地和百姓，只有修德爱民，才能与名山地位相称。

古人给秦岭留下的诗歌真是太多了，尤以唐代为盛。李白有"西当太白有鸟道"的描绘；杜甫有"秦岭愁回马，涪江醉泛船"；祖咏有"终南阴岭秀，积雪浮云端"的秀美描摹；韩愈有"云横秦岭家何在"的感叹；白居易有"望秦岭上回头立，无限秋风吹白须""蓝桥春雪君归日，秦岭秋风我去时"的依恋和茫然；孟浩然有"试登秦岭望秦川，遥忆青门春可怜"的向往；岑参有"槛外低秦岭，窗中小渭川"的远眺等①，我们从古人留下来的诗句中依然可以看到秦岭的磅礴和细腻之美。

秦岭承受着自古以来人们的溢美，自不待言。一座山，无法说话，但代表着高度和积累。秦岭是中国长江流域和黄河流域的分界线，和合南北，泽被天下，为中央水塔，华夏文明的龙脉，怎么肯定怎么称赞都不过分。中国人尊重秦岭理应有实际表现，如果有机会，每一个中华民族的儿女都应该去看看秦岭，领略它四季不同的景色，在纵横沟壑间感受它生命的脉动。这些风景浸透着中国人的文化眷恋。这其中历代诗人们有关秦岭的吟咏都将给我们带来无穷的力量。绵延两百余公里的终南山位于秦岭山脉中段，是中国重要的地理标志之一。没有终南山，很多词语如"寿比南山""终南捷径"就失去了最初的词源意义。

当代作家贾平凹《山本》以秦岭故事为题材，其中写了三任县

---

① 本书所引唐诗文本依据书后参考文献所列举的唐人别集校注本，无别集校注本者则依据《全唐诗》（中华书局1960年版），为了行文简洁，不一一标注。

第一章 文学地理：叙述和创作的"原点"

长，主要写了麻县长。"方塌县的老县长是被人杀了的，桑木县的县长当了七年被撤职的，最后死在牢里。"涡镇上的住户郭家铭和人聚在一起盘数乱世之中周边几个县长官的命运，说东道西，同情起麻县长来："麻县长来秦岭任上有为多年了吧，能提升回省城吗，如果还不提升回省城那就没前途了。"

民国时期秦岭深山中一县之长何谈前途？长期与这样那样的地方大大小小军阀在一起，明哲保身才是头等大事。从政之初的麻县长颇有抱负，为保一县平安，先用保安团遏制预备团，失败后县政府也被胁迫搬到涡镇，后又设想用自己老乡——原泾阳县警察局局长来制衡井宗秀，最终王局长却被井宗秀当着众人面打成血肉疙瘩认不出人形来。麻县长放弃了任何作为，除了修撰《秦岭志草本部》和《秦岭志禽兽部》，在涡镇沦陷前滚入涡潭。他"竟然就双手划动着往前游，突然身子打了个掉，像是爬在水面上，开始旋转起来，越旋转越快，瞬间里人不见了，礼帽还在浮着"。人主动游进漩涡，消失得无影无踪，这不是主动寻死是什么？

生不逢时的麻县长始终在地方武装裹挟下难有作为，移情草木禽兽，用动物预测人。麻县长用龙、狐、鳖判定井宗秀神秘升腾、伶俐聪明、大智若愚，用植物评价人："有些人胡搅蛮缠是菟丝子，有些人贪得无厌就是猪笼草，有些人是菱角还是蒺藜呀，浑身都带刺！"只是慨叹自己无法为天地立心，为生民立命，为往圣继绝学，为万世开太平！一个灾乱时代的地方官陷入涡镇的苦难中，纵然再不甘心也没有办法。麻县长只能以自己不屈的精神为时代殉难，为劳苦大众悲悯，为自己纠葛挣扎，为秦岭书志情怀。

2022年，贾平凹长篇笔记小说《秦岭记》问世，其中第五十五则故事又牵起麻天池县长。康世铭后来到秦岭深处的高坝乡采风，在一户人家泥楼的旧书堆里发现了手抄本的《秦岭草木记》，署名麻天池。麻天池仍然是民国时的县长，不善俯仰，仕途不得意，常常写一些诗文排遣郁闷怨愤，1999年时的该县少有人听说过麻县长，采风的康世铭即使要凭吊也难以找得到坟墓。

倒是《秦岭草木记》中麻天池记录了自己对草木和人世间的理解，风格和《山本》中一脉相承。如"草木比人更懂得生长环境"；"读懂了树，就理解某个地方的生命气理"；"树是一站在那里，就再不动，但好多树其实都是想飞，因为叶为羽状"；"菟丝子会依附，有人亦是"等，康世铭读罢了，感慨万千。我们读罢了《秦岭记》，亦是感慨万千。这原来是秦岭在不动声色中告诉了我们世间万万千千的真理。

今天，中国人更加坚定了一个认识，那就是秦岭是我们的中央国家公园，"一座秦岭山，半部中国史"。北方的雄浑和南方的秀美画卷依赖她；黄河、长江的水源依赖她；青、甘、陕、豫、鄂、川、渝六省一市保护着她。远山如黛，巍峨绵延的大秦岭带来了八百里秦川的风调雨顺和周秦汉唐的绝代风华。

有了秦岭，我们国家有了南北差异。在今天的秦楚古道景区中有南草北木景点和长江、黄河流域分界线的标志，这让我们可以更清楚地看到切切实实的南北分界。从此，北麦南稻、南船北马成为主流，秦岭中绵延逶迤的栈道，历来兵家必争。秦岭庇护着广大的子民和生灵，而古老的秦岭和她的子民们则秉持着天人合一的观念，满怀感激，把她当作独一无二的丰厚礼物，用心用力用情呵护。秦岭处处是美景，天蓝水碧，草木葱茏茂盛，先民们在这里创造了人与自然和谐相处的典范。今天，面对"终南何有"的问号，我们完全可以把这个问号拉得很直：终南山从一百多万年前的旧石器时代开始就滋养了华夏文明，这就是独特的终南魅力！

02. 岐下

《诗经·大雅·绵》讲述了周朝发源和日益强大的历史。

"绵绵瓜瓞。民之初生，自土沮漆。古公亶父，陶复陶穴，未有家室。古公亶父，来朝走马。率西水浒，至于岐下。爰及姜女，聿来胥宇。周原膴膴，堇荼如饴。爰始爰谋，爰契我龟，曰止曰时，筑室于兹。"

周部落源自华夏（汉）民族，历史上曾不断遭到戎、狄等游牧部落的侵扰，首领古公亶父率领周人迁移到岐山下的平原才算定居下来。周就好像从小长到大的瓜一样，延绵不绝、蒸蒸日上。周王与当地姜族长女联姻迁岐是周王朝发展过程中一件大事。周部落逐水而居，岐下土地肥沃，堇荼一样的苦菜种下去长出的也是如饴糖一样甜。真是插根筷子也能风生水起地呼呼生长，近四千年前的关中生态在《诗经》中得到了生动描绘。再也不用住窝棚地窖了，周人迅速地大兴土木，自豪地用比较高超的建筑技术建立起了美丽的家园。

"乃慰乃止，乃左乃右，乃疆乃理，乃宣乃亩。自西徂东，周爰执事。乃召司空，乃召司徒，俾立室家。其绳则直，缩版以载，作庙翼翼。捄之陾陾，度之薨薨，筑之登登，削屡冯冯。百堵皆兴，鼛鼓弗胜。乃立皋门，皋门有伉。乃立应门，应门将将。乃立冢土，戎丑攸行。"谋划商量、刻龟甲看卜象，一切都显示这是一个适宜定居的好地方。内心充满喜悦，修屋安家忙啊，于是划疆治理，开渠垦荒，从东到西，召集司空、司徒谋划安排建立宫室房屋。开工了，准绳拉得正又直，木板打夯，动作整齐，铲土入筐，投土上墙，劳动的号子声高过了天，凸墙也一一削平了。建设成百道墙时，人声鼎沸，壮观的劳动场面让周人难忘。这是中国历史上最早描写集体劳动的诗歌，全篇充满了先民们对新建家园的热爱，一派光明景象。

周人是发自内心地热爱劳动，因为劳动改变了他们的生存环境，让他们渐渐地衣食无忧，而且劳动树立了他们和自然之间的和谐关系，对于刮风下雨、打雷闪电不再那么从内心深处感到恐惧。瓜果生长的由小到大和甘甜滋味使得周人质朴地用心感念大自然的恩赐，后稷教民稼穑，以农立国，以嘉谷来祭祀。"卬盛于豆，于豆于登，其香始升。"（《大雅·生民》）"《周易》中坤厚载物，德合无疆。含弘光大，品物咸亨。""上天同云""生我百谷"等都是先民们感恩自然馈赠的敬意表达。

古希腊公元前8世纪诗人赫西俄德在长诗《工作与时日》中表达了自己对劳动和产品的理解："如果你心里想要财富，你就得去如此做，并且劳动，劳动，再劳动。"① 周人从事劳动是为了穿衣果腹，有房子遮风挡雨，多为了生存。当然不仅如此，从劳动中周人也提炼出了劳动的道德价值，劳动的淳朴质重一定区别于不劳动的懈怠放逸气质，这成为农耕文明的朴素形态。古希腊人的劳动概念中一定可以推演出财富和声誉观，"善德和声誉与财富为伍"，"羞耻跟随贫穷"，这类训诫和劝谕构成了西方重商传统的起源之一。

岐山确实是个好地方。八百平方公里的岐山大地历史上是炎帝生息、周王朝肇基的周礼之乡，确为古老中华文明的摇篮之一。

韩愈有《岐山下二首》，诗云："谁谓我有耳，不闻凤凰鸣。矣来岐山下，日暮边鸿惊。丹穴五色羽，其名为凤凰。昔周有盛德，此鸟鸣高冈。和声随祥风，窅窕相飘扬。闻者亦何事，但知时俗康。自从公旦死，千载闷其光。吾君亦勤理，迟尔一来翔。"

---

① ［古希腊］赫西俄德：《工作与时日·神谱》，张竹明、蒋平译，商务印书馆1991年版，第12页。

文王姬昌、武王姬发、周公姬旦、召公姬奭都是彪炳史册的人物，他们共同在这片沃野上渔猎农耕，繁衍生息，立邦兴国，制礼作乐，奠定了中华民族文化的基石。

伯夷、叔齐不食周粟而死的故事发生地在首阳山。全国有六处首阳山，岐山县城以西的京当乡首阳山为其中一处。伯夷、叔齐是坚守节操的代表人物，这一品格影响了后代的屈原。人总是从以往的榜样中汲取力量，比照现实，坚定自己斗争的决心。屈原一生无法力挽狂澜，但用伯夷、叔齐的故事激励自己，"行比伯夷，置以为像兮"！优秀的精神和品格会成为传统代代传颂，司马迁为伯夷、叔齐立传更是弘扬了这种坚贞品性，成为中华优秀传统文化和民族精神的风骨。左思《咏史》八首中有"贵者虽自贵，视之若埃尘！贱者虽自贱，重之若千钧""振衣千仞冈，濯足万里流"的名句流传千古。其貌不扬、不善言辞却才华出众的左思表述了自己的抱负和对权贵的蔑视，堪称"士"独立精神与人格的写照。

03. 蓝关、商山和富春江

知道蓝关，多数人是从韩愈"云横秦岭家何在？雪拥蓝关马不前"中来的。骑马行至蓝关，踟蹰不前，可见蓝关之难之险了。

蓝关古称牧护关、武关、峣关、青泥关等。关中一般指"四关"之内，即东潼关、西散关（大震关）、南武关（蓝关、牧护关）、北萧关。最早提出"四关"的是东晋人徐广，他在为《史记》"关中阻山河四塞"一句的注释中认为是"东函谷，南武关，西散关，北萧关"。史念海先生参与编写的《陕西军事历史地理概述》一书中认为："现在一般所说的关中，是指陕西中部秦岭以北，子午岭、黄龙山以南，陇山以东，潼关以西的区域。"① 萧关、函谷关、武关均不在列。历史地理学家的争论且不去理会，范围地域的大小与不同时期政权控制的范围有关，但无论如何，蓝关的重要地位不容忽视。

蓝关得名于蓝溪。河流清澈映照蓝天，因而得名，蓝溪经过的险峻关隘称为蓝关，为秦楚必争之地，也称峣关。蓝关以北绵延不断经蓝田到达长安，东南经山阳可到湖北，西南经镇安可达汉中、四川；蓝关以南横亘着蟒岭、流岭、鹃岭、郧西大梁、新开岭五条主要山脉，蜿蜒流转着洛河、乾佑河、丹江、金钱河、洵河等河流。雄山在千里江波的相伴下，平添几分俊秀韵味。蓝关因而成为黄河流域文化和长江流域文化的交会过渡地带。

贞元二年（786）春，福建晋江人欧阳詹不恋家乡山水，远游长安参加科举。长安六年候考期间，欧阳詹借钱租房读书，生活穷困。贞元八年（792），欧阳詹与贾稜、韩愈、李观、崔群等二十二人同登金榜，称"龙虎榜"。贾稜第一名，欧阳詹第二名，韩愈第三名。欧阳詹高中进士，这是隋代科举考试以来180年间泉州第一人，在福建产生的深远影响就是自此以后福建文人才慕仪读书，儒学开始受到重视。可考出好成绩的欧阳詹并没有立刻被授予官职，他只好返乡省亲，途经蓝关时写了《题秦岭》一诗："南下斯须隔帝乡，北行一步掩南方。悠悠烟景两边意，蜀客秦人各断肠。"欧阳詹的诗句表明了一个外地人眼中蓝关的重要位置。以蓝关为界，风景各异，蜀客、秦人行程各异，但烟雾笼罩之下，游子们背井离乡，忧愁迷茫，相思断肠之情跃然纸上。

因"四皓"闻名的商山，地域上主要是指今商洛市丹凤县商镇以南形似"商"字的一座山。商山四皓是司马迁在《史记》中记载

---

① 《陕西军事历史地理概述》编写组：《陕西军事历史地理概述》，陕西人民出版社1985年版，第111页。

的一个隐士团体，因不满秦始皇焚书坑儒，苏州太湖甪里先生周术，河南商丘东园公唐秉，湖北通城绮里季吴实，浙江宁波夏黄公崔广四位白发皓须、德高望重、品行高洁的老者结茅山林，隐居在商山里。四皓在历史上曾经让刘邦打消了更换太子的主意，吕后的儿子刘盈稳住了太子地位，顺利成为汉惠帝。李白的《商山四皓》赞颂了四皓超凡脱俗的气节和风范，诗云："白发四老人，昂藏南山侧。偃蹇松云间，冥翳不可识。云窗拂青霭，石壁横翠色。龙虎方战争，于焉自休息。秦人失金镜，汉祖升紫极。阴虹浊太阳，前星遂沦匿。一行佐明两，欻起生羽翼。功成身不居，舒卷在胸臆。窅冥合元化，茫昧信难测。飞声塞天衢，万古仰遗迹。"巍巍商山，林木葱秀，景色宜人，四位老人功成不居，悠然自得，对四皓生活和事迹的描写也是李白未到长安之前政治抱负的写照。

描写商山的诗人和佳作颇多，除唐代诗人李白之外，王勃、张九龄、白居易、元稹、温庭筠、杜牧、韩偓、贯休、司空曙等唐代诗人均有佳作留世。宋代的王禹偁、汪元量、梅尧臣、刘克庄等对商山、商於古道、四皓庙也都有吟诵。元稹谪宦五年之后，被朝廷征召返回长安，途经商山时有《西归绝句》之二云："五年江上损容颜，今日春风到武关。两纸京书临水读，小桃花树满商山。"喜悦之情呼之欲出。杜牧的《入商山》也很有特色，综合了商山和蓝溪桥的景色："早入商山百里云，蓝溪桥下水声分。流水旧声人旧耳，此回呜咽不堪闻。"商山作为南北驿站，是秦楚文化交汇的地方，大多数诗人或被贬谪，或返长安，再者就是隐居，往往成为古人仕途道路抉择的地方。从杜牧《除官赴阙商山道中绝句》可见一斑："水叠鸣珂树如帐，长杨春殿九门珂。我来惆怅不自决，欲去欲住终如何。"开成四年（839），杜牧从宣州奔赴长安任职，途经商山，用借景抒情的方法传达着内心的矛盾，语言清新，情感真挚，历来为人们传颂。

　　不同于商山隐士，东汉时期，不仕光武帝的名士严子陵归隐、耕钓在浙江富春江七里泷一带，做到了隐身和隐心的统一。李白歌咏了严子陵避官遁世的义无反顾，"严陵不从万乘游，归卧空山钓碧流"，其实，严子陵要做的就是超越君臣之间的矛盾，维护自己人格的独立。封建君主的独裁霸道容不得臣子的个性自由，东汉时光武帝废黜发妻和太子；大司徒侯霸因举荐了皇帝不喜欢的人，险招杀身之祸；继任者韩歆因直言诤谏被迫和儿子一同伏剑自杀，这些例子让严子陵内心震惊和恐惧。同时，东汉初年，出于荡涤世风的需要，光武帝大力提倡隐逸之风。朝廷职位"粥少僧多"，名士们谦让不争，统治者何乐而不为？事实上，严子陵辞世后仅仅四年，就发生了伏波将军马援蒙冤而死的惨剧。戎马终生，功高盖世，"受尽蛮烟与瘴雨，不知溪上有闲云"的马援将军结局尚如此，遑论他人？（袁宏道《伏波将军避署石室》其一）

　　商山、富春江曾作为隐逸之地，当不同于唐代卢藏用从事政治投机的终南捷径，而繁忙的蓝关路寄托着古人多少的希望和哀愁啊。

04. 白鹿原上的诗

　　明代正德十二年（1517）进士、陕西蓝田人荣察曾作《鹿原秋霁》一诗，抒写丰收季节的景象和期盼："白鹿何年呈上瑞，丰原长岁获两成。"[①] 古代官员吟诗作赋不是职业，只是消遣或记录心情的。荣察登上白鹿原，记载当地民情，钱粮丰歉及仕途宦海心得。他在

[①] 据隆庆五年刻本《蓝田县志2卷》知《鹿原秋霁》为明代蓝田人荣察诗作。查吴义勤总主编的《咏西安诗词曲赋集成》（第4卷），陕西师范大学出版总社2018年版，第114页，知此诗亦当为荣察之作。此诗题名为明代陕西提学副使敖英所作应为误传。

《鹿原秋霁》一诗中描绘了雨后白鹿原的富饶美丽："雨过梧桐夜气清，隔林双鸟说秋晴。云收秦岭撑重碧，风动荞花弄月明。"山川高远广袤，大地深厚细腻，天空朴素清丽，风景真实浪漫。鹿原秋霁是蓝田八景之一，诗人作品亦色彩明丽、基调欢快，丰收的喜悦和诗人的喜悦叠加，"菊英满泛新醅绿，对酌斜阳颂太平"用以收尾就理所当然了。

好的作品总是在吟诵中流传下来。白居易的《村夜》是作者在渭南下邽紫兰村丁忧时所作，大约后世的诗作者们如荣察等是熟读于心的。白居易善用白描手法描绘乡村夜景，清新恬淡中蕴含了浓浓的诗意。乡村的夜晚，既有萧瑟凄凉，也有奇丽壮观，在对比中构成乡村夜景。"霜草苍苍虫切切，村南村北行人绝。独出前门望野田，月明荞麦花如雪。"来到村外辽阔的田野，一阵阵萧瑟的秋风能吹散作者心头的郁积，村庄南北空旷无人，只好孤零零地伫立在地头，看着月光下如雪的荞麦花，也许此情此景能消解和慰藉白居易的苦闷吧！

金代军旅诗人王渥素有中州豪士之称。兵至蓝田军务之余，他在《游蓝田》一诗中直抒胸臆："寨予懒散本真性，临水登山此生足……官家后日铸五兵，便拟买牛耕白鹿。"白鹿原的辽阔高远和一马平川不仅让诗人政务军务之余舒缓心情，更重要的是作为富饶长安的一角，提供了百姓农耕生存的落脚地，农业文明的喜悦闲适和丰收渴望跃然纸上。

白居易有《城东闲游》一诗，当代著名作家陈忠实很喜欢，感同身受，曾品嚼书写多次："宠辱忧欢不到情，任他朝市自营营。独寻秋景城东去，白鹿原头信马行。"白居易在长安官场被蝇营狗苟的龌龊之事惹得心烦意乱，干脆什么也不管，骑马到白鹿原散心去了。平静的白鹿原自古以来是包容宁静的,一切龌龊的言行岂能淹没污脏此原呢?土原深厚,流水泱泱,桃红柳绿,莺飞草长,天高云淡的白鹿原风光自然会带给不同时代文人志士大致相同的雅怀。山水万古,人事皆非,徒劳的忧虑和无谓的抗争都只是一时之争罢了。在大地的浑厚和自然的亘古面前,无言更是一种深情。罗大佑有歌在唱:"聪明的孩子,提着易碎的灯笼……孤独的孩子,你是造物的恩宠。"古往今来寻觅的东西差不多,打着灯笼要找的只是知音。

生活于喧嚣之中,为琐事所扰,有可能因这样那样的原因而被委屈得说不出口,或者恶心到极致什么也不想说,人有时只想静静。独处的时光无人打扰,看花开花落,闲庭信步,品一杯清茶,想以前发生在特定时空中的故事,会是怎样的一种滋味呢?

白居易飘零流落过,"关河千里别,风雪一身行",天涯孤旅,日出日落。李商隐在《天涯》中亦有同感:"春日在天涯,天涯日又斜。"

白居易也有过闲情逸致的生活,"空门寂静老夫闲,伴鸟随云往复还",看云卷云舒,听黄莺啼鸣。一千多年前的古人日子纷至沓来,可忙里抽得半日闲,总是要无所事事,发发呆的。

白居易当然有建功立业、文采飞扬的时光。"在天愿作比翼鸟,在地愿为连理枝","同是天涯沦落人,相逢何必曾相识",《长恨歌》和《琵琶行》在那个时代就已经是风靡全国的诗句了。作为偶像人物的他在政治上仗义刚直,坦荡进言,忧国忧民,在动荡的时局中努力为国家为百姓做事,今天的白堤正是证明。

可是,他是一个想努力作为却陷入政坛纷争的人,烦啊。看不惯很多人和事,又要生活在其中,时不时要打交道,在白鹿原上散散心,就有了《城东闲游》。个人的意愿在命运车轮前显得实在渺小,他不是那种政治需求特别强烈、个人意志特别坚定的人。佩服一生做斗士的人，那是别人，最好不是自己，早年的理想在现实中碰壁，棱角也消磨殆尽。

但依然有些事让他看不惯，看不懂。比如，官员八九十岁了，依然贪图名利，为了荫及子孙舍不得离开朝廷。这叫什么事，要何时才可满足？！

这就是一件龌龊事。诗人在《秦中吟·不致仕》中讽刺了这个现象。"七十而致仕，礼法有明文；何乃贪荣者，斯言如不闻？可怜八九十，齿堕双眸昏。朝露贪名利，夕阳忧子孙。"老眼昏花，身体衰弱得系不上腰带，还弯着腰出入朝堂，图的无非是功名利禄子孙后代。

《礼记》中说过官员的退休年龄，"大夫七十而致事"，这是应该遵守的。"谁不爱富贵，谁不恋君恩。年高须告老，名遂合退身。"古代社会官员从政有规律，人生不同阶段有不同的事要干，违背不得。

有唐一代，人口峰值大约在天宝年间，学者葛剑雄考证人口在8000万—9000万。太宗贞观年间1200万人，300万户。武宗开辟了晚唐的会昌中兴时代，在《新唐书》中记载当时全国495万户，人口不会超过5000万。人口和官吏数量远不能和后世相比。人才难得是历史事实，退休一延再延能理解。

白居易自己做表率。不到六十岁，在苏州刺史任上就不断上表致仕，直到七十岁武宗皇帝恩准，从刑部尚书的任上请辞荣归。

八九十岁的老翁，挣扎着天天上朝，表面上是报效皇恩，操心黎民百姓，实际上也许钩心斗角献媚邀宠，内心算盘拨个不停，心累了一辈子。牧童横骑牛背，有一搭无一搭地信口吹着短笛，清闲恬适，自由自在。不说年龄，只说此刻，究竟谁更快乐？"骑牛远远过前村，短笛横吹隔陇闻。多少长安名利客，机关用尽不如君。"黄庭坚的《牧童》是想唤醒人生命本真的复苏。

以出世之心做入世之事，当阳光灿烂成为过往的时候，西下的夕阳也是人生的美景，需要优雅欣赏的。

05. 草堂寺

从西安市区向西南方向驱车三十公里，即到了风景秀丽的终南山之北麓。中国历史上第一个"国立"大型翻译佛经基地——古草堂寺也位于今天的草堂开发区内。

自古以来，大凡名迹佳境必处形胜之地，据《户县碑刻》之《敕封大智圆正圣僧禅肇碑记》记载草堂寺在"户县东南圭峰之下"，"抱郭环邑，回望三方，背麓负峦，遥环八水"，另据《户县碑刻》之《重修草堂寺碑记》记载草堂寺"迹近终南，形号龟背，水有太平、高冠，以毓其秀；山有子房、圭峰，以钟其灵。列乎八景之中，居乎各区之首。历代以来，名卿、大夫、文人、学士，莫不仰慕而游览焉"。自唐宋以来，刘禹锡、白居易、贾岛、温庭筠等名家均曾在此赋诗。东晋十六国时期，后秦王姚兴笃信佛教，于弘始三年（401）在长安城南建立"大寺"（后来的草堂寺），供西域高僧鸠摩罗什居住翻译佛经。隋代费长房在《历代三宝纪》卷八中记载"世称大寺，非是本名。中构一堂，权以草苫。即于其内及逍遥园（其址在长安城北渭水之畔）二处翻译（佛典）"，又云"三千德僧同止一处，共受姚秦天王供养"。一个佛寺供养着三千僧人，可见其规模之大。这一时期，统治者设立僧官，寺院为国家供养，供给丰盈；后秦以后的统治者大多以佛教为信仰，在统治者大力提倡支持下，寺院经济自然蓬勃发展，以至于田连阡陌，牛羊满谷，寺院庄园逐渐形成，在魏末周初，草堂寺已是街衢交错、殿宇林立。由于寺院僧人数量的不断增多，草堂寺在北魏时期向周围裂变，又分出了几个小寺。唐代时，由于向外不断分寺等原因，规模已不比从前，但周围仍寺院林立，远近分寺也都以草堂寺为群寺之首，其地位之高可想而知。

当地百姓传，"小唐王"（太宗李世民之俗称）曾在秦琼和尉迟敬德的保护下驾临过草堂寺，秦琼率军驻于官亭营（今草堂营），尉迟敬德则驻于子房庄（今大圆寺），今所遗存的唐太宗御制诗中有"十万流沙来振锡，三千弟子共翻经。文含金玉知无朽，舌似兰荪尚有馨"之句，就赞颂该地文化教育之源远流长及鸠摩罗什大师的杰出贡献。在今天草堂寺内遗存的元至正十二年（1352）所刻的《宗派图》石碑上，白居易、刘禹锡、岑参、温庭筠都名列该寺宗派弟子之中。在这片久负盛名的土地上，白居易的《赠草堂宗密上人》中更留下了"尽离文字非中道，长住虚空是小乘。少有人知菩萨行，世间只是重高僧"的体悟。温庭筠《早秋山居》云："山近觉寒早，草堂霜气晴。树凋窗有日，池满水无声。果落见猿过，叶干闻鹿行。素琴机虑静，空伴夜泉清。"温诗描绘了当时草堂寺的美景和周边的生态，让人向往。到了战乱纷繁的宋、金时期，草堂寺占地非但不减，反而剧增，仅环绕寺院周围的竹林就有十顷（一顷约合一百亩），据现存北宋天圣八年（1030）所立的《大宋京兆府户县逍遥栖禅寺新修水磨记》石碑记载：高观（冠）之谷口有"隙地"，宋太宗端拱年间，寺主崇恩以金帛易之，而买下之后，却"皆以荒墟，曾未田种"，这说明，本时期草堂寺在原有的巨大的寺院地产面积上仍然在不断扩张。

据传，当时草堂寺土地之广，东濒高冠河，西止太平河，北达大堰口，南抵终南山，占地面积达数千亩。元代，草堂寺整体规模虽有所减小，但辖地面积应该无减，这从元太宗窝阔台第三子阔端所立的《皇太子令旨重修碑》中提及的动用大量人力物力重修草堂寺一事可以推知。

明代前期，草堂寺地区尚有"千年坛殿郁葱葱"的景象，但自明代中期以后，寺院整体开始走向衰败，从明人的诗中可以看出，到处是"荒坛""寒院"之景象。据《新建安善团记》碑文所载，崇祯年间，草堂寺僧人总数尚有不下五十人，以此推测，有明一代，虽然总体趋势走向衰败，但是草堂寺寺产、僧数仍然可观。

明代末年，李自成起义，当地官绅联合寺内僧人"即寺为堡"对抗起义军，李自成攻占西安后，将草堂寺烧毁。清初，寺院虽经劫焚，但仍然顽强存在，而寺院境况凋敝之至，寺产、僧数亦无考。

"关中三李"之一的李因笃对草堂寺升腾的烟雾和帝王之气有描述，其《草堂烟雾》中写道："万古风人地，南通尺五天。霏霏烟雨色，独傍凤城悬。"实际上，草堂寺和附近的高冠瀑布、圭峰山、紫阁山融为一体，都成为诗人、文人笔下的仙境。康熙年间的鄠县知事吴廷芝分别有诗《草堂烟雨》《高冠瀑布》《圭峰夜月》《紫阁青冥》，吟诵了草堂寺的烟雨朦胧、高冠瀑布的水势壮大、圭峰夜月的云彩盈溢以及紫阁山如海市蜃楼一般的美景。"烟雨空濛障草堂，昆卢古刹现毫光"；"凭凌紫阁拥高冠，万丈飞涛泻碧澜"；"晧照圭峰树影重，天云潋滟澹春容。银河斗转横轮阁，铁乌风清杂晚钟"；"隐见诸墟成海市，高低群岫待儿孙。开窗放出凝霞去，始识峰头特地尊。"[①]

雍正十二年（1734），笃信佛教的雍正帝下旨对破败的草堂寺进行大修，并更名"圣恩寺"，寺院状况较明末有所改善。雍正之后，虽经乾隆修葺，但这里仍是"寺宇荒残，殿宇颓败"，寺院及周边状况大不如从前。草堂古寺隐含着人世间的沧桑变化，然而与之遥遥相对的圭峰山千百年来青葱依旧，高耸入云。其间包含着诸多的盛

---

① 赵葆真修，段光世等纂：《民国鄠县志》16卷，民国二十二年铅印本。

衰沉浮，贺瑞麟先生在《草堂有感》中表达了自然界的万古不朽和人世无常的感慨。"草堂山寺太平东，胜迹烧残劫火红。惟有圭峰青不改，晴峦千古插天空。"

民国时期，寺院周围方圆数公里以内，散布的与古草堂寺有关的遗迹非常多，如有草堂寺之分寺常兴寺、兴龙寺、大定寺、宝林寺、大觉寺、云际寺、重云寺、圭峰寺等；另外还有古草堂寺僧人坐化后殓葬的兴福塔院，占地四十余亩。

中华人民共和国成立之后，为了加强与相关国家的友好关系，并纪念在东西方文化交流史上作出巨大贡献的鸠摩罗什，先后数次对草堂寺及其周边环境进行了大规模整修，千年胜境再次焕发了青春，如今已成为中外游人怀古览胜的风景名胜区。

06. 见证兴衰的亲仁坊

唐长安以其布局规划的严整性为世人所惊叹，它那"百千家似围棋局，十二街如种菜畦"的格局，创造了封建社会造城史上的一个典范，是人类进入资本主义社会以前所建的最大都城。① 在现实条件下，受多方面因素影响，对长安城各坊展开大规模的发掘勘探已不大可能，只能就单个坊里遗址进行尽可能仔细的调查并结合历史文献加以印证，从而达到见证兴衰的目的。

亲仁坊，又称"亲仁里"，按唐时长安城序列，在朱雀街东第二街之东，北临宣阳坊，南临永宁坊，与东市（又称都会市）对角，大概位于今太乙路南段以西至西安市测绘局附近，南北在今友谊东路与建设东路之间的地域。有唐一代，亲仁坊历经繁华和落寞，见

---

① 傅熹年主编：《中国古代建筑史 第二卷 三国、两晋、南北朝、隋唐、五代建筑》，中国建筑工业出版社 2001 年版，第 325 页。

证了历史和城市的兴衰。

唐代时，亲仁坊毗邻皇城，位于长安城的核心地区，是典型的"黄金地段"，多为名门望族、公卿大臣所居。坊内的知名宅第，从地缘历史的角度统计，有滕王李元婴宅、燕国公于志宁宅、给事中冯衮宅（剑南东川节度使冯宿之子）、睿宗居藩旧邸、驸马都尉郑万钧宅、太子詹事韦琨宅、中书侍郎杨宏武宅、太仆卿王希隽宅、昌乐公主宅、安禄山宅、郭子仪宅、滑州白马县令孙起宅、柳宗元宅、西华公主宅、李国昌父子宅、给事中陆质宅、太子典膳郎卫君宅、李石宅等。

滕王系高祖李渊第二十二子，名李元婴，太宗贞观十三年（639）敕封"滕王"，"滕王阁"即为李元婴于洪都（今江西南昌市）所建，因王勃的《滕王阁序》得以家喻户晓。睿宗居藩旧邸，在坊之西南隅，是唐睿宗李旦未称帝时的藩王府，玄宗开元年间，又改成了昭成、肃明二皇后庙，谓之"仪坤庙"。

安禄山宅。在坊中十字横街之南，因坊西南隅为睿宗旧邸（后来的仪坤庙、咸宜观），故安禄山宅应在街东之南。安禄山为燕地混血胡人，天宝时得宠于玄宗。其在长安的宅第原在道政坊，天宝十年（751），玄宗又令将作监在亲仁坊择宽广处造宅，"但求壮丽，不计财力"。又对匠官说："胡眼大，勿令笑我。"建成后"房廊窈窕，绮疏诘曲"，自然威仪、壮观一方。后安禄山叛亡，其宅第被抄没，随即在肃宗至德元年（756）正月，改成了"回元观"，这在1986年出土的柳公权《大唐回元观钟楼铭》碑文中可得到印证，碑文简约而隐讳地提到了回元观曾为玄宗皇帝赏赐给安禄山的住宅，说明了以宅改观的原因，"肃宗皇帝若曰：其人（安禄山）是恶，其地何罪？改作洞宫，谥曰回元"。并点出了回元观在"京师万年县——亲仁里之巽（即东南）"的位置。

第一章　文学地理：叙述和创作的"原点"

郭子仪宅。在亲仁坊中，最著名的宅第莫过于中书令郭子仪的了。郭子仪，陕西华县人，唐王朝平"安史之乱"的主要功臣之一，其在亲仁坊的宅第，"居其里四分之一，中通永巷"，郭子仪居官一生，为人雅量、胸襟博大、知人善用、历辅三朝，深得朝廷之器重，对其赏赐也十分丰厚。唐天宝年间的诗人梁锽尝赋诗曰："堂高凭上望，宅广乘车行"可见其宅规模之大，此地一直到唐末仍为"郭家地"，所以当时长安城中有"亲仁里郭家"的称谓。

柳宗元宅。柳宗元，字子厚，河东解州人，"唐宋八大家"之一。凭着"河东柳氏"名族的声望，柳宗元父祖在长安亲仁坊内也有一所宅第，柳宗元三十二岁之前一直在长安亲仁坊内居住，与郭子仪家为邻，按其宅应在坊中街西之南，与咸宜观同在一区之内。

亲仁坊中还有一个旅馆。唐代诗人姚合有《亲仁里居》诗一首，开头两句便说："三年赁舍亲仁里，寂寞何曾似在城。"又有《街西居》两首，徐松《唐两京城坊考》中也注"旅馆"。① 由以上可知，此旅馆在十字纵街之西。又，坊西北区为郭宅，故旅馆应在坊西南区域中，与柳宗元宅为邻。

有唐一代，长安城屡建屡毁，而亲仁坊的最终废毁，当在昭宗天祐元年（904），朱温挟帝迁都洛阳并强令长安居民按籍迁居。据《资治通鉴》记载，当时"驱徙士民，号哭满路，骂曰：贼臣崔胤召朱温来倾覆社稷，使我曹流离至此！老幼繈属，月余不绝。王戌，车驾发长安，全忠、以其将张廷范为御营使，毁长安宫室百司及民间庐舍，取其材，浮渭沿河而下，长安自此遂丘墟矣。"②

从近些年地层调查来看，基建坑壁唐代地层断面中全是砖瓦块，

---

① 杨鸿年：《隋唐两京坊里谱》，上海古籍出版社1999年版，第421页。
② （宋）司马光编纂：《资治通鉴》，中华书局2011年版，第8746页。本书出自《资治通鉴》的引文皆依据此版本，不一一标注。

且夹杂着大量炭灰，这说明亲仁坊历史上经历过一场劫焚。浩劫后的长安，已然是韦庄、子兰笔下"满目墙匡春草深""强半今为瓦砾堆"的凄凉景象了。

唐代以后，除长安皇城经过修葺继续使用外，其他区域（除少数大寺观外）皆任由废弃。见证兴衰的亲仁坊比之当年唐王朝繁盛之时，真可谓天壤之别了！

07. 文学地理与作家行走

2015年11月，在陈忠实当代文学研究中心成立十周年暨陈忠实文学创作研讨会上，作家陈忠实最后一次公开露面，脸色格外苍白，讲话时甚至用手扶着那张沧桑的脸庞，语调低沉舒缓，一句话让现场所有人唏嘘不已，不少人落泪。"这一生可能话讲得太多了，因此老天封了我的口"，"如果还有可能，我还会一直写下去。"我清晰地记得听到这几句话时，自己也抹着眼泪难过得背过了身。无论是在乡村工作几十年的艰苦积累；还是在西蒋村老屋摊开本子默默书写《白鹿原》的岁月中；甚至是《白鹿原》获奖后的二十多年早出晚归的日子里，鲜花和掌声之下的陈忠实怀着对文学的挚爱独立上路，是被孤独浸透了的。

《白鹿原》畅销后，陈忠实填了两首词。

《小重山》让人痛彻心扉："春来寒去复重重。掼下秃笔时，桃正红。独自掩卷默无声。却想哭，鼻涩泪不涌。单是图利名？怎堪这四载，煎熬情。注目南原觅白鹿。绿无涯，似闻呦呦鸣。"文坛不是名利场，可作家需要生存。没有拿得出手的"硬货"，如何立足？"独自掩卷"叙述的就是从构思到完成的六载辛酸苦辣。

《青玉案》却是豪气干云："涌出石门无归路，反向西，倒着流。杨柳列岸风香透。鹿原峙左，骊山踞右，夹得一线瘦。倒着走便倒着走，独开水道也风流。自古青山遮不住。过了灞桥，昂然掉头，东去一拂袖。"作品以民族秘史为标识叙写白鹿原两大家族的风云变幻，加之国共两党斗争、中日战争、农业文明和商业文明、情欲礼法争执等，结构复杂，人物多元，"独开水道"揭示的是这部作品之所以能成为畅销常销的经典的部分奥妙。

2000年新春刚过，近六十岁了，陈忠实便孤身一人打道回到白鹿原的祖屋，心里酸酸的。一个人站在院子中，《原下的日子》中作者写道："这个给我留下拥挤也留下热闹印象的祖居的小院，只有我一个人站在里面。原坡上漫下来寒冷的风。从未有过的空旷。从未有过的空落。从未有过的空洞。"当天傍晚，陈忠实站在灞河河堤上，看着城市的灯火、劳作的男子、成片的白杨林和暮霭四合的沙滩，思绪万千，城乡之间强烈的反差和内心深处的文化孤独弥漫了心田。"此刻，三十公里外的西安城里的霓虹灯，与灞河两岸或大或小村庄里隐现的窗户亮光；豪华或普通轿车壅塞的街道，与田间小道上悠悠移动的架子车；出入大饭店小酒吧的俊男靓女打蜡的头发涂红（或紫）的嘴唇，与拽着牛羊缰绳背着柴火的乡村男女；全自动或半自动化的生产流水线，与那个在沙坑在箩筛前挑战贫穷的男子……构成当代社会的大坐标。"

著名作家贾平凹撰文《孤独地走向未来》，专门论及这种心理感受。"好多人在说自己孤独，说自己孤独的人其实并不孤独。孤独不是受到了冷落和遗弃，而是无知己，不被理解。真正的孤独者不言孤独，偶尔作些长啸，如我们看到的兽。"可见，知音的追觅是始终如一的。"我终于明白了，尘世并不会轻易让一个人孤独的，群居需要一种平衡，嫉妒而引发的诽谤，扼杀，羞辱，打击和迫害，你若不再脱颖，你将平凡，你若继续走，走，终于使众生无法赶超了，众生就会向你欢呼和崇拜，尊你是神圣。神圣是真正的孤独。走向孤独的人难以接受怜悯和同情。"贾平凹投身文学创作以来，以旺盛的精力和多变的题材常年笔耕不辍，至今有 20 部长篇小说问世，堪称世界文坛的奇迹。独此一人，独此成就，纵然议论不断，难道不孤独吗？

贾平凹行走在商山洛水间，经年累月地深入生活，了解民风民俗，以便使自己紧紧地依托着这片土地，不需要人陪同和接待，只是自己独立行走，体验天地之悠悠，生命之艰辛可贵，不孤独吗？贾平凹在古老的清风街道上反省商洛、丹凤、棣花和雄秦秀楚的独特奇崛，在长安城 40 年的探索中形成自己的文学艺术观念和精神追求，在以商州和西安生活和人物事件为素材的创作中包含着一个思想者写作者的责任意识和知性判断，不停歇地创造着属于这个时代的作品，在半个世纪的时间跨度中犹如一日地坚守文学理想，不就是对平凡的一再超越吗？2014 年《老生》写完，贾平凹说，"我有使命不敢怠，站高山兮深谷行"，作家在独特的地域和文化浸淫下书写着中国精神的文化传承。

路遥为了描写中国社会 1975—1985 年十年间的历史变迁，成就经典《平凡的世界》，从而查阅了十年的《人民日报》《光明日报》《参考消息》《陕西日报》《延安日报》的合订本，以至于"手指头被纸张磨得露出了毛细血管"，贪婪地占有宽泛详细的生活细节，创作表现的自由度和自信也就越充分。路遥说："以后证明，这件事十分重要，它给我的写作带来了极大方便——任何时候，我都能很快查到某日某月世界、中国、一个省、一个地区（地区又直接反映了当时基层各方面的情况）发生了什么。"这一查阅过程并不需要别人陪伴，自然也是孤独的求索和思考过程。

1968—1969 年，城市知识青年大规模地响应国家上山下乡号召，到了全国广袤的农村改天换日，接受贫下中农再教育。中国历史上最大规模的从城市到农村的人口大迁徙，开始于20世纪50年代结束于70年代末，前后经历二十五年，人数达2000万人之多，至今尚有小部分知青永远地在农村生子结婚。到陕北的有多少？作家吴克敬根据官方志记载，考证出先后共四批27211名北京知青落户在1600个生产队从事繁重的生产劳动，1979年才开始大规模返城。至今留下的有多少？《延安日报》2001年8月报道至今仍有200多名知青选择继续留在陕北。吴克敬动笔之前是查阅了大量当时的报纸刊物，掌握这一历史进程中尽可能多的细节和政策变更的。吴克敬的《乾坤道》中体现了"大历史中的个体史"和"个体史中的集体史"，宏观历史下三代知识青年和陕北革命者命运，以及小说人物个体作为其中的时代群像同样让人欣慰。他深知脱离故事的新鲜离奇，消化理解加工的能力和鉴别诠释历史的水平才会决定作品的高度与质量。吴克敬和陕西既有的文学大家一样都深知唯胸有千壑，历史进入文学的过程才能是人物原型或模糊意象、传奇、社会背景和故事、叙事心理、艺术风格、语言表现相糅合交织的自然流淌了。

吴克敬是以1985年《当代》杂志居头条的中篇小说《渭河五女》受到文坛瞩目的，2005年沉静二十年后的他再次以《作家》第2期的《五味十字》重新引发关注，从此进入创作的旺盛丰收期，有评论家因之称其为"吴克敬现象"（评论家李国平语）。近些年来，他的《长河落日》《新娘》《初婚》《状元羊》《小海的梦想》《乾坤道》，《源头》《姐妹》不都是孜孜矻矻对文学的执着吗？这个过程是痛苦的，作家创造精神产品的过程既愉悦又折磨。愉悦在于人物、故事、情节、语言的完美结合，折磨人在于过程的艰难辛劳和升华的巨大障碍。超越自己对作家而言，永远是最艰难的事情。

作家们行走离不开地理上的一个个原点，而一个个原点就构成了创作的出发点。犹如时间和空间，总是把我们架构在历史长河的某一时段和某一舞台。汇聚数千年人文历史的古长安、今西安国际化大都市的生机盎然，格局高雅，离不开这座伟大城市对文化的包容接纳。伟大的学者、作家离不开孤独求索，学者、作家的孤独感让我们这一生更富有哲理，更接近生命的真谛。

一个作家的出生和生活地就是他创作的最好背景，因为最熟悉这里的人和事，感情最深，一景一物都亲近，都在心中挂念着，随时都能触发灵感。离开故乡白鹿原，就没有《白鹿原》，也没有陈忠实；离开故乡高密，就没有《红高粱》，也没有莫言；离开故乡商州，就没有《秦腔》等，也没有贾平凹；离开约克纳帕塔法县，就没有《喧哗与骚动》问世，也没有威廉·福克纳。近些年声誉鹊起的作家陈仓俨然已经是一个全国性作家，然而，离开故乡陕西商洛丹凤的塔尔坪，何来八部"进城系列"？何来《月光不是光》的亲情与人性描写？

故事发生的地方或者不纯粹是一个地理概念，在文学创作实践中更是作家的精神故乡。不必要一一对应，只是创作需要。美国作家托马斯·沃尔夫创作了长篇小说《天使，望故乡》，家乡的人攻击他诋毁故乡。地点是一个文学的概念，就是说故事需要一个可能发生的地点，需要一批以发源或围绕故乡的人和事来构成和推动情节，展现出作家对人性的描写和社会的批判。

文学意义上的地理和实际的地理概念是两回事。《红高粱》《丰乳肥臀》明确以高密东北乡为创作背景，写了大量的风土人情、地理环境等，国内外有不少读者就根据小说的描写去山东高密找那片红高粱地，找小说中的那些风俗和植物，怎么能找到呢？那只是作家的内心世界，精神上的故乡。现实的高密乡是平原和一系列大同小异的村子；而莫言小说中的高密东北乡是现代化的城市，这个文学王国的周遭有沙漠、沼泽、森林、湖泊,还有狮子、老虎等。莫言解释说:"高密东北乡是一个文学的概念而不是一个地理的概念,高密东北乡是一个开放的概念而不是一个封闭的概念,高密东北乡是在我童年经验的基础上想象出来的一个文学的幻境,我努力地要使它成为中国的缩影,我努力地想使那里的痛苦和欢乐与全人类的痛苦和欢乐保持一致,我努力地想使我的高密东北乡的故事能够打动各个国家的读者,这将是我终生的奋斗目标。"

传统诗词和当代的文学创作一样,其中有历史和地理的内涵,但毕竟不是历史原封的照搬纪实,不是演义戏说,不是地理的简单复制。高明的作品既非重复,又高于生活。严谨、虚构、串缀、剪裁、再造移植兼而有之,耐读发人深思。

繁华盛景最终是过眼烟云,消逝的历史总是让人生发无限感慨。西子湖畔,十里荷花,三秋桂子,烟柳画桥,唯美的风景、唯美的传统诗词给我们留下了丰富的人文精神和历史风韵。不独在杭州,而且在大江南北、长城内外任何一个有意义的地理坐标,都打上了深深的烙印。这烙印的一头是诗词,一头是格局和文脉。无论是"花重锦官城""芳草萋萋鹦鹉洲""滕王高阁临江渚""最忆是杭州";还是"一日看尽长安花""春风已度玉门关";甚至是"但令归有日,不敢恨长沙""夜发清溪向三峡,思君不见下渝州""问汝平生功业,黄州惠州儋州",这些地理符号总是与风物、历史、乡愁、名士、家事、国运相联系。江山形胜,是诗词篇章的源泉。正如陆游所言:"挥毫当得江山助,不到潇湘岂有诗?"

我们只需知道,脚下的这片土地是一片热土。我们的古人曾经在这里演绎了恢宏的历史,创作了绚丽的诗词佳作,传承好这些经典就是我们责无旁贷的分内事,推脱不得,马虎不得。从文学地理的意义而言,这正是叙述和创作的"原点",这就足够了。

第二章 唐长安城：魂牵梦萦的舞台

08. 包容开放的长安

唐代的长安城，首先是当时世界上最大的城市。整个长安城，周长近37公里，总面积达84平方公里。这是什么概念？几乎相当于今天西安城墙内面积的10倍。

其次是全球人口最先达到100万的城市。这100万人口的数字从诗文和零散史实中可以推测，正史中少见记载。这100万人口除本土人口外，还包括外来人口。韩愈《论今年权停举选状》云"今京师之人，不啻百万"，这大约是准确数字。韩愈《出门》诗云"长安百万家，出门无所之"；贾岛《望山》诗云"长安百万家，家家张屏新"；元稹《遣兴十首》诗云"城中百万家，冤哀杂丝管"。这几句诗中的"家"应作"人"理解。

最后是当时世界上域外人口最多的城市。王维《和贾舍人早朝大明宫之作》诗云："九天阊阖开宫殿，万国衣冠拜冕旒。"大约有2万名外国使者和朝拜者来到长安，其中有不少人甚至几代都寓居在长安。波斯、高丽、新罗、大食、南天竺、北天竺、印度、日本等国人来到大唐从事通商、做官、传教等活动，唐王朝从中央到地方都专门设有鸿胪寺、市舶使、主客郎中等机构和官职，专门负责管理外来事务和人员。这些城外人在唐朝享有粮食、布匹、交通、住宿、通婚、仕途等多方面的政策性福利，甚至这个开放的王朝在科举制度上针对外国"留学生"特设"宾贡科"，大食人李彦升、波斯人李珣、新罗人金云卿等都是通过"宾贡"考试入朝为官的。

值得注意的是长安城从建立初期就比较重视城市的规划设计和功能划分。政府办公区为宫城；皇帝办公区为皇城；老百姓居住地为京城，区域明确且功能清晰。长安城建筑美学的格局对称和谐，纵横开阔，气势恢宏，突出了宫廷皇室的中心地位，维护皇权尊严，是宗法文化在都城建设上的集中体现。

京城也称为外郭城，共开12座城门。根据示意图可见，宫城居北侧中央，皇城居北部内侧中央，东西为东西市，分设万年县和长安县，东南为供皇家游乐的芙蓉园和曲江池。唐长安城在隋大兴城的基础上发展成"非均衡对称性"的格局，这主要体现在大明宫等建筑物的兴建上。唐朝统治者对唐代按照"因地制宜"的思想进行规划，布局特征体现的是以帝王为中心和中央集权体制，突出政治军事职能。白居易云长安"百千家似围棋局，十二街如种菜畦"，形象地概括了长安都城规划上的严谨有序和整齐划一。

唐长安城的前身是隋大兴城，设计者是我国历史上为数不多的城市建筑师、规划师宇文恺。宇文恺还是隋东京（洛阳新城）规划建设的实际主持者。宇文恺出身将门，其父和两位兄长皆以战功加官晋爵，建立功勋，但他自幼不好弓马而好读书，曾担任匠师中大夫、营宗庙副监、太子左庶子等职，实际为北周、隋建筑工程方面的最高主官。除大兴城和洛阳城外，当时的太庙、仁寿宫、皇陵、广通渠，以及贯通渭河至黄河的漕运河道等工程，都出自这位天才的规划建造师。宇文恺主持大兴城兴建，并非在原有基础上的改建和扩建，而是在短时间内按周密规划兴建而成的崭新城市。全城由宫城、皇城和郭城组成，先建宫城，后建皇城，最后建郭城。开皇二年（582）六月开始兴建，十二月基本竣工，命名大兴城，开皇三年（583）三月即正式迁入使用，前后仅九个月，面积达到84平方公里。大兴城超过了汉长安城和罗马、拜占庭和后来的巴格达、元大都、明南京城、明清北京城的面积，堪称世界第一都城。整个工程规划、设计、人力、物力的组织和管理相当精细和严谨。在规划和施工过程中，还综合考虑了地形、水源、交通、军事防御、城市管理、市场供需等配套问题，以及都城作为政治、军事、经济、文化中心的特点等诸多方面的因素，标志着当时的中国所达到的经济和科学技术水平。

面对具有严格规划和鲜明个性风格的唐长安城，诗人李白在乐府诗《君子有所思行》中赞赏道："紫阁连终南，青冥天倪色。凭崖望咸阳，宫阙罗北极。万井惊画出，九衢如弦直。渭水银河清，横天流不息。"李白登上了紫阁峰，要知道紫阁峰是秦岭终南山脉的一座山峰，那个时代，没有高层建筑，没有空气污染，晴空下视野辽阔，向北眺望即可看见壮丽的长安城。朝廷的宫殿群雄踞城市北部，大道如弓弦一样笔直，把长安城划分成一个个规整如画的井字，目光远处亦可见波光粼粼的渭河。这一幅美丽的长安全景图，不仅是对官吏市民居住生活及商贾活动的一百零八坊盛世街景的赞叹，也是对包括国家大典举办地承天门、皇城朱雀门、明德门的庄严、广阔场景的肯定。历时近三百年的唐王朝是当时世界上最强大、最文明的国家，长安城是人口最多、面积最大的繁华都市，五原八水，山川秀丽，高殿低宇，风景宜人。唐代诗人沈佺期有诗云："汉家城阙疑天上，秦地山川似镜中。"李白晚年在《峨眉山月歌送蜀僧晏入中京》诗中回忆长安时，也不吝笔墨地盛赞长安："长安大道横九天"。

《全唐诗》开篇即唐太宗李世民的《帝京篇》十首，叙写了长安城的气势宏伟、山河壮观。第一首写道："秦川雄帝宅，函谷壮皇居，绮殿千寻起，离宫百雉余。"唐太宗李世民贵为帝王，胸襟开阔，极力铺陈着盛世长安的壮丽景观。"雉"为古代专门用来计算城墙面积的单位，长三丈高一丈为一雉，亦即皇帝永久居住的宫城仅围墙就高达百余丈长。在巍巍秦岭和函谷关的衬托下，大唐首都长安以雄伟的壮姿吸引着普天之下以及世界各国的宾客，城市的这种面貌本身就昭示了这个"亡隋为戒"的大一统政权的开放心态和宏大胸怀。这首诗不算唐诗中的一流水准，即便在李世民的全部诗歌中也不是最好的，明显的缺陷在于辞藻堆砌，文采淡然。所以收在第一首，应该是李世民的盛世帝王气象和诗中呈现的长安威仪所致吧。"冰消出镜水，梅散入风香"，"初秋玉露清，早雁出空鸣"，"条风开献节，灰律动初阳。百蛮奉遐赆，万国朝未央"，"一朝辞此地，四海遂为家"，"昔乘匹马去，今驱万乘来"等句就是李世民掷地有声、混一海内、屡战屡胜的情采焕发。

凝望长安，这片神奇的土地上流淌着我们对文化传统的坚守和民族精神的追求。这里有气壮山河的秦兵马俑阵营，有玄奘译经、杜甫和高适等题诗的大雁塔，有集历代书法大成的碑林，亦有帝王们安葬的墓园或曾经驻跸的庙宇。更有无数文人墨客、士人阶层或游览驻足或辗转居住的府第。璀璨的中华文化伴随着这座伟大的城市从源头汲取精粹，从汉唐历史风云中积淀涅槃，从瞬间澄明中欣欣向荣。

"长安一片月，万户捣衣声。"月色如银，李白从长安的繁华中听到了千家万户的痛苦和思念。"太乙近天都，连山到海隅。白云回望合，青霭入看无。"这是诗人王维行走在巍峨的终南山中，他看到山峦绵亘不绝，云雾缭绕，分向两边，白云茫茫中不见来路，青霭蒙蒙，走到跟前却杳然不见，这种奇妙的景象让诗人咏叹山之辽阔宏伟，千岩万壑之千形万态千变万化。"城阙辅三秦，风烟望五津"，"海内存知己，天涯若比邻"，诗人王勃在长安送别杜姓朋友远赴四川任职，辽阔的三秦大地拱卫着雄伟的长安城，虽同是背井离乡，但同在四海之内，朋友间情谊无处不在。"云物凄凉拂曙流，汉家宫阙动高秋"，"紫艳半开篱菊静，红衣落尽渚莲愁"，旅居长安多年的唐代诗人赵嘏思念家乡，长安时值晚秋，淮安的鲈鱼正肥美，无奈回不去。拂晓时分，宫殿周围一派深秋景色，天空中弥漫的曙光带着寒意，紫色的菊花静静开放，水面的莲花凋零，欲归而不得，诗人心境凄凉。长安纵然宏伟，可不是每个人在此诸事都能遂心愿，"残星几点雁横塞，长笛一声人倚楼"，赵嘏凭栏高望，望乡思归。因此诗，杜牧称之为"赵倚楼"。

　　诗歌传统和人文历史在长安从古至今就没有间断过点点灵犀和盈盈光影。汉唐以来的一床床古琴、一滴滴朝露、一池池春水、一轮轮明月、一坛坛老酒著微而显大千，留下了多少"白荒荒""乱纷纷""情渺渺""意悠悠"。

　　诗人作家眼中的长安无不是包容兼蓄的。一座城市的包容可能会给一个作家个性的完善提供条件，换句话说，你想怎样便怎样，只要有吃有喝且不违规违法，城市何言哉?!从塞上榆林来到西安求学然后定居工作的散文家李红岩慢慢地研磨着这座城市，他曾深有体会，"从岐山脚下走到长安丰镐的西周先祖到创建世界文明中心的大唐子民，西安以海纳百川的气概迎接着天下各路豪杰，它的兼容成就了自己辉煌的历史，自己引以为豪壮的历史又熏陶出这座城市更加开放、宽容、自信的性格。"[①]

[①] 李红岩:《走出东拉河》，南京大学出版社2021年版，第144页。

第二章 唐长安城：魂牵梦萦的舞台

隋唐之世，文化上经过长期酝酿，一个更为崭新的民族融合和文化交流时期到了。从中原到江淮到天山南北，汉民族的强大和主动，使得文化文明在更广阔的地域中进行交互渗透，唐政权与中亚、南亚、东亚等各国交往频繁。社会物质和精神文化的丰富与活跃，突破了长期以来中原文化圈中的某些偏见，艺术、宗教、科技等方面的新鲜血液也成为滋长唐诗的火热土壤。初唐时期，"万姓获安，四夷咸附"。唐高祖李渊主持的宴会上，突厥可汗起舞助兴，南越酋长吟诗作赋，一时形成华夷一家的局面。有唐一代，胡人出身的宰相，数量达到十分之一。社会层面上，胡人的画师、乐师、医师、商人、僧侣、歌伎活跃在长安城。唐传奇《东城父老传》中描述道，"今北胡与京师杂处，娶妻生子，长安中少年有胡心"，这种宏阔的胸怀和气魄注定是要突破前朝诗坛浮艳诗风的。唐代变革南朝以来宫体诗是理所应当的，闻一多先生在论及这一变化时说："专以在昏淫的沉迷中作践文字为务的宫体诗，本是衰老的、贫血的南朝宫廷生活的产物，只有北方那些新兴民族的热与力才能拯救它。"（《宫体诗的自赎》）

长安，既是封建帝国的象征，是恢宏气象和辉煌唐诗的策源地，是政治、军事舞台，也是历史和诗歌艺术的舞台。因此，唐诗中多见"千秋""万世""万国""八方""九天""日月""乾坤""长河"等词语，极显国土广阔。《新唐书·地理志》言唐朝疆土，"东至安东，西至安西，南至日南，北至单于府"，实际的面积和唐诗中的阔大意象相称。可是，再言中原、塞北、江南，唐人心理上的中心是关中和长安。"日月低秦树，乾坤绕汉宫""夔府孤城落日斜，每依北斗望京华"，一个以长安和关中为中心，受到八方拱戴的中华王都始终是诗人歌咏的对象。

09. 波斯人在长安

唐朝的长安居住了来自各地的官员数千名以及他们的家眷奴仆，作为国际化大都市还接纳了异国胡客超过了四千人。波斯王的外甥李素的例子完全可以说明大唐的包容与国际胸怀。

1980年位于西安纺织城的西北国棉四厂子校操场出土了李素及其妻卑失氏的墓志。《李素墓志》中说："公讳素，字文贞，西国波斯人也。累缵贵胄，代袭弓裘，是谓深根固蒂，枝叶繁茂。公则本国王之甥也，荣贵相承，宠光照灼。"一个外国人在唐朝能姓李，自然是赐姓。"特赐姓李，封陇西郡，因以得姓也。"引起我们注意的还有他的父亲李志，"皇任朝散大夫守广州别驾上柱国"，大约相当于广州的副市长。李素不仅被唐政权"蒙敕赐妻王氏，封太原郡夫人"，而且在长安生育了三子一女，长子和女儿早年夭亡外，"仲子景佺，朝请大夫试太常卿上柱国守河中府散兵马使；季子景伏，朝散大夫试光禄卿晋州防御押衙"。原配夫人王氏病逝后，贞元八年（792）李素礼聘续娶从漠北入唐的突厥系蕃族卑失氏。皇帝对其仍然礼遇有加，"封为陇西郡夫人"，所生的景亮、景弘、景文、景度均予以封荫。李素于元和十二年（817）在长安去世，享年74岁，可谓"家本西域，身荣汉宗"。"四朝供奉，一门授职。荣贵及时，用光家国。"《李素夫人卑失氏墓志》中更是盛赞李素"上明万象之总源，中为五百之简生，名烈朝刚，声振寰宇"。[①]

可以说，相对于祖父和父辈，李素的儿子们已经融入中国唐代社会，在政府的各级衙门中供职。李景文先任"太庙斋郎"，后任

---

① 参见荣新江《一个入仕唐朝的波斯景教家族》，见叶奕良编《伊朗学在中国论文集》第二集，北京大学出版社1998年，第82—83页。

"乡贡明经",说明他们进入了唐朝皇家礼仪的核心部分,这些波斯人的后裔已经完全汉化了。

根据唐史专家荣新江考证,李素不应是国王之甥,而应是国王之胤,同时,从其祖父李益、父李志的汉化姓名推断,这个波斯家族应当从更早的时期就来到中国了。萨珊波斯王朝破灭时,国王卑路斯及其子都逃到中国,随行的当有不少波斯王室、后族及其他贵族,从唐初以来,唐朝就把大量外国质子和滞留不归的使臣隶属于中央的十六卫大将军,宿卫京师,李益大概就是属于这类的波斯人。唐朝廷把李益的儿子李志任命为广州别驾,显然是出于方便统治的深意的。基于当时广州口岸是波斯等国胡商入境的重要入口,而波斯人也在胡人中占比较大的原因,李志得到了朝廷的重用。

朝廷从广州征召李素到长安任职后五十余年间主管天文星历,历经了代宗、德宗、顺宗、宪宗四朝皇帝,最终以"行司天监兼晋州长史翰林待诏",像开元时期从印度来华的瞿昙悉达、瞿昙譔父子一样,他们这样的外国人且又掌握较高程度的天文历法仪器操作水平是为唐政权所需要的。只不过,执掌司天台的印度籍司天监瞿昙譔于大历十一年(776)去世才给了李素施展才华的机会。

外国使者入长安,与大唐交往甚笃,与上至帝王权臣,下及一般诗人,多有诗交。唐玄宗有《送日本使》,刘长卿、张籍、贾岛都有赠外国使者的诗篇。外国留学生以及留学僧入唐后生活在寺院等地,和社会底层来往较多,与大唐文士以诗会友、以诗会心,以期交流情感。皮日休、陆龟蒙、刘禹锡、释贯休等对中外文化传播交流也都多有贡献。章孝标《送金可纪归新罗》有"登唐科第语唐音,望日初生忆故林""想把文章合夷乐,蟠桃花里醉人参"等句,这说明了新罗人入唐文化交流的初衷与长安的开放包容不无关系。

10. 卢照邻眼中的长安

初唐四杰之一的卢照邻是今天的河北涿州人，出身于当时的范阳卢氏，算是名门望族了。

卢照邻大约18岁时追随邓王李元裕，很受器重。李元裕骄傲地对别人说："此吾之相如（司马相如）也。"跟着赏识自己的老板，卢照邻过了十几年很是舒服的日子。

《长安古意》是卢照邻的代表性诗歌。初唐诗坛的代表性诗人有两批，第一批大多活动在太宗贞观至高宗龙朔年间，以许敬宗、杨师道、上官婉儿等为代表，多以唱和、欢宴为题材，沿袭齐梁宫体诗风；第二批以初唐"四杰"和宋之问、沈佺期等为代表，继承前人的审美趣味，触角伸展到了市井风情和大漠塞外，给诗坛增添了新意。闻一多先生评价卢照邻的《长安古意》相对于宫体诗而言是"一声霹雳"、是"狂风暴雨"，"癫狂中有战栗，堕落中有灵性"，"对于时人那虚弱的感情，这真有起死回生的力量"。① "长安大道连狭斜，青牛白马七香车。"古长安的道路、街景、建筑、人物纷纷呈现在读者眼前，现实是人依赖的场所。长安是帝都，也是平民生活的地方。今天的人们来来往往车水马龙，依然穿梭生活在千年之前古人的地盘上。我们经常愿意猜想当初这块土地上有什么建筑，活跃着哪些名人，因为历史地理的最终意义在于铭记历史，观照现实。总有一些往事藏在深处，不时拨弄你我尘封的心弦，哪怕时光已经过去了千年。

古长安的繁花似锦，权贵们的锦衣玉食，文人的风流倜傥在时

---

① 闻一多：《唐诗杂论》，中华书局2003年版，第14页。

间面前都是短暂虚渺的。"节物风光不相待，桑田碧海须臾改。昔时金阶白玉堂，即今惟见青松在。"生命是一个过程也罢，生命缺失本真追求也罢，总之，卢照邻发自内心的悲凉从初唐就开始，一丝一缕地飘荡过来。

唐政权建立是公元618年，卢照邻大约是637年出生之人，对一辈子活到四五十岁的卢才子而言，他出生时，这个新生政权建立还不到20年。然而20年就让一个生机勃勃的王朝如此奢靡浮华？唐太宗李世民在位23年，卢照邻20岁时，开创贞观之治的太宗皇帝已经去世7年了。卢照邻40岁患重病时大约是677年，唐开始步入繁盛，可是同时执政17年之久的皇帝李治所患的风眩症越发严重了。公元664年的时候，武则天就已经和高宗李治皇帝并称"二圣"，"上每视事，则后垂帘于后，政无大小，皆与闻之。天下大权，悉归中宫，黜陟杀生，决于其口，天子拱手而已"，在这种情况下，武三思也就成为翻云覆雨的朝堂高手，这为卢照邻的因诗获罪埋下了伏笔。

飞鹰走狗打猎的少年、为人报仇的游侠、骑着骏马在春风中奔驰的权贵、前呼后拥的将军、装满翡翠美酒的鹦鹉杯、美轮美奂的歌舞表演、平康里的美酒软语、衣带香风、雕梁画栋的楼阁、建章宫穿透白云的铜柱……这一切的一切征兆的是盛世的富丽华赡，还是没落的绮靡委顿？

当社会出现奢靡超级豪华和从上到下的秩序混乱时，历史规律告诉我们，这个政权也即将步入没落的下坡路了。今天的人们往往看到大唐盛世的繁华，却难以洞察繁华之下暗流涌动的社会尖锐矛盾和统治阶层的妄为庸碌。但一个强大的政权要一下子就崩塌也不现实，唐取代隋的先进性毕竟还有着巨大的惯性，这种惯性还足以让它绵延或苟延。只有看到清末政权的腐朽和大厦将倾时的无能为力，我们才会深刻地体会和认识历史上封建王朝一代又一代盛极而衰的规律。清王朝从努尔哈赤建立后金到宣统帝溥仪宣布逊位，12位领导者均是勤廉敬业者，296年奠定今天中国的基本版图，但康乾盛世时就脱离了世界历史全球化的中心轨道，天朝大国在坚船利炮面前是不堪一击的！多少丧权辱国的条约是晚清王朝签订的，不是皇帝权臣们不努力，而实在是统治者无法把握历史规律，顺应时代潮流，主动断骨革新，因此像雍正、乾隆，甚至道光、咸丰、光绪、宣统那样的帝王，再勤勉也无济于事。皇太极积劳成疾，康熙励精图治，雍正以勤告天下，每天只睡四个小时，咸丰除弊求治，重用曾国藩、肃顺等，同治虽短寿，但也兢兢业业，历史上有"同治中兴"之誉等，但这些行为均难挽颓势。面对将倾的大厦，里面的四梁八柱都要倒了，任何政治改良都无法真正解决根本的问题，外表上的修修补补无济于事。

封建王朝不分李唐赵宋，中国大地自古就上演着盛极而衰、物极必反的实景大剧。名为古意，实为今情。卢照邻自号幽忧子，疾病的影响是一方面，然而更重要的是他对社会历史和现实的情怀。真正的知识分子从来都是理性的代言人，他们通过自己的作品要告诉我们的又有几个人能懂呢？

"百丈游丝争绕树，一群娇鸟共啼花。啼花戏蝶千门侧，碧树银台万种色。"这是怎样的人间美景？春光里虫丝绕着树木飘动，一群可爱的小鸟，围着春花歌唱。成群的蜂蝶飞在宫门两侧，绿色的树，银色的台子，在阳光下映出许多颜色。

"梁家画阁天中起，汉帝金茎云外直。"通衢大道与小街曲巷的平面上，矗立起画栋飞檐的华美建筑。卢照邻表面描述的是东汉外戚梁冀及汉武帝之事，实为以汉言唐。梁冀是名正言顺的皇族，他是汉顺帝梁皇后的哥哥，曾在洛阳大兴土木，以豪奢著名于世。汉武帝刘彻曾于建章宫前立铜柱，高二十丈，上置铜盘，以承露水用于炼长生不老之丹药。这大约说的也是当时富豪人家里的象征性建筑。卢照邻因为这两句诗有影射武则天的侄儿梁王殿下武三思之嫌，入狱了。家人营救无果，出狱后不久染风疾，百般治疗无效，痛苦不堪，自沉颍水①而死。

"楼前相望不相知，陌上相逢讵相识？借问吹箫向紫烟，曾经学舞度芳年。得成比目何辞死，愿作鸳鸯不羡仙。比目鸳鸯真可羡，双去双来君不见？"好一场相望不相识！极言青春貌美的女子之多。这些人的命运如浮萍不知掌握在谁手里。要能碰见如意郎君厮守一生该多好，对情爱的大胆渴望可见一斑。

"北堂夜夜人如月，南陌朝朝骑似云。南陌北堂连北里，五剧三条控三市。弱柳青槐拂地垂，佳气红尘暗天起。汉代金吾千骑来，翡翠屠苏鹦鹉杯。"北里就是唐长安的平康里，为娼家聚居之地。将军带着随从在这里寻欢作乐。弱柳垂地，青槐葱郁，车水马龙，人声鼎沸，飞尘遮天。

"节物风光不相待，桑田碧海须臾改。昔时金阶白玉堂，即今惟见青松在。寂寂寥寥扬子居，年年岁岁一床书。独有南山桂花发，飞来飞去袭人裾。"轻歌曼舞绵延不了千年，沧海桑田，顷刻之间变了天地，往日的金阶玉堂都已衰败，只有青松覆盖着墟墓。汉代扬雄胸怀奇才却寂寞自守，一床书陪伴了他一年又一年。南山的桂花盛开了，飘飞的花瓣落在人的衣襟上。卢照邻好像扬雄一样，他在迥然不同的生活情趣中批判了达官贵人们骄奢庸俗的生活，抒发怀才不遇之愤慨，寂寥之余，只能自我宽解。

卢照邻因诗得罪梁王获罪，算是一奇。

---

① 颍水，又称颍河，是淮河的重要支流，相传因纪念春秋郑人颍考叔而得名。

卢照邻当了很短时间的新都尉，患病辞官，服用丹药，跟随孙思邈学医并自己给自己诊疗未果，亦算一悲。

卢照邻晚年干脆寓居太白山，田园山水之乐是不得已要享受的，姑且算得一乐吧。

卢照邻因长期仕宦不遇、贫病交加、忧愤不已，终因疾病的痛苦，决定与亲属道别，写《释疾文》及《五悲文》，自掘坟墓后毅然投颍水而死，算是人间一大悲。终究"不是人间富贵花"，卢天才以四五十岁的短寿和不幸辞别人世。

杜甫对初唐四杰的激赏可从其诗《戏为六绝句》窥见一斑。"王杨卢骆当时体，轻薄为文哂未休。尔曹身与名俱灭，不废江河万古流。""举天悲富骆，近代惜卢王。"[①]（杜甫《寄彭州高三十五使君适虢州岑二十七长史参三十韵》）充满了对四杰的惺惺相惜之情。他们的骈体文虽然还有一些齐梁以来绮丽之风，但是毕竟开创了初唐以来的新文风。初唐四杰的诗风开创的是风骨，即以风清骨峻充实作品，容纳辞藻修饰却又健壮凛然。王世贞对四杰有评价："词旨华靡，沿陈、隋之遗，气骨翩翩，意象老境，故超然胜之五言遂为律家正始。"（《唐音癸签》卷五引）卢照邻的作品自然符合这一评价，杨炯在《王勃集序》中夸过王勃："壮而不虚，刚而能润，雕而不碎，按而弥坚。"应该说，四杰和陈子昂构成初唐诗坛的亮丽风景，审美文化从宫廷走向了社会人生，为盛唐诗歌的春汛汹涌打下了风骨、声律、性情的准备。

卢照邻《长安古意》缺陷何在？对长安繁华和王公贵少的享乐生活铺排笔墨够了，但是客观描绘中呈现的是一种似乎羡慕、似乎讥讽的感受，诗人主体意识显得弱了。初唐四杰功名进取心常在，

[①] 富骆：初唐著名诗人富嘉谟与骆宾王的并称。卢王：卢照邻和王勃的并称。

同时却又包含不平、寂寞，缺乏宏大的社会理想和人生抱负，和李白、杜甫相比较，最缺乏的是贯穿全局、始终如一的精神力量。骨骼有了，神韵和性情不足，真放磊落的自然流露不够。骆宾王《帝京篇》是大致类似的问题。当然，这和时代条件有关，和个人门第出身、人生境遇有关，我们不能苛求正在成长中的树木。

11. 长安城的孤独者

一个人，独自生活在大城市尤其是人口超过一千万的超大城市中，总是希望能找上几个知音知己，或者总是希望遇见几个同乡、同学、战友，因为一个人难以克服与生俱来的孤独感。物以类聚，人以群分，物种世界中建立类、种、科、目很重要，某种时刻、某种程度上人类也是这样。最常见、最舒服的状态则是普通和平凡，因此，人更多时候是把自己隐入人潮，淹没在夜色中，失去个性，平凡得和其他人没有区别，并不愿意与众不同。闪耀在苍穹中的众多闪烁的星星，因其明亮程度不一、排布位置不一、被人们赋予的功能不一样，才有了区分，可是飘洒在天空中的雨点，一滴滴如何区分？有些人愿意成为闪耀的明星，可更多的人还是希望自己和后代成为平平安安的普通百姓，和三两个知己相知相伴摆脱孤独，泯然众人，安然度过一生。长安城在今天已经是一座颇具现代化气息的大都市了，可每每看到新街道或者小巷子深处的烟火小店中，三五个男女或安安静静或笑谈嚷闹中吃一碗水盆羊肉、葫芦头泡馍，分一瓶这样那样的西凤酒，或者干脆在温暖的阳光下喝茶聊天，有滋有味地品咂生活，我总是莫名地感动。平凡生活中的长安人长久以来和其他地方的人一样，用三五成群的欢乐驱逐寂寞，享受着同一段时光、口味带给他们的回忆和向往。故事和世俗总会让人重拾光阴。

　　文化人的孤独别具一格。呼朋唤友欢聚一堂的时候，多么希望打破孤独寻求共识，可往往不能尽如人意甚至本末倒置。各人都有各人的事，忙得很哩。接送孩子去参加辅导、自己要写的论文或研究的课题一大堆、老人或朋友住院要去探望，领导或许找自己还有个什么事情要处理，某人约吃饭会不会拜托什么事等不一而足，外在的这些附加条件让相聚在一起的几个文化人踌躇不定，甚至托辞早走，最初张罗的人反而为难意冷。这不难理解，个体的孤独不能靠一群人去消解，况且觥筹交错、把盏言欢的气氛并非一定是真实的，可能更加重了孤独感。

　　孤独是一种理性的智慧品质。上大学时班级搞游戏，每人写一句最想说的话，可署名也可不署名，然后抓阄交流，我收到的是一句"享受孤独"。最终不知道谁写的，但这句话却一直记着。生命的本质是孤独，孤独可以让灵魂丰满。一个人终其一生，学不会和自己友善相处，很难学会与众多的其他不同类型的人相处，那就更不会"独与天地精神往来"了。实际上，个体的丰盈出彩是众人以至于整个社会出彩前进的希望。孤独是文化人的精神丰盈和个性追求，外在表现上甚至很忙碌，而寂寞是普通人的精神孤单甚至郁闷情绪的无法排遣，有时候就体现为无所事事或无事生非。一个孤独者能独立地面对复杂的状况，内心坚强冷静，善于借助外力妥善处理周遭的困难，这不仅是对个体心理体验和生存状态的超越，也是一种全新的生命必然。一个寂寞者的百无聊赖则容易引发非规则的运行轨迹，造成局部氛围环境的不适。

　　长安城里的诗人们便具有这样的气质了。李白"天子呼来不上船"，"欲上青天揽明月"；居住在少陵原以卖药为生的杜甫，"自谓颇挺出，立登要路津。致君尧舜上，再使风俗淳"。立志高远，却过着"朝扣富儿门,暮随肥马尘。残杯与冷炙,到处潜悲辛"的生活,但他依然"穷年忧黎元,叹息肠内热",忧国忧民。"城南韦杜,去天尺五。"住在长安城南的韦杜两家,权势倾天,和杜甫无关。白居易思念友人,"明月春风三五夜,万人行乐一人愁"。哪怕到了晚唐,政权开始衰败了,"小李杜"仍然熠熠闪光。"碧海青天夜夜心"的李商隐被人排挤潦倒沦落,依然追求唯美,痛斥时政,"可怜夜半虚前席,不问苍生问鬼神",皇帝崇佛媚道,服药求仙,何顾苍生!李商隐《隋宫》:"地下若逢陈后主,岂宜重问后庭花。"更是将对帝王的批判推向高潮,"如何四纪为天子,不及卢家有莫愁"。出身名门的杜牧流传至今的诗歌,哪一首不是扛鼎之作?"南朝四百八十寺,多少楼台烟雨中";"商女不知亡国恨,隔江犹唱后庭花";"一骑红尘妃子笑,无人知是荔枝来";等等。渴望卫国立功,但又务实进取,这就是我们印象中的杜牧,从政清廉敬业,作诗旷达悲慨,风华流美雄豪健朗。想起晚唐,想起不世才华,想起雄姿英发,我们总是忘不了那个不拘小节、不屑逢迎、神韵疏朗的杜牧之。

12. 刘禹锡的长安

中唐刘禹锡区别于同时期的同僚和诗人,飞鸿踏雪般地在长安诗文上留下了痕迹,根源于政治品格上的分野。据陶敏、陶红雨的《刘禹锡全集编年校注》统计结果,以"诗豪"著称的中唐诗人刘禹锡一生写了813首诗,其中在长安创作164首,在异地创作的与长安有关的188首,大体上长安诗歌占到接近一半的比例。这一数据统计的意义在于说明长安是诗人不同时期持续的牵挂、期盼和惆怅所系。政治品格属政治伦理学范畴,它是政治主体面对公私是非义利等原则性问题以理念态度实践等所呈现的一种固有政治心理和性格特征。刘禹锡的政治品格、理想离不开长安。

　　长安始终是刘禹锡的政治理想和牵挂。长安在诗人笔下先后出现过接近30个不同的称呼，计有长安、国、都、上国、上都、王城、帝王州、帝城、帝畿、帝京、帝乡、西京、玉京、上京、咸京、京华、秦京、关中、九州、九重城、雍州、斗城、白云乡、凤城、凤凰城、栖凤、翔鸾等。一座城市纵然是首都，纵然历史厚重也还只是一座城市而已，可诗人心目中给予其如此之多的指代性名称古今罕见，刘禹锡对长安的特殊情感和诗歌创作的深层特质可见一斑。刘禹锡一生进出长安多次，总体寓居时间七年左右，不间断停留也就三四年。其颠沛流离，宦海沉浮一生荣辱离不开长安，长安成为他政治理想的始终牵挂。不光刘禹锡，很多唐代人心目中朝思暮想要到达的地方其实还是长安。来到长安，或者实现政治抱负，或者失意而去，这其中的故事和心情变成诗歌，呈现流传下来。今天，"也许只有在西安，我们才会更好地理解唐代人、才能更好地领悟唐诗魅力"[1]。刘禹锡的诗歌书写了多种长安意象，也是长安诗情幻化的典型代表之一。

　　未到长安，向往长安。贞元十年（794）赴京应试路过华州，刘禹锡有《华山歌》明志。在苏州、嘉兴度过少年时代的"下国人"刘禹锡眼中，华山为帝都长安的门户，"能令下国人，一见换神骨"，可实际上雄伟非凡的自然气概亦警示他荣华富贵只是过眼烟云，重要的是要为国家作一番贡献，"丈夫无特达，虽贵犹碌碌"才是真志向。一生依赖这种精神的支撑，使他在以后坎坷不平的人生道路上始终执着于少年时的初衷。

　　初至长安，礼赞长安。刘禹锡向往政清人和，并积极参与革新。

---

[1] 柏俊才：《唐诗与长安文化》，高等教育出版社2019年版，第218页。

"南山宿雨晴，春入凤凰城"，终南山和春雨点缀着景色妖娆的帝都让他兴奋期盼。贞元二十年（804），"特达圭无玷，坚贞竹有筠"既是对未到任的尚书刘公济的赞许，同时也表达自己和这位从叔一样豪健刚强忠贞不屈的品格；同年武元衡拜御史中丞，时任监察御史的刘禹锡有"感时江海思，报国松筠心"之句以松竹坚贞回应其厚德官品亦表白自己积极入世，为国尽忠、为百姓效力的心声。永贞元年（805）顺宗即位。唐王朝藩镇割据宦官篡权、奸佞横行欺压百姓，王室政权安危加剧和阶级矛盾突出。顺宗和王叔文意欲革除弊端，推行革新。刘禹锡任太子校书时就和王相识，"尤为知奖，以宰相器待之"（《唐书·刘禹锡传》）。受到皇帝和"二王"赏识的刘禹锡在革新中担任屯田员外郎、判度支盐铁案，踌躇满志，对实现政治抱负充满信心。"戟枝迎日动，阁影助松寒。瑞气转绡縠，游光泛波澜。御沟新柳色，处处拂归鞍。"《春日退朝》中长安新雨清爽，阳光明媚，宫殿庄严，诗人心情激动喜悦、积极乐观，这和"内抑宦官，外制藩镇"为目标的"永贞革新"带来的崭新政治气象吻合以辉映。长安是国家政权的中枢所在，从小的政治抱负即将施展，国泰民安的局面即将重现，"瑞气""新柳""拂"均是诗人内心的自然呈现。146天之后，革新失败，新即位的宪宗下令，永贞革新参与者"纵逢恩赦，不在量移之限"（《旧唐书》卷十四《宪宗纪》上），当头棒喝之下的刘禹锡开始了漫长的贬谪生涯。

离开长安，梦回长安。贞元十七年（801），刘禹锡在杜佑幕府任职，杜佑因战事失败请求召回，身在扬州的刘禹锡怅然若失，渴望回长安施展抱负，"悠然京华意，怅望怀远程"表达了乡国之思和向往长安之心。元和中在朗州"弱冠游咸京，上书金马外。结交当世贤，驰声溢四塞"之句追忆年少初到长安游学踌躇满志，欲求取功名遂平生志的豪情壮气。元和七年（812）悼念亡妻，"郁郁何郁郁，长安远于日"尽显遭逢不济，梦回长安而不得的苦闷。在千载往事和杰出人物的思索追怀中，即使壮志难酬，骥驰鹰翔仍是刘禹锡进取雄心的写照，诗歌创作打开了人生的另一扇窗户。赴连州途中有"回首云深处，永怀乡旧游"；朗州有"一曲南音此地闻，长安北望三千里"；夔州有"南人上来歌一曲，北人莫上动乡情"，在登高远眺中尽显对长安的刻骨思念。长庆三年（823），在夔州刘禹锡诗赠当年同科进士张复元之子张盟应试，岁月拨动尘封往事。贞元九年（793）22岁的少年刘禹锡和柳宗元等人同榜进士及第，心潮逐浪高，异常兴奋，曲江关宴的盛况恍惚如昨，"三十二君子，齐飞凌烟旻"。

再回长安，心绪复杂。元和十年（815）刘禹锡自朗州返抵长安，"十年楚水枫林下，今夜初闻长乐钟"表达了他欲有一番作为的乐观情绪。大和二年（828）再调回长安任主客郎中，感慨帝城于己已是恍若隔世，"不改南山色，其余事事新"，"多惭再入金门籍，不敢为文学解嘲"。大和三年（829）任礼部侍郎兼集贤殿学士后，认识到政治环境的险恶，谨慎保守，与白居易、元稹、张籍等人数次游览曲江，在杏园等地宴饮联诗，心境一时颓丧。二十多年的谪居生涯化成一杯郁闷酒，在曲江的春天里刘禹锡常酩酊大醉，"游人莫笑白头醉，老醉花间有几人""二十四年流落者，故人相引到花丛"呈现的都是这一时期的失望波折。最美不过雨后曲江，雾气散去雨停歇，大和四年（830）在《曲江春望》中表露的即美景下的忧伤了。"凤城烟雨歇，万象含佳气"；面对美景思绪难平，往事怆然凝眸，政治抱负不得实施，"何事独伤怀，少年曾得意"，凄然回首诗人感念曾经的曲江，繁华依旧可物是人非。

长安成为文人诗词中恋恋不舍的一个复杂意象。余光中以诗为媒介，认为诗歌从未离开过西安，长安城一直有诗相伴，人们一直忘不了他曾经的感悟："长安是天才读书人的一个情结，只要想到长安，就会想到朝廷、庙堂、君王、国运等许多内容，我早就透过中国古典文学诗词了解长安了。"① 李白赞美长安的春，"长安白日照春空，绿杨结烟垂袅风"；杜牧歌颂长安秋景，"南山与秋色，气势两相高"；白居易的诗歌表现了帝都景象、宏伟格局和官员上朝的和谐相融，"百千家似围棋局，十二街如种菜畦。遥认微微入朝火，一条星宿五门西"；王维眼中的长安游侠则透着大唐人强烈的自信自尊，"孰知不向边庭苦，纵死犹闻侠骨香"；晚唐韦庄看到的一定是日渐衰败的王朝，遂将长安美好回忆和末世狂欢在诗歌中映照，生发无限感慨，他在一首《浣溪沙》词中写道："咫尺画堂深似海，忆来惟把旧书看，几时携手入长安"。长安和刘禹锡，刘禹锡和长安则体现为最典型的最牵念的意象，一诗一文总关岁月痕迹和长安的文化魅力，总关泛着星光的，理想与梦想。

13. 登塔同题

苍凉古拙，沉郁开阔的关中厚实冷静地滋养着一代代学人，无论南北东西。岑参、高适、杜甫、薛据、储光羲五人相约同登慈恩寺，留下了公元752年秋的关中印象。

唐代诗人喜欢结伴同游，游玩曲江时必登大雁塔题诗。和我们今天的踏青或秋游一样，吃点饭，也许喝点酒，最后以共同指定的题目吟首诗以作纪念，而今天的我们一般不吟诗，项目换成聊天或打个小牌。这都是生活的一部分，古今一理。

这几位诗人登上大雁塔，同题共作。

---

① 职茵：《余光中的西安情缘，在诗意中追寻锦绣盛唐》，《西安晚报》2017年12月15日。

慈恩寺是隋代无漏寺的旧址。唐高宗还是太子的时候，为纪念母亲长孙皇后的恩德在原址上修建了慈恩寺，当时没有塔。玄奘从印度取经回来，朝廷为了让他安心翻译佛经，修造了慈恩寺塔。这座塔多次重建过，层数不一。永徽年间是五层，高宗李治改建大雁塔至九层。武后长安年间重加营建至十层，后经兵火剩七层，是当时长安城里最高的建筑。杜甫等五位诗友在天宝年间同登时塔身是七层。慈恩寺塔不仅是皇家建筑，同时参加科举考试的士子们还愿意把自己的名字题写在塔下面。李商隐也在塔下题过自己的名字。

这是文学史上的一件盛事，类似于东晋永和年间的兰亭集会。清代王渔洋在《池北偶谈》中很羡慕向往这次的五人盛会，他说："每思高、岑、杜辈同登慈恩塔，高、李、杜辈同登吹台，一时大敌，旗鼓相当，恨不厕身其间，为执鞭弭之役。"更小规模的一次集会是李白、杜甫、高适曾同游过河南商丘的吹台。

这件文学盛事发生前，大唐王朝还有哪些事件发生呢？

746年，贤相张九龄、李适之受到李林甫排挤，被罢相。

747年，玄宗开制举，下诏"大凡天下之士，通一艺者皆可入京赴试"。三十六岁的杜甫在困守长安十年后赴制举，李林甫却以"野无遗贤"为名，无一人入选，杜甫遗恨落榜。也是这一年，士林中的领袖人物北海太守李邕、刑部尚书裴敦复受到李林甫陷害，一同被"杖死"。知识分子的士气被打压摧残，李白表示要远离官场，政治的确不好玩，"君不见李北海，英风豪气今何在？君不见裴尚书，土坟三尺蒿棘居"。

748年，玄宗宠信的太监高力士任骠骑大将军，掌管部队。安禄山获赐免死铁券，安心筹备造反。杨国忠兼任职务达到了50多个，长安城中大兴土木，奢靡攀比之风盛行。

749—750年，唐玄宗发动边界战争，意欲开拓疆土，屡战屡败。

751年，征讨南诏，全军覆没。杜甫奋笔疾书《兵车行》。

752年秋天，五人相逢登大雁塔。

这一年，杜甫41岁。孔子说："四十、五十而无闻焉，斯亦不足畏也已。"杜甫沉痛感慨，着急却没有什么好办法。

这一年，高适53岁。他在天宝八载（749）举有道科及第，授封丘尉，短暂任职后辞官，居长安。

这一年，岑参36岁，作为高仙芝的幕府成员，他随高仙芝兵败回到长安。"白发悲明镜，青春换敝裘。"岑参的心情也不大好。

薛据为人正直，诗名颇盛，命运坎坷。其诗《落第后口号》云："十五能文西入秦，三十无家作路人。"① 薛据与王维为同榜进士，在开元九年（721）进士及第，惜仕途不达。薛据担任过永乐县主簿和河北涉县令等职。为人耿直，诗风多怨愤，晚年居终南山下炼药隐居。其《古兴》云："投珠恐见疑，抱玉但垂泣。道在君不举，功成叹何及。"和诸位诗友登塔时心情想来也不大好。塔登了，诗写了，失传了，这是五人中唯一的。

诗人储光羲也是两次进士不第，第三次于开元十四年（726）进士及第的。仕途从氾水尉这个刀笔吏起步，我们知道这个职位对于才子们都是一个考验，高适等人都是干一段时间就辞职的。储光羲心有抱怨，但是愿意坚持。"本自江海人，且无寥廓志。……耻从侠烈游，甘为刀笔吏。"

开元二十一年（733），张九龄担任中书侍郎，老师严迪担任礼部侍郎，王维、储光羲等都得到了重用。储光羲和王维是好朋友，两人常有诗文往来。开元二十二年（734），储光羲入朝任监察御史。后来由于李林甫的排挤，老师倒霉，学生遭殃，储光羲也被诬陷下狱。

---

① 此诗一作綦母潜诗。

登塔时的储光羲官拜太祝算是由从九品下变为九品上，升了两级，然而仍是不景气。这个职位主管国家祭祀时的迎神、送神等环节，储光羲深感久居此位，难以实现济世抱负。可见，登塔时的储光羲自感不得志，郁郁寡欢。

这等于是五个失意文人聚在一起开了个小会。慈恩寺塔和关中风景给予他们什么样的情怀呢？

岑参《与高适薛据同登慈恩寺浮图》中吟道："秋色从西来，苍然满关中。五陵北原上，万古青濛濛。"两年后在凉州暂住时，他写尽了朋友间的情辞慷慨和人生感悟，"花门楼前见秋草，岂能贫贱相看老。一生大笑能几回，斗酒相逢须醉倒"。

杜甫远眺，看到了终南山的一片青苍和泾渭清浊相混，"秦山忽破碎，泾渭不可求。俯视但一气，焉能辨皇州"。

高适写尽了关中的清旷和高远，"秋风昨夜至，秦塞多清旷。千里何苍苍，五陵郁相望"。

田园山水诗人储光羲惊叹于关中的雄浑开阔，"苍芜宜春苑，片碧昆明池。谁道天汉高，逍遥方在兹。""宫室低迤逦，群山小参差。俯仰宇宙空，庶随了义归"。

岑参的句子表明了空间的广阔和时间的悠远。身处佛教圣地，他决心要以清净为本，皈依佛门了。"誓将挂冠去，觉道资无穷。"说是说，只是当时的感觉罢了；做归做，他并没有辞官。

高适觉得登塔感受佛性只能是一时的游览放松，最终还是要效忠朝廷，报效国家。"盛时惭阮步，末宦知周防。"阮籍穷途是迫于无奈，而高适日后是要像周防那样飞黄腾达的。

杜甫登上塔顶，首先感觉风很大，"烈风无时休"。站在当时最高的建筑物顶上，又值深秋，风有点大，也有点冷，心里也有点犯愁。"自非旷士怀，登兹翻百忧。"社会大的动荡要来了，我怎能像别人那样潇洒不在意呢？"高标跨苍天""七星在北户，河汉声西流。"塔尖高耸入云，从塔顶北边的窗户平视可见北斗七星，耳边传来的好像是银河哗哗的流水声。笔法平实，极尽夸张。

"秦山忽破碎，泾渭不可求。"站高望远，终南山断断续续，起伏不定，泾渭二水也分不清谁是谁了。"俯视但一气，焉能辨皇州。"朝下看看长安城，朦胧一片，塔太高了，宫殿、城墙、坊市等实在看不清啊。"百千家似围棋局，十二街如种菜畦。"后来白居易眼中的整齐划一是没有的。

杜甫的这首诗情景交融，情中有景，景中有情。登上塔顶，看四周风景，想自己奔波遭遇，念天下苍生，感触良多。"黄鹄去不息，哀鸣何所投。君看随阳雁，各有稻粱谋。"黄鹄和大雁都是鸟儿，飞的方向不同，都有自己的事。我呢？

面对共同的时代，五人站在同一地理高度上，可心中所思，笔端流淌的诗歌却不是同一高度。诗人的胸襟、艺术构造力、人生感悟、未来方向、关键时刻的抉择，不一而足，每个人的道路是每个人自己走出来的，与他人关系不大的。

程千帆先生曾评价过杜甫与其他人同登宝塔所作的诗，有篇文章的标题是《他们并不站在同一高度上》，言简意赅地肯定了杜甫。清沈德潜《说诗晬语》卷二中表述了人品、胸怀和作品之间的关联："有第一等襟抱，第一等学识，斯有第一等真诗。如太空之中，不著一点；如星宿之海，万源涌出；如土膏既厚，春雷一动，万物发生。"杜甫为千古一人矣。

实杜诗之高，他人难及。

14. 同游曲江

谁没有几个好朋友？志同道合，谈经论道，饮酒喝茶，心心相印,常常牵挂等都是朋友"好"的外在表现。

本来约好同游曲江的,独有人未赴约,这一般是要落抱怨的。韩愈埋怨白居易爽约,你老兄到底在忙些啥?曲江新雨后,空气清新,景物明净,万紫千红,临风吐艳,楼台花树间,水天相映照,良辰美景岂不是辜负了?多么可惜。韩愈写了一首诗,记录了这则趣事,《同水部张员外籍曲江春游寄白二十二舍人》云:"漠漠轻阴晚自开,青天白日映楼台。曲江水满花千树,有底忙时不肯来。"

同游的还有水部员外郎张籍。

韩愈当时是兵部侍郎,白居易是中书舍人,年龄相差无几,可韩愈明显官居高位。邀你你不来,什么原因?友谊诗情和职位无关,白居易有诗作答。《酬韩侍郎张博士雨后游曲江见寄》也有四句:"小园新种红樱树,闲绕花行便当游。何必更随鞍马队,冲泥踏雨曲江头?"

红樱树自然是樱花了。自家园子里种了些樱花,都在长安城,大约同时开。小家碧玉,风景也不差。春景无外乎花开水涨,程度不同而已,自己在家转转也权当春游了。呼朋唤友都骑着马,驾着车,又是雨后,自己一身泥不说,还遭扰了曲江美景。环卫工人多辛苦?

50岁的白居易是有佛性的人,韩愈提拔了自己,没能陪上司春游也不是什么大不了的事情。可能有琐事耽搁了;也可能觉得雨后去有些折腾,反正爽约了。写首和答诗说明原委就行了,这算是那个年代朋友之间的互怼吧。

一寄一酬,尽显才子和诗人风范,大唐时代就如此。不考虑那么多枝枝蔓蔓,人情往来。

退之爱游,游曲江是最爱,留下不少佳作。《酬司门卢四兄云夫院长望秋作》云:"归来得便即游览,暂似壮马脱重衔,曲江荷花盖十里，江湖生目思莫缄。"可见，曲江是他游踪惯去的地方。公务之余，韩愈多去曲江看花，昆明湖撑船，《上钱一奉酬曲江荷花红》中反映了自己的乐趣："曲江千顷秋波净，平铺红云盖明镜"，"玉山前却不复来，曲江汀滢水平杯。"除了曲江，青龙寺的柿子、长安城中的槐树、柳树等都是韩愈笔下的长安城胜景。"友生招我佛寺行，正值万株红叶满""夏槐作云屯""柳色压城匀""岸竹长遮邻""百叶双桃晚更红"等都是韩愈作为中唐那个时代的记录者留给我们的记忆。

　　那个时代的真朋友让我们羡慕，元白、刘白、刘柳，这中间少不了韩愈。刘禹锡初贬连州刺史路上，心情不爽，途经江陵，依然是好客的知心朋友韩愈款待了他。把酒言说永贞革新和知己之交，皇帝改主意再贬刘禹锡为朗州司马，刘禹锡带着友人的嘱托、浓浓的情谊，奔赴连州上任。以诗文和白居易、元稹等相交，以辨究天地之理和柳宗元相知，刘禹锡内心的坚毅执着才日渐丰满起来。这才有了后来"南人上来歌一曲，北人莫上动乡情"对长安的刻骨思念，才有了"千淘万漉虽辛苦，吹尽狂沙始到金"的逆风飞扬，才有了"晴空一鹤排云上，便引诗情到碧霄"的豁达乐观感染我们。

　　如此，我们才能看到当年的佳话。

15. 长安大，白居易不易

　　白居易出生于河南新郑，其高祖是山西太原人，祖上曾居住渭南下邽。下邽隶属于古下邽县，属于今天陕西渭南的临渭区，是历史上有名的"三贤故里"。"三贤"是谓唐张仁愿、唐白居易、宋寇准。下邽人唐将张仁愿多次战胜突厥，器宇端雅，风神秀杰，屡建奇功，中宗时成为宰相，封韩国公，唐代宗时就被列入凌烟阁二十四功臣之列；下邽人宋相寇准一生五沉五浮，终老雷州，其十五岁时精习《春秋》，十九岁中进士，促成真宗亲征辽军，澶渊退敌，保证了宋辽边境宁息干戈，贸易繁荣，百姓生活安居乐业；下邽人白居易被称为"诗王""诗魔"，是世称的唐代三大诗人之一，唐宣宗作诗凭吊白居易，诗云："缀玉联珠六十年，谁教冥路作诗仙。浮云不系名居易，造化无为字乐天。童子解吟长恨曲，胡儿能唱琵琶篇。文章已满行人耳，一度思卿一怆然。"雅好诗歌的宣宗在《吊白居易》诗中表达对白居易诗名之仰重，对其诗歌影响力之赞誉，对其离世之痛惜，足见白居易所取得的艺术成就之高。

　　白居易七十五年的生命中有超过二十年是居住在长安城的。贞元五年（789）来到长安，一直到元和十年（815）被贬江州司马，大约有二十六年居住在长安城。其间元和初年去周至当县尉，次年也就调回长安了，不足两年。我们所熟知的白居易拜谒著作郎顾况的故事发生在宣平坊一带，也就是今天的祭台村以南，乐游原以西的区域。当时，顾况居住的宣平坊住了不少的官宦人家，包括宗正卿李琇、左仆射严绶、太子少师郑朗等。白居易眼中的顾宅和长安城中其他大宅院是相差无几的，高大宽敞，绿树翠竹点缀其中，"丰屋中栉比，高墙外回环"，"高堂虚且迥，坐卧见南山"，然而到长安不久同住宣平坊的白居易大约是暂住性质，因为他还来不及体会"长安居不易"，就很快回乡探亲去了。

　　白居易散文《养竹记》借竹子表达自己际遇，文中也说明了自己在长安租赁房屋度日的生活，"贞元十九年春，居易以拔萃选及第，授校书郎，始于长安求假居处，得常乐里故关相国私第之东亭而处之"。白居易是贞元十六年（800）29岁时中进士，贞元十八年（802）冬参加吏部的书判拔萃科考试，贞元十九年（803）春登书判拔萃科，授秘书省校书郎，有了正式官职，有了俸禄，住得可以讲究点，他借居常乐里已故相国关播园亭。常乐里位于长安城东北方，与兴庆宫相邻，往东出城方便，往西北上朝方便，往南去曲江便利，这一时期的《常乐里闲居偶题十六韵兼寄刘十五公舆王十一起吕二炅吕四颖崔十八玄亮元九稹刘三十二敦质张十五仲方时为校书郎注》叙述了白居易的居住状况和心态。

> 帝都名利场，鸡鸣无安居。独有懒慢者，日高头未梳。工拙性不同，进退迹遂殊。幸逢太平代，天子好文儒。小才难大用，典校在秘书。三旬两入省，因得养顽疏。茅屋四五间，一马二仆夫。俸钱万六千，月给亦有余。既无衣食牵，亦少人事拘。遂使少年心，日日常晏如。勿言无己知，躁静各有徒。兰台七八人，出处与之俱。旬时阻谈笑，旦夕望轩车。谁能雠校间，解带卧吾庐。窗前有竹玩，门外有酒沽。何以待君子，数竿对一壶。

这个时期的白居易居住条件说得过去。已故关相国府第的东亭，四五间房子，简单够用，窗前有竹子且门外有酒卖，外出有马，入门有仆人伺候。每月俸禄有节余，有七八个好朋友往来无拘无束，好不自在！

从心态上看，身处长安名利场，鸡鸣时分众人不得安息，还好自己进退自如，顽疏有余，文字上有些才华，也能为国家所用，面对狂躁浮华安守静谧，白居易坚持以少年之心、君子之怀淡然处之，倒也能做到怡然自得。

贞元二十年（804），33岁的白居易在暮春时节回到渭南，卜居下邽县义津乡金氏村，"始徙家秦中，卜居于渭上"。在关中渭南安的这个家，具体地址在今天渭南市经济开发区信义街道紫兰村。白居易很满意这个地方，常常往来于长安与下邽之间。这里"榆柳百余树，茅茨十数间"（《效陶潜体诗十六首》其九）；这里"村南无限桃花发""日暮风吹红满地"（《下邽庄南桃花》）；这里"家去省分百里，每三旬而两入"（《泛渭赋并序》），实为理想的宜居之地。仰望满天繁星，观赏无限桃花竞放，面对无情落红，感慨寂寥人生，度过漫漫长夜，白居易发现美欣赏美惋惜美，度过了一段安居岁月。元和六年（811），母卒，白居易又一次归渭上下邽丁忧。七年过去了，家乡和自己的心境都发生了很大改变。"试问旧老人，半为绕村墓"，"朱颜销不歇，白发生无数。唯有门外山，三峰色如故。"（《重到渭上旧居》）田野散步赏景，持竿河边垂钓，独自饮酒消愁，开荒学农务农都给予他精神慰藉，白居易的诗歌情绪偏向哀愁，既入世，同时又兼及道、释。离开渭上时，他"掩泪别乡里，飘飘将远行"（《续古诗十首》其二），又一次踏上了前往长安的古道。

贞元二十一年（805），白居易在长安为校书郎，寓居永崇里的华阳观。白居易在《春题华阳观》中说："观即华阳公主故宅，有旧内人存焉。"华阳观是华阳公主的旧宅，位于永崇里，属于乐游原的一部分，即今天的后村一带。永崇里距离城中心稍远，属于乐游原的一部分，安静优雅。白居易在《永崇里观居》中写道："季夏中气候，烦暑自此收。萧飒风雨天，蝉声暮啾啾。永崇里巷静，华阳观院幽。轩车不到处，满地槐花秋。年光忽冉冉，世事本悠悠。何必待衰老，然后悟浮休？真隐岂长远，至道在冥搜。身虽世界住，心与虚无游。朝饥有蔬食，夜寒有布裘。幸免冻与馁，此外复何求。寡欲虽少病，乐天心不忧。何以明吾志，周易在床头。"

白居易在长安期间选的住处一直不是繁华之地。一是他喜好僻静；二是方便交友；三也可能是经济原因。他住华阳观永崇坊时，好朋友元稹就住在隔街相望的靖安坊，比邻而居，元白二人来往自然就方便了。白居易在《春中与卢四周谅华阳观同居》中也坦然说起了经济状况不允许住在价格较高的繁华地段，"杏坛住僻虽宜病，芸阁官微不救贫"。居住华阳观的日子，轩车不至，岁月悠长，这让晚年的白居易很是难忘。七十一岁时，已经是人生暮年的白居易想起这段日子，怅然知命，感叹知交半零落，《酬寄牛相公同宿话旧劝酒见赠》诗云："每来政事堂中宿，共忆华阳观里时。日暮独归愁米尽，泥深同出借驴骑。交游今日唯残我，富贵当年更有谁。彼此相看头雪白，一杯可合重推辞？"一壶壶的浊酒怎么能消解一生的宦海沉浮呢。

元和三年（808），此年迁居新昌里，白居易娶弘农杨氏女为妻。这一时期，白居易生活清雅，诗竹相伴，"晚松寒竹新昌第，职居密近门多闭"。新昌里和他居住过的其他场所一样，也不是热闹之地。在《自题新昌居止因招杨郎中小饮》中说："地偏坊远巷仍斜，最近东头是白家。宿雨长齐邻舍柳，晴光照出夹城花。春风小榼三升酒，寒食深炉一碗茶。能到南园同醉否，笙歌随分有些些。"他的居所并非深宅大院，安静闲适之余，有些地方还得自己修修整整，类似农家小院，但风景尚好，方便邀约朋友。白居易一生心态达观，无论顺境还是逆境，皆可进退自如。看宿雨中的绿柳，赏晴光中的鲜花，想饮酒时有同伴可呼唤，春风里有一盏茶可饮。白居易在长安城的新昌里度过了一段美好的闲适生活。

白居易在新昌里到底住了多长时间？尚无定论。宗鸣安《唐代诗人在长安》中认为白居易大体上在新昌里一直住到宪宗元和十年（815），前后近十年。日本学者妹尾达彦认为白居易应该在元和五年（810）前就搬到了宣平里。《襄州别驾府君事状》记载："……夫人彭城之功封颍川县君。元和六年四月三日殁于长安宣平里第，享年五十七。"这里的"夫人"即指白居易的母亲。妹尾达彦根据这一记载认为白居易大约是元和五年五月以后到元和六年四月从新昌里迁往宣平里的。元和六年，母亲去世后，白居易回下邽丁忧，同年女儿夭折。

从新昌里到宣平里，这一时期的白居易经历了世间一个凡人的大喜大悲，娶妻生子，丧母丧女。命运是残酷现实的，一味地将喜乐单独赐福于一个人是少见的。人生无常，哪怕像白居易这样从年轻时就知命乐天者，也难以避免生活中的颠簸。这种横加于人的颠覆性变化，常常带给我们惆怅和哲学思考。永失挚爱告诉我们的只是珍惜并活在当下，这种人生突变带来的哲理性升华往往清晰在当下，迷茫在明天和后天。时间久了，伤已疗好，痛感减弱，大多数人就忘却了，难得的是，白居易一生始终保持着清醒和达观。

元和九年（814）冬，白居易返回长安，任太子左赞善大夫，居昭国坊。昭国坊更清静，"归来昭国里，人卧马歇鞍。""除非奉朝谒，此外无别牵。"上班骑着小白马往返在上下朝的路途上，除了稍微远一点，别的仍算是知足的。人生经历亲人离世的撕心裂肺后，白居易艰难地行走在人生坎坎坷坷的每一个日子里。

元和十年（815），白居易因宰相武元衡遇刺上书，得罪权贵，左迁为江州司马，暂时离开长安城。从门下省的直属官员迁任执掌地方兵马的"司马"，离开了中央朝廷，白居易是惆怅的。中唐时期由于藩镇割据，州司马是个"司马之事尽去，唯员与俸在"的虚职。朝廷里的斗争与志向远大没有关系，白居易在江州司马任上写下了《琵琶行》，弹奏琵琶的歌女一曲罢了，"座中泣下谁最多，江州司马青衫湿"。白居易在江州（今江西九江）、忠州（今重庆忠县）刺史任上属于漫长的外放时期，阔别长安整整五年之久。

元和十五年（820）夏，白居易自忠州被召回长安，任尚书司门员外郎。同年冬，转任主客郎中，知制诰。长庆元年（821）夏，白居易加散朝大夫,官居五品,可以穿绯色朝服了,又转上柱国。"游宦京都二十春,贫中无处可安贫。长羡蜗牛犹有舍,不如硕鼠解藏身。"这一年,白居易告别长期租房的日子,在长安正式购置了一套房产。地点还是选在了情有独钟的新昌里,新宅子"省史嫌坊远,豪家笑地偏",但白居易却是自得其乐,有滋有味。他在这里栽竹种松、焚香燃炉,煮茶操琴、吟诗作赋,依然过的是兼济天下和独善其身的诗酒岁月。

可是从第二年开始,乐天知命的白居易就先后被任用为杭州刺史、太子左庶子分司东都、苏州刺史,累计在杭州、洛阳、苏州度过了五年的日子。这一期间的白居易几经贬谪,"眼下营求容足地,心中准拟挂冠时",在宦海沉浮中萌生退意,心头始终牵挂着元稹、刘禹锡这些老朋友。在杭州任刺史时,元稹任浙东观察使,他们两人之间书信诗函往来,离开杭州时,元稹还将白居易的诗作编辑成《白氏长庆集》五十卷。白居易分司东都洛阳时,在履道里还置办了一所自己满心欢喜的宅子,宅园有十七亩之广,"有堂有亭,有桥有船,有书有酒,有歌有弦。有叟在中,白须飘然,识分知足,外无求焉"。苏州刺史任结束时,白居易还和至交刘禹锡同游了扬州、楚州一带。江南烟雨,柔情依依,知命之年的白居易对长安中央政权的追逐之心淡泊了,反而对住宅的"有水一池,有竹千竿"分外缱绻。

直到大和元年(827)春,白居易回长安任秘书监,换穿上了三品官员可穿的紫色朝服,并佩上了紫金鱼袋,才回到京城新昌里宅。后来他在《诏授同州刺史病不赴任因咏所怀》中写道:"卖却新昌宅,聊充送老资。"这一年是文宗大和九年(835),辞不赴任的白居易改任太子少傅,封冯翊县开国侯,要在洛阳生活了。年逾六十三岁的白居易卖掉长安新昌里的故宅,归往洛阳居。武宗会昌二年

（842），白居易以刑部尚书致仕，抵达此生为官的最高峰，除却闲云野鹤、把酒桑麻，闲适达观，再无所求。晚年的白居易大多住在洛阳的香山一带，常和刘禹锡诗酒唱和，笃信佛教，游历龙门，白云浮日，再也未至长安。

自号"香山居士"的白居易，在晚年常常回忆起在长安的岁月和京城的住宅。"游宦京都二十春"之后的长安住宅是自己真正的归宿吗？"唯忆夜深新雪后，新昌台上七株松"。华阳观、新昌里的松槐都是梦中的记忆了。的确，白居易把内心的坦然当成自己真正的归宿了。"我心本无乡，心安是归处"。"此生飘荡何时定，一缕鸿毛天地中""无论海角与天涯，大抵心安即是家"。那个曾经鲜衣怒马的少年历经半生飘零如今已白发苍苍垂垂老矣。会昌六年（846），七十五岁的白居易走完了伟大的一生，葬于洛阳香山。

其实，我们每一个人对住所的留恋和迁往与白居易都是类似的。安居乐业是一个人从少年、中年到老之将至永恒的主题。我们上学的家乡和城市，往后随职业变动而随之变动的住所，都包含着少年奋斗拼搏、挣扎沉沦的故事。我们有机会回访的时候，总是愿意到当年自己学习生活工作过的地点再重温回忆，其他新开辟的地方与过去的故事无关，时间紧张的话大约也不愿意专门拜访。自己长期居住的城市容颜更新，我们欢欣喜悦，理由简单，自豪也发自内心；购置或租赁的住所总是按照我们的心愿，打扮成心仪的模样；有一方小院，种下喜欢的树种或绿植；没有小院，也要红花绿草点缀其间；蜗居陋室，总希望友人在邻；哪怕粗茶淡饭，也愿意与至交分享。寂寞深居、形只影单恐怕不是大多数人所愿意的。

"君不见外州客，长安道，一回来，一回老。"在白居易心目中，长安带着盛唐的余温和中唐的多少故事啊。当年拜谒顾况时的故事犹然在耳边，长安"米价方贵，居亦弗易！"那时他是风华正茂一青年；离开长安时，"道得个语，居亦易矣！"那时他已是白发苍苍一老朽。回望白居易的半世长安情，虽诸多不易，但向阳而生，顾自乐天。

但愿你我人生亦如此！

16. 张载与兴庆宫

同一处景致，不同身份的人看到有不同的感慨，一万个人眼中有一万种庐山面貌。张载是大思想家，一生中大部分时间活动于关中地区。北宋时期的关中已然失去了汉唐时期的帝都地位，虽然仍保持着战略要地的身份，但繁华比之当年，已经不可同日而语。昔日帝都已变为处处遗迹，面对前朝旧迹，不免有怀古悲叹之心，而悲叹之下其表达出的精神状态与志向又不同。

张载在唐兴庆宫旧址就留下了一首《宿兴庆池通轩示同志》的诗："清湘庭下千竿竹，百尽斑斓耸苍玉。通轩轩外万顷陂，陂接南山天与齐。唐基一坏半禾黍，举目气象增愁思。我来正当摇落时，尘埃七日无人知。东平叔子信予友，问学不厌坚相随。叔子莫痛凤沼湮，又莫悲愁花萼堕。所忧圣道久榛塞，富贵浮云空点涴。"[①] 兴庆池原名龙池，是唐代兴庆宫中的一处湖泊。张载生活的北宋时期，兴庆宫虽然已经湮废，但部分建筑仍然被延续使用，且兴庆池水面仍然存在，否则也不会有张载的夜宿吟咏。通过诗题我们可以知道，张载作诗的具体地点为兴庆池通轩，宋代编纂的《集韵》曰："轩，檐宇之末曰轩，取车象。"既云通轩，应为前有长廊之屋宇，这种形制恰是唐宋时期园林建筑中所常见的。通轩的位置应是坐北朝南，

---

① 北京大学古文献研究所编：《全宋诗》第 9 册，北京大学出版社 1991 年版，第 6285 页。书中宋诗引文若无标注别集，皆依此版本，不一一注明。

面对兴庆池水面，诗中云"万顷"虽夸张，从此处我们也可以看出当时水域面积之大，诗人当时一定是在天朗气清的状态下，否则又怎能看到"陂接南山天与齐"？在今天的西安，同样的位置，向南望去已然是广厦千万间，再要看到南山是不太可能了。但于城市内开敞处，每逢雨过天晴或空气能见度好时，南山仍然是历历在目。宋时的长安没有广厦千万间，更多的是田园旧墟的野趣。"唐基一坯半禾黍，举目气象增愁思。"正是描写的这一景象，昔日皇家宫殿的基址上，已然是被土著乡民半辟为农田耕种。

中唐诗人戎昱的《秋望兴庆宫》有："先皇歌舞地，今日未游巡。幽咽龙池水，凄凉御榻尘……万事如桑海，悲来欲恸神。"在历史面前，建筑物的衰败表现为一个过程，中唐时期的兴庆宫已经凄凉了，但尚不至于变成三百年后张载眼前的兴庆宫，竟然失修，无人管理，一半的面积被开辟成了农田！

白居易长庆二年（822）要赴任杭州刺史，离开长安前路过兴庆宫勤政楼，无意间楼西的一株老柳树激发了诗人的百年沧桑之痛。其五言绝句《勤政楼西老柳》云："半朽临风树，多情立马人。开元一株柳，长庆二年春。"勤政楼落成于开元八年（720），至诗人赴杭州的长庆二年，已有百年了。普通人的多愁善感在心里，诗人的多情流露在笔端。一株临风老柳引发了白居易的悲怆伤感之怀。从开元盛世到长庆二年的无奈，大唐已由盛转衰，一株老柳目睹了历史兴衰。哲理、史观、美学均包含在白居易不动声色的笔墨中，包含在兴庆宫勤政楼西的一株半朽的老柳身上。

在中国历史上的每一个封建王朝退出历史舞台之后，规模庞大的离宫别馆大都湮没在历史的尘烟，或被拆毁，或被付之一炬。秦阿房宫阙万间，抵不过项羽一把火；汉长安殿宇连绵，也终成断瓦残砖。当时真实情境没有照相摄像技术，今人无法得见。近代圆明园被英法联军劫焚后的惨相，一帧帧清晰的照片影像都历历在目，无声倾诉着当年的一切。据历史记载，圆明园被毁后，相当一部分也被开辟为农田。这与汉唐宫阙劫焚后的状态并无不同。

然而，愁思搁置之后，事情总归要与现实联系起来。"东平叔子信予友，问学不厌坚相随。叔子莫痛凤沼湮，又莫悲愁花萼堕。所忧圣道久榛塞，富贵浮云空点涴。"与张载一同在兴庆池通轩夜宿的还有"东平叔子"，此人姓名事迹待考，按诗中张氏所述应为其弟子，弟子悲悯昔日壮丽皇宫之废毁，张载却有着更高的境界与更深的忧思，宫殿废毁尚可复建，追求真理"圣道"的道路如果长久闭塞，就真正堪忧了。此处圣道当然指的是儒家孔孟之道，在以儒为宗的社会，就是真言至理。读书人所希望的是圣道兴盛，这样才能实现他们心目中所希望的清明之世。就张载生平来看，他也是切实践行这一理念的。早年的张载曾经想投笔从戎做一番大事业，康定元年（1040），范仲淹任陕西经略使兼延州知州，主持西北军政事务，张载作《边议》九条呈于范。范认为张才华横溢，将来一定成大器，建议他专心研究儒学，尤其是《中庸》。从张载后来经历来看，范仲淹的这一建议成就了一位开宗立派的大思想家。《宿兴庆池通轩示同志》一诗便是张载在关中期间带领弟子治学过程中的作品，以景物入题，以学问主张结题，咏景言志，贯穿着弘扬学问真理并以之治世的思想。

第三章 行旅羁思：赠别、思归及人在旅途

17.《行行重行行》：平凡日子的坚守

  平凡的日常生活中常隐藏着残酷。有些变故随时要到来，即便没有，平淡如水的日子要坚持下去也需要巨大的勇气。初心不改地守住一些东西，不动声色地把日子过精彩，一天天地在平静中使之顺利绵延下去，也是我们要提倡的英雄气概。

  日子一天天周而复始地过，有人会感到单调，单调时日子就一天天地计算，想着早日告别这周而复始的重复，想着什么时候才能见到想见的人，完成久未完成的夙愿。小孩子有好奇心，一天天地期待，期待节日，期待父母的礼物或承诺，期待游乐场的开心，总之，可能会满怀希望地迎接下一个朝阳。成人烦恼，种种不如愿，可能在计算日子的时光中缺乏生机，憎恨重复。

  然而，陶渊明不这样。其《移居》中说："闻多素心人，乐与数晨夕。"他搬到南村来居住，并不是要挑选什么好宅院，而是听说这里居住着很多纯朴简单的人，很高兴愿意同他们度过每一个早晨，每一个黄昏。古人迷信，搬家往往要问住宅的吉凶，吉则搬，凶则不搬，但在陶渊明看来，邻居的善恶才是最重要的。如《左传·昭

第三章　行旅羁思：赠别、思归及人在旅途

公三年》云："非宅是卜，惟邻是卜。"所以，陶渊明在乐居的新环境中，一日将尽，期待来日，乐数每一个晨夕。乐数晨夕其实是生活的态度和责任，不是生活的技巧或技术。

每一个平凡的日子，都要过得精彩和充实。德国哲学家尼采在《查拉图斯特拉如是说》中说："每一个不曾起舞的日子，都是对生命的辜负。"其实，《古诗十九首》中，我们的古人早就这么做了。

南朝文学批评家钟嵘在《诗品》中评价说："古诗，其体源出于《国风》。陆机所拟十四首，文温以丽，意悲而远。惊心动魄。可谓几乎一字千金。……《客从远方来》《橘柚垂华实》，亦为惊绝矣！人代冥灭，而清音独远，悲夫！"[①] 钟嵘与刘勰齐名，都是南朝的文学批评大家，他对《古诗十九首》评价中提出了诗歌必须吟咏情性的观点，其《诗品》为历代诗话之祖。刘勰亦将《古诗十九首》誉为"五言之冠冕"。

"关中三李"之一李因笃《汉诗音注》云："三百篇以后，定以十九首为传箕裘，无秒不备，却又浑含蕴藉，元气盎然。在汉人中，亦朱弦而疏越矣。"才学富赡的李因笃认为《古诗十九首》诗风直率自然，古朴中卓然有雅气，神韵充沛中清气荡漾，无矫揉造作、忸怩作态之势，篇篇皆神采飞扬。

王国维《人间词话》云："'生年不满百，常怀千岁忧。昼短苦夜长，何不秉烛游。''服食求神仙，多为药所误。不如饮美酒，被服纨与素。'写情如此，亦为不隔。"王国维认为，诗词言情则发自内心，反对"为赋新词强说愁"；写景要合乎自然，反对忽视自然规律；文辞要清澈朴实，打动人心。"池塘生春草"，"空梁落燕泥"就是"不隔"的好句子；而"舍弟江南殁，家兄塞北亡"就是纯粹

[①]（南朝）钟嵘著，古直笺，曹旭导读：《诗品》，上海古籍出版社 2007 年版，第 17 页。引文"十四首"，据《文选》所录今存十二首。

为了押韵而炮制出来的虚假句子,"隔"得厉害。王国维列举《古诗十九首》中的几句就属于他所欣赏的"不隔"佳句,朗朗上口,通俗易懂,情真意切,因此而打动着我们。

《行行重行行》诗云:"行行重行行,与君生别离。相去万余里,各在天一涯。道路阻且长,会面安可知。胡马依北风,越鸟巢南枝。相去日已远,衣带日已缓。浮云蔽白日,游子不顾返。思君令人老,岁月忽已晚。弃捐勿复道,努力加餐饭。"① 浅显情真到几乎不用解释,思念之情引发的读者思忖随之而来。

韩愈为了求变创新而写的《陆浑山火和皇甫湜用其韵》一诗,奇险生僻到让很多人缺乏阅读的勇气。"三光弛骤不复曈,虎熊麋猪逮猴猿。水龙鼍龟鱼与鼋,鸦鸱雕鹰雉鹄鹍。"一场森林大火让韩愈写得十分费劲,后世的读者除非学术研究,否则不忍卒读。但我们还是打心眼里喜欢"道路阻且长""胡马依北风,越鸟巢南枝""思君令人老""努力加餐饭"这样的句子。

游子离家,总有人相送。这首诗歌里送别的人是思妇。越走越远的人儿离自己已经相隔千万里,何时再相见不得而知。生离死别对古人而言是痛苦的,死别是已知的事情,此生无法再相见,一恸而绝;生离是未知,留有悬念,有生之年有相见的可能。古人没有我们今天的交通和通讯手段,分别之后要再相见是很艰难的事情,天各一方也许就是永别。但是分别时间久了,思念就如野草疯长,衣带渐宽人消瘦,茶饭不思也是自然的生活真实。思妇就抱怨起来了,北方的马在南方依恋的还是北风,南方的候鸟即便飞到北方,可巢还是筑在朝南的树枝上,你怎么就还不知道要回家呢?难道是他变心了吗?太阳即使再万丈光芒也有被浮云遮住的时刻,两人之

---

① (梁)萧统编,(唐)李善注:《文选》卷29,中华书局1977年版,第409页。其他《古诗十九首》诗歌引文皆依据此版本,不再一一标注。

第三章 行旅羁思：赠别、思归及人在旅途

间美好亲密的感情就没有蒙蔽之时吗？一天过去了，又一年的年关要到了，妇人的容颜不断衰老，还能等到夫君返回的那一天吗？这些烦人的话题暂且搁置一边吧，妇人决定自己还是要努力吃饭，强健身体，以便等到夫君归来。

思妇怀抱希望，"努力加餐饭"等着夫君归来。而事实上能否归来不得而知。《涉江采芙蓉》也许告诉了我们故事的结局和夫君在异地对家乡的思念，对照着读就是。"涉江采芙蓉，兰泽多芳草。采之欲遗谁？所思在远道。还顾望旧乡，长路漫浩浩。同心而离居，忧伤以终老。"在同样美好的季节，离家的人在异乡采撷到荷花、兰草，佩戴身上或者带回居所，向故乡和等待他的人致意，表达思念。相爱不能相守，同心却又天涯羁旅，总是有这样那样的原因，否则，路再漫长扛不住一双脚去丈量，因而在刻骨相思中忧伤终老是大概率的结局。冯延巳《浣溪沙》有"天教心愿与身违"句，心与愿违是常有的事情。当然，事实上，采芙蓉的也可能是思妇。

《古诗十九首》中《行行重行行》诗歌口吻是思妇还是逐臣？"浮云"可理解为奸佞小人，"白日"可以是逐臣、贤臣或国君。"弃捐勿复道"可以理解为，你抛弃了我，让我如此伤心，我再也不愿意说这件事了；也可理解为，要撇在一边的就是这个不愉快的话题，干脆再也不说你到底何时返回这件事情了。"努力加餐饭"既可以解释为劝对方，也可解释为自劝自勉。总之，能说通就行。诗歌的多义性增加了本身的朦胧美。实际上，与思念不同，诀别时勉励对方每日吃好喝好看似普通，实则也饱含着期待和不甘。卓文君《诀别书》中亦有"白头吟，伤离别，努力加餐勿念妾，锦水汤汤，与君长诀！"当然，这也是卓文君敢爱敢恨的宣言。

一个人在某种暂时难以解决的巨大困难下，设想通过"努力加餐饭"的形式去对抗或战胜看来注定的事情，既是勇气，也是现实

的选择。这种简单朴素的做法超越了思妇单纯的思念，演变成一种高贵坚贞的品格。谁不会遇到挫伤和悲哀呢？如果不努力，就直接放弃，这不是一种让人尊敬的态度，是不负责任的想法。只有经过现实的努力，可能那个天边的人回来了，自己健康地等到了他，这不是人生愿望的达成吗？想法和理想是要有的，万一实现了呢？努力后没有实现，也没关系，不后悔。思妇如此，逐臣亦如此。政治清明了，君主发现自己了，时来运转之时，健康或生命却不在了，谈何理想抱负？

其实，更重要的是，在平凡琐碎日子中的坚守，要乐数晨夕；在变故和挫伤面前的清醒与冷静，要不甘心坚持当下，"努力加餐饭"以待来日。

《白鹿原》中的故事依然可以讲。父亲白秉德去世了，白嘉轩没有想到母亲白赵氏如此坚强理性冷静甚至伟大。父亲在世时大小事均由父亲做主，而即使父亲白秉德快要咽气的那一刻，母亲也没有乱了阵脚，而是有条不紊地安排接下来的一连串事情，因为一味地陷入单纯的悲痛欲绝没有用。天不能塌下来，日子还得过下去。丧事得稳妥体面地安置停当，而且白家不能断后，这些都是现实的问题，躲不过去必须面对。这是一种更高层次的真实，是在生活基础上的艺术再现。

冰心先生和吴文藻在云南时，吴发高烧，冰心把医生叫到病床前的时候，发现周围围了十几个人，丈夫身上蒙着一个大白床单。丈夫是肯定死了，冰心没有尖叫没有惊慌，马上想到接下来要干的事情还很多，她这时看到窗台上摆两碗冒着热气的稀饭，第一动作是立刻把这两碗稀饭喝掉。喝完了，丈夫翻了个身，原来没有死。丈夫死后马上要干很多事情，只有"努力加餐饭"，因为吃饭会使她有力气有勇气。冰心的自述源于生活的真实。

第三章　行旅羁思：赠别、思归及人在旅途

劳伦斯作品《菊花的幽香》中，女主角伊丽莎白得知丈夫死讯后并未昏倒绝望，而是马上计算起微薄的救济金能否维持生活，打定主意必须顽强地活下去，胎中的孩子也得健康出生。她和矿工谈判安排事，安慰婆婆和女儿，做好接下来的各种准备，这都源于生活的真实和母爱的伟大。

面对生死之间的隔膜，外部形态很难判断真爱或真悲伤，号啕大哭、呼天抢地在某种场景下反而有表演的味道。真水无香，真爱无声，真悲伤则会转化成冷静理智和责任使命，以至于会以局外人的姿态波澜不惊、沉郁平静地跟着节奏处理接下来的系列事务。

丈夫突然死亡也是生活的一部分，不承认不顺从之余还能怎样对抗命运？新生活要重新开始，伊丽莎白先收拾好厨房，明天孩子起床吃饭都还要继续；冰心先吃饱饭恢复力气处理后续一系列事情；白赵氏面对丈夫暴卒，生死观通透了，训导儿子安排了丧事又继续为白嘉轩提亲再糊上一层窗户纸。平凡日子中，肩负苦难的人是从来不允许自己颓废的。英国小说家、剧作家毛姆通过《月亮和六便士》的经典讲述，阐发了平凡的重要意义："我用尽了全力，过着平凡的一生。"我们明白，这不是面对生活的消极颓废姿态，而是对平安顺利的期盼，对梦想义无反顾的追求。

《行行重行行》告诉我们：既然只有等待一个办法，那就高贵地等待。我们不能从《行行重行行》中只读到一碗饭。热乎乎的生活属于那些对平凡日子的坚守者。文艺复兴时期的法国作家，也是人文主义思潮在法国的肇始者蒙田在《人之常规》中也谈到了对平凡生活坚持和捍卫的重要性："我以为，最美满的生活，就是符合一般常人范例的生活，井然有序，但不带奇迹，也不超越常规。"①

---

① ［法］蒙田：《蒙田随笔集》，梁宗岱、黄建平译，人民文学出版社2005年版，第333页。

对平凡日子的坚守来源于一种信念，那就是坚信厚德载物、隆德远行；坚信种瓜得瓜，种豆得豆；坚信风雨之后是彩虹，不经风霜苦，哪得梅花香等一系列观点。我们没有理由漠视任何一个时代洪流中渺如微尘般平民百姓的人生。傲然于众人的杰出人物毕竟是极少数的，甘于寂寞和平凡，并在日复一日的岁月中将理想和目标坚守下去，就是个体人生体验的完美。《行行重行行》是中国古人对人生智慧的总结，点点滴滴的体会就在那里，就看后世的人们愿不愿汲取精华，从而坦然应对跌宕起伏。杨绛先生说得现实且诗意，"每个人的人生都是一片海，时而波澜壮阔，时而风平浪静，走过平湖烟雨，跨过岁月山河。当时万般艰难，一天，蓦然回首，原来，已飞度千山"。

18. 回归：杜甫的快乐

我们印象中的杜甫似乎总是皱个眉头，忧国忧民的样子，其实，从杜甫诗歌中可以找到老先生鲜明快乐的例子。

《闻官军收河南河北》表达了杜甫的快乐，这首诗中体现的欢快和兴奋是众所周知的。唐代宗广德元年（763）春天，万物勃发，沉闷已久的杜甫得到了一个振奋不已的喜讯：唐朝军队一举收复了幽州、蓟州一带领土！这预示着安史之乱快要结束了。兴奋中他写下了著名的快诗《闻官军收河南河北》："剑外忽传收蓟北，初闻涕泪满衣裳。却看妻子愁何在，漫卷诗书喜欲狂。白首放歌须纵酒，青春作伴好还乡。即从巴峡穿巫峡，便下襄阳向洛阳。"这既不是久旱逢甘霖，也不是金榜题名、洞房花烛，可杜甫就是那么欢欣鼓舞。战争造成的离乱悲伤就要结束了，和平向人们走来，诗人的快乐喜悦鲜明可见，这确实是一个爱国主义诗人真挚情感的流露。以家国

第三章 行旅羁思：赠别、思归及人在旅途

为大事，青春焕发，放歌纵酒，终于要回归故乡了。诗人掩饰不住内心的兴奋，悲喜交加以至于癫狂，满身衣裳都无法承受住长久压抑以后的泪崩。李白不是有"千里江陵一日还"，"轻舟已过万重山"的速度吗，可杜甫老先生的笑逐颜开、痛快淋漓是拿空间说话的，"巴峡""巫峡""襄阳""洛阳"在空间上的飞速转变，不遑任何人。

唐肃宗乾元二年（759），杜甫离开华州，经长安到达秦州（今甘肃天水）。在秦州期间，杜甫给我们留下了脍炙人口的《秦州杂诗二十首》。杜甫的秦州组诗描绘了秦州的山川风光，苦情乱世，艺术价值较高。当时是安史之乱的第五年，中原战火正炽，西北边境烽火迭起，组诗是忧愤孤愤之余，在壮美自然之下的快乐吟咏。《其九》云："今日明人眼，临池好驿亭。丛篁低地碧，高柳半天青。稠叠多幽事，喧呼阅使星。老夫如有此，不异在郊坰。"一处临池的驿亭让诗人眼前一亮，碧绿的竹林依附地面，高大的柳树在空中摇曳，景色幽静应接不暇，诗人设想自己乐居于此亦是一件幸事！《其十三》云："传道东柯谷，深藏数十家。对门藤盖瓦，映竹水穿沙。瘦地翻宜粟，阳坡可种瓜。船人相近报，但恐失桃花。"听闻东柯谷居住着数十户人家。藤条攀上门户，遮盖着屋瓦；溪水映着竹林，穿过了白沙。土地贫瘠，适宜种粟；坡田向阳，可以种瓜。一路上叮嘱船夫如果快到东柯谷了，就要提醒相告，不要错过了这世外桃花。

品读杜甫秦州系列诗，我们会一如既往地看到那张忧国忧民的脸庞，可是也会看到不被重用，对朝廷和肃宗皇帝公然失去信心的杜甫时不时流露出的快乐。人生如此，半生漂泊，《其十一》"萧萧古塞冷，漠漠秋云低。黄鹄翅垂雨，苍鹰饥啄泥"。吐蕃发难，蓟门叛军仍在，黄鹄雨中垂翅，苍鹰啄泥充饥，这些诗歌我们读起来是

那么熟悉，因为这就是我们熟悉的杜甫，应该就是这个样子。可是苦难人生下的另一副面孔，就是杜甫流露这类鲜明简单的快乐了。"近接西南境，长怀十九泉。何时一茅屋，送老白云边。"《其十六》云："东柯好崖谷，不与众峰群。落日邀双鸟，晴天卷片云。野人矜绝险，水竹会平分。采药吾将老，儿童未遣闻。"在秦州时，诗人常常想起城西南的十九孔泉，层峦叠嶂，实属一方福地，何时能在白云之上建一茅屋，欢度余生啊。在《其十六》中诗人看到，幽美的东柯崖谷与众不同，夕阳西下时，双鸟归宿，天晴之际又滋养着朵朵白云。山野隐居的人夸赞这地方险峻隔绝，水竹交翠，相映成趣。诗人打算在此归隐采药，这种决心甚至无须让儿女知晓。杜甫是否真的在东柯居住过，学者们看法不同，但两三次写到东柯表达自己归隐的意愿却是真的。但事实上，759年10月，杜甫就应人之邀前往同谷县，这一年12月赴成都，开始了寓居成都草堂的日子。

当然，"好雨知时节，当春乃发生。随风潜入夜，润物细无声"表达的是对一场久盼的好雨如约而至的喜悦。"夜雨剪春韭，新炊间黄粱"是到友人家做客，乱世感慨中的另一种喜悦。"留连戏蝶时时舞，自在娇莺恰恰啼"则是春日江畔寻花，看到黄四娘家千朵万朵压枝低的春日美景，盈盈的笑意。仿佛透过纸背，我们俨然看到了那个笑眯眯的杜甫。"老妻画纸为棋局，稚子敲针作钓钩"，绷得再紧的弓弦，也需要放松，人生是一场负重前行的旅程，即使再抑郁顿挫，杜甫也一定会有他鲜明的悠闲快乐，身不由己之下的责任与担当。一个自己都住破茅屋，还要担忧天下那些无房可住的人，该是一种怎样的胸怀？

读这些快乐鲜明的杜诗，我们只能说无论何时，杜甫心性仍是少年。中国古典诗词之所以让后世沉浸着迷，是因为其中的博大精深和赤子情怀。我们的古人如何面对他当时所处的复杂环境,如何以一种少年的心矢志不渝,读他们留下来的经典就是。好雨、夜雨、老妻、稚子、黄四娘家、千朵万朵不都是口语嘛,可嵌入杜诗是那么自然,余韵不绝,朗朗上口且不落俗套。"细雨鱼儿出,微风燕子斜",杜甫想象到了鱼儿和燕子的快乐。这要归根于杜甫的匠心独具和对当下生活的热爱执着。

19. 人在旅途:奔波的杜甫及境界

中国古典诗词常善于以小写大。也就是说在境界的选择和事物的呈现上,雨常下在芭蕉荷叶上,月光写在竹影松间里,夕阳照在大雁马背上。杜甫写秦州的雨,也是这样的手法。"萧萧古塞冷,漠漠秋云低。"这云是雨云,这不是要下雨了吗?接下来两句就是以小见大,透着一股精气神。"黄鹄翅垂雨,苍鹰饥啄泥。"鹄是要飞高的,可是实现不了,因为翅膀已经被雨打湿了,高飞的苍鹰在泥水中觅食,这是萧瑟情调中精神上的积极表现。盛唐诗歌的雄壮浑厚就在于人的信心和理想在现实羁绊面前激荡坚韧,意气横生,愈挫愈勇,而非消沉顿挫,穷愁闭塞,归隐宗教或回到田园山水安逸不能自拔。

乾元二年(759),对杜甫来说是艰苦奔波的一年。"奈何迫物累,一岁四行役",行踪无定,年初从洛阳到华州,秋天从华州到秦州,十月从秦州到同谷,十二月从同谷入蜀到成都。这一年,他体会到下层人民离乱中的饥寒交迫,由陇入蜀过程中更是跌入底层当了难民,浣花溪的茅屋让杜甫在蜀地断断续续度过了一段相对平静的时光,更靠近普通民众了。这段时间大体上应该不足三年。杜甫在上元元年(760)卜居浣花溪,营建草堂,在此居住到762年，因西川兵马使徐知道反，就到了梓州，冬天复归成都，把家人接到了梓州。至764年春，从梓州往阆州，因严武再度镇蜀，才又归成都草堂。765年因严武卒，杜甫五月遂离蜀南下，再也没有回到浣花溪。相对平静的时光不足三年，其间不断漂泊流亡。公元759年，他写了"三吏三别"，写了《秦州杂诗二十首》《同谷七歌》。

盛唐诗人是立志要干大事的，不拘泥于薄禄微官享乐发财的。如何济苍生，安黎元，如何上青天，揽明月，如何由布衣成为帝王师，才是他们心目中的目标。李白的人生理想是"愿为辅弼，使寰区大定，海县清一"；杜甫要"致君尧舜上，再使风俗淳"；杜牧要"平生五色线，愿补舜衣裳"，他们的政治理想不可谓不高远。诗人与社会的冲突似乎不在视线范围内。高适放弃封丘尉，孟浩然辞别张九龄幕府，李白离开翰林院，杜甫不任河西尉……凡此种种辞官不就的普遍现象，是文人对社会不公和统治阶级的宣示和抗议。这些胸有丘壑万千，心有繁花似锦的人们有着崇高的精神追求，他们行吟奔波，始终关注着苍生，从未放弃独立思考和凛凛风骨。如果愿意接受统治阶级的笼络束缚，谋取一官半职再试图晋升使自己过上一个相对安逸的生活，对他们不是难事。但坚辞不就正是因为有理想支撑，非同一般的气魄正是盛唐社会的精神力量，说明中下层文士没有颓废。杜甫《秦州杂诗二十首》之十一在萧瑟秋景和失意之痛中想到的是祖国的北疆安危，"蓟门谁自北，汉将独征西"，史思明还在占据着河北，诗人身居西疆秦州，吐蕃来犯，沦落中的杜甫未沾朝廷恩泽，身处困境却有这样忧念时局，其胸怀境界确是常人难以企及的。

自己处境再困难，心中想的也是国家以及黎民百姓的大事，这也就是中国古代知识分子的情怀和境界。"诗人会挨饿，诗歌永远闪光。"① 诗人吃什么、住什么，可能不大是后世关注的焦点，传达和提供什么样的情感价值、精神价值与美学价值才是后人认真对待和向往的。作为一种精神传统，延续至今，我们关注的仍然是他们创造的精神价值。为文做学问则道德谋篇，为民鼓与呼则敢哭敢歌，为事创新实践则格物致知，皆与家国有关。杜甫在民瘼国难面前是不会沉默的，因为这会失去忧生念乱、心怀国家的可贵道统。孙犁先生在谈到这种现象时，认为作家经历苦难而不向苦难投降，这种可贵的品质才使得他们目光始终投向人民，呼吁鼓舞人们追求光明和幸福。"作家，特别是在旧社会里，常常是度过了一大段艰难奋斗的路，比如我国的诗人屈原、杜甫，小说家曹雪芹。这些人经历过苦难，可是他们成了作家，没和一些平凡的人一样，湮没无闻。这是因为虽然他们经历了苦难，但没有屈服苦难，没有把眼睛从人民身上离开，而是怀着热烈的心和工作的意志，来写作，来呼喊。这写作呼喊，是为了爱人生，使人们了解人生，盼望人们走上快乐和幸福的路。"②

时光斗转星移，人在旅途的杜甫老先生忧国忧民之心如磐石，如炬的目光始终没有离开黎民百姓和脚下的这片热土。

20. 故园之思

初唐王绩提起故园之思，急不可耐，甚至到了失控的程度。同乡从山西老家归来，寓居长安的王绩在《在京思故园见乡人问》中一连用了十个问句，从孩提时的朋友一直关心到院落林花，意犹未尽。

---

① 杨匡汉：《古典的回响》，中国社会科学出版社 2015 年版，第 6 页。
② 《孙犁全集》第三卷，人民文学出版社 2004 年版，第 109 页。

衰宗多弟侄，若个赏池台。旧园今在否，新树也应栽。柳行疏密布，茅斋宽窄裁。经移何处竹，别种几株梅。渠当无绝水，石计总生苔。院果谁先熟，林花那后开。

宋朱熹读此诗，以《答王无功问故园》为题，隔空回答了王绩的关切。"我从铜州来，见子上京客。问我故乡事，慰子羁旅色。子问我所知，我对子应识。朋游总强健，童稚各长成。华宗盛文史，连墙富池亭。独子园最古，旧林间新坰。柳行随堤势，茅斋看地形。竹从去年移，梅是今年荣。渠水经夏响，石苔终岁青。院果早晚熟，林花先后明。语罢相叹息，浩然起深情。归哉且五斗，饷子东皋耕。"

朱熹此诗被后人误收录进《全唐诗》，其实在南宋《晦庵先生朱文公文集》（亦称《朱子大全》）中就有收录。这类似于中唐柳宗元《天对》和楚大夫屈原的《天问》之间的隔空承接一样，是古人的一种写作习惯。然更类似于李白一生对南齐诗人谢朓的推崇、倾慕。李白《金陵城西楼月下吟》中说得分明："月下沉吟久不归，古来相接眼中稀。解道澄江净如练，令人长忆谢玄晖。"

故园之思，人皆有之。只缘你是原来那个环境出生或成长的，一草一木、一砖一瓦、一朋一故交、一笑一投足，总是带着当年的记忆。挥手离开的时候，烙在心间的都是当年的回忆，随着时间的流逝而越发清晰起来。因而，每个作家内心都有一块天地，那是夜深人静要留给故乡的。对故园的深沉眷恋最圆满的交代莫过于晚年时的归乡，彻彻底底地通过回到故乡慰藉心灵。贺知章《回乡偶书二首》中表达了这种幸运："儿童相见不相识，笑问客从何处来。""唯有门前鉴湖水，春风不改旧时波。"然而，不是每个羁旅的游子都有贺知章那样的幸运，打探故乡事就成为见到故园来人的第一要

第三章　行旅羁思：赠别、思归及人在旅途

务，按捺不住的。

但是，问得多不如问得少。简明扼要地把主要关心的问题提出来，有重点，有韵味，也有诗味。陶渊明《问来使》就略去了细节，尽显高士超然情怀。

"尔从山中来，早晚发天目。我屋南窗下，今生几丛菊？蔷薇叶已抽，秋兰气当馥。归去来山中，山中酒应熟。"陶渊明的关心可归结为"3+1"，"3"问围绕山中花，即菊花长几丛？蔷薇长新叶否？兰花开始吐香气了吗？"1"即一个猜想：归去时，所酿之酒应该可饮了。众多的花中，陶渊明写此诗时任参军，最偏爱菊花，因菊花的孤高隐逸和自己的高洁情怀类似。

一缕乡愁，有时候就表现为家乡的一棵棵老槐树，一朵朵傲霜的梅花。漂泊的人总惦念妈妈的一道道拿手菜，这并非嘴馋；总念叨家里的木床土炕睡得踏实，这也不是胆小或矫情，而真的是长大了，想家了，懂了。王维欣赏冰肌玉骨的梅花，他向家乡来人打听家乡事时，尤其关心梅花。其《杂诗》云："君自故乡来，应知故乡事，来日绮窗前，寒梅著花未？"王诗自然亲切，问而未答，想象空间广阔。相比王维诗，陶渊明问而有答，除菊花外，还有蔷薇、秋兰、山中酒，无论问的多少，都是浓浓的故园之思。

清代学者赵殿成在《王右丞集笺注》中对比说："王介甫诗云：'道人北山来，问松我东冈。举手指屋脊，云今如许长。'与右丞此章，同一杼轴，皆情到之辞，不假修饰而自工者也。然渊明、介甫二作，下文缀语稍多，趣意便觉不远；右丞只为短句，一吟一咏，更有悠扬不尽之致，欲于此下复赘一语不得。"

贾平凹的《秦腔》获得茅盾文学奖，这本书是他决心为故乡树起的一块历史与记忆的碑子。抱着古人"文章惊恐成"的心态，他在对故乡的感激与痛恨中写了棣花镇、清风街的人世变故和自己的陌生感。在流年式的叙写中，作家以如椽巨笔在自己和现实社会的摩擦中，展示了一个艺术家的虔诚心志，自觉自愿地成为受苦与抨击的先知，只为为故乡树碑。书稿完成之际，作家的悲伤随风飘去，"行将过去的棣花街，故乡啊，从此失去记忆"。① 不同体裁、主旨、内容的艺术是为特定人群而存在的。

与故乡有关的诗及诗中的关心关怀，都是源自内心的情感牵挂。但在艺术呈现时，问不如不问，问多不如问少，问少不答则为上乘，因为太丰富了，根本难以用语言表达。仅一两句，足矣。欧阳修《戏答元珍》中有"夜闻归雁生乡思，病入新年感物华。曾是洛阳花下客，野芳虽晚不须嗟。"那是失落感伤，孤立无援时的坚韧。

诗词的好，只能吟咏，而不宜概括或解读。吟咏中得其神韵，试图分析概括就容易陷入粗俗、滞顿、偏颇、误读，缺乏美感。如周邦彦词的意象、章法、风韵，均是精绝而求工。《苏幕遮·燎沉香》下阕有："故乡遥，何日去。家住吴门，久作长安旅。五月渔郎相忆否。小楫轻舟，梦入芙蓉浦。"② 芙蓉出水，轻灵自在，乡思在"叶上初阳干宿雨，水面清圆，一一风荷举"中化解了，难言的乡思和生活中的油腻表现得婉丽浑然，精妍和雅。

除夕夜的思乡情，理应更甚。天宝九年（750）除夕，高适因军务在荒寥的蓟北无法返乡，难以阖家团圆的诗人凄然成诗。《除夜作》云："旅馆寒灯独不眠，客心何事转凄然？故乡今夜思千里，霜鬓明朝又一年。"除夕夜，诗人寒灯只影难以入眠，家人融融守岁独缺自己。这首诗中没有高适多数作品中常见的塞外风景、异域奇观，

---

① 贾平凹：《秦腔》，人民文学出版社2008年版，第566页。
② （宋）周邦彦著，孙虹校注，薛瑞生订补：《清真集校注》，中华书局2002年版，第50页。其他清真词引文皆依据此版本，不再一一标注。

浅近平实的语言中尽显游子思乡真情，感人至深。

距离高适的那个除夕，几乎过去了1300多年。思接古人。又一个除夕夜要到了，我们又长了一岁，而我内心明白，过去的岁月是再也回不去了。而未来的一年还将类似过去那样，极不平凡，刻骨铭心吗？

21. 送别时的歌咏

对酒当歌以浇心中块垒是一种消遣和娱乐方式，虽当不得真，但不能缺席。因为古人一般在曲终人散的时候总是有佳作传世的。

送行有王维的《送元二使安西》："渭城朝雨浥轻尘，客舍青青柳色新；劝君更尽一杯酒，西出阳关无故人。"这首诗可谓朗朗上口传颂至今的佳句。安史之乱后，王维送友人元常赴西域守护边疆。这一天，雨不大不小，湿润了道路，轻尘不扬；离开客舍，折柳相别，羁愁离恨，黯然魂销；已经酒过三巡，知心的话儿说过多遍了，再说下去总不能不走吧；西出阳关是那穷荒偏僻之地，何时再能相见无人知晓，此去长途跋涉要经历多少艰辛寂寞，我亲爱的朋友，千言万语无从说起，此刻竟无语凝噎，还是再饮了这杯酒吧。这首诗明朗清新，声韵轻柔明快，修辞朴实无华，最后一句劝酒的大白话似乎脱口而出，情真意切，意蕴隽永。千年之后，我们分明感到文字下面还蕴藏有很多没有说出来的话，余味袅袅。"西出阳关无故人"是对远行的朋友说的，其实也是自己的感悟。大约诗人在这个时候的诗意流淌是一吐为快，不写出来，何谈存在？遣词造句这时候只是一架欲望的机器，而文学快感是唯一真实的存在！

创作中存在灵感，但灵感只有在合适的时间碰上了适合的头脑会闪现，否则永远只能是一闪即逝的镜中花、水中月，存在过，留不下。现实生活中的某些物品或事件可能会成为激发作家灵感的诱媒，有些和作品有关，有些并无关系。托尔斯泰看到一棵折断的牛蒡草，写出了《哈泽·穆拉特》，而作品中并没有出现牛蒡草。这棵牛蒡草就充当了虚构与真实之间的桥梁。

20世纪最重要的德语作家托马斯·曼在其《我的时代》中说过："我的时代！对于它，我有权这样说，我从来没有曲意奉承，而且，无论在艺术上、政治上、道德上从来没有对它卑躬屈节。当我在自己的作品里反映它的时候，大多数情况下，我是处在与它对立的立场的。"以非文学的方式歌颂时代的伟大成就，不是作家的职责。所谓深入生活也只是希望作家与社会之间保持距离，通过人物、事件、场景记录评价生活，深入人物内心和历史纵深处，入木三分，忠实记录生活和历史，创作出人类经典性的精神成果。

魏文帝曹丕把文学提高到与事业并立的高度，在《典论·论文》中说："盖文章经国之大业，不朽之盛事。"曹丕在当太子时，与"建安七子"多有往来，在《与吴质书》中表达了对已亡诸子的怀念和评价，全文情真意切，宛如一泓溪水，汩汩流出，了无滞碍。"德琏常斐然有述作之意，其才学足以著书，美志不遂，良可痛惜。"七子之一的应玚文采焕发，抱有传承创作的意愿，才学足以著述，可他美好的愿望竟未能实现，让人痛惜。诗人和朋友们当年相聚郊游的快乐还在眼前，总以为人生安享百年光阴是分内应该的事情，哪里想到一场瘟疫，"徐、陈、应、刘，一时俱逝，痛可言邪？"在易逝的时光和多舛的命运面前，诗人感念往昔，勉励自己和友人"少壮真当努力，年一过往，何可攀援"。

创作出无愧于时代，无愧于自己的著述，是一个文学家或研究者的目标和实践的起点，否则，"美志不遂，良可痛惜"的悲剧不会

第三章 行旅羁思：赠别、思归及人在旅途

谢幕。

送别易发肺腑之言。唐诗人曹唐在《送康祭酒赴轮台》中云："灞水桥边酒一杯，送君千里赴轮台。"万里之遥，道出了多少人的心迹。送别同僚的唱和之作，在北宋则有吕大忠的《送程给事知越州》，诗云："飞诏平明走玉珂，夕郎持节越山阿。西风旗鼓催行色，南国莼鲈助醉歌。邻寇未销谋可尔，部氓犹困政如何。番禺今得长城利，推此求功曲突多。"

此诗为"蓝田吕氏四贤"之首的北宋名臣吕大忠所作。查相关史料可知，吕大忠著有《辋川集》五卷、《奏议》十卷、《前汉论》三十卷，但书皆失传。遗留于今的诗只此一首，为《全宋诗》所收录。文因人而显，倒不是因为吕大忠以诗而名，从唯一这首可以确认为其所作的诗来看，格调文采与同时代的相比并无出众之处。从《全宋诗》收录来看，与此诗同名同主题的还有毕仲连、沈绅、崔公度、范育、余京、赵忭、谢景温、上官均、王益柔、邢恕等人。从诗题与内容看，可知这是一次集体性行为，行为性质则是官员自京城赴外任，诸友送别。诗作的具体时间，通过梳理吕大忠及其他作者的生平，并加以对比分析，或可得知。

吕大忠为皇祐元年（1049）进士，初为华阴尉，后为山西晋城县令，升秘书丞，兼任定国军军事判官，神宗元丰中为河北转运判官，元祐初任工部郎中、陕西转运副使，知陕州，后以龙图阁直学士知秦州，进宝文阁待制。绍圣二年（1095），加宝文阁直学士，知渭州，后因与执政大臣章惇等人观点不合，被调知同州，不久降待制致仕。

程给事是谁？赵忭遗诗中存多首题程给事的诗作，有送别、有共游于浙江名胜等内容，程给事为曾任给事中的程师孟，熙宁十年曾任越州知州。

在中国古代诗歌中，送别诗是一种专有题材。归拢古人送别诗内容来看，无非分两种，一种是纯粹亲人朋友送别有感而发所作，这种是纯粹发自感情；一种是官员送别诗，这种则是感情与应景二者之统一。在古人看来，群而为诗是一种风雅，是一种不成文的礼俗。这种风雅、礼俗在汉文化圈内的日本、朝鲜、越南、琉球等国同样盛行。本处所提到的送程师孟赴任越州的组诗就是这样一种形式，写诗者既有及第没几年的新生力量（上官均），又有赵忭这样资历深厚的官员，朝堂上下官员多如牛毛，能够集结而相送者总归是关系非同寻常者。林林总总的内容总结下来，无非是你要奉朝廷之命履新职了，路途遥远，但是任务艰巨，同时还要注意身体，入乡随俗，虽然你我处在两地，但是报国之情与私人感情都是不用言说的，期待你能有更大的作为，或是期待我们哪天能再相见。就是这样的题材和内容在千余年来被反复题咏，而且各有不同，风采各异，读来大都情意畅达，产生共鸣，何也？人性使然也，今昔世异，今昔心境实同也。

结合作者生平来看，文辞如其人可谓恰如其分。吕大忠为人质直，从不妄语，动静皆有法度，为礼教的推崇与力行者。同乡张载说："进伯笃实而有光辉"；程颐亦曾有如此评价："吕进伯可爱，老而好学，理会直是到底。"两位冠世夫子的寥寥评语，一位倔强耿直又质朴务实，略带些学究气的先生便形象地立在我们面前。

以该诗逐句而论析，首联"飞诏平明走玉珂，夕郎持节越山阿"言调任诏书下达之快，而程师孟接诏后行动之迅速，天刚亮传诏，立即奉诏勒马出京。任事之急与程师孟行动之迅速更加表明此任非同寻常，不然的话，何以在傍晚时我们的程知事已然从东京所在的大平原疾行到山区了。

颔联"西风旗鼓催行色，南国莼鲈助醉歌"亦是通过对急匆匆

第三章　行旅羁思：赠别、思归及人在旅途

行程中状态的想象，莼鲈常引申为思乡或归隐之义，此处当为身处越州宴饮而思故乡的表达，往往人未至目的地，常有假设在其地状态之思。

颈联"邻寇未销谋可尔，部氓犹困政如何"含义更加丰富，程师孟知越州之前多有地方任职经历，颇有能名，亦多有政绩，故此吕大忠诗中云"邻寇未销"，而"部氓犹困政如何"一句则是作者与师孟共同牵挂于越州民众处境。熙宁七年，赵抃知越州，时州逢灾患，赵抃在越主要以救灾抚民为主。程师孟赴越州时，虽经赵抃治理较之前大有好转，对于千里之外未亲自见其境况者，只能是报以怀疑的态度，故此处吕大忠云"部氓犹困政如何"。其实，作者在此未必局限于一州一郡之政感叹，更多牵挂的还是普天下困顿之民吧？这是文人士大夫固有的"家国情怀"所系。

诗之尾联"番禺今得长城利，推此求功曲突多"，更是对程师孟为政功绩的直白表述。程师孟镇守广州时坚筑城防，后调回京城，交趾之敌来侵，闻广州城防坚固，竟不敢进犯，广州一带因为城防之利避免被敌寇侵犯，不能不说这是程公事先预为之谋的功劳！诗中"曲突"是引《汉书》典故，《汉书·霍光传》云："臣闻客有过主人者，见其灶直突，傍有积薪。客谓主人，更为曲突，远徙其薪，不者且有火患，主人嘿然不应。俄而家果失火，邻里共救之，幸而得息。"意为对于有消防隐患的火灶，将其烟囱改为弯曲，旁边易燃的积薪也移走，这样就能避免火灾发生。吕大忠以"曲突移薪"典故比喻程师孟在广州筑城御敌之功绩，实在是形象无比。

通观全诗，前后充盈的都是报国情怀和建功立业之志，直抒胸臆，以近乎白描的手法而歌咏，结合吕大忠本人的性格与经历来看，也就不难理解了。

22. 韦庄：洛阳才子他乡老

韦庄①晚年《菩萨蛮五首》其五有"洛阳城里春光好，洛阳才子他乡老"之句，可见，此时寄寓蜀中的韦庄是把自己比作"洛阳才子"的。根据学者姜剑云、何卉考证，韦庄应该是诗人韦应物的四世孙②。韦氏家族自西汉入关后就是长安的名门望族，韦庄所在的这一支在唐代就涌现了三位宰相，可是到韦庄父亲韦韫时家道中落了。

韦庄早年屡次应试不举。广明元年（880），黄巢义军攻势凌厉，十一月攻洛阳，十二月攻潼关，唐僖宗从长安溃逃成都，时韦庄因病困长安。中和元年（881），义军进入长安。中和二年（882），韦庄伺机逃到洛阳，所作的《秦妇吟》是现存唐诗中篇幅最长的诗歌，和当年的《长恨歌》一样很快风传天下。中和三年（883）至昭宗景福二年（893），韦庄带领家人南方流寓十一个年头，没有回到长安和洛阳的机会。

韦庄至乾宁元年（894）方中进士，年已58岁，授校书郎。乾宁四年（897），入蜀为判官；天复元年（901）再度入蜀，为掌书记，终身仕蜀。翌年，韦庄在成都浣花溪杜工部草堂遗址结茅定居，武成三年（910），卒于成都，享年75岁。

---

① 关于韦庄的生年，民国以来，学者多有考证，无定论。夏承焘先生考证为836年；曲滢生推算为851年；黄震云认为约831年比较可信；刘星夜认为应为847年；李建中有853年之说，齐涛有849年之说。在无新的佐证材料之前，夏论虽无确证，但影响大，采用颇多。本书采纳通行的约836年。

② 夏承焘先生认为韦庄似为玄宗时宰相韦见素之后，而非韦应物之后。见夏承焘《韦庄年谱》（《韦庄词校注》附增订本），中国社会科学出版社1981年版。姜剑云、何卉撰文认为韦庄家世传承顺序为：韦应物—韦庆复—韦退之—韦韫—韦庄，见姜剑云、何卉《韦庄家世小考》，《河北大学学报》（哲学社会科学版）2016年第3期。

第三章　行旅羁思：赠别、思归及人在旅途

　　入蜀多年的韦庄晚年回忆起洛阳来，那种思念和亲近是发自内心的。实际上，韦庄在洛阳寓居的时间只有一年多。何以自称"洛阳才子"呢？

　　洛阳是唐代士人的精神原乡。长安和洛阳是中国古代历史地理的双子星。围绕十三朝古都长安的书写、眷恋政治意味浓厚，因为那是权力的中心，聚光灯的焦点，不是每一个人都能站到舞台的中央。而洛阳政治色彩相对平淡些，在长安官场不得意时能休归洛阳，是很多官员最体面、最理想的结局。官员分司洛阳待遇和长安一样，名义上还处于两京权力辐射圈内，总是要大大强于外放远州和贬谪边地，因为外放属于较轻的惩罚，贬谪则是获罪流放，性质大不同。无法在西京长安落脚，无奈之下在东京洛阳谋一个闲职对很多文人也是相当理想的结局。在时代的波涛中，白居易、裴度、元稹、李德裕等，谁心中没有一个休归洛阳的原乡梦？韦庄也不例外。

　　韦庄在洛阳创作的《秦妇吟》是不输于《长恨歌》的长篇杰作。俞平伯评价这首诗"不仅超出韦庄《浣花集》中所有的诗，在三唐歌行中亦为不二之作"。宗白华先生认为晚唐诗人吟咏山水，无聊中难得有几首好作品，"大约晚唐诗人只知道留恋儿女柔情，歌咏鸳鸯蝴蝶，什么国家民族？什么民众疾苦？与他们漠不相关！"[①] 对宗白华观点需要修正的有两点，一是皮日休、杜牧、杜荀鹤等人主张诗要有补于治道；二是罗隐、韦庄等也都有反映民生疾苦、揭露官军残暴的诗歌。《秦妇吟》就是其中的代表。

　　黄巢义军攻占长安称帝建国，韦庄因为应试滞留长安城，目睹了这一历史过程，《秦妇吟》借一位逃出长安城妇人的自述再现了黎民百姓的深重苦难。义军初进城，军纪严明，"整众而行，不剽财

---

① 宗白华：《美学散步》，上海人民出版社 1981 年版，第 261 页。

货",向贫民散发财物,深受百姓欢迎。僖宗下诏,改广明二年(881)为中和元年,其时,黄巢义军已建立大齐政权,年号金统。不久,义军部属"杀人满街,巢不能禁",没收富家财产,宫室皆赤脚而行,唐宗室滞留者几无遗类,其他官员人心惶惶。中和二年(882),唐军一度攻入长安,城内百姓协助官军,这一行为导致黄巢愤恨,纵兵屠城,血流成河,一时间,风雨飘摇的大唐帝国摇摇欲坠,繁华的长安城成了人间炼狱。这一年春,韦庄伺机逃离长安,来到洛阳。翌年春,通过一位秦妇的自述,再现了兵灾战祸中的社会乱离、农民将领贪恋富贵享乐、李唐王朝节度使拥兵自重,残害百姓等史实。全诗结构宏大,情节曲折,语言精工,为我国古代叙事诗的又一座丰碑。有人将其与汉乐府《孔雀东南飞》、北朝乐府《木兰辞》并列为"乐府三绝";也有人将其列为继杜甫"三吏三别"、白居易《长恨歌》之后唐代叙事诗的第三座丰碑。

起义军入城后不久即引起了巨大的社会动乱。人们不知所措,东奔西走,无处藏身。"南邻走入北邻藏,东邻走向西邻避。北邻诸妇咸相凑,户外崩腾如走兽。"战争带给每家每户和广大妇女无尽灾难。"家家流血如泉沸,处处冤声声动地。"东邻女被掳掠"旋抽金线学缝旗,才上雕鞍教走马";西邻女"牵衣不肯出朱门,红粉香脂刀下死";南邻女"身首支离在俄顷。仰天掩面哭一声,女弟女兄同入井";北邻少妇来不及逃走,"烟中大叫犹求救,梁上悬尸已作灰"。

"秦妇"本人被迫委身农民将领,三年时间担惊受怕,受尽苦难。夜晚睡在戒备森严的武器重围中,餐桌上出现了烹饪好的人心人肝,"夜卧千重剑戟围,朝餐一味人肝脍"。秦妇也见证了农民将领的骄横和贪恋浮华,刻画了他们得意忘形的样子。短发即戴簪,回来后朝衣也不脱,反捧朝笏,倒挂金鱼,早上上完朝,下午即酗

第三章　行旅羁思：赠别、思归及人在旅途

酒。"还将短发戴华簪，不脱朝衣缠绣被。翻持象笏作三公，倒佩金鱼为两史。朝闻奏对入朝堂，暮见喧呼来酒市。"

长安城被唐军围困后，城里供应紧张，米价飞涨，饿殍遍野，一派冷清和荒凉景象。"四面从兹多厄束，一斗黄金一斗粟。尚让厨中食木皮，黄巢机上刲人肉。"唐军败退，农民义军收复长安后，坊市、宫室、树木、建筑均一派凄凉，更残酷的一轮杀戮后，"长安寂寂今何有？废市荒街麦苗秀。采樵斫尽杏园花，修寨诛残御沟柳。华轩绣毂皆销散，甲第朱门无一半。含元殿上狐兔行，花萼楼前荆棘满。昔时繁盛皆埋没，举目凄凉无故物。内库烧为锦绣灰，天街踏尽公卿骨"！韦庄笔下，官军、义军均出现了食人、贩卖人肉的罪恶行径；乱后的都城和战后的凄凉均让人们产生深沉的亡国之痛和故园之思。

末句则是对承平、安全的向往，"秦妇"希望在江南能没有战事侵扰，主帅爱戴百姓，百姓享受太平安乐。"奈何四海尽滔滔，湛然一境平如砥。避难徒为阙下人，怀安却羡江南鬼。"撇去韦庄在诗歌中的复杂感情以及对农民起义的偏见不谈，《秦妇吟》总归真实刻画了动乱和战争给人民带来的深重灾难。当时民间就称韦庄为"秦妇吟秀才"名闻天下，且和白居易"长恨歌主"并称佳话。

五代以来，《秦妇吟》是失传的，直到1900年敦煌藏经洞发现，人们才一睹全文。因为入蜀后的韦庄一度自禁《秦妇吟》的传播，其弟韦蔼编选的《浣花集》中也未收录。作为唐末的一首叙事史诗，《秦妇吟》揭露了官军的畏缩不前和残暴行径，而诗中抨击的关东官军为宦官杨复光麾下八都大将为主，后来韦庄为之效力的蜀主王建就曾是八都大将之一。臣下如何能指责抹黑主子呢？新朝权贵亦难以接受韦庄严厉的批判，韦庄的自禁应为避此忌讳。也有论者认为韦庄是为了防止公卿谤议。①

需要多说一句的是，1950—1980 年，韦庄一度是被作为歪曲农民起义的反动诗人代表来批判的。客观地历史地看待文学作品，我们以为韦庄反对农民起义，并不妨碍他艺术地再现历史真实。《秦妇吟》是一首现实主义作品，自然展现了唐末动荡和战争史实。唯物史观也并不意味着要摒弃历史中的某类真实或选择性地认可某些有利结论的史实。毕竟，针对女性，农民义军"斜袒半肩欲相耻"，"争取人妻女乱之"绝不是正义的革命的战争需要。

张籍客居洛阳时有《秋思》。该诗写了自己寄家书的一个细节："洛阳城里见秋风，欲作家书意万重。复恐匆匆说不尽，行人临发又开封。"平白到不用翻译，可思乡之情尽显。王安石《题张司业诗》称赞道："看似寻常最奇崛，成如容易却艰辛。"同样地，韦庄《菩萨蛮》之"洛阳城里春光好，洛阳才子他乡老"一句，春光唤醒深情，含蓄平淡中却饱含多少无法言说的沉痛。汤显祖读这首词，在"他乡老"下有"可怜可怜，使我心恻"的点评。

在洛阳创作的《秦妇吟》，让韦庄声名大振，他自称"洛阳才子"是名副其实的。②"入洛声华当世重，闵周章句满朝吟"，可是在一个纷乱动荡的时代，朝廷凋疲，藩镇并起，义军强悍，李唐政权面临朽坏崩解之际，无论何处，也无论多少的才子也难挽大厦于将倾。韦庄孤贫力学，疏狂不拘的品性和盖世才华黯然失色，在似水流年中他辗转在长安、洛阳、越中、江西、湖南一带，最终羁留成都，始终没有穿越巍巍秦岭，返回长安、返回洛阳。终于，"洛阳

---

① 张天健：《〈秦妇吟〉讳因考》，《河南大学学报》（社会科学版）1985 年第 2 期。
② 曹丽芳认为"洛阳才子"应指杜甫。杜甫是韦庄的偶像，韦庄在成都草堂居住的就是当年的杜甫草堂，且韦庄一生向往的精神故乡是长安，而非洛阳。这当是学术争鸣的一种观点，能自圆其说就好。见曹丽芳《韦庄研究》，博士学位论文，南京师范大学，2003 年。

才子他乡老",时代潮水消退之后,留给我们的是他那通达的忧伤、淡淡的落寞和别样的傲骨。

23. 宋伯鲁:不应遗忘的名字

宋伯鲁,陕西关中礼泉人,是维新运动的骨干之一。宋伯鲁中秀才之后,曾师从柏景伟,受其师忧国忧民思想的影响,中进士任职后一直关心民间疾苦,呼吁廓清吏治,不畏强权,仗义执言,支持戊戌新政。

盘点宋伯鲁的一生,确有几件事是可圈可点的。一是在山东任乡试副考官的时候,抽时间考察了黄河泛滥的实情,并向朝廷上疏,揭露当地官员在治理黄河过程中徇私舞弊行为,提出了具体解决的举措。二是光绪二十四年(1898),他与李岳瑞等人发起成立了关西学会。是年3月,康有为就以关西学会为基础成立了保国会。其间,宋伯鲁向光绪皇帝上多条奏疏,支持维新变法。三是与杨深秀联名向皇帝痛斥礼部尚书许应骙。他们的主要分歧在于宋、杨响应皇帝号召推行废除八股取士制度,而许应骙力主八股可以包容经济科,并反对官民直接上书言事,阻塞言路。当年7月,光绪皇帝罢免了礼部许应骙等六位堂官。许应骙在戊戌变法中坚持守旧立场,百般阻挠维新,世称"戊戌黑旋风",但颇受慈禧欣赏。四是宋伯鲁始终高度评价戊戌变法。欧洲、日本富强进取就是因为舍旧图新,变法图强,中国积贫积弱则归咎于墨守成规,这些道理他希望爱国者应"熟记长思"。五是晚年他对陕西几事尽心尽力。1923年,康有为因换卧龙寺所藏宋版碛砂藏经一事满城风雨,只能宋伯鲁出面劝阻,但不欢而散。1927年,冯玉祥部驻扎八仙庵,有人盗取庵内藏书和文物,还是宋伯鲁出面,部队才撤离。同年,关中大灾,饿殍遍野,先生又主持赈灾，深得民心。六是晚年致力于书画山水，其诗、书、画人称"三绝"。

一个人并不总是顽固的，许应骙身居高位，总是要在历史上留下点什么。如果要对许应骙多说几句好话，主要有四点。一是在光绪十七年的仓场弊案中，他兢兢业业，勤恳忠诚，使得南新仓颗粒无损。二是他和奕劻选址，创办了京师大学堂。三是母亲去世后他的反传统行为。许母不是正室，去世后按规矩棺材不能从宗庙正门抬出，许咆哮着问族人：我能不能从正门出？族人说：您是一品大员，当然可以。许应骙坐在母亲棺木上，即命族人连棺带人一起抬出宗庙正门。民间广为流传的这个故事，其实说明许应骙在反对某些传统观念上是旗帜鲜明的，并非处处冥顽不化之人。四是许应骙孙女是鲁迅的第二任妻子，许广平先生。

宋伯鲁有《长安旅舍》，诗云："溶溶月上露华寒，横笛长夜吹未阑。斗帐梦回孤枕冷，纸窗霜扑一灯残。中年渐觉家居好，万事无如旅食难。一夜西风归思切，愁看落叶满长安。"月亮皎洁明净，夜晚寒意袭来，一夜横笛吹彻。帐篷中依稀梦回家乡，孤枕清冷，油灯摇曳。人到中年越发思乡，长安虽距离家乡不远，回不去也是枉然，叶落归根是诗人的愿望。戊戌变法失败，诗人仕途失意，旅途艰辛。西风萧瑟中叶落长安，国家衰微，愁绪涌上心头。

宋伯鲁一生是见过大世面，做过大事的。参与过戊戌变法，弹劾过朝廷重臣，坐过三年监牢，撰修过《新疆省志》，做过秦汉复陇军的参谋官，受聘过袁世凯的总统府高等顾问，主持过陕西赈灾，续修了《陕西通志》，博通经史工书善画等，无论哪一项其达到的成就都是常人难以企及的。可是一个封建文人在风雨漂泊的年代，生命体验和生存体验交织在一起，没有科学客观地把握社会发展的趋势和规律的宋伯鲁，其旧文人满腔的愁绪是无法化解的。民生艰难，国家前途何在？诗人超越了自怨自艾和怨天尤人，用内心滚烫的血液和真实的感受抒发了自己的旷世情怀。中国传统文人在时局动荡面前，往往考虑的不是个人安危，而是家国前途和黎民百姓生计，这是一以贯之的品格。政治上不得志时，其实杜甫是宋伯鲁的异代知音和精神寄托。

宋伯鲁和寇卓都曾受业于柏景伟；寇卓和牛兆濂曾受业于三原贺瑞麟。无论是当时，还是在当代，行走的关中士子们都不应该被遗忘。他们曾经用铮铮铁骨撑起了一片天空，留下一道背影。

24. 当下与未来

人们之所以回忆往昔，向往未来，有时多因不完美、难如意的当下。

流逝的过去总是让人心碎，留恋，这在李煜身上能理解。李煜《望江南·多少恨》中云："还似旧时游上苑，车如流水马如龙。花月正春风。"人间的繁华和美好是过去式，恍若梦境，但当下世事变迁，风流云散，往事又知多少，均交予昨夜的小楼和不尽的东风吧。

晏几道《临江仙·梦后楼台高锁》中云："去年春恨却来时。落花人独立，微雨燕双飞。""当时明月在，曾照彩云归。"陈与义《临江仙·夜登小阁，忆洛中旧游》中亦云："忆昔午桥桥上饮，坐中多是豪英。长沟流月去无声。杏花疏影里，吹笛到天明。"沉浸在往事中就是沉浸在与当下隔离的回忆和思量里。

杜甫更有《忆昔二首》，全是当年事。其一云："忆昔先皇巡朔方，千乘万骑入咸阳。阴山骄子汗血马，长驱东胡胡走藏。"其二云："忆昔开元全盛日，小邑犹藏万家室。稻米流脂粟米白，公私仓廪俱丰实。"其一是回忆肃宗即位灵武，收复关中，借阴山回纥兵力收复两京的史实。安史之乱后期,安庆绪、史思明死守邺城,洛阳又陷入危机中。杜甫昔年为左拾遗,给代宗皇帝服务,诗人心急如焚。只要国家能灭寇中兴,自己做不做什么官职都无所谓,"老儒不用尚书郎"。其二是回忆开元时期的盛况。粮食充足,人口众多,秩序安定,商贸发达,男耕女织,各得其所。杜甫诗歌为史诗,即对时代变迁的真实记录和诗人心忧苍生的情怀表白。往昔是黄金时代,当下是离乱之世,未来更不可期。

当下的日子能与自己心愿相符,难得。陶渊明希望远离污浊,归田园居,独守清贫,保全操守,在种豆、桑麻、邻里寒暄、自酿新酒中安放内心,自甘自怨中"衣沾不足惜,但使愿无违"。陶渊明归田园居的日子不回忆往昔,只过好当下。简单朴素的每一天,其实都值得认真凝视和郑重对待。

曹操把握当下,是枭雄的一颗不安分的心,终究是要在紧迫感中实现"周公吐哺,天下归心"的。

在稍纵即逝的春天,杜甫想明白了当下与未来、有限与无限之间的关系。《绝句漫兴九首》其四中他告诉我们:"莫思身外无穷事,且尽生前有限杯。"这个形象和这样的话语迥然于我们心目中的杜甫。但正是这样,也越说明杜甫的可爱和真实。一辈子时时刻刻心弦绷紧、眉头紧皱,这样的杜甫我们是要心疼的,后来者也恐怕会望而却步。反复探究暂时想不明白的无穷事情没有用,趁着春光,心思单纯,简简单单欢饮几杯不好吗。

晏几道的父亲晏殊是太平宰相,喜宴饮酬唱奖掖人才,范仲淹、欧阳修、富弼都出自其门下。晏殊真宗朝即受器重,后又深受仁宗皇帝宠遇,一生居高位而望重。面对人生的顺遂与艰难,晏殊主张"活在当下"。其《清平乐·秋光向晚》中云:"暮去朝来即老,人生不饮何为。"《采桑子·樱桃谢了梨花发》中云:"人生乐事知多少,且酌金杯。"《浣溪沙·一向年光有限身》中云:"满目山河空念远,落花风雨更伤春。不如怜取眼前人。"① 其子晏几道词常抒往昔之情,魂牵梦萦,空远伤春,与其父迥然。

其实,所有的"当下",在本质上是过去、现在与未来的社会关系的集合点。以一瞬为单位,过去的一瞬是刚流逝的现在;现在的一瞬很快会成为过去;而下一个瞬间很快就会成为现在,可见,时间是整体连续的,仅谈"当下"是片面、割裂的。

奥地利哲学家阿尔弗雷德·阿德勒(Alfred Adler)认为人生由一连串的点构成,未来的点不可知,因此他主张人没有必要为尚不存在的点担忧,只有连续关注当下每个点的刹那,人生才会变得更好更幸福。

凡夫俗子眼中的当下(现在)多是这样一种状态:目前令人失望而不绝望,有缺憾甚至恐惧但能凑合着过,在有限的快乐中平和退让,与自己和周遭环境和解,珍惜稍纵即逝的今天。这种状态是美好的,是务实的,是烟火熏天的诗意人生。类似晏殊一样,对人生,我们的古人都有诗意的解决办法,"莫将琼萼等闲分,留赠意中人"(晏殊《少年游·重阳过后》),"眼前人""意中人"都是当下的可行之路。虽然过去值得留恋,将来值得希冀,但在落花流水、满目河山之间,人世间最温暖明白的人选取的应是当下的明媚阳光、大好年华以及"眼前人""意中人"。

还是苏轼说得好,"休对故人思故国,且将新火试新茶。诗酒趁年华"。有没有过"一日看尽长安花","直须看尽洛城花"的经历,那是大不一样的。英国小说家、戏剧家毛姆说过:"唯一重要的是永恒的现在。"要永远相信奇迹的存在,永远珍惜当下的灰暗、粗鄙或

---

① (宋)晏殊、晏几道撰,张草纫笺注:《二晏词笺注》,上海古籍出版社,2008年。书中二晏词依据此版本,不一一标注。

温暖、光亮，才有可能拥有美好、完满的人生境遇，才不负"诗酒趁年华"的许诺。

因此，从古人的心路历程中，从时间上，我大体上认可上海作家潘向黎分析的人生的错觉和中年以后的顿悟：

> 完美在过去，在将来，唯独不在当下。
>
> 人生不得意也须尽欢。尽力活个透彻，则此刻便是此生。

从空间上，我们则需要明白除了此时此刻，还有此地何州的问题。"又说风尘起，人来似水流。饥穷余此地，啸聚是何州。野白荒荒阔，云横莽莽浮。相逢问田父，未可卖耕牛。"宋末元初文学家戴表元（1244—1310）被誉为"江南夫子"，"东南文章大家"。戴表元诗歌风追大唐，力矫宋诗之弊，文章淡雅清新，内容上同情民间疾苦，有些还有赵宋之思。诗歌《此地》平白质朴，表达了对民生困难和农业耕牛的关心。读此诗可让人感受到强烈的空间意识。此地、何州是两个不同的地理空间，两地情况或相同或相异，作为农人只能处理当前面临的事，诗人也只能感受在此地的民情，何州的暂时不能身临其境。

一个典型的例子是，我们旅行途中，有时候由于时间关系，某一个景点来不及去了，于是心中安慰自己，下一次还有机会再来的。殊不知，大多数情况下，绝大多数地点对游客而言只是这一次机会。许诺自己的下一次受限于各种原因，往往很难实现，成了无可奈何的空头支票。此时此地是当下，而彼时何州是未知，把握好当下，就包括时间和空间，而未来的可期待，也包括一个可能耦合的美好时间和空间。现实点，珍惜眼前人，欣赏眼前景，做好当下事，未来才可靠。

第三章　行旅羁思：赠别、思归及人在旅途

也许位于今天鄠邑地区的渼陂湖在时空关系上足以说明这个问题。唐代诗人岑参游渼陂湖盛景，有《与鄠县官泛渼陂岸阔水浮》诗，"万顷浸天色，千寻穷地根。舟移城入树，岸阔水浮村。"还有《与鄠县源少府泛渼陂》一诗，"清摇县郭动，碧洗云山新。吹笛惊白鹭，垂杆跳紫鳞。"诗人在这首诗中描绘了终南山下的山水之胜。渼陂湖和诗人之间更有影响的则是杜甫的《渼陂行》，"岑参兄弟皆好奇，携我远来游渼陂。"明前七子之一的王九思是鄠邑本地人，诗文苍古，词曲新奇，以渼陂为号，有"山下孤村水竹居，城西樽酒渼陂鱼。青春不负岑参约，彩笔今看杜甫书"的佳句，隔空回应杜甫和岑参的渼陂之行。更让人惊奇的是清代诗人万方煦面对渼陂湖的菱叶荷花、晶莹的湖水，抒发了物是人非的伤感。"菱叶荷花旧渼陂，扁舟曾约泛琉璃。岑参兄弟今何在，雷雨苍茫又一时。"相同的风景可激发不同的感受。面对渼陂湖，无论沧海桑田的故事在这里经历了怎样的演绎，岑参和杜甫成为后世诗人笔下的特殊意象，传达着旷古的时空之思。悠悠千古，花开花落，几度春风几度霜，当下是短暂的永恒，抓住它而非错过它方为王道，因为一生一世比我们设想的要短暂。此时此刻此地的重要性远远胜过彼时彼刻彼地。

第四章 李白杜甫：双子星不同的人生格局

25. 李白：邻居家的大男孩

  李白好像是邻居家的大孩子，天真烂漫，平凡真诚，是我们的好朋友。李白被称为"诗仙"，然却不是仙人。他食人间烟火，品五味杂陈的悲欢坎坷。漂泊久了，他当然也思念远在湖北安陆的妻子许氏，"遥将一点泪，远寄如花人"，这是何等的柔情蜜意！只不过，他对生命的理解更加本然，至真至烈。

  在李白看来，文学只是工具，只是达到或实现自己政治抱负的一个辅助工具。这个工具可以全面展示自己的志向和才华，如《与韩荆州书》。骄傲如李白者，怎么会将文学作为自己一生的事业呢？可正是文学才是他名垂青史取得成功的唯一领域，其他政治参与的理想只不过成为让人深思的谈资罢了。

  李白一生诗名太盛，个人名声似乎并不太好。四次婚姻，其中有一次被夫人赶出了门。凭一腔报国热情追随永王，李璘兵败后受到牵连被流放夜郎，政治上不成熟。"干谒"攀附，迷恋权势而不得，"荷戟独彷徨"。他日常消费大手大脚，铺张浪费；酒喝多了容易激动，没酒喝就不大高兴。

第四章　李白杜甫：双子星不同的人生格局

　　李白一生以追求理想为人生至高格局，没有正式的赖以养家糊口的差事。他为别人写墓志铭挣了些钱，全用来吃喝。有一单没一单的，收入不持久。多靠朋友周济或吃喝拉撒依靠夫人家。男人不养家，吃喝游玩吟诗作乐，容纳这样的人是需要勇气和毅力的。

　　偶像是用来崇拜的，不是一起生活的。社会上其他阶层排挤嫉恨刻意回避李白杜甫之流，包括曾经的朋友高适，当时的桂冠诗人贺知章。他们以冷峻的目光看着"李杜"的表演。舞台只是大唐社会的大舞台，表演却贯穿了一生。观众时有缺席，有批判、包容、欣赏、讥讽等纷繁杂陈，不一而足的滋味留待演员承受，观众不时回味。

　　我们不理解当年的"李杜"，也就不理解今天的自己。读懂一千多年前的社会与人生不是那么容易的。过多谈论他们的人性不足和所受的屈辱时，不要忘了他们是艺术和诗神的象征，是我们民族的基因和精神符号，贬低他们就是在贬低我们自己。

　　设身处地地想象他们当年的生活境况和周遭人士的做法，理解李白和杜甫的言行才不至于发生障碍。伟大的依然伟大，不因时光流逝而发生变化；不理解的不是不理解，而是不愿意去理解。

　　唐代有策士遗风。游说天下，一朝闻达被君主赏识，从而让知识分子纵才使性，得到重用，这是知识分子从政的理想状态，然而这种现象非常罕见。进入仕途的通天大道是通过科举入仕，骄傲如李白者是从来不愿意参加科举的，他设想的是类似诸葛亮那样的途径，一举成就"帝王师"的伟业，治国理政实现理想后再如鲁仲连一般功成身退，拂衣而去。自古实现"帝王师"理想的也就姜子牙、诸葛亮等寥寥几人，李白个人的设想和时代的制度之间难以达到和谐，其特立独行的行为和诗作的浪漫结合起来既大言欺人，又惊才绝艳，"如逢渭水猎，犹可帝王师"的理想难以实现，"待吾尽节报明主，然后相携卧白云"也就仅仅是远大抱负了。

26. 杜甫也曾年轻过

诗人杜甫总是一副忧国忧民的样子。宋代黄山谷用诗给他画过像，"醉里眉攒万国愁"，喝酒也不开心，总是充满怜悯愁眉苦脸地俯视着大地，满目疮痍，生灵涂炭，心情沉重。我们认可的杜甫就得是这模样，其他轻松欢笑的样子就会感觉怪怪的。

杜甫就没有年轻过吗？

15岁的杜甫健壮活泼，机灵淘气，估计让大人没有少操心。上元二年（761）他栖居成都草堂作的《百忧集行》中回忆了自己的孩提时代："忆年十五心尚孩，健如黄犊走复来。庭前八月梨枣熟，一日上树能千回。"唐人的确夸张。数字概念中多是一、百、千、万，万万，太零碎的少见。《新唐书·杜甫传》中说他"放旷不自检，好论天下大事，高而不切"。年轻的杜甫也有着狂放不检点、好高骛远不切实际的一面。大历元年（766），杜甫流落至长江沿岸的夔州，五十六岁的诗人在长篇自传体诗歌《壮游》中回顾了无忧无虑、天真无邪的童年时代。"往者十四五，出游翰墨场。斯文崔魏徒，以我似班扬。七龄思即壮，开口咏凤凰。九龄书大字，有作成一囊。性豪业嗜酒，嫉恶怀刚肠。脱略小时辈，结交皆老苍。饮酣视八极，俗物都茫茫……"《壮游》和《百忧集行》的格调是一致的，杜甫都是在年过半百，远离朝廷，衰弱多病时缅怀曾经的那个自己，活力四射，意气飞扬，充满希望。

童年时的乐趣，童年时自己并不觉察，而只有到了成年后，成人以儿童身份体验到的童年世界才是神奇和鲜活的。杜甫对童年的追忆在文学史上还是有继承的。白居易《宿荥阳》也是年过半百后对四十年前的概括性回忆,"追思儿戏时,宛然犹在目"。韦庄幼年曾在华州下邽(今陕西渭南市)生活,其《下邽感旧》中回忆了自己小时候沉溺于逃学出游、尝试饮酒等童稚行为,"昔为童稚不知愁,竹马闲乘绕县游。曾为看花偷出郭,也因逃学暂登楼。招他邑客来还醉,儳得先生去始休。今日古人无处问,夕阳衰草尽荒丘"。《涂次逢李氏兄弟感旧》中的童年韦庄捉弄先生、捕捉幼鸟、扰乱课堂、追赶蝴蝶等,呈现出少年的天真烂漫。"晓傍柳阴骑竹马,夜偎灯影弄先生。巡街趁蝶衣裳破,上屋探雏手脚轻。今日相逢俱老大,忧家忧国尽公卿。"爱好玩耍是儿童的天性,成年以后对童年的回顾就成了无比珍贵、不可替代的印象。杜甫以后,在白居易、韦庄、苏轼、黄庭坚、刘克庄、杨万里等诗人笔下,童年、故乡成为一个重要意向和题材,在艺术审美上为我们平添了许多儿童情趣共鸣。

　　王安石真心喜欢杜甫。"惟公之心古亦少,愿起公死从之游。"陆游眼中的杜甫不仅仅是个好诗人,时机成熟的话,他一定也会是一个优秀的政治家。"后世但作诗人看,使我抚几空嗟咨!"杜甫一生爱国忠于朝廷,反对叛乱,但历史并没有给他多少机会。左拾遗的岗位无法有更大的施展空间和政治建树,在安史之乱中他这个从八品的芝麻官也根本没有受到叛军太多的注意。

　　杜甫在长安杜陵是有祖传的一块薄田的,"杜曲幸有桑麻田",因此他自称"杜陵布衣"或"少陵野老"。终其一生杜甫基本自认为是一个平民的身份。

　　746年,杜甫满怀希望来到长安,可他屡受挫折,理想破灭,生活都难以为继。748年,在长安又是三年了,何去何从面临选择。目睹了民间百姓生活的凄惨,加之他为了政治前程艰辛奔波无果,应试落第后赋诗向尚书省左丞韦济告别,并向欣赏自己的韦济表达了愤懑,杜甫在《奉赠韦左丞丈二十二韵》中对自己无双的才华颇为自信,"读书破万卷,下笔如有神。赋料扬雄敌,诗看子建亲。李邕求识面,王翰愿卜邻"。这些自我判断当不是自吹自擂了。

"自谓颇挺出,立登要路津。致君尧舜上,再使风俗淳",政治理想是崇高丰满的,但实现的道路实在是曲折艰难的。

我们记得《红楼梦》第五十回中,众姐妹在芦雪庵即景联诗,起句是王熙凤的"一夜北风紧",收句是李纨、李绮的"欲志今朝乐,凭诗祝舜尧"。小说中五言排律命题是要求限"二萧"韵的,尧舜和舜尧是一样的,只不过因为步韵罢了。为了纪念今天的聚会,歌颂尧舜而有这些佳句。因为在尧舜一样的时代,我们才能安居乐业,即景联句。可见,从古到今,尧舜治下的国家才是人人向往的理想状态。

《贞观政要》中魏徵也谈到心目中理想的政治模式:"君为尧舜,臣为稷契。"杜甫也说:"许身一何愚,窃比稷与契。"后稷帮助舜推广农业;契帮助大禹治理水灾,贤臣辅佐明君成就了一番伟业和美名。杜甫其实是一心要在明君身边做杰出大臣的,这是初心和理想。我已经是稷契那样的人了,那么明君显然就是唐玄宗了。"生逢尧舜君,不忍便永诀。"事实证明,这纯粹是杜甫的一厢情愿。

人人都愿意在舞台上忠君爱国,"穷年忧黎元,叹息肠内热"。实现抱负是知识分子的普遍愿望。可是,舞台在哪里?急于寻觅出路的杜甫报国爱民无门,"朝扣富儿门,暮随肥马尘。残杯与冷炙,到处潜悲辛"。意气风发,踌躇满志只是意象,人世间的悲伤炎凉无处不在。

"白鸥没浩荡,万里谁能驯?"杜甫的刚强和不屈就在这里。一个人历经万难,仍然保持着豪情万丈,相信终有一天自己会碧海展翅,这是一种精气神。尘世的磨炼针对的就是万丈豪情,但磨炼之所以能被人们认为是精神财富,这是因为,一可能是前进的动力和经验积累，二可能是晚年的回忆或心灵不悔的慰藉。

755年，也就是天宝十四年，杜甫下定决心，怀着恋恋不舍离开帝都。《自京赴奉先县咏怀五百字》是这一时期的杰作。全诗极写唐明皇及其权臣、贵戚、宠妃在华清宫的骄奢荒淫生活："凌晨过骊山，御榻在嵽嵲。蚩尤塞寒空，蹴踏崖谷滑。瑶池气郁律，羽林相摩戛。君臣留欢娱，乐动殷胶葛。赐浴皆长缨，与宴非短褐。"杜甫没有进去，当然很多是想象了，可这想象离实际是不差的。羽林军戒备森严，温泉水暖气腾腾，音乐声嘹亮欢乐，皇帝和大臣们纵情享乐，宛如王母娘娘的瑶池仙境。

"况闻内金盘，尽在卫霍室。中堂有（一作舞）神仙，烟雾蒙（一作散）玉质。煖客貂鼠裘，悲管逐清瑟。劝客驼蹄羹，霜橙压香橘。"吃喝穿用全是顶级的。华清宫陈列着金盘宝器，美人玉体芳香，貂鼠皮袄暖意袭人，喝驼蹄羹汤，吃的是来自南方的水果香橙、金橘，这些享受无不是盛极而衰的象征。这样的皇帝还是自己认为的尧舜君吗？诗人的心情复杂矛盾。在杜甫心里，开创过开元盛世强大富足局面的玄宗只要有贤臣辅佐，还是可以励精图治的。

杜甫回奉先（今陕西蒲城）路过骊山大约是当年的十一月上旬，而安禄山已在范阳举兵叛乱，当月九日，禄山反书至长安，玄宗皇帝刚知道消息不愿意相信罢了。

接下来才是惊心动魄的两句，"朱门酒肉臭，路有冻死骨。"相隔几步，苦乐不均，悲愤填胸，不能再讲！

回到蒲城家里，更悲痛的噩耗在等着诗人。"入门闻号咷，幼子饿已卒。吾宁捨一哀，里巷亦呜咽。所愧为人父，无食致夭折。"这父亲当得真是不称职啊。杜甫认为不管怎么，自己还是朝廷的一个小官吏，没有本事和能力，怎么竟然让小儿子活活饿死了！人间悲剧就发生在自己身上，作为一个看管东宫的小官，自己是免租税和兵役的，狼狈尚且如此，遑论普通百姓？！

　　这一年，杜甫被朝廷授"河西尉"。河西尉是唐官职体系中最小的，类似于高适曾经的"封丘尉"，职责大约就是向老百姓征收租税。"不作河西尉，凄凉为折腰。"河西到底在哪里？按照《旧唐书》的记载，应该是今天陕西的合阳县，当时归属于同州，760年改称夏阳。这个芝麻官，杜甫没有接受，主要原因是当时他已经44岁了。古人的44岁明显属于老干部，上级官员很年轻，杜甫"老夫怕趋走，率府且逍遥"，不愿意委屈自己。朝廷就又给了他一个右卫率府胄曹参军的职位，大体上是替太子管理东宫的后勤科长，这是长安城里的一个闲差。

　　社会大的变动可能就在眼前。弱者填沟壑，强者欲造反都迫在眉睫了。诗人想到即将到来的动荡和大量平民的流离失所，"忧端齐终南，澒洞不可掇"。安史之乱的消息即将传遍全国的前夜，诗人的忧思高过了终南山，浩荡无边，无法收敛。

　　一个人在全面的持续的打击之下，仍然抱定初心，锲而不舍，爱国爱民，心忧天下，这是杜甫。自己心爱的孩子饿死了，马上想到的是即将到来的社会动荡，心里忧愁的是大量普通的民众，这是杜甫。"安得广厦千万间，大庇天下寒士俱欢颜，风雨不动安如山。"自己家的茅屋被狂风暴雨吹破了，屋漏床湿，想到的是普天下的穷人都有安居乐业之所，这是杜甫。

　　推己及人，仁爱恻隐到关注社会上一切人的感受，甚至到宇宙间的一切生命，包括病柏、枯棕、新鹅等。这是人间大爱，是后世张载"民胞物与"思想的美丽弘扬。

　　幼小的鹅儿颜色嫩黄，翅膀力量小，它们能游过波浪吗？"翅开遭宿雨，力小困沧波。"黄昏到了，人群散尽，小生命的安全怎样保证呢？"客散层城暮，狐狸奈若何？"

铸造一个民族的文化性格，不是一个人的贡献，也不是一朝一夕的努力，但我们这个民族的优秀传统文化是离不开杜甫独特贡献的。他的仁爱之心、忧患意识、批判精神和实践意识光耀千古，是我们内心深处最坚实可靠、最温柔倔强的基石。

27. 李白：鱼和熊掌不可兼得

大唐尤其盛唐是一个伟大的时代，一般的士人对这个民族和时代充满自豪感。1900年，在甘肃敦煌莫高窟发现了《唐五代词》，多为民间作品，其中的《献忠心》集中表现了少数民族将领与使臣归顺大唐的心态。其中"生死大唐好""见中华好"等句子表达了对唐朝的向往和对民族文化的倾慕之情。少数民族如此表现，当然是大唐统一强盛时期民族关系融洽的真实写照。大唐对边陲的感召力如此强大，对于生逢伟大时代、亲身生活于内地大唐盛世的士人阶层而言，建功立业，有所作为就是人生的一大目标。具体地，因为科举取士制度的确立，大批庶族子弟可以参政议政了，李白、杜甫等优秀的知识分子在英雄主义气概的鼓舞下，不愿意辜负这个伟大时代，一有机会就希望自己能成为诸葛亮、谢安那样能经天纬地的人物。

李白想干出一番事业。这个事业一定得是大事业，做宰相辅佐皇帝治理国家，垂名于世。寒门出宰相，卒伍拔将军。"天生我材必有用"的李白起初认为自己如果能蒙圣上赏识，取得一个卿相的位置并不难，因为盛世明主也会觉得李白并非"蓬蒿人"。儒家倡导"穷则独善其身"，李白是否定的，他在《赠韦秘书子春》中认为："苟无济代心，独善亦何益？"

李白想追求绝对精神自由。这种精神上的自由就是不受王法和贵族制度的约束，"出宇宙之寥廓，登云天之渺茫"，甚至"愿随夫子天坛上，闲与仙人扫落花"。给玄宗皇帝做翰林侍奉期间，他发现自己纵然再有文采，也只是皇帝身边用诗词娱乐、粉饰太平盛世的人，他就满心不情愿，大失所望之余，皇帝也觉得他不堪政治上大任，赐金放还了结此事。

可是，政治作为和精神自由犹如鱼和熊掌一样，无法兼得。李白在"欲济苍生"和"酣畅万古情"之间陷入两难。政治上想有所作为，就得认可现有体制和规则，忍受封建秩序的污秽，离不开王公贵族提携推荐；追求精神自由，笑傲王侯，就必须蔑视和超越现存秩序，这对李白的确是一个悖论。盛唐气象兼具建功立业和个性自由两种特征，偏偏这两种特征都集聚在李白身上。"长风破浪会有时，直挂云帆济沧海"是要建功立业；"安能摧眉折腰事权贵，使我不得开心颜"是要精神自由，但这都是李白，悖论中的李白，矛盾中的李白。

孟浩然、杜甫则不然，他们最终会侧重一个，或鱼，或熊掌。杜甫也想过"潇洒送日月"，可最终放不下黎民百姓和强烈的社会责任感，"穷年忧黎元"去了，追求"致君尧舜上，再使风俗淳"去了，一生忧国忧民，鞠躬尽瘁。孟浩然青年时也感到要不负这个圣明时代，"端居耻圣明"，可后来入京求仕、漫游求仕、洛阳求仕皆不得，困顿失望后，尚能自重，修道归隐了。李白《赠孟浩然》云："红颜弃轩冕，白首卧松云。""高山安可仰，徒此揖清芬。"杜甫《解闷十二首》中也盛赞孟浩然的诗歌："复忆襄阳孟浩然，清诗句句尽堪传。"情愿不情愿之间，终身不仕的孟浩然自己也乐于享受"春眠不觉晓"的闲散了。

可见，得鱼或者得熊掌都不是一件容易的事，鱼和熊掌兼得就几乎是不可能的了。个人条件、周遭资源、机遇巧合、心志毅力或者单一性地，或者综合性地都会成为决定性的因素。今天的社会中，也有些人梦中最理想的工作是待遇高、活轻松、人自由，这种岗位有吗？千年前没有，今天也不会有。今后有没有，不好说。

而在李白身上，这两种激情时刻澎湃激荡着。天宝三年（744）李白被赐金放还后，与杜甫、高适等人同游梁宋期间，其诗《梁园吟》突出表现了这种精神的内在张力。因为仕途遇到挫折，他心情低沉，沉思之余，执着于理想，显得焦虑挣扎。"洪波浩荡迷旧国，路远西归安可得！"一转眼，他告慰自己："人生达命岂暇愁，且饮美酒登高楼""昔人豪贵信陵君，今人耕种信陵坟""梁王宫阙今安在？枚马先归不相待。"即使生前再风光，死后还不是一堆白骨？魏公子无忌也不能幸免，梁孝王刘武死，梁园塌，枚马走，歌舞停，"空余汴水东流海"。烟消云散之后，尘埃落定，繁华不再，只有树木、石头、河流依旧。既然功名权贵都成了浮云，李白"沉吟此事泪满衣，黄金买醉未能归"，何必苦苦追求呢。李白会就此消沉吗？如果就此消沉看透，躺平，那就不是李白了。现实的李白和诗意的李白是一个整体性的不朽存在，① 超越自身和选择命运构成矛盾和反差。一转眼，饮酒过程中，或者酒刚一清醒，李白立刻琢磨的仍然是"济苍生"，"歌且谣，意方远。东山高卧时起来，欲济苍生未应晚。"也就是说，矛盾在李白心中再纠结，再碰撞，到最后的结果仍然是整装再出发。

李白不是一个出色的政治家，大约连合格也算不上，但不影响他是一个伟大的诗人。第一次被征召为翰林供奉，最后上疏请归，一走了事；第二次征为永王李璘幕府，李璘兵败被杀，李白也被流放夜郎，险些送命，一生两次接近政权均以失败告终。李白之所以

---

① 王充闾：《国粹：人文传承书》，北京大学出版社2017年版，第78页。

让我们着迷，成为我们民族精神动力的一个象征，根本原因是在主客观严重背离，实践与愿望脱节下的悲剧抉择：作为一个自由独立个体，不降志辱身，不随波逐流，知鱼和熊掌不可兼得后，知挫折遇挫折仍知勇！

28. 悲怆感慨的杜诗

晚唐诗人、诗论家司空图的《二十四诗品》这样品论"悲慨"："大风卷水，林木为摧。意苦欲死，招憩不来。百岁如流，富贵冷灰。大道日丧，若为雄才。壮士拂剑，浩然弥哀。萧萧落叶，漏雨苍苔。"[①]

动荡的时代，黑暗的社会，是悲慨风格形成的土壤；从内容上来看，悲慨中有因个人之私引起的感慨，即人生之嗟，包括因悲辛生活、壮志未酬、英雄失路、生命短促、人生无常等而产生的感慨，还有因天下之公所引起的感慨，即悲天悯人之怀。

杜甫 1400 多首诗中，有 127 处用了悲字，而且所用词汇非常丰富，包括悲辛、悲惨、悲管、悲泉、悲丝、悲角、悲笳、悲风、悲歌、悲气、悲伤、悲哀、悲壮、悲欢、悲怜、悲凉、悲叹、悲愁、悲喜、悲鸣、悲台、悲往事，等等。杜甫常用白发、头白、发白、白首、白鬓、白头、白头翁等词语来表达对生命和时光的敏感。如《乐游园歌》："却忆年年人醉时，只今未醉已先悲。数茎白发那抛得，百罚深杯辞（一作亦）不辞。圣朝亦知贱士丑，一物但荷皇天慈。此身饮罢无归处，独立苍茫自咏诗。"

其实，杜甫是出身于一个"奉儒守官"的家族中，十三世祖杜

[①] 司空图撰，陈玉兰评注：《二十四诗品》，中华书局 2019 年版，第 92 页。"意苦欲死"，一作"适苦若死"。

预是西晋名将，做过镇南大将军、当阳侯，又是儒学的集大成者，其《春秋左氏经传集解》影响千古。杜预是司马懿的女婿，司马昭的妹夫，杜预帮助晋朝统一天下，功劳卓著，封为当阳侯，食禄九千担，是晋朝的一个名臣。他晚年好学不倦，坐卧都离不开《左传》。毛宗岗点评《三国演义》时，说关公好读《春秋》，杜预好读《左传》。

西塞山前，刘禹锡回想起西晋龙骧将军王濬率广武将军唐彬一举突破东吴千寻铁锁的江防，亡国之君孙皓出降的恢宏往事，认识到疆域的统一是潮流，占地为王必将是历史陈迹。"千寻铁锁沉江底，一片降幡出石头。人世几回伤往事，山形依旧枕寒流。"坚固的故垒工事和逆潮流而动的骄兵悍将们在历史统一的规律面前都会萧条冷落，退出舞台，落得骂名。

杜甫的祖父杜审言是初唐时期的著名诗人，外祖母是唐朝宗室。杜审言恃才傲物，声称"吾文章当得屈、宋作衙官，吾笔当得王羲之北面"①。

读书仕宦积极入世是杜甫家族传统，"杜陵有布衣，老大意转拙。许身一何愚，窃比稷与契"（《自京赴奉先县咏怀五百字》）。

杜甫24岁参加科举考试，即以失败而告终，之后到齐鲁游历，过了一段"裘马轻狂"的生活。30岁后，杜甫在长安谋官十年，历尽艰辛，受尽屈辱。36岁那年，杜甫参加了唐玄宗的特科考试，结果被主考官李林甫以"野无遗贤"为由一个也未录取。杜甫多年的努力化为泡影。在40岁那年的除夕，杜甫写下了这样一首诗抒发自己的怀抱："守岁阿戎家，椒盘已颂花。盍簪喧枥马，列炬散林鸦。四十明朝过，飞腾暮景斜。谁能更拘束，烂醉是生涯。"（《杜位宅

---

① （宋）欧阳修、宋祁撰：《新唐书·杜审言传》，中华书局1975年版，第5735页。

守岁》）诗人在 40 岁时深切地感到，纵有飞腾的才华，飞腾的理想，也是暮影西斜了。

《秋兴八首》之四云："闻道长安似弈棋，百年世事不胜悲。王侯第宅皆新主，文武衣冠异昔时。直北关山金鼓振，征西车马羽书驰。鱼龙寂寞秋江冷，故国平居有所思。"长安城好似棋盘，这不仅是说当时长安城星罗棋布的 108 坊布局，也是说作为国家权力象征的都城，以至于整个国家都好像棋盘一样，厮杀博弈，盛衰无常。王侯逃跑，旧宅换新人，文武官员朝服更换，面孔陌生，群小并进，此为内忧未平息。外患方面北有回纥族，西有吐蕃族侵略骚扰，国家需要之时，诗人却流落异乡，请缨无冠，欲行无路，报国无门。"致君尧舜上，再使风俗淳""自谓颇挺出，立登要路津"，这本是他的壮志豪情啊。作为一个祖上就信奉儒家道德理想而且自己才华满腹随时报效国家的有为青年，杜甫的郁闷可想而知。

生逢盛世，遭遇乱世，这是诗人的精神财富。开元盛世和安史之乱给他造成了巨大的心理落差，白云苍狗、众生苦难，杜诗不可能无病呻吟或嬉笑浅薄，有的只是生命、历史和智慧体验。"有谁从小康人家坠入困顿的么？我以为在这途路中，大概是可以看见世人的真面目。"（《呐喊》自序）家庭破败尚可以让鲁迅先生体会世态炎凉，而一个国家瞬间如雪崩一样倒下会是怎样的震撼？

因为李林甫的一个政治错误，杜甫进入官僚体制的道路被阻断，那就做一个安分守己的平民吧，可是后来又变成了一个难民。《兵车行》就看出了历史的结构性危机，"车辚辚，马萧萧，行人弓箭各在腰"。好像一个大部队正在出现，很有气势，但这里面潜伏着严重的社会危机，"耶娘妻子走相送，尘埃不见咸阳桥"。边庭流血成海水，我们的"武皇开边意未已"，穷兵黩武的贪心，使得"汉家山东二百州，千村万落生荆杞"，征讨南诏，唐军损失 20 万人；安史之乱，全国人口从 5200 万下降到 1600 万—1700 万人。统治者骄奢淫逸，当朝宰相口蜜腹剑，结构性的政治危机导致山河破碎，此情此景在杜诗中就表现为乾坤日月动荡不定的气魄。《登岳阳楼》中有"吴楚东南坼，乾坤日夜浮"，到了《江汉》有"江汉思归客，乾坤一腐儒"。在衡阳，"日月笼中鸟"，太阳和月亮像笼中的鸟，乾坤犹如浮萍一样漂浮在水面上。

北宋诗人黄庭坚说，杜甫"千古是非存史笔，百年忠义寄江花"。两宋之交的李纲，因靖康之难使他理解杜甫十分深切，写《杜子美》一诗，赞扬杜诗"岂徒号诗史，诚足继风雅"，"呜呼诗人师，万世谁为亚"，历代诗人谁能做杜子美第二呢？

29. 诗人从政

士人阶层也就是知识分子为什么一心想"学成文武艺，货与帝王家？"评论家段建军分析了人的鹿性与狼性，认为"这种'狼性'恶人，是乡土中国的另一典型存在"，既然"我"是天地的中心，人伦的基础，就必须享受这个中心和基础所应享受的一切权利，但"只有掌权的人才能真正实施自我中心"[1]。因此，古代士大夫拯救黎民于水火自然是鹿性人生美好特征的显现，然并非人人都愿意共在和谐，德性生存，"学为好人"的；而同时，历史的经验告诉我们，"中国的读书人，无有不乐于从政的，做官便譬如他的宗教"[2]。为什么？做官可实现人生大部分理想，包括荣耀祖宗、光大门庭、声名显赫等。吟诗作赋，即使有再大的成就，也实现不了这些目的。我国古代的诗人并非是一个职业，而是后世人给予的一个身份，这

---

[1] 段建军：《〈白鹿原〉的文化透视》，中国社会科学出版社 2021 年版，第 76 页。
[2] 钱穆：《中国文化史导论》，九州出版社 2011 年版，第 103 页。

个身份难以养家糊口，难以扬名立万，因而从政，进入统治阶层能实现读书的最佳效应。"不是比谁家钱多地多，而是比哪家出了几个举人、进士，这样的价值观牢牢地揳入了江南大地的深处。"① 仕宦之家要想保持富贵长久，最有效的途径则是读书及第。明代阳羡（今江苏宜兴市）一地就出现了159位进士，分属于42个姓氏，这些家族互相联姻，织成更为巨大牢固的人际关系网。阡陌之上、微风之下悄悄进行的好学上进比赛让人们明白，科举入仕是寒门小户们摆脱贫困、扩大财富、跻身上层的唯一途径。明清两代江南文运昌盛，进士人才辈出，正是朝野上下把读书应考看成安身立命的不二法门造就的。

钱穆先生说得好："中国是一个大一统国家，从事政治事业是最尊贵的。只做一县令，所辖土地逾百里，所属人口逾万户。县廷掾属，有多至千人以上者，这些全都由县长辟署。这已俨然像一古代的小诸侯。若为一郡太守，辖地千里，属户百万更多可展布。"② 从郡守转九卿而后至三公，那就成为管理全国事务的官员了，拥有更大的权力和生存空间，就有更多的人甘愿成为众云来围绕、来烘托这个特定的"我"。这是多么大的诱惑！黄巢不是有"待到秋来九月八，我花开后百花杀"和"他年我若为青帝，报与桃花一处开"的豪恨吗？

任何时候，对任何人，我们评判其诗词曲赋和言行举止之间的对应关系时，都不应一棍子打死。中国古代士大夫阶层"嘉会寄诗以亲，离群托诗以怨"（钟嵘《诗品》），表达的是对天地人生、草木鸟兽的一种生命关怀。"窃比稷与契"，官做得顺就致君尧舜；做不了理想的官，他们往往超越个人歧路上的追逐和困惑。内心的软

---

① 徐风：《江南繁荒录》，译林出版社2020年版，第102页。
② 钱穆：《中国文化史导论》，九州出版社2011年版，第103页。

弱和失意是客观存在过的，表达出来的心志则是艺术与人生真实的呈现，无可避讳。我们能因为杜甫"朝回日日典春衣，每日江头尽醉归"的及时行乐，从而否定其"穷年忧黎元"的理想吗？

"生不用封万户侯，但愿一识韩荆州。"诗人李白希望通过结交权贵得到推荐，引起朝廷重视，从而被重用。这种愿望和行为在他的一生中很难轻言放弃。

采访使韩朝宗欣赏孟浩然，想带他入京并举荐他，但孟浩然因和故人饮酒耽误了。耽误就耽误了，也不后悔。李白尊重孟浩然的高洁品格，"吾爱孟夫子，风流天下闻""高山安可仰，徒此揖清芬"。

大诗人李白的政治理想经不起推敲。他的可贵之处是有自知之明，可爱之处是坦然承认且乐此不疲。李白知道自己在功名面前的言不由衷和浅薄的希冀。"大鹏一日同风起，扶摇直上九万里"式野心勃勃和"大道如青天，我独不得出"的郁闷同时存在，一旦闻听皇帝征召，则立刻"仰天大笑出门去，我辈岂是蓬蒿人？"自信超级爆棚。难怪他离开后，玄宗皇帝看着李白的背影说："此人固穷相。"帝王眼中的李白是不堪重用的，作家潘向黎读到此处，深感悲痛和悲哀，"为诗人的天真、自负，更为被功名荼毒了的自由心灵"①。诗人如果从政，就要成为政治活动中遵循规则的人，而诗赋才华只能成为政治活动以外的业余爱好。官员有可能成为出色的诗人，但诗人不一定能成为优秀的官员。如果既设想仕途顺利，又希望个性才华不被约束，这本身就容易陷于两难之境。政治活动遵循政治规则，文学活动遵循人性审美规则和文学规律，不可混淆时空和领域。

① 潘向黎：《看诗不分明》（增补本），生活·读书·新知三联书店2020年版，第61页。

30. 喜欢杜甫是需要年龄的

年轻人多不喜欢杜甫。杜诗的确不错，可是感觉老杜脸上老是写满忧愁，流淌到笔下的情绪也自然凝重沉闷，沉郁顿挫多，诙谐欢乐少，到底有没有那么多忧国忧民的事情？

杜甫当然年轻过，可大约年轻时的诗歌和情绪被人们忽略了。只有经历了一些事情，如离别、如失意、如纷争等，才体会到这老杜呀，写的简直就是自己。

幼年戏耍，少年求学，青年奋斗，中年重负，老年孤单，人的一生其实就是过程。一列火车有始发站，也有终点站，中间上上下下的就是过客了。

我们每个人可以仔细回想，幼儿园、小学、中学、大学同学自从一分开就再没有见过面的有几个呢？不少吧。有的即使见了面，也"对面相逢不相识"吧。杜甫被贬华州司功参军偶遇少年知交，故友相见格外亲，然亦悲亦喜，干戈乱离、人命危浅的现实之下，深感"明日隔山岳，世事两茫茫"。

《赠卫八处士》是杜甫在乾元二年（759）从洛阳回华州经奉先县（蒲城）时，寻访乡下故交卫八时而作的怀旧诗。二十年才见一面的那一夜，灯光、小雨、米酒、故人已经长大的儿女都是乱世中的温情脉脉。杜甫这一年已经四十八岁，安史之乱已经四年了，双方的亲故半数已不在人世，痛惜之余庆幸的是自己和卫八都还活着。贬官不是大事，活着才重要，人生值得眷恋的不正是这份互相牵挂的亲情嘛。

"人生不相见，动如参与商。今夕复何夕，共此灯烛光"。今天是个好日子呢，今夜注定你我无眠。我们见个面怎么就像天上的参商两星辰呢。星宿无情，岂能和人相比。好在我们今天还见面了。天空中的商星居于东方卯位（上午五点到七点），参星居于西方酉位（下午五点到七点），一出一没，永不相见。参商见面不仅乱套，主要是没有意义，可朋友不同。

"少壮能几时，鬓发各已苍。访旧半为鬼，惊呼热中肠"。认识时是翩翩少年，到今天双方都白发苍苍，打听打听熟知的朋友们，竟然一半先我们而去，内心不禁像火烧一样难受。

"焉知二十载，重上君子堂。昔别君未婚，男女忽成行。怡然敬父执，问我来何方"。二十年过去了，物是人非事事休，你结婚成家了，儿女成行了！可爱的孩子们热情有礼貌，笑着问我来自何方。你的孩子和我的孩子有什么区别呢？看着都是那么亲切，他们都是我们在这个世间的生命的延续。

"问答未及已，驱儿罗酒浆。夜雨剪春韭，新炊间黄粱。主称会面难，一举累十觞。十觞亦不醉，感子故意长。明日隔山岳，世事两茫茫"。你赶快让孩子们准备酒菜。冒着小雨剪下院子中新长出的春韭，新煮的黄米饭香喷喷，连喝十杯酒也不觉得醉呵。明日一别，不知何年得再相见？压抑住内心的情感波澜，两位故人在微醺中冲淡了世事茫茫的凄婉，苍凉沉郁中尽显悲喜交集。

作家潘向黎读李白、王维从不落泪，却读这首老杜的诗潸然泪下。他深情地说"杜甫的诗不动声色地埋伏在中年里等我，等我风尘仆仆地进入中年，等我懂得了人世的冷和暖，来到那一天"。

青春年少只是一朝一夕，中年早已经在不远处的一个角度里等着你，置若罔闻是没有用的。可你来到中年的时候，有些鬓发苍苍了，面对别人对自己的误会和责难，有些不想辩解了，想起明天和自身归宿，更多的迷茫浮现在眼前了。

31. 诗人面对权力

在上层，国家权力以法治程序为手段驱动国家机器正常运转。机器转动就会循规蹈矩，与开机器的人品行无关。在皇权达不到的乡野，家族权力行使必须通过执掌者的个人意志，以权力的承袭为负担和荣耀，以"乡约"等理念为遵循，以自己的率先垂范维持运行和发展。在这种体制下，皇权至上是不可动摇的，皇权又通过对族权的控制，将权力伸向社会的每一个角落。皇权至上使得法律成为皇权的工具，皇权高度垄断着各种权力，基层社会力量或者民间力量在皇权与族权的压榨下，没有任何活力，可以说对社会政治的影响微乎其微，因而整个社会系统极不健全，基本上是国家权力的附庸。西方那种所谓市民阶层或者公民在中国封建社会根本不可能萌芽和存在。

官僚政治是中国政治制度的又一主要特征，从秦汉开始至明清不断完善，达到了登峰造极的程度。西方只是把官僚政治作为从中世纪贵族政治向近代民主政治转化的一种手段，但中国的官僚政治体系极其完备、分工十分细密，是由皇权完全操控的政治体制，皇权完全凌驾于官僚体制之上。层层官僚机构不过是皇权操纵的工具，皇权的至高无上也就再次充分体现出来。对于百姓而言，除了皇权的压迫，各级官僚机构对他们也是一种压迫和控制，层层集权加剧了层层压迫，而层层压迫又有效维护了层层集权。应该说，这种层层压迫与层层集权维护了中国两千多年封建专制政治体制的稳固结构。

因此，当我们读到孟郊诗"出门即有碍，谁谓天地宽"时，既深感诗人在政治上的不幸，又在某种程度上赞同欧阳修、苏辙等后世的评价。欧阳修在批评孟郊、贾岛的同时有超越，"山头婆娑弄明月，九域尘土悲人寰""下看区区郊与岛，萤飞露湿吟秋草"（欧阳修《读李白集效其体》）。苏辙从孟郊诗中认为"唐人之不闻道"，文学批评转而上升为人文精神和政治热情缺失的批判。

严格说来，中国社会没有系统的宗教信仰，但中国以儒家思想的社会性道德教化代替了宗教。孔子的儒家道德学说深深影响着中国人，不断地内省、自律，以此追求自身的所谓理性，有效维持了古代中国人自得其乐的人生态度。儒家强调群体利益，反对贫富不均，提倡修齐治平，内圣外王；道家重视个体生命价值，强调精神自由。儒家道家实质上在不同角度密切关注着人的利益。儒家是核心，道家是补充，儒道互补支撑着中国古人的精神世界。

孔子的"仁"和孟子的民贵社稷次之君为轻的思想是理想和民间状态的。自董仲舒以后，仁与仁政成为统治阶层对下层人民偶尔的雨露式恩赐，修齐治平只是在相应的语境中割裂存在，无法一以贯之。君主治国，为臣者兼顾齐家，士人"穷则独善其身，达则兼济天下"。

在这一点上，儒家道德与一般意义上宗教要求人们不是自信而是追求他信是完全不同的，甚至是背道而驰的。但中国古代文化有一大特性，就是其强大的同化力，任何外来文化，包括宗教在内，一传到中国就会被中国文化所同化，成为中国文化的一部分。这样，外来文化在很大程度上失去了原有的含义。在此背景下，儒家思想成为不是宗教的宗教，被赋予类似于国教的权威，渗透到社会政治的各个层面。皇帝成为整个社会独一无二的大教主，各级官吏成为各个地方的教主，负有政治统治和教化一方的双重责任。这就形成了中国特有的政、教合一的政治统治特色，整个社会成为一个铁板一块的封闭体系。当然，在这种政、教合一的架构下，儒学原来具有的通过内省、自律，达到人格独立的主体意识及其人文精神逐步地被淡化乃至被完全消除，儒学只剩下政治统治需要的、被政治化的伦理躯壳，完全成为一种皇权至上的专制政治理论。

在封建制度下的中国，家国同构是根本，它构成了中国传统社会的基本政治结构，官僚政治和政教合一对家国同构起到了保障作用，它们分别从政治制度架构和政治文化的层面起到了作用，使得传统政治具有西方政治制度所没有的高度成熟性和不可比拟的牢固性。到17世纪中叶，满洲贵族入关，建立清朝统治，中国传统的封建专制主义政治体制达到了登峰造极的程度。君主专制和中央集权制成为维护落后民族统治汉民族和其他各民族的有力工具，官僚政治体系更加完备，文字狱等控制手段达到了令人窒息的程度，政治危机不断加深。

因诗致祸就是诗人言论和国家权力之间摩擦、冲突的表现之一。韩愈、刘禹锡、苏轼等有因文、因诗致祸的前车之鉴。邦有道或邦无道，诗人面对国家权力时语言就可能会直接批判或谦逊收敛。《论语·宪问》就曾提示知识分子如何应对乱世，"贤者辟世，其次辟地，其次辟色，其次辟言"。乱世中的知识分子总是要和国家社会之间隔绝的，断绝与世界、时代的往来，离开混乱的国土，停止公开的与人的交往行为或言论交流，成为弃世之人。其实，站在当权者的角度，知识分子自觉自为的这种行动是禁事、禁言、禁心的阶梯形镇压方式。《韩非子·说疑》云："禁奸之法，太上禁其心，其次禁其言，其次禁其事。"可见，最难的是"禁心"，亦即钳制人的精神和心理活动属于最极端的镇压方式。

中国古代是一个官本位社会，一旦为官作宦，就可以高居于平民之上。如果这时候有一个人，为了诗歌，抛弃仕途，那显然是另类格局。出身寒微的唐末现实主义诗人杜荀鹤有诗"世间何事好？

最好莫过诗""一更更尽到三更，吟破离心句不成"，说归说，苦吟归苦吟，然杜荀鹤一生，仕途坎坷，终未酬志，亦坚持混迹官场，终没有为诗离开。司空图《力疾山下吴村看杏花》其六云："浮世荣枯总不知，且忧花阵被风欺。侬家自有麒麟阁，第一功名只赏诗。"在司空图心目中，赏诗超过了世俗功名，为"第一功名"，而且为此，他放弃了中书舍人这个较高的职位，一生留下了名文《与李生论诗书》，留下了名著《诗品》，创造性地提出了诗的"韵味说"和诗的24种风格论，犹如夏日饮佳茗，沁人心脾。司空图看淡权力，看重诗品，其功绩超过了一个过眼烟云的中书舍人，镌刻在中国古典文学史中，而非某个帝王的麒麟阁上。

曲折如杜甫，人品学问才华属于上品，和官阶成反比例，最大的官职大约是"节度参谋检校工部员外郎"了，这是一个从六品的职位，也是后世称之为"杜工部"的由来了。上元二年（675），友人严武推荐，杜甫被朝廷召补位京兆功曹参军（正七品），这是一个名誉职衔，杜甫没有去长安就职。杜工部的职位也是杜甫碍于严武的友情，做了严武的幕僚。这一期间，原有着"致君尧舜上，再使风俗淳"宏大抱负的杜甫看清了诗人和权力之间的朴素关系，"白头趋幕府，深觉负平生"，幕府中后辈同僚的冷言冷语挡不住这颗骄傲的灵魂，半年后，杜甫婉言谢绝了这个职务，回到浣花溪畔的草堂居住。

总之，在中国古代，官员如作诗，可能会有好诗；诗人如居权力旋涡，难有好官员。

32. 仁爱的杜甫

杜甫的诗歌，从13世纪开始，就广泛地在韩国、日本、越南等传播。到了20世纪60年代，杜甫曾被评为世界文化名人之一。日本汉学家吉川幸次郎、美国诗人雷克斯罗斯等高度评价杜诗的价值和杜甫的仁爱之心。这说明，杜甫的影响早就超越了国界，是世界文化名人。

　　杜甫用诗歌不遗余力地宣扬并践行了儒家仁政仁爱思想。儒家认为贫富不均是国家最大的危害，杜甫有"朱门酒肉臭，路有冻死骨"的诗句揭露社会不公；儒家强调夷夏之辨，安史之乱中，杜甫逃出叛军占领的长安，逃回唐临时政府所在地，坚持了民族气节；儒家强调修身养性，人人皆可为尧舜，杜甫用个体道德的自觉自律践行着孟子提出的大丈夫精神，即"富贵不能淫，贫贱不能移，威武不能屈"。儒家学说本体上是一种实践的哲学，孔子、孟子在年富力强的时候并不是著书立说，而是奔走天下，一定要用实践来推行"道"，只有到了晚年，"道之不行已知之矣"，才留下著作给后人，扩大影响。

　　杜甫丰富了儒家道德伦理的内涵，把仁爱之心扩展到了其他民族。宋代黄庭坚说他"醉里眉攒万国愁"，可见，杜甫忧国忧民的形象在历史上是公认的。杜甫忧国忧民，这里的"民"除了家人、朋友、同胞之外，还有其他民族的老百姓。唐王朝对南诏发动多次征讨战争，均以失败告终，杜甫认识到这是非正义的战争。高适、储光羲写诗讨伐南诏，可杜甫在《兵车行》中控诉了错误战争给人民生活带来的巨大破坏。"耶娘妻子走相送，尘埃不见咸阳桥。牵衣顿足拦道哭，哭声直上干云霄"是杜甫来自民间的真切观察。殊不知，唐与南诏之间经历了天宝末年、文宗太和年间、懿宗大中和咸通年间的三次战争，前后时间跨度超过一百二十年，无论是汉民族，还是云南洱海一带的少数民族，老百姓都饱受战争苦难。《兵车行》中杜甫描写了长期征战中士兵的劳苦，"或从十五北防河，便至四十西营田。去时里正与裹头，归来头白还戍边。边庭流血成海水，武皇开边意未已"。

仁爱本来针对的是人，杜甫还把仁爱之心扩展到了一切生命。动物、植物在他笔下都是有生命的。杜甫《过津口》中，看到江面上横着的渔网中困着很多鱼，大小不一，顿生恻隐之心，"白鱼困密网，黄鸟喧嘉音。物微限通塞，恻隐仁者心"。杜甫《舟前小鹅儿》一诗中，表达了对弱小生命的呵护和同情："鹅儿黄似酒，对酒爱新鹅。引颈嗔船逼，无行乱眼多。翅开遭宿雨，力小困沧波。客散层城暮，狐狸奈若何。"可爱的小鹅，颜色像黄酒一样，但它们体力弱小，羽毛被雨打湿了，还能畅游在波浪中吗？黄昏来临的时候，人们都回家了，狐狸出没，可爱的小鹅会被狐狸们抓走吗？宋代张载提出了"民吾同胞，物吾与也"的观点，也就是我们常说的"民胞物与"思想。所有的老百姓都是我的同胞，所有的生物都是我的朋友，理论的提升总结是在宋代完成的，可是杜甫老先生在诗篇中就广泛地弘扬了这种思想。再细小的生命也是生命，人类和它们和睦相处，就应该关爱它们，在杜甫那里，儒家的仁爱从各民族的老百姓扩展到了鱼、鹅、马、鹰、柏、橘、棕、楠等一切生命身上。

杜甫坚守自己儒生的本色。虽身在民间，他始终没有忘记自己儒生的本色、责任和强烈的批判精神。一切丑恶的现象，无论是涉及皇帝、高官还是底层的恶吏，批判于他没有缺席；一切需要践行儒家理念的事情，需要做他就躬身力行，一直到终老。诗《江汉》作于大历四年（769），时杜甫58岁。诗云："江汉思归客，乾坤一腐儒。片云天共远，永夜月同孤。落日心犹壮，秋风病欲苏。古来存老马，不必取长途。"思念故土，北归无望，茫茫天地，诗人虽年老体衰，时日无多，但雄心犹在，俯仰之间，诗人从"飘飘何所似，天地一沙鸥"的个体体验，升华到了"乾坤一腐儒"的宇宙意识。自己的艰难愁苦，多病潦倒不算什么，可兼济天下的情怀与朗朗乾坤共存！悠悠天道不灭，绵绵希望不绝。

不能不说到杜甫的恋阙与忆家，因为杜甫对家人的感情深沉而动人。报国心切却无门，思家心切但归期未卜，杜甫的沉郁顿挫即由此处而来。《奉酬李都督表丈早春作》有"望乡应未已，四海尚风尘"。面对良辰美景，归期无日，世乱未靖，引发了诗人伤春伤老和内心的焦虑之情。七律《野望》中，杜甫滞留异乡，孤身天涯，兄弟离散，迟暮多病，未能报效国家，巨大的心理缺憾和对家国的深沉忧虑让诗人涕泪悲壮，无法忘情。其诗云："西山白雪三城戍，南浦清江万里桥。海内风尘诸弟隔，天涯涕泪一身遥。惟将迟暮供多病，未有涓埃答圣朝。跨马出郊时极目，不堪人事日萧条。"杜甫跃马出城，几个兄弟相隔天涯，自己飘零在成都，身体多病，无功无德来报答朝廷，因此极目远望，世事萧条，感伤时局，有了这首《野望》。清代袁枚在《随园诗话》卷十四中说："人但知杜少陵每饭不忘君；而不知其于友朋、弟妹、夫妻、儿女间，何在不一往情深耶？"在杜甫那里，忧国与思家起伏相应，同存俱适，家亦国，国亦是家。

33. 焦虑、文化与德治

古代知识分子与封建专制之间历来是一种紧张焦虑状态，贬谪、遭谤、党争、诗祸、辞官、下狱等坎坷不时降临，造成诗人的焦虑和无法逃脱的宿命。"家国同构""官僚政治""政教合一"的相互作用及其不断强化，进一步加剧了封建社会政治心理的专制和民主窒息性，这种状态下的古代诗人因之紧张焦虑。

当个人壮志难遂与国家遍体疮痍相结合，诗歌发愤抒怀，就成为宣泄渠道，如屈原、杜甫等；或转而求其次，成为排解冲突、安顿心灵的生命修养功夫，如陶渊明、司空图等；或转悲为健、扩展心性、内外兼济，如苏轼、陆游等。苏轼赞同第三种状态，"阅世走人间，观身卧云岭"；"平生傲忧患，久已恬百怪"；陆游也有所谓"不怨不怒，而愤世嫉邪之气，凛然不少回挠"（《澹斋居士诗序》），如此，中国古典诗词积极刚健，安顿了中国古人的精神世界，锤炼出人生智慧，代代相传。

传统的专制政治统治形成政治权力一元化，造成政治权力多元化的缺位。封建专制统治固化了人治色彩，君主专制与中央集权是其主要特征，统治集团内部就是有了权力斗争，也形成了不同的权力集团或者利益集团，往往斗得你死我活，要么一方被消灭，要么一方臣服于另一方，而不是按照一定的政治规则，既相互斗争又相互妥协，最终依照一种政治契约的形式实现政治利益的共赢，并实现政治权力的合理分配，从而成为事实上的政治权力多元化。事实上，这种传统的政治架构完全是一种等级森严、由上而下的控权模式，其控制权力的线路完全是单向的，是靠强权加上封建伦理维持的。

专制心理和缺乏民主性，更加重了集团权力本位，并加剧了个人权利诉求的缺失。社会长期处于专制统治之下，民众缺乏个人权利意识，更没有对个人权利的追求。长此以往，传统社会中国人缺少公共政治意识，即既不去追求个人政治权利，更不可能去追求公共政治权利。广大民众缺乏发自内心地对个人政治权利的追求，民众认为政治不是自己的事情，精英也认为民众没有用，精英们自以为为了百姓，而百姓却毫不领情，形成怪圈。

皇权统治及政治腐败，更多体现为人治色彩过于浓厚，其特点是道德至上，相反法律至上却严重缺位。在中国传统的封建法律体系当中，成文法不过是道德规范的必要补充，是皇权统治的工具，用来控制和调整庶民百姓的行为，在一定意义上说，所谓法律不过是统治者要求、人们自觉提倡的实现自我道德的一种工具，法律沦为道德的附庸和工具，道德至上进一步得到强化。"权大于法"的现象时有发生，最终只能在提高执法者的"道德"、渴慕贤君良臣的出现上去寻求出路。

渴慕贤君良臣也罢，期盼海晏河清的清明政治也罢，这在封建社会难以实现。诗人们如果有官职，则都很注意自己要尽可能地做一个好官，上为天子执政分忧，下为黎民百姓造福，自己留下一个好名声，但这只是理想状态。大多数情况下，诗人官员们在叵测难料的宦海沉浮中不得志，紧张焦虑。诗人们一生未谋得理想职位则更是大概率事件。很多人科举不得意，甚至终身未入仕途，诗词中的悲愤意识张扬，或者干脆直接转向闲适，归隐田园就更多了，尤其是在朝代更替或权奸当道之时。

文化不仅具有正向功能，而且有反向功能。个人和群体并不总是顺从社会规范，违反社会规范的情形也是时常发生的。这种非整合状态和违规行为并不是偶然的，而是文化功能的一种表现形式。例如社会的机会结构是一种文化安排，这种机会结构使一部分人通过合法的方式去追求自己的目标，而使另一部分人通过非法的方式去追求自己的目标。当社会现有的制度和秩序安排通过"合法"渠道不能保障人民的正当权利，而且经过个体穷尽一切手段之后仍然不能实现权利保障时，铤而走险，寻求体制外的帮助就成为一个无奈、被迫的必需选择，这时，社会秩序或稳定性可能会受到影响。前者是文化的正向整合功能的表现，后者是文化的反向非整合功能的表现。正向功能保持社会体系的均衡，反向功能破坏这种均衡。

德治要求治国者必须要有高尚的道德修养，并在实践中注重道德教化。中国古代的儒家站在"性善论"的立场上提出治国方略，通过"求善",践行"内圣外王",希冀把社会建成一个具有完美道德风尚的有序状态,使广大社会成员都成为完美的"道德人"(即"君子"或"圣人")。在人人都是君子的情况下,"内圣外王"的理想才能真正实现。"内圣外王"也是儒家政治思想的基本内容,为儒家所津津乐道,在不同的历史朝代得到继承和发展。"内圣"指道德修养,"外王"指政治实践,"内圣"是"外王"的前提,"外王"是"内圣"的延伸。

在数千年的中国封建社会传统政治实践中可以看到,一个好的政治家未必就是道德上的"圣人",而"圣人"从政未必能成为一个好的政治家。一个具有一般道德水准的"中人"若能按法度治理国家,同样能把国家治理好。过分强调"内圣"即道德修养的重要作用,在实践中必然忽视外在制约机制的作用。按儒家要求,统治者必须是也理应是"圣人","圣人"在现实生活中几乎不可能出现,这一点让儒家和大众十分失望。换言之,现实中的君王都不是圣人,"金无足赤,人无完人",不是圣人则意味着统治的合法性会受到强烈质疑。君王及其统治集团于是竭力伪饰自己,装扮成"圣人",打着"圣人"的旗号干些不是"圣人"该干的事情。封建社会里所有轰轰烈烈的造神、造圣运动的结果必然导致政治上的普遍虚伪。总结和深究中国古代法家的思想成就,通过道德教育不能完全解决政治问题和社会问题,必须诉诸制度和法律的问题,必须要由法律和制度来解决。实际上,政治秩序和社会秩序只有建立在法治之上,才能可靠和持久,外在约束机制比内在约束机制更有效力。

作为治理国家、服务民众、凝聚人心、巩固社会根基的两种理论在发展中人们逐步达成了共识:德、法治扬长避短、相辅相成、相得益彰,这不失为一种理想的选择。以治理腐败和其他各类预防犯罪为例,在树立牢固思想防线的同时,必须要加强制度建设,两者并重。如果说制度建设是硬件，那么，思想建设就是软件。中国传统文化重视心性、人格、修身、伦理、道德，这是一种政治文化，讲修身、齐家、治国、平天下，修身、齐家是前提和基础，治国、平天下是其自然而必然的结果。

传统之稳定性决定了一种文明在没有外来挑战的情况下，其变革是缓慢而微弱的。促使传统瓦解和变迁有两种因素：一为内在的因素，一为外在的因素。就外在因素而论，它之所以能促使本土传统的嬗变与解体，归因于它明显的优越性。

一旦某种文化深刻地影响了一个人，那么这个人的行为处世、生活方式等方面无不受到这种文化的制约。在传统中国，自汉武帝"罢黜百家，独尊儒术"以来，儒家文化一直是社会的主流价值观和国家意识形态，对中国两千多年的传统社会影响深远，对人们的生活方式和价值取向作用十分明显。

儒家思想传统指导匡校着人们的言行举止。人有遵循，心有坚守，所以异于禽兽，然而社会变化过程中儒家仁义传统亦在发生变化。鲁迅先生说得更为明确："保存我们，的确是第一义。只要问他有无保存我们的力量，不管他是否是国粹。"[①] 由此可见，在国家、民族与个人的关系上，承认并保障个人利益从而培养公民的主体意识，主张树立人格独立的新道德的巨大进步和实践中的异常艰难。

家国观念与家园观念暗含着公权与私权的张力，这一张力实质上反映了国家与市民社会的张力。典型的市民社会是面对绝对主义权力而主张自己获得自由的市民社会，是以经济的自律为基础的自律的独立社会。"在真正意义的公法关系中，国家和人民之间的关系

---

① 鲁迅：《鲁迅全集》第二卷，中国文史出版社 2002 年版，第 301—302 页。

并不是上级和下级的关系，而是作为平等主体之间的关系存在。"① 通过市民社会的集体意识和权利诉求行为可以形成对国家权力的制衡，二者之间的关系，适度紧张可防止国家权力违规运行。承认国家权威至上和"家国同构"，以服务和报效国家、遵从国家权威作为行为道德的基本准则是中国传统政治文化中家国观念的主要特征。在利益格局上先国后家，在道德追求上坚持修身、齐家的最终目的是要治理国家，因此，这一观念深受国家主义思想的影响，也更多地打上了公权的烙印。

　　社会转型作为社会结构的整体性变迁，从一定意义上来说，意味着社会稳定机制的转换，而社会稳定的维护是靠社会控制机制来实现的。在计划经济条件下，我国的社会控制是通过政治和行政手段向社会各领域的渗透和思想观念以及思维方式的整体划一来实现的。在改革开放以前的社会中，政治权力覆盖社会生活的一方面，绝对化的主流文化排斥其他文化，由此建立起稳固的社会控制机制。而在转型社会中，随着政治与经济、国家与社会的相对分离，并由此带来的公民意识的弘扬，市场经济的确立，维持原有的社会秩序和社会稳定的控制机制正在发生变革。社会转型之初，由于控制机制的转换滞后于社会的发展，作为维持社会稳定重要手段的控制机制便产生了一定的功能障碍，在某些社会生活领域便出现了控制的盲点。面对社会生活某些领域的游离现象，文化的浸润、渗透功能就可以起到润物细无声的效果，而和法治同向发力的德治也能起到事半功倍的效果。

---

① [日] 川岛武宜：《现代化与法》，申政武等译，中国政法大学出版社 2004 年版，第 93 页。

34. 诗词与民族精神

中国古人留下来的古典诗词精华则是优秀传统文化的"文心",博大精深,会让我们产生常读常新之感,是实现社会善治良治,树立文化自信的原动力之一。诗词中的民族精神,当然首推爱国情怀。此外,中华诗词还大量表现出牺牲勇敢、廉洁奉公、诚信宽容、敬老孝悌、好学上进、和谐和平等民族精神。可以说,诗词蕴含着典故,典故的背后是栩栩如生的人物和生动故事,我们在诵读诗词时既会徜徉于艺术美感中,又能在历史故事带给我们的感动中接受心灵的洗礼和精神的熏陶。

爱国是一个永恒的话题,也是中华诗词书写中永远不老的主题。中华诗词中作者面对的"国"的概念和我们今天的理解有所差别,但其精神实质是一脉相承的。许穆夫人也许是中国文学史上最早的爱国主义诗人。卫国被狄人占领以后,许穆夫人赶到曹邑为吊唁卫侯并向许大夫表明救卫主张而作的《鄘风·载驰》,作于卫文公元年(前659)。诗云:"载驰载驱,归唁卫侯。驱马悠悠,言至于漕。大夫跋涉,我心则忧。既不我嘉,不能旋反。视而不臧,我思不远。既不我嘉,不能旋济。视而不臧,我思不閟。陟彼阿丘,言采其蝱。女子善怀,亦各有行。许人尤之,众稚且狂。我行其野,芃芃其麦。控于大邦,谁因谁极?大夫君子,无我有尤。百尔所思,不如我所之。"始闻卫亡的消息,许穆夫人心急如焚,快马加鞭,不暇四顾;而被许大夫阻挠之后,报国之志难酬,心情沉重,故而行动迟缓,目之所及,田野中的麦浪好似诗人起伏不定的心潮。诗人忧思重重,缓行垄上,麦子茂密。欲赴大国去陈诉,谁能依靠谁来援?许国大夫君子们,不要对我生尤怨。你们考虑上百次,不如我亲身跑一遍。

许穆夫人的救国之志、爱国之心始终不渝。全诗至此戛然而止，但它却留下无穷的诗意让读者去咀嚼回味，真是语尽而意不尽。有了许穆夫人的倾力相助，卫国在楚丘重建都城，国祚又得以延续四百年之久。

楚大臣屈原在《离骚》《抽思》《涉江》《怀沙》等作品中，呼唤重塑国家辉煌，唤醒世人沉迷，"愿摇起而横奔兮，览民尤以自镇"，"路漫漫其修远兮，吾将上下而求索"，爱国初心犹如磐石，"虽体解吾犹未悔"。

李白《苏武》中称赞了苏武对国家的忠贞，"牧羊边地苦，落日归心绝。渴饮月窟水，饥餐天上雪"；王维反对安禄山的胁迫，流泪写下"万户伤心生野烟，百官何日再朝天"的句子；王昌龄歌颂将士们"黄沙百战穿金甲，不破楼兰终不还"的英雄气概；白居易《缚戎人》中沦陷区的百姓一心要回到祖国怀抱，"脱身冒死奔逃归，昼伏宵行经大漠"；苏轼《江城子·密州出猎》中"西北望，射天狼"也表达了他的爱国热忱；岳飞《满江红·写怀》仍是千古传诵的爱国名篇，"三十功名尘与土，八千里路云和月"让人热血沸腾；陆游"心在天山，身老沧州"；辛弃疾"醉里挑灯看剑"都表现了诗人们的爱国或复国的炽热情怀。

唐僖宗时的诗人汪遵以怀古见长，其《比干墓》中"国乱时危道不行，忠贤谏死胜谋生"歌颂了比干的勇敢牺牲精神，从那个时代以来，中国历史上的程婴、介子推、颜真卿、文天祥、谭嗣同、秋瑾等无不是具有忘我的勇敢牺牲精神的历史人物。这些大写的人物，他们本人留下的诗词以及后人纪念所留的诗词都彰显了鲜明的价值取向。他们身上表现出的这种精神已经沉淀为国家宝贵的精神财富，通过诗词的阅读鉴赏，代代相传，融化到我们的血脉中。

李商隐《咏史》中"历览前贤国与家，成由勤俭破由奢"；白居易《狂言示诸侄》中表示简单的类似颜回那样箪瓢陋巷的日子才是最可知足的，"一裘暖过冬，一饭饱终日。勿言舍宅小，不过寝一室。何用鞍马多，不能骑两匹"；于谦和岳飞、张煌言并称"西湖三杰"，留下了"清风两袖朝天去"和"要留清白在人间"的初心和本心。这些诗词和故事是一面面镜子，体现了古人忧道不忧贫的价值观，也会让我们更加平和、更加满足。

儒家"五常"中，"信"是一个人基本的道德准则，没有诚信，人难以立身，国失去根本；同样地，宽容也是一种智慧和力量、气度和胸襟，会给对方带来缓和醒悟的机会，有时能给自己带来意想不到的收获。王安石在《商鞅》中说"自古驱民在信诚，一言为重百金轻"；卢照邻诗曰"若有人兮天一方，忠为衣兮信为裳"是对恋人的诚信；李白"海岳尚可倾，吐诺终不移"是对友人的承诺，"两虎不可斗，廉公终负荆"是对宽容大度的赞许，中华传统诗词彰显的诚信宽容不仅成为个人的优良品行，诚实守信和以直报怨也成为一种智慧、一种修养，丰富了我们民族的传统美德内涵。

南北朝的乐府民歌《木兰辞》中对花木兰忠孝两全的歌颂；李白《东海有勇妇》"十子若不肖，不如一女英"肯定了缇萦救父的事迹；孟郊《游子吟》对母亲的深情、白居易《慈乌夜啼》对禽鸟界乌鸦反哺感人孝行的类比等，无不说明，敬老孝悌是个人美德、是家庭家风、是民族精神，在新时代的社区治理中是需要弘扬和传承的。

中国古人好学上进的例子不胜枚举。李白"五岁诵六甲，十岁观百家"；杜甫"不薄今人爱古人，清词丽句必为邻"；陆游"归志宁无五亩园，读书本意在元元"；杜佑家族、柳公权家族更是让好学上进成为家风,在"三更灯火五更鸡"中体验到了"为有源头活水来"的佳境。

人与自然、社会和自己实现和谐统一,国家在万邦协和中谋得和平发展是中国传统文化的核心价值。和谐和平也符合《礼记·礼运》中人们设想的大同社会,这是一种理想的社会状态,"是故谋闭而不兴,盗窃乱贼而不作,故外户而不闭,是谓大同"。

五柳先生陶渊明向往和谐,身心愉悦,追悔"误落尘网中"的三十年光阴,"羁鸟恋旧林,池鱼思故渊。开荒南野际,守拙归园田"之后,看到"狗吠深巷中,鸡鸣桑树颠""暧暧远人村,依依墟里烟"的简朴和谐景象、宁静的心态、闲适的情趣不禁让他庆幸与欢欣。辛弃疾《清平乐·村居》中并不富裕的五口之家虽然住着低矮的茅草屋,但各得其乐。"茅檐低小,溪上青青草。醉里吴音相媚好,白发谁家翁媪?大儿锄豆溪东,中儿正织鸡笼。最喜小儿亡赖,溪头卧剥莲蓬"。田园成为乐土,让诗人们安顿身心,谢灵运、孟浩然、王维、在草堂时的杜甫、闲居出游时的陆游在一种身心和谐的状态下,实现了与自己、社会、自然的平和相处。

历代诗人们认识到了战争动乱的残酷,渴望向往和平,争取追求和平。《诗经·小雅·采薇》对战争带给人们的"靡家靡室""载饥载渴""不遑启处"的痛苦进行了控诉,表达了内心的哀痛:"昔我往矣,杨柳依依。今我来思,雨雪霏霏。行道迟迟,载渴载饥。我心伤悲,莫知我哀!"李白回想起赤壁之战中的滚滚硝烟和带来的巨大灾难,在《赤壁歌送别》中写道:"烈火张天照云海,周瑜于此破曹公。"陈陶之战,唐军逾四万人血染疆场,大诗人杜甫《悲陈陶》中云:"野旷天清无战声,四万义军同日死。"战争惨烈令人悲痛。

中国古人不提倡战争,除非迫不得已。"兵者不祥之器,非君子之器，不得已而用之"①。侵略、动乱引发的冷兵器战争中，老百姓陷于水深火热中，战士们则"古来征战几人回"？东汉末年，董卓作乱，中原"白骨露于野，千里无鸡鸣"，洛阳成为一片火海，逃亡的百姓因为养不起孩子，又不想孩子被饿死，忍痛把孩子丢进草丛中。王粲《七哀诗》中记录了这一人间惨剧，"路有饥妇人，抱子弃草间。顾闻号泣声，挥涕独不还"。面对战争，人们并非一味逃避控诉，而是奔赴前线，"不破楼兰终不还"。西汉前 124 年，匈奴大举入侵，卫青在漠南之战中大败匈奴右贤王；前 119 年，卫青、霍去病兵分两路抗击匈奴，霍去病追杀到狼居胥山祭天封礼②，在姑衍山祭地禅礼③，一直打到了贝加尔湖畔，霍去病把武将的荣誉推至顶峰，使得"匈奴远遁，漠南无王庭"。东汉窦宪率部讨伐北匈奴，在稽落山（今蒙古国境内的杭爱山）大破敌军，追击单于至今天外蒙古境内的乌布苏诺尔湖一带，登上燕然山，刻石勒功，很多部落投降了汉朝。燕然勒石和封狼居胥都成为后世诗人反复吟咏的典故，如王维《使至塞上》中有"萧关逢候骑，都护在燕然"；李益有"请书塞北阴山石，愿比燕然车骑功"；范仲淹有"浊酒一杯家万里，燕然未勒归无计"，这都是打败敌人，赢得和平的愿望。当然，和亲也是获取和平、政治上平衡的一种手段。昭君出塞、文成公主进藏、金城公主远嫁吐蕃等在短时期内避免了战争，为政权和百姓带来了一时的和平。

李白、杜甫作为唐诗的双子星，对于我们民族最突出的贡献会是什么？当然这是一个仁者见仁，智者见智的问题。我暗自揣测，必须是强烈的爱国情怀，文化的自信与自强，精神上坚守浪漫与追

---

① 魏源：《老子本义》，上海书店 1986 年版，第 24 页。
② 今蒙古国境内乌兰巴托东侧的肯特山，为匈奴人的核心区和圣地。
③ 今蒙古国乌兰巴托东，肯特山以北土拉河上源附近的汗山，亦属于匈奴人的核心区和圣地。

逐理想的坚韧不拔，浓厚的现实关怀和民生民瘼牵挂，自由的心志与恻隐大爱的心态等，这些要义让我们迷恋并赓续传承。

中华诗词中包含着丰富的精神素养，中华民族在诗词的浸润下一路走来，风姿绰约，正气凛然，我们的心灵更加美好。文学的最终目的并非增长知识，而是塑造心灵；不是让人像文学研究者一样去厘清文学现象的来龙去脉，而是要尽可能地让更多的人来欣赏文学，理解文学，从而涌现出更多更美好的心灵。青年学者徐晋如讲国学，诒诗词，他说："亦唯有真心热爱中国传统文学，才能养成对中国的传统文化的挚爱。"① 我们研究解释并乐于传播中华诗词，其目的也并非出于文学史的需要，而是立志于让更多的人从中汲取更多的精神营养。

---

① 徐晋如：《国文课：中国文脉十五讲》，广西师范大学出版社2022年版，第396页。

第五章　诗人格局：梦想和理想的坚守

35. 严武的故事

　　人生在不同阶段都是有基本的人伦规范需要遵守的，轻易违背不得。不幸一时违背了，赶紧纠正不要偏离正轨，否则前路未卜。成人做成人该做的事，小孩做小孩该做的事，男女也应各行其是，规律使然，一旦混同就麻烦，就难以理解。唐代中期将军严武的故事迄今还让人们深思。

　　《新唐书·严武传》卷一百二十九记载，严武（今陕西华阴人）八岁时，有一天见母亲因为父亲严挺之厚妾薄妻而伤心哭泣，遂以铁锥当即击杀了父亲所宠爱的名叫玄英的小妾。当父亲问起时，八岁的严武振振有词："安有大臣厚妾而薄妻者，儿故杀之，非戏也。"父亲惊奇地说："真严挺之子！"这父子俩的个性可谓强悍得可怕！

　　严武八岁时即有此违背人情常理的惊人之举，谁人不奇？谁人不惧？成人以后的严武果然性格彪悍，做人做事非常人所能想象。764 年 7 月开始，严武率兵西征，8 月破吐蕃 7 万余众，10 月攻占盐川城，一举击退外敌入侵。765 年 4 月严武 40 岁时暴病卒于成都。

西征期间，严武写下了著名的《军城早秋》一诗，好朋友杜甫称赞"诗清立意新"。诗云："昨夜秋风入汉关，朔云边月满西山。更催飞将追骄虏，莫遣沙场匹马还。"严武的这首诗气概雄壮，干净利索，面对来犯之敌，主将胸有成竹，指挥若定，显现出严武的统帅本色。当然这样的诗句，一般的边塞诗人不可能写出具有这样恢宏雄壮，淡然自若的诗。

《太平广记》中记载了严武盗妾的故事。32 岁时严武任京兆少尹兼御史中丞，看上了邻居的小妾，遂成功引诱其一同私奔。当官府到船上追查时，严武为了逃避罪责，决定销毁人证，他当即用琵琶弦勒死了这名小妾并沉入激流之中，没有了人证，自然顺利逃过了此劫。这故事不禁让我们不寒而栗，后心发凉，严武的性强豪狠无耻亦可见一斑！一个人竟然可以残忍无情丧心病狂到这种失去底线的程度，让人咋舌愤怒，也让人同情一个弱女子的凄惨命运。悔不当初啊，一个花季女子的生命陨落只是因为自己遇人不淑！

严武生前在四川时因下属漳州刺史章彝犯小事，竟用棍子将其击毙。母亲时常担忧他的骄暴行为会惹下大祸，甚至可能株连全家。严武死后，母亲伤心落泪："我不会担心沦为官婢了。"

严武是另类，可这不妨碍他和杜甫是至交。诗人和将军之间友谊的表达给我们留下了多首唱和诗歌。杜甫有"扁舟不独如张翰，白帽还应似管宁"句，说明了两人得意、失意的不同人生轨迹。杜甫盛赞严武治理蜀中的成效和诗歌才华，"政简移风速，诗清立意新"。《全唐诗》收录严武诗六首，多半与杜甫有关。严武《巴岭答杜二见忆》有"跂马望君非一度，冷猿秋雁不胜悲"句，表达了自己和杜甫之间的深情厚谊。杜甫与严武的诗歌唱和中，多关注国家治乱和民生安危，并非一般朋友间的泛泛之交。

36. 高适的奇崛人生

高适年轻时怀才不遇，从 20 岁直到 50 岁，说长吧，30 年背运，可时来运转时挡也挡不住。假如和李白、杜甫等著名诗人混一辈子，高适也就是个伟大诗人。男儿经国治世理想高于天，持之以恒是正道，高适应该是想明白了这个道理。50 岁之后直到生命末年，他紧抓机遇，飞黄腾达，速度快，位置高。高适算是诗人中的另类了，他是唐代诗人中唯一一个封侯的人，《旧唐书·高适传》言"而有唐已来，诗人之达者，唯适而已"。

高适一生，坎坷日月多，顺利光阴少。50 岁之前一直落魄，出身低微，家境贫寒，性格豪爽，才高气傲，诸事不遂，富贵无缘，这让他很郁闷，一度内心失衡。

长安帝都繁花似锦，与他无缘。闹心的是却常常能见到阔少斗富，人家金钱似粪土，美人相簇拥，自己依旧落魄街头。明明别人不如自己，却因为出身、机遇自己就是不如别人！这种比较古今都有，透过诗歌，似乎还能看见高适内心的委屈。

723 年，20 岁的高适怀着无穷感慨，愤然疾书《行路难》二首：

长安少年不少钱，能骑骏马鸣金鞭，五侯相逢大道边，美人弦管争留连。黄金如斗不敢惜，片言如山莫弃捐。安知憔悴读书者，暮宿灵台私自怜。

君不见富家翁，旧时贫贱谁比数。一朝金多结豪贵，百事胜人健如虎。子孙成行满眼前，妻能管弦妾歌舞。自矜一身忽如此，却笑傍人独悲苦。东邻少年安所如？席门穷巷出无车，有才不肯学干谒，何用年年空读书？

第五章 诗人格局：梦想和理想的坚守

富贵少年骑着高头大马，美女弦乐相伴游山玩水。穷苦书生孤单寂寞夜宿破庙，有谁怜？

仗剑执游，满腹诗文的书生高适混迹于长安街头，谁又能知道他30年后会红得发紫，跃升为刑部侍郎呢？没有人。众人眼里的穷书生，现在不用理，等你发达了再巴结不迟。高适远离双亲，冷言冷语听惯了，眉高眼低也看尽了，何去何从自己挺为难。《行路难》那是诗人真的难，并非作秀。

流浪得不来既富且贵的机会，只是徒增伤感。原本出生于河北沧州的高适家族已经迁居河南商丘，人生"不如意事常八九，可与语人无二三"，还是回吧。身边微风轻吹，曾经的豪情万丈换来空空的行囊，故乡的云都在召唤了，满怀疲惫的诗人还等什么呢？故乡总能包纳受伤的心灵。

高适遂安居商丘，一住就是九个年头。731—734年高适游历了燕赵大地，寻找机会。735年，32岁的高适再次来到伤心地长安赴试，落第，寓居长安三年后再返故乡居十年。人生有几个九年？几个十年？32岁绝对是人到中年，不出众，则出局，命运越来越残酷。一直期盼柳暗花明，尤其在长达30年的等待中，高适该有多么坚强的隐忍和恒心。

转眼已是749年，46岁的高适仍未放弃，得张九皋推荐，他应试中第了，开始履行人生第一个职业官僚岗位——封丘尉。

高适还是放不下长安这个伤心却有可能让人辉煌的城市。唐代尉官主要是向百姓征收租税的，"鞭挞黎庶令心悲"。用鞭挞的手段向老百姓催租是一个痛苦的职业，752年，高适干脆辞官再次客游长安。这一年的秋冬之际，50岁的高适成为凉州河西节度使哥舒翰幕府中的宾客。

此后十一年，他从八品拾遗迅速擢升至三品节度使。

755年，52岁，12月任左拾遗，转监察御史，守卫潼关。

756年，53岁，6月安禄山攻陷潼关。高适回长安效力，随玄宗皇帝至成都。途中，与父亲分道扬镳的太子李亨被拥戴即皇帝位，为唐肃宗。8月，升任谏议大夫。11月，永王李璘谋反，和好朋友高适不同，李白分不清政治动乱中的趋势，兴奋地写了《永王东巡歌》。12月，高适为淮南节度使，讨伐李璘。

757年，54岁，平李璘，讨伐安史之乱叛军，救睢阳之围。

758年，55岁，因直言被贬为太子少詹事。

759年，56岁，任彭州刺史，关照住茅草破屋的诗人杜甫。该年关中大旱，肃宗大赦天下，李白流放途中遇赦而返，创作出《早发白帝城》的传世佳作。

760年，57岁，蜀州刺史。762年，肃宗崩，长子李豫即位为唐代宗。高适已经陪侍了祖孙三代皇帝了，子孙妻妾都有了，荣华富贵也在眼前，不艳羡长安少年了。

763年，60岁，任剑南节度使。

764年，61岁，迁刑部侍郎，转左散骑常侍；封渤海县侯。这些殊荣要是搁在诗人李白头上，可以想象，那又是斗酒诗百篇的事情了。可惜，李白这时已经结束了传奇坎坷的一生，位于当涂龙山的坟头简陋荒凉，野草荣枯三年了。

765年，62岁，卒。赠礼部尚书，谥曰"忠"。

高适死后，留有《高常侍集》，因为任过散骑常侍一职。一生以诗为业的李贺留有《昌谷集》，虽然因父荫得官，任过奉礼郎，但毕竟只是从九品，太小了。用"昌谷"命名诗集，只是因为他是福昌昌谷（今河南洛阳宜阳）人。古人诗集在整理辑录时，后人以谥号、官爵、出生地、居住地、姓名、名号等命名，这亦为另一种形式的文化趣闻。

应该说，学而优则仕，官本位的价值观从战国时代甚至中国古代史发轫之初就存在了。国家机器在平稳运转，谏议代言渠道畅通时，不需要各部位零件、设备的杂音。如果杂音过多，就说明机器出了毛病。诗人在不合时宜的时候发出杂音，那就是他不符合这个机器或体制的需求。李白就是这样，干谒韩朝宗，言语太过豪夸自诩；被玄宗征召翰林供奉期间，放诞任性，恃才傲物，醉饮酒肆，皇帝认为他终"非廊庙器"，故而"优召罢遣之"。历史事实也证明，李白不具备政治家的素质和能力，肃宗朝入永王李璘府，不就是自己发出杂音且误判大势而铸就的一桩大错。高适的一生相比李白而言，是积极入世，政治上比较成熟的一生。

37. 李贺：短暂而困顿的人生

中唐李贺，善用神话传说托古喻今，后世称"诗鬼"。"诗仙"李白，"诗圣"杜甫，"诗佛"王维，"诗鬼"李贺，四人齐名。李白、李商隐、李贺又称"三李"，李贺是一位杰出的浪漫主义诗人。然短命，只活了27岁，没有子女，留下的是200多首诗歌。

李贺远祖李亮是唐高祖李渊的远房宗室，算是有高贵血统。李贺对此很自豪，"唐诸王孙李长吉""宗孙不调为谁怜""为谒皇孙请曹植"，但没沾上什么光，晦气倒不少。

武则天执政时大量屠杀高祖子孙，到李贺父亲李晋肃时，杀身之祸免了，家道中落衰微已然成为现实。"欲将千里别，持我易斗粟"，荣光不再，饱腹都成了问题。

人生的不幸总是接踵而来。18岁时诗名远播的李贺受到韩愈赏识，《雁门太守行》震惊了这位诗坛领袖，遂劝其举进士。"黑云压城城欲摧""角声满天秋色里""半卷红旗临易水"诗歌当中的句子色彩斑斓，浑融蕴藉，情思真切，奇诡新颖。

807年，亦即未满18岁的当年，父亲去世，守丧三年，21岁的李贺才高八斗，在长安科场应进士举，有人告状，理由是其父名李晋肃，这"晋"与进士的"进"谐音犯"嫌名"，按避讳规矩应取消资格。韩愈奋力为其辩解也无用，李贺愤然离开试院。

古代女子容貌出众，为的是有人疼爱赏识，不然精心装扮也没有心劲。杜荀鹤《春宫怨》有"承恩不在貌，教妾若为容"，这分明是在抱怨君心难测，不知道皇帝用什么标准选人，郁闷。远嫁匈奴的王昭君让历代不少人同情，"一去紫台连朔漠，独留青冢向黄昏"，算是一大悲剧。民间也一样，青春玉颜的女子没有归宿，或等不到夫君归来，也只能在烟雨中徒守凋零，"燕子不归春事晚，一汀烟雨杏花寒"。

宛如男性的怀才不遇一样，无法出头留下的都是幽怨。屡试不第的罗隐安慰才伎云英，"我未成名君未嫁，可能俱是不如人"。择偶时郎才女貌两相遇是理想，但是男人梦寐以求的功名是要靠时代机遇和君主慧眼来实现，女子魂牵梦萦的爱情光靠坚贞坚守却未必行得通。

沦落长安的李贺体弱多病，困顿失落，彻底看不清前路。"我有迷魂招不得，雄鸡一声天下白。少年心事当拿云，谁念幽寒坐呜呃。"总是这样忧愁不行，善良的主人殷勤劝酒，想宽些，并祝愿李贺健康长寿。汉武帝时期的主父偃，入关后郁郁不得志，资用匮乏，屡遭白眼，落魄悲苦至极，最终获得重用。唐初名臣马周，年轻时受地方官吏侮辱，客居新丰时旅店小老板也欺负他，不是更背？人总有时来运转的一天，科场受阻只是偶然事件，马周还不是凭借"两行书"得到太宗皇帝青睐重用的？"天荒地老无人识"只是暂时的，年轻人，你还是要勇于进取，寻找机遇。

当然，振奋的姿态是要有的。诗人表示自己要摆脱悲伤，疗伤进取。无论是身体的病灾，还是心理上的阴影。

幸福都是相似的，"春风得意马蹄疾"；失意却各不相同。"我当二十不得意，一心愁谢如枯兰。"李贺觉得自己的抑郁彷徨，悲愁困顿不同于别人。事实上也如此。一是困苦失意从很年轻时就开始。虽是贵族后裔，可家道中落，生活贫困。光环不仅不能当饭吃，连炫耀都很危险。未满18岁就遭受重大打击，才华横溢的诗人因为一个名字避讳的问题，连考试资格都没有，这意味着仕途上可能永远不会有机会。二是生命短暂，炫如夏花，逝如闪电。27岁生命画上了句号，让人扼腕痛惜！

38. 刘禹锡的兼济情怀

宦海沉浮中的兼济情怀是刘禹锡政治心理上的依赖。"达则兼济天下，穷则独善其身"是古代士大夫阶层儒道互补的普遍生存之道。刘禹锡一生，即便是在长期的贬谪生涯中，他更多的是信奉儒家积极入世的兼济情怀，较少存在独善其身的道家心理补充。

贞元十六年（800），刘禹锡于杜佑幕任掌书记，以青年幕僚的身份在杜佑身边学习，受其渊博学识及丰富政治经验的熏陶濡染，培养了刘禹锡政治上的务实精神。杜佑的《通典》包含了中国历史两千多年的政治、经济、文化多方面的典章制度，"征诸人事，将施有政"的编著目的启发刘禹锡从政就是要治国安邦、革弊图强、法行天下，仅仅光宗耀祖扬名立万的功利思想显然不能成为个人关注的重心。纯粹痴迷文学只能是个人旨趣，文学应承担着反映社会服务革新的功能。不论是"八音与政通，而文章与时高下"，还是"以文章为羽翼，怒飞于冥冥"，为作诗文推敲锤炼搜虫摘句是刘禹锡所不赞赏的。他在《董氏武陵集纪》中表达自己的文论观点："片言可以明百意，坐驰可以役万里（一作景）""境生于象外，故精而寡和。"由入而泄，不是全盘而泄，经过"陶钧""澡雪"，万景入心，泄而成境。刘禹锡多在结合自身遭遇的基础上，"胸中之气伊郁蜿蜒，泄为章句，以遣愁沮，凄然如焦桐孤竹"，刘禹锡在《彭阳唱和集引》中结合自身遭际，剖析心迹，寄寓百姓疾苦，从而达到"万取一收"之境界。

在永贞革新中，"二王刘柳"集团打击宦官和贪官，"冲罗陷阱，不知颠踬"以强烈的批判精神和摧枯拉朽的冲击力削弱藩镇和新贵势力，减轻民众负担，一时"市里欢呼"，成效初显。刘禹锡本着"忧国不谋身"的内心秉承，投身政治改革积极作为。面对人生失意，刘禹锡豁达乐观意志坚定。"世道剧颓波，我心如砥柱。"贬谪期间，他没有放弃一切可能和机会，心系民生，积极治理地方事务，不投靠任何宦官或藩镇集团，先后致书杜佑、李绛、武元衡等，都是为了昭雪"量移"，有朝一日东山再起践行理想。岳父薛謇同宦官头目薛盈珍相交甚好，本来让岳父为自己讲几句好话并不难，可刘禹锡不向政敌摇尾乞怜，在黑暗的政治现实下，他看不起的仍然是飞鸢、"百舌鸟"或飞蚊、白鹰一样的政敌或依附者。"南方朱鸟一朝见，索寞无言蒿下飞"，自己不能被当政者开恩重返长安，同道朋友有机会时他也语重心长，嘱托其勿忘永贞革新的目的和政治参与的初心。在他眼里政治家最重要的品性就是这种心系国家苍生的干云豪气，否则无异于行尸走肉。元和四年（809），"八司马"中的程异首先被举荐重回长安得到重用，刘禹锡《咏古二首有所寄》寄程，嘱其"初心不可忘"。

大和四年（830），经裴度等人的荐拔，刘禹锡调回长安消遣度日。这一时期，以宦官为后台的李宗闵本是裴度举荐提拔起来的后

第五章　诗人格局：梦想和理想的坚守

辈，却和牛僧孺结党营私，竭力排斥裴度及其他拥裴的朝官。白居易遂称病回洛阳任闲职，裴度三次上表希望退职，这种退隐作为打击了刘禹锡。作为不占据政治经济优势地位的庶族阶层却掌握着一定的话语权，刘禹锡手中的笔和民间传唱就成为批判的工具。黑暗的政治环境给他造成的创伤难以抚平，表面的诗酒欢乐掩饰不了内心的凄楚，刘禹锡对现状不满块垒铸成诗歌，"近来时世轻先辈，好染髭须事后生"，"休唱贞元供奉曲，当时朝士已无多"，岁月流逝，英才凋零人事全非，悲欣交集，可怀念如旧。

　　830年6月，刘禹锡第三次被排挤外放苏州刺史。"振臂犹堪呼一掷，争知掌下不成卢。""甘露之变"后，大批朝官为避灾远祸，纷纷解职。时任同州刺史的刘禹锡虑及同州连续四年旱灾，留职并向朝廷争取到六万担救济粮，使当地百姓度过了灾难。

　　隋唐以来门阀士族地主在政治上的垄断地位被科举取士代替，以刘柳白元等为代表的庶族阶层通过选拔有了参政议政的机会，这当是历史的进步。庶族阶层的优点是了解民间疾苦，热情高涨理想远大，革新目标具体可操作，缺点是缺乏强大家族的支撑，仕宦沉浮颠沛不定。政治上适逢良辰美景时可一展抱负，大多数时候会得罪其他集团利益，遭受打击。很多人在这时候会失去政治热情，以逃遁退避的心态转向了心灵的安逸，在进取和淡泊中找到平衡，以致中庸。中唐韩白元柳等都是这样，可刘禹锡一生绝大多数时间保持政治参与的激情和积极生活的热情，以天下为己任希望为国为民建功立业，他不是一直在翻滚的沸水，可也绝不是温暾水，而是持续保温的开水。

　　晚年刘禹锡调回洛阳任太子宾客，过上了生活舒缓、诗酒唱和的闲适日子，尽管这并非他的愿望。二十三年贬谪生涯久，一生基本未得重用，到了晚年时期诗文中批判风格可能有所削弱，恬静闲适安逸享受独善其身的思想不免时有流露。刘禹锡有返回长安时"老醉花间"的洒脱无奈；有"优游诗酒间"播迁一生后的圆润通脱；有《刘白唱和集》《汝洛集》《彭阳唱和集》《吴蜀集》等传世，穿越历史的时空隧道，我们分明能看到那个不甘沉沦、注重内在精神陶冶，"暂凭杯酒长精神"，倔强坚毅从容大度的落寞身影。

不同于好友白居易的寄情山水、诗酒文章、参禅礼佛，刘禹锡幻想逃避却始终不能忘怀政治，始终关注长安。刘禹锡朗州时就有"事佛无妨有佞名"的考虑，闲居洛阳后更有"吏隐情兼遂，儒玄道两全"之感慨，希望佛教能提供黑暗中心灵解脱的法门，事佛佞佛却并非虔诚的佛教徒。壮志成空，年华虚掷，他在《子刘子自传》中喟然长叹，为自己写下铭文："天与所长，不使施兮；人或加讪，心无疵兮。"刘禹锡心中，上天赋予他的并不是文学才华，而是安世济民的政治才干和抱负，没有良好的施展机会，不得已在这种巨大遗憾中忧愤离世。生当政治家却成为诗文大家，这一声叹息表面上看是个人的悲剧，实际却是封建专制社会的常态。

39. 刘禹锡如何交友

性格坦荡耿直、交友交心是刘禹锡精神人格的底色。据卞孝萱《刘禹锡丛考》统计，刘一生交友四百余人，来往甚密有诗歌唱和的二三十人，可引为知己的则更少。白居易、元稹、柳宗元等属于知己一类，可谓是"于道各努力，千里自同风"（北宋周行己《送友人东归》）；杜佑、裴度、王叔文等为知遇一类；韩愈等为政见不同的学术同道一类，其余则寥寥。刘禹锡为人忠诚重情，坦荡耿直无趋附矫情，真挚故净，去利故淡，保持了和朋友们之间的绵延友谊，

第五章 诗人格局：梦想和理想的坚守

这亦是他坚毅高洁的人格体现。

刘禹锡白居易二人同年生，青年时开始交往，晚年同住洛阳。白感慨"平生交定取人窄，曲指相知唯五人"，这五人即李建、崔玄亮、元稹、刘禹锡和崔群。刘白之间唱和诗作最多，诗友知己情最深。大和七年（833）崔群殁后白居易《寄刘苏州》有"同年同病同心事，除却苏州更是谁"之句，三同表达刘白之间距离更近。白居易感于官场明争暗斗和人情冷暖后转道参佛，"除却青衫在，其余便是僧"，从现实政治生活转向日常和心灵世界，诗、酒、禅、琴、歌舞及山水等成为寄托。白居易时时挂念刘禹锡，叹息刘时运不济，寂寞于满朝官职之中，蹉跎于举眼风光之余，经历了太多挫折。刘白未见面时就唱和甚多，扬州相见属初逢，刘禹锡胸怀旷达："沉舟侧畔千帆过，病树前头万木春。"刘禹锡倍受白居易钦佩的地方，最"妙与神"的就是诗文中这种锤炼和雅驯，这其实是境界和心态不同。刘禹锡用"商山四皓"勉励白居易"商山紫芝客，应不向秋悲"；用"莫道桑榆晚，为霞尚满天"来安慰叹老的白居易，"文墨中年旧，松筠晚岁坚"；挚友之间的文墨之交像松竹一样愈来愈坚贞。晚霞是人生的初辉，理想的灵光始终要岿然独存。

元和五年（810），元稹奉诏回长安途中宿敷水驿。宦官刘士元与之争厅房，马鞭打伤元稹。宪宗以元稹"少年后辈，务作威福"之罪贬其为江陵府士曹参军，刘禹锡第一时间送去石枕和诗文慰问，以"文章似锦气如虹，宜荐华簪绿殿中"句肯定元稹的文学造诣，鼓励这位同贬旧交坚定信心，勿为眼前灾祸困扰。元稹回赠刘璧竹鞭及诗，刘禹锡即回诗"多节本怀端直性，露青犹有岁寒心。"以"岁寒心"赞誉竹鞭傲骨凌霜的不屈节操，借以褒奖元稹不屈服于宦官淫威的坚强意志。

刘禹锡和柳宗元有着相同的政治遭遇和情感经历。永贞革新中作为"二王刘柳"集团的骨干在共同政治理想下推动时代变革，失败后同贬远州。元和十年（815）二人再贬结伴同行至衡阳临岐诉别，刘禹锡有"去国十年同赴召，渡湘千里又分歧"之句摅写惜别，柳宗元在贬所登上柳州城楼写下"共来百越文身地，犹自音书滞一乡"之句寄托思念。蔡州、淄青等地削藩胜利，两人同感喜悦，刘有《平蔡州三首》，柳有《平淮夷雅》，格调相同。元和十四年（819），刘母卢氏卒连州，刘扶灵柩北归。途经衡州得柳宗元讣告，刘禹锡"如得狂病"悲痛中用血泪铸就祭文："终我此生，无相见矣！"切肤之哀，丧友之痛，感人肺腑。

刘禹锡在任朗州司马期间和柳宗元就天人哲学关系问题反复讨论。针对柳宗元的《天说》，刘禹锡有《天论》三篇，提出了"天与人交相胜"唯物辩证的朴素命题，强调要发挥主观能动性善于从消极中找到积极因素，要"不知退"且"霞满天"，批评柳宗元因贬谪造成的偏激哀怨情绪，劝导他从困厄穷愁中走出来。刘禹锡希望老朋友能心境开阔，"芳林新叶催陈叶，流水前波让后波"，万事万物无不在变化中出现转机。兼文学家思想家于一身的政治家并不多，毛泽东1965年在复旦大学谈及文学史问题时曾对《天说》和《天论》有中肯评价："柳宗元顶多可以说有些朴素唯物主义成分……刘禹锡可以说是一个朴素唯物主义者。"[1]

贞元十九年（803）前后韩愈、刘禹锡、柳宗元三人同为监察御史。永贞元年（805）韩愈和刘禹锡在江陵见面，韩愈鼓励刘禹锡"以箝口自绝为智，以甘心受诬为贤"，让他通达开朗，令其记忆深刻。韩愈文贯天下以正儒著称，他的鼓励于数年后刘禹锡在给杜佑

---

[1] 中共中央文献研究室编：《毛泽东年谱》第5卷，中央文献出版社2013年版，第502—503页。

的信中尚能原文复述。在《祭韩吏部文》中他称赞韩愈"声名塞天""聪敏奋勇""开我混沌",而自己只是"余长在论",前嫌尽释。韩愈对王叔文集团和永贞革新基本否定,在任史官时主修《顺宗实录》贬斥其惟"群小用事,朋党相煽",出于政见政治派别不同导致的政治取向变化却不影响刘韩之间真诚深厚和而不同的君子之交。

刘禹锡死后三十余年爆发了全国性的黄巢农民大起义。他们高举"冲天""平均"的大旗,横扫中州长驱岭南,浩浩荡荡开进长安,"内库烧为锦绣灰,天街踏尽公卿骨"(韦庄《秦妇吟》),唐王朝土崩瓦解了。

刘禹锡是我国中唐时期的重要诗人和政治家,一生历经八朝,忧患向上。晚年居洛阳时作《学阮公体三首》,他体验先贤秉持"忧国不谋身"基调,其一生围绕长安的诗文以高度的热情反映了庶族阶层的政治理想和不屈不挠的战斗精神。作为永贞革新的主要参与者,努力推动以削藩抑制宦官特权、减轻赋税等为内容的有限改革,目的无疑是维护唐王朝的政权根基,然而士大夫阶层报国为民的政治情怀不能否认。

在诗文创作、政治实践、交友交心、贬谪苦旅中刘禹锡并未被岁月湮没如沙,反之却悲而愈豪,志因谪显,谪以志贵,不以富贵为意,"清白家传贵,诗书志所敦",特达倔强,执着于忧国为民,超越苦难,守望政治理想到最后一刻光明磊落地走完了悲剧一生,显示出一个封建士大夫可贵的政治品格内核。即长安始终是政治理想和牵挂;两咏桃树桃花体现其政治秉性;刘郎或前度刘郎成为自称和代称彰显其政治上的执着本色;宦海沉浮中的兼济情怀是其政治心理依赖;耿直坦荡交友交心是其政治人格的底色。正是由盛转衰的中唐黑暗社会和统治者的昏庸无能造就了诗人的愤怒和哀怨,他长安诗文中所蕴含的无论是对封建统治者及权贵阶级的辛辣嘲讽和尖锐批判，还是对百姓民间疾苦的鼓与呼，或托物拟人，或咏史明志，或讽喻警醒，或直谏嘱托等都是刘禹锡政治品格的外在呈现。刘禹锡隽永凝练直抒胸臆的长安诗文展示了一代"诗豪"的奕奕风采，他和白居易、元稹、柳宗元、韩愈等人之间的真诚坦荡交往也印证着他坚毅高洁的人格本色。

40. 杨广和《饮马长城窟行》

《诗经》大体上是刚柔参半的中和之美。农业稼穑，礼乐教化之下需要的人们掌握雨水农时的规律，诗词意象相对多以静态呈现。《诗经》中阴柔胜过阳刚壮美，《离骚》则以缠绵悱恻表达宏大严肃的政治主题，阴柔更甚。世积乱离的建安文学以风骨著称，两晋南朝文风则奢华绮靡。北朝则不同，山川水土、生产生活都有诸多不同，文风以刚强、质朴、坚韧等为主。黄河流域的景观以黄土、风沙、干旱、洪水等为主，中原地区则阶级斗争频繁激烈，这给予诗人的自然是农业文明垦殖的勤劳艰辛、血与火的战争洗礼下的城头变换。北魏、东魏、西魏、北齐、北周与南方地区的宋齐梁陈对峙分裂，直至北魏统一北方，北周取代北魏、灭北齐，隋继承北周疆域，统一南北方，才结束一百五十多年的混战，国家终于统一了。

隋唐两朝的开国皇帝们都是北朝显贵出身，受命编撰南北朝文史的文臣们又大多肯定北朝文风，对南朝文风则保持一种严峻态度。唐朝追随李世民的开创基业的成员多出自北方关内、河北、河南、河东，倾向上以北方的贞刚劲健改造江南的绮靡轻雅。

隋炀帝杨广是一位才华卓异的诗人。《隋书·文学传序》中给他

第五章　诗人格局：梦想和理想的坚守

很高的评价："并存雅体，归于典制"，"词无浮荡"，并在《炀帝集》中收录其诗歌 55 卷，可见杨广作品之多，但流传甚少。

杨广在《野望》中以白描手法写江南山野秋色，语境清绝，堪称经典。"寒鸦飞数点，流水绕孤村。斜阳欲落处，一望黯消魂。"其五言诗《春江花月夜》云："暮江平不动，春花满正开。流波将月去，潮水带星来。"用字凝练，情景明朗开阔，月夜下的扬州景色宜人。我们将其与张若虚《春江花月夜》起始句相比较，感觉春江、春华、春月、春星自然交融，完全摆脱了宫廷诗的陈腐虚幻。"春江潮水连海平，海上明月共潮生。滟滟随波千万里，何处春江无月明！"杨广在中国诗歌史上是不能忽视的，"他是宫廷诗的继承者，又是其改造者"①。

杨广的边塞诗慷慨悲壮，《饮马长城窟行》气魄雄浑，音律铿锵，有"魏武之风"，也为隋唐边塞诗定音。清代诗人沈德潜《左诗源·例言》中评价说："隋炀帝艳情篇什，同符后主，而边塞诸作，矫然独异，风气将转之候也。"其《说诗晬语》卷上亦云隋炀帝边塞诸作"铿然独异，剥之将复之候也"。从汉乐府《饮马长城窟行》以来到清代，同题的诗歌超过了三十首，都是借助长城、战争、战马表达不同时代人们的思想感情，或思念或愤慨，或言志或劝谏，是中华诗词传统中人们对一个主题的反复吟咏。如汉乐府之"青青河畔草，绵绵思远道"，"他乡各异县，展转不相见"；陈琳的"男儿宁当格斗死，何能怫郁筑长城"；陆机的"仰凭积雪岩，俯涉坚冰川"等诗无不是真情流露。还需要特别说明的还有两首同题《饮马长城窟行》，一首是一生仕历陈、隋、唐的袁朗诗，另一首则是唐太宗李世民的同题仿制诗。

---

① 程千帆：《张若虚〈春江花月夜〉的被理解和被误解》，《文学评论》1982 年第 4 期。

袁朗所作《相和歌辞·饮马长城窟行》诗云："朔风动秋草,清跸①长安道。长城连不穷,所以隔华戎……玉关尘卷静,金微路已通。汤征随北怨,舜咏起南风。② 画野功初立,绥边事云集。朝服践狼居,凯歌旋马邑……太平今若斯,汗马竟无施。惟当事笔砚,归去草封禅。"③ 袁朗为世家子弟,入隋后担任尚书仪曹郎,从这首同题诗作看,他应有跟随皇帝出征的经历,为应制诗。首四句为对炀帝首四句的回应,其余战争和祭拜的描写亦一一回应,在君臣唱和中表达了对皇帝御驾亲征的直接歌颂。

唐太宗《饮马长城窟行》亦属于初唐边塞诗的先导之作："塞外悲风切,交河冰已结。瀚海百重波,阴山千里雪。迥戍危烽火,层峦引高节。悠悠卷旆旌,饮马出长城。寒沙连骑迹,朔吹断边声。胡尘清玉塞,羌笛韵金钲。绝漠干戈戢,车徒振原隰。都尉反龙堆,将军旋马邑。扬麾氛雾静,纪石功名立。荒裔一戎衣,云台凯歌入。"此诗风格壮烈豪壮,骨鲠多气,笔力遒劲,极写自然环境严酷和将士征战之苦,文人气息较隋炀帝诗更足。功成班师时,勒石燕然,全诗更像是一个将军而非帝王口吻,脱离了宫廷风格,明代万历年间举人蒋一葵因之评价这首诗是"唐初大雅"(《唐诗广选卷一》引)。

"肃肃秋风起,悠悠行万里。万里何所行,横漠筑长城。岂台小子智,先圣之所营。树兹万世策,安此亿兆生。讵敢惮焦思,高枕于上京。北河秉武节,千里卷戎旌。山川互出没,原野穷超忽。撞

---

① "清跸"只用于帝王出行,指其出行时要清理道路,且禁止百姓通行。《周礼·天官·宫正》云:"凡邦之事跸。"
② "南风"常指代皇帝作品。魏徵《奉和正日临朝应诏》有"既欣东日户,复咏南风篇";唐太宗李世民《重幸武功》有"于焉欢击筑,聊以咏南风"之句。
③ (宋)郭茂倩编:《乐府诗集》,中华书局1998年版,第560页。本书乐府诗歌引文皆依据该版本,不一一标注。

金止行阵,鸣鼓兴士卒。千乘万骑动,饮马长城窟。秋昏塞外云,雾暗关山月。缘岩驿马上,乘空烽火发。借问长城候,单于入朝谒。浊气静天山,晨光照高关。释兵仍振旅,要荒事方举。饮至告言旋,功归清庙前。"隋大业四年(608)至五年(609),杨广亲征攻吐谷浑,西巡西平(今青海西宁),在金山(今青海大通县)大宴群臣,在河西走廊的张掖接见高昌王以及二十七国使者,作了这首乐府诗《饮马长城窟行》。全诗昂扬刚健,抒写了长城的雄壮和战场的凄美,彰显了军队的强大和帝国的威武。军队绵延千里,山川逶迤无穷尽,骑马战车饮马长城,塞外阴云连天,烽火燃起,单于将来朝谒,各国朝拜时就是胜利之时,凯旋时我们定当告庙祭祀祖先,赏赐群臣。隋炀帝西巡设置了西海、河源、鄯善、且末四郡,客观上扩张了国家版图,巩固了中原对西域的管辖,疏通了丝绸之路。这种开放包容的姿态为唐朝丝绸之路的畅通繁荣奠定了基础。范晔在《后汉书·西域传》中描写了丝绸之路的繁华盛况:"立屯田于膏腴之野,列邮置于要害之路。驰命走驿,不绝于时月;商胡贩客,日款于塞下。"隋炀帝西巡表面上的奢侈铺张和好大喜功,客观上带来了管辖范围的扩张和经济文化交流的融通促进。

大业八年(612)至大业十年(614),杨广发动了三次大规模征讨高句丽(高丽)的战争。第一次隋军惨败;第二次因为杨玄感造反被迫回国平叛;第三次接受对方请降而退兵,连年征战使隋朝损失数百万人,隋末农民起义频发,国力迅速衰微,距离这个庞大帝国的土崩瓦解已为时不远了。隋文帝杨坚在位二十多年,推行"开皇之治",鼎盛时期人口达800万户(实际人口5000万人),到杨广三次征东后,已成为200万户(实际人口2000万—3000万之间),可见隋末的暴政之惨烈和战争破坏之大。①

陕西华阴老腔《征东一场总是空》沧桑悲怆,一般认为是对隋炀帝杨广三次征东故事的心理陈述。"征东一场总是空,难舍大国长安城。自古长安地,周秦汉代兴。山川花似锦,八水绕城流。临阵无有文房宝,该拿什么当笔尖,狠心口把中指咬。昏昏沉沉疼煞人,中指咬破当墨水,龙袍扯破当纸张,上写着:诚惶诚恐三叩首,拜上高丽圣明君。东至东洋东海岸,西至西洋驼莽山,南至南洋南海岸,北至秦关一方城,长安三地由你管,又管八百文武官,再写三宫和六院,普天之下众百姓。我父基业被我废,顷刻卖了唐社稷。"隋文帝杨坚征讨高句丽亦以败局告终;唐太宗三征除第三次因病去世罢兵外均大获全胜;唐高宗两征高句丽亦是胜局,可见胸怀野心的杨广发动的征东战争指挥失误,损耗国力,民不聊生,虽御驾亲征,但激发阶级矛盾,让刚恢复元气的"开皇之治"陷入空前的灾难。《征东一场总是空》应该是纯粹的民间演义,是对帝王好大喜功的控诉,以华阴老腔的形式表现出来是情理之中的。我们不应该忘记,杨坚、杨广父子均是弘农华阴人,也就是今天的陕西华阴人,发源于华阴大地的老腔和杨坚、杨广父子可能没有关系,但适合表达这种古老宏大题材的苍凉悲壮。老腔《征东一场总是空》善于从苦难中提取趣理,在粗犷中气吞山河,在反思中警醒后世。

郑振铎先生将隋炀帝的政治作为和文学贡献分开评价:"杨广虽

---

① 根据《中国人口通史》的记载,隋末战争后,又是诸侯之间的混乱,一直持续到了624年唐朝基本统一全国。在唐朝统一全国之时,全国的人口只有1500多万,是中国历史上的人口的低谷之一,可能和东汉末年是相当的。随后,唐朝经历了唐太宗、武则天、唐玄宗三代皇帝的励精图治,用了大约100年的时间才将人口恢复到了隋朝的水平。另,根据葛剑雄的《中国人口发展史》研究,南北朝时期,南方人口已经达到了2100万,北方为3500万。隋朝巅峰人口大约为5600万—5800万,而隋唐谷值大约为2500万,唐朝天宝年间的峰值大约为8000万—9000万。

不是一个很高明的政治家,却是一位绝好的诗人。"千秋功过,早有定论,我们无须赘言。诗词中的大气、志气和现实作为存在反差,这一点在隋炀帝身上表现得比较明显。其《北乡古松树》诗云:"古松惟一树,森竦讵成林。独留麈尾影,犹横偃盖阴。云来聚云色,风度杂风音。孤生小庭里,尚表岁寒心。"古松犹如君子,介立不群,横起华盖般树荫,豪气直冲云霄,面对风云变幻,应对自如,岁寒之时在小小的庭院中彰显着坚韧。诗无一字在写人,然又无一句不是在写君子志气。这种反差在表侄①唐太宗眼中也很迷惑:《资治通鉴》记载了李世民与大臣魏徵的一段对话。唐太宗说:"朕观《隋炀帝集》,文辞奥博,亦知是尧、舜而非桀、纣,然行事何其反也!"魏徵回答:"炀帝恃其俊才,骄矜自用,故口诵尧、舜之言而身为桀、纣之行,曾不自知以至覆亡也。"魏徵的批评中肯公允,隋炀帝做人和作文并不统一,古往今来这样的例子并不鲜见。究其原因,无非时代背景、文化融合、个人阅历、人性幽暗等诸多因素交织且复杂骤变使然吧。

即便如此,糅合北方的"气质"和南方的"清绮",转换齐梁至隋的文学风气,"虽意在骄淫,而词无浮荡",这是悲剧型帝王隋炀帝杨广对中国古典诗歌风格转换上的独特贡献。

41. 昔日友人

生活中,我们身边时常有一批昔日友人,让人时不时想起。或

---

① 杨广和李世民是表叔侄关系。西魏、北周名将独孤信四女嫁西魏将军李昞,育有唐高祖李渊和同安长公主,四女独孤氏即李世民的祖母;七女独孤伽罗嫁隋文帝杨坚,即杨广的母亲。李渊和杨广为表兄弟关系,杨广是李世民的表叔。同安长公主的女儿王氏后来是杨广的嫔妃之一,隋亡后李世民又纳杨广女儿杨氏为妃,诞下吴王李恪、蜀王李愔。参见马鸣谦《唐诗洛阳记:千年古都的文学史话》,浙江人民出版社2022年版,第65—67页。

者是牵挂，不知道近些日子来他情况怎么样；或者是淡淡的忧伤，当时来往紧密，诧异怎么就来往越来越少，偶尔相见，也话语不多；或者是感慨，从青丝到白发，甚至从生龙活虎到阴阳两隔，如此等等，不一而足。

童年时在一起，是志趣相投的小伙伴，十几年过去了，发生了很大的变化，于是，彼此都成为记忆中昔日的好友，越来越模糊了。也有一种情况，童年不认识，青年阶段相识了，互相认可，地位发生了变化，渐渐地生分了。更有一种情况，几个伙伴在成长时期是同盟好友，时过境迁竟然成为曾经的陌生人，以至于昔日友人成为陌路人，绝交了。

很不幸，很复杂，也很感人，法国重要的批判现实主义作家爱弥尔·左拉和法国后现象主义画派画家、被誉为"现代绘画之父"的保罗·塞尚之间的关系属于最后一种。1852年，12岁的左拉和13岁的塞尚进入中学读书。在这所位于普罗旺斯首府大学城艾克斯的中学里，基于共同的志趣，他们结下了深厚的友谊，一直持续到他们先后都到了巴黎这座大城市去发展。在巴黎，塞尚通过左拉，参加印象派画家的聚会，参与了绘画革新运动。塞尚独特的画风在马奈等画家的眼中，是那样地格格不入。乔治·摩亚、勒罗瓦、攸斯曼斯等业内有影响的评论家们给予塞尚非常不好的评价。这种"灰色而臃肿的大笔画"在他们眼中是被排斥的，塞尚本人也被认为"绘画的无政府主义"，"多么像得了黄热病"！少年和青年时期的好朋友左拉更是认为塞尚人是在圈内，是有才华，可却是一个误入歧途的失败者！

左拉是一个小说作家，小说需要人物，人物多有原型，原型大体上是自己熟悉的人，这是古今中外文学创作的规律。只有自己身边的人，了解得深，才能写得入木三分，这是挡不住的诱惑。1885

年，左拉系列小说《卢贡·马卡尔家族》的《杰作》中，塞尚就顺势成为克劳德·兰蒂尔的人物原型。克劳德·兰蒂尔在作品中是一个固执己见、无可救药、失败自杀的画家；而1885年塞尚的事业、情感都达到低谷，情绪低落、自我怀疑，常常把自己的油画跺脚踩烂，两厢似乎是印证的。两人在思想上分道扬镳，成为事实上的"昔日友人"，中断来往了。左拉声称克劳德·兰蒂尔就是塞尚，说："当他踏破自己作品的时候，我便知道他的努力、幻灭和败北是怎样的了。"见解的不同是友谊无法根深蒂固的根源，塞尚的坚韧在于内心的坚信，说："如果世界上只有一个画家存在，那个画家就是我。"友谊的小船怎能不翻！

这俨然是典型的昔日友人了！左拉不愿意和好，可是塞尚实在是太珍惜往日的友情了，他始终保持缄默。1902年9月，左拉煤气中毒身亡，塞尚得知这一消息，坐在画室几日默默流泪，无法自抑。1906年，艾克斯图书馆的左拉胸像揭幕了，塞尚讲话时回忆起两人之间的童年往事，忽然失声痛哭，对昔日友人的难舍难言的情感和内心深处的孤独感震撼了人们。由是，我们能理解一种现象了，生活中偶然会看到讣告，这些逝者与自己年龄相仿，生前和自己有交集，突然间生命的无常让我们有缘有故地陷入思索和孤独中，从而为昔日友人一叹！

历史上这种现象常见。唐代高适和杜甫、李白之间似乎也是这样。

天宝十一年（752）秋，高适、杜甫、岑参、储光羲、薛据游玩同登大雁塔（慈恩寺塔），后以《登慈恩寺塔》为题赋诗一首。此时高适从蓟北弃官返长安赋闲，杜甫居长安六七年求官不得，岑参从高仙芝幕府返回长安，薛据在朝廷做着小官，储光羲仕途坎坷，五人可谓失意落魄者。反观朝廷，李林甫把持朝政已经19年了，暗无天日。唐朝由盛转衰在即，三年后（755），爆发了安禄山、史思明和唐王朝争夺统治权的内乱。

从登大雁塔到安史之乱发生，尚有三年的赋闲时间。不久，高适、岑参、李白、杜甫等兴致勃勃地开始了同游梁宋的活动，这在盛唐文学史上是一件大事。几位故交好友的友谊从此加深。

同游梁宋的时间考证上虽有争议，大体为天宝三年（744），但这次同游属实。晚年的杜甫有诗回忆这次梁宋游。大历元年（766）秋，因病流落夔州的杜甫在《遣怀》中写道："昔我游宋中，惟梁孝王都……忆与高李辈，论交入酒垆。两公壮藻思，得我色敷腴。气酣登吹台，怀古视平芜。"《昔游》中还说明是与谁同游的，"昔者与高李，晚登单父台"。可见，至少是他们三人当年在梁宋同游期间，饮酒赋诗登吹台，打猎畅谈朝政，慷慨怀古，盘桓数月之久。文学史上难得的几位大诗人相处在一起，现在仅仅想想就是很浪漫的事情，当然也是盛唐气象的一种外在表征。

要知道，他们开启的这场说走就走的旅行，并无十分明确的目标。大体上一是游览大唐的山水名城；二是求官不得壮志难酬之下的遣怀散心；三是访仙问道，"以期拾瑶草"。

要知道，杜甫写这首诗回忆昔日友人的时候，李白去世了，高适也去世了。当年的同游在记忆中还是那样清晰，可是李白、高适再也见不到了！"吾衰将焉托，存殁再呜呼"表达了对两位长兄深切的怀念。病中的杜甫还勉励自己进食，养好身体，如有可能还要承担起帮助友人抚养子女的重任，"临餐吐更食，常恐违抚孤"。我们心目中的杜甫总是这样，虽然自顾不暇，力不从心，可考虑的还是国家、社会和朋友的事情。

这个时候的高适和朋友交往和谐，"群贤久相邀"之下，积极参与小团队的活动。"同群公秋登琴台"，饮酒作诗，寻仙访道，怀古

第五章 诗人格局：梦想和理想的坚守

抚今，共抒胸臆。高适虽是初唐名将高侃之后，可毕竟父亲早逝，家道中落，报国无门，说他是乡野诗人大抵也不过分。但历史上的高适，我们知道他后来成为一位重要的政治家和军事家。

744年游历梁宋、752年登临大雁塔之后的高适仕途逐渐转顺，开始步步高升。高适先后担任封丘尉、哥舒翰幕府掌书记，755年后，步伐明显加快，年底就担任左拾遗、监察御史职务，安史之乱的天宝十五年（756），他随唐玄宗至成都，8月升谏议大夫，11月永王李璘谋反，12月即任淮南节度使奉命讨伐。历数高适后续的职务，太子詹事、彭州刺史、蜀州刺史、剑南节度使、刑部侍郎、散骑常侍并封渤海侯，卒后赠礼部尚书，七年间六个职务，封侯赠尚书，这和同游梁宋时相比，高适人生的高光时刻不断出现，可谓荣耀至极。那些他眼中当年的"群贤"和他彼此就变成了昔日的友人了，尤其是李白。

李白有诗赠高适，也写有给高适的干谒诗。至德二年（757），李白居浔阳狱中，有《送张秀才谒高中丞》。诗云："高公镇淮海，谈笑却妖氛。采尔幕中画，戡难光殊勋。我无燕霜感，玉石俱烧焚。但洒一行泪，临歧竟何云？"当年的李白斗酒诗百篇，也可以"天子呼来不上船"，但时过境迁。落魄浔阳的李白因积极参与永王谋反兵败入狱，而高适就是奉命平叛的最高长官，两人升沉异势，从政治忌讳上，从心理落差上再也没有办法像同游梁宋时期那样来往了。因此我们在《送张秀才谒高中丞》中，应该能明显地看出李白的乞怜之意。高适与杜甫因为没有政治上的芥蒂，倒容易互相欣赏，存始存终了。

为了谋求仕途，实现政治抱负，唐代士大夫阶层通过干谒、投献成为时代风尚，李白、杜甫、高适都没有例外。李白出身庶人，才高富有，一生奔走在这条路上，自诩甚高，希望通过权贵援引从布衣到位极人臣，作为文学侍臣他政治上幼稚，却又狂傲不羁最终于天宝三年（744）被赐金放还。杜甫家族从晋代就做高官，也只得放弃清高，"奉儒守官"，从政期望高，自信文才高，干谒过奸相杨国忠，做过肃宗的近臣。高适热衷于"务功名"，政治上清醒有远见，干谒诗文中不轻言理想和主张，是个务实派和行动派。同样一场安史之乱，李白加入永王李璘谋反的队伍，被流放夜郎；杜甫被授予左拾遗；而高适就现实高明得多。哥舒翰兵败。他主动找玄宗皇帝陈述潼关败亡之势，受到赏识；永王谋反，他向肃宗陈述永王必败，并积极参与平叛；每一步都是皇帝需要的。这样的人，怎么能不平步青云呢？郑振铎先生曾经评价高适是一个"人世间"的诗人，因为他"不使酒座骂，不故为隐遁自放之言，不说什么天上地下，不落边际的话"。辱骂显贵求不得功名，这个道理高适、杜甫比李白更清楚。

平步青云之后的高适，加之政治上忌讳，李白就成为高适避之不及的昔日友人了。大约高适想起来，只是曾经有过这么一个朋友，有诗才，大多时候恃才傲物不着调，当年一起游梁宋，郁闷之中玩得嗨，仅此而已罢了。既是不得已，也是不能为，李白下狱夜郎，高适是否施以援手不得而知，后世可能对此有微词，那就有吧。李白的豪迈豁达、真诚坦率不是当时官场首选的品格，做普通朋友可以，做政治盟友未必恰当。达则兼济天下，高适已然身居高位，目光微微远眺，在实现政治理想的机会面前，昔日友人已经无法在他心目中占据重要位置了。

昔日友人在我们生活中比例不大，曾度过一段共同的时光，占据心田的一角，但深刻如塞尚与左拉、高适与李杜，当然还有其他三三两两组合，这类精神上痛心痛惜的只怕要引起我们深思。

42. 七绝圣手王昌龄

诗人王昌龄是唐代著名的边塞诗人，与当时的大诗人李白、王维、孟浩然、王之涣等过往甚密，有"七绝圣手""诗家天子"等美誉。

之所以称王昌龄为"七绝圣手"，一是数量上居优势。王昌龄现存诗 181 首，其中 74 首为七绝，盛唐存七绝 472 首，从比例上来看王昌龄的七绝占到了六分之一。二是质量上与李白齐名。王昌龄的七绝表现手法成熟，意境深远，语言典雅劲健，善用比兴，画面生动，影响了岑参、皎然等人。唐代七绝正是在王昌龄和李白的努力下，体制大定，成为流行体裁。明代王世贞曾评价："七言绝句，少伯与太白争胜毫厘，俱是神品。"三是其七绝边塞诗创作时间比较早。王昌龄大约是开元十二年（724）赴河陇、玉门，开始了一年多时间的边塞生活体验，这时他 27 岁，而岑参大约 10 岁，20 岁的高适刚从河北踌躇满志地来到长安打天下，还没有开始边塞生活，因此说王昌龄是盛唐边塞诗的先驱也并不过分。

王昌龄是哪里人？也存在一些争议。大体上有太原、京兆两说。《旧唐书》记载王昌龄是京兆长安人（今西安市），《河岳英灵集》《唐才子传》记载其为太原人。唐代的文化中心为长安和洛阳，许多山西诗人常游历在这两座城市间。开元十四年（726），29 岁的王昌龄隐居京兆府蓝田县，次年中进士。此后，王昌龄历任秘书省校书郎、河南汜水县尉、江宁丞、龙标尉等小官，一生沉沦。肃宗至德元年（756），王昌龄 59 岁，他离开龙标（今湖南怀化一带），路经亳州，为亳州刺史闾丘晓所杀害。地方恶吏擅杀一代文豪，王昌龄成为继陈子昂之后的又一位枉然送命者。

开元十二年（724），27 岁的王昌龄赴河陇、玉门一带，留下了大量以立身疆场为题材的边塞诗。王昌龄虽未临边上战场，也有佳作问世，也能弘扬英雄气概和反对残民好战。盛唐民族处于扩张时期，在疆场建功立业成为时尚，这是大时代背景下英雄主义精神的需要。很多诗人没有上过战场，许多著名的诗篇也不是在边塞产生的，因而对于战争生活的描述也未必精确，本质上是一种审美理想和批判性（战争带来的苦难和破坏）的呈现。林庚先生谈到这个问题时，认为唐代边塞诗"主要的是一种悲壮的豪情，异域的情调，辽阔的视野，边防的信心"①。

王昌龄《出塞二首》之一则景中含情，批评朝廷用将不得其人："秦时明月汉时关，万里长征人未还。但使龙城飞将在，不教胡马度阴山。"明月、关塞既指秦汉之时，也是指唐代。物象相同，但时空不同，物象便跨越时空成为永恒。月亮还是那个月亮，未归之人当时有，现在战争也有，但未归之人就成为千千万万从古到今未归之人。王昌龄这首七绝悲壮慷慨，意境宏大，纵横古今。

其《从军行七首》之四："青海长云暗雪山，孤城遥望玉门关。黄沙百战穿金甲，不破楼兰终不还。"在长云、雪山、孤城、玉门关的背景之下，低沉压抑、孤寂苍凉，战士们遥望玉门关，期待早日返乡。"黄沙百战"言环境艰苦恶劣，但第四句笔锋陡然一转，"不破楼兰终不还"彰显了官兵们积极奋发的精神状态。

王昌龄闺怨诗刻画妇女内心矛盾，细微逼真。如《闺怨》，诗云："闺中少妇不知愁，春日凝妆上翠楼。忽见陌头杨柳色，悔教夫婿觅封侯。"国力强盛之时，人们愿意通过战功觅得侯爵利禄，可能是一种幻想，但诗中的这个少妇开始是支持丈夫的，可是当她登楼眺望春光时，柳树又绿，夫君仍未归，青春易逝，孤单寂寞，何苦？

---

① 林庚：《唐诗综论》，人民文学出版社1987年版，第60页。

本来"凝妆"上楼是为了欣赏春色，可最终引来了满腔幽怨。一个青春年少，家境优越，没有经历过生活波折的唐代女子，婚后一段时间不知愁是正常的。可是，盛唐是一个"功名只向马上取，真是英雄一丈夫"（岑参《送李副使赴碛西官军》）的时代，不"万里西击胡"就是不进取的表现，欲望和虚荣主导了这一对青年夫妻的分离之痛。从不知愁到真发愁的心理变化就是世俗荣华不如朝夕相爱的顿悟，可当下没有良方，只能期盼战争早日结束，夫君平安归来。

43. 杜牧和晚唐诗风

　　杜牧以诗流芳，世称杜牧为"小杜"，以区别于杜甫。杜牧与李商隐合称为"小李杜"，以区别于李白和杜甫。李白、杜甫是盛唐诗坛的两颗璀璨的明珠，杜牧、李商隐则是将晚唐诗歌推向又一个高潮的优秀诗人。光芒虽然大不如从前，但杜牧、李商隐都是大唐诗坛尤其是晚唐不可忽视的人物。

　　杜甫、杜牧都是晋镇南大将军、当阳侯、大学者杜预之后，杜甫出自杜预次子杜耽；杜牧出自杜预少子杜尹，后来这两支相距甚远。杜耽之后，他的孙子杜逊迁居襄阳，杜甫的曾祖父杜依艺任巩县县令时，又迁居巩县（今河南省巩义市），杜甫实为襄阳杜氏之后。杜甫《祭远祖当阳君文》一文中，称自己是"杜预十三叶孙"；而杜预是杜牧的十六世祖，杜预本身是京兆杜陵（今西安）人，杜牧属于京兆杜氏的传承。著名历史学家、文学家缪钺治学深受王国维、陈寅恪先生影响，熟读深思，文史融通，博精结合，他的《杜牧年谱》和《杜牧传》佐证了杜牧与杜甫之间同门同宗的关系。傅璇琮先生评论说："在近代学者中，真正为杜牧研究打下科学基础的是缪钺先生。缪钺先生的《杜牧年谱》和《杜牧传》是一切研究杜牧的人所必读的。"

京兆杜氏是唐代的名门望族、簪缨世家。据《新唐书·宰相世系表》统计，唐代杜家有十二人拜相，著名的有杜如晦、杜淹、杜佑、杜惊、杜元颖、杜审权等。杜甫远祖是京兆杜陵人，他常以先祖杜预为豪，自称"京兆杜甫"，从历史渊源来看，这并没有错。杜牧则较多提到做过宰相的祖父杜佑，他是我国史学史的开山之作——《通典》的作者。从汉至唐，杜氏家族官、相、名人辈出，鲜见平民，到唐代时更为显赫。唐人有俗语"城南韦杜，去天尺五"，说的就是韦、杜两个望族分别居住在长安城南的韦曲和杜曲两个地方。因此，杜甫的自豪和杜牧生来的不屑逢迎某种程度上是天生的。杜甫和杜牧与其他士人一样，都希望通过仕途实现政治抱负，但在大的时代背景下，难遂人愿，"杜甫几近失态，而杜牧则泱泱难平其气"①。

相对杜甫，杜牧多才多艺，少年成名，意气风发。杜牧年轻时研究《孙子》，有《孙子兵法》十三篇注解。他的许多策论咨文被朝廷采纳，其平房的一次计策被宰相李德裕采纳后，大获成功。杜牧的文和赋笔锋犀利，议论和抒情相结合，说理充分，寓意深刻，其《阿房宫赋》是传诵千古的名篇。杜牧的律诗和绝句数量大，艺术成就很高。他的古诗受到杜甫、韩愈的影响，他古朴淳厚、雄健豪迈的长篇古诗亦属于出类拔萃之作。

杜牧大和二年（828）中进士后，即被授予弘文馆校书郎，后在扬州任淮南节度使掌书记、监察御史、宣州团练判官、殿中侍御史、内供奉、左补阙、史馆编撰、司勋员外郎以及黄、池、睦、湖等州

---

① 朱鸿：《长安是中国的心》，生活·读书·新知三联书店2013年版，第160页。

刺史。其实可见，杜牧的仕途相对比较顺利。

晚唐社会宦官专权，藩镇割据，赋税沉重，唐王朝处于严重的社会危机之中，自救能力变弱，士人前途暗淡。朝廷控制的州县减少，加之朋党相争，科场风气败坏，能提供给贫寒士人的职位也随之减少了，失意文人增多。晚唐出现的这一批失意文人，他们的诗歌视野狭窄，素材少且小，功业之心和社会责任感减弱，多以字斟句酌见长，诗歌中表达的收敛和淡冷在心态上其实是某种程度的认命、无奈。暂时的贫困和不得意压不倒盛他们，"但闻行路吟新诗，不叹举家无担石"表达一种气概英豪，"忽然遣跃紫骝马，还是昂藏一丈夫"（李频《别梁锽》），可见，人穷志短和盛唐士人不沾边。可晚唐失意士子全方位审视自己的处境后，常常无可奈何。"朝是暮还非，人情冷暖移。浮生只如此，强进欲何为？"（刘得仁《送车涛罢举归山》），实际上是一种不得已的消极心态。士人们提及社会责任，选择逃避或者不愿意担承。遍地战火、白骨漫野之下，士人阶层多明哲保身，"乱来已失耕桑计，病后休论济活心"，司空图在《丁巳重阳》中意识到了社会责任，但无心思承担。

在大量的穷士士人群体里，李商隐、温庭筠、杜牧是例外。他们的才名和政治地位相对稍高，尤其是杜牧。杜牧和社会生活、政治生活一直有密切联系，其俊爽诗句之下常常可以看到他内心的郁郁情怀。其《登池州九峰楼寄张祜》云："百感衷来不自由，角声孤起夕阳楼。碧山终日思无尽，芳草何年恨即休。"

杜牧以情爱和妇女为题材的绮艳诗简括含蓄，也是他风流浪漫生活的写照。杜牧在《唐故平卢军节度巡官陇西李府君墓志铭》中曾批评白居易、元稹诗"纤艳不逞""淫言媟语"，其实，在唐人心目中的杜牧也是喜欢写绮艳诗的。崔道融和司空图互为诗友，曾评价杜牧："紫微才调复知兵，长觉风雷笔下生。还有枉抛心力处，多于五柳赋闲情。"（崔道融《读杜紫微集》）陶渊明的《闲情赋》情思斐然，多是对爱人的奢想痴望，唐人认为杜牧毕竟通过脂粉情爱描写，寄托了诗人对世风和国家命运的担忧。"商女不知亡国恨，隔江犹唱《后庭花》"句即杜牧对商女唱靡靡之音的忧虑。

晚唐社会风雨飘摇，变故不断，许多美好的事物一夜之间被毁灭消失。杜牧的《张好好诗》《杜秋娘诗》和韦庄的《秦妇吟》一样都是长篇叙事诗，通过社会动荡中妇女的一生苦乐或不幸遭遇，反映了广阔的社会现实和宏大的时代变迁。市井生活、宫廷生活，甚至宪宗时李锜叛乱、黄巢兵入长安等事件都成为杜牧诗篇的内容。

杜牧诗歌抒发了人生世态感慨和命运感慨。杜牧"女子固不定，士林亦难期"类似于罗隐之"我未成名卿未嫁，可能俱是不如人"，咀嚼这些句子，可见诗人的落寞和命运的乖舛。一个曾经强盛而如今衰败的王朝带给诗人的是忧伤，仕途失意、理想破灭、生活坎坷、爱情不幸等感受让诗人们自伤自怜，只不过表达方式不同。温庭筠用"侧艳"，李商隐用"佞佛"，杜牧用"放旷"来化解或冲淡忧伤，如温庭筠之"愁甚似春眠"，李商隐之"平居忽忽不乐"，杜牧之"泪下神苍茫"，都是难以解脱的悲怆。

晚唐社会的动荡和衰败让大多数士人与政治近乎无缘，连持久的参与热情也难以为继，转身要寻求的只是艳情或闲适的生活。心归何处？"十年一觉扬州梦，赢得青楼薄幸名"（杜牧《遣怀》）罢了。豪宕艳丽的生活中流露出来的是无尽的悲伤，难与人言说。"尘世难逢开口笑，菊花须插满头归，但将酩酊酬佳节，不用登临恨落晖。"（杜牧《九日齐山登高》）余恕诚认为晚唐诗人以李商隐、杜牧、温庭筠为代表，虽然缺少盛唐诗人的气势和情韵之美，但他们开创了属于自己的诗歌领域，有独特的含蓄悲怆和纤柔。"政治的淡化，可能导致某种艺术实践的深化，但晚唐的深化，毕竟是深谷中的探幽，而非大面积的普遍提高。这种情况的出现，当然主要不是诗人的过失，而是时代社会政治气候所造成的文学上的生态失衡现象。"① 清赵翼说"国家不幸诗家幸，赋到沧桑句便工"是针对元好问的，就创作规律而言，"赋到沧桑句便工"是指到一定程度上佳句的自然流露必为内心的深切感受，"国家不幸诗家幸"只是后世看待前代的一种观点甚至是误读罢了。当时的"国家不幸"必然带来诗人身世命运的不幸，而几篇文学经典作品只能从文学史意义来看。因此，我们不能脱离时代背景和诗人的悲愤感情单纯看晚唐诗人之作。

44. 冯延巳的悲伤

冯延巳是五代十国时期的词人，也是南唐政权三度拜相的人。浪子行云，少妇闺怨之下，其实饱含着冯延巳对时代深切的忧愁悲慨，思妇只是表面。中国古人诗词中那么多的"美人"，大多指佳人、明君、抱负和理想。君臣关系相当于夫妻关系，思妇得不到丈夫的爱和臣子得不到明君的赏识、任用是一样难受的。美人迟暮是对生命的消耗，是整体性的悲哀。

冯词表面上的温情看着很清晰，可词语之下，内心的痛楚和不得已无人言说。我们读诗词，须得了解其人。孟子说："颂其诗，读其书，不知其人，可乎？是以论其世也，是尚友也。"（《孟子·万章下》）南唐开国，冯延巳的父亲冯令頵效忠于南唐烈祖李昇，后来成为宰相。中主李璟即位，冯延巳从小就和李璟交好，自然继承父业，当了李璟的宰相。南唐是一个弱小的必然灭亡的国家，后周

---

① 余恕诚：《唐诗风貌》（修订本），中华书局2010年版，第98页。

不断强大,在这种背景下,南唐政权的战或和已成为首要选择。进退两难的矛盾集中在宰相冯延巳头上,忧虑归忧虑,无法逃避,也不能退缩。他能怎么办?

冯延巳《鹊踏枝》就更明白了,不再是狭窄的酒筵上的美女爱情,不再是表面的伤春了。王国维先生《人间词话》中说:"冯正中词虽不失五代风格,而堂庑特大,开北宋一代风气。"香港学者饶宗颐从冯延巳《鹊踏枝》中看到了一个"开济老臣"的怀抱,国家危亡关头,冯延巳是诸葛亮。

冯词《鹊踏枝》云:"谁道闲情抛掷久。每到春来,惆怅还依旧。日日花前常病酒。不辞镜里朱颜瘦。河畔青芜堤上柳。为问新愁,何事年年有。独立小桥风满袖。平林新月人归后。"无端的忧愁任怎样也无法抛弃掉,每到春天,惆怅又被春草花鸟勾回来了,难以摆脱。每日花前饮酒,身体憔悴消瘦而饮酒不断。让诗人伤春,勾起忧愁的还有河畔青草,堤上新柳,景色依旧,时势每况愈下。心中的痛楚无人可以倾诉,站在桥上良久,遥远的平林之上,一钩新月凄凉地挂在天边,寒风灌满了衣袖,所有行人都走了,诗人满腹难言之隐,一句也说不出来。我们只有了解冯延巳的背景、才能知道他此刻的难处。这是《红楼梦》中焦大所不能参透的。南唐保大十四年(956),后周强力进攻南唐,南唐军队接连溃败,至958年,南唐割让江北四州,与后周划江而治,缩居江南。冯延巳第三次被罢相,两年后,在郁郁寡欢中去世。赵匡胤取代后周,李煜继任,在北宋统一的大势下,南唐朝廷及南唐后主李煜随之灭亡。

人群中的孤独,黄景仁和冯延巳有类似的表达。清代诗人黄景仁少年孤苦,诗风苍凉,然情感真挚。其《癸巳除夕偶成》其一云:"千年笑语漏迟迟,忧患潜从物外知。悄立市桥人不知,一星如月看多时。"除夕之夜,千家万户欢歌笑语,诗人却因为忧患思绪绵绵。他独自站立在小桥上，凝望着天空中的一颗星星，沉浸多时而不自知。旷世的孤独让诗人寂寞无依，物我两望。此诗写于乾隆三十八年（1773），康乾盛世之下隐藏着深刻的社会矛盾，身在异乡的黄景仁在除夕之夜深陷凄凉苦闷之中。这里的"悄立市桥人不知，一星如月看多时"和冯延巳的"独立小桥风满袖。平林新月人归后"不正有异曲同工之妙吗？

古诗词中表情达意更多是一种深沉细腻的表达。《古诗十九首》中："河汉清且浅，相去复几许？盈盈一水间，脉脉不得语。"明明心中有爱，限于山河阻隔，可望而不可即，思情不减，惆怅不已，隐忍深情罢了。人生有太多的不得已，没有具体明确的办法时，只能目送芳尘，只能望着在水一方的佳人，辗转反侧，人比黄花瘦。北宋贺铸《青玉案》中说："凌波不过横塘路，但目送芳尘去。"着急得不得了，依依不舍，脉脉含情，芳尘已逝，吟味难言。日子还得过，或在泪中，或在笼中。

当然，明白直爽的句子在泪中脱离文人气，易于理解和传诵。如"花若胜如奴，花还解语无？"（张先《菩萨蛮·牡丹含露珍珠颗》）晏殊《菩萨蛮·池塘水绿风微暖》："当时共我赏花人，点检如今无一半"，这种近乎白描的口吻对于诗歌是易于传唱的。柳永归游狭邪，多与歌伎、娼妇为伴，词以艳俗著称，如"镇相随，莫抛躲，针线闲拈伴伊坐，和我，免使年少，光阴虚过"。佳人有爱人相厮守，郎情妾意，过好安生日子就行，何必让他外出"觅封侯"？还是"香车系在谁家树"了？烦闷不得知。

45. 做事做人：晚清王鼎与北宋张载

晚清王鼎是陕西蒲城人，他既是阁老，又是枢臣，出身寒素，一生亦不改寒素。王鼎"清操绝绝，生平不受人请托，亦不请托于人"（《清史稿·列传第一百五十》），其母原氏，蓄力勉贤，勇于担当。"母贤，子必克家，惜吾老不及见耳。"蒲城现仍有"偷油"和"半斤面"故事。偷油故事传说是指王鼎家买不起灯油，潜入庙中偷燃油，城隍老爷发现其是文曲星。读书之家点不起灯，城隍老爷慨然为其提供了便利。半斤面故事传说是指王鼎家中断炊，外出借粮，无奈只借到半斤面。

王鼎中进士，入翰林府，克己奉家，回忆往事时说："我家二十年前，备极苦况，从未见有亲友借一二万钞，一二斗米至门者。兄至今念及，心犹恻然！京中拮据难堪。本月初二将马骡被人盗去，至今无踪，若另买一牲口，总得百八十金，大非易事，且享况太苦，养事费力，不如其无。现在兄出入拜客，总是不行。上馆上衙门则雇一小驴车而已。吾弟在家出门乘马坐车，当念兄做官步行。"可见，当京官的王鼎日子也不好过。

王鼎1796年中进士，庶常馆读书时，同乡大学士王杰关心王鼎，邀至相府，谈经聊天。面对内阁大学士的有意延揽，王鼎婉言谢绝，王杰更加器重："观子品概，他日必不会在余之下。"

可他始终坚持读第一等书，做世上第一流人的格局。王鼎任翰林编修时，"穷饿日益甚"，让人酸鼻。生活的贫苦让他更加刻苦用功，他说："读书无他，程子亮'收放心第一要事'。何为收放心？只不肯将世人第一流人让他人做去，他又目不暇及。此努力自有吃紧处，总之道理明，斯人品立。"

穷困之中，生活极端清苦，尤其是要做世上第一流人，道德文章方面不能落后，精神必须领士人之先。王杰是王鼎言行的榜样。王杰在嘉庆内阁时任首辅，惩治和珅时，刘墉等均为之说情，只有王杰决绝担纲，尽心尽力，节操德行赢得皇帝信赖。嘉庆八年

（1803），乞休告老还乡。皇帝赐诗返回韩城："直道一身立廊庙，清风两袖归韩城。"帝遂命驰驿20里内官员护行。

地方官员均遂照办理，并将护行情况奏明皇帝："（王杰）沿途除倒给马匹外，并不多用一匹，每日所用菜蔬食物俱系自备，亦不受地方官馈送。"

陕西渭北高原上的韩城人王杰、蒲城人王鼎成为一道风景，代表着文化傲骨支撑的知识分子阶层的宏大格局。一个人在自己短暂的一生中，如何做事做人，北宋大儒、关学开山者张载有着自己的思考和实践。

张载，祖籍河南大梁（今河南开封），宋凤翔府郿县人，今陕西眉县横渠镇人，世称"横渠先生"。张载祖父张复，真宗时任给事中、集贤院学士、司空等职；父亲张迪，真宗时任殿中丞、仁宗时期任涪陵知州、尚书督官郎中等职。

1034年，张载父亲张迪积劳成疾，于四川涪陵病逝。年仅15岁的张载和弟弟张戬同母亲陆氏一起，护送父亲的灵柩一起踏上归葬河南故里之路。张载一行从涪陵北上出川，进入大巴山区，在勉县定军山休养数日。他思考了三国时期军事家、政治家诸葛亮叱咤风云的一生，瞻仰武侯祠，把诸葛亮修身养德的经验总结提炼成"六有"：言有教，动有法，昼有为，宵有德，息有养，瞬有存。"六有"箴言当时被张载题写在武侯祠大殿的墙壁上。离开勉县，张载和母亲以及5岁的弟弟张戬翻越秦岭，沿褒斜古道来到眉县大镇谷，此时路费所剩无几，前路惆怅。听说前方发生战争，母子三人遂在当地村民的帮助下，把父亲安葬在大镇谷村的迷狐岭上。张家从此就在眉县安家定居下来了。

澶渊之盟后，积贫积弱的北宋王朝以每年给辽国二十万匹绢和十万两白银的代价赢得了暂时和平，大规模的战争变成了频频发生的小侵略和掠夺，人民的负担和灾难并没有减轻。

  1040年，张载编写了《边议九条》，建议选任好的官吏和将帅，严明军纪，演习备战，储粮集财养兵，兵民一体，共同御敌保边。建议写好了，送给谁呢？张载送给了当时的陕西招讨副使延州知州范仲淹将军。范仲淹读后感到张载谈吐文雅，志趣不凡，从事哲学思考可能更有利于苍生社会，奉劝他"儒者自有名教可乐，何事于兵"①。张载回到眉县后，遵从范仲淹的教导，以"夜眠人静后，早起鸟啼先"自撰联勉励自己，从《中庸》开始仰思俯读，研习儒家经典，求知悟道。

  1057年，张载参加科举考试，与苏轼苏辙、吕大钧吕大临两双兄弟登临同科进士。此后他先后任祁州司法参军（河北安国）、丹州云岩县令（陕西宜川）、著作左郎（掌管天文历法修订）、签书渭州军事判官、崇文院校书（掌管文史修订）等职。

  眉县、岐山、扶风一带是西周京畿之地，自古民风淳朴，尊礼重教，山川秀美，人杰地灵，物产丰富，历史源远流长，文化底蕴深厚。徜徉在这样一个氛围中的张载过着普通百姓的生活，他坚持"六有"的自律要求，弘文崇道，研读《中庸》《易经》《道德经》等传世经典，结交焦寅等好友，遍访附近区域的贤山寺、楼观台等庙宇古迹，思逐风云，思追古人。他在太白山神功石观日月星辰、斗转星移、云卷云舒、气吞山河之万象；在周围的大小河流记录地球自转公转对两岸遭水侵蚀的不同强度；在田间地头市井街巷听百家甘苦谋思恢复井田制的可能和方式；在不长的仕宦生涯中深谙民间疾苦，处理社会矛盾得法，礼遇老人小孩，"敦本善俗为先"，继承发展了前人的学说，逐步形成了自己的哲学体系，影响了当世和

---

  ① （元）脱脱等：《宋史·张载传》，中华书局1978年版，第366页。

第五章 诗人格局：梦想和理想的坚守

后人。

人生活在世界上，要追求物质文明的不断进步，要应对外界的纷杂变化，要客观认识周围的自然境界，如何能有一个大致正确的认识？如何能面对剧变临危不乱？如何能与环境和谐相处，获得内心的平衡？万古长夜里需要明灯指引，蒙顿不清时需要人点拨迷津，张载"为往圣继绝学"，他的思想犹如夜航中的明灯，犹如滋润心田的涓涓细流一样，润物无声，温暖世人，代代流芳。历史证明，当年范仲淹对青年才俊张载万勿热衷金戈铁马驰骋疆场，而宜研习儒教，精思实践，风行教化，泽被后世的厚望并没有落空！

北宋初年，佛教盛行。佛教主张人们忍受现世的苦难以追求来世的幸福，灵魂永生、生死轮回、因果报应等思想混淆了芸芸众生的思想。张载宣扬鬼神是根本不存在的虚幻之物，自然界和人各有不同的属性和特征，他激烈批判佛教思想的糟粕，唤醒责任和良知，以正视听。

张载的思想主要是哲学思想和教育思想。探究一个哲学家的哲学思想，主要是看他对这个世界的认识上都有哪些高见，不外乎唯物史观或唯心史观；认识论；辩证法；人性论；道德观、历史观或世界观等。我们超不出这个范畴的，自然一一看来。张载倡导"气本论"。世界是由什么元素构成的？古今中外哲学家首先要回答这个问题。金、木、水、火、土都曾经是哲学家研究和考察之后认定的对象。作为一种朴素的认识，不无道理。张载远离当时的"新旧党争"，学术上也没有依傍哪个组织或派别，思想独立形成和发展。长期观察太白山的云卷云舒、云蒸霞蔚，气流涌动、气象万千的景象使得他认为"气"在宇宙中呈现为不同的形态。

儒家倡导的天、道家主张的道，在张载看来都属于气的范畴。气就是宇宙的最高本体，构成了阴阳矛盾对立的万事万物，如虚实、动静、聚散、清浊，这已经是对朴素唯物主义的契合，是对朴素辩证法的丰富发展了。人性道德问题是历代哲学家不能回避的。张载认为人性中包含天地之性和气质之性两部分，来源于宇宙的天地之性具有先天性，清澈纯一善良恒久；气质之性则受到后天欲望环境的影响，有善有恶，可以变化。因而，人人都要加强道德修养，通蔽开塞，克制私欲，存理成性以变化气质，恢复先天善性。人性的发展完善有一个由低到高的过程，学者—贤人—圣人是一个持续努力，从自律到自由自在不断提升的过程。

哲学让人沉迷也在这里，认识此界后如何看待未来和理想呢？张载精心设计了一个"民胞物与"的大同世界：人民是同胞，万物是同伴，人人和睦相守尊老爱幼，大家同为天地之子；人人自律自省自警自爱自尊自敬，才能达到真善美天人合一的理想境界。

学者的使命是什么？张载提出并要求大家践行"四为"："为天地立心，为生民立命，为往圣继绝学，为万世开太平。"横渠"四为句"这种宽广胸襟感动激励后人，成为中华文化责任使命的核心要素，温暖了中国人十多个世纪。

明清之际的唯物主义哲学家王夫之最推崇称赞张载。"杜门著书，神契张载，从《正蒙》之说，演为《思问录》二篇。"王夫之继承发展了张载气本论、气化论思想。一个人崇拜另一个人，大多着迷的是他的思想或行为。支配行为的多是思想，所以，人的所思所想会成为别人眼中的神奇。所谓神交古人，主要是很多年前古人面对同样问题所表现出来的智慧和思考方式打动我们。15岁的张载在拜谒了武侯祠，总结反思诸葛亮一生的成败得失后提出的"言有教，动有法，昼有为，宵有德，息有养，瞬有存"六有箴言不正是他对外在社会的智慧认识吗？因而，王夫之对张载的钦佩和继承是发自内心的。"张子之学，上承孔孟之志，下救来滋之失，如皎日丽天，无幽不烛，圣人复起，未有另易焉者也。"思想智慧成为桥梁，连接起了六百年的时空距离，王夫之深深地被张载打动并推崇一生。

张载创立的关学不以思辨见长，而以尚实躬行著称。关中民间常将张载称"张子"，与孔子相提并论。很多关中家庭铭刻着"家尊东鲁百代训，世守西铭一卷书"的训言，重农恋家，崇拜土地，内敛守成。不管别人怎样追逐时髦，自己总是寂寞清醒，坚守一份信念，干好自己当下要干的事，打上这种印记的陈忠实在创作中润物无痕地展现着这种心理倾向。小说《白鹿原》中白嘉轩不让儿子去城里的新学就读；数次警诫白孝文不要理会农协的系列行动，当下反而要轧好棉花，筹办好儿子婚事的教诲等都是这种文化细致入微的体现。

关学经世致用，尚实积极的传统既根植于儒家入世致用的传统观念，也得益于关中地区独特的水深土厚和淳朴民风。这区别于理学一段时期的空谈心性。周秦故里的地理历史传承，让自元入金的学者元好问不无感慨："关中风土完厚，人质直而尚义。风声习气，歌谣慷慨，且有秦汉之旧。"《诗经》中的秦风当然明显不同于《楚辞》。昆山顾炎武游历秦中大地，晚年更是定居于关中华阴，也借鉴吸收了关学的思想传统。

宋明理学发展到北宋，张载将其中"气本论"思想发扬光大，达到了中国古代朴素唯物论哲学的一个新高峰。由于张载是陕西关中人，之前的学者申颜、侯可，以及之后大量的学者吕大钧兄弟、李复、张舜民、范育、游师雄、种师道、杨奂、杨恭懿祖孙三代、吕柟、韩邦奇、马理、冯从吾、李二曲、李因笃、李柏、刘古愚、于右任、牛兆濂等都是关中人，因此，理学的这一流派被称为"关学"。关学自张载正式创立以来，关中就成为哲学研究传播振兴的中心区域，明代中后期仅关中理学家达百人之多。

从北宋到清末，关学延续了800多年，成为和"二程"洛学、王安石新学、阳明学或鼎立或相持的重要儒学学派。王阳明曾说："关中自古多豪杰，其忠信沉毅之质，明达英伟之器，四方之士，吾见亦多矣，未有如关中之盛者也。"一代代关学学者躬行儒家"仁爱"礼教，安贫乐道，讲学著书，关注民生，耕读传家，高扬爱国主义和民族主义的旗帜，推动了关学的传承和延续。鸿儒层出的关中孕育丰富了机敏厚道、淳朴热情、豪爽正义、包容崇德的多彩文化，成为中华文明发展历史上一道亮丽的风景线。

46. 张载与《吕氏乡约》

北宋时期，陕西关中地区出现并形成以张载为核心的关学学派。《吕氏乡约》作为中国最早的成文乡约，深受张载及关学的影响，成为关中文化的重要符号之一。传承张载关学思想，推进《吕氏乡约》现代转化，有助于加强基层治理和乡风文明建设。

蓝田吕氏兄弟师承张载。张载青年时期便研读儒家《六经》，后辞官归家讲学，于眉县横渠镇创立了"关学"，亦称"横渠之学"。横渠学派以《易》为宗、以《中庸》为体、以《礼》为用、以孔孟为法。"蓝田四吕"最早都师从张载门下，吕大防虽未学于张载，但对关学推广做出很大贡献，其余三人先后学于张载，致力于关学研究。最突出的当数"执弟子礼"的吕大临，一生潜心学问，在关学启蒙和发展阶段较为完整地继承了张子之学。吕大临躬行礼教，笃实践履，崇尚气节，把关学思想核心和修身要求相结合，著成《吕氏乡约》，广为推演，历史上曾使关中民风为之一变。

乡约基本精神承接张载主要思想。蓝田诸吕学承张载，在乡约文本和践履中注重诠释化用。从内容上关学重视"以礼为教"，对百姓生活中的习俗进行规范指引、用道德教化革除陋习。《吕氏乡约》用"德业相劝、过失相规、礼俗相交、患难相恤"四大类规范，使关学思想更贴近实际生活，易于传播推广。从实践上，《吕氏乡约》继承了关学笃实践履、经世致用的精髓，将典籍中的道德品行理论运用于实践，形成风尚，实现了由乡贤到地方、由一地到多地的普及。从模式上《吕氏乡约》在组织和施行上具有制度和法制模式，使民间思想与基层治理需求相呼应。

张载对乡约有较高褒奖。张载一生以"为天地立心，为生民立命，为往圣继绝学，为万世开太平"为抱负，门下吕氏兄弟品行高尚、坚守乡约，关中地区一度淳朴向善、患难互助和礼渐成俗。张载在看到这一景象后感叹："亦知学贵于有用也"和"秦俗之化，和叔有力"等，表达对乡约作者和推演行为的褒奖。乡约之法成，是关学思想转向平民化的开端，也是地方自治改善的初步成效。因张载的肯定指导和后世的增损普及，《吕氏乡约》才成为我国历史上具有代表性的民间自治约法。

增损推演与后世实践普及。张载为实现和谐平等、互助仁爱的理想社会，主张恢复井田制，推广移风易俗，不断将关学思想发展成熟。自北宋乡约问世，经过历代学者对乡约的增损改良，使得乡约在历朝及国外都有一定的积极作用。南宋朱熹《增损吕氏乡约》将原乡约条文化繁为简，弱化惩戒功能，适应日常习俗，影响力不断扩大。明清统治者将乡约上升到权威层面，全国各地以《吕氏乡约》为蓝本，推行不同版本的乡约，地方政府、乡贤根据当地乡风民情也制定了多种符合实际的村规民约。历史上，我国乡约曾于16世纪在朝鲜广泛传播；到明代向东在日本等国普及，向西甚至传播到西班牙等欧洲国家。

古老乡约要焕发新生机新活力。历史积淀并不能一概否定。乡约中有大量值得借鉴并和生活习惯融为一体的公序良俗，这是我们民族宝贵的精神财富。广西屏南乡20世纪80年代制定的村规民约，在婚丧嫁娶、扶贫济困、调解纠纷等方面发挥了调整关系、规范秩序的重要作用。河南登封周山村2015年形成了《村规民约》，把儒学优秀理念和核心价值有机融合，突出民主、法治、平等、友爱等原则，成为乡约现代转化的新实践。基层治理体系中倡导知行合一的心学修养，重视家教、家风、家训从来都是和风细雨、润物无声的。2017年在蓝田，汲取古老乡约精华的《蓝田新乡约》进入了中小学教材，在道德讲堂宣讲。取之于民，用之于民，注入时代内涵的新乡约有力助推了当地良好社会风尚的形成。《吕氏乡约》发源于关中，推及各地。广大群众长期以来在日常生活中自觉践行厚德隆礼，忠诚自律等都是乡约传统内涵的体现。

自党的十八大以来，我国涌现出了大量的村规民约和市民、社区公约，这些都成为古老乡约焕发新生机新活力的例证。这些例证一是通过法治手段，引导社会成员养成在法律轨道上行使权利和遵规守纪的意识；二是通过德治与法治相结合，自觉践行社会主义核心价值观；三是通过榜样示范、典型引领让广大群众厚植家国情怀。传统乡约的现代转化有助于加强精神文明建设，推进基层社会治理日趋现代化。

努力推进《吕氏乡约》的现代转化。家是最小国，国是千万家，家庭、国家和民族的前途命运始终紧密相连。推进《吕氏乡约》的现代转化，当务之急要强化爱家爱国协同引导，注重发挥人民群众参与基层治理的积极性、主动性；肯定完善一批符合各地情况的村规民约、市民、社区公约；要持续开展道德模范、身边好人、善行义举等道德实践活动；要加强移风易俗示范县区村镇建设，助推喜事俭办、厚养礼葬、文明理事的新风尚；要发展和建立村社公共文化服务体系，传播科学法治观念和时代新风；要发挥农村乡贤的道德文化引领作用，培养一批新的村社骨干和带头人；要不断完善以公共卫生、医疗养老保险为核心的社会保障体系；要合理规划工农业在城乡的适当均衡布局，建设美丽乡村和宜居卫星城市等。古老乡约转化之后的生动实践，必将和张载"四为"句一起激发新活力，焕发新生机，在新时代基层治理和乡风文明建设中有更大作为。

47. 诗人多有双重身份

中国古代，作家或诗人并非职业化的，大多与官吏的身份合二为一。《四库全书》中的集子、作品大多出自官吏之手。如果一个人一生不幸无官无职，以文学创作为业，那多半是潦倒坎坷的一生。如果一个人仕宦一生，没有留下一首作品，那也是绝无仅有的。这是中国古代特有的现象。

古希腊、古罗马有专门的剧作家、诗人，靠写作安身立命。欧洲的行吟诗人浪迹四方，以诗歌为生命和职业。西方世界里文学活动有独立的地位，作家可以职业化。

中国古代封建社会长期存在"官"与"民"的二元结构，权力、权威两个阶层是一体的。频繁的王朝易姓革命不利于培养一个稳定的宫廷和贵族阶层，治理国家所需的人才只能从民间选拔，考试势在必行。文化人只有通过科举制度挤进仕途，才会有基本保障和体面地位。由于自然科学理论的关注度低，科举制度就以诗赋、经学为主要测试内容，所以，掌握经典作一首好诗、一篇锦绣文章是进入官场的敲门砖。

秦腔传统剧《秋江月》中的角色王震曾给观众留下深刻印象。

华亭县令王震回忆前朝往事，陈世美入仕就因"做三篇文章如花朵，御笔钦点头一名"而招为驸马，行走朝廷的。《劈山救母》中主人公刘彦昌对儿子沉香讲，"你母亲赠银三百两，在长安科场把名扬。奉旨洛州把任上"，也是一番文学入仕的故事。秦腔传统剧《八件衣》儒生张成宇也有自己的愿望和初衷，"大比之年王开选，一心上京去求官"。自从有了科举制度，通过锦绣文章，谋取锦绣前程不仅是戏剧中情节反转的需要，事实上也是现实中每年发生的故事。诗赋又是科举考试的重要内容，在封建科举制度下发挥着画龙点睛的作用。

因而，古代中国最聪明的人必须能作好诗或文章，才能当官，行走社会，吟诗作赋。单纯从事创作不能带给古人物质上的帮助。李贺、曹雪芹、吴敬梓、蒲松龄等都是职业诗人或作家，最潦倒的人。仕途无望之后，这批人和作品就站在了政权的对立面，发挥着文学的政治批评功能，铸就了传世的经典。

对读书人来讲，通过诗词歌赋策论等做几篇锦绣文章从而登堂入室，光宗耀祖，接近国家权力，可谓是大多数士子的梦想了。所谓"朝为田舍郎，暮登天子堂"，北宋晚期的神童诗人汪洙创作的诗歌成为训蒙儿童的主要教材不是无缘无故的，封建时代他的诗和《三字经》具有同样相当的地位。"天子重英豪，文章教尔曹。万般皆下品，惟有读书高。""将相本无种，男儿当自强。""少小须勤学，文章可立身。""学向勤中得，萤窗万卷书。""学乃身之宝，儒为席上珍。""遗子黄金宝，何如教一经。""久旱逢甘雨，他乡遇故知，洞房花烛夜，金榜题名时。"哪一句不是教人通过读书上进？通过科考中举实现善治理想，成为治理一方的"清官"，这其中自然有在传统政治模式中谋一勺羹的奢望，糟粕显而易见，但对于传统中国而言，读书修身总还是有合理性的。

事实上，在传统中国，大体上，文学家的政治地位和创作能力、作品水准之间存在着反向比照关系，这与激情、精力、专注度等密切相关。

48. 诗词中的家、国格局

阅读古代诗人的作品，任何时候都不能离开每一个诗人所处的社会和时代背景。中国传统社会政治构架是诗人们社会实践和创作实践的制度基础，须臾不可离开。

几千年来，小农经济、高度集权的君主专制、宗法制三位一体，互相依赖和补充，构建了稳固的经济社会与政治机制，导致中国封建专制存在了两千多年。游牧民族四处漂泊，逐草而居；希腊地理环境优越，商业发达具有天生优势；这些都是异域发展的特殊道路，不具有模仿性。在以农耕文明为主导的中国传统社会中，政治清明、社会运转稳定有规可循、老百姓安居乐业是理想状态，也是诗人们向往的。封建社会中，士人阶层往往居于传统社会的边缘阶层，他们的期望成为政治幻想，在诗词创作中的幻想与现实政治之间存在差距，精神上自给自足，心灵依托上转向或孤独孤愤或归隐闲适的境界，无可奈何中主体性趋于内向收敛。

传统社会政治构架的首要特征是家国同构。通过一代代遗传，家作为社会细胞和生存样态建立继承，成为修齐治平的起点，绵绵不断地延续了旺盛的生命力。家的繁衍和聚居需要程式化、规范化，从而构成家族。在山高皇帝远的地方，往往家族行使着治理乡村的权限。在朝堂京都州府，国家权力秉承皇帝旨意，占据着主导地位。对皇帝而言，也有一个权力即江山的姓属问题。一方面，"朕"为天子，代表神授的君权来治理天下；另一方面，天子即为"君父"，借大的国要像大家庭一样，须有家长。

家族权力和国家权力是人类文明发展历程中并存的两种权力形式。文明程度越高，国家权力越是区别并高于家族权力。中国古代社会长期具有封建性质，刘汉、李唐、赵宋、朱明等王朝都呈现出家国权力交织同构的局面。"正如皇帝被尊为全中国的君父一样，皇帝的官吏也都被认为对他们各自的管区维持着这种父权关系。"① 君父、臣子、父母官岂能完全区分开来？往往地，家族权力在皇权难以触及的县以下就成为国家权力的代理者。

国是家的放大，家是国的缩小和基本单位。对家的固守和依恋是儒家文化的深刻内涵。国和家一样，都应该成为一个人物质和精神上的安全栖居地。国法和家规一样，都尽可能地保证每个成员在遵守秩序的前提下谋求发展。国法与家法就相互融合与补充，国家的法度通过一个个家族的乡约家训延伸到社会的每个层面和每一个人。人们先知家法而后知国法，因而宗族祠堂就具有了统治者赋予的震慑力。人心似铁，官法为炉，家法同样不容违背，实践中常以对受罚者人格的贬抑和践踏为表征。

学子们，尤其是出身寒门的学子读书的目的是致仕，在拥有"黄金屋"和"颜如玉"的同时步入上层社会，进而实现修齐治平的政治理想。毕竟，独秉清志、刚正不阿，为天地立心，为生民立命，为往圣继绝学，为万世开太平的熠熠光辉顽强地照亮了昏暗的封建官场。三尺学童背诵《满江红》时；发须皆白老先生讲解《出师表》时；如豆烛光下《苏武牧羊》的故事被讲书人传播时；"夜阑卧听风吹雨，铁马冰河入梦来"惊起诗人不眠之夜时，"黄金屋"与"颜如玉"则暗淡无光发生质变，家园、家国、社稷类概念则像

---

① 《马克思恩格斯文集》第 2 卷，人民出版社 2009 年版，第 608 页。

高悬的新鲜太阳般冉冉升腾，普照大地，温暖百姓，延续国祚。

孟子从生命需求和延续的角度上，肯定了家园意识。"丈夫生而愿为之有室，女子生而愿为之有家"（《孟子·滕文公》下）。儒家思想中，生命要一代代传承，悠久福寿，安居乐业。和平、宁静、充裕、悠久、孝亲等成为中国人的伦常感受和价值追求。孟子还描述了天下太平时的幸福家庭生活模板，"五亩之宅，树之以桑"，"百亩之田，勿夺其时"（《孟子·梁惠王》上）；"人人亲其亲，长其长而天下平"（《孟子·离娄》上），因此，反对无休无止的劳役，向往安静、和平的家园人生是中华诗词的理想和传统。

这个传统从《诗经》就开始了。《王风·君子于役》就表达了暮色苍茫中的真情流露："君子于役，不知其期，曷至哉？鸡栖于埘。日之夕矣，羊牛下来。君子于役，如之何勿思！"黄昏时分，夕阳余晖下，一切归于恬静。丈夫服劳役去了，不知道什么时候才能回来？炊烟袅袅，牛羊归栏，农人聚集闲谈，丈夫犹在远方，叫妇人如何不思念和牵挂？但愿他在外不要忍饥挨饿。日出而作，日落而息，这是农耕社会的根源之美和生命节奏，唯美安宁。《国风·卫风·河广》云："谁谓河广？一苇杭之。谁谓宋远？跂予望之。谁谓河广？曾不容刀。谁谓宋远？曾不崇朝。"宽广的黄河一苇便可飞渡，遥远的宋国一个早晨便可到达。古老的思乡之情、对友人恋人的思念之情在时间、空间面前出现了真、幻交错。心理上的时空和现实的时空中，人们跨越黄河，扁舟飞渡，这只能说明，离开家园的诗人是漂泊的游子。

对黄昏的这种眷恋和难以消遣的情绪是中国诗人的家园情怀，到唐朝更加凄美感人。白居易有"辽阳春尽无消息，夜合花前日又西"（《闺妇》）；李商隐有"楼上黄昏欲望休，玉梯横绝月如钩"（《代赠》）；韩偓有"花前洒泪临寒食，醉里回头问夕阳；不管相思人老尽，朝朝容易下西墙！"（《夕阳》）等，至于小令、词、曲中的黄昏情绪就更多了。这种黄昏情绪上升为对和谐、安宁生活的永恒诉求。其中的道理显而易见，家禽和鸟雀尚知归巢，写物即写人，外出的人何时回家？包括后世一批批被贬谪、流放、外派的诗人。回到父母、妻子身边的那个温馨的家，回到政治舞台的中心，更靠近皇权得到赏识，施展才华是大多数诗人的政治愿望。然而，在家国同构的模式下，内心愿望得偿是机缘巧合的事情，没有规律可循。

家的和平、安宁投向国家、社会则体现了士大夫天下安定和忧国爱国之情。人与社会之间关系的起点是家，《礼记》云："君子之道，造端乎夫妇，及其至也，察乎天地。"儒家化家为国的文化即要将亲亲长长的血缘关系推及天下。《周易·序卦传》云："有天地然后有万物，有万物然后有男女。有男女然后有夫妇。有夫妇然后有父子。有父子然后有君臣，有君臣然后有上下，有上下然后礼义有所错。"因此，士大夫们的生命、感情与国家社会紧密相连。

屈原忠而被谤，流放于家国之外，以《离骚》明志。"国无人莫我知兮，又何怀乎故都！既莫足与为美政兮，吾将从彭咸之所居！"屈原将家、国意识贯通为一体，最终为家、国共存亡。一己小我是个人家庭的温煦之情，国家民族是庄严圣洁之情，家国同构把中国人的政治情节人伦化、生命化。治乱兴衰不是个人的事情，而成为生命的真实由衷的需求，自然而然，天经地义。韩愈《次邓州界》中有"潮阳南去倍长沙，恋阙那堪又忆家"。理性的政治意识和感性的情感欲求互融互通，让诗人在家国承压之下情难自抑，错综复杂。

唐末、南宋或晚明时代，国破家亦亡。家非家，国非国，直面这种现实，诗人思乡之痛苦，忧国之痛苦越来越深，字字泣血，家国的时代音调普遍低沉。宋末元初汪元量《潼关》有"事去空垂悲国泪,愁来莫上望乡台"之怨诉;戴复古《江阴浮远堂》有"最苦无山遮望眼,淮南极目尽神州"的不忍望;萧三立《茶陵道中》有"西来无道路,南去亦尘沙。独立苍茫外,吾生何处家"之叹息等,无一不是对于家国家园的殷殷呼唤。诗人们关于家国、乡关、人伦的咏叹、和平与宁静的向往最终指向的是儒家的仁政,传达的是"推己及人"和"心心相通"的精神情感。中华诗词不仅仅是文学,而且是浸入中国人骨髓里的文化基因,因此,作为美学的一种诗性存在,诗词的人文意味广大深长,缠绵悠久。

第六章　文风文脉：不同时代和质白奇崛

49. 唐诗的繁荣

任何事物的出现和事件的发生都有因果和内在关系。自然，唐诗的繁荣不是无缘无故的。

政治开明，经济不断得到发展。农民起义推翻了隋朝的暴政，高祖李渊亲自参加和目睹了统治者的横征暴敛对民间的伤害，不得人心即便得到天下终究也无法维持长治久安。"除隋苛禁"、实施"均田法"、轻徭薄赋、从谏如流等让唐王朝政治清明，社会趋于稳定，百姓休养生息，经济上也取得了长足发展。一个突出的例证就是土地和人口的稳步增长，《新唐书·食货志一》记载："贞观初，户不及三百万，绢一匹易米一斗。"贞观四年（630），情况就发生了很大变化，"马牛被野，人行数千里不赍粮，民物蕃息，四夷降附者百二十万人。"牛马可以随意放牧，老百姓出去旅行数千里也不用带干粮，货物充足畅顺，四方蛮夷族群纷纷降服附庸于朝廷。贞观之治和开元盛世就是这种景象，应该说社会生产力得到了恢复，一切都预示着一个强大富裕王朝的开始。

《资治通鉴》卷二百一十四记录了唐玄宗开元二十八年（740）

第六章　文风文脉：不同时代和质白奇崛

的人口鼎盛状况："是岁，天下县千五百七十三，户八百四十一万二千八百七十一，口四千八百一十四万三千六百九。"诗人杜甫念念不忘当时的盛况，在《忆昔》中，杜甫回忆道："忆昔开元全盛日，小邑犹藏万家室。稻米流脂粟米白，公私仓廪俱丰实。"农业丰收，粮食储备充足，手工业和商业贸易发达，商贾车辆络绎不绝。不仅如此，社会治安也不错，"九州道路无豺虎，远行不劳吉日出。齐纨鲁缟车班班，男耕女桑不相失。"没有寇盗横行，路无豺虎，旅途平安，男耕女桑，友善融洽，各得其所，一派太平祥和。

政治开明商业繁荣带来了思想自由开化和人才辈出的广阔空间。每一个时代的人只能受限于自己当时代的物质条件，无法逾越。当社会给人们提供了可能的闲暇，一定程度上放开了思考探索的桎梏时，再佐以个体的好奇心和求知欲，艺术与科学等才有竞争迸发的可能。这是符合唯物史观的基本看法。

唐代知识分子可以求仕途，可以从事书法和绘画等业余活动。以前不是这样。

汉代不是这样。"市井之孙"是不能求仕的，推荐是贤良人才得到瞩目和任用的主要渠道。汉武帝元光元年（前134）察举制有了比较完备的选才标准和考试办法。区别于先秦的世官制，察举制主要是由地方长官在辖区内随时考察、选取人才并推荐给上级或中央，经试用考核再量才任命。当时察举的主要科目岁科有孝廉、茂才（秀才）、察廉（廉吏）、光禄四行；特科中有贤良方正、贤良文学、直言极谏、孝悌力田、明经、明法、明阴阳灾异、勇猛知兵法等。对士子而言，我们要画出的重点那就是孝廉和贤良方正。董仲舒就是建元元年（前140）由基层推荐，汉武帝亲自策问从儒生中选出来的才俊。

魏文帝曹丕时有改变，陈群提出并由统治者采纳，实行了"九品中正制"。这一制度上承两汉,下启隋唐,具体就是由特定官员,按出身、品德等多个标准考核民间人才,分为九品录用。九品中正制度一定程度上澄清吏治,缓解了中央政府与世家大族的紧张关系。可往往一个政策走着走着可能就会偏离初衷,魏晋时期的士族实力强大,多元标准到后来只看重出身,导致"上品无寒门、下品无士族",民间英才无法得到拔擢,士族始终在朝堂上把持着国家决策权。

  隋统一后对人才选拔制度有探索,士子们经过推荐可以参加皇帝组织的考试。学者们也并不认为明经、进士科举制度起源于隋。① 王朝短命,统治者性格多疑心胸狭窄,锐意改革进取的斗志逐渐丧失,反而横征暴敛,民怨沸腾加剧。优秀的诗人艺术家并不多。隋代艺术成就最高的诗人是大臣薛道衡了。薛先后仕北齐、北周,隋朝任司隶大夫,称薛司隶。薛道衡曾作《昔昔盐》一诗,其中"暗牖悬蛛网,空梁落燕泥"成为传诵名句。不能说薛道衡因诗得祸,但其负才恃旧、狷介忠直而不被隋炀帝杨广所容,609 年被捕自尽。据说临刑前,炀帝曾问他:"更能作'空梁落燕泥'否?"嫉贤妒能到如此地步,因此隋代人才选拔制度没有出过更多很优秀的人才,也就不奇怪了。

  唐代开始对科举制有了进一步的完善。一般认为科举作为一种制度正式形成和巩固是在大唐。具体表现为一是投牒自应,读书人都可自行报名参加考试,不必非要先由官吏推荐。这其实是给社会底层优秀人士进入国家治理阶层开通的一个正常通道,能有效优化人才结构,缓解社会矛盾。当时的平民,科举及第者,现任或罢任官员都可以参加,可谓英雄不问出处。二是考试定期举行。唐朝科举"省试"一般由礼部负责,每年春天在长安举行,盛况空前。三

---

  ① 科举制首创时间有汉朝、隋朝、唐朝多种说法,主流观点是隋开创,唐继承并完善至清。

是考试制度完善，程序严格。常设的科目有秀才、明经、俊士、进士、明法、明字、明算、一史、三史、开元礼、道举等，武则天时代还推出武举。明经科在玄宗开元二十五年（737）加试时事政治，也就是读书人要针对国家现实问题，提出解决思路和办法，引导考生从故纸堆中爬出来，关注社会。玄宗时，诗赋成为进士科主要的考试内容，在位期间，他曾在长安、洛阳宫殿八次亲自面试，录取了很多才子。宋代科举规模远超唐朝，统治阶层兴教办学，提倡读书，造就了一批大学者、词人、诗人，文坛兴盛繁荣。宋词、宋诗、宋散文乃成为整个宋代社会重文、尚理、崇雅的风尚特征。

一项制度、一种文明的形成与实现绝非朝夕之功，需要长久的历史进化和持续完善。科举制是封建社会中尽可能公平的一项人才选拔制度，是后世文官制度的起源。一个国家追求政治清明、人才辈出、海晏河清的理想状态将是一个漫长的进程。事物的运行和发展结果远没有当初设想的那样简单，制度完善的漫长过程完全可能跨越我们的生命长度。

人的一生是短暂而有意义的，相应地，一种制度、一种文明在人类历史的进程中引领风骚也只是一个阶段。盛唐文明初期的开明纳谏，赵宋社会经济的多元、士人政治的积极入世，元朝的扩张等特征出现也不是无缘无故的。其中的积极因素会延续到后世，这是文化的传承（当然包括其涵化和濡化）。在当时是石破天惊的变化，长期看在历史长河中只是发展的一瞬。抚今追昔，我也时常替生活在五代十国、魏晋南北朝、晚明、晚清等社会阶段的文人士子、凡夫俗子和社会众生而扼腕长叹！在那样一个昏天黑地中，我们的古人如何忍受专制、昏聩、糜烂、党争、不公、不正、不明、不一，等等！历史的进步总是以恶的呈现为代价，总有人会成为制度的受益者或牺牲品。

寒士通过科举参加政治是社会的进步，标志着社会的解放和个性的自由。"旧时王谢堂前燕，飞入寻常百姓家。"刘禹锡的诗歌也证明了文学从半贵族的宫体文风接近朴素平实，让人耳目为之一新，这是社会风尚的新变化。

科举文化与唐诗的繁荣之间不无关联。

大诗人王维是玄宗开元九年（721）的状元。据说王维高中状元离不开玄宗妹妹玉真公主的推荐，可依照王维的诗赋才华当不起吗？《山居秋暝》诗中有画，画中有诗："空山新雨后，天气晚来秋。明月松间照，清泉石上流。竹喧归浣女，莲动下渔舟。随意春芳歇，王孙自可留。"玉真公主推荐能写出这样诗歌的作者，不能算违规吧，推举人才倒差不多。

旷达不羁又好酒的贺知章是武则天证圣元年（695）的状元，这一年，他正值36岁的风华之年。要知道，贺知章长寿到86岁，这在中国古代是罕见的。开元十三年（725）66岁的贺知章担任礼部侍郎、集贤院学士。后来他还调任太子右庶子、侍读、工部侍郎。738年改官太子宾客、银青光禄大夫兼正授秘书监。也就是说贺知章长时间是太子的老师。744年是他生命的最后一年，他因病申请求还乡里，获准离开长安返回浙江绍兴时唐玄宗以御制诗赠之，皇太子率百官饯行。返回家乡后，欣然写下《回乡偶书二首》，其一云："少小离家老大回，乡音无改鬓毛衰。儿童相见不相识，笑问客从何处来。"可不是，五十多年前离开村子，到了86岁才回来。贺知章返乡之程一路山高水长，环境熟悉而陌生，村子里迎面而来的儿童笑嘻嘻地打招呼，想起同时期的玩伴大多不在了，自己安享高寿且沐浴浩荡的皇恩，一种别样的辛酸和幸运浮上心头，低回沉思愈加伤感。其二云："离别家乡岁月多，近来人事半消磨。唯有门前镜湖水，春风不改旧时波。"物是人非，只有门前的镜湖水依然波光粼鄰。内心的波澜不同于湖水的波澜，同是登临大雁塔，千年之后的人们只是抚今追古，慨然古人之艰难和今人之幸运吧。

唐沿用了隋代考试制度，打破了魏晋以来"上品无寒门"的贵族地主垄断制度。李世民登基后，在长安设立国子学、太学、四门学、书学、律学，后又令各郡县普遍设学，国家设立宏文馆、崇文馆，是为"六学二馆"。"六学二馆"的学生一度达到八千多人，大多数名额还是为贵族子弟所占，但毕竟四学中有了八百多名庶族子弟，聊胜于无，开风气之先。李世民执政期间，虽然考试科目以经、策为主，但是礼部、吏部考试先后进行，士子们多以诗文谒送当道名流，文风自盛。诗歌最容易显露才华，"元和天子丙申年，三十三人同得仙。袍似烂银文似锦，相将白日上青天"，孤寒士子们摇身一变，闯入了仕途。高宗李治即位后，考试内容加入了诗赋，兀兀穷年，士子们以诗文的形式被李唐王朝笼络到了政权范围。李世民见到新进士步入端门，喜形于色："天下英雄，入吾彀中。"这实际是笼络政策开花结果的本质心态。"楷书四大家"之一的柳公权曾是宪宗元和三年（808）的状元。王维、孟浩然、岑参、白居易、韩愈、柳宗元等无不是通过科举取士的方式进入仕途的。考试重文赋是笼络庶族力量，扩大统治根基的需要，诗道勃兴是随之而来的副产品。

中国是诗歌的国度，在唐代，诗成为社会生活的主体，史无前例地出现了诗的生活化和生活的诗化。社会生活、文学、才子、文人交往、科学著述、文学批评等均以诗歌为主，这是符合唯物史观的基本看法。

50. 盛唐诗与晚唐诗

"潮平两岸阔，风正一帆悬。"这是盛唐。"鸡声茅店月，人迹板桥霜。"这是晚唐景象。介于两者之间的，如"风兼残雪起，河带断冰流"，属于中唐诗歌。

明代学者胡应麟在《诗薮》内编中分析评价"兴象风神"这一命题时，认为汉诗更注重"兴象"，而用"风神"来评价唐诗更合适。"盛唐绝句，兴象玲珑，句意深婉，无工可见，无迹可寻。中唐遽减风神，晚唐大露筋骨，可并论乎？"实质上，"风神"是指好诗应具有的神韵风华，类似严羽笔下的"兴趣"。

玄宗开元初诗人王湾往返于吴楚之间，本是洛阳人的他喜爱江南秀丽山水，其诗《次北固山下》为最有名。"客路青山外，行舟绿水前。潮平两岸阔，风正一帆悬。海日生残夜，江春入旧年。乡书何处达，归雁洛阳边。"北固山位于今江苏镇江，诗人一路向东，当客舟经临北固山时，春潮涌涨，江水浩渺，水面似与江岸持平，夜风顺和，一帆高悬，天色欲晓。潮平无浪，风顺不猛，江水碧绿，两岸空阔，在这个晴朗的春天残夜，一轮红日已从海平面冉冉升起，岁暮腊月，旧年尚未完全逝去，时序交替中，北归的大雁是要经过故乡洛阳的，雁足传书，能代为诗人问候一声家人吗？全诗一番盛唐景象，红日东升，辞旧迎新，自然朴实，雄壮浑厚，一切都是那么自然贴切。一年将尽，一夜将尽，思乡中没有客愁，一时的感受其实是盛唐气象的象征。

当时的宰相张说将"海日生残夜，江春入旧年"两句写成对联，挂在宰相"政事堂"中，可见他对这两句是如何推崇。王湾是从初唐过渡到盛唐的诗人，其诗中春意盎然，喜悦欢快，壮丽开阔跃然纸上，末句大雁传书，其实想要传达寄送的是自己在江南的好心情。这首诗作于开元初年，唐玄宗刚登基，万象更新，耳目一新，统治者励精图治，国家的春天和大自然的春天同时到来了，欣欣向荣。非盛唐不能如此。

第六章 文风文脉：不同时代和质白奇崛

　　晚唐"花间派"鼻祖温庭筠出身于没落贵族家庭，恃才不羁，屡试不第，终生潦倒。大中十三年（859），温庭筠自长安出发，经商山赴襄阳投奔徐商，有诗《商山早行》，诗云："晨起动征铎，客行悲故乡。鸡声茅店月，人迹板桥霜。槲叶落山路，枳花明驿墙。因思杜陵梦，凫雁满回塘。"商山，是今天陕西商洛市山阳与丹凤两县辖区交界处的一座山。黎明时分，诗人踏上征途，还一心思念故乡。温庭筠长期居住长安杜陵地区，这里的故乡当指杜陵。此次外出对温庭筠属不得已，年近五十为生计出任县尉，诗人心理上是有些怯意的。毕竟"在家千日好，出外一时难"。鸡鸣时分，残月未落，诗人便趁早收拾行装，启程上路了，离开茅草覆盖的旅店，木板桥上足迹踏乱了早霜，还真是"莫道君行早，更有早行人"。槲树的干枯叶子在冬天并不会落，只有在开春发芽的时候才大量落下，因此落满山路的槲叶表明时令上是早春。枳树是一种落叶灌木，在早春的时候会开白花，淡白的枳花争相开放在驿站的墙边，格外显眼。商山春早，想来故乡杜陵也是春天里的一派美景。昨夜梦中，回塘水暖，野鸭子和北飞的大雁嬉闹在明净的池塘，自得其乐。

　　余恕诚先生从季节角度评价这两首诗时说道："《次北固山下》写于冬残，但感受到了春的萌动；《商山早行》时值仲春，反见寒霜落叶。"读这两首不同风格描写行旅题材的诗，诗人王湾站在船头，视野开阔；而温庭筠满目槲叶、枳花、板桥，抬头才见驿墙、残月。

　　诗歌的盛唐气象其实不必然是歌颂时代、粉饰太平，只是在笔力上的雄壮和气象上的浑厚。在内容上，一方面是希望抓住时机，建功立业；另一方面当理想和现实遇到矛盾时，以充沛的感情抒发胸中的怨怼之气。李白"大鹏一日同风起，扶摇直上九万里"、王维"济人然后拂衣去，肯作徒尔一男儿"等不能等同于一般的个人名利追求，而是要用激动昂扬的信心去济世报国。岑参"小来思报国，不是爱封侯""花门楼前见秋草,岂能贫贱相看老",高适"穷达自有时,夫子莫下泪"也表达的是诗人不甘愿贫贱,而是要在建功立业中实现济世抱负,功成拂衣去,不是真爱封侯的。一个宏大宽容的社会提供给人自我价值认定和乐观浪漫的心态,更主要的是培养了人坚韧的信心,只要机会合适,中下层文人一定会有出头晋升的机会。因此,盛唐诗歌即使怨怼,也不颓唐,而是在较高层次上展开的一种精神追求,理想张扬,气度非凡。

当然,从艺术技巧而言,善于用意象表达空间是唐代诗人以至于后世大家们的一种娴熟运用而已。温庭筠之"鸡声""茅店""月""人迹""板桥""霜",只是对六种意象的并列,其间没有动词作为衔接。这让我们想起王维的《田园乐七首》其五:"山下孤烟远村,天边独树高原。一瓢颜回陋巷,五柳先生对门。"前两句十二个字总共写了六个意象,且空间关系都不固定,给予读者巨大的想象空间,是王维"诗中有画"的典型代表。"元曲四大家"之一的马致远之《天净沙·秋思》就更是一口气用了九个意象并列地表达空间感。"枯藤老树昏鸦,小桥流水人家,古道西风瘦马。夕阳西下,断肠人在天涯。"悲凉凄惨、孤独无助成为瞬间的空间感受。除意象并列之外,要仔细品读王维诗中的画意,还要顾及他在艺术上善于用点、线、面、色的空间构图技巧,以及从不同角度用散点透视、移步换形的国画手法表现同一个事物的技巧。前者如"大漠孤烟直,长河落日圆""渡头余落日,墟里上孤烟"等都是用了点、线、面的有机构图,后者如"太乙近天都,连山到海隅。白云回望合,青霭入看无。分野中峰变,阴晴众壑殊。欲投人处宿,隔水问樵夫"则是从仰望、远眺、反顾、近观、俯瞰的角度表现了终南山之高之大、之云雾缭绕、之空旷。

51. 盛唐之音

酒酣耳热之际的盛唐之音为我们所熟知。岑参于天宝十三年（754）赴西域途中经过甘肃凉州（今武威），写下了著名的《凉州馆中与诸判官夜集》。记得有一年暑期，我在甘肃武威一家酒店的迎宾墙上看到这首诗，那恣意汪洋的草书笔法和室外即将降临的夜幕、晚风，吟诵起来行云流水的感觉，恍惚感觉到进入宴会厅，仿佛岑参就在里面一样，让人荡气回肠，惆怅满怀。其诗云：

> 弯弯月出挂城头，城头月出照凉州。凉州七城十万家，胡人半解弹琵琶。琵琶一曲肠堪断，风萧萧兮夜漫漫。河西幕中多故人，故人别来三五春。花门楼前见秋草，岂能贫贱相看老。一年大笑能几回，斗酒相逢须醉倒。

天宝十年（751），岑参曾驻停凉州，他当时的身份是武威太守、安西河西节度使高仙芝幕府掌书记。三年后岑参又来到凉州，这次是要赴北庭都护封常清幕府任判官的，他和众多同僚在驿馆相聚，夜宴中唱出了这首响亮的盛唐之音。安西和北庭是唐朝政府设在西域，统管天山南北广大区域的最高军事、行政机构，确保了领土完整、经济繁荣和文化交流。三十三岁的岑参和其他众多的唐朝诗人一样，生来都是立志要做大事的。生逢盛世，大丈夫建功立业，何惧远离故土！杜甫《渼陂行》中曾说到岑参的性格，"岑参兄弟皆好奇"，岑参毅然投笔从戎，主动选择飞沙走石和狼烟呐喊，在奔赴西域的途中，以新奇的眼光俯视着凉州城，用生花的妙笔豪迈的情怀描绘着边塞特有的奇俏粗犷、热烈刺激。

挂在城头的月亮还在继续爬升，银光照耀着凉州这个繁华的西北重镇。歌舞升平，一片琵琶声。少数民族多善弹琵琶，凉州城荡漾着浓郁的边地情调。河西幕府宴会上的琵琶动人心弦，风紧夜深之际，岑参和三五年未见的朋友们开怀畅饮。楼下又见秋草，故人们岂能依然在贫贱中老去呢？岁月催人，大家互相勉励，要尽快建功立业！宴会上不时地爆发出大笑声，这样的欢聚，这样的大笑，一生中也难得有几回，老朋友们在茫茫大漠相遇聚会，不正是坚信"功名只向马上取"吗？不正是希望成为改变历史、报效国家的"真是英雄一丈夫"吗？珍重友情，挥洒青春和激情，能不享受美酒为之大醉吗?!

时光流逝，可是未来可期；贫贱卑微，这些都是暂时的；大笑醉倒，下次重逢得有杰出的成就，方不负优秀的我们。非盛唐人不能如此。

从诗歌中，我们看到依然春光无限的盛唐长安美景。"柳色黄金嫩，梨花白雪香。""寒雪梅中尽，春风柳上归。宫莺娇欲醉，檐燕语还飞。""只愁歌舞散，化作彩云飞。""烟花宜落日，丝管醉春风。""笑出花间语，娇来烛下歌。莫教明月去，留著醉嫦娥。""今朝风日好，宜入未央游。"这是天宝二年（743）李白遵照皇帝唐玄宗的命令所作的《宫中行乐词八首》中的句子。李白一生大约只在长安居住了短短三年时间，可留下了许多故事和感慨。玄宗本意是要李白粉饰宫中太平盛事的，李白在遵照皇命书写良辰美景、赏心乐事的同时，为我们描绘了盛唐初春的美景。杨柳嫩芽，梨花雪白，不见寒梅傲雪，唯有春风拂面，宫莺娇啼，燕子呢喃，落日烟花，丝管齐鸣，玉树斜影，春风骀荡，宫中的美人们在花间谈笑歌唱，明月啊，莫要归去，人们还要邀请嫦娥一起共同欢歌醉舞呢。这样的好风光，还是要到未央宫再去游乐。李白诗歌展现了国家强盛时期统治阶级的欢乐心理。

李白当时作为翰林供奉，这首组诗中对皇帝享乐的讽喻今天我们看起来一目了然，天才诗人的苦心孤诣大约抵不过"飞燕"们的一颦一笑。"文可以变风俗，学可以究天人"，李白的理想在残酷的现实面前是如此不堪一击。一个封建王朝的鼎盛时期，励精图治被束之高阁了，诗人的微言大义在花团锦簇中成为文人弄臣的一根根软刺，统治者不愿意看到罢了。可是，透过诗歌的里里外外，我们还是看到了盛唐初春的一派秀丽美景。非盛唐时代不能如此。

盛唐读书人秉承了初唐读书人的开放进取情怀，愿意外出闯天下，甚至投笔从戎。王勃送友人杜少府到蜀州上任，勉励他处处都是大唐的美好江山，重要的是我们心心相印，志向相同，"海内存知己，天涯若比邻"，送别的消极悲观变成了豪迈旷达。面对"烽火照西京"，杨炯《从军行》中"心中自不平"，进而"宁为百夫长，胜作一书生"。冲锋陷阵，建功立业，战鼓咚咚，风声呼呼，为了国家，人们愿意走向战场。王维《少年行四首》中也有"孰知不向边庭苦，纵死犹闻侠骨香"的呼喊。高适《送李侍御赴安西》中把友人之间无限的心事融入一杯酒中，勉励对方不要惆怅，到边关猎取功名，"功名万里外，心事一杯中"，"离魂莫惆怅，看取宝刀雄。"这些边塞诗慷慨激昂，气势豪迈，虎虎生威。气势雄壮甚或有杀伐之音，非盛唐不能如此。

唐王朝完成统一，开创了"开元之治"和"贞观之治"，清平富庶，军威远振，即便安史之乱后，经济也没有陷于停滞。生于大唐，人们对自己的时代和民族充满自豪，民族大融合，国际交流频繁，思想学术兼容，中下层人士有了参与政治的机会，门阀士族对仕途的垄断也被打破，诗赋取士成为一种新的选拔进阶制度，远大抱负、历史责任感、使命感、献身精神空前弥漫。这是盛唐诗歌普及爆发的一个整体性前提。

52. 多彩的中唐：韩愈的险怪诗风

可以明确的是，"初唐四杰"和虞世南、上官仪、沈佺期、宋之问、陈子昂等为盛唐诗歌积累大量经验；盛唐的李白、杜甫、王维、岑参等大放异彩，步入了诗歌的黄金时代；白居易、刘禹锡、柳宗元、韩愈、李贺、孟郊等让中唐诗坛百花齐放；而李商隐、杜牧、温庭筠等让晚唐诗坛夕阳无限。明代"闽中十子"之一的诗论家高棅在《唐诗品汇》中把唐诗发展分为了初唐、盛唐、中唐、晚唐四个阶段，尽管后来的人们有争议，但这四个阶段在诗歌史中还是大体上公认的。

看看中唐的韩愈吧。其父韩仲卿曾做过县尉、县令，最终官职秘书郎赠尚书左仆射，韩愈是父亲最小的儿子。韩仲卿一生为官，有胆识有作为，关心民间疾苦，安定百姓生活，民间和官方评价很好。李白有《武昌宰韩君去思颂碑》并序传世，称赞了韩仲卿的所作所为："未下车，人惧之；既下车，人悦之。惠如春风，三月大化，奸吏束手，豪宗侧目……居未二载，户口三倍其初……官绝请托之求，吏无丝毫之犯。"李白把韩仲卿当作孔子在世："仲尼，大圣也，宰中都而四方取则；子贱，大贤也，宰单父，人到于今而思之。乃知德之休明不在位之高下，其或继之者得非韩君乎？"可惜，韩愈三岁的时候，父亲去世了。虽然祖辈、父辈的官职并不显赫，可韩愈毕竟算出身于世代官宦之家。父亲去世后的韩愈由长兄韩会夫妇抚养。大历十四年（779），长兄病逝，孤苦的韩愈由寡嫂郑氏抚养，在苦难中发奋读书，砥砺成长。

韩愈是在贞元三、四、五、七年参加四次礼部考试，三试不中，第四次方才进士及第，是"四举于礼部乃一得"，"三试吏部卒无成"，贞元八、九、十连续三年吏部释褐试皆无功而返。贞元十六年和十七年参加铨选，终于通过了第二次铨选，贞元十八年（802）春被授四门博士，803年晋升监察御史，开始了十几年的仕宦生涯。韩愈一生在长安生活了近三十年。

韩愈居住在长安城靖安里一带，其《早春》更是描写了城市的空阔与宽广，早春的一派喜人景象。"天街小雨润如酥，草色遥看近却无。最是一年春好处，绝胜烟柳满皇都。"靖安里是今天西安的小寨十字东北角一带，是名副其实的商业黄金圈，可当时却"萧萧绝市尘"，是距离皇城几条街的僻静之处。殷尧藩《经靖安里》云："巷底萧萧绝市尘，供愁疏雨打黄昏。悠然一曲泉明调，浅立闲愁轻闭门。"殷尧藩是和韩愈基本同时期的诗人，和白居易、刘禹锡、李绅、韦应物等多有往来，他对靖安里的记载应该是可靠的。韩愈《示儿》中也大致回顾了自己为购置这套宅第的奋斗史并描述了其大致布局。"始我来京师，止携一束书。辛勤三十年，以有此屋庐。此屋岂为华，于我自有余……庭内无所有，高树八九株。有藤娄络之，春华夏阴敷。东堂坐见山，云风相吹嘘。松果连南亭，外有瓜芋区。西偏屋不多，槐榆翳空虚。"庭院有树，树下有亭，亭外有菜园，微风习习，坐书房即可见终南阴岭秀美，孟郊、张籍等诗友常来常往，确是一处惬意的居所。

中唐以元稹、白居易为代表，诗风以通俗、畅达为方向，注重真实地反映现实；以韩愈、孟郊为代表，以奇崛为方向，强调不平则鸣。"楚狂小子韩退之"（韩愈《芍药歌》）热情执傲，后世的旷世高才苏轼称赞："文起八代之衰，而道济天下之溺；忠犯人主之怒，而勇夺三军之帅。此岂非参天地，关盛衰，浩然而独存者乎？"

韩愈倡导"以文为诗"和"文以载道"。具体地说，就是要用"散体"冲破"骈体"，以叙事议论的方式，夹杂口语俗语、奇怪搭配冲破抒情套式和律诗的稳定性，让诗歌散文更接近平民生活和近世文体，历史上他的这种作为得到了柳宗元、李翱、皇甫湜、吕温、刘禹锡等人的响应，称之为"古文运动"。韩愈在文艺上开辟了唐代以来的古文发展道路，纠正了大历以来的平庸诗风，受到一批人的拥护，而在政治上境遇坎坷、热衷功名、爱国爱民、正直执着却保守无帮派。他始终拥戴裴度；反对永贞革新的"二王"，对好友刘柳颇有微词；周围团结了张籍、皇甫湜、孟郊、贾岛等文士，文脉相承。

韩愈其实存在疏淡元、白的问题，白居易能感觉到。白居易在《久不见韩侍郎，戏题四韵以寄之》中说得明白："近来韩阁老，疏我我心知。户大嫌甜酒，才高笑小诗。"疏淡元稹亦有原因，估计一是元稹的风流、攀附，当时多有议论；二是元稹曾和裴度争过宰相一职；三是元、白均有贬低李白，褒扬杜甫的诗作。韩愈曾借张籍之名为李白正名："李杜文章在，光焰万丈长。不知群儿愚，那用故谤伤。蚍蜉撼大树，可笑不自量。伊我生其后，举颈遥相望。夜梦多见之，昼思反微茫。"韩愈对李白的高度钦佩仰慕纠正了当时对李白的一些偏见，而这种偏见是元稹和白居易倡导的。白居易有《李白墓》，评价李白的文章曾经惊天动地："采石江边李白坟，绕田无限草连云。可怜荒垄穷泉骨，曾有惊天动地文。但是诗人多薄命，就中沦落不过君。"元稹在《唐故工部员外郎杜君墓系铭并序》中褒扬杜甫："苟以为能所不能，无可不可，则诗人以来，未有如子美者。"并且将杜甫与大诗人李白对比，明显抑李，"时山东人李白，亦以奇文取称，时人谓之'李杜'。予观其壮浪纵恣，摆去拘束模写物象，及乐府歌诗，诚亦差肩于子美矣"。白居易之后在《与元九书》中主张文章要铺陈现实，革除弊端，即"文章合为时而著，歌诗合为事而作"，要"为君、为臣、为民、为物、为事而作，不为文而作"。白居易接着列举唐以来的诗人，认为不可胜数的诗人中间，"所可举者，陈子昂有《感遇诗》二十首，鲍防有《感兴诗》十五篇。又诗之豪者，世称李、杜。李之作，才矣奇矣，人不逮矣，索其风雅比兴，十无一焉。杜诗最多，可传者千余首，至于贯穿今古，觇缕格律，尽工尽善，又过于李焉。"

韩愈、白居易、元稹对李杜的评价中至少存在六个方面的问题需要注意，一是元白倡导了现实主义风格，元白体文风乃现实平易的需要，而韩愈文风属于中唐文风形式上突破的需要；二是对李白、杜甫"双子星"位置的认可有一个客观的历史过程；三是政治倾向和为人风格的不同，元稹为人可能有不足取之处，白居易后期也超然于党派之争，韩愈对两人的认识上存在偏见；四是李白曾为韩愈父亲韩仲卿书写了墓志铭，韩愈对李白始终存在崇敬和感激之情；五是随着白居易、元稹的人生阅历积淀更加丰厚，从而导致元、白对韩愈评价和认识上也发生了变化；六是韩愈耽心诗文，自成一派，"为业患不能精"，不愿意和人周旋，也没有心情伺候权门，交往上和元、白之间并不多，对其二人了解也不如对刘禹锡、柳宗元深透，"永贞革新"后，韩愈为刘、柳开脱，"同官尽才俊，偏善柳与刘"，信任支持刘、柳，并作《永贞行》表达对他们的同情。

艰涩险怪和平直浅易可以集中在一个人的诗文风格上，或者说不同的人生阶段上侧重点不同，且分别可以发挥到极致。元和三年（808），皇甫湜作《陆浑山火》赠韩愈，韩愈有《陆浑山火和皇甫湜用其韵》回赠，这首诗是诡谲奇异的代表。光怪陆离，读通恰似解谜。

皇甫补官古贲浑,时当玄冬泽乾源。山狂谷恨相吐吞,风怒不休何轩轩。摆磨出火以自燔,有声夜中惊莫原。天跳地踔颠乾坤,赫赫上照穷崖垠。截然高周烧四垣,神焦鬼烂无逃门。三光驰隳不复瞰,虎熊麋猪逮猴猿。水龙鼌龟鱼与鼋,鸦鸱雕鹰雉鹄鹓。炜㷶煨燼孰飞奔,祝融告休酌卑尊,错陈齐玫辟华园,芙蓉披猖塞鲜繁。千钟万鼓咽耳喧。攒杂啾嘎沸篪埙,彤幢绛斾紫纛幡。炎官热属朱冠裈,䰰其肉皮通髀臋。颓胸垤腹车掀辕,緹颜靻股豹两鞬。霞车虹靷日毂辊,丹蕤缥盖绯繙䋝。红帷赤幕罗脤膰,䀋池波风肉陵屯。谽呀钜壑颇黎盆,豆登五山瀛四樽。熙熙醹酬笑语言,雷公擘山海水翻。齿牙嚼啮舌腭反,电光磹䃁赪目瞠,项冥收威避玄根,斥弃舆马背厥孙。缩身潜喘拳肩跟,君臣相怜加爱恩。命黑螭侦焚其元,天阙悠悠不可援。梦通上帝血面论,侧身欲进叱于阍。帝赐九河湔涕痕,又诏巫阳反其魂。徐命之前问何冤,火行于冬古所存。我如禁之绝其飧,女丁妇壬传世婚。一朝结雠奈后昆,时行当反慎藏蹲。视桃著花可小骞,月及申酉利复怨。助汝五龙从九鲲,溺厥邑囚之昆仑。皇甫作诗止睡昏,辞夸出真遂上焚。要余和增怪又烦,虽欲悔舌不可扪。①

清新上口平直浅易对韩愈他们而言也非难事。韩愈之《早春呈水部张十八员外》朗朗上口,"最是一年春好处,绝胜烟柳满皇都"。韩愈的《同水部张员外籍曲江春游寄白二十二舍人》一诗是写给白居易的,雨后曲江清新如画,"漠漠轻阴晚自开,青天白日映楼台。曲江水满花千树,有底忙时不肯来"。很难相信,这些风格不

---

① [清]方世举著,郝润华、丁俊丽整理:《韩昌黎诗集编年笺注》,中华书局 2012 年版,第 354—355 页。

同的诗出于同一人笔下。其中的"最是一年春好处","有底忙时不肯来"就是日常生活中的俗语,简直不用翻译。刘叉的《偶书》同样如此平直浅易,"日出扶桑一丈高,人间万事细如毛。野夫怒见不平处,磨损胸中万古刀"。这"人间万事细如毛"亦能入诗,且置于此处,分外妥切。

韩愈的斗险生僻一定是有深层考虑的。5万首唐诗,用字艰险生僻如此的,恐怕仅此一首。韩愈为了刻意求奇求怪,大约也是下功夫查了大量唐代字书、类书。无语不奇,无字不怪,堪称一绝。但其具体含义是什么?丹麦作家安徒生曾说过:"上帝赐给我们硬壳果,但是他却不替我们将它砸开。"砸开这首诗的硬壳果,揭示出作家创作的心灵秘密是理解韩诗过程中不可回避的问题。韩愈这首诗极力铺陈火、雷、水三象,表面写山火蔓延,并将之归于离、震、坎三卦,实际则暗喻了当时的唐宪宗制衡宦官、元老、举人及考官三方政治势力的云谲波诡之势。卢仝的《月蚀诗》、刘叉的《冰柱》《雪车》均为险怪之作。唐诗到了中唐,如何超越前人?韩愈等为代表的创新探索是有益的,开拓了思路,为后人留下了取法的空间。

读到韩愈老先生这些个拗口的诗句和近一半不认识的生僻字,我们想想可能对双方都是个为难的事。朱熹先生也推崇简单的美,认为:"诗须是不费力,句法浑成,如唐人玉川子辈,句语虽险怪,意思也自有浑成气象。因取陆务观诗:'春寒催唤客尝酒,夜静卧听儿读书',不费力,好。"(《朱子全书·论诗》)朱熹用来举例的诗出自宋代陆游《题城南堂》,前两句是:"借问城南老居士,新年乐事复何如?"全诗用白描的手法,写了新年前和城南老人的对话,栩栩如生,浅显易懂,却又饱含生活气息,让人在无端烦忧中向往农家的乐趣和怡然自得。当然,李白的《静夜思》、孟浩然的《春晓》、孟郊的《游子吟》、王之涣的《登鹳雀楼》等无不如此,朗朗上口，千古传诵。

　　当代词坛大家顾随先生主张诗词写作最好要用口语，风趣慧心尽从此出。"凡古典文学而能深入人心流传众口者，皆近于口语，绝无文字障。"韩愈引领一代诗风，奇险怪癖自是出于创新突破的需要，不然在迷离繁复、魅力横生的文学史上，谁不喜浅显易懂又诗意盎然的句子呢？顾先生就有大量这样的句子，虽絮絮叨叨，然妙趣洋溢其中。如"小草都含微笑，远山自写春容""夜半谁将火种来，引起熊熊火""莫怪近来无好诗，爱神烦恼诗神病"等，无不是随手拈来，无理而妙。这些看似不费力的句子中却饱含了作者的深厚积淀，以及一定条件下的厚积薄发。

　　玉川子卢仝是韩孟诗派的重要人物之一，在诗歌用语构思方面是和韩愈有斗险怪奇的经历，如《月蚀诗》，但也有轻盈浪漫的《喜逢郑三游山》，"相逢之处花茸茸，石壁攒峰千万重。他日期君何处好，寒流石上一株松"。也有平直浅易、讽喻味道十足的《直钩吟》："初岁学钓鱼，自谓鱼易得。三十持钓竿，一鱼钓不得。人钩曲，我钩直，哀哉我钩又无食。文王已没不复生，直钩之道何时行。"可见，文无定法。

　　卢仝是"初唐四杰"卢照邻的嫡系子孙，除了《月蚀诗》之外，他的《走笔谢孟谏议寄新茶》更是写出了品饮新茶带给人的愉悦奇妙享受，第三部分为《七碗茶歌》，云："一碗喉吻润，二碗破孤闷。三碗搜枯肠，唯有文字五千卷。四碗发轻汗，平生不平事，尽向毛孔散。五碗肌骨清，六碗通仙灵。七碗吃不得也，唯觉两腋习习清风生。"破屋数间，图书满架，终日苦读，不愿仕进的卢仝狷介类孟郊，雄豪似韩愈，一生人以诗名，诗以茶名。

　　北宋欧阳修推崇韩愈的"以文为诗"，在自己的散文和诗歌创作中自觉效仿韩愈。黄庭坚云："诗文各有体，韩以文为诗，杜以诗为文，故不工尔。"张戒《岁寒堂诗话》中也说："欧阳公诗学退之，又学李太白。"后世的赵翼在《瓯北诗话》卷五中说："以文为诗，自昌黎始，至东坡益大放厥词，别开生面，成一代之大观。"实际上，韩愈一派的创新成为清流，在欧阳修等人的提倡下，总之不可逆转地影响了诗坛。韩愈的"复古"其实成为创新，在盛唐诗歌达到巅峰的时候，提出了诗歌应该怎么走的方向性问题。在诗文不同，应该两分还是诗文结合，推陈出新的道路选择上，宋代人学习韩愈，劈山开道，在文从字顺中雄厚博大，变幻莫测。

晚清举人高步瀛认为，韩愈七言律诗《左迁蓝关示侄孙湘》之颔联："欲为圣朝除弊事，肯将衰朽惜残年！"大气磅礴，即文章笔法。程千帆先生则认为韩愈所谓以文为诗，主要是以古文的章法、句法入诗和议论入诗两种表现。① 前者如《此日足可惜一首赠张籍》故意回避对偶，"淮之水舒舒，楚山直丛丛"；后者如《记梦》中的议论，"乃知仙人未贤圣，护短凭愚邀我敬。我能屈曲自世间，安能从汝巢神山"。《桃源图》中曾说，"神仙有无何渺茫，桃园之说诚荒唐"，也是怕人们把陶渊明的理想乐园当成了神仙世界，从而表明他的无神论立场等。

夕阳之后一定是朝阳，伴随着前波流水的必然是后波流水，万花纷纷凋谢只待新花盛开。文学的价值在于美的创新，生命的价值在于创造，韩愈的以文为诗和光怪陆离让美愈美，丑更丑，文学在传承中让我们心向往之，口颊留香。

53. 唐诗的亲近感

唐诗距离我们1500多年了，可我们总是觉得唐代诗人离我们很

---

① 程千帆：《唐诗的历程》，生活·读书·新知三联书店2021年版，第317页。

近。为什么？

因为唐诗真实地再现了诗人的脆弱和生活化。偶然读到了《唐诗之路》，这本书是由诺贝尔文学奖得主法国作家勒克莱齐奥和北大教授董强合著的。法国人勒克莱齐奥在董强的帮助下，深入阅读唐诗，表达唐诗对他人生、创作的影响。他作为现代人，其思想火花与古老的唐诗相互碰撞，站在外国作家的角度，把唐诗读出了不一样的味道。有必要全文引述他的一段话：

> 唐代诗人之所以跟我们如此亲近，正是因为他们的脆弱和弱点：他们有时渴望获得重要的社会地位，并且还得到了；他们经常要经历种种纷乱，他们的艺术才华与名声有时可以保护他们（也会有他们为之服务的人的保护），但归根到底他们依然是一些并不重要的人。平头百姓。他们有时因为很小的原因——同行的嫉妒，一时的任性——就被宫廷摈弃，流放，甚至被处以死刑。①

李白是我们民族敬仰的大诗人，可他也是我们眼中邻居家那个热情高昂的大男孩；是皇帝和成熟政客眼中看不清形势、好高骛远、不谙时务的"糊涂蛋"；是社会舆论看来"皆可杀"、屈从于美酒诱惑的"废人"；是前后几个妻子眼中家庭生活失败的丈夫和伯禽、平阳两个孩子眼中不常见的父亲……他的被赐金放还、他的被流放遇赦、他的与酒与月亮离不开的死亡传说等，种种故事发生在李白身上，并不奇观。可是李白眼中自己的价值何在？

宝应元年（762），李白有《临路歌》。"大鹏飞兮振八裔，中天

---

① ［法］勒克莱齐奥、董强：《唐诗之路》，人民文学出版社2021年版，第57页。

第六章 文风文脉：不同时代和质白奇崛

摧兮力不济。余风激兮万世，游扶桑兮挂左袂。后人得之传此，仲尼亡兮谁为出涕！"后世如何看待自己的价值？李白想起自己一生追逐理想的脚步从未停止，可是一辈子未能实现，而且未能才尽其用，人生如此美好，可大鹏夭折，犹如当年麒麟被鲁国捕获一样，孔子不在，谁又能为麒麟和大鹏哭泣呢？之后不久，李白辞世了。理想虽然幻灭了，可追求理想的精神和品格仍然可以激荡千秋万世。诗人化成一只奋飞九天的大鹏鸟，将永远在天空翱翔，为后世景仰。冥冥之中，李白的仰慕者，小他11岁的杜甫似乎有预感，他写了《梦李白》，"千秋万岁名，寂寞身后事"，抒发了内心的伤痛。

杜甫一生没有担任重要官职，也没有真正接近过权力。他一生没有放弃诗歌创作，在颠沛动荡中秉持对皇帝、时代和家人的责任感，见证历史，力图找到最好的词语，表达着生活的真理并将其升华，使之永恒。他为理想终生努力而无法实现；他的各种生活困境，甚至包括他的"幼子饿已卒"，让人惨不忍睹；他夫妻情深，相濡以沫，"香雾鬟湿，清辉玉臂寒"式的非审美疲劳，可爱而不遮掩等，杜甫种种，种种杜甫，像极了今天的人们。养家糊口艰难，接近成功艰难，"百年多病独登台"，知音难觅难相见，自己又始终在下层徘徊，无数次难以穿透乌云，无数次见不到阳光，生之艰难就像梦魇一样围绕着我们，杜甫老先生的悲剧人生只不过是古老的故事在今天一遍遍上演而已。

诗人就是诗人，远没有政治家那样的素养和机遇，何必苦苦追寻虚无缥缈的东西？杜牧的轻佻，一大堆的"青楼薄幸名"，"春风十里扬州路，卷上珠帘总不如"的生活，这不是一个以德治天下的政治家素养。元稹的轻薄，才华和心计，官拜宰相和《遣悲怀三首》也无法抵消后世人们对"惟将终夜长开眼"的哂笑，可是何必苛责古人？元稹的"闲坐悲君亦自悲"，元稹和韦丛的患难真情、元稹的一路升至宰相,元稹、白居易之间的生死友情,也许我们经过毕生努力可以做到,可是要求元稹和现实中的风尘女子莺莺喜结良缘,在当时不是太难了吗?今天的人们连门当户对也不能不讲究,何必苛责一个千年以前的青年才俊按照我们心目中的情感原则选择佳偶呢?

白居易认识到了一个现象,即普通老百姓与君主、郡守们之间巨大的鸿沟。日常生活的不易和现实的苦难,对社会上不同层次人的感受是不同的。花市上"灼灼百朵红,戋戋五束素","帝城春欲暮,喧喧车马度"中热闹非凡,一年一度的牡丹盛开了,名门大户"相随买花去",可是"有一田舍翁,偶来买花处,低头独长叹,此叹无人谕。一丛深色花,十户中人赋"。一丛牡丹让富贵闲人娱乐,却是中等人家十户的赋税了!老农是代表,是赋税的实际承担者,可他的哀叹无人理解。白居易以白描纪实的手法告诉我们社会不同阶层对同一现象的反差:生存状态不同,可首先是要能生存下去。在白居易这里没有将军和英雄,只有平民生存艰难。

开元二十八年(740),孟浩然和到访的王昌龄在襄阳欢宴,孟浩然因食海鲜痈疽发作而死。至德二年(757),王昌龄在六十岁的时候,路经亳州,被亳州刺史闾丘晓杀害。文宗大和九年(835),诗人、茶仙卢仝在甘露之变中受牵连被诛杀。贾岛《哭卢仝》一诗道:"平生四十年,惟著白布衣""长安有交友,托孤遽弃移。"宣宗大中末年(约858),一生处于"牛李党争"夹缝的李商隐在郁郁寡欢中病逝。

"初唐四杰"中的王勃因为《檄英王鸡》触怒高宗被逐,上元二年(675)或三年(676)渡海溺水,惊悚而死;卢照邻服丹药中毒,手足残废,长年被病痛折磨,最终投颍水而死;骆宾王仕途多舛,"哀命返穷愁",一度就连粗茶淡饭也难以为继,随徐敬业起兵失败后不知所终；唯杨炯虽坎坷壮志未酬，但在盈川县令任上卒，死得其所，算善终。具有知人之鉴的裴行俭评价道："士之致远，当先器识而后才艺。勃等虽有文华，而浮躁浅露，岂享爵禄之器邪！杨子稍沉静，应至令长，余得令终幸矣。"四子最终的命运皆如行俭所言。初唐革新人物陈子昂后来也是因为受到射洪县令逼索，迫害致死。杜甫在蜀时曾造访过陈子昂故居，他对陈遇害一事深信不疑，其《送梓州李使君之任》中"遇害陈公殒，于今蜀道怜"即指此事。

人生的幸运没有到来，可生命的脆弱无处不在，随时造访。遍寻唐代历史，我们会知道，这种脆弱有时候并不来自生命自身，往往是外在突然的变化让生命戛然而止的。"甘露之变"中卢仝偶然造访宰相王涯时被禁军抓获被杀，可同为诗人的宰相王涯亦未能幸免被腰斩的命运啊。我们再读他的《春游曲》："万树江边杏，新开一夜风。满园深浅色，照在绿波中。"还有那种惬意吗？

实际上，生活中惊心动魄、血雨腥风之类充满强大张力的日子毕竟少，更多的是平平淡淡的柴米油盐、花开花落。作为诗人而非政治家，唐代人告诉了我们更多的亲近以及如何度过更多的平常岁月，让我们平静客观地去看待这个社会和自然界。正是"问余何意栖碧山，笑而不答心自闲。桃花流水窅然去，别有天地非人间"。隐居山林的李白在自在天然的情趣和现实的矛盾心理中喜悦矜持，安闲自得，花随溪水窅然逝，笑而不答栖碧山。这是唐代带给我们的亲近感。

54. "明月直入，无心可猜"的唐代诗人

唐代诗人在诗歌中愿意直抒胸臆，较少伪饰和拘束。内心怎么

想，行为就怎么呈现，诗歌中也坦然道来，他们似乎没有顾忌到千年以后的我们如何看待。

李白是一个典型，玄宗皇帝要召见他了，兴奋溢于言表，"仰天大笑出门去，我辈岂是蓬蒿人"。虽然历史事实证明见了皇帝以后也没有想象的那样青云直上，可就是高兴，没有办法。这种激动的情绪是有些浅薄了，可绝不愿意掩饰。

白居易晚年写自己不愿意放走侍妾樊素，无奈归无奈，可还是为年轻的樊素前途着想，忍痛割爱。《长相思》让我们看到了他对其真诚的思念："汴水流，泗水流，流到瓜州古渡头，吴山点点愁。思悠悠，恨悠悠，恨到归时方始休。月明人倚楼。"

元稹对自己年轻时的一段恋情也不隐晦，对自己始乱终弃的行为如实记录。元稹写的传奇作品《会真传》（也称《莺莺传》）就叙述了自己追求崔莺莺，但考取功名后又将其抛弃的过程，晚年的元稹回忆往事的后悔在《刘阮妻》一诗中可见一斑："芙蓉脂肉绿云鬟，罨画楼台青黛山。千树桃花万年药，不知何事忆人间？"当年的恋人竟成为神一样的存在。

高适毫不避讳自己渴望成功的强烈欲望。年轻时候离开故乡河北到长安闯荡天下，名扬海内的高适自信爆棚。他在《别韦参军》中说："二十解书剑，西游长安城，举头望君门，屈指取公卿。"取得功名在他眼中是易如反掌的事。《塞下曲》中又说："万里不惜死，一朝得成功。画图麒麟阁，入朝明光宫。"可见，高适对皓首穷经的文士是看不起的，"大笑向文士，一经何足穷？"高适梦寐以求的就是用自己的雄心壮志、毅力能力谋取高位，实现治国安邦的宏图大略。

勤奋学习到底是为了什么？是要改变命运成为公卿贵族还是平静生活明智笃理？韩愈教育自己的孩子要做人上人，丝毫不避讳功利心。《符读书城南》中列举了两小无猜的两个孩子不同的人生经历:"两家各生子,提孩巧相如。少长聚嬉戏,不殊同队鱼。年至十二三,头角稍相疏。二十渐乖张,清沟映污渠。三十骨骼成,乃一龙一猪。飞黄腾踏去,不能顾蟾蜍。一为马前卒,鞭背生虫蛆。一为公与相,潭潭府中居。问之何因尔,学与不学欤。"少年玩耍的孩童犹如鱼群中的两只鱼儿一样没有分别,二十岁时大约就像路边的沟渠一样清浊分明了,三十岁时则有龙猪之分了。韩愈眼中的两个孩子多年后一定会成为昔日友人,大概率会相忘于江湖的。职业选择时一个成为马车夫,一个则成为显赫的公卿贵族。原因何在?学与不学而已。只有学而优入仕做官后,才会有话语权,不然凭什么改变这个社会?韩愈劝学的道理讲得直白惊险,但今天看来亦有动机不纯的嫌疑。没有关系,说的是大白话,讲的是真道理。

总之,从多个方面来观察,唐人的直接爽快,心地坦诚是我们所敬仰的。今天的人们在实际生活中也大多愿意与这样坦荡的人来往,不设防而且舒服得令人回味无穷。生活总是千姿百态,让人始终觉得苦难中带有美好,泪水过后是豁达和会心一笑。中国古人善于宽慰自己,在苦难中蹒跚前行,大唐一个时代的豪迈浪漫和小民的诗意栖居可以错峰存在,真的是"明月直入,无心可猜"。

55. 日常生活中的精神兴奋

士大夫的日常生活浪漫放任,有时不考虑权位、礼法戒律等的约束,更多的时候考虑的是精神的愉悦和才华的施展。杜甫天宝五年(746)初至长安,为八位善饮的名人画了一幅图像,是为《饮中八仙歌》。

知章骑马似乘船，眼花落井水底眠。汝阳三斗始朝天，道逢麹车口流涎，恨不移封向酒泉。左相日兴费万钱，饮如长鲸吸百川，衔杯乐圣称避贤。宗之潇洒美少年，举觞白眼望青天，皎如玉树临风前。苏晋长斋绣佛前，醉中往往爱逃禅。李白斗酒诗百篇（一说"李白一斗诗百篇"），长安市上酒家眠，天子呼来不上船，自称臣是酒中仙。张旭三杯草圣传，脱帽露顶王公前，挥毫落纸如云烟。焦遂五斗方卓然，高谈雄辩惊四筵。

酒醉后骑在马上的贺知章摇摇晃晃，好似乘船，路面变成了水面，憨态可掬。汝阳王李琎酒后三天才想起来去见皇帝，路上见到运酒的车辆不禁口水直流，对自己没有封在酒泉郡感到遗憾。左丞相兼兵部尚书李适之是李世民的曾孙，纯正的唐王朝宗室，他饮酒如长鲸吸百川之水一样，豪爽嗜酒。潇洒的美少年崔宗之举杯饮酒时看着天空，宛如玉树临风。蓝田人苏晋信佛，可饮起酒来往往把清规戒律置之脑后，不管不顾了。酒中八仙的主角是李白，他饮酒赋诗，醉眠酒家，天子传召也顾不得，称自己是"酒中仙"。书法"草圣"张旭酒后挥毫，脱帽露顶毫不在意；布衣焦遂酒后神清气爽，高谈阔论语惊四座。

烟火人生中纵然再伟大的诗人都要先成为一个凡夫俗子，毕竟人世间的惊鸿掠影让他们体会到不同于仕途生涯的另一种风景和乐趣。贺知章85岁了才请求退休，玄宗皇帝准许并赏赐镜湖一曲，皇太子率百官饯行，多大的荣耀也挡不住回乡退隐的迫切愿望。对旷达不羁、清淡风流的高龄高官贺知章而言，工作从来就不是生活的全部。今天的人们再努力总有回归社会和家庭的一天，写在人生边上的风景何不一路走来一路欣赏呢？陌上花开，佳人迟归，月上黄昏，红泥火炉，雨雪霏霏，微醺人生，身居长安，妙在其中。三百年之后的苏轼感叹,"使我有名全是酒",像东坡先生一样,量不大,却常饮,对酒对生活的热爱不降温,对文化的精神兴奋和追求如微醺一样始终如一,不好吗?

边塞生活的传奇化当然也是唐人精神追求的重要方面。岑参有"凉州七城十万家,胡人半解弹琵琶"句;王昌龄《从军行》"黄沙百战穿金甲,不破楼兰终不还";卢纶《和张仆射塞下曲》"独立扬新令,千营共一呼""欲将轻骑逐,大雪满弓刀"一想起来就是轻骑劲旅,雪夜破敌,三军欢呼的战斗生活传奇。晚年回忆起来,浮上诗人心头的当然也是气吞万里如虎般的豪迈。唐人唐诗多进取,宋人宋词多旷达感伤。盛唐也迥然于中唐、晚唐,将士和诗人们对战胜敌人保家卫国,慨然赴死,侠骨带香,气节犹存。

盛世大唐时代士人们的精神追求显而易见,安史之乱后社会罹难动荡,诗人们还能在世态炎凉缺少亮色的社会中发现美并歌咏美吗?美的成分依然在,唐代诗人仍尽可能地通过笔触和独特的审美处理把时代的精神追求展现给我们。杜甫在《悲陈陶》中长歌当哭:"野旷天清无战声,四万义军同日死。群胡归来血洗箭,仍唱夷歌饮都市。都人回面向北啼,日夜更望官军至。"被困长安的杜甫在这首诗中写出了长安人民对统一和胜利的渴望,对唐军的痛惜和国家命运的担忧,对胡兵的仇恨,站在历史公正的立场上,杜甫《悲陈陶》中书写了特定场景下的悲壮美。

肃宗至德元年(756)冬,不谙军务的宰相房琯信誓旦旦,亲率新招募的唐军五万人同安史之乱叛军在长安西北的陈陶斜(今咸阳东)作战,全军覆没。房琯是初唐名相房玄龄的家族后裔,因为激情和忠诚被唐肃宗授予指挥数万军团和管辖名将郭子仪、李光弼的权力。书生指挥作战惯性上多用文人,多参考前代经典战例,建功立业心切,于是,2000辆战车出现在仿佛是先秦时期的战场上。战马不足用耕牛代替,没有受过战争训练的耕牛在战鼓的噪声和敌方的火势下,掉转方向冲向自己的阵地,而驻守长安的是安禄山亲自招募的突厥和契丹铁军,溃败和大面积惨死是必然的结局。陈陶斜之战让唐军首次战略反攻宣告失败,纸上谈兵的房琯也被免去军职,成为笑谈。仗虽然打败了,可悲壮美和彻骨痛留下了,诗人在天地黯淡肃穆中抒发的慷慨悲壮和痛悼惋惜深入骨髓。

士人阶层对政治理想的追求是执着的,他们期盼有朝一日得到皇帝的赏识,而且他们认为这也不是很渺远的事情。杜甫在长安十年困顿,壮志难酬,但依然不顾忌别人的冷眼打击。参政许国的愿望还没有到最后的关头,"盖棺事则已,此志常觊觎",以天下为己任,君臣遇合积极参与朝政,而非独善其身,几乎所有的诗人在这一政治理想面前态度是普遍一致的。杜甫、李白就是其中的代表,"苟无济代心,独善亦何益?"诗人杨炯亦是在理想的推动下表现出强烈的精神追求,"烽火照西京,心中自不平","宁为百夫长,胜作一书生"。

杜诗乱离中的温存又让人们重新燃起希望,憧憬美好。时代丧乱中民间疾苦处处有,然而现实的苦难又往往与美好相互交织,冰冷与温暖在一起的时候色调丰富了,情感体验更复杂了。杜甫既有"夜深经战场,寒月照白骨"的冷峻悲凉,更有"夜雨剪春韭,新炊间黄粱"的短暂温存,这种泪水中的微笑在乱离的大背景下愈显生活本色。悲伤中的温暖都是生活的真实存在,关键看诗人能不能发现,或者用什么样的手法来呈现。

杜甫用客观沉郁来记录美,不同的是李商隐对美的叙述不乏温暖,总是带着一些寂寞幻想感甚至哀婉执着。"何当共剪西窗烛,却话巴山夜雨时",雨帘冰冷,未来的前景却诱人。"夕阳无限好,只是近黄昏",美好匆匆而逝,一曲挽歌传承千年的是诗人对长安城乐游原落日晚景的咏叹。"春心莫共花争发，一寸相思一寸灰""春蚕到死丝方尽，蜡炬成灰泪始干"等，读这样的句子，我们可能要被诗人震撼到了，大约自己再怎样努力也写不出这样惊天的句子来。同样场景和语言，我等亦是有精神追求的人，但可能深深自惭，自己不是李商隐那样的凄丽哀伤的深情派诗人，更主要的是没有那样一颗敏感的心灵和无法掩饰的才气。

豪壮开阔的胸襟和坚毅奋进的勇气是唐代诗人留给我们的精神财富。长安是当时的政治中心，诗人们未到长安向往长安，离开长安思念长安，身居长安热爱生活、积极参政，围绕长安的精神生活其实透过千年历史，辉映当代。观察一个人的精神状态，既要看顺境时表现，更要看逆境时的表现。顺境时飘飘然，逆境时惶惶然均不妥。天宝年间的李白受排挤离开长安，政治抱负无法实现，漫游于友人和山水间。置酒会友以浇心中块垒是李白的人生快事和生活日常。《将进酒》是这一时期心态的典型呈现。王之涣弃官回乡，漫游访友的途中写下了"白日依山尽，黄河入海流。欲穷千里目，更上一层楼"的佳句，身处失望可绝不沉沦，全诗通俗易懂，"景入理势"，气吞山河。诗忌说理也并非绝对，关键看哲理是如何实现"随风潜入夜，润物细无声"的，因而天衣无缝总是胜过生硬枯燥。

56. 杜甫和李因笃的《秋兴》八首

今天很多人已经不大关注李因笃了，即便在关中知道李因笃的人也不是很多了。不大关注清初理学的一个人物，这只是一个现象，但这个现象并不代表这个人物不曾存在或者其人格不伟岸、文章不精妙。富平李因笃和周至李二曲、眉县李雪木并称关学的"关中三李"。李因笃还与周至李二曲、华阴王山史、三原孙豹人，被王渔洋誉为"卓然自挺于颓俗之表",不受清廷笼络的"关中四君子"。清王士禛《池北偶谈·四布衣》云:"上尝问内阁及内直诸臣以布衣四人名,即富平李因笃、慈溪姜宸英、无锡严绳孙、秀水朱彝尊也。"四布衣文学成就各不相同。李因笃以诗见长,最善五言排律,激楚凄凉,被曹溶推为一代之首。四个诗人都是清初以布衣召试博学鸿词科的,时人称他们为不涉仕途的华夏"四布衣"。从"关中三李"、"关中四君子"、华夏"四布衣"的称谓来看,李因笃的确值得关注和研究。

李因笃是生活在明崇祯至清康熙年间的关学传人,先祖自金元时期从山西洪洞迁居陕西富平。其父李映林是明儒冯从吾的得意弟子,1634年4月病亡,时27岁。1634年7月,深受百姓爱戴的李自成农民起义军攻占富平,李家居住的韩家村亦被团团包围,李因笃祖母在忠君思想的束缚下率家族81人集体自焚。年仅3岁的李因笃当时和母亲、弟弟去了外婆家躲过一难。此后,天资聪颖的李因笃在母亲教诲下,潜心研学。

崇祯十七年(1644),明朝灭亡。13岁的李因笃感念亡国之痛,立志反清复明。顺治五年(1648),18岁的李因笃外出游学,见山河依旧而朝服已改,蓄发留辫,内心思想故国家园,感慨万千,仿杜甫《秋兴八首》作诗八首,以抒胸臆。

杜甫《秋兴八首》是诗人寓居夔州(今重庆奉节)时所作,表达了诗人居远地而思长安的强烈情感。面对巫山巫峡的秋色,诗人"孤舟一系故园心";身处夔州孤城,夕阳西下,诗人"每依北斗望京华",夜不能寐,人生暮年,卧病秋江,听闻猿啼潸然泪下;夔州的晨曦,空气清明,江天一色,宁静的外表之下诗人有志难酬,"同学少年多不贱,五陵衣马自轻肥";《秋兴八首》第四首中,诗人更是回忆了当年大唐政治、边境和朝堂上人事变动和一系列的不安定,

"闻道长安似弈棋,百年世事不胜悲。王侯第宅皆新主,文武衣冠异昔时。直北关山金鼓震,征西车马羽书驰。鱼龙寂寞秋江冷,故国平居有所思"。离开长安久了,可当时的政局像下棋一样反复不定,战争频繁,纲纪崩坏,国运衰退之下自己在庸碌中过着平常的日子。从《秋兴八首》前四首,可见,杜甫一生的颠沛流离伴随着唐王朝的由盛转衰,诗人在时光蹉跎中始终壮志难酬。杜甫一生不乏忧国忧民的情怀和"夜雨剪春韭"式发现温存的柔软心灵,长安作为政治舞台的中心,他曾居住十年而今却望而不得,即使身处遥远的夔州也不能平息内心深处的一声叹息。

回想在长安的岁月,杜甫庆幸自己上过早朝,见识过长安宫殿的威严壮丽,"东来紫气满函关","日绕龙鳞识圣颜";《秋兴八首》第六首中杜甫回想起帝王在花萼楼和芙蓉苑歌舞游宴的盛况,"花萼夹城通御气,芙蓉小苑入边愁",繁华已逝,"回首可怜歌舞地,秦中自古帝王州"则隐含了对当权者的斥责;当年的唐长安国力昌盛,壮丽雄阔,城西南的昆明池曾演习水兵,旌旗飘扬,"昆明池水汉时功,武帝旌旗在眼中",可现在自己身居夔州,遥望长安,崇山峻岭阻隔下,飞鸟可通,只恨人无双翼,所谓"关塞极天惟鸟道,江湖满地一渔翁",杜甫深感一生江湖飘零,苦无归宿;《秋兴八首》第八首则纵览了自己和三五好友同游长安美景的诗情豪意,终南山下的上林苑、帝王出行的御宿苑、源出终南山的渼陂湖、倒影映入湖面壁立千仞、紫气氤氲升腾的紫阁峰都成为笔下的美景和心中的记忆,"彩笔昔曾干气象,白头今望苦低垂",如橡彩笔描绘了万千世界和自己受到玄宗皇帝赞赏的乐事,可如今也只能白首低头哭吟忆长安。

杜甫《秋兴八首》凡八首诗结构严密,内容连贯,身居夔州思念长安,因秋而感发,悲壮苍凉,代表了他晚年的思想感情和艺术成就。魂牵梦萦国家，八首诗首首离不开长安，有坐卧不宁，忧心泣血之感。热泪涔涔的《秋兴八首》不是杜甫一时一地的偶然之作，而是长期忧国忧时的郁闷之作，国家丧乱郁勃不平之气融入峡谷深秋江间关塞之中，愈是热情地歌唱往昔，愈见年老体衰忧国忧民之痛愈苦。当此时，安史之乱结束三年（763），杜甫弃官七年（766）寓居夔州，赖以依靠的好友严武已经去世，唐王朝复兴无望，心情寂寞郁闷，发而为之。

作为"清初关中最著名的诗人"，李因笃的《秋兴客长安作》和杜甫相比较呢？

《秋兴客长安作》中其一云"长安四代提封地，指顾中原据上游"。杜甫有《提封》诗云，"提封汉天下，万国尚同心"。杜甫盛赞了唐代的一统天下，万国同心。李因笃诗学杜甫，"提封"意指疆域四至。长安正如明代监察御史胡子琪向朱元璋建议迁都长安的奏疏中讲到的优势，"据百二河山之险，可以耸诸侯之望，举天下形胜所在，莫如关中"，长安在清代虽然不再是关河四塞的都城所在地，可这座千百年来的帝王之州在李因笃心目中仍具有崇高的地位。任何朝代百姓日常生活最期盼的当是和平安定，战乱频繁，在"帝子朱门起战楼"中，李因笃期盼的是"南方征调几时休"。

长安四代提封地，指顾中原据上游。乱水遥分飞雪幕，清歌旧识采莲舟。园陵翠柏填薪市，帝子朱门起战楼。转饷江天频告瘁，南方征调几时休？三川北拱帝城开，古殿阴移万树哀。地老黄蒿通作柱，霜侵白骨半生苔。临城猎骑櫜弓入，带郭渔舟击棹回。近说西羌诸部劲，秋深牧马过边来。终南太华古林坰，更使长河绕户庭。日落夕曛三辅紫，云开秋色五陵青。门空光禄群游榻，院冷尚书旧讲经。何处笛翻《杨柳》夜，故园风雨忆飘零。西来宛马络青丝,万炬围城罢猎时。黍逼故宫秋自满,鸿号中泽暮何之?浮云回首悲关塞,返照经心望崦嵫。一滞双洲情不惬,蒹葭摇落好谁思?曲江池水已成墟,江岸篱花傍客车。采地纵观周召邑,沧波高枕汉唐渠。村春廖落斜阳里,野哭分明旧创馀。咫尺杜陵连郑谷,抚时怀古一踟蹰。①

康熙二十三年(1684)春,李因笃应聘到关中书院讲学。此前,为重振"关学"学风,因笃与关中李二曲等名士积极倡导修复关中书院。他在《答李隐君书》中告诉二曲先生:"闻米侍御至省,当乘间一言,此天地盛典,吾徒份内事也……今执事举少墟先生之任,委之於笃,是以乌获百钧,畀不胜匹雏者……况京兆人文之薮,轩冕之彦,相望于涂,何至帷席无人,使谫陋如笃者,俨辱布衣祭酒之座乎?"虽然他谦让,不任书院负责人,但为关中书院的恢复和关学的振兴奔走效力。李因笃经常在这里讲学,与诸学者切磋学问。随后,关中书院遂成为"关学大兴"的圣地。

57. 读书何为

读书到底为了什么?改变自己前途和命运,这应当是大多数人的初衷。古代中国人有"朝为田舍郎,暮登天子堂"的梦想,一朝伴君侧,协助帝王治平天下是理想,不一定能实现,风险很大,但是光宗耀祖封妻荫子却是现实中渴望实现的。只有获取一定的社会资源支配权,才有可能立足传家,实现梦想。

陈忠实《白鹿原》中涉及耕读传家的文化传统。其中的读书人

---

① (清)李因笃撰:《受祺堂文集》卷四,清道光七年刻本。

包括白嘉轩、鹿子霖和他们的子女们，当然最主要的读书人代表是关学传人朱先生。读书改变社会地位以获取更大的利益是鹿家文化的一条主旨，这一思想根本不同于朱先生"内圣外王"的治学原则和实践精神。白嘉轩让子孙们读书是为了明理以便更好地操持家族事务，学为好人，实现耕读传家的祖训。两类人代表着儒家文化的正反两个方向。"修齐治平"是儒家读书文化的最高理想，做官改变门庭，光宗耀祖同样是儒家文化的功利目的，鹿子霖组织儿子读书取后者。"尽管一代一代狗儿推磨儿似的居心专意供子弟读书，却终究连在老爷坟头一串草炮的机运也不曾有过。老爷的尸骨肯定早已化作泥土，他的遗言却似窖藏的烧酒愈久愈鲜。"黑娃后来脱胎换骨学为好人，读儒家经典不为升官发财，只为了活得明白，做个好人。大世面的气魄豪华和大人物的威仪举止，深刻地烙刻到鹿家先祖心头，在他感到幸运的同时又伴随着自卑。饭勺子成为他发家致富的工具，但鹿家岂能满足，勺子再励精图治，也是屈辱伺候人不好传世的。那种不断重复的生活经历和越烙越深的印象终于凝结一个结论，"要供孩子念书，通过科举考试进入上流社会坐一把椅子占一个席位，那才是家族在社会的上层牢牢站稳脚跟"。成龙成虫，居官为民，哪怕务农经商也不能久居人下，所有的隐忍目的只是出人头地。成为"乡约"享有的权力及位置让鹿子霖家族在政治上压过白嘉轩，自卑感得到补偿，主动出击、市井世俗、竞争好胜、实用投机的精神占据上风，挤压了宗族社会道德观念，鹿子霖实在是看不上修祠堂、立乡约、填族谱这些事儿。在传统向现代的转型过程中，鹿子霖难以超越自己，精神迷失，价值缺位，享乐功利让他深陷其中无法自拔，在同伙上级岳维山田福贤被押往刑场的时刻，灵魂崩盘，疯了。

《白鹿原》中鹿子霖的故事告诉我们，发财享乐不是活着的意义和目的。况且发了财、享了乐的人也不一定就是快乐的。鹿子霖的晚年不就是孤清的吗？一大堆干儿子围绕着他，热闹是足够热闹了，但是内心却是最孤单的。他的一生上升到哲学高度，组织儿子们读书是为出人头地，在社会的较上层谋得一个位置；剪掉辫子参加革命是假革命，出风头，谋得一个乡约的位置；摇摆投机，甚至把抓壮丁作为谋得银圆和施展权力的好机会；大儿子兆鹏对家庭的背叛、二儿子兆海的死亡等，种种烦恼不断，被现实逼疯的他反倒彻底放松了。

可见，我们还是要明白读书的目的和意义所在。

为国家兴亡、民族未来读书是值得赞赏和效仿的。毕竟"家事国事天下事，事事关心，风声雨声读书声，声声入耳"，这是读书人矢志不渝的爱国情怀。无论是精英知识分子，还是普通的读书人，都应该有这种理论上的自觉。

还有一种情况是为做学问而读书，可如王国维那样读书为了真正做学问追问真理的人不多。王国维眼中，一切俗子，"彼等自己之价值，但存于其一身一家之福祉，而不存于真理故也"。追求一个人或一个家庭的幸福，王国维认为这些人追求的不是真理。真正有智慧的人，不会很重视现实的物质享受，要"思之得其真，纪之得其实"。孔颜之乐在道，王国维之乐在真理。文化学者李浩年轻时思考过"枪杆子"、"笔杆子"对解放人类、改造社会的作用，历经困惑之后，他认为，阅读、思考、写作虽不一定能拯救劳苦大众或解放全人类，至少可以拯救或解放自我，时尚的说法叫自我的救赎。① 这里，读书为真理、读书为己、读书为人就成了三类关于读书目的的深刻理念，但这远远不够。

---

① 李浩：《行水看云》，生活·读书·新知三联书店2017年版，自序第3页。

读书为国家、民族和社会，这是更高远的理想。读书人为国家为人民做好学问，良知最重要。叶嘉莹先生在解读王国维时说，一个人，不要总是欺名盗世，不要总是说好听的话。欺人欺己不但得不到真理，自己内心也不会平安。只要你忠实于真理，忠实于你自己，最后都会对人类的幸福有好处的。

58. 诗词中的男性凝视

法国思想家西蒙娜·德·伏波娃在《第二性》中提出过一个观点，即女性是男性眼中的"他者"，也就是说男性看女性的时候总是通过媒介和手段窥视女性，达到审视、规范、愉悦等目的。比较典型的例子当然是欧洲油画史上众多的《苏珊娜与二长老》题材和作品，中国女作家萧红《呼兰河传》中老胡一家当着全村人的面，给小团圆媳妇用热水洗澡的画面等。这些故事的发生首先是基于男性和女性地位不平等的大背景；其次是作为一种社会文化现象男性欲用一种社会规范约束女性的冲动；最后才可能是对女性美的欣赏，或丑的批判。

中华诗词中不乏这样的例子。

后蜀词人欧阳炯有八首《南乡子》，其五云："二八花钿。胸前如雪脸如莲。耳坠金环穿瑟瑟。霞衣窄。笑倚江头招远客。"这个十六岁的江边摆渡女子，身穿红色紧身的衣服，头戴珠翠首饰，耳戴穿着珠子的金耳环，面带笑容招呼客人上渡船，这就是欧阳炯对青春少女劳动之美的男性凝视。欧阳炯作序，赵崇祚编选的《花间集》，适应了当时人们的情感需要，从其中大量的词中可见男性对女性凝视过程的观察之仔细用情，书写之客观真实。健壮有力的农家女、渔家女形象进入诗歌，成为凝视的对象，这在古代诗词中还是不多见的。

在叶嘉莹先生看来,欧阳炯对于花季少女的观察是浅薄的,因为描述的过程展现了肉体的美色和情欲。欧阳修也写江南女子,《蝶恋花·越女采莲秋水畔》云:"越女采莲秋水畔。窄袖轻罗,暗露双金钏。照影摘花花似面。芳心只共丝争乱。鸂鶒滩头风浪晚。雾重烟轻,不见来时伴。隐隐歌声归棹远。离愁引着江南岸。"秋水畔采莲的江南女子,罗袖轻盈,玉腕上的金钏因为劳作时隐时现,身影婀娜,娇美的容颜映照在水面上,与莲花争妍,藕丝连连,引发了少女绵绵情丝。相对比而言,欧阳修委婉曲折得多,也高明得多,符合中国人的审美传统。

杜甫的《月夜》则是想象中的凝视。"今夜鄜州月,闺中只独看。遥怜小儿女,未解忆长安。香雾云鬟湿,清辉玉臂寒。何时倚虚幌,双照泪痕干。"天宝十五年(756),安禄山攻陷潼关,长安随之失守,杜甫带着妻小从白水(今陕西白水县)逃至鄜州(今陕西富县)羌村,听闻肃宗在灵武(今宁夏灵武市)即位,他决定只身前往灵武,不料途中被叛军俘虏,押解至长安囚禁。《月夜》即杜甫八月被禁长安时思念妻小所写的一首诗。不同于其他诗的视角,杜甫写的是想象中的妻子和子女对自己的思念。妻子独看鄜州月,忆长安,雾湿云鬟,月寒玉臂,两地看月双泪垂,离乱之痛,内心之忧纤细逼真。不说我思家人,却从家人思我着笔,清代江苏无锡人浦起龙《读杜心解》中评价道:"心已驰神到彼,诗从对面飞来,悲婉微至,精丽绝伦,又妙在无一字不从月色照出也。"可谓精湛至极。

西晋陆机的《艳歌行》收录进《玉台新咏》。其诗云:"扶桑升朝晖,照此高台端。高台多妖丽,洞(一作潼)房出清颜。淑貌曜皎日,惠心清且闲。美目扬玉泽,蛾眉象翠翰。鲜肤一何润,彩

（一作秀）色若可餐。窈窕多容仪，婉媚巧笑言。暮春春服成，粲粲绮与纨。"① 陆机眼中的这位佳人灵动的双目，黑色修长的眉毛，雪白的皮肤，曼妙的身材，清脆的嗓音，可谓对男性目光凝视之下女性形象美的集中展示。《玉台新咏》为梁武帝时期江苏丹徒人徐陵编选，其中刻画的女性形象其实是富裕人家或官宦人家眼中的所谓"标准女性"，这就提供了社会视角下男性化的女性标准。

女性在父权制度下是弱势群体，因而男性对女性的凝视就成为公开的窥视，欣赏或占有的欲望同时存在。《韩熙载夜宴图》画面集中而不散乱，因为全场男人的目光差不多都注视着歌伎、舞伎，用屏风和分割画面的形式展现了韩熙载和他周围人的物质生活和精神生活。撇开主人公韩熙载政治避难态势下的夜夜笙歌和沉郁寡欢心理不言，这场欢宴总是要进行下去的。因而顾闳中笔下，男人对女人的这种窥视是公然的，是为看客们津津乐道的，某种程度上也是人动物性的体现。白居易《霓裳羽衣歌》中描述当霓裳羽衣歌舞惊现之际，在场男人被曼妙歌舞吸引时的情形，"当昨乍见惊心目，凝视谛听殊未足"。道德高悬在上，人类制定的礼制可以起到约束作用，但完全摆脱动物性是不可能的。恩格斯在《反杜林论》中指出："人类源于动物界这一事实已决定了人永远不能摆脱兽性！所以问题永远只能是在于摆脱多些少些，在于兽性或人性的程度上的差异。"② 伟大如白居易者，也不能免俗。

59. 一种精神凝视

常羡人间琢玉郎，天应乞与点酥娘。尽道清歌传皓齿，风

---

① （南朝）徐陵编，（清）吴兆宜注，程琰删补，穆克宏点校：《玉台新咏》，中华书局1979年版，第102页。
② 《马克思恩格斯全集》第20卷，人民出版社1970年版，第116页。

第六章 文风文脉：不同时代和质白奇崛

起。雪飞炎海变清凉。

万里归来颜愈少，微笑。笑时犹带岭梅香。试问岭南应不好，却道。此心安处是吾乡。①

这是苏轼的一首词——《定风波·常羡人间琢玉郎》，作于元祐元年（1086），时受贬的友人王定国北归。词的大意是：我常常羡慕这世间如玉雕琢般丰神俊朗的男子（指王定国），就连上天也怜惜他，赠予他柔美聪慧的佳人与之相伴。人人称道那女子歌声轻妙，笑容柔美，风起时，那歌声如雪片飞过炎热的夏日使世界变得清凉。宇文柔奴从遥远的地方归来却看起来更加年轻了，笑容依旧，笑颜里好像还带着岭南梅花的清香；我问柔奴："岭南的风土应该不是很好吧？"柔奴却坦然答道："心安定的地方，便是我的故乡。"这首词中的"清歌""皓齿""颜愈少""微笑"不就是苏轼老先生对宇文柔奴的凝视吗？微笑时的岭南香则是想象了。试想，欢宴时的苏轼此时则一定会会心地看着好友王定国，心中漾起一丝羡慕。中国人之所以想起苏轼时，大多都会会心一笑或敬意盎然，主要是在于他的达观知命，在于即便他对女性再凝视，依然不乏哲理思考和对女性从精神文化层面的欣赏。柔奴就是这样从苏轼的笔下，跨越千年，款款地向我们走来。此心安处是吾乡，一个人之所以穷其一生，心灵平稳有一个归宿，才找到真正快乐的根源。发财享乐做不到这些。

这首词流传千年，其创作背景也算是机缘巧合。苏轼的好友王定国因为受到"乌台诗案"牵连，被贬谪到地处岭南荒僻之地的宾州。王定国受贬时，其歌伎柔奴毅然随行到岭南。王定国北归，唤

---

① 邹同庆、王宗堂：《苏轼词编年校注》，中华书局2002年版，第579页。其他苏词引文皆依此版本，不再一一标注。

出柔奴为苏轼劝酒。苏轼问及广南风土，柔奴答以"此心安处，便是吾乡"。苏轼听后，大受感动，作此词以赞。

经受苦难之后的宇文柔奴此刻依旧光彩熠熠，她用梅花的清香和高洁随遇而安，随缘自适地和苏轼、白居易站在了同一个精神高地上。居广西五年，王定国的儿子病逝，王本人也生病，瘴烟之地的"琢玉郎"和"点酥娘"这一对天造地设的璧人，平静地面对人生苦难。"万里归来颜愈少"，且"微笑，笑时犹带岭梅香"。为何？只缘"此心安处是吾乡"。

白居易宦海沉浮，多次表达过"身心安处是吾土，岂限长安与洛阳"；"无论海角与天涯，大抵心安即是家"；"我生本无乡，心安是归处"的人生哲学。后代的苏轼坚持"人生所遇无不可"，"也无风雨也无晴"，"一蓑烟雨任平生"，这不是隔着历史时空的同道吗？竟然是在一个朋友的侍妾身上，苏轼看到了一个女子内心强大的力量，看到了一个女子最美妙的微笑，感受到一个女子由内而外散发的梅花一般的清香。

"不为外物所伤，不随世俗俯仰，平和中生机郁勃，淡然中安然自适，表里澄澈，清香四溢，多少自在！"[1] 这种美即使在身体委顿甚至失魂落魄之时依然光彩夺目，不被想要摧毁美的宿敌打败，这种洒脱、开阔、柔韧的女性精神美盈盈翩翩，跨越时空，飘然而至我们面前，成为永恒。

出门看风景的时候，看的地方多了，出门的时间长了，就特别想家，内心总是烦躁不安。当你火急火燎赶回家的时候，其实一切都是老样子。你想家了，其实是想一份"心安"。外面的日子再好，赚的钱再多，心神不宁，也是烦恼。心安之处，才是归处。人这一

---

[1] 潘向黎：《古典的春水：潘向黎古诗词十二讲》，人民文学出版社 2022 年版，第 91 页。

第六章　文风文脉：不同时代和质白奇崛

辈子，走了那么远的路，遇见了那么多的人，经历了那么多的事，不就是图个心安？用心做事，诚心待人，问心无愧。

人到了一定的年纪，都懂得了"落叶归根"的真正含义。树高千尺不忘根，水流万里总思源。万事皆有轮回，一个人从哪里来，就要回到哪里去。也许回去的地方不是原来的地方，但一定与心中念念不忘的地方有很多类似之处。否则，就是回去了，也不会心安。人生就像一辆公交车，我们一路奔波，路过很多的城市，还停留过很多地方，但离家越远，越想家。在家的时候，感觉很烦，离家的时候，感觉很想。为什么那么多人，要去寻根？因为他只有知道自己的"来龙去脉"，才觉得心安，才舒了一口气。原来，生命是有源头的，即便你漂洋过海，说着异乡人的话，但你始终流着祖祖辈辈的血。有根的人，不管走到哪，从来不是在风雨中飘摇，就像一个人吃了"定心丸"，或者是飘飞的风筝，牵引的线一定是内心深处的某种感动。

人生最好的生活状态，不过是得失随意，心安是福。人生何处是归途？一个人常常会有似曾相识的时光倏忽易逝的感慨。漫漫人生道路，一个人越走越迷茫，在喧嚣的城市里，慢慢弄丢了自己，当初的理想，曾经读过的书，看过的电影，还有爱过的人，工作过的地方都已经变了模样。不要责怪这个世界变化太快，只是在迅速变化的世界中，规律难以把握，人心变化更快，有时就无所适从。因为人生是单行道，每一天都不是重复的日子，每一件我们碰到的事情都是新鲜的，没有重复性可言。人生的意义，从来不是得到越多越好，而是得失随意，失去的，也许才是最好的。今生爱而不得的人，后来成为最幸福的回忆。得到也好，失去也好，当你学会了放下，心就不再悬着，落了地，踏实了。这样的日子，似乎真的回到了炊烟袅袅的家乡。到处安安静静，听得见狗吠，看得见青山绿水，摸得到白墙灰瓦。就像过年的时候，你赶了很远的路，吃了很多的苦,当看到家的时候,一切都释然了,说一句"妈,我回来了",拼搏了一年的苦,都没有了,心安了,福气满了。

爱也好,恨也好,和心安的人在一起,才是人生最好的归宿。抬头仰望星空,我们有理想;仰身热爱世界,我们脚踏大地。心中没有了爱,心就是麻木不仁的;心中藏着恨,心就是痛不欲生的。如果你感觉烦恼了,就和心爱的人在一起吧,就像《最浪漫的事》里唱的那样:"我能想到最浪漫的事,就是和你一起慢慢变老,一路上收藏点点滴滴的欢笑,留到以后坐着摇椅慢慢聊……"当你老了,身边还有人陪你,不管走到哪里,都不会孤单。两个人牵手走过冷冷清清的街头,相视一笑,心就暖了。爱就像黑夜里的一盏明灯,点亮了心中的希望,当你无法回到故乡的时候,"灯火阑珊处"也是归宿。如果一个人注定要流浪,那就带上最爱的人,风餐露宿也是幸福,流落街头也是福气,"有爱不觉天涯远"。

丰子恺说:"不乱于心,不困于情。不畏将来,不念过往。"如此,安好!往后余生,常常找一段独处的时光,闻一闻窗外的花香,尝一尝思念的苦涩,告诉自己,从哪里来,就回哪里去,整整凌乱的心情,让生命回到"出发的地方"。往后余生,珍惜所有的遇见,放手所有得不到的东西。和注定要留下来的人,相伴到老,有爱不孤单,异乡也是故乡。往后余生,放下新仇旧恨,忘记人生过往,不计较得失,不在乎聚散,用一种最平常的心态,看世界风云变幻,心安之处,即归处!

60. 天才如何写

天才写诗,一泻千里,汪洋恣肆。李白斗酒诗百篇,信手拈来:"君不见黄河之水天上来,奔流到海不复回。君不见高堂明镜悲

第六章 文风文脉：不同时代和质白奇崛

白发，朝如青丝暮成雪。"一气呵成，没有雕琢痕迹。天才如李白，喝醉了也比平常人写得好。酒席要散了，今人怎么说？常见如："今天喝大发了，兄弟们，散了吧。"而李白怎么则说："我醉欲眠卿且去，明朝有意抱琴来。"天才就是这样子，哪怕喝醉了。中华诗词让人沉迷之处，就在于恣意汪洋，就在于如风拂过，不着痕迹。

"花间一壶酒，独酌无相亲。举杯邀明月，对影成三人。"李白这是无中生有，一个人成了三个人，自然、个体、酒与自然界、宇宙相通。我们举杯是为了干杯，干杯是为了祝贺或消遣，李白不是，李白酒后一出手就是满堂彩。我们苦思冥想，字斟句酌，用一块一块的小石头终于垒成了自己的金字塔，可天才如李白的金字塔是用整块的巨石一次建造成功的。我们写出来的东西也不少，但大都石沉大海。他人频频有神来之笔，我们长期努力进步不大，这都是让人泄气的事情！

苏轼也是李白一样的天才。"吾文如万斛泉源，不择地而出，在平地滔滔汩汩，虽一日千里无难。"朱熹评价苏文的不锤炼，"苏子瞻虽豪气善作文，终不免疏漏处"（《朱子语类》第一三九卷论文上）。

人们乐意说李白是天才，并将之神化。很多诸如皇帝御手调羹、高力士脱靴、"天子呼来不上船"等故事发生在李白身上。艰辛如杜甫，不少人认为诗歌成就是苦吟"语不惊人死不休"的结果。其实，某种程度上这是后世人们对天才李白一厢情愿式的注释，岂不闻，铁杵磨成针的故事也发生在李白身上；三拟《文选》也是李白勤奋不倦的事实。岂不知，杜甫也有"白日放歌须纵酒，青春作伴好还乡。即从巴峡穿巫峡，便下襄阳向洛阳"的"生平第一快诗"，想来这写作速度和行程之快不输李白之"朝辞白帝彩云间，千里江陵一日还。两岸猿声啼不住，轻舟已过万重山"吧。

因此，长期的积累是优秀作品形成的基础。这世上，灵感不会无缘无故地眷顾到谁头上。清代吴乔在《围炉诗话》中说："诗非天降、非地生，人为之也。"诗人的诗作无不是有感于时事、社会、历史、人生，在"此道终寂寞"中，"笔与泪俱落"的心态呈现（刘叉《作诗》）。我从来都认为，非殚精竭虑，非旬日艰难，难以成就佳作。所谓灵感，只不过是渐悟过程中的顿悟而已。

杜甫有"留连戏蝶时时舞，自在娇莺恰恰啼"；也有"繁枝容易纷纷落，嫩叶商量细细开"；读这样灵动的句子，我们更多感受的是甘之如饴，而非沉郁顿挫，而写这些句子时的杜甫，也一定不会"醉里眉攒万国愁"。

但杜甫的主体还是沉郁顿挫。其大量的诗歌不像李白和后世的苏轼一样，滔滔汩汩，汪洋恣肆，而是惨淡经营，匠心苦吟而成。人类精神产品的生产不像现代制造业的流水线，须得千锤百炼不可。

我曾经计划每天写一两千字，如果这个计划能完成，那几年下来就蔚为可观，十年就能出文集了。但这不现实，有时候一天会多于两千字，有时候一天甚至只能写三五百字，甚至几十个字。写作学术论文和有关诗歌的散文都一样地不容易。作为一个名不见经传的作者，我深深体会到这里的难处。心中有想法，属于"此中有真意"，可落到纸上时，就"欲辨已忘言"，这是正常的。即便把心中所有的想法逐一落到纸上，可最终读者愿意读或读了有启发的又能有几句呢？不敢奢望。

福楼拜曾经六个星期只写了二十五页。他也深感写作的艰难。

"这二十五页写得真辛苦呀。我写得太精细，抄了又抄，变了又变，东改西改，眼睛都发花了，所以暂时看不出问题……我活得很艰难，与外界的一切快乐隔绝；在生活里，我没有别的，只有一种持久的狂热支撑自己，这种狂热有时候会因为无能为力而哭泣，但它仍持续不断。我爱我的工作爱到迷恋的、邪乎的程度，犹如苦行僧穿的粗毛衬衣老搔他的肚子。"（《致路易丝·科莱》，1852 年 4 月 24 日）

中外一理，没有必要厚此薄彼。天才和天赋是两回事，但又分不开，只不过在同一个人身上，比重不同而已。可是，不写出来，天才和天赋都等于不存在。精神产品的创造容不得半点马虎，须艰难困苦，玉汝于成。晚唐李咸用《送谭孝廉赴举》中勉励后辈说："好事尽从难处得，少年无向易中轻。"贪图轻而易举的收获，必非精品。

61. 诗词中的大白话

诗词不必高深，也未必要用很生僻的词和典故。大白话用好就很好。

大白话容易把个体的体验上升为集体的体验，甚至全人类的体验。当上升为全人类体验时，就容易哲理化，成为哲学体验，包容了古今人类的悲哀、庄严、喜悦等体验，从而一代代流传下去。

李煜《相见欢·林花谢了春红》云："林花谢了春红，太匆匆。无奈朝来寒雨晚来风。胭脂泪，相留醉，几时重。自是人生长恨水长东。"春天最好的季节里，一片树林的花都谢了，不是杜甫说的那种某一处，"一片花飞减却春"是局部花谢，李煜这里是全部谢了，落红满地。美是很美，欣赏的时间太短，全部凋落，让词人感慨万千。"谢了"是白话，"太匆匆"更是大白话。花开花谢是必然的，只是太快！我目睹过昙花从开到谢的过程，从晚上八九点到凌晨一两点，花开色泽白如雪，香味浓郁如莲花，可大约四个小时后就谢了。清范浣浦有"静态雪花堪比洁，幽香莲叶与同清"句，写了昙花的开和落。李煜词的内涵是每年的春天都是匆匆，回想自己的一生亦是匆匆。亡国的过程，人从生到死的过程，不是"太匆匆"吗？宇宙太空的永恒中，个人的生命，一个落魄王朝的命运都是"太匆匆"的一个过程。任何有限在无限中都是一瞬间，南唐后主李煜的"太匆匆"一句大白话，打捞了古今中外一切大小人物的生命体验，从而上升为一种哲学体验的时候，这句"太匆匆"就脱离男女闺情，超越了个人体验，从而在时间和空间上就具有普遍的意义了。

诗词中用几句真理或事实一样的大白话，能书写内心，说明问题，起到凝练提升的目的。除此之外，也需要几句曲折叙事的句子，李煜《相见欢》是一种完美的结合，"无奈朝来寒雨晚来风。胭脂泪，相留醉，几时重"就把大自然的景象人事化了。让词人感到无奈的事很多，自然界变化无常，早上的寒雨、晚上的冷风，早上的冷风、晚上的寒雨交替袭来，自然界风和日丽不多，人世间哪里有那么多顺风顺水的日子？苦难和挫折随时到来。这不，雨点打在红花上宛如美人的泪脸，似乎在提醒词人，韶华易逝，再为我喝一杯吧。当花对酒，恰逢其时，明年想喝的时候，一定不是我这朵花在挽留你了。王国维《玉楼春·今年花事垂垂过》中说："君看今日树头花，不是去年枝上朵。"后主李煜写的仍然是一种人生的无常和苦难，这里的花就类似"东逝水"一样，无可挽回，眼界和感慨都已经超越了狭隘的以美女爱情为题材的诗词了。

可是，一首词不能大部分都是大白话。苏轼《满庭芳·蜗角虚名》平铺直叙，叶嘉莹先生就评价其不是一首成功的词。

蜗角虚名，蝇头微利，算来着甚干忙。事前皆定，谁弱又谁强。且趁闲身未老，尽放我、些子疏狂。百年里，浑教是醉，三万六千场。

　　思量。能几许,忧愁风雨,一半相妨。又何须、抵死说短论长。幸对清风皓月,苔茵展、云幕高张。江南好,千钟美酒,一曲满庭芳。

此词大白话一大片。蝇头微利、算来干甚忙、谁弱又谁强、些子疏狂、浑教是醉、三万六千场、抵死说短论长、江南好等无不是白话,中间缺少曲折和委婉。

此词缺乏深刻思想和充沛感情。大作家有时候也出小境界的作品。争夺名利犹如蜗牛角上争地盘一样,白忙一场,因为任何事情命中注定。趁年轻,多放纵自己,饮美酒,赏美景,百年人生天天醉,也才三万六千场次。一生凄风苦雨,至少一半日子不幸福。江南好在有清风明月,青草做床,云彩做幕,好酒喝好,多听听《满庭芳》美妙歌曲吧。诗词作者在某种情况下,直抒胸臆,哪怕是消极放纵也可以,但中间要有故事,要有根源,要经得起咀嚼,不宜简单直接地铺陈出来,犹如凉白开,无诗词味。

诗词不必每个字、词都有出处。如果堆砌古典而情感空空,再有出处也无益,出处必得和真情相融。通篇无典故,哪怕语言再通俗,只要反映真情实感,也耐得住咀嚼,经得起吟咏。同样,习惯金戈铁马,沙场点兵的辛弃疾在《卜算子·齿落》中,用大白话写出了生动、富有哲理的句子。"刚者不坚牢,柔者难摧挫。不信张开口角看,舌在牙先堕。"

词相对于诗,要包含更多的容量,要言诗之不能言。如大白话多,又缺少低回婉转,则失去背景,缺乏深切感悟,沦于一般诉说或呼喊口号,追时髦风气。《古诗十九首》中类似"努力加餐饭""空床难独守"之类毫不隐讳的大白话却是难得的佳句,表现着有趣的灵魂。"努力加餐饭"是一种冷色调之下的红色炽烈，照亮低处，指向高处，哀愁之上多了勇猛精进；"空床难独守"却是阳光下大海中一个美丽女性自由舒展的身体，绽放着人性的光辉。

62. 关于"诗无达诂"

西汉大儒董仲舒在《春秋繁露》中曾说"诗无达诂"，意思是诗歌本身没有确切的训诂或解释。创作时的意向大体上是明确的，创作完成后的"成品"，在受众看来就包含或被赋予了更多可供解释的元素。诗词很复杂，内涵丰富，仁者见仁，智者见智。一篇佳作没有固定解释，或者解释时的意思已全不同于创作时的意思。作者还是那个作者，可重读的感受已经发生了变化。"此中有真意，欲辨已忘言。"（陶渊明《饮酒》其五）这真意到底是什么？人们可以根据自己当时所处的不同情境进行相应的理解，所谓诗无定形，读诗者亦无定解也。因此，风云雨雪，战争、丰收、政变、登科等都可能被诗人赋予了不同的情感表现。民间所谓老太太的担忧很能说明问题了。大儿子卖雨伞，小儿子卖草鞋，老太太晴天担心大儿子的雨伞卖不出去，阴天时担心小儿子的草鞋卖不出去。每天都愁或每天都喜悦，伞和雨被给予了不同的情感符号，和下雨又有什么关系呢？气压变化乌云重，水汽大，自然要落下来的。从"诗无达诂"的角度看这个现实问题，老太太是有些悲观了。换一个视角，晴天小儿子草鞋卖得好，阴天大儿子的雨伞卖得好，总之，天天高兴。老太太不能奢望自己既要掌管下雨，又要掌管天晴的权力，同时兼顾两个儿子的利益，这是自寻烦恼。

诗一般来说不是大白话，含义常不易显露，因而，白居易也认为有的诗可能"兴发于此，而义归于彼"（《与元九书》）。同时，

第六章 文风文脉：不同时代和质白奇崛

艺术欣赏过程中伴随着个体阅读差异，真情自得。一千个读者眼里有一千个哈姆雷特。标准不同，体验也不同。一首诗甚至有时作者本人也无定论，但这并不妨碍艺术标准的客观性。

看到落日之美之快，行迈靡靡，心中摇摇如醉如痴，只是感动于景色，伤感于人生倏忽。无限好的夕阳宏伟壮观，可就是有人认为夕阳西下，日暮穷途，其实和夕阳本身无关。知我者谓我心忧，不知我者谓我何求，一种情绪罢了，与朝政颓废或亡国之间并无关联。

读一首诗词，顿生奋进之情，少见。作家潘向黎感受更明显，她小时候读过晚唐诗人杜牧的《江南春》："千里莺啼绿映红，水村山郭酒旗风。南朝四百八十寺，多少楼台烟雨中。"怎么回事？隐隐的担忧是竟然读不出上进感?！只是烟雨朦胧，田野村庄；就是一种奇异感笼罩了自己。诗歌言志抒情，大多可以表达人在当时的一种感受。从每一首诗中读出教育人启迪人的真理，那是不现实的。

慢慢地，潘向黎也明白诗不一定要包裹真理。励志也不是诗歌的必需功能，教化不能速食。有的句子读来就是好，却又说不出好在哪里。诗歌多这样。读"吹面不寒杨柳风"，就感觉春风吻上了我的脸，告诉我现在是春天，舒服之余当及时赏花乐春。读"三月三日空气新，长安水边多丽人"，就觉得雨后曲江，游人如织，美丽的女子们结伴同行，所有美好的事物聚集在一起了，唯美好而已。读"来如春梦几多时，去似朝云无觅处"，就有一种莫名如游丝一样无法捕捉的愁绪，不能彻底理解，唯耐人寻味而已。随风潜入夜，润物细无声，潜移默化中体验升华，振作感悟是最好的效果了，优秀的诗词也可做到。

盛唐诗人张九龄《赋得自君之出矣》，含蕴丰富，也符合清代王寿昌《小清华园诗谈》中"三不尽"的要求。亦即"景尽情不尽，语尽意不尽，兴尽味不尽"。诗歌往往通过言外之意、象外之意表情达意，细密而多端，不同读者在不同语境下会得到不同的阅读体验。

"自君之出矣，不复理残机。思君如满月，夜夜减清辉。"夫君离家后，妇人再也没有心情上织布机了。月亮从盈到缺，女子青春年华逐渐消逝，月亮的清辉每个夜晚似乎都在消减，这类似古诗十九首之《行行重行行》中"相去日已远，衣带日已缓"，"思君令人老，岁月忽已晚"表达的思念之深之焦虑。从满月到新月，月亮还是那个月亮，可思妇的青春年华悄然流逝，张九龄就是用"满""减"两个字纤而无痕地通过移情手法表达了主观的悲伤。

宋神宗读苏轼《水调歌头》"我欲乘风归去，又恐琼楼玉宇，高处不胜寒"之句，叹道："终是爱君。"神宗爱才惜才，苏轼又是那样一个耿直憨厚的书生，欲报国却难报国，"爱君"那就是一定的。这是属于宋神宗的读法。同时代的人怕也不好读出爱君之味吧。今天读者读来，岂能读出此种味道？时间过去太久以后，后世的人们在品读东坡这句词的时候，又会作何想呢？会不会从宇宙学的角度来解读？不得而知了。

张继《枫桥夜泊》中"江枫渔火对愁眠"之"江枫"是水边的枫树枫叶吗？事实上作者写的是寒山寺外的两座桥，江桥和枫桥，与"火红的枫叶"无关。人容易从字面意思上想当然，这是再明白不过的误读了。

李商隐《锦瑟》中"沧海月明珠有泪，蓝田日暖玉生烟"句，历代就有多种解读。欢乐短暂得如同珍珠一样瞬间消逝，思念妻子一直想在梦中见到妻子，可妻子犹如紫玉那样烟消云散不可得见。李商隐贤妻早亡，自己漂泊零落，因此伤心至极，这是一种解释了。亦有人从中看出明珠弃于沧海，美玉藏于深山，才华被压抑抱负终不得实现，这该是多么浓深的怨恨啊。两种解读都有道理。谁解得其中作者的真味呢？不得而知。李商隐大约也只能说出创作时的大概。

读杜甫《古柏行》"霜皮溜雨四十围，黛色参天二千尺"之句，有人就认定杜甫此句实属荒谬。因为十围"乃径八尺"，四十围得多粗？二千尺又怎么想象？用精确的数学来解读诗句，那大约"飞流直下三千尺"也读不得了。

俞平伯先生讲李清照"莫道不销魂，帘卷西风，人比黄花瘦"时，连说："好，好，真好；至于为什么，说不清楚。"贴切的美？语言的美？总之是莫名的美。形象思维的好处就体现出来了，简短的词句在不同的情境、语境下包含了太多不同的内容，丰富隽永。

闺中少妇愁思重重。思念丈夫不得，出门吧，天气不好，"薄雾浓云愁永昼"；待在家里吧，闷得慌，白天太长，日子难捱，"玉枕纱橱，半夜凉初透"，香炉里瑞丹麦香袅袅，丈夫不在身边，日子没有光亮，唯有瑞脑香一点点燃尽，真是看什么都是无聊的。

重阳佳节到了，亲朋们举家登高远望遍插茱萸赏菊，众人皆乐乐，我独不得乐，因为新婚后丈夫赵明诚此时远在天边。"东篱把酒黄昏后，有暗香盈袖"，饮酒赏菊，置身于再浓郁的花香都不顶事，无法排遣情怀。刚一回到闺房，西风骤起，帘子被风掀起来，阵阵寒意袭来，极感悲秋伤别。人不如菊，怎能不让人伤感？"莫道不销魂，帘卷西风，人比黄花瘦。"凄清寂寥的闺中少妇形象惟妙惟肖。

在多情人的眼中，天气、瑞脑金兽，玉枕纱厨、菊花、西风、黄花等"物我皆著我之色彩"（王国维《人间词话》），叙尽思念离愁，哪有一个愁字？可字里行间溢出的全是思念和愁苦。"不著一字，尽得风流"（司空图《二十四诗品》），这适合中华诗词的含蓄和细腻。同样过重阳节，李词显然有别于"每逢佳节倍思亲"之直白，这也正是俞平伯先生讲的真谛。

第七章 诗酒宴饮：期待、排遣和集体的忧伤

63. 饮酒的规矩和态度

酒文化是中华民族传统文化的一大历史积淀。一般认为是在出现确凿的饮酒器的新石器时代晚期开始，中国人就有酿酒的习俗，酒逐渐就成为人们日常生活的必需品之一。酒主阳，代表阳刚、英雄和大丈夫气概，白居易《醉歌》有"黄鸡催晓丑时鸣，白日催年酉前没"句。酉属鸡，以黄昏时分之水造酒，含雄烈之性。酒可以消怨解忧，成为人们自我解脱的一种媒介和方法。酒又可会友助兴，兼具俗文化和雅兴情趣。酒往往与诗联姻，诗兴酒兴相生相融为中国传统文化的一类独特现象。

古人饮酒大有讲究，并非我们想象的围坐在一起，大快朵颐的同时大杯畅饮。献酢之礼是指人们在饮酒时的规矩。"献"指主人向宾客敬酒，"酢"指宾客向主人回敬。敬酒和回敬都有讲究。《诗经·大雅》云，"或献或酢，洗爵奠斝"，意思是敬酒和回敬时，主人敬的酒客人饮毕，置杯于几上；客人回敬后，主人饮尽也必须这样做。其中就有讲究了：主人用爵，爵是一种带有流、柱、鋬和三

足的青铜酒器；客人用斝，斝是一种有鋬和三足的圆口青铜酒器。敬酒和回敬时，主宾双方都有一个洗杯子的环节，不能缺少。宴会过程中，主人热情，客人殷勤，洗杯捧盏，场面宏大又忙碌有序。《诗经·小雅》曰："君子有酒，酌言献之……酌言酢之……酌言酬之。"在献、酢、酬阶段，主宾不但要进行洗爵、洗手、辞降、祭祀等复杂而有序的程式，而且对行酒的次数有着严格的规定，对饮酒的爵数也有着明确的计数。这都是周礼的实践和要求。

旅酬之后，就进入互相劝饮阶段。《仪礼·燕礼》中称之为"无筭爵"。东汉末年大儒郑玄认为，"筭，数也。爵行无次无数，唯意所劝，醉而止"。"无筭爵"也就是"无算爵"，即对行酒的次数就不再作规定，对饮酒的爵数也不再作计算，至醉方休。今天一些地方的酒宴中也有宾主双方合计提酒三杯，三杯之后轮流转圈敬酒开怀畅饮的规矩。

社会生活中总有一些公众活动需要一定的程序和仪式。正式一些的场合总要有一些议程和要求的。带有祭祀功能的宾主欢聚和家族家庭的欢宴讲究总是不同，儒家就是想要通过饮食酒宴中包含的文化礼俗来传播和规范一些基本观念。喝什么酒、怎么喝和吃什么、怎么吃一样，从来不是一个简单问题。从酒文化、饮食文化的源远流长而言，我们要体会其中的韵味。

《论语·乡党》中记载了孔子对饮食规矩的讲究。"食不厌精，脍不厌细。食饐而餲，鱼馁而肉败，不食。色恶，不食。臭恶，不食。失饪，不食。不时，不食。割不正，不食。不得其酱，不食。肉虽多，不使胜食气。惟酒无量，不及乱。沽酒市脯，不食。不撤姜食，不多食。祭于公，不宿肉。祭肉不出三日，出三日不食之矣。食不语，寝不言"这段话为我们所熟知，一般解释为孔子对饮食科学养生的高要求。孔子一生崇尚节俭，但并不等于为了不浪费就要食用腐烂变质的食材。一切都要从当时的生产力水平和孔子恢复周礼的出发点去理解。理解孔子的思想离不开祭祀的要求，建立在"礼""仁"的崇儒重道基础之上的祭祀饮食，应选用上好的原料，加工时要尽可能精细，这样才能达到尽仁尽礼的意愿。

那么，酒呢？"惟酒无量，不及乱"。酒以与人为欢，量的供应上不应该有限制。喝多喝少根据每个人的量，不能过量，过量则误事坏事乱事。一斗亦醉，一石亦醉，有人化解酶的能力超强，三斤不醉，且斗酒诗百篇；有人酒精过敏，醪糟亦上脸，情况不同，岂能勉强？强人所难，能喝三两非得喝到八两显示豪爽或者忠诚以至于出现夺命酒席，娱乐变成了"娱苦"，究竟为了什么？谁还敢去？

《孔丛子·儒服》中记载有"孔子百觚"的说法，这应当是正式的献、酢、酬、旅酬后劝饮阶段的事情了。赵平原君曾劝孔子的六世孙孔穿（字子高）饮酒，但子高推辞，平原君就说："昔有遗谚：'尧舜千钟，孔子百觚，子路嗑嗑，尚饮十榼。'古之圣贤无不能饮也。吾子何辞焉？"孔子可能酒量很大，来者不拒，参加宴会时主宾酒行无次，爵行无数，即使再醉仍然不乱上下之礼、宾主之序，不为酒所困，这是孔子。

《论语·子罕》中记载了孔子的一句话："出则事公卿，入则事父兄，丧事不敢不勉，不为酒困，何有于我哉？"在朝廷上尽心服侍公卿，在家尽孝服侍父兄，丧事不敢不尽礼，不为酒所困，我还有什么可担心的呢？孔子的要求是不能迷醉于酒，喝酒成瘾，始终保持清醒，更不能装疯卖傻。其实在当今社会中，酒后不能失德失规仍是基本要求。有人饮酒被酒拿住，有人饮酒能拿住酒，这是定力不同，也是儒家不为物役思想的体现，跟酒的度数品种和饮酒者的状态等其实关系不大。

《论语义疏》解释了孔子的这一思想，举足轻重。梁皇侃疏曰:"酒虽多,无有限量,而人宜随己能而饮,不得及至于醉乱也。一云:不格人为量,而随人所能,而莫乱也。"酒喝多少不要求,每人要根据自己的酒量定,不能喝得"醉乱"。醉乱为酗酒,容易闹事扰人伤己。朱熹的《论语集注》:"酒以为人合欢,故不为量,但以醉为节,而不及乱耳。"酒本来就是为了让人们愉快交往的,因此不能强行限制数量,但最多喝到醉就行了,不能喝得神志大乱。儒家素来强调自我调控,不以放纵而以"微醺"为最高境界。

古人对饮酒十分谨慎。西周初,周公在分封卫国时,反复告诫康叔,希望他不致因酒误政。周公还专门作了《酒诰》,这可以说是最早的"戒酒令"。周公的思想也对鲁国产生了重要影响,鲁国酿酒时,很可能注意使酒味道清淡,战国时人们还说"鲁酒薄"。

《战国策》中有记载,仪狄这个人酿造了美酒进献给禹,禹饮过之后觉得很甘美,于是就疏远了仪狄,并不再饮此酒,还说后世一定会有因为酒而亡其国的人。又比如《史记》中记载萧何制定的律令规定"三人以上无故群饮酒,罚金四两"。

苏轼一生离不开酒,但也不是整日醉醺醺,"饮酒不醉最为高,见色不迷真英豪"。东坡先生谪居儋州三年期间,建了讲学会友、诗酒谈欢的东坡书院,其中有载酒堂。载酒堂名字取自《汉书·扬雄传》中"好事者载酒肴从游学"之意。东坡自称"我本儋耳民","海南万里真吾乡","华夷两樽合,醉笑一欢同"中他和这里的黎汉两族人民结下了深厚友情。"半醒半醉问诸黎",普通的黎族民众暖人肺腑的温情和浓浓的酒意让东坡先生悟出了人生真谛,"情义之厚,有加于平日。以此知道德高风,果在世外也"。

64. 宴会上的忧伤

《青青陵上柏》云:"青青陵上柏,磊磊涧中石。人生天地间,忽如远行客。斗酒相娱乐，聊厚不为薄。驱车策驽马，游戏宛与洛。洛中何郁郁，冠带自相索。长衢罗夹巷，王侯多第宅。两宫遥相望，双阙百余尺。极宴娱心意，戚戚何所迫？"

　　陵墓周围的柏树郁郁葱葱，涧中石块堆积，涧水长流不息。松柏和石块像天地一样恒久，人生寄世间，转瞬即逝，姑且厚待人生，不能因为虚幻而自苦，要善于寻找生活的乐趣。人生苦短，驽马迟缓，诗人饮酒策马驱车来到洛城与宛城，即今天的洛阳和南阳，都是两汉之大都市。洛阳城自然繁华，大街小巷星罗棋布，中间遍布王侯们不同规格的府第，达官贵人们彼此联络，相互探访，普通寒士难以被接纳。犹如今天的话题，"有钱人只和有钱人玩儿"，通过阅读和回望历史，我们知道两汉时期存在着很严重的阶层固化。左思《咏史·其二》中说："世胄蹑高位，英俊沉下僚。地势使之然，由来非一朝。"诗人看到洛阳城里，南北两宫遥遥相望，中间王侯府第繁多，街巷林立，到处通衢大道，繁华与自身无关，可乍入都市的诗人入仕的道路何在？《古诗十九首》之十二在描述都市时，也对比了城之大和个体之小，"东城高且长，逶迤自相属"。陌生、庞大的洛阳城中，高大的房舍、楼宇鳞次栉比、甲第连云，诗人在这个隔绝的城市中，无法跨越层层障碍，连绵不绝的建筑似乎不给求仕的人打开缺口。

　　"极宴娱心意，戚戚何所迫？"尽情欢宴的人们，还有什么事情让他们满面忧戚？这是诗人的想象了——一坛浊酒，一群权贵者欢聚，脸上表情各不相同。我们见过也参加过这样的宴会，并非时时刻刻都是欢乐的。迟到有原因，结束后还可能有别的事情，进行中自己可能还想给某个人表达自己的愿望。没有免费和单纯的聚会，哪有无缘无故一群人就聚在一起享受无穷欢乐的？岑参当年在凉州欢聚斗酒，喊出"花门楼前见秋草，岂能贫贱相看老。一年大笑能

第七章 诗酒宴饮：期待、排遣和集体的忧伤

几回，斗酒相逢须醉倒"的时候，河西幕府的古人们必定形态不一，因为前途命运不同，一个人其实喊出了一群人的落寞孤单。这是一群活得很苦而又不知苦的人，他们心里装着激情、理想和豪气，而外部的世界又多是时间的虚耗、环境的逼仄、命运的无常。《今日良宴会》中亦有"人生寄一世，奄忽若飙尘。何不策高足，先据要路津。无为守穷贱，轗轲长苦辛"的句子，贫贱者参加了富贵人家的聚会，对安贫乐道的信念产生了怀疑人生苦短，生命脆弱，何不抢据要路，投机钻营，安享富贵呢？士人君子面对黑暗社会，要守道不移，抵御诱惑，必然要经历痛苦与矛盾。一位人生态度严谨，精神严肃的人，一时放诞诗酒的样子，其实只是反语自讽，正话反说表达自己内心的沉重与劝诫而已。唐韦庄《菩萨蛮》忧伤中同样表达了这种讽世之辞："劝君今夜须沉醉。樽前莫话明朝事。珍重主人心。酒深情亦深。须愁春漏短。莫诉金杯满。遇酒且呵呵。人生能几何。"

《青青陵上柏》在当时就是一种生活教育和死亡教育。人无远虑，必有近忧。乐生恶死是人类的喜好，向死而生是人类的姿态，但其中总是包含着忧郁。诗人告诉我们，永恒的只是陵上的松柏和山涧中的石块，人的生命在永恒面前只是一瞬间。在悲剧面前，主张及时行乐也正常，因为人性有弱点，有弱点才真实。

杜甫是那样胸怀天下，心系苍生，可他有时也表现出把理想暂时搁置，及时行乐的思想。其乾元元年（758）暮春所作的《曲江二首》中佳句频出，但整体上却是无奈和消极。

其一："一片花飞减却春，风飘万点正愁人。且看欲尽花经眼，莫厌伤多酒入唇。江上小堂巢翡翠，苑边高冢卧麒麟。细推物理须行乐，何用浮名绊此身。"其二："朝回日日典春衣，每日江头尽醉归。酒债寻常行处有，人生七十古来稀。穿花蛱蝶深深见，点水蜻

蜓款款飞。传语风光共流转，暂时相赏莫相违。"

乾元二年（759），安史之乱还在继续，长安虽已收复，但兵革未息，杜甫此时担任左拾遗，负责谏言，因为疏救房琯而为肃宗疏远，乾元二年暮春郁闷中作此诗。杜甫在曲江看花吃酒，春天将尽，暂抛却了伤春的无奈。在春光将尽的曲江池边，自由的翡翠鸟做巢，原来雄踞的麒麟石卧在墓冢边。这依然和《青青陵上柏》中的思想一样，石头永恒，而人事皆非。事物的盛衰变化让杜甫意识到了及时行乐的重要性。一树繁花先后落，永不凋零的只能是塑料花。人生易老，最终都要告别这个世界，王公贵族也不能幸免。有限与无限，无常与永恒总是像一个哲人一样，时时提醒着诗人。《古诗十九首》中的《今日良宴会》有"人生寄一世，奄忽若飙尘"句，极言人寄存世间，宛如风中尘土，转瞬寂灭。

花欲落尽，一杯杯美酒不要拒绝，不要用虚名绊住享乐的步伐。"每日江头尽醉归"，酒钱何来？春天将尽，上朝归来，赶快用典当春衣的收入买酒喝。典当的钱不够用，酒债在曲江和长安城其他地方欠了一大堆，可这都是寻常小事。指望能高寿到七十岁吗？自古都很稀罕。何必想那么多。乾元二年六月，杜甫迎来人生的重大挫折，被贬为华州司功参军，《曲江二首》中子美及时赏春饮酒的无奈之感就更加令人叹惋了。

曲江池和大唐兴衰几乎同时，这里的景色让诗人在醉眼中流连忘返，蝴蝶在花丛深处穿梭往来，蜻蜓在水面款款而飞，时不时点一下水。虽是暮春，但诗人面对曲江风光，希望这风光同蛱蝶、蜻蜓一起流转，让他欣赏，即使这是暂时的；可千万别连这点心愿也不让人得偿。人生一世，起起伏伏，总有一些时刻，压力和迷茫会让我们不知所措，这首诗，让我们看到了生命和死亡意识之下的杜甫，好像另一个人，也好像不是杜甫一贯的风格，但正是这种人性

第七章　诗酒宴饮：期待、排遣和集体的忧伤

的弱点，让我们看到真实的杜甫另外一个面相。这时的杜甫，无论是一个人或一群人饮酒享乐，迷醉中浸淫酒杯，返上心头的还是一种难言的忧伤。和《青青陵上柏》中的判断类似，忧伤悲观只是一时，宿醉醒来之后还得直面人生，胸怀家国，坚持操守，追逐梦想。《古诗十九首》的直白让我们易于接近；它的厚道让我们俯仰天地，思考虚无与现实的关系，把我们的目光从遥远的天际、缥缈的宇宙拉回到热乎乎的生活，守住回家的渴望，用英雄气概面对每一个平凡日子，而且让我们为之乐此不疲。

65. 苏轼的达观知命

夜饮东坡醒复醉，归来仿佛三更。家童鼻息已雷鸣。敲门都不应，倚杖听江声。

长恨此身非我有，何时忘却营营。夜阑风静縠纹平。小舟从此逝，江海寄余生。

（《临江仙·夜归临皋》）

在东坡的雪堂夜深宴饮，醒了又醉，回来的时候仿佛已经三更。这时家里的童仆早已睡熟，鼾声如雷鸣。轻轻地敲了敲门，里面全不回应，只好独自倚着藜杖倾听江水奔流的吼声。经常遗憾这个躯体不属于我自己，什么时候能忘却为功名利禄而奔竞钻营！苏轼感叹自己种种的身不由己，希望能一走了之。趁着这夜深、风静、江波坦平，驾起小船从此泛游江河湖海寄托余生。

这首词作于神宗元丰六年（1083），即东坡黄州之贬的第三年。全词风格清旷而飘逸，写词人深秋之夜在东坡雪堂开怀畅饮，醉后返归临皋住所的情景，表现了词人退避社会、厌弃世间的人生理想、

生活态度和要求彻底解脱的出世意念。

上阕首句"夜饮东坡醒复醉",点明了夜饮的地点和醉酒的程度。醉而复醒,醒而复醉,当他回临皋寓所时,自然很晚了。"归来仿佛三更","仿佛"二字,传神地描画出了词人醉眼蒙眬的情态。下面三句,写词人已到寓所、在家门口停留下来的情景:"家童鼻息已雷鸣。敲门都不应,倚杖听江声。"其间浸润的,是一种达观的人生态度,一种超旷的精神世界,一种独特的个性和真情。上阕以动衬静,以有声衬无声,通过写家童鼻息如雷和作者谛听江声,衬托出夜静人寂的境界,从而烘托出历尽宦海浮沉的词人心事之浩茫和心情之孤寂,使人遐想联翩,从而为下阕当中作者的人生反思作好了铺垫。

下阕一开始,词人便慨然长叹道:"长恨此身非我有,何时忘却营营?"这奇峰突起的深沉喟叹,既直抒胸臆又充满哲理意味,是全词枢纽。以上两句精粹议论,化用庄子"汝身非汝有也""全汝形,抱汝生,无使汝思虑营营"之言,以一种透彻了悟的哲理思辨,发出了对整个存在、宇宙、人生、社会的怀疑、厌倦、无所希冀、无所寄托的深沉喟叹。这两句,既饱含哲理又一任情性,表达出一种无法解脱而又要求解脱的人生困惑与感伤,具有震撼人心的力量。词人静夜沉思,豁然有悟,顾盼眼前江上景致,是"夜阑风静縠纹平",心与景会,神与物游,为如此静谧美好的大自然深深陶醉了。于是,苏轼情不自禁地产生了脱离现实社会的浪漫遐想:"小舟从此逝,江海寄余生。"他要趁此良辰美景,驾一叶扁舟,随波流逝,任意东西,他要将自己的有限生命融化在无限的大自然之中。这种遐想类似梦想,不可能实现,但人在一生中某个阶段这种愿望会比较强烈。精神生活的富裕远远超过物质生活的丰裕,"夜阑风静縠纹平",表面上看来只是一般写景的句子,其实不是纯粹写景,而是词

第七章　诗酒宴饮：期待、排遣和集体的忧伤

人主观世界和客观世界相契合的产物。它引发出作者心灵痛苦的解脱和心灵矛盾的超越，象征着词人追求的宁静安谧的理想境界，接以"小舟"两句，自是顺理成章。苏东坡政治上受到沉重打击之后，思想几度变化，由入世转向出世，追求一种精神自由、合乎自然的理想。在他复杂的人生观中，由于杂有某些老庄思想，因而在痛苦的逆境中形成了旷达不羁的性格。"小舟从此逝，江海寄余生"，余韵深长，表达出词人潇洒如仙的旷达襟怀，是他不满世俗、向往自由的心声。宋代叶梦得《避暑录话》卷上记载：苏轼作了这首词之后，"挂冠服江边，拏舟长啸去矣。郡守徐君猷闻之惊且惧，以为州失罪人，急命驾往谒，则子瞻鼻鼾如雷，犹未兴也"，根本未去"江海寄余生"。这则传说，生动地反映了苏轼求超脱而未能的人生遭际。

韩愈游洛阳惠林寺作诗《山石》。这和苏轼词有异曲同工之妙，表达的也是对人生的快乐和旨趣的探讨。"夜深静卧百虫绝，清月出岭光入扉。天明独去无道路，出入高下穷烟霏。""人生如此自可乐，岂必局束为人鞿。"夜深时分，一切虫鸣声都停了，月出山岭，穿过门户，洒满室内。天亮离开时，雾霭霏霏，道路莫辨。下山途中，见山花烂漫，涧水碧绿，清风掀起诗人的衣裳，自得其乐，好不自在！人生何必受到拘束？套上缰绳的马儿有什么快乐呢？

苏轼与友人游览南溪时，有感而朗诵韩愈的这首《山石》，慨然知韩愈之乐。依原韵，苏轼有《王晋卿所藏着色山二首》，其二云"荦确何人似退之，意行无路欲从谁？宿云解骏晨光漏，独见山红涧碧时。"世人谁愿意受世俗羁绊？仕途不顺时，寄情山水，也是常有之事。前路不明甚至无路可走无人可依靠时，人生依然有其内在的乐趣。那就是自我遂意的个性张扬，达观知命的心态。人们总是在已知条件下解题的，超出现有环境和可能会让人徒劳。尘世烦忧多，

有一种表现为琐事缠身，深陷其中，无法游刃有余地处理好，如果再逢天雨屋漏之类的灾祸，那对人的情绪心态影响更糟糕，何谈诗和远方，何谈良辰美景？所以，以一份坦荡淡泊的心去看待外界和自己的关系，寻求平衡，得之不喜，失之不忧，如此，才有心情看室外盛开的樱花，处理案头的文牍，身边的琐事也会变成一座座小山，鼓足勇气登过去就是了。

诗人有时候愿意"江海寄余生"，只是烦闷之余说说而已，说完了太阳东升水东流，该向上还是要向上的。和"天明独去无道路"相比较起来，毕竟更重要的还是"出入高下穷烟霏"的追索更有意义。

66. 向阳而生

三月七日，沙湖道中遇雨。雨具先去，同行皆狼狈，余独不觉，已而遂晴，故作此词。

莫听穿林打叶声，何妨吟啸且徐行。竹杖芒鞋轻胜马，谁怕？一蓑烟雨任平生。料峭春风吹酒醒，微冷，山头斜照却相迎。回首向来萧瑟处，归去，也无风雨也无晴。

三月七日，在沙湖道上赶上了下雨，拿着雨具的仆人先前离开了，同行的人都觉得很狼狈，可是苏轼老先生不这么认为。仆人带着雨具先走，是因为走的时候晴空万里，没有准确的天气预报。可见雨是突然下的。过了一会儿天晴了。不要害怕树林中风雨的声音，何妨放开喉咙吟唱从容而行。挂竹杖曳草鞋轻便胜过骑马，这都是小事情又有什么可怕？披一蓑衣任凭湖海中度平生。自然界的风风雨雨见惯了，人世间更难料的是非艰难也经历了不少，"一蓑烟雨任

第七章　诗酒宴饮：期待、排遣和集体的忧伤

平生"是苏轼在变化面前的一份镇定自若。料峭的春风把词人酒意吹醒，身上略微感到一些寒冷，看山头上斜阳已露出了笑脸，回首来程风雨潇潇的情景，归去不管它是风雨还是放晴。

苏轼《定风波·莫听穿林打叶声》为醉归遇雨抒怀之作。词人借雨中潇洒徐行之举动，表现了虽处逆境屡遭挫折而不畏惧不颓丧的倔强性格和旷达胸怀。全词即景生情，语言诙谐。首句"莫听穿林打叶声"，一方面渲染出雨骤风狂，另一方面又以"莫听"二字点明外物不足萦怀之意。"何妨吟啸且徐行"，呼应小序"同行皆狼狈，余独不觉"，又引出下文。徐行而又吟啸，是加倍写；"何妨"二字透出一点俏皮，更增加挑战色彩。"竹杖芒鞋轻胜马"，写词人竹杖芒鞋，顶风冲雨，在逆风中从容前行，以"轻胜马"的自我感受，传达出一种搏击风雨、笑傲人生的轻松、喜悦和豪迈之情。"一蓑烟雨任平生"，由眼前风雨推及整个人生，有力地强化了作者面对人生的风风雨雨而我行我素、不畏坎坷的超然情怀。全词表现出苏轼旷达超逸的胸襟，充满清旷豪放之气，寄寓着独到的人生感悟，读来使人耳目为之一新，心胸为之舒阔。结拍"回首向来萧瑟处，归去，也无风雨也无晴"这饱含人生哲理意味的点睛之笔，道出了词人在大自然微妙的一瞬所获得的顿悟和启示：自然界的雨晴既属寻常，毫无差别，社会人生中的政治风云、荣辱得失又何足挂齿？

这首记事抒怀之词作于宋神宗元丰五年（1082）春，当时是苏轼因"乌台诗案"被贬为黄州（今湖北黄冈）团练副使的第三个春天。在苦难面前，东坡先生没有沉沦。苦难是财富，也会是人生的契机，能否挣脱和升华，那要看每一个个体的天赋、心性、素养和作为。"乌台诗案"之后的东坡大难不死，远逐黄州，创作出诸多千古名篇；明代王阳明深陷诏狱，在边远的贵州龙场悟道，他们都以赤子心态实现人生蜕变，成就了自己。

词人与朋友春日出游，风雨忽至，朋友深感狼狈，词人却毫不在乎，泰然处之，吟咏自若，缓步而行。因为在明智达观的苏轼看来，回看来时路，人生毕竟要走向归途。而在达至终途的路上，任何风雨都是过去时态，重要的是当下和明天。苏轼总是不同于他人的地方可能就在于这份泰然自若，任何时候都把人生当作不可逆的过程。这是明智客观的。

美国学者乔治·萨顿在研究科学史时指出了艺术史的作用，他认为，艺术史首先让我们了解那些已经消失了的文明的精神，"艺术作品具有一个高于人类精神其他表现形式的巨大优越性；给予我们过去时代完全和综合的景象；为我们提供只消看一眼就能把握的知识，把过去再现于生活之中"①。时间消逝，可人们还是愿意欣赏前代的作品，这说明过去的经验能通过对话或体验的形式回答今天的新问题，耐咀嚼的经典在人们的解释中也不断丰富起来。作品之所以超越年代、经典永续流传，是因为其卓越程度达到了沟通人心人性的深度，跨越了时空。杨匡汉先生说出了其中的简单道理，"'代''代'之后，人生还是人生；'后''后'之后，诗歌还是诗歌，而'深度才是一切'"②。

这种一眼就能把握到的知识，更准确地说，应该是人文传统的精华和核心灵魂达到了统一。"画以立意""文以载道""乐以象德""诗以言志"等说明，精华部分表现得越深邃，艺术的穿透力和感染力也就越强。人类一代代总结出来的智慧与精神是规范、多次试错形成的经验的综合，当时的消失不是真正的消亡，在后世，或长远或者很快，就会以一种新的激情和冲动再现，为今天的生活所包容。历史上的智慧一定在我们今天出现，形式上可能是一种互动、重组、

---

① [美]乔治·萨顿：《科学的生命》，刘珺珺译，商务印书馆 1987 年版，第 37 页。
② 杨匡汉：《古典的回响》，中国社会科学出版社 2015 年版，第 261 页。

第七章　诗酒宴饮：期待、排遣和集体的忧伤

镶嵌、重生等，但实际上这种人文传统一直游动如岚，真诚而执拗。中华诗词一脉相传的，也即这类格局和文脉。空谷传音，即传统的回响，时时让我们倾听。重温千年前苏轼的三首词，揭示的不正是这样达观知命的心态吗？不正是中国现代化进程中人精神世界所缺失的营养吗？

67. 醉酒、醒酒与"静穆"

　　醉是一拃一拃醉，醒是一寸一寸醒。酒的好处是让人暂时放松，在一个虚幻的世界中，饮酒至醉可能让人们拉近了距离，点燃了乡愁。在推杯换盏和酒菜狼藉中，来自不同地域的人们相聚对饮，在王羲之，成就了《兰亭集序》；在李白，成就了《春夜宴从弟桃花园序》等；在杜甫，成就了《赠卫八处士》；在元末明初的唐温如那里，有了《题龙阳县青草湖》（《过洞庭》）。

　　台湾当代诗人郑愁予因乡愁和酒，有了佳作《纤手》。《纤手》的每一段都离不开酒。

　　　　落花傍着四月的江岸/春水使纤手柔弱/泥地的伕队中那浪子又站着/头一天拉过七里十里滩/一歇脚就喝光整天的工钱

　　　　而昨夜的镇甸并不知名字月牙儿在犬声中照着/照着临江的一列北窗

　　　　当年轻易离别母亲的那浪子/廿年啦，犹靠着人家窗根睡的那浪子/着上了酒瘾得了风湿症的那……/浪子，醉过一夜的小镇从不知名字

　　　　四月的阳光怯度冷峻的三峡/云底是一步一颠的纤手/落花

从高原的家乡流下/春水使浪子柔弱①

  远离家乡的游子，多年以后，纤纤细手变成了拉纤人，青年人变成了中年人。航行在柔情似水的春江里，夜晚宿在别人家的窗根下，酒成了回家唯一的路，纾解乡愁，帮他逃避。也许，在一拃一拃的宿醉中，浪子梦见了故园门口的老槐树，醉过的小镇子从来没有记住名字，长年拉纤罹患风湿病，也不忍告诉亲人。纤手载着多少游子，可没有把自己载上回家的路。临江的北窗、清冷的月光、江面的落花、记不住名字的异乡小镇，这一切让离家的浪子酒醒后情何以堪？艰难的生活还横亘在面前，再痛苦，日子还需要一天天过。借助于酒力，从古到今的人们消解了时间知觉和现实痛感，冲淡了悲观和感慨。苏轼理解了生命的真实，达到了通透和闲适，"则凡役于物者，非失此生耶？"（《东坡题跋·题渊明诗》）。

  李白时常用酒来取代对时空的敏感度，高扬生命的浪漫意识和乐观主义。时间匆匆而过，李白醉眼相瞥中，万物同醉，时空也得喝上几杯。《襄阳歌》有"百年三万六千日，一日须倾三百杯。"甚至在《短歌行》中劝酒劝得惊奇，"北斗酌美酒，劝龙各一觞"。时间和酒密切联系起来，花开的声音与饮酒的节奏同步了。《山中与幽人对酌》有"两人对酌山花开，一杯一杯复一杯"。喝酒时，"山花向我笑，正好衔杯时"。《将进酒》中有："人生得意须尽欢，莫使金樽空对月……钟鼓馔玉不足贵，但愿长醉不用醒。古来圣贤皆寂寞，惟有饮者留其名。"苏轼《赤壁赋》中有："驾一叶之扁舟，举匏樽以相属。寄蜉蝣于天地，渺沧海之一粟。"王翰有"醉卧沙场君莫笑，古来征战几人回"；刘禹锡有"今日听君歌一曲，暂凭杯酒长

---

  ① 郑愁予：《郑愁予的诗：不惑年代选集》，凤凰出版传媒股份有限公司、江苏凤凰文艺出版社2016年版，第144页。

第七章　诗酒宴饮：期待、排遣和集体的忧伤

精神"；没有酒，何来辛弃疾"醉里挑灯看剑，梦回吹角连营"；何来柳永"今宵酒醒何处，杨柳岸、晓风残月"，婉约如李清照也不会"常记溪亭日暮，沉醉不知归路"。

中国古典诗歌富于人间情怀，《古诗十九首》教我们珍惜生命，认识死亡，感受生命的深度，活好当下。"人生天地间，忽如远行客。斗酒相娱乐，聊厚不为薄。""不如饮美酒，被服纨与素。""人生不满百，常怀千岁忧。昼短苦夜长，何不秉烛游？为乐当及时，何能待来兹。"酒是享受当下、及时行乐的依赖。陶渊明"但恨在世时，饮酒不得足。"杜甫老先生再沉郁顿挫，再"穷年忧黎元"，酒也是他人生的佐料，"莫厌伤多酒入唇"，"细推物理须行乐"即为例证。

唐琪，字温如，生平无详细记载，仅存八首诗。其《题龙阳县青草湖》一诗云："西风吹老洞庭波，一夜湘君白发多。醉后不知天在水，满船清梦压星河。"这首诗唯美轻灵，构思巧妙，虚实缥缈，读之让人心旷神怡。"湘君白发"的典故源自神话传说。湘君听闻帝舜死于苍梧之野，啼竹成斑，遂凝望着萧瑟江景，一夜白发。作者夜晚摆舟湖上，看着美丽的星光和月色，酒醉之后，恍惚之间不知是星辰倒映水中，还是自己已经来到了仙境。这种感觉极类似于庄周梦蝶的故事，人生的梦境和真实的生活有时其实很难区分。人在酒酣淋漓之际，首先要思考的必是此时此刻我在哪里，然而虚实之间，竟难以接近这个问题的答案。

某种程度上，醉酒的过程、醒酒的过程和酒醒后的状态，都是人生难得的一次"静穆"过程，因为一般人平时难有这种经历。应该让这种精神过程成为一种洗礼，也是短暂的一次小结。动容易，静则难。

说到古典诗歌的欣赏和阅读，鲁迅先生反对简单"摘句"。从一两句自己喜欢的诗词中寻求共鸣，提升主题，不顾忌当时的写作背

景和诗词的全篇,鲁迅先生认为这样理解有可能会发生偏颇。他曾批评过朱光潜关于钱起两句诗"静穆"的解读。鲁迅先生在《题未定草》中引了朱光潜《说"曲终人不见,江上数峰青"》一文:

> 我爱这两句诗,多少是因为它对于我启示了一种哲学的意蕴。'曲终人不见'所表现的是消逝,'江上数峰青'所表现的是永恒。可爱的乐声和奏乐者虽然消逝了,而青山却巍然如旧,永远可以让我们把心情寄托在它上面。人到底是怕凄凉的,要求伴侣的。曲终了,人去了,我们一霎时以前所游目骋怀的世界猛然间好像从脚底倒塌去了。这是人生最难堪的一件事,但是一转眼间我们看到江上青峰,好像又找到另一个可亲的伴侣,另一个可托足的世界,而且它永远是在那里的。'山穷水尽疑无路,柳暗花明又一村',此种风味似之。不仅如此,人和曲果真消逝了么;这一曲缠绵悱恻的音乐没有惊动山灵?它没有传出江上青峰的妩媚和严肃?它没有深深地印在这妩媚和严肃里面?反正青山和湘灵的瑟声已发生这么一回的因缘,青山永在,瑟声和鼓瑟的人也就永在了。
>
> 艺术的最高境界都不在热烈。就诗人之所以为人而论,他所感到的欢喜和愁苦也许比常人所感到的更加热烈。就诗人之所以为诗人而论,热烈的欢喜或热烈的愁苦经过诗表现出来以后,都好比黄酒经过长久年代的储藏,失去它的辣性,只剩一味醇朴……'静穆'是一种豁然大悟,得到归依的心情。它好比低眉默想的观音大士,超一切忧喜,同时你也可说它泯化一切忧喜。这种境界在中国诗里不多见。屈原阮籍李白杜甫都不免有些像金刚怒目,愤愤不平的样子。陶潜浑身是'静穆',所以他伟大。

第七章 诗酒宴饮：期待、排遣和集体的忧伤

鲁迅先生的研究结论是，钱起的"静穆"不是真的'静穆'，也并非陶潜的'静穆'。钱起的这两句诗摘自《省试湘灵鼓瑟》，是他参加省试的答卷，是历代应试作中少有的佳作，尤其末两句堪称神来之笔，妙造自然。鲁迅先生认为在考卷上大发牢骚，像李白杜甫一样"金刚怒目，愤愤不平的样子"，恐怕钱起不愿意。因为他首先要预防的是落第。朱光潜先生称赞其艺术境界的哲学意蕴，绕梁三日，余音袅袅。鲁迅从《大历诗略》中找到了钱起的另一首诗，《下第题长安客舍》："不遂青云望，愁看黄鸟飞。梨花寒食夜，客子未春衣。世事随时变，交情与我违。空余主人柳，相见却依依。"这首诗就不"静穆"了。钱起是天宝十年（751），因《省试湘灵鼓瑟》进士及第的，之前多次落榜。应试中的话语辞藻并不能代表诗人的真实感情，而"不遂青云望，愁看黄鸟飞"才是现实背景下钱起的真实反映。《下第题长安客舍》因为不是应试诗，有牢骚才是真情流露，其愤愤不平和屈原、李白、杜甫也有类似之处。"静穆"前后应该一致，陶渊明也并非一直就"静穆"。诗人艺术风格的变化因时因势因事而起变化，正是在这个意义上，鲁迅先生说：

> 不过我总以为倘要论文，最好是顾及全篇，并且顾及作者的全人，以及他所处的社会状态，这才较为确凿。要不然，是很容易近乎说梦的。但我也并非反对说梦，我只主张听者心里明白所听的是说梦，这和我劝那些认真的读者不要专凭选本和标点本为法宝来研究文学的意思，大致并无不同。自己放出眼光看过较多的作品，就知道历来的伟大的作者，是没有一个'浑身'是'静穆'的。陶潜正因为并非'浑身''静穆'，所以他伟大。现在之所以往往被尊为'静穆'，是因为他被选文家和摘句家所缩小，凌迟了。

朱鲁之争，是现代诗学的一大公案。按照胡晓明先生的观点，鲁迅、朱光潜的争论表面上是诗学美学的争论，而实质上是思想文化的争论。朱光潜代表了传统审美派，借助西方发现中国，再回过头回应西方；而鲁迅代表了现代实用派，借助西方的科学和理性精神来改造中国的国民性。作为诗论研究的两种方式，朱光潜建立了意象与情趣相结合的诗美学本质论，鲁迅则开启了以祛魅、历史主义、力量为特征的现代诗学。[1]

68. 诗词让人温柔敦厚、温暖高贵

有时间读一些古典诗词，可以让我们在这个复杂多变的世界上远离孤独寂寞，内心不断温暖高贵。虽然情境大不相同，可是毕竟古人曾经和我们生活的是同一块土地，同一片蓝天白云，同一脉江河水，同一轮太阳月亮。潺潺不息的河流、绵延不断的山脉、郁郁葱葱的森林还是在默默地陪伴着我们。

秋天的关中和陕南随处可见挂满柿子的枝头，果实红彤彤、沉甸甸，红叶飘零于霜天，让人既感慨丰收的喜悦，又觉得时光荏苒，生命转瞬即逝，冬天又要到了啊。我们写不出刘禹锡《咏红柿子》"晓连星影出，晚带日光悬"那样的诗，可是自己吟一句"满树不见枝头绿，只见灯笼挂上头"，也不错。萧瑟的山野中这独特的美景会让喜悦愉快、温暖珍贵浮上心头的。

清代词人纳兰性德是多情才子，也是生活中的有心人。其《菩萨蛮·为春憔悴留春住》中"深巷卖樱桃，雨余红更娇"之传神，让我们想到雨后樱桃的红艳艳，惹人喜爱，词短情长。农人趁着清

---

[1] 胡晓明：《真诗的现代性：七十年前朱光潜与鲁迅关于"曲终人不见"的争论及其余响》，《江海学刊》2006年第3期。

第七章　诗酒宴饮：期待、排遣和集体的忧伤

晨采摘，手提肩扛进了城，在城里的深巷里要把樱桃卖给富贵人家的小姐少爷，养家的辛劳可见一斑。下雨之时，他会躲在何处呢？别人家的屋檐下，可是樱桃来不及收了。雨水冲刷之后的樱桃鲜艳欲滴，娇嫩动人，这句实为婉约词的一张名片。这与南宋蒋捷的"流光容易把人抛，红了樱桃，绿了芭蕉"意境不同；也高过了元代陆文圭的"一树樱桃红半落"和五代十国时冯延巳"一树樱桃带雨红"的简单平实。反观纳兰词，不事雕琢，伤春感怀思念一贯，凄凉愁苦风格一贯。这首词的下阕不免让词人怀念记忆中三月的那一抹温暖了。"黄昏清泪阁，忍便花飘泊。消得一声莺，东风三月情。"同是黄昏，花自飘零，微微东风中一声莺啼，唤醒记忆后的词人辗转憔悴：我这是怎么了？如此多情！

现代青年如果不愿意读古典诗词，见到雨后的樱桃，一句"真红"之后词穷，这都是对传统文化精华的辜负。我们被繁忙的人间烟火淹没，行走中缺少诗情画意，写在人生边上的只能是遗憾。"腹有诗书气自华"离你离我渐行渐远，面对美好的风景和感人的事迹，没有优秀传统文化作为积淀，无语凝噎会成为常态。我们自己也会从一时的遗憾转变成事后的无动于衷。用烟火人生的普通平凡、用时间紧张和琐事繁多来安慰自己，我们心中明白这只是一个蹩脚的借口。所谓诗意栖居、温暖高贵就成了高高在上的画饼，这与出身、资质无关，只和勤奋有关。诗在眼前，远方仍然在远方，缺乏的只是勤奋和机缘。"一勤天下无难事"吧。

生活如此美好，一定有他的理由。我们生活的这块土地上，曾经演绎了古人多少优雅的故事和惨烈的教训。历经艰难险阻而仍然砥砺前行是向上向前的最好姿态。如果我们感到一丝郁闷，那么走入古人的内心世界则会给我们很多启迪。"陌上人如玉，公子世无双。"这句形容郎才女貌的诗，读之你恐怕不能认为是纯粹的打油诗

吧?语言之美是发自内心的一种感觉,怎么这样的句子没有出自你我的笔下?

"宗之潇洒美少年,举觞白眼望青天,皎如玉树临风前。"杜甫忧国忧民,不大夸奖人。可是其《饮中八仙歌》算是从饮酒的角度,用洗练的语言给八位酒仙画了一幅平生醉趣图。李白、贺知章、李适之、李琎、崔宗之、苏晋、张旭、焦遂八位名士是初到长安的杜甫心中的偶像。崔宗之是一个潇洒的美少年,举杯饮酒时,常常用白眼傲视青天,睥睨一切,旁若无人,俊美之姿宛如玉树临风。我们今天大约也能通过杜甫的诗句看到他的风姿和神韵。

唐人好酒,名人闹酒,老百姓也普遍爱喝几杯,长安城因此酒肆很多。刘禹锡说:"长安百花时,风景宜轻薄,无人不沽酒,何处不闻乐。""长安市上酒家眠"的大诗人李白相信"三杯通大道";杜甫比李白深刻,说"浊醪有妙理,庶用慰沉浮",酒让人暂时陶醉,忘却尘世间的名利得失之计较。

今天的青年酒醉之时说得最多的会是什么呢?只扶墙不扶人?这大约是通用的。高雅一点的,至多如"没有在深夜里买醉痛哭的人,不足以谈人生"罢了。

歌曲《醉拳》有意思,"我颠颠又倒倒,好比浪涛。有万种的委屈,付之一笑。我一下低,我一下高,摇摇晃晃不肯倒,酒里乾坤我最知道。莫说狂,狂人心存厚道。莫笑痴,因痴心难找。莫怕醉,醉过海阔天高。且狂且痴且醉趁年少"。台湾歌词作者厉曼婷大约也是深谙酒的妙处和文化的。

诗词可以改变人的性格,涵养人的品性。《礼记·经解》云:"温柔敦厚,《诗》教也。"《论语》有"士志于道,而耻恶衣恶食者,未足与议也",这让我们懂得简单朴素的吃穿住行,可以让人在追求真理的道路上心无旁骛。吃饭是为了活着,营养够即可,不可过剩；而活着不是为了吃饭，饱暖之后，士人的目光始终投向的是广袤的未来。

冬季北方飘雪时，外在景物可以触及内心情感的变化。大雪纷纷扬扬，大地银装素裹，出游不便，我们该有多少心事愿意和故交分享。郑板桥《题游侠图》云："大雪满天地，胡为仗剑游。欲谈心里事，同上酒家楼。"

"不学诗，无以言。"学诗可以让人热情、合群、敏锐、更会抒情抒发，更加温柔敦厚；可以让人更会说话，更会做事，更懂孝悌忠爱，惜光阴，知关怀，更有操守。中华民族有重视诗教的传统，《尚书·舜典》云："诗言志，歌永言。"舜帝结合诗与乐，要求年轻人正直温和、宽厚谨慎，刚毅而不粗暴，谦恭而不傲慢。

苍白的语言伴随的必然是苍白的人生，多姿多彩的故事总是在岁月风尘中演绎。时光只是流逝，从来不会顾及人们的感受。在岁月面前，没有特殊的过客。霜染双鬓的时候，只是希望我们不要腹中空空，脑袋中野草疯长罢了。

69. 魏晋名士和风度

东汉末年严重的社会危机引发士人阶层思想的活跃和行为的独立。桓、灵之际，"主荒政谬，国命委于阉寺，士子羞与为伍，故匹夫抗愤，处士横议"（《后汉书·党锢列传》）。汉献帝建安年间，士人阶层个体觉醒和生存意识凸显，悟兴废之无常，哀人生若尘露，对传统价值观念、行为准则、信仰体系的批判、反思被摆到社会思想层面的突出位置，这直接推动了诗歌的发展。

曹操、曹丕、曹植父子是建安诗坛的中心。曹操《短歌行》代表了一代士人的人生哀思和不息雄心。哀感哀思，饮酒解忧，思旧怀友之后便是冲天斗志,"天下归心","志不出于滔荡,辞不离于哀思"(《文心雕龙·乐府》),即最终是要建功立业,声名永垂的。

短歌行其二

对酒当歌,人生几何!譬如朝露,去日苦多。慨当以慷,忧思难忘。何以解忧?唯有杜康。青青子衿,悠悠我心。但为君故,沉吟至今。呦呦鹿鸣,食野之苹。我有嘉宾,鼓瑟吹笙。明明如月,何时可掇?忧从中来,不可断绝。越陌度阡,枉用相存。契阔谈䜩,心念旧恩。月明星稀,乌鹊南飞。绕树三匝,何枝可依?山不厌高,海不厌深。周公吐哺,天下归心。①

曹操诗的大意是,日月如梭中,朝露转瞬即逝。人生短促,过去的岁月失去太多。饮酒高歌,乐声激昂,美酒隽永,忧愁难遣始终充盈胸怀。要建功立业,必须贤良学子相助,群鹿欢鸣,四方贤才何时才能光临舍下?远方的宾客越过田间小路,纷纷来探访我。月朗星稀之时,乌鹊们绕树南飞,寻找栖身之地。高山不辞土石,大海不弃涓流。我一定向周公学习,礼贤下士,让天下英杰真心归我,共谋大业。

曹操为了扩大其庶族地主的统治基础,打击世袭豪强势力,曾发布《求贤令》《举士令》《求逸才令》等,以期唯才是举。《短歌行》其一,以诗歌的形式,宣扬了政治主张,起到了独特的感染作用。曹操"人生几何"并非主张及时行乐,而是要让贤才们尽快投奔至其麾下,及时建功立业。作者为求贤不得甚至到了借酒消愁的

---

① 夏传才校注:《曹操集校注》,河北教育出版社2013年版,第26页。

第七章　诗酒宴饮：期待、排遣和集体的忧伤

地步，尚在忧郁彷徨的士人们要善于择枝而栖，自己一定会像周公那样披肝沥胆善待人才的。清代状元陈沆评价说："此诗即汉高（祖）《大风歌》思猛士之旨也。"（《诗比兴笺》卷一）

王夫之《姜斋诗话》评价曹丕《燕歌行》"倾情、倾度、倾色、倾声，古今无两"。魏晋时期文人自我意识觉醒，直接影响了文学的自觉。建安诗人曹丕强调文学的经世之功，重视个人的"不朽"，即诗歌须与个人所见所感、喜怒哀乐、悲欢离合相连接，超出了温柔敦厚、抒情言志的范畴。在情感解放的广阔天地中，曹丕在《典论·论文》中认为"年寿有时而尽，荣乐止乎其身，二者必至之常期，未若文章之无穷。是以古之作者，寄身于翰墨，见意于篇籍，不假良史之辞，不托飞驰之势，而声名自传于后"。

曹植诗以五言为主，语言精练华茂，言情状物均多样而深入。其《箜篌引》《七哀》《白马篇》《杂诗》等情志复杂，情绪苦闷矛盾，预示着以"竹林七贤"为代表的苦闷、压抑时期的来临。思潮暗流涌动，且呈山雨欲来风满楼之势。人生苦短，及时行乐却心有不甘；欲建立功业又深感无门；欲寻仙逍遥，但"虚无求列仙，松子久吾欺"（《赠白马王彪》）。

建安诗人歌咏的主要还是哀思、理想情怀以及满目疮痍的社会现实，对山水田园和平凡生活情趣少有涉猎。正始时代（240—248）是思想解放的时代①，名士们对汉代经学和束缚人们思想的旧观念进行批判反思，"越名教而任自然"，个体意识觉醒、主张追求自我、生活自由，但现实中政治高压犹存，无路可走但已觉醒的个体意识借助酒、药、诗歌来消解矛盾、苦闷。正始时代，文人们面对严酷的现实，发展了建安文学中表现"忧生之嗟"的一面，集中抒发了

---

① "正始"是三国时期曹魏的君主魏齐王曹芳的第一个年号，共计9年。

个人在外部力量强大压迫下的悲哀。

建安文学中占主导地位的、高扬奋发、积极进取的精神,在正始文学中已经基本消失了。由于危机四伏,哲学思考盛行,正始文人很少直接针对政治现状发表意见,而是避开现实,以哲学的眼光,从广延的时间和空间范围来观察事物,讨论问题。他们把从现实生活中所得到的感受,推广为对整个人类社会生活和历史的思考,这就使正始文学呈现出浓厚的哲理色彩。深刻的理性思考和尖锐的人生悲哀,构成了正始文学最基本的特点。

正始时期著名的文人,有所谓"正始名士"和"竹林名士"。前者代表人物是何晏、王弼、夏侯玄,主要成就在哲学方面。后者又称"竹林七贤",指阮籍、嵇康、阮咸、山涛、向秀、王戎、刘伶七人,以阮籍、嵇康的文学成就最高。"竹林七贤"大多并非出世的隐士,他们多或大或小做过官,抱有反传统的处世哲学,以世所瞩目的怪诞言行表达强烈的愤世嫉俗之情,但并非真的淡泊名利。① 山涛仕晋后官至吏部尚书;嵇康仕魏不仕晋;刘伶因为与晋武帝政见不合而被罢官;王戎任司徒,位列三公,但大多数时间身在官场,心在山林。

建安时代的"三曹"和"七子"(孔融、陈琳、王粲、徐干、阮瑀、应玚、刘桢);正始时代的"正始名士"和"竹林七贤";西晋时期成批的文学领军人物涌现,包括张载、张协、张亢、陆机、陆云、潘岳、潘尼、左思等;② 东晋时期的陶渊明、谢安、苏蕙、王羲之、李充、郭璞等均为当时文坛风云人物,建安以来,这些璀璨的明星共同辉映了魏晋文学繁荣的星空。

---

① 资中筠:《资中筠自选集:士人风骨》,广西师范大学出版社 2011 年版,第 83 页。
② 西晋太康、元康年间的这七名文学家并称为张潘左陆,也称之为三张二陆两潘一左。西晋张载为"三张"兄弟中之兄长,与北宋理学家张载同名同姓。

第七章　诗酒宴饮：期待、排遣和集体的忧伤

魏晋时代的作家大都怀有深刻而强烈的感情，且不惮于真情流露。两晋交替时期的卫玠向江南撤退，见茫茫长江，感慨系之，百端交集；桓温北征，见自己过去所种之树长得很粗了，流着泪感叹道："木犹如此，人何以堪！"王羲之兰亭集诗云："大矣造化工，万殊莫不均。群籁虽参差，适我无非新。"造化与心灵打成了一片。《世说新语·言语》记载晋简文帝司马昱入华林园，说："会心处不必在远。翳然林水，便自有濠、濮间想也，觉鸟兽禽鱼，自来亲人。"自然和心灵、人格之间融为一体，个人情感可推及万物，万物中可见个体情感，远离世俗庸情，超凡潇洒。评价一个人，其精神气质和人格之美占很大分量。"朗朗如日月之入怀""肃肃如松下风""岩岩若孤松之独立"都是对当时类似夏侯玄、嵇康容貌和气质的赞颂。

陶渊明归隐之后坦然承认自己思想内心的矛盾，在两种生活模式之间犹豫动摇，《咏贫士》其五云："贫富常交战，道胜无戚颜"。毫无内心冲突而固守其穷，于情于理难以说服人，陶渊明的伟大之处不仅在于心甘情愿地固守其节操，还在于敢于暴露其真实思想。老式隐士往往遁入山林，远离人世的浑浊和喧嚣，过遗世独立的生活，以为这样才叫隐居。而陶渊明的隐居却"结庐在人境"，滚滚红尘中保持心态的平静，对那些车马之喧充耳不闻。"心远地自偏"，这样的心正是玄远之心。"采菊东篱下，悠然见南山。山气日夕佳，飞鸟相与还。"人在自家宅院的东篱下采菊，眼却望着南山，又转而去看飞鸟，此即所谓"心远"。大诗人陶渊明其实也是那个时代特有的思想家。

学者傅刚曾在《魏晋风度》一书中总结了魏晋名士不同流俗的五个方面，即处变不惊，镇定自若；旷达傲世，任率自然；风神潇

酒，不滞于物；朝入玄心，表里澄澈和一往情深，天然风流。① 后人缅怀的也正是这些名士们的深于情，真挚而执着，如醉如痴；超于情，从不拘泥而不能自拔，这实际上是一种对宇宙人生的情感和伟大的人格力量。

70. 诗酒趁年华，赏花当及时

诗人苏轼登上密州的超然台，趁着晚春，看着远处的护城河，波光粼粼，城里烟雨蒙蒙，春花缤纷，思乡而不得还，还是沏一壶新茶，热一壶老酒，作首诗或词吧。于是，有了这篇《望江南·超然台作》了。

春未老，风细柳斜斜。试上超然台上看，半壕春水一城花。烟雨暗千家。寒食后，酒醒却咨嗟。休对故人思故国，且将新火试新茶。诗酒趁年华。

"诗酒趁年华"一句着实好。才气横溢，风华正茂的时候，一个人也能喝点酒的。"人生得意须尽欢"，"白日放歌须纵酒，""一年大笑能几回，斗酒相逢须醉倒"。古人在一帆风顺时，在失意落魄时，在天涯孤旅时，总是离不开酒，也离不开诗的。

人值盛年，饮酒赋诗是古人的生活情趣，也是志向表露。没有听说古人七老八十"斗酒诗百篇"的，即便才华能跟上，身体也不允许。人总是在最美好的年龄阶段和诗歌、美酒结下情缘。

花开不败也只是人美好的愿望，赏花当及时的道理大家都熟知

---

① 参见傅刚《魏晋风度》，上海古籍出版社 1997 年版。

第七章　诗酒宴饮：期待、排遣和集体的忧伤

于心。然而常常不能如愿，其中颇多无奈。

很多人常有这样的愿望，樱花未开之际，心中暗暗下决心今春一定要邀约三五个友人同去赏花。决心下得又早又大，然而落英缤纷都过去一个月了，长安城里附近几公里不到的青龙寺也没能去成，遗憾中只能约定明年。即便在身边，美景灿然，可真要抽出时间去看看，不是一件容易的事。总是这样那样的事情耽误，总是约不到一起，总想着明后天或下一周去也能赶上，简单如赏樱花这样的事情就这样眼睁睁地滑过去了。计划明年一定去，然而明年也许还这样。

与尤袤、范成大、陆游合称"南宋四大家"的杨万里有一首《伤春》，写的就是你我赏花不得的心态。"准拟今春乐事浓，依然枉却一东风。年年不带看花眼，不是愁中即病中。"老人生病了得去看；孩子淘气，老师叫家长不去不行；单位加班自己又是个小头目不去不行……事情又多又具体。种种无奈之下，我们常常心安理得地辜负了一年一度的春风和盛开的鲜花。

元代诗人、画家高克恭官至刑部尚书，生性坦荡平易，与世落落寡合，遇知己则倾心相交，终身不疑。他虽身为色畏吾儿（今维吾尔族）人，但汉文化修养极高。有《怡然观海》云："日日依山看荃湾，帽山青青无颜改。我问沧海何时老，清风问我几时闲。不是闲人闲不得，能闲必非等闲人。"人要活得超凡脱俗，简单朴素，放下琐碎杂念，方得精神自由，释然能忍寂静之后，心里才会万里无云，赏山看水两相悦。

赏花是要有空闲又要有心情的。来去急匆匆，心情沮丧或心不在焉也对不起花的辛苦和期待了。道理总是没有错。现在想来，天南海北的五个好朋友如杜甫、高适、岑参、薛据和储光羲约到一起，同登大雁塔赋诗唱和是很难得的一件趣事。五人都能排除干扰，参

加集体活动，今天我们在西安城里约齐五个人同登大雁塔，怕也不一定凑巧都到吧。韩愈、张籍兴致勃勃地约白居易到曲江赏花，白居易不就以家务事忙没有赴约吗。

一生命运多舛、壮志难酬的辛弃疾也是轮换过不少官位的，江西安抚使、福建安抚使等，包括在后来的绍兴知府、镇江知府、枢密都承旨岗位上都是想实现收复失地建立功业这一终极理想的。军旅生涯再忙碌，向当时屈辱求和的执政者的谴责再多，辛弃疾都不忘欣赏祖国的大好河山，不忘间隙中捕捉山花的娇俏。在他的眼里，"一松一竹真朋友，山鸟山花好弟兄"。这不是怡情山水，而是对生活的热爱。

明白生活的所有真相，历经诸多磨难之后还依然热爱这个世界，才是真正的君子。讽喻现实的目的其实是让它变得更好，艺术家都是在满怀希望、憧憬未来中用笔触批判这个世界的。避世不是良方，自甘堕落从来不能成为自己解脱的借口。

"扑面征尘去路遥，香篝渐觉水沉销。山无重数周遭碧，花不知名分外娇。人历历，马萧萧，旌旗又过小红桥。愁边剩有相思句，摇断吟鞭碧玉梢。"辛弃疾这阕《鹧鸪天·东阳道中》记叙了作者奔赴东阳途中忙里偷闲看到的情景和自身的感受。香笼里水沉香依然在燃烧，几个时辰过去了，沉香的气息逐渐淡薄了。该出发了，举目远望，去路迢迢，又是一番风尘仆仆。四周绵延的层层山峦，掩盖在碧绿的树木和野草之下。山野中盛开着各种各样不知名的花儿，一朵一朵，或簇拥或零散，格外娇艳动人。我们一行人骑着骏马，马萧萧嘶鸣，人历历可数。队伍很快就通过了前面的小红桥。离愁别恨，化作相思，于青山绿水之间，一边吟诗，一边催马加鞭前进，差点儿没把马鞭的碧玉梢头摇断。这是怎样的一种风景和情怀？

行军途中，犹不忘看看路边那不知名的野花。辛弃疾眼中的生

第七章　诗酒宴饮：期待、排遣和集体的忧伤

活就是这样，陌上花开，缓缓归来，人生边上有许多精彩。花知名不知名没关系，关键是好看、有心看。我们也经常去登那些不知名的小山、野山，叫不出名字的花儿在盛开着，争先恐后地挡住行人的去路。当此时，想起辛弃疾的这句"花不知名分外娇"时，感触良多。繁多的野花不知道名字、科属，世界上众多的凡人也不出名，然而都在平凡的日子中努力生活。花如人，人似花，再不出名也要活出属于自己的精彩。

　　美其实和我们相随，无处不在，缺少的只是用心留意、用情思考罢了。只有发现美，才能更好地欣赏美、创造美。

第八章 情思眷恋：明月深情与悼亡之痛

71. 难解的《锦瑟》，易懂的李商隐

晚唐李商隐大量的"无题诗"用隐晦曲折的艺术手法叙事抒情，含蓄蕴藉，实则是中晚唐党争矛盾的产物，与诗人所处的政治环境、个人身世、心态处境密切相关。李商隐无题诗有两类，一类不愿意标明事题，别有寄托，以"无题"名篇；另一类以首句前两字为题，如"锦瑟"等。

法国作家、诺贝尔文学奖获得者勒克莱齐奥说李商隐是唐朝音乐的最后和弦，"大自然的美是唤起人们记忆的秘密启示"①。这位深爱中国唐诗的外国作家说，李商隐诗歌中的植物、岩石、河流，包括蝴蝶、杜鹃等都是旋律的承担者，足以唤醒我们对自然美的记忆。

必须说到李商隐谜团一样的《锦瑟》。宋代刘攽《中山诗话》评论说："李商隐之《锦瑟》，人莫晓其意，或谓是令狐楚家青衣名也。"明代胡应麟《诗薮》和胡震亨《唐音癸签》中也有类似看法，认为"锦瑟"是令狐楚家中一个青衣（侍女）的名字。明末清初钱谦益《唐诗鼓吹评注》："此义山有托而咏也……顾其意言所指，或

---

① [法]勒克莱齐奥、董强：《唐诗之路》，人民文学出版社2021年版，第108页。

第八章 情思眷恋：明月深情与悼亡之痛

忆少年之艳冶，而伤美人之迟暮，或感身世之阅历，而悼壮夫之晼晚，则未可以一辞定也。"诗歌究竟要表达什么？是总结一生经历，还是悼亡？是感国祚兴衰，还是美人迟暮的情怨？意在君臣朋友间，还是后悔少年风流？钱谦益说："未可以一辞定也。"陆次云也评价："佳莫佳于此矣。意致迷离，在可解不可解之间，于初盛诸家中得未曾有。"意何在，未可知也。因为起首诗人就讲了"无端"；且题目只是用了起首句的前两个字"锦瑟"，没有告诉我们更多的。元好问在《论诗》第十二首中说："诗家总爱西昆好，独恨无人作郑笺。"欣赏、理解《锦瑟》就是一个富有生命力与魅力的再创作过程，要理解它包含的美、情、理，并不是一件容易的事情。"仁者之人见仁，智者之智见智"，虽则不一定理解准确深刻，可《锦瑟》读着就是美，说不出的美，怎么解释都感觉不是很肯定的美。迷离不可解，却又工巧天成，托物起兴，含蓄深沉。

"锦瑟无端五十弦，一弦一柱思华年。庄生晓梦迷蝴蝶，望帝春心托杜鹃。沧海月明珠有泪，蓝田日暖玉生烟。此情可待成追忆，只是当时已惘然。"

《锦瑟》句句难解，暂解一句。"望帝春心托杜鹃"一句着实不好解释。字面意思是望帝自己美好的心灵和作为感动了杜鹃，或者可以解释为望帝把自己的幽怨托付给杜鹃，一声声哀鸣不已，意思相反，但都说得通。西周之前，古蜀国就存在了①。西周建立后，蜀王杜宇自称"望帝"，还组织部队参加了大约公元前1046年的武王伐纣行动。根据《尚书·牧誓》的记载，蜀国是跟随周武王伐纣的八个重要参战诸侯盟国之一。望帝晚年时，蜀国水患严重，杜宇遂

---

① 为了区分后世以蜀为国号的政权，先秦时期的蜀国为古蜀国，起源于蜀山氏，历经蚕丛氏、柏灌氏、鱼凫氏、杜宇、开明氏五个氏族的统治；三国时期割据政权之一的蜀汉，又称"蜀"或"刘蜀"，共历刘备、刘禅二帝二世。

命其相鳖灵治水。鳖灵治理岷江又开通巫山狭道，善于宣泄疏导，水患遂平，百姓得安。杜宇禅位给鳖灵，鳖灵成为蜀地新君主，开辟了开明朝，是为丛帝。

杜宇退隐禅位的原因，有三种推测：一是当时惯例，年岁已大的杜宇惭愧自己治水功不如鳖灵，引咎禅位；二是杜宇被鳖灵推翻后逃亡，难以复位，才被迫隐居的；三是传说鳖灵治水期间，杜宇与鳖灵妻相通，杜宇因此羞愧禅让，蒙冤而死，化为杜鹃哀鸣。杜鹃每逢三月啼鸣不已，既是鸣冤，也是督促蜀人及时耕种，切勿耽搁农时。

李商隐此诗的神奇难解之处就在于没有确定性，每句诗可以做不同的解释，都说得通。艺术的包容性就在于不同的人面对同一对象有不同的理解，自己都可寻得最大的共鸣。虽然"横看成岭侧成峰"，但是杜宇的善良和对蜀地人民的关爱是显而易见的。更深层次的问题是：杜宇可托春心给杜鹃，佳人可托春心给锦瑟，我们要托春心给需要的人吗？或者别人要托春心、秋意给我们吗？

李商隐的诗就是这样难懂。梁启超读《锦瑟》亦是一筹莫展，他说："义山的《锦瑟》《碧城》《圣女祠》等诗，讲的什么事，我理会不着。拆开来一句一句叫我解释，我连文义也解不出来。但我觉得它美，读起来令我精神上得一种新鲜的愉快。"（《饮冰室文集》中《中国韵文里头所表现的情感》一文）李商隐诗朦胧含蓄，隐晦迷离，推动了晚唐诗歌的发展。程千帆先生评价说："他以精心的结构、瑰丽的语言、沉郁的风格抒发自己的身世之感、家国之哀，足以接席杜甫而无愧。虽然有时措意过深，不免晦涩难懂，和李贺一样被人所诟病，但懂与不懂，不单是作者单一方面的问题，读者也有一个习惯于新的表现手法的任务。"[①] 推动诗歌的发展并非李商隐

[①] 程千帆：《唐诗的历程》，生活・读书・新知三联书店 2021 年版，第 168 页。

第八章 情思眷恋：明月深情与悼亡之痛

的本意，也不是他的任务，他只是在坎坷的人生旅程中艰难行走，无意中实现了这一目标。

李商隐早年在洛阳结识了白居易、令狐楚等名流阶层。深得令狐楚赏识，但科举之路艰难，屡试屡败，终在开成二年（837）进士及第。又因娶李党成员泾原节度使王茂元之女，而陷入了党争的政治旋涡，困缚其间，无法自拔。

李商隐早年在令狐楚门下学习，与其子令狐绹交好。唐代令狐一门出两位宰相，就是令狐楚父子。在当时的牛李党争中①，令狐楚是牛僧孺一派的骨干成员，令狐楚去世后，李商隐和令狐绹兄弟料理完丧事后拜会泾原节度使王茂元，受到高度赏识，并娶其女为妻。王茂元是李德裕一派的大将，这桩婚姻很轻易就被认作李商隐背叛恩师和提携他的令狐家族的证据，李商隐就此深陷党争乱流。儿时的朋友令狐绹成为李商隐熟悉的陌生人，凉不凉，热不热，分外尴尬。岳父王茂元、妻子王氏先后去世让李商隐孤立无援。牛李两党政治势力上随着皇帝更迭此起彼伏，而李商隐的尴尬就在于他的"骑墙"，"牛党"认为他娶了"李党"成员的女儿，所以他是李党的人；但是"李党"却认为李商隐是"牛党"中坚令狐楚的学生，也不会把他当成自己人。于是他备受两党的排挤，始终沉沦下僚，志不得伸，倍感压抑。

李商隐诗歌难解，一生易解。作为一介诗人，虽有意于政治，可他政治失意，仕途蹭蹬。李商隐在党争中被认为"深李浅牛"，因为他还曾是"李党"重要人物郑亚的幕僚；为李德裕作品《会昌一品集》作序时称李为"万古良相"；回到长安又立即为牛僧孺撰写

---

① "牛李党争"，是从唐宪宗开始，到唐穆宗、唐宣宗时期结束，以牛僧孺、李宗闵为首的"牛党"和以李德裕、郑覃为首的"李党"之间近四十年的政治派别之争，其实质是新兴的进士贵族集团和门阀士族地主集团之间的权力斗争。牛李党争是唐末宦官专权、朝政腐败的集中表现，加深了唐后期的政治危机。

祭文；故有令狐绹对李商隐"忘家恩，放利偷合"的斥责，李商隐看似不合时宜的做法确有难解之处。

还有李商隐的《任弘农尉献州刺史乞假归京》，表达了对政治理想破灭的一种绝望感。"黄昏封印点刑徒，愧负荆山入座隅。却羡卞和双刖足，一生无复没阶趋。"开成四年（839），李商隐吏部应试被录取，为秘书省校书郎，九品上阶。由于朋党倾轧，他马上又调补弘农尉，也就是在今天的河南灵宝做了县尉，是负责执行庶务的卑微职务。封建社会中，士大夫以天下为己任，进入仕途必须科举得中，得中后，只做一个默默无闻的小官，怎么能以天下为己任，实现政治抱负呢？县太爷升堂一天，黄昏下班，官印也封了，李商隐的工作是负责点清楚这些囚犯，不要搞错了。假如，县太爷受贿枉法，作为下属，李商隐也没有权力干涉。荆山是灵宝南的一座山，为黄帝铸鼎祭天、奠定邦国处，属于仰韶文化遗址。卞和所献的玉来自楚国的荆山，其悲剧是无人认识。李商隐认为自己也像玉一样，在灵宝的荆山做小官，任人驱使，还不是无人识玉？灵宝的荆山巍峨高耸，李商隐深感惭愧逊色，对不起这座山，仍然沉沦潦倒。我们知道朝廷曾授杜甫为河西尉，杜甫是坚辞不受的，《官定后戏赠》中说，"不做河西尉，凄凉为折腰"。还是春秋时的楚人卞和好啊，他被砍去双脚，谁也不能指挥他在堂前逢迎趋拜了。好好的一个人，如此羡慕卞和，心理上的失落和惨烈可见一斑。李商隐写了这首诗，就愤然辞职了。李商隐和大多数士人一样，一生也没有实现自己的理想。努力追求的目标无法实现，在封建社会下，很多士子们不会考虑自身原因，悲愤遂成文章的主基调。

无怪乎《旧唐书·文苑传》这样评价李商隐："俱无持操，恃才诡激，为当涂者所薄。名宦不进，坎壈终身。"大中十二年（858），四十五岁的李商隐在郁郁寡欢中离世。好友崔珏有《哭李商隐》，其

第八章　情思眷恋：明月深情与悼亡之痛

二诗云："虚负凌云万丈才，一生襟抱未曾开。鸟啼花落人何在，竹死桐枯凤不来。良马足因无主踠，旧交心为绝弦哀。九泉莫叹三光隔，又送文星入夜台。"崔珏诗感其命运坎坷和怀才不遇，情真意切。

李商隐的曲折经历反映在诗歌上是要表现自身情感需求的，他的清高与骄傲只服务于内心，其内心的左右为难、哀怨苦痛不大服务于读者，也无意于晚唐诗坛的标新立异。期盼修齐治平、悲观沉郁、空灵清寂、悱恻缠绵、归隐林泉在他的一生是统一的，人间情爱和功名利禄始终都放不下，哪怕在他效仿陶渊明，渴望做一介农夫的时期。

李商隐《无题》之一，诗云："曾是寂寥金烬暗，断无消息石榴红。斑骓只系垂杨岸，何处西南待好风？"诗人寂寥难眠，更残烛尽，石榴花都红了，还是没有你的消息。抒情中主人公猜想自己思念的人儿，此刻也许在垂杨岸边系着那匹毛色青白相间的马，何时才会等到西南风，送我前去和你相会呢？好风，永远难以等到，等到也看不见，此时杨柳轻扬的样子也许就是最恰当合适的风。这风里面，包含了李商隐对知己会面的渴望、命运的叵测难料、心灵之间脉脉难言和相守、一生愿望的痴迷努力而不得实现的惆怅，五味杂陈，空幻虚渺。

闻一多先生说："诗人对诗的贡献是次要问题，重要的是使人精神有所寄托。"尽管晦涩难懂，我们依然能看到李商隐诗歌中闪耀的生命火花，成了更多人心中的明灯。"何当共剪西窗烛，却话巴山夜雨时"是情深如许；"相见时难别亦难，东风无力百花残"是难舍难分；"春心莫共花争发，一寸相思一寸灰"是朝思暮想；"天意怜幽草，人间重晚晴""夕阳无限好，只是近黄昏"都是逆境中的珍惜和感动；"秋阴不散霜飞晚，留得枯荷听雨声"不正是长安城漫漫长夜中刻骨的思念吗？这斑斑心迹、思念的意境也是林黛玉最喜的秋情秋韵。

斯人已逝千余年,此情可追千余年。

72. 遇合无期的惆怅与执着

唐代诗人崔护"人面桃花"的缺憾其实是古人对于爱情的一种无限眷恋。在众多的诗词和诗话中,在众多诗人的命运中,可以不断找到这种思而不得的缺憾。

这种缺憾是从《诗经》开始的。《诗经》中《蒹葭》篇就表现了追寻恋人"道阻且长"寻而不得的困境和境界。"蒹葭苍苍,白露为霜,所谓伊人,在水一方。溯洄从之,道阻且长;溯游从之,宛在水中央。"东周时秦大体位于陕西大部和甘肃东部,秦人情感激昂,《秦风》中的作品也多是征战、劝谏之类,类似《蒹葭》《汉广》《晨风》这样凄婉缠绵的情致却更像郑卫之音的风格。深秋时节,河畔芦苇繁茂连绵,叶面上还凝有夜间露水结成的霜花,诗人来到河边,芦苇丛丛,秋水寂冷,自己思念的佳人何在?似乎在河水中央,也似乎在河对岸,逆流、顺流去寻找,总之是找不见影子。

《汉广》同样表现的是遇合无期的焦虑。"南有乔木,不可休思。汉有游女,不可求思。汉之广矣,不可泳思!江之永矣,不可方思!"青年樵夫钟情一位佳人,却始终难遂心愿,情思缠绕,无以解脱,面对浩渺的汉江水,他倾吐了满怀惆怅的愁绪。宽广的汉江悠悠滔滔,乘筏难以通过,可是再不见到她,她就要嫁人了呀。

《晨风》中就直接是担忧和抱怨了。"鴥彼晨风,郁彼北林。未见君子,忧心钦钦。如何如何,忘我实多!"傍晚时分,鹯鸟疾飞掠过,栖落在郁郁苍苍的北树林。至今我还没见过爱人踪影,内心里忧心忡忡满怀担心。是不是早把我忘记了,真想不到你怎么会这样呢？语言质朴，情感真挚，如闻其声如见其人。

诗词中的"望穿秋水"乃为故人的秋水情思，思之不得，仍无限向往，追寻不停止。《诗经》有《关雎》："窈窕淑女，寤寐求之。求之不得，寤寐思服。悠哉悠哉，辗转反侧。"追求佳人的愿望难以实现，虽翻来覆去难以入眠，但辗转反侧仍然思念强烈。

元代王实甫《西厢记》有"望穿他盈盈秋水，蹙损他淡淡春山"。清代蒲松龄《聊斋志异》有"黄昏卸得残壮罢；窗外西风冷透纱。听蕉声一阵一阵细雨下；何处与人闲嗑牙？望穿秋水；不见还家；潸潸泪似麻"。秋水之思是中华诗词的一个主题，也是人文精神的崇高境界。

秋水之思和"离人落花""人面桃花"一样，其中的痛苦、焦虑和执着成为"古今成大事者"的一种理想和体验。唐末张泌《寄人》有"多情只有春庭月，犹为离人照落花"；晏殊《清平乐·红笺小字》有"人面不知何处，绿波依旧东流"；其子晏几道《临江仙·梦后楼台高锁》有"去年春恨却来时，落花人独立，微雨燕双飞"，总体而言，桃花依旧，佳人何在成为惘然。欧阳修《浪淘沙·把酒祝东风》中的感慨就更沉重了："聚散苦匆匆，此恨无穷。今年花胜去年红。可惜明年花更好，知与谁同？"

其实，从屈原开始，更明显的是诗人的情感超越爱情，通向更为广阔的情感领域。对美人追寻的多转化为国家、民族、人民、理想、人格等九死不悔的追求，精神的向上类似于秋水之思。男女之间的爱慕喜悦，寄托了思君怀友的主题。屈原《九歌·少司命》中是对美人、君主的执着爱恋，"望美人兮未来，临风怳兮浩歌"；杜甫亦有相恋意味热烈的句子，《寄韩谏议》诗风承接屈原，品行高尚的谏议大夫韩注就是诗人心目中的美人，也是他毕生追求的政治理想。其"今我不乐思岳阳，身欲奋飞病在床。美人娟娟隔秋水，濯足洞庭望八荒……美人胡为隔秋水,焉得置之贡玉堂"表达了杜甫愿和韩注一起,整顿乾坤、救民于水火之中的理想。然自己多病衰老,国家满目疮痍,秋水迷蒙,理想虽难以实现,但一份爱国情怀却一往情深,执着如初。

"佳人不得"作为一种兴象寄托了"士不遇"的理想苦闷。明末诗人陈子龙《诗论》评价诗三百:"寄之于离人思妇,必有过深之思,过情之怨。"佳人之咏超越了古代知识分子"士不遇"的个人悲怨,在更高层面上则是从困境中伸展,向上向高处追寻理想而不得的典型性格特征。中国古代有关佳人之咏,不仅留给我们生命情感体验的深度和内在意义,更重要的是对于理想信念意志的执着和精神追求的向上空间,愈高愈追求,遇合愈无期,而人的追求应该愈坚韧。

73. 纳兰性德的忧伤

在清朝,词成为文人们的喜好,男女均作,词风近南宋,曲中求美,独纳兰性德例外。纳兰性德词风情深近五代和北宋。王国维在《人间词话》中对其评价甚高:"纳兰容若以自然之眼观物,以自然之舌言情。此由初入中原,未染汉人风气,故能真切如此。北宋以来,一人而已。"

莫若举个纳兰性德《菩萨蛮·乌丝画作回纹纸》的例子。

乌丝画作回纹纸,香煤暗蚀藏头字。等雁十三双,输他作一行。相看仍似客,但道休相忆。索性不还家,落残红杏花。①

---

① [清]纳兰性德:《通志堂集》上,黄曙辉、印晓峰点校,华东师范大学出版社 2008 年版,第 155 页。本书所引纳兰词皆依据此版本,不再一一标注。

第八章 情思眷恋：明月深情与悼亡之痛

1677年5月30日，和纳兰性德相伴三年的妻子卢氏因产后病不治身亡。三个月之后，纳兰性德看到妻子写给自己的一封以藏头诗为内容的书信，触景感物写了这首词。

妻子卢氏当年把诗写在一幅绢素上，含有香味的墨汁盖住了几个字。可能这几个字颇为重要，几经端详已分不清妻子是有意为之还是上天无意为之。往事重回心头，过去的柔情蜜意让人留恋惆怅，伤心落泪。移步欲弹古筝，十三个筝码斜列像远去的大雁排成整齐的一行，又引起心中无限的伤感，弹了徒增伤心，索性不弹也罢。

三个月前，生死离别，怎舍得既是红颜知己又是挚爱的妻子离开？夜深人无眠，心中的悲苦不能和回忆相联系，偌大世界，无人倾诉。

还是不要回家算了。家中点点滴滴全是亡妻身影，落花凋零，相思愈是无涯。情投意合的妻子离开了，再也见不到，永失真爱，这对纳兰性德而言是锥心之痛。不是当事者，无法理解旷世的伤心欲绝。聪颖如纳兰性德者，当然能理解自己目前这种情绪和状态，假如卢氏在世的话，仍是不愿意看到的。逝者已逝，重要的是当下，可是对纳兰性德来说就是难以翻篇。此生无法相见，梦中相见是徒然的，亦属无奈。

1655年1月19日，纳兰性德生于北京显赫的纳兰家族。实在是典型的含着金汤匙出生的富贵公子，荣华富贵、锦衣玉食是天生的，无以复加。

纳兰性德的曾祖父是叶赫部贝勒金台石。金台石的妹妹孟古哲哲于明万历十六年（1588）嫁与努尔哈赤为妃，孟古哲哲生下了八子皇太极。孟古哲哲后来是清朝第一位被追封的皇后，即孝慈高皇后。皇太极又是清王朝的开国太宗皇帝。纳兰家族势力开始节节攀升，隶属满洲正黄旗，也即后世所称的叶赫那拉氏一支。

富贵与孱弱的身体结缘,纳兰性德十八岁参加顺天府乡试,得中举人,十九岁参加会试时,犯病罢考。他自幼即患有寒疾,不时发作,十分痛苦。纳兰性德一生中有相当时间在病榻上度过。

纳兰性德才华横溢却幽怨孤独,心游物外。他在名师徐乾学的指导下,主持编撰1800卷的儒学汇编——《通志堂经解》,熟读经史子集,编四卷本《渌水亭杂识》。学识广博,汉满文化,融会贯通,康熙皇帝赞赏有加。22岁时进士及第,为二甲第七名,很快就升为一品御前侍卫,虽能常伴君王身边南巡北狩,唱和诗词,但内心却常愿归隐,厌倦官场庸规俗套,向往无拘无束的自由生活。

纳兰性德夫妻之间恩爱情笃,但妻子卢氏婚后三年即死于难产,好景不长,这给纳兰性德精神上带来巨大创伤。"悼亡之吟不少,知己之恨尤深",他和续娶的官氏、侧室颜氏之间的感情平和,相敬如宾,波澜不惊。江南才女沈宛在顾贞观帮助下与纳兰性德结识,惺惺相惜,十分珍爱。满族贵胄与民间普通淑女之间悬殊的门第使二人有始无终,遂成千古绝唱,令人哀叹。

身居权贵豪门却不流俗,结交志同道合的苦难有才文人,真诚真挚,从无狭侮。严绳孙、朱彝尊、陈维崧、姜宸英等都是"一时俊异,于世所称落落难合者",纳兰性德和他们之间互相敬重,雅聚唱和,互为知己,实为君子之交。朋友们在后来的日子中纷纷生离死别,自己频受打击,寒疾再次入侵后,他抱病不起,于1685年暮春五月溘然长逝。

权力富贵对别人苦苦追寻而未必得之,偶尔得之常羁绊其中难舍难分,于纳兰性德则稀松平常,唾手可得,时时想逃避却终生逃不得。

平常人自由自在、饮酒作诗、田园牧歌、无拘无束的日子对纳兰性德而言却求之不得,些许的快乐竟是那么短暂和可贵。

第八章　情思眷恋：明月深情与悼亡之痛

　　纳兰性德一生集各种矛盾于一身，实为千古一人。衣食无忧却哀感无比；身为天子宠臣却孤怨无依；陪伴皇帝周围甚至一同参与重要的战略侦察却报国无门；身居京师相府却向往田园生活的恬淡闲适；贵为八旗子弟却与落魄文人为友；仕途平稳顺利却情感之路坎坷；与卢氏、沈宛等情深意切却或离世或离去。

　　风华正茂却病体孱弱，溘然离世。纳兰性德一生只身行走于上流社会而又主观上躲避上流社会；想要的不给你，不想要的躲不开；想要的是别人轻松拥有的，别人苦苦追寻的却是自己轻松拥有甚至嗤之以鼻的；别人以传诵争唱纳兰性德词为乐而纳兰性德心中无有快乐和生机！这种遗世孤立，浪漫凄苦，华贵多情，深沉清惋成了一个谜。初遇的美好和人生的无常汇集于纳兰性德一身，最终让他一生情深不寿，慧极必伤。他内心的苦闷和悲凉大抵"如鱼饮水，冷暖自知"吧。纳兰性德好友曹寅当时就在《题楝亭夜话图》中哀叹："家家争唱《饮水词》，纳兰心事几曾知？"

　　习惯于用文学形式吐露心声，这是纳兰性德《饮水词》的特点。但是透过这些清丽词句洞谙作者内心和底蕴，则是曹寅感叹的，委实没几个人能做到。纳兰性德诗词中的凄惋颓唐源自其所处的特殊社会历史环境，源自他独特的个性和内在思想冲突。纳兰性德身上流淌着游猎民族勇武剽悍的血液，外祖父阿济格是努尔哈赤的第十二子，功勋卓著，父亲纳兰明珠曾是康熙朝的股肱重臣，自己可谓出身贵胄，一出生就拥有天然的钟鸣鼎食、花团锦簇了。纳兰性德自己从小饱受汉民族文化浸染，才华横溢，志向远大，十八岁中举，二十一岁为进士，被授为皇帝的一等侍卫，一直为康熙帝倚重，出入扈从，显赫无比。除去情感的挫败，还有什么样的隐情让他的词多愁善感，声泪俱随呢？

　　才子多不愿意以文字名世，只希望君主赏识，一展才华，纳兰性德也不例外。他深受汉民族文化熏陶，"学而优则仕"也是他的梦想。"麟阁才教留粉本，大笑拂衣归矣"，在经天纬地之后归隐林下，是一个政治家的完整人生。纳兰性德是一个勤奋和进取的人，可他纯真的愿望在现实面前常常事与愿违。挚友顾贞观在《祭文》中表达了对纳兰性德的惺惺相惜及遗憾痛楚："所欲试之才，百不一展；所欲建之业，百不一副；所欲遂之愿，百不一酬；所欲言之情，百不一吐。"事实上，纳兰性德之皇帝侍卫的身份高则高矣，与天子亲则亲矣，然而仅仅是个负责宫廷宿卫，供皇帝驱使的随从而已。伴君如伴虎，纳兰性德没有身心自由，谨言慎行，过的是如临深渊如履薄冰的光阴。

历史上，纳兰性德的曾祖父金台石是叶赫部的首领，因为拒绝投降被努尔哈赤下令绞杀；他的外祖父因为居功自傲，终被顺治皇帝敕令自尽。历史的残酷、人世的多变和无常、兴废沧桑的变幻让他忧心忡忡，甚至不寒而栗。他的父亲纳兰明珠位高权重，日渐不知收敛，为天子和群臣嫉妒，深知皇帝脾性的纳兰性德很为父亲的险恶处境而担忧。"荣华及三春，常恐秋节至。"纳兰性德殁后三年，其父纳兰明珠就在恩威莫测的康熙皇帝治下塌了台。

其实，像纳兰性德这样出身的人是很难决定自己命运的。再勤奋再有才华，在封建专制下也未必有大展宏图的机会。没有人会给你承诺什么，一个人对自己的定位、设计和统治者心目中对其的角色定位无法统一。纳兰性德的忧伤是那样的强烈和鲜明，在皇帝的长拳利爪之下只能是无能为力和无可奈何。

纳兰性德在给莫逆之交严绳孙的《送荪友》中写道："人生何如不相识，君老江南我燕北。何如相逢不相合，更无别恨横胸臆……我今落拓何所止，一事无成已如此。平生纵有英雄血，无由一溅荆江水。荆江日落阵云低，横戈跃马今何时。忽忆去年风雨夜，与君展卷论王霸。君今偃仰九龙间，吾欲从兹事耕稼。芙蓉湖上芙蓉花，秋风未落如朝霞。君如载酒需尽醉，醉来不复思天涯。"① 遗憾的是，我们常常记住了"人生何如不相识"，却忘记了"一事无成已如此"，而这都出自纳兰性德笔下同一首诗。相府长子和御前侍卫比起"耕稼""载酒尽醉""天涯"来，竟然都成了难以解脱的束缚和忧伤。

74. 从悼亡词到忠魂颂

毛泽东在一本《近三百年名家词选》中圈点过王夫之、纳兰性德、朱孝臧、况周颐、汪兆镛、赵熙6人的词。词学家龙榆生编选的这本《近三百年名家词选》收录了明末至晚清67位文人518首作品，纳兰性德词入选25首，毛泽东圈评注点过18首，足见毛泽东对纳兰性德词关注度之高。上一节中提到的《菩萨蛮》回忆实为往昔，词人和妻子以回文诗为中做游戏，五味杂陈，如今孤寂无聊，凄然泪流，相思萦回，遍地杏花凋零。《毛泽东读文史古籍批语集》中点评："悼亡"是恰当的。

毛泽东圈点过的18首词作，其中14首属悼亡词，也是纳兰性德词中成就最高的。他阅纳兰性德词，在其中的"薄命""旧事""西风""相思""伤心"等词句上常带有圈画，似乎着意往事，又难以割舍情愫。作为后人，我们不能过多盲目推断，但从其中看出政治家革命家对纳兰性德的关注却是真实的。

毛泽东一生创作了三首与爱人有关的词作，分别是《虞美人·枕上》《贺新郎·别友》《蝶恋花·答李淑一》。

---

① ［清］纳兰性德：《通志堂集》上，黄曙辉、印晓峰点校，华东师范大学出版社2008年版，第48—49页。

1920年冬，毛泽东与杨开慧结婚，1921年外出旅途中思念妻子，情不能已，遂创作此词。

"堆来枕上愁何状，江海翻波浪。夜长天色总难明，寂寞披衣起坐数寒星。晓来百念都灰尽，剩有离人影。一钩残月向西流，对此不抛眼泪也无由。"仰看星月观云间，愁思难消。"寂"句脱胎于曹丕之《燕歌行》："耿耿伏枕不能眠，披衣出户步东西"，数数天上的寒星吧。

无情未必真豪杰，新婚不久的诗人思念妻子，辗转难眠，数起天上的寒星以遣愁思，自然而富有情趣。对妻子的柔情蜜意和对家国民族的英雄气概完全可以并存于一个人的心胸，似朝阳从精神世界腾跃而出，鲜艳炽热，动人心弦。

1923年4月，毛泽东从长沙调往上海党中央工作；6月去广州出席党的三大；9月返回长沙指挥反对湖南军阀赵恒锡的斗争；11月杨开慧生次子毛岸青；12月，接到命令回上海转广州准备参加国民党一大，这时必须离开幼子和正坐月子的爱妻了，12月底写《贺新郎·别友》赠杨开慧，可谓一代伟人，真情流露。

挥手从兹去。更那堪凄然相向，苦情重诉。眼角眉梢都似恨，热泪欲零还住。知误会前番书语。过眼滔滔云共雾，算人间知己吾和汝。人有病，天知否？今朝霜重东门路，照横塘半天残月，凄清如许。汽笛一声肠已断，从此天涯孤旅。凭割断愁丝恨缕。要似昆仑崩绝壁，又恰像台风扫寰宇。重比翼，和云翥。

写别离，写得透彻。"挥手从兹去"化用李白《送友人》之"挥手自兹去"。"东门""横塘"既是现实中地点，又是特定指向。

第八章 情思眷恋：明月深情与悼亡之痛

东门古指离别路，又指长沙东门通往火车站的道路；横塘古指女子居所，唐崔颢有"君家何处住，妾住在横塘"句，女子住横塘，横塘一定是好地方了。横塘位于苏州，是典型的江南水乡。宋代词人贺铸的青玉案有"凌波不过横塘路"句子，用文字凝固了时间的流动，集聚了永恒的忧郁。到了清代道光年间，举人赵允怀仍在回望古典，抒发春愁，"唱遍贺家青玉案，一天飞絮过横塘"。

宋代诗人范成大有《横塘》诗云："南浦春来绿一川，石桥朱塔两依然。年年送客横塘路，细雨垂杨系画船。"一川绿水，枫桥与寒山寺塔相对。细雨霏霏，杨柳依依，年年送别到横塘来，画船还在等待，离别更显愁苦。古人不比今人，通信交通都难。今日别，何时再见？都不得而知。

毛泽东词中的"横塘"又指长沙东门外的清水塘，为当时所租住的茅屋。全词情真意切，饱含革命志向和远大抱负。

李淑一上中学时与杨开慧结为好友，其丈夫柳直荀曾任红八师政委，1932年9月在湘鄂西苏区肃反中被错杀。1957年2月，李淑一将多年前创作的《菩萨蛮》寄给毛泽东。这首词令毛泽东"大作读毕，感慨系之"，挥笔写下了感天地、泣鬼神的《蝶恋花·答李淑一》。

李淑一《菩萨蛮·惊梦》写于1933年。"兰闺索莫翻身早。夜来能动愁多少。底事太难堪，惊依晓梦残。征人何处觅，六载无消息。醒忆别伊时，满衫清泪滋。""六载无消息"指1924年李与柳婚后，柳于1927年革命离家，1932年9月牺牲，六年过去了，亲人杳无音信。1933年夏李淑一梦中见丈夫，醒后作此词。

李淑一极言自己与丈夫分别后朝思暮想，悲伤梦萦的无限哀思。李和泪所填之悼亡词，写尽自己对亡夫的思念；毛泽东之和词，突破小我向大我，写尽革命者的胸怀和情操。悼亡词写成了忠魂颂，永续流传亦为古今罕见。

　　我失骄杨君失柳，杨柳轻飏直上垂霄九。问询吴刚何所有，吴刚捧出桂花酒。寂寞嫦娥舒广袖，万里长空且为忠魂舞。忽报人间曾伏虎，泪飞顿作倾盆雨。

　　杨柳既指杨、柳二烈士，又指杨花柳絮。"骄"指壮健，女子革命而失其源（头），焉得不骄！至亲的人为革命而无畏牺牲，引为骄傲、自豪。"泪飞"指人民革命取得胜利，烈士忠魂也热泪盈眶。

　　此词广为国人传诵。悼亡词变成了忠魂颂，谁能？身边少了伴侣，心灵缺了情感依赖，这种沉痛长久无可解脱，百身难赎。对死者的沉痛怀念、刻骨相思油然而生。作者洒下的是无限悲伤和超凡脱俗的热泪。

　　无论是戎马生涯，还是风云政治与和平建设时代，毛泽东都以坚强的毅力坚持进行诗词创作。毛泽东在83年的人生中仅仅创作了56首诗词，但这56首诗词却是毛泽东最闪光的政治艺术人生足迹。他的诗词与艺术性、政治性、历史性、哲学性、思想性、世界性、民族性、时代性高度有机结合。

75. 元稹的温情，元白的悲情

　　元稹，字微之，唐中后期诗人。元稹诗作遗失近半，明万历年间马元调将元稹、白居易的《长庆集》合编成了《元白长庆集》，这是迄今为止所能见到的最完整的元稹诗歌集子了。

　　元稹是实实在在的老长安人。元稹的六代祖、隋开皇年间兵部尚书元岩就居住在长安城的靖安里一带，这个事实元稹在《告赠皇

第八章　情思眷恋：明月深情与悼亡之痛

祖祖妣文》中说得很清楚了。文中称六祖"始兵部，赐第于靖安里，下及天宝，五世其居"，到元稹时，元家差不多在长安城住了有两百多年了。靖安里位于今天西安市小寨十字东北、长安大学以南的区域，距离乐游原较近，唐玄宗的女儿咸宜公主、诗人韩愈、张籍都曾在此居住。

居住长安，乐游原和曲江给元稹留下了很多美好的记忆。《和乐天秋题曲江》中说："长安最多处，多是曲江池。梅杏春尚小，芰荷秋已衰。共爱寥落境，相将偏此时。绵绵红蓼水，飐飐白鹭鹚。诗句偶未得，酒杯聊久持。"长安城地处内陆，冬春季时车马飞驰，马路上常常尘土飞扬，因此，出现在诗人笔下的曲江池水和大户人家院墙外的成荫绿树就格外引人注目。有水的地方生命力旺盛，有松树、梧桐、紫藤的宅第吉祥繁茂，唐时的长安诗人们往往在这样的环境中体味生活，表达情感。《酬乐天登乐游园见忆》是元稹被贬出长安后的回忆："昔君乐游园，怅望天欲曛。今我大江上，快意波翻云。秋空压澶漫，顽洞无垢氛。四顾皆豁达，我眉今日伸。长安隘朝市，百道走埃尘。轩车随对列，骨肉非本亲。夸游丞相第，偷入常侍门。爱君直如发，勿念江湖人。"元稹和白居易是终生诗友，比较了江南和长安的不同后，元稹回忆的还是长安城的尘埃、朝市以及参观李吉甫宅第、宣平里某常侍府第的情形。

唐代历史上，元稹没有李白、杜甫、白居易名气大，诗歌成就也不如他们，这都是不争的事实。可是元稹的《莺莺传》以及他和崔莺莺之间的故事，却广为人知。陈寅恪先生《读莺莺传》中说："张生即微之之化身，此固无可疑。"大抵上，张生应是元稹自谓。但两人交往不过一年光景，元稹便为功名所牵，结识太子少保韦夏卿，选婚高门迎娶其幼女韦丛。痴心守候的莺莺在元稹的薄幸面前，于是轻如浮云，渺若飞絮了。

说起元稹和薛涛之间的故事，我们也能看到两人之间互赠表达思念的诗文。薛涛有《春望词》："花开不同赏，花落不同悲。欲问相思处，花开花落时……风花日将老，佳期犹渺渺。不结同心人，空结同心草。那堪花满枝，翻作两相思。玉箸垂朝镜，春风知不知。"元稹十年后有《寄赠薛涛》："锦江滑腻蛾眉秀，幻出文君与薛涛。言语巧偷鹦鹉舌，文章分得凤凰毛。"薛涛仍在思念元稹："诗篇调态人皆有，细腻风光我独知。月下咏花怜暗澹，雨朝题柳为欹垂。长教碧玉藏深处，总向红笺写自随。老大不能收拾得，与君开似教男儿。"元稹与崔莺莺、薛涛之间的情感纠缠可能让人唏嘘，他和出身高门的原配韦丛之间的真爱却让人敬仰。元稹伤悼韦丛的《遗悲怀三首》追忆妻子对自己的体贴关怀，慨叹人生短暂，抒写缠绵哀痛的真情，尤其诗中的"谢公最小偏怜女，嫁与黔娄百事乖""昔日戏言身后事，今朝都到眼前来""诚知此恨人人有，贫贱夫妻百事哀""惟将终夜长开眼，报答平生未展眉"读之朴素自然，直抒胸臆，悲痛之情如同长风推浪，逐渐推进，实为悼亡诗中的佳作。古人的情感，我们不当说是非，可是事实是元稹和崔莺莺的故事在先，接下来才是受到韦夏卿赏识，把女儿韦丛托付给元稹，韦丛年仅二十七岁病逝之后，元稹才认识的薛涛，且之后才娶了安仙嫔、裴淑，备受争议的元稹在感情上结束一段，开始一段，甚至没有完全结束上一段，就开始了另一段情感经历。

有唐一代，让一位青年才俊、名流巨卿迎娶一位风尘女子，社会主流是持反对态度的。娶风尘女子难度大，娶一个女伶、乐伎、道士或原来属于贵族地位后来挣扎于社会底层的女性也有难度。唐人交往更重视的是这些女子的美貌和才华，婚姻对象则尽可能出身高门，对自己要有提携。崔莺莺、薛涛、李冶、鱼玄机等要觅得人生风帘雨幕中的知心爱人几乎不可能。到了明末时，名流们更重视

第八章 情思眷恋：明月深情与悼亡之痛

人格性情，门第出身的比重下降，一种新的婚姻制度出现了。钱谦益和柳如是、冒辟疆与董小宛、孙临和葛嫩娘等视名姝"礼同正嫡"，社会风貌随之一变。在这个过程中，诗歌文学提升了思想认识，思想认识张扬了个性自由，个性自由某种程度上撬动了婚姻等传统社会习俗，可以说，在一定意义上冲破压力和束缚的才子佳人们才带来了社会的进步。

元稹去世时 52 岁，白居易 59 岁，生前有一段时间同住洛阳。元稹去世后，白居易多次来到满目荒芜的元宅，白居易在《元家花》中说："今日元家宅，樱桃发几枝。稀稠与颜色，一似去年时。失却东园主，春风可得知？"花在人不在，月圆人未圆，死生之感涌上心头，朗朗的笑声，深厚的友谊，留下的只是伤悲。"存亡感月一潸然，月色今宵似往年。何处曾经同望月？樱桃树下后堂前。"白居易《感月悲逝者》中带给我们的是深切的伤痛。人生难得一知己，山川岁月犹在，每一次有意无意地路过元宅，流水野草，风吹落花，楼宇倾斜失修，画舫风吹日晒，繁华落幕，荒芜登场，由物及人，都让白居易不禁悲从心来。《过元家履信宅》云："鸡犬丧家分散后，林园失主寂寥时。落花不语空辞树，流水无情自入池。风荡宴船初破漏，雨淋歌阁欲倾欹。前庭后院伤心事，唯是春风秋月知。"元稹去世后，白居易一直活到了 75 岁，他时常想起元稹。没有至交的洛阳和长安一样，在白居易眼里都是空荡荡的。"自问老身骑马出，洛阳城里觅何人？""同心一人去，坐觉长安空"，俱往矣。

元稹离世九年后，白居易梦见年轻时二人同游交往的情景，醒后潸然泪下，无法自抑，写下《梦微之》诗："夜来携手梦同游，晨起盈巾泪莫收。漳浦老身三度病，咸阳宿草八回秋。君埋泉下泥销骨，我寄人间雪满头。阿卫韩郎相次去，夜台茫昧得知不。"盈盈泪水，几条毛巾也擦不干净。白居易暂存人间头飞雪，三回生病，而元稹尸骨化成泥土，咸阳原上坟头草木荣枯八载。元稹的儿子和爱婿也已经去世，黄泉路上昏暗模糊，你们碰见了吗？读这首悼亡诗，无边的悲伤涌上千年之后我们的心头，平实的语言寄托了白居易对元稹深切的思念，如泣如诉，刻骨铭心。

悼亡诗中表达对爱人情深似海的多，宣宗时诗人赵嘏悼念自己钟爱的女子，《悼亡二首》中有"明月萧萧海上风，君归泉路我飘蓬。门前虽有如花貌，争奈如花心不同"句，写的亦是死别之痛，命运蹭蹬，挚爱者已赴黄泉，诗人泪湿衣襟，还要孤独飘蓬，人生至痛如此！

76. 率真至情至性的女子

唐人真情不受束缚，自然流淌，女子也一样。繁盛开放的有唐一代，一个人的真情不受约束，高贵时尚的女子着"袒胸装"就是社会包容开放的体现，正因为如此，我们才看到一个个自信独立的女子形象，而非抽离真实感情之后木偶化、泥塑化的"圣人"。明清关中县志中旌表了一批贞节烈妇，仅就其事迹和一页页冰冷的名字就让人望而却步，多少女性生命的活力被钳制。陈忠实顿然意识到，"《贞妇烈女卷》里那些女人以神圣的生命所换得的荣誉，不仅一钱不值，而且是片甲不留体无完肤"[①]。

唐朝人不这样。唐代是我国封建时代最为鼎盛的朝代，它的鼎盛不仅仅体现为经济、文化等的高度繁荣，同时还体现在充满生机的精神世界。自由、自信、解放犹如与生俱来的天性。"他们想方设法，几乎是寻找一切机会谋求欢娱、快乐和自由，他们渴望肉体的

[①] 陈忠实：《寻找属于自己的句子》，上海文艺出版社2009年版，第73页。

第八章　情思眷恋：明月深情与悼亡之痛

解放和精神的超越。"① 黑格尔说："爱情在女子身上特别显得美，因为女子把全部精神生活和现实生活都集中在了爱情里和推广成为爱情，她只有在爱情里才能找到生命的支持力。"②

"门传钟鼎，家世山河"的长孙皇后母仪天下、名垂千古，也作有《春游曲》表露活泼娇媚的少妇心。其诗云"上苑桃花朝日明，兰闺艳妾动春情。井上新桃偷面色，檐边嫩柳学身轻。花中来去看舞蝶，树上长短听啼莺。林下何须远借问，出众风流旧有名。"即便贵为皇后，一个女子的芳心柔情也直白大胆地表现无遗。面若桃花，春心荡漾，身轻似柳，娇媚甚至狐媚，穿行如蝶，欢笑如莺，意满洒脱，一时忘情，名播于世，哪里是一个手持《女则》，端庄恭谨的皇后形象呢？可这就是大唐的风尚和胸怀，真情流露，何必拘谨？太宗皇帝也很欣赏这首诗，"见而诵之，啧啧称美"。明代钟惺《名媛诗归》颇有微词，他评价这首诗写得不错，但作为皇后身份而言，"开国圣母，亦作情艳，恐伤圣德"。

冰雪聪明的蜀中才女薛涛一生端庄典雅，气质高华，感时忧国，恃才抗俗，努力书写着一个卑微女性的自身解放史。《全唐诗》记载薛涛"出入幕府，历事十一镇，皆以诗受识"③。"十一镇"是指薛涛一生经历了十一位西川节度使，包括韦皋、袁滋、刘辟、高崇文、武元衡、李夷简、王播、段文昌、杜元颖、郭钊、李德裕。但根据历史史实看，薛涛只是和其中的五六位酬酢较多，其他如袁滋根本未谋面。花无十日红，可薛涛无日不春风，归根于美貌和才华，忧患和独立。

---

① 程蔷、董乃斌：《唐帝国的精神文明——民俗与文学》，中国社会科学出版社1996年版，第67页。
② ［德］黑格尔：《美学》，朱光潜译，商务印书馆1981年版，第327页。
③ （清）彭定求等编：《全唐诗》卷803，中华书局1960年版，第9035页。

薛涛的《筹边楼》，"平临云鸟八窗秋，壮压西川四十州。诸将莫贪羌族马，最高层处见边头"，表达了对时局的悲叹和对诸位将士的劝诫。《谒巫山庙》中"山色未能忘宋玉，水声犹是哭襄王。朝朝夜夜阳台下，为雨为云楚国亡"的句子哪里像一个柔弱女子的口吻？面对西川节度使韦皋，薛涛的这首诗没有柔媚阿谀，动情中透露出对国家深切的关心。语言华丽并非最美，将心比心、喜怒同调的动情语言才是最美的语言。在薛涛那里，一个清醒、自信的聪慧女性形象一览无余。

《云溪友议》《唐才子传》等书曾经记载薛涛与著名诗人元稹的关系，他们互相有诗歌赠答，甚至可能有非常亲密的接触。前文叙述只是一种可能。《唐诗纪事》卷三十八记载白居易有《与薛涛》诗道："蛾眉山势接云霓，欲逐刘郎北路迷。若似剡中容易到，春风犹隔武陵溪。""欲逐刘郎"是说薛涛在爱情生活中的主动态势，而"迷""隔"则说明此路不通，至少是困难重重。薛涛和元稹之间故事的真相已不可考了，但就两人之间悬殊的地位和当时的礼教传统，更重要的还有元稹的仕途坎坷的现状，单相思或杜撰猜疑的可能性居多吧。

中晚唐时期，安史之乱导致社会发生巨大的变化。文人们建功立业难度增大，精神上介于"兼济天下"和"独善其身"的纠葛之中。或沉溺诗书或寄情山水或深入烟火，阐发对生活和历史的参悟就成为另一类自然而然的文化出口。这条道路无关性别，也是至真至性的流露。

类似薛涛这类奇女子的，在唐代还有李冶、鱼玄机。

聪慧冷峻的李冶幼年入道，为有名的女冠诗人。唐代相对宽松的道教教规，使得女道士脱俗、神秘，同时有较多的机会和社会交往，追寻真爱。李冶一生和多位男士之间有诗酬往来，其中不乏真

第八章　情思眷恋：明月深情与悼亡之痛

情至性。

李冶和茶圣陆羽之间有《湖上卧病喜陆鸿渐至》，云"昔去繁霜月，今来苦雾时。相逢仍卧病，欲语泪先垂。强劝陶家酒，还吟谢客诗。偶然成一醉，此外更何之？"这显然是一种浅显外露、容易看明白的感情。陆羽两次探望李冶，节气变了，李冶的感动和无奈之心没变。病中的李冶和挚友陆羽饮酒作诗，暂时的慰藉无法和浓烈的厮守或亲情相提并论，这份关心收下了，此外又能如何？

李冶的《寄朱放》表达了思妇念远这一恒久主题。和朱放之间山高湖阔，相隔万水千山，可是"相思无晓夕，相望经年月"，"郁郁山木荣，绵绵野花发。别后无限情，相逢一时说"。李冶表达的这种思念强烈，渴盼重逢，但其中没有怨恨，没有猜疑。《全唐诗》中有朱放之《寄李季兰》："古岸新花开一枝，岸傍花下有分离。莫将罗袖拂花落，便是行人肠断时。"李冶和朱放之间是诗友兼情侣关系，志趣相投，相恋共鸣，然不得厮守相伴，亦属枉然。

李冶在苏州城外送别恋人阎伯钧，有名篇《送阎二十六赴剡县》，"妾梦经吴苑，君行到剡溪。归来重相访，莫学阮郎迷。"流水潺潺，芳草萋萋，情思绵绵，不舍中俏皮地提醒阎郎，你别学阮郎遇仙忘归啊。李冶才貌俱佳，神情萧散，区别于一般红尘女子，有追求真爱的机会，但穷其一生，没有寻觅到一个如意郎君。

道家生活是凄凉孤寂的，李冶借助女冠这个置于正常宗族关系之外的身份，和有才情的男性广泛交往，追寻真爱，这本是无可厚非的事情，我们不能苛求古人。朝云暮雨、青灯孤枕、仰观明月思无涯、俯瞰流水泪长流，夜夜无眠夜夜思念，离人无语。琴瑟和谐、夫唱妇随距离李冶是那样遥远！女冠诗人的美貌和才华俱在，也为众多文人欣赏，可在儒家礼教的顽固观念之下，迎娶她们为妻是需要巨大勇气的。几乎没有男人能迎难而上。

于是，痴情重情的李冶用冷峻笔法，写下了传世的《八至》："至近至远东西，至深至浅清溪。至高至明日月，至亲至疏夫妻。"弱势女子是奇才，李冶把人世间的八组矛盾集于二十四字中，绝对对立的概念融于一体，实际上表达的是一种空旷的绝望和刺骨的痛楚。

晚唐鱼玄机咸通年间为李忆（唐宣宗大中十三年状元）妾，因李妻不容，入长安咸宜观为女道士。集健康爽朗、美艳智慧于一身的鱼玄机与诗人温庭筠为忘年交，有多首诗唱和。明代钟惺《名媛诗归》对鱼玄机评价甚高："绝句如此奥思，非真正有才情人，未能刻划得出，即能刻划得出，而音响不能爽亮……此其道在浅深隐显之间，尤须带有秀气耳。"

李忆远行，鱼玄机殷殷叮咛："莫听凡歌春病酒，休招闲客夜贪棋。"李忆归来，鱼玄机喜不自禁，"今日喜时闻喜鹊，昨宵灯下拜灯花。焚香出户迎潘岳，不羡牵牛织女家。"可两年不足的时光，两人便决绝情断，鱼玄机归入道门，过起了"茫茫九陌无知己""夜夜灯前欲白头"的清苦日子。遇见李端公，她又直抒胸臆，任情放达，如《闻李端公垂钓回寄赠》："无限荷香染暑衣，阮郎何处弄船归？自惭不及鸳鸯侣，犹得双双近钓矶。"大胆直白的示爱心声与礼教社会对女性沉静内敛要求相违背，这种"傻"劲儿让人们生出对女诗人的无限爱怜之情。鱼玄机传奇的人生在男性霸权社会中提供了猎奇或窥探的机会，诗歌才华被遮掩，对其文学评价往往有以人废文的倾向。

后世对三位女诗人的评价不一。明代文学家胡震亨《唐音癸签》卷八评价如下："李'远水浮仙棹，寒星伴使车'及《听琴》一歌并大历正音。薛工绝句，无雌声，自寿者相。鱼最淫荡，诗体亦靡弱"。胡震亨被近代教育家、出版家张元济称为海盐"第一读书种

第八章 情思眷恋：明月深情与悼亡之痛

子"，在这个"种子"选手看来，李冶可称为"大历正音"，薛涛诗"无雌声"，即不像女人写的，鱼玄机为人淫荡，进而诗最差。钱谦益《绛云楼书目》中，李冶也是被看作妓女的。实际上，所有古人的评论，我们均不持有苛刻心理，可是胡、钱的看法的确有失公允。封建社会女子的独立地位和人格普遍得不到尊重，这种态势下道家女子的超脱俊逸、才华美貌可能会成为世人欣赏羡慕的对象，有时甚至在轻薄心理的支配下，貌似正人君子们掌握着话语主导权，道家腔调会抹杀正常的文论或诗歌评价公正性，遑论对一个柔弱女子的评价。

李清照是立于秋风黄花中寻寻觅觅的美神，才华横溢，光彩动人，而鱼玄机则是"色既倾国，思乃入神"，放浪任情，女性意识觉醒的坎坷道士。鱼玄机的诗不如苏海韩潮那样有宏伟气魄，但堪比高山之巅的一滴晶莹泪珠，纯洁无瑕，坦然率真。追求真爱的路上一次次失败酿成佳作，字字血泪，踽踽独行，"自叹多情是足愁，况当风月满庭秋。洞房偏与更声近，夜夜灯前欲白头。"她因"妒杀侍女绿翘案"入狱，被京兆府尹温璋判死刑，从容赴死。狱中，她反复吟诵"易求无价宝，难得有心郎"；狱中，她作诗明志，"明月照幽隙，清风开短襟"；诗魂不能见容于世时，鱼玄机这颗诗坛独具个性的星辰陨落了。《全唐诗》存鱼玄机诗 50 首，其诗工致精练、绮丽秀美、情谊真挚、传神精妙、直白易懂。

"忆君心似西江水，日夜东流无歇时。"这痴情属于鱼玄机。"一双笑靥才回面，十万精兵尽倒戈。"这同样是鱼玄机摒弃细眉柳腰，在更高的层次上对女性人格力量的赞美。

"偶然成一醉，此外更何之！"这表面的放纵自由与内心的孤苦无望来自李冶。"三峡迢迢几千里，一时流入幽闺里。巨石崩崖指下生，飞泉走浪弦中起"，这是李冶听琴中把听觉化作视觉的"大历正音"（胡震亨语），也是部分论者眼里的贞元"尚荡"之风。（李肇《唐国史补》卷下云：大抵天宝之风尚党，大历之风尚浮，贞元之风尚荡，元和之风尚怪也。）

"晚岁君能赏，苍苍劲节奇。"这是薛涛凄婉哀伤之余的丈夫气概，自负自矜，倔强清拔。薛涛活泼开朗，交游甚广，心系社稷，景象阔大，期盼国家统一平安，诗多"无雌声"，刚柔相济，艺术风格多样，是区别于李冶、鱼玄机的中唐女中诗杰。

"身不得，男儿列，心却比，男儿烈。""身与心"鲜明对比，"列与烈"巧妙谐音，这是属于秋瑾的激越豪情和英雄襟怀。秋瑾认同鱼玄机的率真刚烈、重情重义、卓越才华和自我认同价值观。在《偶有所感用鱼玄机步光威哀三女子韵》一诗中，她写道："十联佳句扶膺折，一卷新诗信手衔""不逢同调嗟何益？得遇知音死亦甘"。其实，古往今来，多少优秀的女性身不甘为女子，巾帼不让须眉，这实在是女性意识的觉醒、继承与飞跃！

第九章 山水田园：庙堂之外的乐趣

77. 王维的心态

严羽《沧浪诗话》中认为宋代诗歌以才学、议论、文字见长，而唐诗以自然、性情见长。唐诗的妙处："如空中之音、相中之色、水中之月、镜中之象，言有尽而意无穷。"这就是说，诗歌拆开来，字字浅显易懂，合在一起则宋诗以哲理意蕴突出，唐诗以性情意象耐人寻味。

发乎性情，表达的是内心本真，不大在乎外界评价。和文以载道不同，王维俯仰关中山水，句句都是风景画，天清地朗，简朴澄澈。

"明月松间照，清泉石上流。竹喧归浣女，莲动下渔舟。"月光皎洁，松林里光影虚实相间，一眼可以看到底的山间清泉欢快地滑过大大小小的石头。动静是那样谐和，一派安详肃穆。浣女们三三两两，谈笑归来，小路旁的竹叶也被浣女们惊扰，摇曳不定。劳累之余，嬉笑打闹，也说几句知心打趣的话。小渔舟轻轻划开波浪，莲叶斑驳作响，凉爽的晚风迎面吹来，日子闲适惬意，岁月悄然静好。作者好像在看着这人间赏心乐事，捻须微笑。

"太乙近天都，连山接海隅。白云回望合，青霭入看无。分野中峰变，阴晴众壑殊。欲投人处宿，隔水问樵夫。"太乙山巍峨高耸，山势连绵，雾气萦绕。行人在群山峻岭中变成小黑点，凌空看来大自然超凡伟岸，人渺小不屈。诗人精神空灵辽远，对自然山水的热爱是发自内心的。

一个人有条件却不住在繁华闹市中，偏居山野田园，王维是这样的人。他在宋之问的辋川山庄基础上营建了辋川别业。王维扩建成的辋川别业诗情画意，拥林泉之胜，与山民相处无间，实在是自己向佛和田园生活的最佳选择。

《终南别业》中更有"行到水穷处，坐看云起时。偶然值林叟，谈笑无还期"的句子。流水尽头白云生，由近及远，都是本然的静景和远景。

终南山是大自然的馈赠，处处美景。诗人在表现这山水自然时，并未用什么生僻字词和典故，却平实无痕，意味隽永。这样的诗句对诗佛王维而言，秦中大地的山山水水，一草一木早已印入心里，佳句信手拈来。

"返景入深林，复照青苔上。"照在青苔上的是夕阳还是朝阳？空旷幽暗，片刻的光影融合着空趣和至静之美。

"人闲桂花落，夜静春山空。月出惊山鸟，时鸣春涧中。"山林的静谧和受惊的小鸟，幽静安详，月光柔和，一切都是那样自在深广。

喜欢就住在山水之间，这是王维。生活可以按自己的想法去安排，做官不是人生唯一的主题。可长住在山水间，一天到晚都忙些何事呢？朋友们总不能天天来看望。再说，能主动安居在山野之人，朋友圈是特定的，盲目扩大交往范围是违背诗人初衷的。

想来王维和元代张可久在山中的日子差不了多少。"数间茅屋，藏万卷书"足矣;"松花酿酒,春水煎茶"乐矣。

"雨中草色绿堪染,水上桃花红欲燃。"辋川二十处胜景,处处迷人。听说自己回来了,农人们"披衣倒屣且相见,相欢语笑衡门前"。乡里乡亲淳朴亲密,又哪里有长安官场的"人情翻覆似波澜"呢?居住田园之间,又免去了多少龌龊与无奈呢?

王维《秋夜独坐》表达了一种孤独、寂灭、归佛的自然过程。"独坐悲双鬓,空堂欲二更。雨中山果落,灯下草虫鸣。白发终难变,黄金不可成。欲知除老病,惟有学无生。"双鬓斑白,秋天的夜晚,一人独坐空堂。秋雨飒飒,山间野果掉落,灯影婆娑,室外草虫低鸣。白发不可能变黑,丹药亦未炼成,年纪衰老,疾病缠身,何以消除,未有向佛。我们发现王维的孤独总能很快排遣,他很会转移注意力,给寂寞孤独寻找出路。独坐只是暂时,消解即刻有招。可以弹琴,也可以在林中长啸。"独坐幽篁里,弹琴复长啸。深林人不知,明月来相照。"月夜幽林下,不见行人来往,唯有明月相伴,谁又能知道我在这密林之中?居深山,可诗酒作乐,书画自语,洗涤尘埃,清修禅心;在官场,不争名夺利,不患得患失,始终恬淡自若,亦官亦隐。人世间的苦难在王维的处世为官态度和笔墨之端没有了哀怨惆怅,"一生几许伤心事,不向空门何处销。"每个人都有差不多的苦衷和扛在肩上的沉重,我们能看见的就是行走在风中的执着背影,别让眼眶笑着哭红罢了。

只是在王维这里,伤心付诸了山水书画、琴弦明月,留下了怡然旷达。我们可以想见王维历经仕途和人生命运变化之后的心态。类似周邦彦变成明哲保身的样子,异曲同工,想起来必然也经历一番纠结。

78. 36 岁的王维

王维六十一年的岁月大半在长安度过，诗作与长安有关的亦多。在王维一生中，开元二十五年（737）是一个重要的时间节点，时36 岁。36 岁以前，王维中进士，调太乐丞，谪济州司仓参军，尤其是开元二十年（732）张九龄为相后大受赏识，即擢右拾遗，可谓意气风发。20 多岁就中进士，才华横溢的青年王维曾经是活跃的宫廷诗人。他的18 首应制诗被日本学者浅见洋二等认为是"宫廷文学的回光返照"①。王维《奉和圣制从蓬莱向兴庆阁道中留春雨中春望之作应制》被誉为应制诗的经典之作，"云里帝城双凤阙，雨中春树万人家。为乘阳气行时令，不是宸游重物华"则把玄宗皇帝的一次阁道出游硬是写出了伟大意义，更重要的是把雨后的长安城渲染出了阔大瑰丽、欣欣向荣的盛世景象。

其《从军行》云："尽系名王颈，归来报天子。"其《送刘司直赴安西》云："当令外国惧，不敢觅和亲。"其《送张判官赴河西》云："慷慨倚长剑，高歌一送君。"这些诗歌显示了唐王朝强大的国力，同时也是王维意气风发、昂扬雄壮志向的体现。前半生的王维积极进步，英气勃勃，每每读起这些句子总是能感觉到他凌云的壮志和对隐藏在繁华之下社会不平事态的抨击。王维有关侠客和边塞的诗句甚多，再如"相逢意气为君饮，系马高楼垂柳边""身经大小百余战，麾下偏裨万户侯""报仇只是闻尝胆，饮酒不曾妨刮骨""愿得燕弓射大将，耻令越甲鸣吾君"等，这些诗歌风格迥然不同于后半生的王维诗风。

---

① ［日］浅见洋二等：《有皇帝的文学史：中国文学概说》，黄小珠、曹逸梅译，凤凰出版社 2021 年版，第 25 页。

可是，开元二十五年，张九龄被李林甫排挤，被唐宪宗罢黜，授荆州长史，唐王朝开始由盛转衰，王维心态发生变化，开始了半官半隐的生活。王维36岁后从积极入世变为淡泊消极，开始隐居终南山，得辋川别业后更是乐于和裴迪等人吟咏其间。天宝十五年（756），王维在安史之乱中被迫授伪职，其诗"万户伤心生野烟，百僚何日更朝天"表达愤懑之情。后因此诗王维在安史之乱后获特宥，累官不断，终转任尚书右丞，世称王右丞。王维因此有"忽蒙汉诏还冠冕，始觉殷王解网罗""花迎喜气皆知笑，鸟识欢心亦解歌"句，以抒胸臆。但36岁以后的王维，诗风从慷慨激昂转为清深闲淡，无意政坛了。

随着张九龄的贬退，王维冲天的斗志化为水墨画、禅理、佛法、音乐了。诗风由豪放转而婉约，笔触由粗而细，呈绮丽精工、静穆细致起来。王维出身于河东王氏一个官僚地主家庭，弟弟王缙曾两次出任宰相，兄弟情深，但他们绝不是一般平民家庭子弟。王维在中年好道，晚年学佛好静，其"山水诗"描摹了田家生活的外貌，气象博大，于登高望远中一派悠然自得和博学苦吟，艺术技巧和成就都达到了里程碑式的地位。

《终南别业》中"中岁颇好道，晚家南山陲。兴来每独往，胜事空自知。行到水穷处，坐看云起时。偶然值林叟，谈笑无还期"，可见，诗人在晚年居住终南山后，兴致盎然，独自徜徉在山林间，自我欣赏，自我陶醉，这个过程中其主观与客观，有限与无限达到了统一和谐。诗人并非不与老百姓来往，碰到一两个乡村父老，便与之说说笑笑，忘却了时间。超脱了仕途的艰险，也不愿意经受尘世的烦恼，王维这个时候获得了精神的自由，怡然自得的快乐溢于言表。

王维《辋川集》二十首无一不是如此。《鹿柴》云："空山不见人,但闻人语响。返景入深林,复照青苔上",诗人对山水的解读和体悟,对自然界动静关系的把握均已经出神入化。远离尘嚣,诗中不是"不见人",就是"人不知",然而大自然生命的律动体现在人语、夕阳、明月中,造物生生不息,山林神秘静美,禅意空灵悠然,王维已然是陶醉在明月清风中了。

此外,诸如"桃红复含宿雨,柳绿更带春烟。花落家童未归,莺啼山客犹眠""漠漠水田飞白鹭,阴阴夏木啭黄鹂""明月松间照,清泉石上流""渡头余落日,墟里上孤烟""泉声咽危石,日色冷青松""鸟啭深林里,心闲落照前""云里帝城双凤阙,雨中春树万人家""雨中草色绿堪染,水上桃花红欲燃"等,均是王维山水诗的传世之作。这里,有辋川别业,有悟真寺等蓝田一带的寺庙,也有长安城的宫殿和城郊的香积寺,王维是半官半隐的,所以,他视野中的长安山水和长安城的世相风俗是平和清雅、诗画合一、机趣盎然的。

可是,王维的田园诗与底层群众有距离,相比陶渊明而言,在描摹山水静美的同时,捕捉社会现实的矛盾和实质上尚有差距。王维身在魏阙却心在自然,和自然田园融为一体,在辋川静观自然、禅悟自然,所以其作品才呈现出无色无碍空明澄澈的境界,而他的田园诗和陶渊明及宋代的范成大皆有不同。如王维《渭川田家》,诗云:"斜阳照墟落,穷巷牛羊归。野老念牧童,倚杖候荆扉。雉雊麦苗秀,蚕眠桑叶稀。田夫荷锄至,相见语依依。即此羡闲逸,怅然吟式微。"这幅田园暮归图中,夕阳、牛羊、村落、深巷、农事、农人、文人都出场了,山水田园诗歌的多种元素集中于短短五十字中,不仅如此,故事也有了。老人倚着拐杖在等待贪玩迟归的小孙子,从田地劳作一天的青壮年劳力们返回途中说说笑笑,絮絮叨叨,乐而忘归,一旁的诗人看到如此闲情逸致,想起自己隐迹官场,苦闷惆怅地吟诵起《诗经》中的《式微》篇来。农人皆有所归，自己独无所归，空留羡慕罢了。农夫耕作的辛苦在王维眼里是一种安逸的享受，和官场艰险相比，自己的幸福感何在？相反，陶渊明在《庚戌岁九月中于西田获早稻》中是真真切切认识到农人辛劳的，"晨出肆微勤，日入负耒还。山中饶霜露，风气亦先寒。田家岂不苦？弗获辞此难。四体诚乃疲，庶无异患干"，农人劳作的强度和身体的疲倦，山中的寒冷，如果再有病病灾灾的侵扰，这还能是王维眼中的田园安逸图吗？因此，相对王维的"即此羡闲逸"来，陶渊明的"田家岂不苦？"就更接近底层人民的感情了。

中晚唐诗歌，更多见涉农题材的讽喻和悯农诗。安史之乱惊破了盛世梦幻，农村的诗情画意被苦难灾害取代。杜甫、元稹、白居易、戴叔伦等诗人笔下的农村、农民生活凝结着血和泪。戴叔伦的《女耕田行》描写二位女子耕田种谷的情形："无人无牛不及犁，持刀斫地翻新泥。"其《屯田行》有"驱牛驾车入山去，霜重草枯牛冻死。艰辛历尽谁得知，望断天南泪如雨。"这里，已无诗情和田园之乐，常见"苗疏税多"，横征暴敛给农民带来的深重灾难。

在辋川别业，王维除了步行、泛舟观景外，多独自悠游园林静观覃思，于细察万物中找到自处天地之间、舒放身心的方式，还在静观中领悟天地恒通之道。王维在《积雨辋川庄作》诗中言："漠漠水田飞白鹭，阴阴夏木啭黄鹂。山中习静观朝槿，松下清斋折露葵。"习静观物，与自然对话是他生活的常态，故而辋川诗歌中呈现出一幅一幅的静观图。"桃红复含宿雨，柳绿更带朝烟。花落家童未扫，莺啼山客犹眠"（《田园乐七首》其六）。雨后清晨，诗人漫步园内，静观桃花之上晶莹的雨珠，轻烟中更加翠绿的柳树，零落一地的花瓣，听黄莺婉转的啼鸣，细腻观物就是王维舒放身心的最佳方式。《辋川闲居赠裴秀才迪》中描绘的又是一幅王维园林静观

图:"寒山转苍翠,秋水日潺湲。倚杖柴门外,临风听暮蝉。渡头馀落日,墟里上孤烟。"秋日傍晚,倚柴门,临轻风,听蝉鸣,望渡头余晖,看缕缕炊烟。静观的王维站成了如画园林中的一景,他内心的宁静亦如眼前的自然一样祥和而自在。

王维的园林静观是一种生活方式,也是一种生活美学和生活哲学。王维之后,无数的文人将静观作为生活方式和艺术创作的独特视角。杜甫在浣花溪静观"自去自来堂上燕,相亲相近水中鸥""细雨鱼儿出,微风燕子斜"。白居易在履道里园中静观"秋花紫蒙蒙,秋蝶黄茸茸。花低蝶新小,飞戏丛西东"。苏轼在赤壁静观"月出于东山之上,徘徊于斗牛之间。白露横江,水光接天。纵一苇之所如,凌万顷之茫然"。倪瓒静观寒山瘦水、萧疏林木,画《渔庄秋霁图》《幽涧寒松图》。静观山林,文徵明有《古木寒泉图》、董其昌绘《江山秋霁图》。王元祈静观深山生云,画出了心中的理想仙境《松溪仙馆图》,吴历静观傍晚秋山,走进了《夕阳秋影图》。静观不是旁观,人立于天地自然中,即便是在荒寒寂寞的境地,就是站到了终极的位置和审美的高度,走进了独与天地精神相往来的境界。

王维于静观中进行自然的体认,完成了生命的哲思。王维辋川诗歌中营造空寂的禅境,透着幽深的禅意,那正是王维虚静恬淡的心境。"木末芙蓉花,山中发红萼。涧户寂无人,纷纷开且落"。(《辛夷坞》)空寂的山涧里,辛夷花自开自落,不论是否有人在意,生命过程都要依序完成。在静观中禅悟,达到顺乎自然的禅悦境界。"秋山敛余照,飞鸟逐前侣。彩翠时分明,夕岚无处所"。(《木兰柴》)诗中描绘了秋天晚霞似锦、满山秋叶斑斓的绚丽景象,静观飞鸟相逐而去,山上雾气消散,有色有空,暗示绚丽的色彩必将随夜幕的降临而成空。"色不异空,空不异色"的禅悟化入诗中,舍色迷而求空悟,耐人寻味。"时倚檐前树,远看原上村。青菰临水拔，白鸟向山翻"（《辋川闲居》）。诗人倚着檐前大树，远观原上村庄，寓目水边拔节而生的青菰，山边翻飞的白鸟，观自然之生意，生内心之喜悦。诗人所体验和传达的正是无住禅师所说的"无为无相，活泼泼平常自在"的境界。王维《谒璿上人》并序说："色空无碍，不物物也，默语无际，不言言也。"王维于无言静观中禅悟，这是宋明理学格物致理的先导。静观是致理的前提，致理是静观的结果。

79. "独"的心态与"谁"的追问

"独"是古代诗人、词人和今天的词曲作者爱用的一个字眼，大多时候有"孤单、独特、仅仅"之意。从屈原"民生各有所乐兮，余独好修以为常"的时空意识和孤独感开始，中国古人的宇宙感和孤独感常体现在个体的时空意识之中。

陈子昂仰天长啸，发出了"念天地之悠悠，独怆然而涕下"的千古绝唱；南唐后主李煜"无言独上西楼"，从帝王的繁华跌入囚徒的败落，他写出了低谷中的大孤独大悲怀；柳宗元在"永贞革新"失败之后，远谪南荒，"独钓寒江雪"正是他此时初衷不改的孤独生命体验；王维"独坐幽篁里，弹琴复长啸"表现的是离群索居的自在孤独状态，而"独在异乡为异客"则是游宦异乡的诗人在人间烟火下的形单影只；即使在当代，"我独饮晚风作酒，叹一生痴情入喉""我独有几番离愁，不如添晚风做酒"的咏唱表达的也是青年人良辰难遇，过客难留的彻骨伤感，从人生短暂和宇宙无穷的角度来看，这些都属于哲学上的"根本孤独感"。"心灵敏感而又关怀众生和宇宙的诗人，以稍纵即逝的生命面对茫茫的空间与渺渺的时间，匹马单枪和万古千秋对决，自然免不了宇宙性的永恒的孤独体验感油然而生。"①

人既是独处的动物，可独处久了又要一群人聚集在一起，目的可能是解忧或寻欢，相识或不相识的人聚集时，却又感到久久挥之不去的孤独感，这真是一个恒久的奇怪现象，当然也是普遍的共有现象。

《诗经·小雅·正月》中说："正月繁霜，我心忧伤。民之讹言，亦孔之将。念我独兮，忧心京京。哀我小心，癙忧以痒。"两千多年前，一个正直的知识分子被朝廷征召效力，可是当时执政的周幽王纵宠褒姒，人民处于水深火热之中，小人当道，民不聊生，自己也得不到重用，忧心忡忡。正月时节繁霜降临，诗人失意时内心忧伤。谣言四起，民心大乱，诗人"愁"字当头，无法消解，担惊受怕，以至于忧思成病。忧伤、孤独、愤懑的诗人感慨生不逢时，空怀满腹才能，国家危在旦夕，百姓无辜受害，得志小人巧言令色，嫉贤妒能，自己无力回天，周幽王毫不觉悟，诗人把这一切灾难的矛头直指最高统治者，愤然断言："燎之方扬，宁或灭之？赫赫宗周，褒姒灭之！"这首《诗经·小雅·正月》告诉我们，城门失火殃及池鱼的时候，池水中的任何一条鱼是难以回避颠覆性灾难的，因此，这里的"独"是孤独，掺杂了大量的愤懑。

李白《独坐敬亭山》历来为人们称道，诺贝尔文学奖获得者、法国作家勒克莱齐奥尤为欣赏这首诗所表达的神秘。"众鸟高飞尽，孤云独去闲。相看两不厌，只有敬亭山。"在李白这里，大自然不是人类驱使的对象，而是被感动、需要理解的对象。一个满腹经纶充满理想斗志的人，在某一天得空对着一座大山，静静地互相看着对方，慢慢地融为一体，失去了彼此的身份。这种沉醉与痴迷其实要

---

① 李元洛：《写着写着几千年》，中国友谊出版公司2021年版，第83页。

第九章　山水田园：庙堂之外的乐趣

表达的是人与自然甚至与宇宙的对话。李白的这种神奇有时候达到了自然通过人表达某种暗示的程度，如《夜宿山寺》所写的"危楼高百尺，手可摘星辰。不敢高声语，恐惊天上人"就接近万物有灵论了。

柳宗元的《江雪》主要是借一种特殊的场景抒发内心的不屈和孤寂情绪。诗云："千山鸟飞绝，万径人踪灭。孤舟蓑笠翁，独钓寒江雪。"永贞革新失败后，柳宗元谪居永州十年，在险恶的环境面前，诗人并没有屈服，而是固守理想。大雪让鸟、路都消失，水天不分，苍茫一片，一尘不染，万籁无声，在这样的画面中，清高、孤傲的渔翁超然物外，甚至凛然不可侵犯，这些实际上都是作者心志的体现。真的有这样的场景吗？或者柳宗元在寒江雪中独钓过吗？只是诗人设想出来的一种意境罢了。明崇祯年间徐增《说唐诗》中评价说："余谓此乃子厚在贬时所作，以自寓也。当此途穷日短，可以归矣，而犹依泊于此，岂为一官所系耶？一官无味，如钓寒江之鱼，终亦无所得而已。余岂效此渔翁者哉！"清初王士禛《题秋江独钓图》中写道："一蓑一笠一扁舟，一丈丝纶一寸钩。一曲高歌一樽酒，一人独钓一江秋。"这里孤寂萧瑟中却多了一份逍遥，究竟钓的是鱼？秋景？还是心情？抑或自在的生活？

相对王维笔下的"独"，杜甫的"独"则主要是不被人理解的苦衷。政治抱负不被当政者理解，"致君尧舜上，再使风俗淳"就仅仅是一种抱负，而抱负可以不用实现。对杜甫而言，更重要的还是诗文在当时不被人理解。

南宋开始，有"千家注杜"的说法，黄希、黄鹤父子两代人完成了《黄氏补千家注纪年杜工部诗史》，开杜诗注释的先河。这是一部很有特点的杜诗注本。可是，杜甫生前身后一段时间中，诗名是不大的，文坛也不甚重视他。中唐以前的三本"唐人选唐诗"选本中都没有收录杜甫的作品。芮挺章《国秀集》收录了90位诗人的220首诗，其中没有杜甫；殷璠《河岳英灵集》中有高适、岑参，没有提到杜甫；高仲武《中兴间气象》收录肃宗、代宗两朝诗人作品，依然没有杜甫的影子。《国秀集》收录下限是天宝三年（744），时杜甫33岁；《河岳英灵集》收录下限是天宝十二年（753），时杜甫42岁；《中兴间气象》收录下限时大历十四年（779），时杜甫已经去世九年了，也就是说，从青年、壮年到去世的几十年间，不同阶段杜甫创作的大量诗歌并没有受到诗界的重视。769年，杜甫57岁，这一年他漂泊在湖南，其《南征》中叹息自己一生辛辛苦苦创作的诗歌不被人看重，"百年歌自苦，未见有知音"。当然，一代诗坛巨匠对自己在文学史上地位是自知的，"文章千古事，得失寸心知"，可是，生前及身后一段时间重视不够却是显而易见的。

中唐以后发生了变化，文坛开始"尊杜"。成书于宣宗大中十年（856）的晚唐顾陶《唐诗类选》是文学史上第一本推崇杜甫的诗集，200位唐代诗人，1200首诗歌，遴选了27首杜诗。顾陶与白居易、元稹、韩愈同时，这说明到顾陶时杜诗受到了诗界的注意。遗憾的是，《唐诗类选》中大多遗失，杜甫的诗抄也不例外。晚唐韦庄编选的《又玄集》选143位诗人，300首诗，杜甫入选7首。这也许与白居易、韩愈对杜甫的嘉许有关，可事实上是，杜甫诗歌的经典化开始了。

杜诗有诙谐之处。《空囊》即反映了诗人穷困潦倒时餐霞食柏，早上开不了火，吃不上饭，晚上无衣御寒，囊空羞涩，一钱看守口袋的处境。"翠柏苦犹食，明霞高可餐。世人共卤莽，吾道属艰难。不爨井晨冻，无衣床夜寒。囊空恐羞涩，留得一钱看。"翠柏、晨霞不仅可观，而且可食，诗人独立自行，抱道不曲，在生活的艰难面前对自己有一丝调侃。这不同于我们印象中忧国忧民的杜甫，诗歌沉郁顿挫，脸庞布满沧桑，绷紧的弦偶尔松一下，下次独立直行才能更好地"穷年忧黎元"。相比于王维、李白、柳宗元，杜甫的"独"是执着的。

明末清初的文学家、书画家万寿祺怀不世才华，豪宕任气，名盛江南。曾在"甲申之变"①后和陈子龙招募义师抗清，兵败后隐居江南。此后，诗风激楚，有"人间歌苦北风起，天外登临落日斜"等句，寄寓其不与清人合作，坚守民族气节的心态。其诗《有忆》同样，写出了晚明一部分士人的坚守和高洁、孤寒的心态。诗云："梧桐清露不胜寒，独夜无人共倚栏。鸿雁一声天似水，西风两地月中看。"

其中的"梧桐""清露"意象和"独""倚"姿态既是诗人高士情怀的表达，也是前代诗风的传承。唐李商隐《西亭》有"梧桐莫更翻清露，孤鹤从来不得眠"；南唐冯延巳《采桑子·小亭雨过春将尽》更是用"独折""独立""独倚"表达末世郁闷，"独折残枝，无语凭栏只自知""独立花前，更听笙歌满画船""独倚梧桐，闲想闲思到晓钟"；金代文学家王庭筠《诉衷情·夜凉清露滴梧桐》词云："夜凉清露滴梧桐。庭树又西风。熏笼旧香犹在，晓帐暖芙蓉。云淡薄，月朦胧。小帘栊。江湖残梦，半在南楼，画角声中。"通篇无一"独"字，但"独"意充盈通篇。

关于"谁"的哲学追问上，古人总是好奇。由此及彼，或者由远及近，思维总是跳跃性的，操心操得简直又多又细腻。这份好奇追问源于客心孤独，源于敏感多愁，也源于思念等待。

刘长卿有"渡口月初上，邻家渔未归。乡心正欲绝，何处捣寒

---

① 公元1644年为甲申年，同时兼具三个政权的年号，即明崇祯十七年、清顺治元年、大顺永昌元年。这一年，李自成起义军攻克北京，276年的大明作为全国统一政权宣告灭亡，40天后，清军入关，摧毁义军大顺政权和江南明朝残余势力，开始了清王朝268年的统治，历史上称为甲申之变。

衣？"夜空中一阵阵捣衣的声音悠远清亮，这是为谁在连夜赶制寒衣呢？

杜牧也有"正是客心孤迥处，谁家红袖凭江楼？"这美丽的女子轻倚在江边的栏杆上，等待哪位郎君呢？这郎君去哪里了？天涯孤旅的诗人看到这一幕想到的是被等待者的处境。联想到自己，家中的妻子孩子不也是在苦苦等待诗人的归去吗？眼泪打湿心田，思念愈发疯长起来。真是"谁家今夜扁舟子，何处相思明月楼"。全是问号，一时半会儿拉不直，也许就成了永远的谜团了。

千万个不同个体，干的都是思念追问的事情。人世间有无数等待和被等待的人，其实他们的孤独弥漫了天地，犹如初冬夜幕来临前笼罩山村的薄雾，好似轻纱一般，铺陈得快，消散得却慢。

法国哲学家萨特对人生有很多怀疑，认为人的一生是诸多荒谬、孤独、忧患、焦虑、恐惧交织在一起的。中国古人多也这样。贾宝玉树下听到鸟鸣，突然好奇悲哀：明年这鸟儿还能想起一年前曾到这棵树下，嗅杏花，绕枝飞吗？明年的花、树、鸟将会无常到谁也说不清楚了。黛玉葬花"花谢花飞花满天，红消香断有谁怜"。这花岂不是她自己的命运？于是伤心落泪。

对于"谁"的追问是生命的核心问题，哪怕是一个十五岁的女孩子。"一朝春尽红颜老，花落人亡两不知"，林黛玉思考死亡和告别。"鲜花着锦，烈火烹油"是荣华富贵的享乐，芦雪庵联诗是青春欢歌，然而这些都像烟花一样转瞬即逝。林黛玉眼中的人生悲剧始终无法转换成喜剧，生不由己，死亦不由己，一路走来泪相随。

说黛玉自然离不开宝玉。贾宝玉一住进大观园，其乐融融。每天过的是弹琴下棋、吟诗作画、斗草簪花、拆字猜谜的快乐生活。舒服得意、富贵闲散之余，踌躇陶然的句子比比皆是，"枕上轻寒窗外雨，眼前春色梦中人""女奴翠袖诗怀冷，公子金貂酒力轻""盈盈烛泪因谁泣，点点花愁为我嗔"等都绝不是无病呻吟之作。无事忙的贾宝玉白天忙碌却闷闷不乐，晚上夜长不知干什么。希望他攻读经史子集的传统经典，思考经世济民的良策都是不可能的。青春伴随着忧郁苦闷多情敏感，日子一天天过去了，无事忙的多余人宝玉没什么着急的。时不我待之类的危机感纯粹不存在。

贾宝玉和林黛玉当然是旧制度当中的新生命，然而追求自由本真的新生力量被旧力量摁住动弹不得，犹如巨石下的幼小芽苗见不到阳光雨露，做不到左右逢源般地争夺生存空间，这生命的价值究竟何在？孤独抑郁怀疑颓废，不愿为人，姐妹们的眼泪汇聚成河载着自己的身躯，径直漂到乌有之乡才是贾宝玉的理想归途。始终弄不清楚"我是谁"，这是宝玉、黛玉们的困惑。

读书，尤其是阅读经典诗词让人凛然高贵。文天祥《过零丁洋》有"人生自古谁无死？留取丹心照汗青。"文天祥在柴市就义时，想的可能是人生一世，一定要为国家做事，用赤诚为理想而奋斗，高贵的人格和气势磅礴的诗歌鼓舞了多少代人！明末清初的杨庭枢殉节前遗诗十二首，其中就引用了文天祥的这句诗。"人生自古谁无死，留取丹心照汗青；正气千秋应不散，于今重复有斯人！""浩气凌空死不难，千年血泪未曾干；夜来星斗终天灿，一点忠魂在此间。"士大夫阶层读书的目的不应是出人头地或谋求财富，而是挺起脊梁，彰显骨气。一个时代在精神上领衔的知识分子，为国家民族的振兴是不应爱惜生命和身家的。明末八股文被束缚的士气，在杨庭枢身上一吐为快。在血书中，他告诉我们读书的目的："俯仰快然，可以无憾。觉人生读书至此，甚是得力！"荀子说："古之学者为己，今之学者为人。君子之学也，以美其身，小人之学也，以为禽犊"。儒家所提倡的君子之风在当今读书人中已很难见到了！

学者立身，读书作文，为人做事，我们要像聪颖好学、疾恶如仇的明末清初学者朱鹤龄那样，亦需"不妄受一文，不诳人一语。"即便是一个蛮汉，人生中的任何阶段开始诵读诗书都不晚，依然可以让人脱胎换骨。西晋蛮汉周处拜陆机、陆云为师后，有《默语》《阳羡风土记》等传世，并以耿节、坚贞、忠勇造就一生成就。《白鹿原》中土匪黑娃幼时厌恶读书，却在中年后拜关中大儒朱先生为师，诵读诗书，学为好人，帮助地下党，为鹿兆鹏等解放西安作出了贡献。诗词作为传统文化的精华，似乎自带气场，叩拜生命，在对天地的俯仰之间"腹有诗书气自华"，让人自然而然地底气十足，荡气回肠。

80. 别样心境，何以寄托

北宋名臣游师雄有《着棋台》，诗云："石桥跨两岫，野叟尝远跖。旁有枰棋处，云是仙人奕。"

其诗是一幅超然脱俗的山水画，忙于政务的游师雄难得有这样一种闲情逸致，目睹此景而生此情，于是有了这样一段恬然安静的文字。一座石桥横跨在两峰之间，远游的乡野老人来到这里，石桥旁有石棋盘，都说这是仙人曾经对弈之处。

游师雄所遗留于今的诗作不多，但从仅有的几首诗中我们可以大略感受他的性格，他不属于婉约派的人物，更不属于豪放派的人物，他的诗或纯粹白描式的写景，或是写景与咏思并在，或是逢事心情的直接表达，都是极其自然的流露与朴实的展现。他不以诗人自居而其诗作被后人称道，总离不开一个"真"字。

游师雄，京兆府武功（今陕西武功县武功镇）人，字景叔，北宋名臣、将领、诗人和书法家。游师雄青年时代和同镇的苏晒一起向"关学"鼻祖张载学习，同为张载弟子中的佼佼者。宋治平元年

第九章 山水田园：庙堂之外的乐趣

（1064）进士，历仪州司户参军、德顺军判官等。元祐初，坚决反对舍弃陕北四寨，为此而著《分疆录》，其意见未被朝廷采纳，致使西夏得寸进尺，宋边境不得安宁。元祐二年（1087）出使熙河，协助守将刘顺卿指挥宋军大败来犯的西夏军队。以功任陕西转运判官、提点秦凤路刑狱、进陕西转运使。数次对答哲宗边防得失和本末，时称《绍圣安边策》。"慷慨豪迈，有志事功"的关中人游师雄在绍圣四年（1097）秋，于陕州知府任上卒，归葬武功。

古往今来，人往往有这样一种心境，越是在事务缠身时，越向往着一份宁静。在文人作品中表现出来，就是大量的吟咏自然风景与表现闲居读书的诗文与画作。田园风光如果与恬静淡雅相联系，往往引发禅意。晨曦白云、小桥溪流、茅屋炊烟、牧童短笛、牛羊晚归等艺术再现静美、自由，不见痛苦灾难。盛世如盛唐，山水田园在诗人笔下诗化美化，农业文明与诗词文化的互动中表达了细微的生活体验和人生感受。但事实上，如果通过历史考证对主人公的行迹进行追踪分析的话，他们往往没有发生这种实际行为的机会与时间。最为突出的就是清代的雍正皇帝，他以勤政著称，其在位的时间中，极少把时间用于游乐清赏，大量时间都花费在处理思考政务之上，即便如此，在故宫遗留下来与雍正皇帝相关的很多遗物中，却表现出与历史文字记载的冲突，一幅幅行乐图中，身为皇帝的胤禛忽而是垂钓溪边的老渔翁，忽而是英勇狩猎的猎户，忽而又变成了身着西洋服装头戴假发的时髦男性，排除对画作本身真伪的质疑后，有人不禁发问，文字记录中的雍正是一个不苟言笑甚至近乎冷血的人物，何以在宫廷画家的笔下能够出现如此活泼而顽皮的形象？不仅如此，除了雍正本身的形象外，还有雍正的嫔妃们闲居读书玩乐的画作。这种文字与画面相左的现象只有一个解释，即再繁忙的雍正也要向外界表现出一副安静自处、怡然自得的状态。无论是表现行乐的雍正也好，还是吟出山水之间仙人对弈的游师雄也罢，恰恰是传统士人的一种心理表现。

需要指出的是，无论是古代还是在现代，人都有这样一种心态。而且这种心态有两种表现，一种是对人生阶段状态的向往，另一种是对瞬间状态的渴望。以前者来说，在车水马龙、纸醉金迷的都市圈中生活工作的现代人，或是对自然山水有着向往，或是对农村闲居有着期待，这就是一动一静的两面性，或是为自己设想，等到某一天功成名就，也许就能回归自然，享受居家自得之乐，但这一天在哪里？也许在年迈之后能够实现，也许永远为自己为社会奋斗不止，回归就永远在自己的梦中。就如三国时诸葛亮受顾出山时的心理一样，功成之后继续退居山林，修身养性，享受自然之乐。以后者来说，对于每天忙碌于工作事务的人来说，下班回家休息就是一种安静与自得，每个人在工作时间都或多或少闪现出回到家休息的想法或画面，毕竟，人非机器，有这种闪现的心态也是闹中取静的一种方法。无论怎样，作为人自我调节的一种心理状态和一种表现方式，都是普遍存在的。

范文正所谓"居庙堂之上则忧其民，处江湖之远则忧其君"的心态，其实也是这样一种反映。人是矛盾结合体，得到了往往望着没有得到的某种目标而羡叹，就像分别端坐在两山之上而又距离不远不能相遇的两个人，彼此之间充满了好奇，常常设想假如互换位置会怎样。事实上深陷于繁忙事务中的人对清净无为的向往何尝不是这种状态的表现呢？

人都爱选择适合自己的道路和理想抱负，若是选择正确，方有实现可能，这便称作有缘。因为适合，所以有缘。若是选择了一条不适合自己的道路，纵有万千理想，也多是徒劳一场，这便称作无缘。一条河流，在不同人的眼中看出不同的门道，画家看出水形之美，水利家看出治理之法，思想家感叹逝者如斯，文学家赞咏流觞之地。如是用心看，自然能看出门道。比诸重阳遇仙，何尝不是这个道理？仙未必有，而重阳之心已定，不过是自此桥上升华而已。回头再看所谓仙桥，在游人眼中不过是神奇的神话故事，欣赏桥构造之精美罢了，如若有心得，便是多年之后，有人提起，便云："我去过，桥很漂亮、水很清。"如此，也只是桥很漂亮、水很清了。与你有缘，用心思考，闭着眼自此经过，都是仙人指路。过去的水清云高犹如今天闹市的路宽人多车堵一样，都是这个纷繁世界的外在表象，与你我内心安宁无关。热闹从来与你无缘，庸庸作游观之人，睁大眼细细静观，终是一座桥、一条河而已。格物进而致知达到物我相融终是难事，古往今来多少人在浮华中虚度岁月。生活缺乏的只是悟。哪怕是在平凡的烟火生涯中也包含着人生无穷无尽的真理。

81. 张载也有田园诗

熙宁二年（1069），张载被御史中丞吕公著推荐给朝廷，宋神宗求贤若渴，召见询问治国良策，张载说："为政不法三代者，终苟道也。"又复见王安石，王安石专注新法，以新政相问，张载对新政并不认同，而又不好反对，就巧妙回答："公与人为善，则人以善归公；如教玉人琢玉，则宜有不受命者矣。"后张载之弟张戬因反对王安石变法被贬，张载遂借机辞官，回到故乡，度过了七年半隐居的时光。此时的张载致力于治学与稼穑，生活颇为安然。《题北村六首》就是在这种状况下所作，与怀古咏志题材诗歌的肃穆沉重相比，张载的《题北村六首》更显恬然悠闲。

其一："陆轴呕哑麦上场，讴歌声韵满村坊。茅斋病叟安闲久，帝力民欢殆两忘"。

乡村的忙碌和充实即表现为火热的劳动场面。抢种插秧、挥汗除草、采桑喂蚕、耘田绩麻、牛羊归栏、炊烟袅袅等，物力维艰，民生在勤，勤则不匮。劳动创造了人类文明，积累了物质和精神财富。张载描摹了关中农忙丰收的景象。每当麦收季节，牛车运麦回场，车轮在乡间小路上行进的声音，田间麦场上劳动过程中吆喝歌唱的声音，质朴无华，在自己听来又那么亲切。中国人自古就有家乡情结，家是每个人心中最温暖的港湾，家乡风物更是每个人心中最美好的记忆。"宁恋家乡一抔土，不念他乡万两金""景是故乡美，情是故乡真，人是故乡亲"，诸如此类深入人心的语言比比皆是。在外闯事业，无论如何富贵与风光，总钟情于家乡那一口粗茶淡饭的味道，总忘不掉家乡那一些淳朴真诚的故友，乡音、乡景、乡情难舍。所见所闻，在沉醉于家乡田舍生活的同时，感念朝堂上的恩泽之情与忧虑百姓的冷暖之感一时间皆忘掉了，这时的张载沉浸于治学、授徒之中。据吕大临所撰写的横渠先生行状描述，张载居家期间，"终日危坐一室，左右简编，俯而读，仰而思，有得则识之，或中夜起坐，取烛以书，未始须臾息，亦未尝须臾忘也。又以为教之必能养之然后信，故虽贫不能自给，苟门人之无赀者，虽糈蔬亦共之。"终日读书思考，甚至于半夜中有所思所得即起身书写记录，无时无刻不牵挂于学问，这样的痴人，连自己都能忘掉，更别提是朝堂恩泽与百姓冷暖了。

其二："求富诚非惮执鞭，安贫随分乐丘园。两间茅屋青山下，赢得浮生避世喧"。

虽辞官回乡，张氏的产业也是有些许的。从第一首诗中可以读出，张载此时既致力于农业生产，又治学执教，并且他认为这两者并不矛盾。重要的是避开世事的烦扰，过一段清净安逸的生活。这也体现了张载对孔子"富教兼施"思想的力行，《论语·子路》

曰："冉有曰：'既庶矣，又何加焉？'曰：'富之。'曰：'既富矣，又何加焉？'曰：'教之。'"治理国家重在使民众富裕，而富裕了就要施行教化以正世风，塑造更加文明的社会。"求富诚非惮执鞭"即张氏对"富教"思想的认知。

其三："负郭吾庐二顷田，面山临水跨通川。苏秦妾妇无高识，盛诧腰间六印悬"。

邻近县城又面山临水，有庐有田，倒也怡然自乐。交代所居所处之后又笔意一转，用历史人物作结尾。前句与后句看似毫无关系，其实大有深意。既然有游说六国的苏秦才干，还隐居在乡间，这就说明才非所用。从青年开始，张载就有施展雄才伟略的大抱负，否则也不会投书于范仲淹以求重用。后范公以深研中庸而建议之，方苦心钻研于儒学。当时朝廷正力行新政，四方访求人才，以学问闻名四方的张载自然被举荐于京师，宋神宗与之谈话，载以"法三代之道"而对，深聊之后，皇帝赞赏有加，并说："卿宜日见二府议事，朕且将大用卿。"张载以外官初至，建议观察了解新政情况之后再予己授职。

其四："风泉盈耳鬓斑斑，林下幽窗对万山。妇子职修箪食足，病身何幸亦安闲"。

乡村生活环境是山旁林中茅舍，山风林泉之声时时盈耳，诗人已是两鬓斑斑的老人，虽身体患病，但看到家中儿女修习各得其所，虽非大富之家，箪食豆羹亦知足常乐。《横渠先生行状》记载，熙宁三年张载辞官归陕之时，"居于横渠故居，遂移疾不起"，《宋史》张载本传中亦记载"移疾屏居南山下"，足见张氏身体确实有恙，在横渠居住，一来躲避政治纷争，二来颐养身体性情，最重要的是能治学执教，实现自己学说之精进与传播。从张载一生的经历来看，此次闲居乡里期间，是其思想成熟与重要著作成书的关键期，传诵至今的《东铭》《西铭》就是在这一时间段中所作,两书原名《订顽》《砭愚》,后程颐改为今名。千古名篇的创作出发点很单纯,即张载为教育弟子而作,并铭刻于学堂墙壁之上,使受教者时时习读。从后世来看,二铭中集中表达了张氏对儒家思想的理解,是其思想的集中代表作,被誉为"孟子之后未有人及此""横渠文之粹者",甚至比唐代韩愈在思想与见解上要高一筹(《宋元学案补遗》卷十七)。很多不朽经典的创作都是在简陋朴素的环境中作成的,于人而言,最重要的是心静。因离开朝堂与身体有恙而避居山林的张载,山风林泉之下,乡音乡情之中,退处宽闲,才有了理学的重要著作问世并惠泽后人。

其五:"不堪烦暑病荒城,六月翛然寓野亭。珍重南山且归去,再来相望雨中青"。

组诗虽题名为北村,所述事物地域亦不仅仅局限在北村这一范围内。由此处张载自述"病荒城""寓野亭""且归去""再来相望"等内容,可知作者离开家到了另外一处地方,因天气酷热而得病,并点明了时间是在六月,按今人所算,一般正值公历七月,正是炎炎夏日。"荒城""野亭"等地点结合张载生平来看,无疑是指其应邀赴武功县绿野亭讲学一事。

学界一般认为,张载于绿野亭讲学是在熙宁元年渭州军事判官任上,但无早期记录。吕大临《行状》与《宋史》中皆未记讲学一事,从其一生起伏来看,张载作为理学家,讲学是日常行为,所去地方也不在少数,行状、正史言简意赅,不刻意记述绿野亭讲学也是情理之中。绿野亭讲学之所以著名也主要是因为明清时期人们追记,且对讲学旧址进行了整修扩建,讲学影响得以不断传播扩大。诗文真实性并无问题,所创作时间已明确为熙宁三年或之后。故此诗应是张载赴武功绿野亭讲学,因暑热致病发,返回横渠家中追记所作。

明代文学家康海编撰的《武功县志》体例严谨，卷一对此次讲学有明确记载："绿野亭，今在县南郭东外，为宋儒张子厚寓所。张子与武功簿张山甫厚，故武功弟子因从子厚游，亭此讲学焉。"绿野亭在武功县城南郭外稍东处，是张载寓所。张载与武功主簿张山甫交好，张山甫是河南偃师人，熙宁元年始任武功主簿，因官声极好，且颇有政绩，故时人将万年县主簿朱光庭、鄠县主簿程伯淳与张山甫并称为"关中三杰"。有好友相厚待，又有众多仰慕者与弟子相从，生活条件自然也不会差。习惯了乡村田园生活的张载在酷热天气中病倒了，外地再好也不如家乡好，只能抱病回乡。然而作者说得又那么轻松，"珍重南山且归去，再来相望雨中青。"之所以回去是因为记挂终南山的美景，先让我回去把病养好，再回来与武功的好友、弟子相聚。"寓野亭""雨中青"两处与后世所称"绿野亭"于景于意何其一脉相承。

其六："渭南泾北已三迁，水旱纵横数顷田。四十二年居陕右，老年生计似初年"。

虽在外为官，但家中多年经营积累已有田地数顷，称不上大富，倒也不至于有饥寒之忧。第二首诗是作者对家庭状况与境遇的自述。以张氏出生之年天禧四年（1020）而计算，熙宁三年（1070）其已五十岁，当时已算老年之龄。在陕西生活、为官的时间即四十二年，此处文字中作者平实表达了自身及家庭的状况。自嘉祐元年（1056）第一次至汴京城讲学，次年得中进士，一直宦游在外，其中为官、讲学虽两不误，但终不得专心于一事。而今终得抛却纷扰，如出笼之鸟放归山林，不禁发出"老年生计似初年"的感叹，这是否就是作者的本心与本意，今人不得而知。不过儒家讲求务本，《论语·学而》曰："君子务本，本立而道生。"在古代，上至天子，下至平民，皆以农为本，务本力农一直是统治者所倡导的。此外，教育治学亦是教民所本。在朝堂之上为朝廷分忧，在朝堂之外勤于农、力于教，也是一个知识分子应该所达到的，这恐怕就是当时张载的所思所求吧。

"法三代"的主张虽然得皇帝赞许，但前文所述面见王安石时的一番对话已经决定了张载在京城的命运。其一，张载所理想的是遵三代之法，行旧制，新政者锐意猛进，主张"天变不足畏，祖宗不足法，人言不足恤"。其二，王安石变法虽显示了除旧布新的决心，但所用之人皆是逢迎图利者，张载这样仗义执言的人自然不会受其待见。与执政者意见相左，自然不会得到重用，自己的抱负也难以实现。经历了短暂的考察期后，他仅得崇文院校书的职位。不久后，张载被外放赴越州处理明州知州苗振贪污案。时任太子中允、权监察御史里行的程颢上书力阻，认为饱学之士应于政治大体所用，而不是处理讼狱这样的小事。程颢是新政的反对者，其上书自然不会得到认可。

张载作为推崇孔孟之学的学问家，对新政的异议也是显而易见的，他在《答范巽之书》中说："朝廷以道学政术为二事，此正自古之可忧者。……帝王之道不必改途而成，学与政不殊心而得矣。"从孔孟到程朱，再到明代的王阳明，都是积极倡导入世的上进者，进行学术理论的探究的终极目的还是要经世致用，这是儒家的一贯倡导。而所谓致用又不是致小用，而是致大用，治国理政，以化天下。程颢上书和张载答书都是此意，他们所希望的是，朝廷将深研道学之人重用到治国安邦的大领域中去，对于将道学、政术相分离的做法是不赞同的，同时认为不能改途而为之，其用意虽然没有具体所指，但读其文者皆可明了。

自越州归京后，张戬因反对新政遭贬，见弟弟被排挤，张载也托病辞官。回到诗文所述,张氏发出"苏秦妻妇无高识,盛诧腰间六印悬"的感叹也就不难理解了。一面描述自身悠然自得的乡居场景,一面以六国拜相的苏秦自喻,多少有讥讽王安石不识才能之意。"王安石变法"这一历史事件本身的进步性与历史地位早有公论,但其为人、用人之法及具体施行新政之道确实也是导致变法失败的重要原因之一。

82. 于良史、张翰和蒋勋

于良史生活在盛唐和中唐交界时期,曾累官至监察御史。于良史诗名不振,仅留存7首。

其《春山夜月》清丽超逸,对仗工整。每一代读者吟诵都会觉得眼前景和正吟读的诗宛如清泉,从心田汩汩流出。其诗云:"春山多胜事,赏玩夜忘归。掬水月在手,弄花香满衣。兴来无远近,欲去惜芳菲。南望钟鸣处,楼台深翠微。"全诗奇思佳构,清新精微,尤其"掬水月在手,弄花香满衣"历来为人称颂。溪水映月,掬水在手,如捧满月,灿然怡然;山花之娇,满眼春色中,诗人弄花,花枝摇曳,离开时花香充盈衣袖,动人春色让人沉醉。晚风送来阵阵钟声,远处的楼台掩映在青翠山色中。这都是诗人纵情山水,悠然自得,物我交融的"胜事",让人心向往之。

于良史有一首五言律诗,题为《宿蓝田山口奉寄沈员外》,诗云:"山暝飞群鸟,川长泛四邻。烟归河畔草,月照渡头人。朋友怀东道,乡关恋北辰。去留无所适,岐路独迷津。"此诗属唐诗中的上乘之作。尤其"烟归河畔草,月照渡头人"为名句,和韦应物《简卢陟》中"涧树含朝雨,山鸟哢馀春"句有神韵之似。"去留无所适,岐路独迷津"句亦和韦应物"我有一瓢酒,可以慰风尘"相得益彰。

于良史《冬日野望寄李赞府》中"风兼残雪起，河带断冰流"句妙绝千古。明代胡应麟曾举此例为盛唐诗歌转中唐诗歌在界线上的标志性句子。

山水田园之中的乐趣源于诗人对自身处境和时代的超脱。身处庙堂之中，忧百姓之苦，替当权者操心，而且自己的命运被权柄操纵，当一些担负朝廷使命的诗人厌倦时或者看清这个现状时，不免要急流勇退了。"莼鲈之思"高过了庙堂之忧时，在田园之中和家庭伦理中，诗人们往往会自觉寻找精神的归宿。

诗人们大多在政治苦闷中，向往田园和家乡。理想的实现是机缘和努力的综合体，某种程度上机缘的作用更显著。无法实现政治理想时，人容易滋生对家乡的思念之情。思乡是一种人生的复杂记忆，功成名就时会有，人生不得意时更会有。思乡有时候能归乡，大多数时候思乡不得，就只能移情换景，另行寄托了。

《晋书·文苑列传·张翰传》篇幅并不长，照录如下：

张翰，字季鹰，吴郡吴人也。父俨，吴大鸿胪。翰有清才，善属文，而纵任不拘，时人号为"江东步兵"。会稽贺循赴命入洛，经吴阊门，于船中弹琴。翰初不相识，乃就循言谭，便大相钦悦。问循，知其入洛，翰曰："吾亦有事北京。"便同载即去，而不告家人。齐王冏辟为大司马东曹掾。冏时执权，翰谓同郡顾荣曰："天下纷纷，祸难未已。夫有四海之名者，求退良难。吾本山林间人，无望于时。子善以明防前，以智虑后。"荣执其手，怆然曰："吾亦与子采南山蕨，饮三江水耳。"翰因见秋风起，乃思吴中菰菜、莼羹、鲈鱼脍，曰："人生贵得适志，何能羁宦数千里以要名爵乎！"遂命驾而归。著《首丘赋》，文多不载。俄而冏败，人皆谓之见机。然府以其辄去，除吏名。翰任心自适，不求当世。或谓之曰："卿乃可纵适一时，独不为身后名邪？"答曰："使我有身后名，不如即时一杯酒。"时人贵其旷达。性至孝，遭母忧，哀毁过礼。年五十七卒。其文笔数十篇行于世。①

张翰是张良的后裔，其父是三国时期东吴大鸿胪张俨，张翰是当时有名的文学家。父亲张俨死后不久，东吴就被西晋所灭，亡国之人的张翰佯狂避世，不愿意受礼法约束，恃才放旷，言行类似曹魏时放荡不羁的阮籍，阮籍曾经担任过步兵校尉，世称"阮步兵"，所以当时人称张翰为"江东步兵"。晋惠帝太安元年（302），张翰官至大司马东曹掾。但从传记和史实来看，舒适自得是张翰的信条，亡国之痛和政治纷扰也是张翰不愿意深度介入朝政的深层原因。一旦秋风起，思乡情愈发浓厚，急流勇退的良机来临，表面的借口就是家乡的菰菜（茭白）、莼羹、鲈鱼了。张翰居官洛阳，北方自然没有源自南方的"舌尖上的诱惑"，不辞官回吴松（淞）江畔，还等什么呢？

率性的张翰临行前有《思吴江歌》，流传至今。云："秋风起兮佳景时，吴江水兮鲈正肥。三千里兮家未归，恨难禁兮仰天悲。"千里之外的莼鲈的确不错，但不至于让人"恨难禁兮仰天悲"。其中一是率性和往昔田园家居的诱惑，二是险恶不如意的政治环境。后世的苏轼有诗很赞赏张翰这种态度："浮世功劳食与眠，季鹰真得水中仙。不须更说知机早，直为鲈鱼也自贤。"

张翰身后受到家乡人的纪念。据乾隆朝《吴江县志》卷七记载，

---

① （唐）房玄龄等撰：《晋书》，中华书局1974年版，第2384页。

北宋元祐年间，吴江知县王辟筑三高祠，将越国大夫范蠡、唐代诗人陆龟蒙、西晋文学家张翰并称三位高士，入祠其中，历代兴修后规模较大，每逢春秋百姓都有祭奠。南宋吴江诗人叶茵不慕荣利，萧闲自放，有七言绝句《吴江三高祠》传世，表达了顺应变化，将急流勇退者引为知己，"脍鲈元不动乡思，拂袖西风已见几。江上如今来往客，但言鲈脍不言归"。这也算是吴江三位高士的隔代知音。

生于1947年的美学家蒋勋执着于美与艺术之间。在他担任台北一所高校美术系主任时，有一日忙罢公事，拖着疲惫的身子出了教学楼，突然发现楼下草坪上的玉兰盛开着。在明媚的阳光中，他感叹自己是有多久没有仔细看花开花落了，又是有多久没有在这草坪上边看书边赏花了，于是，蒋勋很愉快地决定辞职回老家池上，在青草、画室、农田中日出而起、日落而息，过上了与世隔绝、归田园居的桃源生活了。

对于田园的向往，文人们自古以来未曾断过。于良史用《春山夜月》等为数不多的几首诗表达了他的向往；西晋张翰则给我们留下了"莼鲈之思"向往和惧祸避乱的直白；当代蒋勋用自己毅然决然的姿态享受着实实在在的归田园居生活；王维等人的境界则是我们难以企及的。

绝大多数人，则是把这种思乡和田园的梦想藏在了内心深处，时不时在刮风下雨的日子、月上柳梢头的日子，把梦想悄悄拿出来，翻起晾晒，在无奈中期待下一个雨季的到来或下一轮明月的升起了。

第十章 托物言志：桃花、春韭和炊烟的悠远暖心

83. 桃花入诗

桃花入诗，在中华诗词传统中是常见的，多用于托物意志，但亦有单纯描绘美景的。

"山上层层桃李花，云间烟火是人家。"初春，群山连绵，遍布其间高低位置不同的桃花开放，真的是层层叠叠。山花烂漫之处，炊烟袅袅，这里是有几户人家居住的。意境悠远暖心，刘禹锡《竹枝词九首·其九》中的桃花不同于两游玄都观中的桃花、桃树，是真桃花，不讽刺任何人。

唐代诗人崔护曾有"人面不知何处去，桃花依旧笑春风"佳句，诉说的其实是一段牵挂。"去年今日此门中，人面桃花相映红"，诗歌中隐藏着一段美好的故事，今日重游，诗人心仪的那位艳若桃花的姑娘找不见了，唯有桃花在春风中含笑怒放，当时读来当代读来，都会有一种伤感油然涌上心头。崔护表达的其实是中国古代诗人对于爱情永复不返的怅然若失，昔日的一往情深如酒、如轻烟、如清梦、如去年今日的桃花一样让人沉醉心醉。中国古人很少吟咏正在

发生的爱情，也很少憧憬爱情的明天，这种精神之恋在诗词中主要体现为追忆过往。刘禹锡《杨柳枝》也有"清江一曲柳千条，二十年前旧板桥。曾与美人桥上别，恨无消息到今朝"。韩偓《想得》也有类似的惆怅，"想得那人垂手立，娇羞不肯上秋千"。桃花自是依旧，可佳人何在？晏殊《清平乐·红笺小字》也是一种物是人非的情形，"人面不知何处，绿波依旧东流"。那一缕爱曾经有过，但不得其所爱，又不能忘记其所爱，天上的鸿雁和水中的游鱼也不能为远方的知己传递书信，万端惆怅中诗人表达了无法弥补的缺憾和循环不已的悬思。

"桃花潭水深千尺，不及汪伦送我情。"李白《赠汪伦》中尤其注重友情，桃花飘落水中倒是一番美景，这是次要的。"桃花流水窅然去，别有天地非人间。"而李白在《山中问答》中才有精力看桃花飘落溪水，远远流去。别有天地的美景真如仙境一般，这时的李白才和我们一样是欣赏的眼光，放松的心情。同样是盛开的桃花，不同时境下人的关注不同，感受自然也不同。山山水水陪伴我们多少年了，它们从来没有说过话，却被文人骚客和政治家们赋予了多少不同的颜色、状态和心态。

理想宏大，现实总是难堪。思念儿女和思念桃树、桃花是一并的，诗人身在南京，想起了远在山东的家及一双子女，写下了《寄东鲁二稚子》，情真意切，骨肉深情殷殷可见。"楼东一株桃，枝叶拂青烟。此树我所种，别来向三年。桃今与楼齐，我行尚未旋。娇女字平阳，折花倚桃边。折花不见我，泪下如流泉。小儿名伯禽，与姊亦齐肩。双行桃树下，抚背复谁怜。念此失次第，肝肠日忧煎。"儿女双双倚桃嬉戏，远方的父亲何时归来？仗剑去国辞亲远游，行走天涯寻仙访道，嗜酒如命、侠义豪爽的李太白，也有思念儿女的柔肠。

第十章 托物言志：桃花、春韭和炊烟的悠远暖心

任何人都得冷静地面对时光，焉能自欺欺人？桃树李树、桃花李花是一时的荣衰，不长久的事物只能及时欣赏。正如李白在《前有樽酒行二首》中所说的："青轩桃李能几何，流光欺人忽蹉跎。""当年意气不肯平，白发如丝叹何益。"豪情万丈的游子们如李白一般，也要面对岁月荏苒和额头渐渐蔓延的白发，此生何为？心安何处？这个永久的哲学上命题难以解答。

"西塞山前白鹭飞，桃花流水鳜鱼肥。"张志和《渔歌子》中，动静结合，以动为主，俨然一幅画。山自岿然不动，白鹭自由翱翔，肥美的鳜鱼欢快地游着，漂浮在水中的桃花鲜艳而饱满。这不是一幅饕餮生态宴的节奏吗？

杜甫《绝句漫兴》中显然对柳絮桃花有意见："颠狂柳絮随风舞，轻薄桃花逐水流。"柳絮如颠似狂，恰似一时得志的小人，桃花轻薄不自重却追逐流水。杨柳自是无情，桃花轻飘入水就轻薄了？这是在说物还是说人？到《江畔独步寻花》中就是对春色及桃花喜爱的正常表达了："桃花一簇开无主，可爱深红爱浅红？"诗人的问题是喜欢深红色的那一簇，还是更喜欢浅一点的呢？不纠结，深红浅红，都是自然的恩赐，都值得观赏。五十岁的杜甫漫步江畔，历经颠沛流离之后，在和美的春光里被一簇簇桃花吸引，这是春困之余的豁达和自然。

张旭《桃花溪》有"桃花尽日随流水，洞在清溪何处边"的句子。小桥隐隐，山路曲折，桃花流水，要探寻的山洞原来随着蜿蜒的清溪才可寻见，颇有一番禅意。面对自然界的种种景观，不同诗人、诗人在不同人生阶段的理解也会迥然不同。

"桃花春色暖先开，明媚谁人不看来。"周朴《桃花》里，桃花绽放，春色渐暖，谁能忍住不看呢？人间美景四月天，江南江北亦然。看花人自带看花眼，赏春者总能有自己的视角。蜗居在家中没

有理由，抬头望星空，俯身爱世界，中国人自古是热爱自然热爱生活的。

"双飞燕子几时回？夹岸桃花蘸水开。"生于北宋，卒于南宋的诗人徐俯《春游湖》则夹杂了对春燕的问候，你们什么时候飞回来的？河岸的桃枝浸在水里，桃花已经开放。唐代李珣《南乡子·倾绿蚁》描写了江南风情："避暑信船轻浪里，闲游戏，夹岸荔支红蘸水。"沿河两岸都是红色的桃花和成熟的荔枝，既是动感对比，也是生机盎然。

"浪花有意千里雪，桃李无言一队春。"南唐后主李煜在没有成为国君的时候，有一段避祸隐居的日子，《渔父·浪花有意千里雪》是这一时期的作品。浪花卷起千堆雪，欢迎我；桃花李花默默地站成了一排，提醒春天到了。"一壶酒，一竿身，快活如侬有几人。"为了向当时的太子、自己的亲哥哥表白无意争权，他沉溺字画诗词，愿意做一个快活的人。这悠扬轻松的情调，现在看不是无可奈何，而是真心的。李煜太不适合当皇帝了，勉为其难的事情总是让人不开心，以致送了性命，亡了江山。

《红楼梦》中曹雪芹设置了大观园桃花树下宝黛共读《西厢记》的精彩情节。宝玉读到"落红成阵"时，一阵风吹落了树上的桃花，感慨万千。他收集了桃花花瓣，抖在流水中，眼看着花瓣飘荡出了沁芳闸。落花流水浑然一体，时间空间悄然流逝，有情人悲伤留恋又无可奈何，伤春惜春跃然纸上。

《红楼梦》中的诗词当然是作者曹雪芹为小说人物量身定做的，服务于情节结构和氛围结构，总体上总是为了塑造人物、推动故事发展。林黛玉算是诗才突出的，然而将海棠诗社更名为桃花社的提议并不被宝钗赞同。宝钗说："使不得。从来桃花诗最多，纵作了必落套……"

第十章　托物言志：桃花、春韭和炊烟的悠远暖心

黛玉所作以桃花为主题的七言古诗果然乏善可陈，落了俗套：

> 桃花帘外东风软，桃花帘内晨妆懒。帘外桃花帘内人，人与桃花隔不远。东风有意揭帘栊，花欲窥人帘不卷。桃花帘外开仍旧，帘中人比桃花瘦。花解怜人花也愁，隔帘消息风吹透。风透湘帘花满庭，庭前春色倍伤情。闲苔院落门空掩，斜日栏杆人自凭。凭栏人向东风泣，茜裙偷傍桃花立。桃花桃叶乱纷纷，花绽新红叶凝碧。雾裹烟封一万株，烘楼照壁红模糊。天机烧破鸳鸯锦，春酣欲醒移珊枕。侍女金盆进水来，香泉影蘸胭脂冷！胭脂鲜艳何相类，花之颜色人之泪。若将人泪比桃花，泪自长流花自媚。泪眼观花泪易干，泪干春尽花憔悴。憔悴花遮憔悴人，花飞人倦易黄昏。一声杜宇春归尽，寂寞帘栊空月痕！

"帘中人比桃花瘦"，桃花在黛玉这里成了惜春伤春从而人消瘦的象征了。李清照"帘卷西风，人比黄花瘦"是符合实际的。这里的黄花指菊花无疑。李清照重阳节的黄昏思念丈夫赵明诚，菊花的暗香浮动，一阵西风吹起帘幕，身形消瘦，堪比风中摇曳的一束束黄色菊花。诗词中的黄花不是黄花菜，自然也不是席上珍品。《礼记·月令》中云："（季秋之月）鞠有黄华"，用黄花代指菊花是古诗词中的习语，不能引起误解。

明末清初的女诗人柳如是亦有与桃花有关的句子。"大抵西泠寒食路，桃花得气美人中。"① 一般我们讲人得自然界之灵气，可诗人

---

① 暮春时节，西子湖畔，诗人最难以忘怀的那段如花绽放的日子，垂杨小院、阁楼（铃阁）、西陵、寒食路、暮春桃花都是柳如是刻骨铭心的回忆。此诗选自柳如是《西湖八绝句》其一。

眼里，桃花之所以美，是因为采得了美人的灵气。西湖畔，在落英缤纷的桃林中，柳如是像林黛玉一样摇摇地走了过来，她是那样神采奕奕，自信自负，香艳动人。① 文学家、民族英雄陈子龙是"几社六子"之一，和柳如是曾情真意切，居松江南楼，其有《寒食》七绝三首中的句子当可帮助我们理解柳如是关于桃花的这首诗。分别有"应有江南寒食路，美人芳草一行归""垂杨小院倚花开，铃阁沉沉人未来""去年杨柳滹沱上，此日东风正别离"诗句化成了柳如是的追忆，构成她营造此诗的情感意境。

84. 刘禹锡和桃花

永贞元年（805），唐顺宗任用王叔文、王伾改革。藩镇、宦官和大官僚们均持反对意见，阻力太大，"永贞革新"失败，顺宗皇帝退位，长子即位为唐宪宗。改革从来不是一帆风顺的，王叔文被赐死，王伾被贬病亡，预设的新政却以这样的方式落幕，其情其景何其惨烈。

刘禹锡、柳宗元既是同科进士，又是好朋友，还是改革派王叔文政治集团的骨干，刘、柳等八人先后被贬。离开长安，就意味着离开政治中心。可好朋友就是志同道合，柳宗元研究哲学《天说》，刘禹锡回应《天论》。

元和十年（815），刘禹锡、柳宗元奉诏重回长安。能重归国家政治舞台，刘、柳两人自然心情不错。

元和十一年（816），春暖花开，听闻朱雀街崇业坊里玄都观里

---

① 这回忆的情感密码是什么？陈寅恪先生在《柳如是别传》中探究道："河东君之诗作于崇祯十二年春，距卧子（陈子龙）作诗时虽已五年，而犹眷念不忘卧子如此，斯甚可玩味者。"

的桃花盛开，刘禹锡兴致勃勃地和友人一起去赏花。长安三月桃花较早绽放，刘禹锡在《元和十年自朗州承召至京戏赠看花诸君子》中感慨万千："紫陌红尘拂面来，无人不道看花回。玄都观里桃千树，尽是刘郎去后栽。"十年不在长安，玄都观里新栽了上千棵桃树，朝堂上提拔了多少谄媚之人。名人佳作很快传遍长安城，加之又有政治对手推波助澜，明里暗里的一双双眼睛始终瞪着，密切关注着刚回长安的"永贞革新"人物的一举一动。

这首诗在大街小巷传诵，一直到了今天。可"网红诗歌"在当时却惹了大麻烦。刘禹锡被贬更远的播州（今贵州遵义），亏得柳宗元、裴度等朋友帮忙说话，改任连州刺史。从此天涯孤旅十多年，相继在连州（今广东连州）、夔州（今四川奉节）、和州（今安徽和县）奔波任职，宝历二年（826）回到洛阳，两年后才回到长安。

大和二年春，他又故地重游。玄都观里桃树没有了，映入眼帘的是成片的蔬菜和燕麦。《再游玄都观》感叹真是一朝天子一朝臣，只有刘郎还是这样自信固执。"百亩庭中半是苔，桃花净尽菜花开。种桃道士归何处，前度刘郎今又来。"

刘禹锡政治家的才干和胸怀都具备，欠缺的只是政治头脑和策略。元和元年（806）刘禹锡在《上杜司徒书》中有检视自己的弊端，"受性頗蒙，涉道未至，末学见浅，少年气粗"，身处官场不懂得"防微""用晦"。刘禹锡对自己缺陷的认识是准确的，《华佗论》中更是涉及制度缺陷，"执生死之柄者用一恚而杀材能，众矣"，封建专制制度对人才的戕害下盲目要求士子们趋附难以解决根本弊端。可随后的麻烦大多还是诗歌带来的，一时之快宣泄了沉积已久的郁闷，可现实是又多了十多年的远州贬谪生涯。有时候适度忍让并非意味着屈服和毁灭，而是为了生存和伺机再起，刚回京立足未稳的情况下便贸然批判讽刺同僚不是政治家的上策。多年贬谪生涯，无伤刘禹锡锋芒，骨子里的傲气和千古桃花一样，按捺不住。《玄都观桃花》和《再游玄都观》横跨十三年，桃花比兴，前后呼应，盛开的桃花和种桃道士构成了刘禹锡多彩人生的一部分。

玄都观里的桃花桃树不同于初春群山里的桃树桃花，物象遂成褒贬主题，被赋予了文化内涵，故事之下其实还有历史。唐王朝的衰落颓废已经不可能提供给刘禹锡施展政治抱负的舞台和机会。屡遭贬谪的政治低潮一直伴随了他22年，其间只有814年12月至815年3月奉诏回到长安的短暂光阴。

"刘郎"或"前度刘郎"成为刘禹锡的自称和代称，不仅是沧桑落寞下对政治理想的坚守和随波逐流者的不屑，也是正道直行守志有恒历经劫难而不改贞操的人格典范。追求政治理想中展示的豪迈坚定的斗争精神，在揭示丑恶事物中凸现的严正峻切的批判精神，在回溯历史现象中体现的深沉睿智的求是精神，在直面社会人生中体现的轩昂达观的超越精神都是对后人的激励和鼓舞。辛弃疾有"前度刘郎今重到，问玄都、千树花存否"。陆游有"桃花坞近钓鱼矶，不比刘郎万里归"。刘攽因反对"青苗法"被贬，苏轼用"君先去，几时回。刘郎应白发，桃花开不开"句勉励刘坚守初心。

贞元十二年（796），刘禹锡任太子校书，在《讯甿》中借与徐州流民谈话来表达自己对当时弊政的不满，希望进行政治革新。当年7月名臣董晋调任汴州刺史刚一月，原在外流民听说这一消息纷纷回迁，引起了奔父丧途中的刘禹锡的关注。董晋以前为官时不扰民，法令统一；而且他的属官任职的地区也都惩恶扬善保护人民，基于事实判断，老百姓认为董晋一定会在汴州奖励生产，减轻赋税，"必能以仁苏我矣"，"必能以法卫我矣"。刘禹锡因此认为执政者要有良好的政治声望，解决好"声"与"实"的关系，把这种名副其实坚持到底，发挥好感召力。晚年的刘禹锡在任陕西同州刺史时适逢旱灾，也是先扎实做好抗旱自救，安抚百姓，再赢得好的声誉，这种做法就是对自己政治思考的践行。

刘禹锡认为，治理国家应把如何使百姓生活富足安定放在首要地位，切实关心民生民瘼。"夫民足则怀安，安则自重而畏法；乏则思滥，滥则迫利而轻禁。"发放征收要轻重适宜，民众负担过重则影响治理根基。时高陵县令刘仁师励精图治，不畏强权愚顽，为百姓争来泾水灌溉，大和五年刘禹锡盛赞刘的这一举动，"能爱人兮恤其隐，心既云兮言既尽"。同时他热切向往政通人和，反对豪门特权和倒行逆施。《答饶州元使君书》中主张设立检举箱，揭露与打击豪强奸恶，强调法制在治理国家中的作用："石以砥焉，化钝为利；法以砥焉，化愚为智。"

反对藩镇割据，坚持国家统一。刘禹锡始终主张削平藩镇势力，维护统一，"永贞革新"削藩的目的没有实现，自己反受打击，但他的坚持未变。元和十二年（817），裴度、李愬奇袭蔡州平定淮西，藩镇势力得到打击。819年，朝廷再度削平淄青镇，河朔三镇节度使即表示降服。蔡州和淄青都是连续近50年中央权力无法管辖的独立王国，唐军的胜利有助于唐王朝的暂时统一。远在连州，心忧长安的刘禹锡激动不已，"重见天宝承平时""耕夫满野行人歌"句都反映了四海一家的渴望和胜利的喜悦。会昌二年（842）藩镇再起，刘禹锡西塞山前吊古认为统一是潮流，坚固的故垒工事和逆潮流而动的骄兵悍将们在历史规律面前都会萧条冷落，退出舞台，"千寻铁锁沉江底，一片降幡出石头"即以史咏怀表达对国家命运的担忧。

不同于白居易诗文对底层民众艰难生活的关注，刘禹锡与长安有关的诗文则直接抨击上层统治者的昏庸腐朽政策，揭示根源，言此意彼，哀怨愤怒，主张革除弊端，挽大厦于将倾。刘禹锡诗文对或秉笔直书，或用笔深曲，有的甚至是通过咏史怀古间接地对以皇帝为代表的封建统治者进行引导和劝诫。刘禹锡斥责富豪为富不仁，"厚自奉养而严督臧获，力屈形削，犹役之无艺极"，告诫统治者横征暴敛不知存恤民力，竭泽而渔其结果就是弦断瑟毁、悔之莫及。唐玄宗成为刘禹锡诗歌中吟咏讽刺的主体，"军家诛佞幸，天子舍妖姬①"直书无忌不为君讳，堪为愤怒史笔。愤怒出诗人，在描写这些弊病或者在抨击那些替统治阶级效劳而否认或美化这些弊病的和谐派的时候，愤怒是适得其所的。

历史地看，对专制王朝的天下祸乱，一味斥责贵妃类女性，而不斥责作为男人的皇帝，刘禹锡批判的锋芒尚不够。黄巢义军攻入长安后，唐僖宗沿着唐玄宗的路线，又从长安到四川走了一遍，五年后才复返长安。韦庄《立春日作》中有"今日不关妃妾事，始知辜负马嵬人"。算是为杨贵妃鸣了不平。狄归昌《题马嵬驿》②中的批判更为直接："泉下阿蛮应有语，这回休更怨杨妃"。更可贵的是，清代袁枚才、胆、识俱全，其《马嵬》诗中"石壕村里夫妻别，泪比长生殿上多"句指出，百姓之痛远高于帝王之痛，这就是民贵君轻的民本观了。各种社会矛盾的集中化尖锐化、帝王的专制与腐化才是导致唐代由盛转衰的根本原因，与女人关系不太大，可我们不能苛求刘禹锡等人。

终其一生，刘禹锡对宦官的痛恨、对革新的不悔和政治理想的执着始终如一。刘禹锡批判开元名相张九龄，对其被贬谪时的"瘴疠之叹""拘囚之思"充满讥刺，"忮心失恕，阴谪最大"，以致"终为馁魂"，言此意彼，还是意在批判宪宗对"永贞革新"集团刻

---

① 语出刘禹锡诗〈马嵬行〉。其中"军家诛佞幸"一句《刘禹锡全集编年校注》作"佞幸"，《全唐诗》作"戚族"，本书作"佞幸"，指杨国忠及其家庭。"军家"指陈玄礼等将士，"妖姬"指杨贵妃。

② 《全唐诗》收录此诗，注"一作罗隐诗"，但《万首唐人绝句》将此诗归狄归昌名下，本书采狄归昌作。

第十章 托物言志：桃花、春韭和炊烟的悠远暖心

薄寡恩，有违恕道。《子刘子自传》详叙"永贞革新"始末和内禅真相，永贞之贬如鲠在喉，不吐不快，他评价王叔文"其所施为，人不以为当非"，停止宦官俸钱、裁汰冗员等举措无不是利国利民的适时之举。

"二王刘柳"集团"命运的陡降与突变，导致了他们在政治与道德上的被彻底批判和否定，精神和肉体的痛苦折磨"，刘禹锡宝刀蒙垢，在波折中失意但永不妥协。"人生不失意，焉能慕己知""不因感衰节，安能激壮心"，他心境折射出的是坚忍执着的政治品格；落魄愤懑却并不消沉，逆境中保持积极乐观是他的政治本色。"千淘万漉虽辛苦，吹尽狂沙始到金"刘禹锡主张逆风飞扬，在沉沦时看到光明，傲视忧患独立不移迎接苦难，奔腾流走的生命活力要魅力迸射，面向未来要弃旧迎新，要"晴空一鹤排云上"，要豁达乐观向上，要为国为民谋福利。这都是刘禹锡留给我们的宝贵精神财富。

85. 饮食与诗歌

诗人、作家们吃些什么并不重要，重要的是一味之上的记忆和故事。春夜剪春韭的杜甫、绍兴鲈鱼饭与鲁迅、吴江乡下的臭豆腐与费孝通等，这味蕾与记忆之间其实是历史的情感认同，涌上心头的是故国故园，乡愁思念。

《老子·第十二章》云："五色令人目盲，五音令人耳聋，五味令人口爽。"《淮南子·精神训》也说："五味乱口，使口爽伤。"两处的"爽"均是受伤、损坏的意思。也就是说，我们的老祖先提醒我们不可贪图味觉的享受，从而损坏身体。说得再通俗一些，就是"病从口入、祸从口出"吧。节制是必要的，合理的膳食结构对我们的健康是有利的。

其实，人们对味觉的体验是各种感觉之间的一种连带现象，是一个物理兼带化学的过程，眼、耳、鼻、舌、身、意是一部交响乐合奏，也是一种联觉体验和通感体验。

不同感官互相沟通刺激，是为通感，也称移觉。白居易《琵琶行》、李贺《李凭箜篌引》中都是"以听类形"通感的典型。宋祁《玉楼春》有"红杏枝头春意闹"，属于从视觉到听觉，春意蓬勃；朱自清从味觉到听觉，使得意象更为活泼、新奇，《荷塘月色》有"微风过处，送来缕缕清香，仿佛远处高楼上渺茫的歌似的"。再通俗点，如人们常夸被人"笑得很甜"，亦是通感。

杜甫是善于运用通感的，如"感时花溅泪，恨别鸟惊心"。但涉及吃喝，杜甫在联觉上，也是多管齐下。品尝美食要看菜肴的色、香、味，杜甫常常视觉、听觉、嗅觉、触觉等全上。如《茅堂检校收稻二首》之二，诗云："稻米炊能白，秋葵煮复新。谁云滑易饱，老藉软俱匀。"大米煮熟后亮晶晶如银，秋葵煮熟绿茵茵如新，谁说滑嫩的食物不易吃饱呢？老人更喜欢大米和秋葵的松软均匀。杜甫《佐还山后记三首》有这样的句子："白露黄粱熟，分张素有期。已应舂得细，颇觉寄来迟。味岂同金菊，香宜配绿葵。老人他日爱，正想滑流匙。"可见，好的食材烹饪到合适火候时，一定是触觉、味觉和视觉的统一。

品鉴好诗犹如品鉴美食。"我们讲诗，动不动就用到滋味、品味、趣味、意味、韵味、情味等词语，全部落在一个'味'字上。"[①] 日常生活就是修行，儒家其实就在平日的一点一滴中不断修炼提升自己。实际上，凡是难以下咽或平淡无味的食物如苦瓜、洋葱、海带、冬瓜、萝卜等均多食是对身心有益；而油条、麻花、河

[①] 江弱水：《诗的八堂课》，商务印书馆2017年版，第32页。

豚、鲅鱼、鸽子、肚子、肠子等甘芳悦口的食物鲜醇香辣，多食自然对身心无益。所谓"志以淡泊明，节从肥甘丧"说的就是这个道理。

古人还总结了一个食物与品性之间的现象发人深思：明代洪自诚撰《菜根谭》中讲到"藜口苋肠者，多冰清玉洁；衮衣玉食者，甘婢膝奴颜。"意即常年吃灰灰菜苋菜等粗茶淡饭的人大多操守清纯洁白，而经常着华美服饰，讲究吃山珍海味的人多卑躬屈膝或者骄横跋扈，活脱脱一副奴才嘴脸或者逞强使狠形象。这分明是将一般的生活体验上升到了哲理体验。那些瓦解消除人意志的东西，古人主张淡然处之，强调要与它们保持一定的距离。人生活在世界上，保持内心的操守心灵的清明最为重要，善于以静制动。心明则志坚，心不明则惑生。消极对待万物的诱惑，克制自己的冲动，并非一味盲目冷淡拒绝；积极调整内心的平衡，以自身的静去控制外界的动，自己不能成为诱发矛盾的因子，如此才能把握事物矛盾的界限，抵制粉碎外物异化内心的客观趋势，养心明理。

平时吃什么只是饮食需要，能维持人体基本需求即可，超出肠胃能接纳的范围，那纯属没有必要。自然能提供给我们的美食很多，人类又在不断进步中挖掘食材，丰富满足我们的味蕾，作为一种享用都无可厚非。超出自身能承受的限度，过度挖掘带来的恶果必须自己承受，这没有道理可讲。"病从口入"一方面是提醒人们要讲究饮食卫生；另一方面也是在讲不要超出人体体能的需要。长期让肠胃处于超负荷的状态，必然会让人疾病相随。中医常讲，人多数病都是吃出来的，这是有一定道理的。

日常饮食也是一种修行，通过修行体会道理感悟人生。"食蔗能甜，甘余便生苦趣"是指吃甜食时要能想到苦，甜到末尾就是苦，甘苦是相连转化的。"炉烹白雪清冰，熬天上玲珑液髓"是指当人们用一尘不染的冰雪熬煮茶叶，闻到满屋子的香味，看着袅袅的水汽，只有清高的品质和人格，心无旁骛才能体会到发自内心的惬意舒服。"肥辛甘非真味，真味只是淡。"醇厚、肥、麻辣、甜美都不是食物味道的本原，本原只是清淡。

1965年7月21日，毛泽东致信陈毅讨论诗歌问题。信中指出："诗要用形象思维，不能如散文那样直说，所以比、兴两法是不能不用的。赋也可以用，如杜甫之《北征》，可谓'敷陈其事而直言之也'，然其中亦有比、兴，比者，以彼物比此物也；兴者，先言它物以引起所咏之词也。韩愈以文为诗，有些人说他完全不知诗，则未免太过。如《山石》《衡岳》《八月十五酬张公曹》之类，还是可以的，据此可以知为诗之不易。宋人多数不懂诗是要用形象思维的，一反唐人规律，所以味同嚼蜡。"宋代诗歌多偏重于用典籍、典故去说理，形象思维用得少，和唐诗的传统不同，读起来味同嚼蜡。

品鉴诗歌类似于品鉴美食。真味、苦味、涩味、清淡味、肥腴味、甜腻味、至味、味外味，都是不一样的体会，关键看这些味道、诗的内容和故国故园、经历遭遇在哪一点上达到了契合。诗词大家缪钺在《论宋诗》中以味觉感受来论唐宋诗的区别："唐诗如啖荔枝，一颗入口，则甘芳盈颊。宋诗如食橄榄，初觉生涩，而回味隽永。"一首诗是不同艺术元素的综合，读诗者需要调动多种器官，最后用舌头体验表达出来。带孩子外出旅游也是这样，不同地点怎么让孩子能记住这些地方呢？最简单有效的办法是带孩子吃当地最负盛名的美食。湖南长沙的小龙虾、新疆天山南北的烤肉串、天津的狗不理包子、遍布东北大地的猪肉炖粉条、川渝地区风味各异的火锅等，大约这会尽快让孩子们记住去过的地方。中国人去国外，大约德国杜塞尔多夫的烤肘子让人印象深刻，因此也记住了杜塞尔多夫这类拗口的名字。反正我是这样。一首好诗让我们兴奋或战栗，

第十章 托物言志：桃花、春韭和炊烟的悠远暖心

某种程度上与以味论诗分不开。对诗的深度沉醉与我们对美食的耽溺是一个道理。

"巴蜀五君子"之一的诗人张枣曾常年旅居德国，他在《枯坐》一文中说过德国的冬天："尤其到了冬天，静雪覆路，室内映着雪白的光，人会萌生'红泥小火炉……能饮一杯无？'的怀想。"是的，身在异国他乡，诗歌能牵引出我们这个时代最甜美的记忆。

文章微妙，品藻难一，品味品诗，或畅美或嚼蜡吗？事情远没有那么简单。

86. 人与自然：心灵沟通的诗性

陶渊明诗中，花草树木、飞鸟白云似乎能听懂他的语言。一派秀美的田园风光中，人与大自然悄然私语，呈现出和谐共处的美景。《归园田居五首》中说："榆柳荫后檐，桃李罗堂前。"房前屋后榆柳桃李四种树木，既是田园风光的点缀，同时也作为一道篱笆，把尘世的喧嚣与自然风光隔开了。《和郭主簿二首》云："芳菊开林耀，青松冠岩列。怀此贞秀姿，卓为霜下杰。"菊花迎霜傲放，苍松青翠常在。诗人把主体感情融入写实景物中，兼用兴比手法抒发了自己卓然于流俗的节操。《归鸟》中"翼翼归鸟，晨去于林。远之八表，近憩云岑。和风不洽，翻翮求心。顾俦相鸣，景庇清阴"。和风中，归鸟自由飞翔在天空，歇息在云层，随心所欲地调转翅膀，全诗表达了诗人对自由生活的向往和大自然的亲近。关怀大自然中的花草鸟兽，辛弃疾有"一松一竹真朋友，山鸟山花好弟兄"，"小我"转化为"大我"，融入自然，朴素中真情流露。

柳如是本名杨爱，读辛弃疾《贺新郎·甚矣吾衰矣》之"我见青山多妩媚，料青山见我应如是"句，而自号如是。无论是辛弃疾，

还是柳如是，这里的青山类似于李白的"相看两不厌，只有敬亭山"。只不过，李白是人和敬亭山之间的哲学思考，辛弃疾和柳如是则是人和青山之间的心灵喜悦。我们在人群中、在宴会上偶尔能找到兄弟一样的知音，而在苦苦寻觅的诗人眼中，灯火阑珊处的那个人没有出现时，这青山就成为我们亲密的朋友。现实中的名山大川和众多的大小山脉、江河溪涧，我们也不是每一个都有感觉，情有独钟的屈指可数。发生心灵震撼的或者有一段故事发生在那里，或者有一脉期望在那里，单纯的山脉形态、水流潺潺让人和山水融入的则少见。与个体体验无关的山水难以产生慰藉、润泽、亲近感，无法达成"如是"的效应。

难怪在张承志的草原世界里，最难忘的朋友是秃尾巴的羊、瞎眼睛的狗和断角的羊，而不是人。骑着骏马奔驰在广袤草原上体魄强健的人儿英姿飒爽，但并不能引起作家对孤独生命的感通和震撼。反而是弱小有缺陷的草原生灵才深深触动心弦，让人与自然界达到心灵沟通。《红楼梦》中的宝玉一见到池里的鱼、树上的鸟就禁不住和它们喃喃自语，这是一个通透灵魂眼中人与自然界的对话，但却是大观园中的仆人们眼中的疯疯癫癫、痴痴呆呆。

市井风光、湖光山色、小桥流水、烟柳园林等外界景色和人类和谐共生，然而我们不要忘了其中的人文情怀。举凡自然界的器物，没有人的文化烙印，就索然无味了。单是一座供人通行的桥，仅仅是一座桥而已。唐杜荀鹤有诗《送人游吴》云："君到姑苏见，人家尽枕河。故宫闲地少，水港小桥多。夜市卖菱藕，春船载绮罗。遥知未眠月，乡思在渔歌。"只看前四句，诗就很平常地告诉我们姑苏城里房子临河而建，屋宇相连，空地稀少，小桥密布，似乎没什么稀奇。可是读完后四句，我们就明白了古老的城市一定是和人息息相关、生机盎然的。晚市上的菱藕，河里的船上满载丝绸，月夜难眠，渔歌阵阵，牵动相思，诗人必站在这烟火市井中，思绪难平。

桥再多，没有故事，只是一座座桥。人们喜欢题扇桥、覆盆桥、春波桥、枫桥就因为这里的故事。王羲之给老婆婆的朱扇题上字，扇子被抢购一空，他和老婆婆题扇的桥被称为"题扇桥"。西汉朱买臣任会稽太守后，前妻见其富贵希望复合，朱买臣遂让人拿盆水泼在地上，能收回即应，不能收回即不应。覆水难收，绍兴就有了"覆盆桥"和"仰盆桥"。这两座桥蕴含了再清苦的日子，勠力同心共克时艰总会柳暗花明的意思。唐代的春波桥就有名气，绍兴人贺知章《回乡偶书》有"惟有门前镜湖水，春风不改旧时波"，禹迹寺前的这座桥就叫春波桥了。因宋陆游和唐婉凄美的悲剧爱情故事，因陆游那首伤心的《沈园》，"城上斜阳画角哀，沈园非复旧池台，伤心桥下春波绿，曾是惊鸿照影来"，无数人走过的春波桥也被人们称为"伤心桥"了。姑苏城里的枫桥，如果没有寒山寺的钟声，没有张籍的《枫桥夜泊》，就没有感伤美，枫桥也会失去灵魂。"月落乌啼霜满天，江枫渔火对愁眠。姑苏城外寒山寺，夜半钟声到客船。"因为诗歌，人们流连在枫桥边；因为张籍，人和桥之间有了心灵沟通。

87. 诗人的农民性格烙印

中国自古以来整体上是农业文明为主的国家。农业人生伴随着大多数中国人，只有到了明清，江南商业文明逐渐发达，可之前的时段和广袤的中国大地，离不开农业文明。这种文明深深影响了中国诗和中国诗人。"中国诗人即便有高深的文化修养，亦不能不带有中国农民性格的烙印。"①

---

① 胡晓明：《中国诗学之精神》，江西人民出版社2001年版，第166页。

农业文明涵养培育了一系列核心观念。承前启后、敬宗延嗣的观念来自耕作实践。农时和节气要求耕作中注重作物规律，而这些规律是先祖们积累下来并让我们一代代传承下去的，当然在延续过程中有创新，也有对新事物规律的发现和掌握。小麦是人类的主食之一，从新石器时代就开始栽培种植，至今已有万余年历史。根据考古发现，我国从西周中期就开始在镐京周围进行大规模种植，汉代以后逐渐向南方推广。殷墟出土的甲骨文有"告麦""食麦"记载。《诗经·周颂·清庙思文》有"贻我来牟"，"来牟"亦作"麳麰"，即小麦。以小麦为例，我们不妨看看诗歌中的小麦与农业文明的脉源。

两汉佚名的《古歌》云："高田种小麦，终久不成穗。男儿在他乡，焉得不憔悴。"（《古诗源》）麦性喜暖，在高高的土地上种植难有好的收成。这是古人对小麦种植规律的科学把握，作为一条经验当可以传承。小麦灌浆前需要大量水分，高田难以得到足够的水源灌溉，到今天，旱源小麦的亩产总是赶不上灌区小麦的产量。《古歌》最精彩的是，前后两句相对应，小麦不宜种在高田，人不宜常在他乡，原因说得含蓄，对比却直接。他乡不是家园，亦无知音，岂能不憔悴？

元和二年（807），盩厔（今陕西周至）县尉任上的白居易写了关中五月农忙麦收时节的景象，其《观刈麦》有"田家少闲月，五月人倍忙。夜来南风起，小麦覆陇黄"。小麦成熟季节，一夜南风可加快变黄。但更可贵的是，白居易在诗中表达了惭愧："今我何功德？曾不事农桑。吏禄三百石，岁晏有余粮，念此私自愧，尽日不能忘。"农忙面前，白居易不是看客，他带着感情描写了割麦者与拾麦者在夏收时那种辛勤劳碌而又痛苦的生活，暑热和沉重赋税之下，白居易心弦战栗了，罕见诗人把自己的舒适和农民的劳苦作对比，

第十章 托物言志：桃花、春韭和炊烟的悠远暖心

新颖精警，难能可贵。自己不劳作却丰衣足食，农民劳作却生活艰难，白居易触景生情，希望这一切景象通过诗歌能实现"惟歌生民病，愿得天子知"的目的。白居易的同情心和惭愧之情即农业文明对诗人的影响。

南宋范成大《缫丝行》有"小麦青青大麦黄，原头日出天色凉"句，用小麦、大麦的生长喻写缫丝过程和蚕农艰苦生活。范成大熟悉热爱田园生活，他不是农村生活的旁观者，而是情感参与者，末句"今年那暇织绢着，明日西门卖丝去"，一扫劳动的欢乐气氛，揭示了现实矛盾和社会矛盾。丝是生产原料，价格低廉；绢绸是成品，价格高。只是因为眼下青黄不接，日子难捱，明日不趁早卖原料，恐怕价格还会降低。农民的无奈，农村的衰退在名臣范成大的笔下浸染了悯农的情感底色。

熙宁十年（1077），苏轼任徐州知州，他和当地的隐士张山人交好，来往密切。《携妓乐游张山人园》有"大杏金黄小麦熟"句；《游张山人园》有"纤纤入麦黄花乱，飒飒催诗白雨来"，均涉及小麦和农时的描写。杏黄麦熟季节，无论是诗人还是政治家都关注这些重要的农时节令。李白有"荆州麦熟茧成蛾，缫丝忆君头绪多"（《荆州歌》）；王安石有"晴日暖风生麦气，绿阴幽草胜花时"（《初夏即事》）；陆游《示儿》有"舍东已种百本桑，舍西仍筑百步塘，早茶采尽晚茶出，小麦方秀大麦黄。"陆游告诉儿子的不仅仅是爱国情，还告诉儿子爱国从身边的烟火生活和农民稼穑开始；范成大"梅子金黄杏子肥，麦花雪白菜花稀"（《四时田园杂兴·其二》）更是注意到了梅杏成熟的季节，荞麦花开时油菜花却逐渐败了，这不都是农民式的仔细观察和对四季农时的掌握吗？

南宋刘克庄《春旱四首》云："清明未雨下秧难，小麦低低似剪残。穷巷萧然惟饮水，家童忽报井源干。"根植于华夏的农耕基因

让我们恢宏的中华民族文化源远流长，让我们的诗词歌赋根深叶茂，灿若星辰。刘克庄作为江湖诗派①的领袖，官居高位且长寿，一生漂泊在政治旋涡中，诗词承接陆游、辛弃疾，清新独到，粗犷豪宕，关注时事和民生，小处着笔，大处立意，有关南宋的作品展示了比较完整的社会画卷。

北宋末词人曹组之子曹勋为南宋大臣，有《山居杂诗九十首》，诗云："大麦未救饥，小麦渐擢芒。此时农夫叹，政阻接青黄。多畏频雨泽，只欲暄晴光。农安吾亦安，朝夕祈苍苍。"南渡之后的曹勋创作了大量的田园农事诗，收录在《松隐集》中的就达180首。士大夫阶层可以对仕宦生涯厌倦，也可以归隐田园，但必须重视农民和农业。曹勋此诗中体察了农民的心态和生存困境。小麦成熟收获青黄不接时，农人格外担忧。这个时候需要晴天，阴雨连绵则是收获期小麦的大忌。"农安吾亦安，朝夕祈苍苍"句笔触细腻感人，是一生经历了大风大浪政治考验的曹勋思想回归和文化反思，而这种思考离不开农业人生的重土观念和乡关意识。

从《诗经》开始，流落异乡的男子基于"重土"意识，除非迫不得已，总是不希望迁徙，这迥然于商业文明。农业经济以土地为安身立命的所在；商业文明以商品的流动转化为人的生存方式，中国古代因此区别于古希腊。荷马史诗的题材多是海上征战、掠夺迁徙等意象，而中国古诗多以山川、溪谷、草木、稼穑等为意象。中国古人对土地亦爱得深沉，《易·系辞（上）》云："安土敦乎仁，故能爱。"可见土地就是古人赖以生存的基础，君子要在所处之境施行仁道，推及天下。

---

① "江湖诗派"，南宋后期继"永嘉四灵"后而兴起的一个诗派，因刊刻的《江湖集》而得名。江湖诗人中成就较著的是戴复古和刘克庄。诗歌多用七绝叙写女性及恋情，诗风婉丽缠绵重，趋于寂寞寒苦。江湖诗派效仿"四灵"，学习晚唐，受南宋"中兴四大诗人"的影响，基本上代表南宋后期诗坛风尚。

第十章　托物言志：桃花、春韭和炊烟的悠远暖心

从小麦与诗歌的脉络上，我们看到，承前启后、敬宗延嗣造就了农业人生的延续性；亲亲孝悌、仁爱安宁造就农业人生的自然性；花鸟虫鱼、鸡狗牛羊、黄昏清晨、炊烟耕作则成为中国古代诗人农民性格的烙印。在征战、灾难、和亲、外出做官、贬谪的大合唱中，一篇篇诗歌的主题之外，安民安家、休养和谐、"万物并育并不相害"等农业文明的根蒂总是超越了戍边立功的宏大理想。

杜甫《蚕谷行》云："焉得铸甲作农器，一寸荒田牛得耕。牛尽耕，蚕亦成。不劳烈士泪滂沱，男谷女丝行复歌。"可见，铸剑为犁的梦想绝非偶然，杜甫的理想构图仍是农业文明家园意识的体现和人文精神的呐喊。

88. 关中士人牛兆濂

陕西关中具有厚重的历史文化底蕴，承载了大量优秀的民族文化基因，见证了大量王朝及政治势力的兴衰离乱，也因此让世世代代生活在这片土地上的文人士大夫背负了太多先贤的使命与责任，生来就有一种家国天下的情怀。

近代中国社会经历了激烈动荡变化，辛亥革命、五四运动等救国强国大势之下，有担当的关学学人面临着继续坚守理学传统还是顺应时局变化的艰难抉择。以牛兆濂为代表的"清麓学派"对儒学和乡约更多的是在理学大厦趋于崩塌之时的一种学术坚守。[①]

牛兆濂整修家庙，以吕大临的号"芸阁"为名，成立"芸阁学社"，"十亩薄田，一度春风一度雨；数椽茅屋，半藏农具半藏书"，

---

① 1840年晚清以来的现代化进程撕裂着一切传统观念和社会细胞，走向巅峰的《吕氏乡约》在传播推广上罔顾社会主要矛盾焦点，清末民初日渐式微，仅以关学学术坚守、蓝田乔村"十八社"、清河实验、邹平实验等局部推广为代表。

过着耕读讲学、经世致用的日子。

牛兆濂继承了"关中学派"格物致知、经世致用的积极入世精神,他一生奉行"学为好人"原则,希冀用理学挽救世风人心,以传统民本思想解决中国社会问题,认为当务之急是恢复和演习《乡约》。

牛兆濂的写景诗重在抒情。如《灞川秋》中云:"镇日辛苦在农耕,一雨人间万事通。借问先生何所乐,晴川新稻豆花风"。及时的喜雨让先生兴奋,庄稼有收成,农民生计有着落。其《喜雨诗》中可见诗人关注民生的济世情怀:"盼到中秋月上弦,觉来人傍雨声眠。等闲气得苍生命,挨过愁人甲子年"。①

牛兆濂作为贺瑞麟的弟子,坚定地捍卫"程朱理学",以近乎宗教情怀的态度虔诚笃信推广乡约。他身先士卒,以行动诠释着关学宗师"四为"句济世救民的士子情怀。光绪二十七年(1901)的关中大饥荒中,牛兆濂先后主管蓝田厘衙局、赈恤局,清正救民于灾难水火中;光绪三十三年(1907)在陕西咨议局担纲常驻议员,力禁鸦片。1912年,升允攻陕,他又西出礼泉规劝罢兵。日军侵华,他又募集义勇五百人,欲亲率前线作战,未果。卢沟桥事变后,牛兆濂忧愤而卒。

面对儒学在新学面前"来者日孤,而环攻者众也"的态势,牛氏认为儒者应该着制服行古礼,"行之必以礼,持之必以敬"。牛氏作为"关学"最后一位大儒其实并不一味否定西方自然科学,反而认为新学旧学应该并驾齐驱,学识上"取其最后最新者",道德上尊孔重礼,模范践行推演乡约。奈何面对新学对旧学的激烈批判,"关学"学者并未能从儒学自身找问题,执迷不悟,"能一生向程朱脚下

---

① [清]牛兆濂:《牛兆濂集》,王美凤、高华夏、牛锐点校整理,西北大学出版社2015年版,第326页。本节其它诗歌引文皆依此版本,不一一标注。

第十章 托物言志：桃花、春韭和炊烟的悠远暖心

盘旋，便使跳崖落井，终是得正而毙"，始终没有绕开理论上故步自封的桎梏。

牛兆濂偕友登华山，曾作有《登华岳南峰绝顶》一诗。诗云："踏破白云千万重，仰天池上水溶溶。横空大气排山去，砥柱人间是此峰。"这首诗大气磅礴，意境高远，盛赞华山之雄奇，表现出坦荡磊落的人间正气和作者以天下为己任，挽关学于颓势的壮志。

1931年，"九一八"事变爆发，牛兆濂泫然流泪，发表《阋墙诗》《我明告你》等诗文，激励国人共御外侮。《阋墙诗》中呼吁各党派消除政见，共同抗日，"撤去藩篱即一家，同心御侮福无涯。眼看巨浪滔天起，况复中原尽散沙。"《我明告你》中倡导国共合作抗敌，"你我不分，中国一人。中国有人，中国其存！"牛兆濂的这些诗歌浅显易懂，便于传播，一定程度上起到了"以固人心，以作士气"的作用。

每一个人都是成长于既有的传统文化之下，都要在这一传统中汲取知识，培养能力，形成自己的思想。古人无法想象今人，今人不能代替古人。一切当下，当下一切又都是具体的。

传统与生俱来，长期侵染会渗透到我们的血液中，无法彻底割裂，唯一正确的态度就是继承和扬弃。每一代学人当然有自己的历史和阶级局限性，能不能把握住时代发展变化的大势规律，顺应潮流，回应回答最尖锐的矛盾和冲突，从而提出自己学派的解决方案，是一个巨大的挑战。固守旧有的窠臼，思想跟不上时代进步的步伐，落后只是时间问题，结果毋庸置疑。关中理学也只是儒家思想的分支和传承，清末民初的关学传人们不可能科学回应回答风起云涌的20世纪所面临的民族危亡，也不可能担当国家民族社会的重任，作为中国传统文人的代表，牛兆濂、范紫东等关学传人们面对外侮表现出来的强烈的民族自尊、血肉精神、珍贵操守、爱国激情在学界

乃至全国产生重大影响，鼓舞前方奋勇杀敌，激励后方支援前线，不啻雄兵百万！

89. 年龄不同，感悟不同

从小我们就开始读中华诗词。时至今日，我们也许无法每天都抽出专门的时间读诗，但大脑中常会涌现中华诗词的经典名句，这种烙印是抹不掉的。一个孩子从三岁四岁时就开始诵读诗词，可能他对所读的诗词不甚理解或者根本不理解，但是随着这些孩子心智不断成熟，到他青年、中年甚至老年时，对这些诗词的理解和幼年时显然不会一样。是诗变了吗？不是的，而是读诗的人发生了变化，阅读和体验的环境发生了变化。

徐增，别号而庵，是清初很有影响力的诗人，和钱谦益是同时代人。徐增一生用力最深的是《说唐诗》，其对于读诗的年龄和"地位"问题的理解，别出心裁且合情合理。他曾说："诗之等级不同。人到那一等地位，方看得那一等地位人诗出"，"人高则诗高，人俗则诗亦俗"。[①]徐增提出的"地位"，类似于王国维所讲的"境界"，实际是指人精神历程的层次和阶位，并非人的官职大小和财富多少。

胡晓明先生论及这个问题，"中国诗歌文学的解悟，从最深的一个意义上讲，几乎相当于宗教中修行的功力，这里头没有捷径可走。我们没有拿出自家的真生命的时候，一首好诗的生命是不会跟我们相照面的。"[②]

李白在天宝末期安史之乱前有《古朗月行》，诗云："小时不识

[①] （清）徐增：《说唐诗》，樊维纲校注，中州古籍出版社1990年版，第19页。
[②] 胡晓明：《文化江南札记》（增补版），华东师范大学出版社2019年版，第219页。

第十章 托物言志：桃花、春韭和炊烟的悠远暖心

月，呼作白玉盘。又疑瑶台镜，飞在青云端。仙人垂两足，桂树何团团。白兔捣药成，问言与谁餐？蟾蜍蚀圆影，大明夜已残。羿昔落九乌，天人清且安。阴精此沦惑，去去不足观。忧来其如何？悽怆摧心肝。"月亮像白玉盘一样挂在天空，又像瑶台上仙人们使用的镜子，在青云之端飞跃。李白小时看月亮，我们小时候读李白此诗，感觉这首乐府诗想象神奇大胆，新颖有趣，朗朗上口，所谓浪漫主义就应该是这样的。可是人到中年的时候再读它，问题就来了。

李白家境殷实，小时候一定见过白玉盘和质地很好的镜子，杜甫则未必。杜甫出身显赫，少年时家境不富裕也不拮据，小时生母去世，父亲杜闲开元二十九年（741）去世，29岁的杜甫日子越来越难。阅杜甫与月亮有关的诗，最浪漫的也就是在《八月十五夜月二首》中把月亮称为白兔，"此时瞻白兔，直欲数秋毫"。白玉盘和瑶台镜见得少，而陶制餐具多，萌发李白那样的奇思妙想亦少。从来物质决定意识，思想来源于现实，我们不能忽视诗人成长和生活的物质条件，这在诗歌中有对应关系。

天宝末年，朝廷奸臣、宦官当道，危机四伏，朝政乌烟瘴气，这种创作背景下，再看李白的《古朗月行》，就颇有一番深意了。开元盛世时朗月当空照，这时安禄山、杨国忠似蟾蜍一样侵蚀着圆月，然而现实中总是缺少后羿那样的英雄来为世界免灾除难，"大明夜已残"成为诗歌的主基调，诗人不忍一走了之，才心怀忧虑，肝肠寸断，情感上起伏不平，表达上如此深婉曲折。

少年时可能强说愁，而人到中年时的忧愁不忍说，自然而然地填满了心腹。从少年青年到中年老年，这期间的天时变化，人情世态，忧愁逸乐，风波险阻引发的阅读体验中可能会实现心灵与心灵的不期而遇。最典型的就是中国人对四大名著常讲的一句话，所谓"老不看三国，少不看水浒，男不看西游，女不看红楼"，仔细琢磨，

排除学术研究的需要,竟然都是有一些道理的。

我们能理解李白,犹如能理解杜甫一样。从其《百忧集行》中,我们可以看到杜甫对少年的回忆和当下的心态。"忆年十五心尚孩,健如黄犊走复来。庭前八月梨枣熟,一日上树能千回。即今倏忽已五十,坐卧只多少行立。强将笑语供主人,悲见生涯百忧集。入门依旧四壁空,老妻睹我颜色同。痴儿不知父子礼,叫怒索饭啼门东。"少时的顽皮已成往事,年老时的体衰不便,四壁空空,幼儿饥肠辘辘,这一切让夫妻俩满面愁倦,悲从人生的盘盘旋旋、转转折折中来。杜甫自少年到老年,生活感悟不同了,而读诗的作者因阅历不同,感受和理解也是不同的。

对中华诗词,一种理想的对待方式是带着感情读诗词,而非只是一种研究、鉴赏行为,要使之"上升成为一种生命方式、一种活法"①。对中小学生而言,也不仅仅是应付考试的需要,而是从年少时候开始,继承诗词传统,侵染诗词氛围,让优秀的传统诗词自觉作为我们生活的一部分。随着地域、时间的变化,让诗词终身陪伴我们,就像曾经陪伴古人一样,这也是读自己、读他人、读世界的一种新境界。

---

① 马大勇:《诗词课:诗词的五种新读法》,辽宁人民出版社 2020 年版,第 242 页。

第十一章 言志抒怀：近代以来诗词文脉的传承

90. 大家出现，并非偶然

文学对一个人到底意味着什么呢？是职业？还是兴趣？是几十年如一日的痴爱，无论贫穷富贵生老病死，像对自己唯一钟爱的爱人一样不离不弃？还是一时兴趣所至，吟诵几首诗歌，涂鸦几篇不痛不痒、枉谈理想信念人生感悟的书面文章？还是仅仅就自己熟悉的题材刻画几个概念化的人物，构建一个自己心目中的故事？很多人对这个问题想过说过写过，出发点不同决定了答案也不一样。

喜欢文学，未必就要当作家。怀揣文学梦想的青少年一代代成长，其中总能出现极个别矢志不移的人，写出了有影响力的作品，最终成了作家。事实上的情况是，大量的文学爱好者中的绝大多数从事了其他行业，文学成为曾经的梦想，文学青年成为曾经的标签，作家梦想此生不大可能实现了。曾经喜爱文学当然也没有吃亏，陶冶了性情，丰富了人生。知道了"采菊东篱下，悠然见南山"是一种人生的理想和飘逸的情怀；知道了有孔、孟、老、庄的思想，中国能称为礼仪之邦；有了李白、杜甫等璀璨的明星，中国方可称诗书之国;也才知道"天生我材必有用""会当凌绝顶,一览众山小"等句子是怎样深深地镌刻在了我们的心灵,使得我们这个民族一路走来,胸阔昂扬。喜欢文学最终没能当成作家,却做了一个普通人,度过了简单朴素的一生,这相当划算。犹如喜欢参政之人,最终没能修身治平一展宏图却因诗歌青史留名,丰富了中华诗词一样伟大不朽!

李白的人生理想是"申管晏之谈,谋帝王之术,奋其智能,愿为辅弼,使寰区大定,海县清一",可惜他没能实现自己的政治抱负,而成了大唐诗坛最耀眼的明星。杜甫渴望辅佐君主,"致君尧舜上,再使风俗淳",却是一生穷困潦倒、颠沛流离,一路行走一路歌,留下了一千四百多首诗篇,成就了诗圣的盛名。陆游万丈豪情,志在请缨报国,收复失地,遗憾的是"辜负胸中十万兵,百无聊赖以诗鸣",长期闲居江阴,陆放翁六十年间万首诗,成为宋代的多产作家。辛弃疾也是如此,他是一位有雄才大略的英雄,可惜请缨无路,报国无门,英雄失意,正当壮年却闲居江西上饶十八年之久,空将满腔爱国热忱化为悲愤之作。

中国人对李白、杜甫的印象不是整齐划一的。每个人心中都有自己的李白、杜甫,这和很多写作者心中也有自己的海明威一样。海明威除了不炼丹成仙,不一心当官从政,其余的爱好和李白差不多,他们的共同点颇多,如冒险狂放,嗜酒恋爱,周游天下等。李、杜二人始终怀有强烈的欲望。为单一欲望而执意潇洒,这在有时候会很伤害人,危及人的名声、志向甚至性命。没有免费的午餐,同样没有免费的早餐和晚餐。努力了几十年才发现,餐餐都要靠自己,靠别人,自己被动不说,关键时候往往靠不住。凡免费总是有代价,只不过有些代价延后罢了。

读书越多,自然懂事越多,就越能知道一个真相,即从普遍意

第十一章 言志抒怀：近代以来诗词文脉的传承

义上来说绝大多数人都是凡人，要度过的一生也将是平凡的一生。因为作为芸芸众生面对的是同一个地球，经历的是大致相同的人生过程，要解决的问题类似，方法手段类似，目的地相同等。富不过三代，哪怕权贵家庭的后代也未必走上先辈们权贵的道路。人和人一路走过来风景各异、悲欢离合各异的原因在于思想的不同，遇到的时节和环境的不同等。同一个班级，不管曾经身处幼儿园、小学、中学、大学的同一个班级，可每一个学生的最终的命运和前途都不会一样。后天的努力和社会境遇的差异造成了人的分层和去向。

李白、杜甫的出现不是偶然的，有时候读到李白杜甫的精彩诗篇，会让人感叹如此美绝的句子，后人是不会超过了，大约也不用写了，只是读、不断地读就足够丰富我们的灵魂了。"兰生谷底人不锄，云在高山空卷舒"，"感时花溅泪，恨别鸟惊心"读这样的句子，我们分明能感受到李、杜那两颗自由的不被世人理解的天赋感受力极强的灵魂的疼痛！这种疼痛和觉悟可以穿越时空隧道，映射在别的国度的伟大作家身上，如泰戈尔等。

大作家的产生看似偶然，但其实是多种因素的耦合。印度自泰戈尔之后一百多年来，再没有出现达到同样高度的作家和作品。周恩来高度评价了泰戈尔，认为他不仅是对世界文学作出了卓越贡献的天才诗人，还是憎恨黑暗、争取光明的伟大印度人民的杰出代表。作为具有世界影响的著名作家，泰戈尔享誉全球是多种复杂因素交织绾合的结果。这与他婆罗门种姓的商人兼地主身世有关；与祖父、父亲的社会活动家、哲学宗教改革者的身份有关；与他家庭的东西方文化交融背景有关；与他和国大党领袖甘地真挚密切交往，意见分歧但互相尊重等都密切关联。泰戈尔先后访问过日本、美国、英国、中国、苏联等国，看到了不同制度国家的现状和演变实际。泰戈尔在世的 1861 年至 1941 年正是印度、孟加拉国的民族运动进入高潮时期，第一次、第二次世界大战先后爆发，日本、美国不断崛起，英帝国全球殖民，东方睡狮的中国沦为半殖民地半封建社会，民族解放和独立运动风起云涌，年轻的社会主义国家苏联方兴未艾，崭新神奇等，丰富多变的世界激发作家的创作热情。泰戈尔有在英国伦敦大学学习英国文学和西方音乐的经历，但更多的是回国后熟悉乡村、故土、自然，深入人民，投身反帝爱国的生活斗争实践。

大作家泰戈尔的出现当然不是偶然，他共写了50多部诗集，12部中长篇小说，100多篇短篇小说，20多部剧本及大量文学、哲学、政治论著，并创作了1500多幅画，谱写了大众传唱的歌曲。

瑞典诗人魏尔纳·冯·海登斯塔姆读了泰戈尔诗歌，深受感动，他极力推荐其诗集《吉檀迦利》："我不记得过去二十多年我是否读过如此优美的抒情诗歌，我从中真不知道得到多么久远的享受，仿佛我正在饮着一股清凉而新鲜的泉水。在它们的每一思想和感情所显示的炽热和爱的纯洁性中，心灵的清澈，风格的优美和自然的激情，所有这一切都水乳交融，揭示出一种完整的、深刻的、罕见的精神美。他的作品没有争执、尖锐的东西，没有伪善、高傲或低卑。如果任何时候诗人能够拥有这些品质，那么他就有权得到诺贝尔奖金。他就是这位泰戈尔诗人。"1913年，泰戈尔因《吉檀迦利》荣获诺贝尔文学奖。

中国历史上的诗词大家，哪一个不是历经风霜，才见彩虹的？屈原、李白、杜甫、白居易、刘禹锡、元稹、韩愈、苏轼、王安石、欧阳修等，无一例外。

91. 信不弃功，知不遗时

西汉名儒刘向在《战国策·赵策二》中说"信不弃功，知不

第十一章　言志抒怀：近代以来诗词文脉的传承

遗时"，意思是信义之士不会不去建立功业，明智之士不会放弃时机。艰难困苦，玉汝于成，秉持一种积极的人生观才会有所作为。

做事。只有做事，做自己喜欢做的，做需要自己做的，做有益于家人、社会、国家的事，光阴才不会白白流逝。一件件做，一天天做，做完一批再做下一批，生命才有质量和密度。中国古代士大夫通过入仕，担任一定的职务，也总是恪尽职守地在岗位上为朝廷、为老百姓做事。碌碌无为是我们所不齿的，虚度光阴日后也让我们后悔。人生过了中年，自觉不自觉盘点走过的岁月时，总要有值得回忆的东西。如果发现过去的日子没有总结或反省，那将是一个悲剧中的悲剧。个体的悲剧少了，不影响大局，多了，就会酿成更大的悲剧。人类历史和社会必然会在一代代人命运和故事的延续中演化发展。

《楚辞·九章·远游》中有"惟天地之无穷兮，哀人生之长勤；往者余弗及兮，来者吾不闻。"初唐时的陈子昂显然读懂了屈原的浪漫主义情怀和时空生命意识，发出了"念天地之悠悠，独怆然而泪下"的喟叹。读到此诗，我们也会在"前不见古人，后不见来者"的时空中萌发旷世之悲。陈子昂的"怆然"和屈原的"哀"超越了一己的生命体验，在浩瀚无垠的宇宙时空面前，上升为整个人类的巨大悲痛和普遍性的哲理体验。面对这种阔大永恒和悠久无垠，日常的琐碎计较、浅小的烦恼、恩恩怨怨的诉说和此起彼伏的利害得失，终将尘埃落定，碧空一洗。在永恒的时空中，隆隆升起的必将是生命的自觉意识，勇敢向上、向前的永恒诗心。古人从不将一时的沮丧和颓废留给我们，自伤、自悼中升华的是自珍、自爱、自勉、自强的民族精神。

李商隐《花下醉》中，诗人面对行将凋谢的残花，发现其也有最后瞬间的光彩，日暮西山时的夕阳美和沉醉后深夜独醒的清醒一样，都是对无限美好的生命的一种证悟。"寻芳不觉醉流霞，倚树沉眠日已斜。客散酒醒深夜后，更持红烛赏残花。"要知道，李商隐欣赏的可不是初开的花蕾和绽放的奇香，他是对往昔的眷恋和重温。

在我们脚下的这片热土上，伟大的古人也一样有思考并将思考铸成诗文。尽管命运多数时候并不尽如人意，但也酣畅淋漓、婀娜多姿、扎扎实实地走完了自己壮美的一生。他们中，有人金戈铁马，建功立业；有人著书立说，泽被后世；也有人相夫教子，勤劳耕作。或命运曲折，离奇坎坷；或默默无闻，平淡无奇……世间的千姿百态，如不尽长江水滚滚东逝，丝毫不理会过客们的忧伤情怀。时间和空间，是所有个体生命必须面对的。李白在《春夜宴从弟桃李园序》中用睿智的话语，说明了时间、空间和人的关系："夫天地者，万物之逆旅也。光阴者，百代之过客也。而浮生若梦，为欢几何？"对诗人、作家而言，生命的体验要化为锦绣文章，方不负此生。"不有佳咏，何伸雅怀？"我们没有李白那样的才华，但我们也要为这个时代的一切伟大和感人的事物歌唱。

人生活于这个世界上，与自然界、社会相处，需与形形色色的人、事、物打交道，实属不易。生逢乱世面对矛盾冲突可能出现英雄；生逢治世也不见得一直就是康庄大道。"事非经过不知难"，"几家欢乐几家愁"，欢乐和忧愁的内涵也未必都一一对应相仿。

唐代诗人张若虚站在江边，写尽了江南春夜的缠绵悱恻，寄寓离别相思之苦，洗尽六朝宫体诗的浓脂腻彩。每每读《春江花月夜》，其中的哲理之思总让人叹服。"江畔何人初见月？江月何年初照人？人生代代无穷已，江月年年望相似。不知江月待何人，但见长江送流水。"这些句子直抒旷古忧思，让人读之禁不住黯然神伤，潸然泪下。个人生命相对宇宙万物是短暂的，人生一世，草木一秋，

第十一章　言志抒怀：近代以来诗词文脉的传承

而人类却代代相传。同是一轮明月，曾照古人，现照今人，这月亮也寄寓着前人多少忧思、追求、热爱、渴望呢？正是有长江流水和天上明月才折射出荡漾的诗情，曲折有致的哲理。有短暂的感伤，却并不颓废绝望，微情渺思，字字有情，浅浅说去，百读不厌。明末清初思想家王夫之《唐诗评选》中称其"句句翻新，千条一缕，以动古今人心脾，灵愚共感"；闻一多在《宫体诗的自赎》中认为"在这种诗面前，一切的赞叹是饶舌，几乎是亵渎"，说这首诗是"诗中的诗，顶峰上的顶峰"，何曾不是?!

"白云一片去悠悠，青枫浦上不胜愁。谁家今夜扁舟子，何处相思明月楼？"读到此处，一种少年时代的憧憬、梦想，悲伤惆怅总是油然而生，江山永恒，风月无限，都自胸襟自然发出，内心的审美体验意境深深地感染着所有的人。

小商小贩的日子也是诗意盎然的。外卖、快递小哥们忙碌的身影，无不诠释着养家糊口的担当；夜幕中从事代驾的专职兼职司机们，他们的辛苦也表现着对日常生活的一种积极态度。我们要习惯于接受自己的平凡，在琐碎生活中的践行就成为一种责任和坚守。没有理由不尊重每一位逆风而行的凡人，他们努力过好平常日子的这种践行，充满了人生的盎然诗意，大道藏于小节中。不独牡丹、桂花香气浓郁，青草、莲藕也有芬芳，连柳絮、榆钱都是有香气的。"渐近朱门香夹道"，柳絮风轻，梨花雨细，这香的不光是梨花。柳絮、柳叶本无香味，但人们出于对风物的留恋，常赋予其淡雅清香味，柳树柳叶苦香味。宋晏殊《寓意》诗云："梨花院落溶溶月，柳絮池塘淡淡风。"风景美，味道也不差。《红楼梦》中香菱被改名成秋菱后依然诗意不减，难道不是一种积极的人生态度吗？

普通人的柴米油盐，包括最偏远地方的农民，谋划一家人一生的生存与发展也不无轰轰烈烈。娶妻、生子、送孩子上学、给老人看病、盖房子、创业都是惊天动地的大事。舞台有大小，可姿态有高低。人生假如给他一个大的舞台，他未必不如你。目前你比他好一点，也许你机会比他好而已，能力则未必。

活在当下。最接近当下的人是最接近生活的人，人的思绪离当下越近就越幸福。日本佛学大师松原泰道说过："人生总是半途终结的，我们每一天只需尽力做好能做的事。力所不及的事，就交给苍天吧。"生命总有不得不戛然而止的时候，此时，一切的前尘往事都成为云烟，年少时诵读的"日月如梭""白驹过隙"都成为切实的生活感受，"他生未卜此生休"，此生真切，他生难卜，还会有梦一场的感慨吗？亘古的忧思飘来，那道始终困扰我们的初始命题并未解决：我是谁？我从哪里来？我要到哪里去？

阳明先生在《传习录》中说"未有已往之形尚在，未照之形先具者"，圣人之心如明镜，无物不照，但是过往之形不会保留，未来之形不可映照。其实就是告诉我们不必纠结过去，不必焦虑未来，能把握的只有当下。做好眼前该做的和正在做的事，珍惜眼前的人善待之并报答对你好的人，实现未遂的愿望，弥补曾经的遗憾，使得你我这样每一个个体在时空布局中的角色定位更准确，职责完成更圆满，这会让我们离幸福越来越近。真正的快乐不是拥有得多，而是计较得少。人生一路走来，心态更平和积极，欣赏他人、善待世界，这些原来都不是空语。

拥有财富不一定拥有幸福，但是认知财富方能认知幸福。财富是一种测量我们贡献多少的工具，没有贡献的人将一无所获，贡献大的人将会有丰硕的收获。中国台湾著名漫画家朱德庸在《人生，需要缓慢行走》一文中说："我们碰上的，刚好是一个物质最丰硕而精神最贫瘠的时代，每个人长大以后，肩膀上都背负着庞大的未来，都在为一种不可预见的'幸福'拼斗着。但所谓的幸福，却早已被

第十一章　言志抒怀：近代以来诗词文脉的传承

商业稀释而单一化了。"人的欲望是无穷的，难道每一个欲望都要满足吗？未必要如此这般劳心劳力。超越于商业利益的追逐，听从内心，尽到自己为人子女、父母、师长的本分，承担起自己的社会角色，做好自己当下最应该也最能做到的事情，争取不留遗憾，才是人生应该有的姿态。

从古至今，道理无数，简单又真实，文化在传承，只看我们信不信、做不做，做得好与坏罢了。

"死亡，从来不是人类的经验。"英国哲学家维特根斯坦在这里指的是树立信心，战胜恐惧。死亡让人意识到虚无，哲学和宗教都从这里引出教诲，即要在虚无中活出意义。对抗虚无的途径无非两种，一是建功立业，努力作为，二是享受当下，及时行乐。《古诗十九首》之十一《回车驾言迈》就告诉我们，"奄乎随物化，荣名以为宝"，立德、立功、立言乃古人提倡的对抗生命短暂之道。聪明的人类没有理由为一件一定要到来的事情而始终念念不忘、杞人忧天，以至于忘记了此行的目的。

人类离不开哲学式的思考和哲理式的生活。在迷茫的时刻，哲学告诉我们的道理和思维方法犹如大海里的灯塔，担负着指点方向的使命。中华诗词犹如奇珍异宝，千百年来让我们读之，时时有惊喜，常常见其耀眼的光芒。这光芒往往是诗人不拘泥于个体经验的描写，把人生体验提炼为哲理体验的时候，普遍性的认识诞生了。如王镣《感事》中"今日朱门者，曾恨朱门深"的深刻、积怨；或者如崔郊《赠去婢》"侯门一入深如海，从此萧郎是路人"的哀怨与之后的自由张扬等，都成为一种规律性体验了。

92. 我来人间一趟

经过初唐、盛唐的发展，诗歌到李白、杜甫的时候达到了巅峰。

"李杜文章在，光焰万丈长"。中唐以韩愈为代表的一派，诗风陡然发生了变化，奇险怪僻，形式和内容上都有了很大的不同。韩愈"以文为诗"的特点前文有过探讨，这其实是要突破诗的旧有局限，开拓新的天地。实际上，韩愈一派的贡献成了宋诗新风貌的先驱。

中国古典文学源远流长，《诗经》、《楚辞》、汉赋、唐诗、宋词、元曲、明清小说，这些一个又一个的文学丰碑，一群又一群作家坚持和延续着文学传统，他们和他们的作品反映了历代人民的欢笑悲歌，书写着历史，并通过文字温暖我们的内心，丰富我们的情感世界。

音乐家穆索尔斯基是俄罗斯近代现实主义音乐的奠基人。他主张音乐必须反映现实生活和人民的精神风貌，有歌剧和大量表现平民阶层苦难生活的歌曲传世。

除此之外，对这位俄罗斯音乐家，我印象最深的还有他曾经说过的一句话，就是"艺术家都是相信将来的，他们活着，就是为了将来"。这是因为穆索尔斯基1863年回到彼得堡以后，受到了以车尔尼雪夫斯基为代表的俄国革命民主主义思想的影响，形成了进步的世界观和艺术观。再回看我们的唐代诗人们，境遇那么坎坷，还是努力上进，相信将来，不断开拓着自己对这个世界的理解，在文学史上镌刻着属于自己的贡献。李白有理想，经挫折仍有信心，"长风破浪会有时"；杜甫磨难再多，还是关注黎民百姓，"再使风俗淳"；韩愈、岑参、刘禹锡等都是如此。

1861年，沙皇被迫宣布废除农奴制，穆索尔斯基回到家乡，将祖传的土地和家产分给农民，自己的后半生却在贫苦交加中度过，一段时期，他甚至沦落到给人做钢琴伴奏来糊口。李白的仗义疏财也是有名的，"不逾一年，散金三十余万，有落魄公子，悉皆济之"。杜甫自己住茅草屋，却心忧天下，发出"安得广厦千万间，大庇天下寒士俱欢颜"的呼喊。王维资助并悉心培养韩干，终于使之成为宫廷画师，唐朝画马第一人。韩愈自己不宽裕，《送穷文》中表达了自己"君子固穷"的个性："人生一世，其久几何，吾立子名，百世不磨。小人君子，其心不同，惟乖于时，乃与天通。""天下知子，谁过于予。虽遭斥逐，不忍于疏，谓予不信，请质诗书。"韩愈摆脱物质贫困的主要办法是替人写墓志铭收取酬金，以至于刘禹锡在给韩愈的祭文中说："公鼎侯碑，志隧表阡，一字之价，辇金如山。"实际上，韩愈写墓志铭得来的金钱大部分也用于资助门生、个别极其困难老百姓维持生活，或者创办教学机构了。从穆索尔斯基、韩愈等艺术家的言行来看，其实他们在本质上是相通的，包括相信将来、仗义疏财、作品内容关注现实、形式推陈出新等。

不同的艺术形式发展到一定层次和阶段，在中外和古今都应该是相通的。比如诗歌和歌曲的相通相融是有传统的，乐府词中竹枝词，王之涣、王昌龄、高适等人的诗，宋代曲子词本身就是传唱的内容。

李商隐有《乐游原》："向晚意不适，驱车登古原。夕阳无限好，只是近黄昏。"天色黑了，诗人心情忧郁，驱车登上古乐游原。"乐游原上有西风"，诗人在夕阳中登高远眺，送目临风，无穷思绪涌上心头。此时的李商隐深陷"牛李党争"，无法自拔，天地家国之思，惆怅万千，错综复杂的处境让他进退两难。清代管世铭曾说："李义山乐游原诗，消息甚大，为绝句中所未有。"纪晓岚读此诗评价说："百感茫茫，一时交集，谓之悲身世可；谓之忧时事亦可。"原野辽阔，晚霞缤纷，本意是消愁，可能更愁了。

王安石之《秣陵道中口占二首》与此诗同理："经世才难就，田园路欲迷。殷勤将白发，下马照清溪。""岁熟田家乐，秋风客自悲。茫茫曲城路，归马日斜时。"王安石早年以天下为己任，"天下苍生待霖雨"，可是新法在推行过程中遭到守旧派的激烈反对，神宗皇帝已经不像当初那样支持他，变法派内部也出现斗争和摩擦，此时已在政坛磨砺十年的他深感"黄尘投老倦匆匆"，萌生退意了。一个人年轻时的梦想在十多年以后再审视，不免有些迷茫。前路何在？早生的华发包含了诗人王安石无限沉重和酸楚，内心挣扎之余恐怕还是要振作前行的。

最近流行的歌曲《我来人间一趟》中有这样的歌词："我来人间一趟，本想光芒万丈，谁知世人模样只为碎银几两；我来人间一趟，历经风雨沧桑，无意打碎夕阳却被劝返天堂。"初衷历经多年风吹雨打，现实会让古今中外的中年人明白自己当初的轻狂和如今的艰难，可是情绪纾解之后，还是要满怀希望、执着前行的。从容地面对当下困难而非逃避，坦坦荡荡行走在南北西东。行尽善事，最终无愧我心无愧天地。

歌曲《一生啊》中唱道："我放荡了一生，笑看世事险人心。二字啊相挺。我执迷了一生，风霜夜雾深，漂泊夜归人。"这"风霜夜雾深，漂泊夜归人"不就是神来之笔吗？沧桑的歌声诉说着人生的不易，留给围观者的只能是前行的背影，古今中外无一例外。

93. 我以我血荐轩辕

1853年马克思在《中国革命和欧洲革命》中论及："与外界完全隔绝曾是保存旧中国的首要条件，而当这种隔绝状态在英国的努力之下被暴力所打破的时候，接踵而来的必然是解体的过程，正如小心保存在密封棺木里的木乃伊一样接触新鲜空气便必然要解体一

第十一章　言志抒怀：近代以来诗词文脉的传承

样。"① 冲击和危机同样日趋严重。

殖民主义出于打开中国市场和牟取暴利的需要，以输入鸦片的形式侵略瓜分中国。晚清统治阶层在经历了战争的失败和丧权辱国后，逐步和洋人互相利用和勾结起来，前者保持统治地位，后者瓜分剥削中国。晚清之世，"割地赔款年年有，卖国条约岁岁签"，从道光皇帝开始的中英《南京条约》签订，一直到八国联军进入北京，躲在西安的慈禧太后，"量中华之物力，结与国之欢心"，主使李鸿章等与十一国签订《辛丑条约》，中国沦为半殖民地半封建社会，蒙受了空前的民族灾难。辛亥革命前夕，陈天华在《猛回头》中写道："大地沉沦几百秋，烽烟滚滚血横流。伤心细数当时事，同种何人雪耻仇？"

这样的治国策略之下，4万万中国人饱受欺凌，中华民族危在旦夕！"九州风气恃风雷"，社会需要一场大的变革。"戊戌变法"声震朝野却失败了；孙中山推翻清王朝封建统治的革命救国运动开始了，而"辫发"与"裹足"正是清王朝和封建统治的两个象征。

要求汉人辫发是清政权建立时的一场惊心动魄的斗争；裹足是封建专制理论指导之下禁锢人们思想解放的一道枷锁，但此时，剪辫子、放足就同变革与革命紧密相连，是贫弱中国改良派、革命派都主张的一项重要内容，是衡量个人是否自我解放，自强奋发，摆脱封建束缚的政治标准，是伟大变革的起点和走向近代文明的标志。

回顾明清之际的现实，清王朝是主张"留发不留头"的，但汉人却讲"断发宁断首"的，当时就演绎了多少腥风血雨的故事！典型莫若复社领袖、明代学者杨庭枢了。杨庭枢反清事泄，不屈被杀。面对清统治者诱降，朗声作答："砍头事小，薙头事大。"明末清初

---

① 《马克思恩格斯文集》第2卷，人民出版社2009年版，第609页。

史学家计六奇收集文献、实地考察、勘考遗迹、与重大事件目击者交谈，"目不交睫，手不停披，且夕不辍，寒暑不间，宾朋出入不知，家中米盐不问"。康熙十年（1671），写成《明季北略》和《明季南略》两书，记录了明清之交的社会巨变，寄托故国之思。其在《明季南略》中记载，杨庭枢"临刑，大声曰：'生为大明人……'刑者急挥刀，首堕地；复曰：'……死为大明鬼。'监刑者为之咋舌，礼而殡之"。

杨庭枢殉节前留下血书和遗诗。诗文表彰了妻女和他同时殉节的壮举。血书中有"一家视死如归，轰轰烈烈；举室成仁无愧，炳炳烺烺。生平所学，至此方为快然；千古为心，到底终须不殁。但因报国无能，怀忠未展；终是人臣未竟之志，尚辜累朝所受之恩！魂炯炯而升天，当为厉鬼；气英英而坠地，期待来生！"遗诗中有"浩气凌空死不难，千年血泪未曾干；夜来星斗终天灿，一点忠魂在此间。""有妻慷慨死同归，有女坚贞志不移；不是一番同患难，谁知闺阁有奇儿？"可谓明朝江南遗民昂然士气，亦可见野蛮民族征服先进民族过程之惨烈。之后的"征服者被征服"的客观规律，马克思恩格斯早就说过了，经济和文化水平代表的社会发展水平才是历史上一切自然同化现象发生的深刻原因。马克思在论述中世纪在印度发生的情况时指出："相继征服过印度的阿拉伯人、土耳其人、鞑靼人和莫卧儿人，不久就被当地居民同化了。野蛮的征服者总是被那些他们所征服的民族的较高文明所征服。这是一条永恒的历史规律。"恩格斯也论述说："……在长期的征服中，比较野蛮的征服者，在绝大多数情况下，都不得不适应征服后存在的比较高的'经济情况'，他们为被征服者所同化，而且大部分甚至还不得不采用被征服者的语言。"事实上，元朝和清朝时期，语言文化、政治、经济制度也大多采用汉民族的体制和管理方式。

第十一章　言志抒怀：近代以来诗词文脉的传承

民歌《剃头诗》一语双关，含蕴深厚，"闻道头堪剃，无人不剃头。有头终须剃，无剃不成头。剃自由他剃，头还是我头。请看剃头者，人亦剃其头"。沉甸甸的《剃头诗》一语成谶，清代统治竟由头发开始，亦由头发宣告结束。

陈寅恪先生曾认为，华夷之别的实质是文化，而非血统。华夏文明从《论语》《左传》就开始表彰端正庄重的衣冠文化。子路最终结缨正冠而死，钟仪为囚徒也不改南冠，都是衣冠文化在日常人生的具体标志。杜甫的"画图省识春风面，环珮空归月夜魂"、王安石的"一去心知更不归，可怜着尽汉宫衣"都是通过叮当作响的环珮、衣袂飘飘的汉皇室宫服表达了王昭君不忘故国、不改汉服的情怀。《周易》云"黄帝、尧、舜垂衣裳而天下治"，可知，衣冠已超出御寒、遮羞功能，上升为秩序和文明。所以，追溯华夏文明史，衣冠类似"书契"，具有统治工具的作用。对清末民初的汉人而言，头顶的辫子自然和政治态度、文化认同紧密关联。

1888年康有为上《请断发易服改元折》，请求光绪皇帝率先垂范。康有为、谭嗣同等的主张未及实施，变法就失败了。剪辫子还是留辫子在康有为身上实在是反反复复。1912年，沦为保皇党的康有为很后悔当年的主张，认为自己没有游历外国，想借剪辫子、易服装来改变视听、推进改革的想法有些过激和不妥，但仍坚持剪发，而不必易服。随着政治风云的不断变幻，五年后他又开始蓄起了辫子，1917年康有为又回到辫子军保护的溥仪皇帝身边，成为忠实的保皇派。

1879年还在檀香山上学的孙中山就把剪辫子和革命理想联系在一起，认为"发辫是中国受到许多耻辱中的一种"。1895年孙中山在日本横滨剪掉辫子，换上西装，成为清朝的真正叛逆者和革命的榜样。

1902年青年邹容在赴日的轮船上剪掉辫子扔进大海；1902年张

继剪掉辫子成为在留学生中推行剪辫子的积极分子；1902年黄兴在日本参加拒俄义勇队，为掩护革命回国后旋即剪掉辫子；吴玉璋同年到达日本后，"一怒之下，马上把头上的辫子剪掉了，以示永不回头的决心"；1902年许寿裳到日本的第一天剪掉辫子；1903年鲁迅在日剪掉辫子，为纪念断发赋诗一首，"灵台无计逃神矢，风雨如磐暗故园，寄意寒星荃不察，我以我血荐轩辕"。

辫子要剪简单，一把剪刀一分钟，但对留存近三个世纪的大辫子下手却不容易，革命进步的风暴要吹开每一个人封闭的心扉也不是一下子就能完成的。从今天所能看到的有关前辈们剪辫子的资料看，只有先知才能先觉然后先行，一个个归国剪掉辫子的留学生经过海关检查时就是在向政府社会家人公开表明自己的政治抉择，是在庄严地向旧有政权和没落文化宣战！

相对于反动阶层的镇压，观念的变更和传统习惯势力的阻力也是剪发放足运动的障碍。陕西留日学生马步云1906年回到家乡合阳后，借春节、集市等机会登台向乡亲们宣传革命道理，提倡剪辫子却不被人理解。家乡父老乡亲议论纷纷，马步云去了个日本就剪了辫子，要是去个"穿心国"，难道要把自己的心也穿个洞吗？可见，陈旧观念的改变并非一朝一夕的事情。

然而，历史的洪流浩浩荡荡，进步的符合发展规律的事物总是会以不可转移的力量被人们所接受的。

当新旧力量的矛盾达到一定程度后，虽有各种各样禁令，但大势所趋，不可阻挡。新生事物的支持力量会越来越多，甚至反对阵营也会倒戈，所谓得道多助，失道寡助矣。1910年12月5日的《民立报》以《辫发之死刑期将近》为题报道了辛亥革命前夕北京地区次第剪辫的盛况。资政院作为清政府预备立宪所设置的中央咨询议事机构迫于形势，遂响应表明了态度："宪政馆定议，剪发先从外

第十一章　言志抒怀：近代以来诗词文脉的传承

交、海陆军、学、警各界开始。"从全国到北京到清政府的剪辫子运动恰似辛亥革命一样都是从下而上开始的历史伟大变革。

剪掉辫子又戴上假辫子也是形势需要。同盟会会员查光佛入武昌普通学堂时不等毕业即剪掉辫子投入清湖北新军当兵，为了宣传和组织工作，又盘条假辫子在头上。鲁迅先生剪掉辫子回到上海后，为避免受到政府监视和伤害，一度也盘条假辫子在头上。

鲁迅在文学作品中也用如椽巨笔书写了中国人的垂辫裹足，以无情的批判和鞭挞以期唤醒国民。鲁迅在《头发的故事》中实际上写了自己留学归国剪辫子的心路历程，"头发是我们中国人的宝贝和冤家，古今多少人在这上吃些毫无价值的苦啊！"封闭保守是我们的思想惯性，只有面临外侮置之死地时才有可能发生些许转变。鲁迅小说《风波》中也映射描写了张勋复辟这几天的历史。小人物赵太爷本来是把辫子盘在头顶的，张勋复辟的日子里突然又把辫子放了下来，吓唬剪掉辫子的农民赵七斤："皇帝坐了龙廷，一定要有辫子。""你们知道，长毛的时候，留发不留头，留头不留发，没有辫子该当何罪。"没几日，张勋战败，赵太爷不穿长衫，再次把辫子盘了起来。

鲁迅先生从 1919 年开始的随感《四十二》开始到小说《风波》，以及 1933 年的《由中国女人的脚，推定中国人之非中庸，又由此推定孔夫子有胃病》无不对缠足进行了辛辣的讽刺和无情的鞭挞。鲁迅先生意识到了，只研究理论是苍白的，直面斗争或变革才是唯一有效的手段。"但天下有许多事情，是全不能以口舌争的。总要上谕，或者指挥刀。"文化是知识、智慧的积累，更是一个民族最深层的精神追求。中国近百年历经劫难而九死无悔，"拼将十万头颅血，须把乾坤力挽回"，其中闪烁的就是鲁迅先生倡导的"我以我血荐轩辕"的中华民族文化精神。

94. 只待新雷第一声

瞿秋白1923年底到广州参加国民党第一次全国代表大会，参与了大会宣言草案的起草。就是这份宣言确立了联俄、联共、扶助农工的新三民主义政策。会议期间，有诗云："万郊怒绿斗寒潮，检点新泥筑旧巢。我是江南第一燕，为衔春色上云梢。"他作出的卓越贡献，当之无愧是"江南第一燕"。

瞿秋白创造了中共历史上的多个"第一"。他第一个系统介绍十月革命胜利后苏俄的政治、经济、文化及民众生活，写了16万字的通讯稿，让中国人了解第一个社会主义国家的真实情况；他第一个对照曲谱，翻译《国际歌》，"英特纳雄耐尔"这句唱词就是由他音译，并沿用至今；他是把唯物史观的彻底唯物论与"辩证法"打通融合，是在完整意义上，把马克思主义哲学基本理论传播到中国的第一人；他主持创办中共中央第一份大型日报《热血日报》，既是主编，又是主要撰稿人；他第一个明确支持毛泽东农民运动的主张，为毛著《湖南农民运动考察报告》撰写序言，出版单行本；他第一个系统译介和传播马克思主义文学理论，全面阐述中国革命文学主张；他第一个系统讲授中共历史，并以中共党史研究室主任名义，最早征集党史资料；他第一个科学公正地评价鲁迅，与鲁迅共同领导左翼文化运动。鲁迅先生曾赠送他一副立轴："人生得一知己足矣，斯世当以同怀视之。""八七"会议后，以瞿秋白为首的党中央犯了盲动错误，他诚恳地自我批评，承担主要责任。

22岁在苏期间，两次见到革命导师列宁，交谈并聆听演讲；25岁担任上海大学教授、教务长兼社会学系主任，今天高校的各级各类精英们，能想象吗？28岁成为中共第二任领袖，主持了具有转折

第十一章 言志抒怀：近代以来诗词文脉的传承

意义的"八七"会议；从21岁到莫斯科当驻外记者，到36岁在福建长汀从容就义；从《饿乡纪程》到《多余的话》，15年间著文500万字。这些成就中包含着一个人的坚持和信仰，激情和创造，开拓和进取，有几人能做到？

少年毛泽东的雄才大略和英姿焕发在赴东山学堂前就呈现出来了。"孩儿立志出乡关，学不成名誓不还，埋骨何须桑梓地，人生无处不青山"，离家时抄给父亲的这首诗表达了17岁的毛泽东一心向学和志在四方的决心。

1925年，毛泽东途经长沙，站在橘子洲头，看湘江秋景，豪气干云，写下了《沁园春·长沙》。其中发出"天问"："怅寥廓，问苍茫大地，谁主沉浮？"面对历史长空，毛泽东史无前例地提出，主宰国家命运的，是那些敢于"到中流击水，浪遏飞舟"的奋勇进取者，是蔑视反动统治者、敢于改造旧世界的革命青年。青年毛泽东心忧天下，表现出了拯救天下，舍我其谁的强烈责任感。

1936年2月，毛泽东率领红军长征部队胜利到达陕北清涧县袁家沟，准备渡河东征，开赴抗日前线。为了视察地形，他登上白雪覆盖的塬上，当"千里冰封"的大好河山展现在眼前时，他写下了名作《沁园春·长沙》。毛泽东仿佛展开历史画卷和千秋史册，一一评说，其中"一代天骄，成吉思汗，只识弯弓射大雕。俱往矣，数风流人物，还看今朝"句思接千载，洞悉未来，豪情万丈，傲视古今。整首词大气磅礴，旷达豪迈，在写景、抒情和议论中，他告诉我们建功立业的英雄人物，还要看今天的无产阶级和人民群众，他们是历史的创造者，是世界的真正主人。

李银桥回忆了毛泽东转战陕北时期的气概。毛泽东率领300余人和追捕他的国民党部队相向而行，安然脱险。要知道，敌人的数量百倍于我们，可是毛泽东表现出的是十万军中探囊取物般的游刃有余，这种史无前例的气概不就是首创精神和舍我其谁的英雄气概吗？

在陕西这块土地上，孔夫子整理了《诗经》留下了诗三百；秦重用商君之法，一统天下，铸就郡县制的天下治理模式和统一的潮流趋势；周秦汉唐兴，八水绕长安，一曲华阴老腔《征东》叙说着远古传来的摇滚呐喊，余音不绝。正是在这片土地上，发生了八百陕西娃抗击日寇，齐刷刷跳黄河的壮举，临死前吼着秦腔：两狼山战胡儿地动山摇，好男儿为国家何惧生死；张学良、杨虎城周密部署，侠肝义胆，拘禁了最高首长发动了震动中外的西安事变，改变了历史走向；刘志丹、习仲勋、谢子长等投身革命，把生死置之度外，追随党中央开辟了革命根据地。星星之火，可以燎原，我们党立足于民族解放的前线，呼应了最尖锐最紧迫的时代难题，中流砥柱，实现了全面执政。去延安清凉山，就能远远看到陈毅的诗句："试问九州谁作主，万众瞩目清凉山"。这是怎样的宏伟气魄！党中央的声音从这里传遍全中国全世界。哪一块不是奋斗的热土？哪里没有留下先辈们的足迹？脚踩着先辈们踩过的这片热土，一个政党，一个民族，一个国家在世界就屹然站立起来了。

春天要到了，清代爱国诗人、官员张维屏期待变革的春雷和寒尽必然到来的春风。"造物无言却有情，每于寒尽觉春生。千红万紫安排著，只待新雷第一声"，以自然作比喻，寓理于情，清丽可喜，写尽渴望和期盼。

第一声春雷象征着万物复苏和万象更新，象征着创新和变革，预示着对时代规律和大潮的把握。"弄潮儿向涛头立，手把红旗旗不湿"，宋初文人潘阆在《酒泉子·长忆观潮》中描绘的踏潮者给我们留下了深刻印象。他们在风浪中奋力搏击、身手不凡、履险如夷，呈现的是排山倒海的气势和大无畏精神。

第十一章　言志抒怀：近代以来诗词文脉的传承

95.《望大陆》何以感人

于右任诗歌的豪情逸致始终以爱国为核心，多疾恶如仇，感时忧世。于右任的七律似爱国诗人陆游，"近来进步毫无趣，诗意凭陵陆剑南"。爱国诗人关心祖国命运，体察民间疾苦，"长太息以掩涕兮，哀民生之多艰"。于右任继承了屈原这种爱国爱民的传统，感慨国家兴亡和民族盛衰。民国刚建立，政权就被袁世凯篡夺，"二次革命"失败。于右任此时路过南京，"虎视龙兴一瞬间，鸡鸣不已载愁还。江山冷眼争迎送，人去人来两鬓斑"。

出身贫苦的于右任关心黎民百姓苦乐，年景丰歉、劳作甘苦、饥民流离失所、漂泊乞食都成为诗的内容。1919年9月至1920年3月，陕西大旱，庄稼颗粒未收而兵战不息，于右任用诗歌记述了当时的灾情："芳草复芳草，战场连战场。自然生涕泪，何况见流亡！麦槁天无雨，坟增国有殇。炊烟添几处，讵忍说壶浆。"时任陕西靖国军总司令的于右任坚持不向百姓征税，以身作则，节衣缩食，体现了一贯坚持的民本思想。

晚年的于右任在中国台湾回忆起定端午节为诗人节的初衷是为了纪念屈原，再三告诫诗人们要有高尚的人格，要学人忧国，死生以之，所以纪念屈原，是纪念他衣被万世的创作精神，及与日月争光的高尚人格。他说："我们的诗，三百篇后，由汉魏而六朝，一少变，至唐而变生多体，变也，宋词，变也，元曲，变也。每一变的初期，皆为诗体的解放，内容的扩大。但是到了后期，都一反其势。明清两代承其绪而因其体，作家辈出而创造者少，格律益严，去民间益远。"在洗涤陈言和融会贯通、兼容并包的基础上，他主张"诗是大众的言志工具，不是一部分人的怡情玩具"、诗的变化是"一种革命运动"、效法李杜"应效法他们的革命精神"等观点。

　　只有了解于右任的经历和思想背景，方能得知《望大陆》何以感人。

　　1948年5月，于右任曾奉命参加"副总统"一职的竞选。别人竞选副总统均有不同手段厚待握有选举权的代表，于右任只以声望和笔作为竞选资本。他每天在书房书写录有张载名言的条幅："为天地立心，为生民立命，为往圣继绝学，为万世开太平"；另放置签名照200张，凡国民大会代表，条幅和照片均予以赠送。

　　这样的竞选姿态和方法，在当时的体制和形势下，失败是理所当然的。国民党政权末期的贪腐衰败让一切热爱自由、崇尚政治清明的民主人士所有的希望都会落空。于右任在投票第一天就遭淘汰出局。冯自由感慨地说："右老身无分文，凭人格声望，笔墨竞选，这能成功吗？纸弹根本敌不过银钱，这社会政治腐败，靠金钱、美女、红酒、车子拉票，于老怎能不失败呢？"当不当副总统没有关系，于右任清贫、廉洁、清正、儒雅、豁达的形象却不可磨灭。

　　冯国璘先生长期担任于老秘书，去台湾后又升任主秘、参事。冯国璘1993年5月回西安与霍松林先生晤面时，谈及于右任在世时的真实情况，今天我们读《松林回忆录》披露的这些事不禁心潮起伏，感慨良多。1960年前后，多次有海外华侨汇巨款赠送于老，每次见到汇款单据，冯国璘即去报告，于右任总是一句话："转给大陆救灾委员会！"连钱数字都不问。一代伟人的胸襟不是凡人所能理解的。

　　中国台湾出版的《于右任年谱》记载："1963年4月18日，因喉部不适，被家人送入石牌荣民总医院检查治疗，由于无力支付巨额费用，一再要求出院……勉从本人意愿，移家休养。"

　　1964年8月1日，病情突然加重，在家中晕倒一次，仍拒绝住院治疗。9月10日又拔二牙及残齿，随即引起发烧。老人颇感不适，心绪极其烦躁，便坚决要求出院，天天嚷道："太贵了，住不起，我要回家！"11月10日已入弥留状态。中午，有关人士寻遗嘱，打开保险柜，仅发现老人亲笔所书债单数张。延至晚8时8分，不幸逝世，享年八十有六。

于老八十以后身体仍健旺，不过偶患喉病和牙病，如果一直在医院坚持治疗，康复是不难的。过早地与世长辞，一是可惜可叹，二是可敬可感。侨胞汇给他本人巨款是让他维持改善生活的，他却毅然全部转给大陆救灾委员会；与此同时自己却借债度日，无钱住院治病。发生在同一个人身上有关有钱和无钱的两种现象让人受到强烈的震撼。

"富者田连阡陌，贫者无立锥之地"，这历来是贫富分化差距下中国社会自古惯有的积习。当一个社会制度畸形，个人修为放松的时候，贪腐难除，蛀虫丛生，而清白者度日艰难，只是人格伟岸，这实在是社会的悲剧。随着社会愈来愈商品化，用于社会公平正义，救济援助的制度措施滞后，温情便会愈来愈少。

让人肃然起敬的却是，一个人始终胸怀天下百姓和社会太平希望，洁身自好，清廉刚直，以"为万世开太平"的气魄去做人做事，屹立于天地间，声望传于全球华人中的于右任先生当是中华儿女心灵深处的灯塔。

1958年，于老诗《思念内子高仲林》中写道："梦饶关西旧战场，迂回大队过咸阳。白头夫妇白头泪，亲见阿婆作艳装。"读来令人辛酸悲切，在人生来日无多的情况下，与老妻相聚的愿望遥遥无期了。

1962年，思乡心切悲伤到极处，故土之恩，黍离之悲，于右任吟成《国殇》，即千古绝唱《望大陆》一首：

葬我于高山之上兮，望我大陆；
大陆不可见兮，只有痛哭。
葬我于高山之上兮，望我故乡；
故乡不可见兮，永不能忘。
天苍苍，野茫茫；
山之上，国有殇。

1964年8月中旬，于老病重中先伸出一个手指头，后来又伸出三个，无论旁人怎么解释，他都摇头否定了。后来病情日渐加重，陷于昏迷，到11月10日，竟与世长辞。

一个指头，又三个指头是什么意思？资深报人陆铿以为于右任是想表达自己最终的愿望：将来中国统一了，他的灵柩要运回故里陕西三原归葬。柳亚子先生想到于老多年生活的故宅，猜测到可能要表达"三间老屋一古槐，落落乾坤大布衣"的意思。

人们在整理他的遗物时，发现了他1962年1月12日的日记。于右任在日记中说："我百年之后，愿葬在玉山或阿里山树木多的高处，可以时时望大陆。""山要最高者树要最多者。""远处是何处，是我之故乡，我之故乡是中国大陆。"1967年8月，一尊3米高的于右任铜像落成，矗立在海拔3997米高的玉山主峰上，玉山主峰从此增为4000米。山高我为峰，这更是精神之高。于右任先生的爱国和思念故土、登高望故乡的精神高峰不会因为历史流转、时光流逝而发生变化。读于右任的诗，我们今天仍然能感受到他强烈的思乡爱国情，这情是一种源自内心深处的凛然风骨。

96. 作为精神灯塔的柳青

深入生活，感悟生活永远是对的，然而深入生活并不意味着被生活淹没。在尘世的烟火生活中，人的想象不能被束缚，神经不能被麻木，热情不能被遏止。诗人有一颗热爱生活的心，有一双善于观察和发现的眼睛，有一支勤奋且善于表达的笔，才有可能记录所处的时代。文学创作有自身特殊规律，生活的丰富多彩和人性的艰深多变也不是单一理论和线性公式可以直接规范的。文学和生活的距离性表明文学不单纯是歌颂和肯定，而是透过现象的深入批判和复杂再现。黑格尔在《美学》中主张作家通过批判发现生活的真相，提供真理性内容。

马克思在1842年《评普鲁士最近的书报检查令》一文中强调了自由思想和表达的重要性："每一滴露水在太阳的照耀下都闪现着无穷无尽的色彩。但是精神的太阳，无论它照耀着多少个体，无论它照耀什么事物，却只准产生一种色彩，就是官方的色彩！"

柳青晚年研读了马克思这一思想，冷静反思了自己早期的文学创作，一度摆脱了盲从因素。柳青是踏踏实实要在文学上做点事的，目标的恒定决定他没有精力和心思关心别的事。摆脱盲从状态的柳青并未以天才般的语言和叙事能力创作出超越《创业史》的作品，但他晚年对社会、政治、文学等问题实事求是的思考是极具批判价值和思想锋芒的。

作家为读者记住、为社会关注的只能是作品。没有作品，你是什么作家？这和演员靠角色，科学家靠发明创造是一个道理，柳青深深知道这一点。讴歌真善美、鞭挞假丑恶，创作出符合时代特征的不朽作品是作家要做的大事。沉心静气，不为名利诱惑，不要小聪明，不急功近利，不左顾右盼，不脱离老百姓的日常生活，不游离时代和社会的脉搏，才有可能接近艺术的最高峰。

美志不遂，良可痛惜。不写出来，何谈存在？只有持续不断地写，而且在经年累月的伏案中不断提升，思想源源不断诉诸文字的时候，存在感才不断地立起来并刷新着。

还有一个更重要的问题是到底要写出什么来？四大名著的作者们不朽，是因为他们创作出来的人物鲜活灵动。因此，"作家在文学史上的地位，主要是靠他创造的形象来确立的。"① 仅仅满足于编制情节，那要远远逊色于形象创造。鲁迅先生称曹雪芹笔下的人物是"真的人物"，就是肯定曹雪芹敢于描写，并无避讳。一部《红楼梦》，曹雪芹塑造了975个人物，堪称典型的也有30多个，这是后人难以企及的。

一个人自认或号称为作家，平日里阅读量也很大，遣词造句也很有水平，社会阅历也有，写作计划也很详尽，然而总是限于时间、机会，最终竟没有写出来，这充其量只能算是一个文学爱好者，不能称为作家。只要是生活的参与者，在阅读中总是要写点什么的。当代不是古代，述而不作也不应是我们这些笨鸟们的作风。

作家靠创造人物形象名世，诗人们则必须有新的意境或审美意向，让读到的人产生生命体验、哲学体验方可打动人心。仅仅重复别人则是词句的堆积，味同嚼蜡，人们不愿意将其当作真正的诗歌看待。崔护一首《题都城南庄》、张若虚的《春江花月夜》流传至今，少则少矣，然都是精品。作诗最多的乾隆皇帝一生的作品超过了3万首，可是让人记住的有几句呢？

作为一位人民作家，柳青的人格、风骨、精神，铸就了一座不朽的精神灯塔。《创业史》是伟大的作品，一定会长久流传、长留人间的。

1943年3月至1945年8月，柳青曾按照组织安排，在陕北米脂县做了近三年的乡文书，和当地干部群众一起投入减租减息、生产运动中，完成了长篇小说《种谷记》初稿。1944年夏，林默涵到米

---

① 杨光汉：《红楼梦：一次历史的轮回》，云南大学出版社、云南人民出版社2014年版，第202页。

脂探亲后到吕家硷乡看望了柳青。临走，林默涵用纪实和暗喻的笔法留下了一首小诗，称赞柳青不慕繁华，不求名位的品格。"麻鞋粘杂草，攀越访故交。涧水尘不染，山花意自娇。相逢纤月上，对语烛光摇。为塑英雄像，何辞沥血劳。"① 挚友之间的欣赏和呵护是发自内心的，是透过现象可以见到本质的。"涧水""山花"既是纪实，又暗喻柳青不慕繁华、不求名位的淡泊性格。

1960年冬，柳青带着前来看望他的田汉看了皇甫村、蟆河滩，田汉脱口成诗："大雁落脚神禾塬，误把皇甫当江南。"1982年冬，贺敬之来到神禾塬柳青墓前，抚摸着墓碑，留下了诗歌《皇甫村怀柳青》："床前墓前恍若梦，家斌泪眼指影踪。父老心中根千尺，春风到处说柳青。"人们之所怀念柳青，是因为柳青记录了农民创业的辉煌和艰难，也因为柳青用自己亲身创作经历为新中国文学继往开来树立了丰碑和灯塔。"长安文章盛千年，少陵樊川马河滩，杜甫诗怀黎元难，柳青史铸创业艰。狂夫路迷终南径，浪子魂抛乐游原。泾渭已明落叶扫，新苗伴我立墓前。"柳青扎根皇甫十四年，为中国农民艰难创业铸史立传，柳青去世四年后，贺敬之到皇甫村为他扫墓，倾听小说人物梁生宝的原型王家斌诉说"创业史"，两位人民作家的心灵相会在古老的神禾塬上。

1974年10月，柳青抱病再返长安，一丝不苟地继续修改《创业史》。他写了一首诗，用来勉励自己："落户皇甫志如铁，谋事在人成在天。灾祸累累无望时，草稿还我有生机。堆中三载显气节，棚里满年试真金。儿女侍翁登楼栖，晚秋精耕创业田。"② 自己谋划写作了多年的《创业史》完稿无望，但他矢志不渝地坚持要做好这件

---

① 林默涵：《涧水尘不染 山花意自娇——忆柳青同志》，载蒙可夫等编《柳青写作生涯》，百花文艺出版社1985年版，第116页。
② 蒙可夫等：《柳青传略》，陕西人民教育出版社1988年版，第155页。

事。虽然柳青知道自己这一辈子可能完不成《创业史》了，他不看重短暂的名利，但希望社会秩序尽快恢复正常，第一时间给读者提供优质的精神食粮。

1976年夏，病中的柳青写了一首仿《木兰词》，心悲泪流，怀念死去的妻子马葳。"咄咄复咄咄，长安夜机耕。独自望南山，不眠念故人。结发未深知，相偕皇甫居。汝下乡三年，虽苦志犹艰……人讥我小人，汝知我任重。谁料趁大乱，庞涓陷孙膑。牛棚非猪圈，宁死树党性。棚外汝重义，煎逼即轻生。水落石自出，我重见天日。呜呼汝有灵，如何得安息。"① 全诗情深义重，回顾了夫妻两人的志同道合和艰难生活，尤其是柳青想起自己身陷囹圄，九死一生，一家人的衣食住行全部走投无路时，妻子马葳该承受了多么巨大的压力和折磨！

1978年6月13日，这位伟大的人民作家为给人间照亮，燃尽自身，永远地安息在神禾塬畔。巍巍终南山，丰饶的皇甫大地，川流不息的镐河，永远的蛤蟆滩，陪伴着让人敬仰的灵魂。柳青的形象和人格打破了生与死的界限，他留下宝贵的理论思考、诗词初心和皇皇《创业史》等著作，让人们自觉自愿地仰望和追随灯塔的光芒。去过皇甫村，读了《创业史》，追溯了他的人生历程，方知贺敬之所赞不谬，也才能理解"父老心中根千尺，春风到处说柳青"的沉重与使命。

柳青之所以是后续作家的精神灯塔，因为柳青用实践证明了一条正确的创作道路——深入人民，扎根生活的道路永远是有效的。他的下列观点至今仍然振聋发聩：作家在展示各种人物的灵魂时，同时展示了自己的灵魂；作家不能只是宣传家，而且必须是思想家；

---

① 蒙可夫等：《柳青传略》，陕西人民教育出版社1988年版，第137页。

生活培养、锻炼和改造作家，在生活里，学徒可能变成大师，离开生活，大师也可能变成匠人；等等。一个作家最重要的是永远不要失去一个普通人的感觉。奢侈生活，必然断送作家，败坏作家的感情和情绪，使作家成为言行不符的家伙，写出矫揉造作的虚伪作品，只有技巧而无真情。不能写就不能写，一直生活到能写时再写；写坏了也不要气馁，要重新生活了再写。

柳青之所以成为后续作家的精神灯塔，还因为他在任何时候都保持独立思考、坚持真理、实事求是的品质。他认为，作者要对过火的捧场文章实行反批评；作家要尊重自己和自己的作品，不能人云亦云，不能出卖灵魂，不然就要受到历史的嘲弄；党内民主如果得不到保证，人民民主也便谈不上了；农民以种好庄稼为职责，在劳动时间唱样板戏，开赛诗会影响生产，属于"胡整"；"识时务者为俊杰"带着市侩哲学气息，不符合实事求是；历史会重演，只不过重演的方式、对象、期间不同而已。

97. 两位先生与诗词

当代人中，我最敬佩的热爱并传承中华诗词文化的两位先生是潘鼎坤和叶嘉莹。西安建筑科技大学的潘鼎坤教授生前一度成了"网红"。他在大学讲坛上教了一辈子高等数学，晚年却因为给大学生讲授唐诗宋词走红网络。2017年5月，潘老以《试讲中文对联诗词中的对称美》为题的讲座受到师生欢迎，讲座末尾，先生振臂高呼："我希望唐诗、宋词这样的好东西不能在我们手里绝了，唐诗万岁！宋词万岁！"当年年底，他在网上直播了一场诗词讲座，收看人数超过了30万人。2018年，潘老受邀参加了央视《经典咏流传》节目，向全国观众传达他对诗词的感悟。

需要说的是,九十多岁高龄的教授,在学校讲课、在校外参加校友活动、在央视讲课,坚持站着讲,不要一个凳子椅子。他有一句话,铿锵有力:"我们当老师的,什么时候坐着讲过课?"这句话,震撼了央视主持人、青年教师和广大学子。

需要说的是,我曾拜访潘老并和他一起参加返校校友活动时,他正在家里写书法。"勤学苦练"四个字,他写了四十多张,笔力遒劲,给当年教过课的学生每人一张。看着那遒劲的笔画,我明白这是一个老先生对所有后学的勉励。

他用一生体会中华诗词的美。书写东坡"十年生死两茫茫,不思量,自难忘"时,想起一起生活了七十年的老伴章育莺,潘老潸然泪下。潘老早年在复旦求学时,经济拮据,为了丈夫不被同学看不起,也能够吃得好点,在老家承担了所有农活的夫人章育莺省吃俭用,只要一有结余,就将钱寄给丈夫。分居两地的夫妻俩平时就靠书信诗词寄托相思,夫妻俩在西安定居后,潘老潜心数学教学,潜心研究诗词。潘老回忆说:"1949年,我回家牵着她的手,她的手就像长了刺的树皮一样,她这一辈子为我受了很多苦。我们相互体谅,一起生活了70年,从未吵过架。"爱不是一时的欢喜,也不是伤人的灼热,而是相濡以沫、天长地久的守候,是萦绕一生的铭记。"执子之手,与子偕老",中华诗词唤醒我们内心的美好,并让其生生不息。

潘鼎坤的老师赵宋庆是复旦大学中文系的奇才。赵宋庆是法国华裔画家赵无极的叔父,他本人精通文学、数学、天文学及英德法西等多国语言,他当年把诗歌与数学的关系问题作为期末考试题让学生们做。这道题潘鼎坤思考了一生,数学用简单语言描述自然规律,诗歌用简洁语言描写内心世界,这个认识不断在潘老内心深化。在数学课堂上,他用李煜《虞美人·春花秋月何时了》来解释有限

第十一章　言志抒怀：近代以来诗词文脉的传承

与无限的关系，让学生耳目一新，妙趣横生。

梧桐花雨，松风如潮，潘鼎坤老先生教授唐诗宋词的经历带给我们审美趣味和文化滋养。扎根祖国西部，他用人生风雨告诉我们，对待三尺讲坛，要"春蚕到死丝方尽，蜡炬成灰泪始干"；对待一生守候的爱人，要"不堪盈手赠，还寝梦佳期"；作为一个知识分子，在平平仄仄，起起伏伏的人生旅程中，始终要像张载那样"为天地立心，为生民立命，为往圣继绝学，为万世开太平"。

叶嘉莹先生，1924年生于北京一个书香门第，一生研究并传播中华诗词。叶先生文笔典雅细腻，才思卓然，追求真理，做真学问，于浮世坎坷中对诗词独有一份精到敏慧的理解。

陈寅恪评价王国维追求真理、忠于学问，因此在纪念碑文中称赞王国维道："惟此独立之精神，自由之思想，历千万祀，与天壤而同久，共三光而永光。"这尊"海宁王静安先生纪念碑"现在立于清华大学王国维的衣冠冢前，叶嘉莹先生去看过，也拜访过海宁王国维故居。

关于词和诗的区别上，叶先生认可王国维的观点，并将之做了阐释。王国维《人间词话》说："以其写之于诗者，不若写之于词者之真也。"叶嘉莹先生解释认为，诗言志载道，是要端架子的，应试干谒需要严肃；而词写美女爱情，歌酒筵席上歌女弹唱用的，是词人摆脱束缚，内心本色真诚的表现，但其中有境界。苏轼、陆游选编自己的集子时，文章和诗在前，而词都是放在附录里的。

词有"无我之境"和"有我之境"。"无我之境，人惟于静中得之。有我之境，于由动之静时得之。故一优美，一宏壮也。"王国维在说明这个观点时举了陶渊明的"采菊东篱下，悠然见南山"和元好问的"寒波澹澹起，白鸟悠悠下"两句，属于"以物观物"的无我之境；相应地，秦观《踏莎行》之"可堪孤馆闭春寒，杜鹃声里斜阳暮",欧阳修《蝶恋花》之"泪眼问花花不语,乱红飞过秋千去",则属于"物皆着我之色彩"的有我之境。王国维在说明境界有大小之分时,还列举了杜甫的"落日照大旗,马鸣风萧萧"以及"细雨鱼儿出,微风燕子斜"两组。

说明词的境界,却举了诗的例子。叶嘉莹认为王国维一开始就给我们带来了混乱,没有说清楚"词以境界为上"。她添字注经后,认为王国维眼中的境界,其实包括意境、氛围和状态,归结起来是丰富的潜能。

皇帝、宰相们拥有艺术家的性格是难以有效治理国家的。叶先生分析了南唐中主李璟、后主李煜、当时的宰相冯延巳的词和人生。南唐的诗词尤其是词比较繁荣,从他们开始,词的境界开阔,从主要的美女爱情为主深化到内心情绪,从伶人歌唱演变成士大夫的"诗化之词"了。王国维说:"词至李后主而眼界始大,感慨遂深,遂变伶工之词而为士大夫之词。"李煜做南唐国主,欢乐无比,他把感情投注在欢乐之中;做亡国国君,他把感情投注到悲哀之中,这纯粹是艺术家个性。听歌看舞蹈,后宫的宫娥们"晚妆初了明肌雪,春殿嫔娥鱼贯列";破国亡家时,他有"问君能有几多愁,恰似一江春水向东流",景象全非,悲哀如一江春水,永不回头了。叶嘉莹先生认可王国维的分析,"主观之诗人,不比多阅世。阅世愈浅,则性情愈真,李后主是也"。李煜是任纵的艺术家,对社会历史认知很浅,以一颗没有被世俗沾染的赤子之心书写他从治到乱的感受,表达了自己的真性情,这是艺术需要的,治理国家并不需要。

潘先生和叶先生都讲到《虞美人》中的三组有限与无限、永恒与无常的关系。

"春花秋月何时了"与"往事知多少"。人世间的春来夏往,秋收冬藏,人生倏忽,少年瞬间变白头,往事依稀如梦,这期间会发

第十一章　言志抒怀：近代以来诗词文脉的传承

生多少故事。潘鼎坤先生在夫人去世后，想起当年回家乡，牵着她的手，回忆点点滴滴往事，书写着东坡先生的"十年生死两茫茫"，如何能不感受到有限的生命与无限的相思呢？叶嘉莹先生三四十年间，从温哥华到北京到天津的往返，这期间，樱花开落、月亮盈缺，春花还能几度开？几十年过去了，往往返返，随她去加拿大的父亲、先生、大女儿、大女婿不在了，家中一半的亲人离她而去了。"曾经沧海难为水，除却巫山不是云。"经历多少春华秋实，才拥有了今天的这份忙碌与紧迫，以及对永恒与无常的彻骨体验。不断变换的春花秋月是永恒的，今天的事情倏忽成为往事，飘然易逝。

"雕栏玉砌应犹在"与"只是朱颜改"。李煜当皇帝很会享受，宫中有专门管香粉的宫女，《玉楼春》中"临风谁更飘香屑，醉拍阑干情味切"句记录了这件事。风中洒香粉的女子，自己酒兴高昂时拍打宫中的阑干的情景都已成既往。作为北宋王朝的阶下囚，违命侯，回想当年亲手拍过的雕栏玉砌，应该还在吧？南唐宫殿在李煜挂念的时候就在，今天还在，南唐都城遗址已经是南京市重点文物保护单位，任何一位有兴趣的朋友都可以去看。叶嘉莹先生20世纪80年代初去游览南唐故址时，栏杆亦在。可见"雕栏玉砌"是永恒之物。"只是朱颜改"成为无常，对镜朱颜已是白发，斯人已逝，宫女和洒过的香粉已逝，留下的是冰冷的当年拍过的阑干。

"小楼昨夜又东风"与"故国不堪回首月明中"。东风又起，又一年的春天来了，依旧是春暖花开春水流，草木荫绿，生机于春天是永恒的。没有一个春天不会到来，也没有一个寒冬不会过去。自然规律，永恒使然。陆游《游山西村》中写了一年一度的春节和自己的愿望，"箫鼓追随春社近，衣冠简朴古风存。从今若许闲乘月，拄杖无时夜叩门。"每年到了十月、十一月的时候，我们总会感慨这一年过得太快了。事实上，哪一年不快呢？想起过去的春花秋月、小楼东风，词人感到恍若隔世，但永恒的时间依然在继续，并不顾忌人的主观感受。对李煜而言，明月下的故国已然不是自己当年治理的南唐故土了，如今变成了北宋王朝的疆域，这种无常造成了词人的悲哀，这悲哀来自无常和有限。

叶嘉莹先生在南开课堂上讲授古诗时说："朴素的诗句、舒缓的语调、优雅的仪态、颠沛的人生交相辉映，举座动容，至今难忘。"[①] 当年听他讲课的学生杨无锐感受颇深，今天的他亦致力于中华诗词的研究与传播。

潘鼎坤先生是一个数学教授，却探索了数学和诗词之间的简单美、内涵美。他把自己一生的感悟在讲坛上、网络上告诉众多的学生，为的是让经典永续流传。一批批返校校友最大的心愿就是再听一堂的数学课、诗词讲座，斯人已逝，风范永存。

2022年难以忘怀，这一年2月，98岁的潘鼎坤先生离开了我们。这一年，98岁的叶嘉莹先生还在执着地告诉我们读诗词的好处，如何可以培养我们有一颗美好而活泼的不死的心灵。流传至今的诗词永在，读诗词的人常有且常新，不就是另一种意义上永恒与无常的关系吗？

98. 独开水道也风流

一个有志于创作的人，欲成文学大家，欲出精品，必深谙中国传统文化，深谙中国诗词之美，这能帮助他在前人的基础上进步。陈忠实自己没有上过大学中文系，但以社会为课堂，自觉向传统文化问道，借鉴西方魔幻现实主义的优秀作品，汲取关中历史文化的

[①] 杨无锐：《十九日谈：〈古诗十九首〉里的生活与英雄》，天津人民出版社2021年版，第11页。

第十一章　言志抒怀：近代以来诗词文脉的传承

宏大与诡谲，终成《白鹿原》这部民族秘史。

陈忠实很看重中华诗词对自己的积淀和提升。通过咀嚼，传统诗词的气质、境界在他的艺术创作中无处不见。《白鹿原》中朱先生吟咏华山的"砥柱人间是此峰"；黑娃给朱先生的挽联"自信平生无愧事，死后方敢对青天"；朱先生墓里的砖刻"天作孽，犹可违；人作孽，不可活！"均为艺术与现实的协同呈现。陈忠实对中华诗词的兴趣点何在？"我便能够继续吟诵李白、杜甫、苏东坡和陆游等的诗词，兴致不减。读着读着，竟然也想试一试了，虽然粗浅幼稚，多少可以感知到当年的心态情绪。"他读唐诗，品出了诗中有画，"'山开灞水北，雨过杜陵西。'以边塞诗称著的唐代诗人岑参眼里笔下的灞桥河水山原自然气象，恰如大写意的泼墨画"①。

他牛刀小试的几首绝句是《家菊》《野菊》和《凤栖原》。《家菊》道："含露凝香铺地开，小院金菊报秋来。秋风秋雨秋阳好，顿生诗情上高崖。"《野菊》则感受不同："何事争春斗妍态，不与桃杏一时开。伏花凋谢香色去，抖出遍山黄花来。"菊花意象在诗人笔下常富有隐喻和述志功能。白居易"耐寒唯有东篱菊，金粟初开晓更清"写清朗；元稹"秋丛绕舍似陶家，遍绕篱边日渐斜。不是花中偏爱菊，此花开尽更无花"（《菊花》）则与陈忠实写菊时的心境格外相近。诗中写秋着一"好"字便境界自出。以菊言志，由此可见，同一物象被不同的诗人赋予了特殊的属于自己的意，使之融入情景当中。

陈忠实《七律二首·故乡》创作于1996年清明节。

其一为："云垂雨疏柳如烟，桃杏含苞又经年。轻车碾醒少年梦，乡风吹皱老客颜。来来去去故乡路，翻翻复复笔墨缘。踏过泥

―――――――――――
① 陈忠实：《寻找属于自己的句子》，上海文艺出版社2009年版，第162页。

泞五十秋，何论春暖与春寒。"人生跋涉了五十年，只为着心中理想的实现，管他春暖还是春寒，其本质是境界的变化。"踏过泥泞"五十个春秋，人至知命，心抵境界。陈忠实曾说："踏过泥泞，人生当是另一番境界。踏过泥泞，人格当会锤炼到更高的层面。踏过泥泞，那个痛苦的过程就升华为人生的一笔财富，这是任何教科书上都不可能捡拾得到的精神财富。"这首诗歌托物言志，通过对五十年人生历程的回味，抒发了矢志于文学信念"虽九死其犹未悔"的决心。

其二为："忆昔悄然归故园，无意出世图清闲。骊山北眺熄烽火，古原南倚灼血幡。魂系绿野跃白鹿，身浸滋水濯汗斑。从来浮尘难化铁，十年无言还无言。"宁可把自己浸泡于滋水河中，洗净身上的污垢，以焕然一新的姿态期盼白鹿的出现。《白鹿原》能经受住历史的阅读，不会因为几个人的言说而改变其意蕴，十年来，自己从未声明或辩解过什么，只是默默地耕耘，默默地倾听未申辩，作品还是交付给读者阅读吧。

陈忠实词主要有《小重山》《青玉案》和《阳关引》等。《小重山·创作感怀》词云："春来寒去复重重。掼下秃笔时，桃正红。独自掩卷默无声。却想哭，鼻涩泪不涌。单是图利名？怎堪这四载，煎熬情。注目南原觅白鹿。绿无涯，似闻呦呦鸣。"1992年夏，《白鹿原》脱稿后，陈忠实再次回到西蒋村祖屋感怀兴起所填。"复重重"，言周而复始；"掼下秃笔时，桃正红"，言《白鹿原》完稿时，桃花正盛开，开得灿烂。一个"掼"把时序和人、事交代得清晰而自然，言简意赅，不拖泥带水，且迷人之春景与心境形成效果反差，自然引出下句。独自一人掩合上厚厚的书稿默默幽思。唐韦应物"逾怀故园怆，默默以缄情"（《夏景端居即事》），宋张耒"悠然此时心，默默谁与言"（《感春十三首》）莫不如是。《诗经·鹿鸣》

有"呦呦鹿鸣,食野之苹",作者巧妙地将其嵌入词中,既描绘了南原的白鹿食苹而发出呦呦之声的情景,又隐含了为写民族秘史《白鹿原》而煎熬的苦衷,虚实相生,浑然天成。

《青玉案·滋水》以陈忠实家门口的灞河为抒写对象,词道:"涌出石门归无路,反向西,倒着流。杨柳列岸风香透。鹿原峙左,骊山踞右,夹得一线瘦。倒着走便倒着走,独开水道也风流。自古青山遮不住。过了灞桥,昂然掉头,东去一拂袖。"滋水河流出秦岭之后没有向东,反而向上游方向流去,因为秦岭山高,所以为归无路。这句实写滋水独有的自然状态,滋水河从石门喷涌而出,反而往西倒流而去。"鹿原峙左,骊山踞右,夹得一线瘦。""鹿原"即白鹿原。"峙",高高耸立。"踞",蹲卧之意。作者向下游望去,白鹿原耸立左边(南岸),右边(北面)的骊山呈绵延起伏状,故谓之"踞"。"夹得一线瘦"描绘出一幅山原夹迫下滋水河更为细长的情态,既渲染出河水环境之险难,又以拟人手法描摹出其被"夹"如丝如缕的生命力之不可阻遏之势,突显出河水生命力之刚毅和顽强。"独开水道也风流"彰显了逆行者一往无前之姿态,因逆行的不同寻常而"风流",亦因特立独行而"风流",又因不随波逐流而尽显"风流"。"过了灞桥,昂然掉头,东去一拂袖"紧承上句,表现出"任尔东西南北中"的不凡气度,"东去一拂袖"既有东坡之旷,又不乏稼轩之豪,乃惊人之句。

他说:"中国历来主张'诗言志'。现在一些流派似乎以不言为时尚。我以为这是对诗的理解上的分歧,不愿意以诗言志者可以去朦胧,想以诗言志者也应容忍他们酣畅淋漓地抒发情怀,谁也不要勉强谁,诗坛才能百花齐放,姹紫嫣红。文学在我看来是一种兴趣,仅此而已。诗是文学的一种体裁形式,自然也是一种兴趣。"文学创作不同于文学研究,文学也不同于文学史,"文学在本质上是艺术,它主要依赖于从事者的性情，最终也主要对受众的性情产生影响"①。诗以及文学的教化功能是中国文学的主要传统，当然对除此之外的朦胧性表达表示宽容，陈忠实是从情趣的角度上理解这种分歧的。

陈忠实认为文字达到艺术境界后会给人一种至高的气象美。"我们研究诗、品诗，要与作者、诗人的情怀联系起来，这是解读诗歌最致命、最直接的密码。陶渊明在退居到南山之时和中举之前的心情显然不一样。人的心理变化和情绪的变化决定着诗词的变化。……在我们中国古典诗词里，就充分体现着那些有道德、有良知和社会责任感的伟大诗人传统的品质。在古代，专职的诗人很少，很多大诗人、大文豪都担任着或高或低的职务，有的在朝廷中央，有的在地方，包括苏轼都是这样的。他们在领导一方地域的时候，由民情、国情和政治抱负引发的情怀，都是以他们直接的生活体验抒发出来的。'大江东去，浪淘尽，千古风流人物'文字里涌动的不仅是长江的大浪，更是苏轼自己豪情万丈的精神情怀、内心波浪，旁观者不进入、不参与当时朝廷忠与奸、政见与分歧的矛盾中，没有直接体验，是很难产生这样博大的气魄的。"

陈忠实的诗词作品朴真凝厚。朴真美是一种天然美，是来自生命体验后的一种平和心境。庄子道："既雕既琢，复归于朴。"不加雕饰的性情自然流露，不巧不媚、不急不躁、不轻不滑，浑然天成，宛若返璞归真。朴真美也是一种境界，所谓凝厚是指诗作中随处透露出的人生感悟与深邃思考，给人以启迪与心会的哲思美。陈忠实诸如"体验未深不谋篇""久纳日月光，复承地脉育""踏过泥泞五十秋，何论春暖与春寒""从来浮尘难化铁，十年无言还无言""花无言，魂系沃土香益烈""独开水道也风流"等，其诗词境界随文

---

① 徐晋如：《国文课：中国文脉十五讲》，广西师范大学出版社2022年版，第397页。

学创作的深入、理论修养的升华而平地起高楼，且赋予其以深邃的哲理意味，平添了稳健敦厚感。

出生和生长在白鹿原这片热土，陈忠实通过阅读古典诗词，通过钩沉这片热土上曾经发生的历史故事，在日常生活和创作过程中体验了土原的深沉和内在美。王昌龄曾居住在白鹿原上滋阳村，写下了《灞上闲居》："轩冕无柱顾，清川照我门。空林网夕阳，寒鸟赴荒园。"在这轩车不至的荒僻之地，要如颜回、原宪样安贫乐道。而杜甫的笔端反倒流泻出少见的柔情："紫燕时翻飞，黄鹏不露身。"勾画出灞河两岸柳林田畴一幅动静有致的生动活泼的图景。不同于杜甫、岑参、王昌龄、白居易，陈忠实呈现在我们面前的是《七律二首》《小重山》《青玉案》《阳关引》这样的思考。当然，还有《白鹿原》《李十三推磨》《蓝袍先生》《四妹子》等在内超过五百多万的文字。

陈忠实的诗词观念以继承中国传统文论的思想为主，结合个人的阅读感受和创作心得有一定的发挥，其主要内涵以抒情言志的养心为核心，表现出朴素平实而又不失创新的特点。他的诗歌观念发于心，又止于行，带有鲜明的个人体验色彩，也与个人的人格、风格、修养、气质相吻合。因此，从此意义上说，他的诗歌观念言说，与其说是对诗歌的见解和认知，对诗歌创作的理念与主张，不如说是自我心灵世界的镜像投射，是自我精神人格的外化显现。故此，在诗歌创作的理念层面，陈忠实实现了诗歌观念和自我镜像的共生。

99. 轻车碾醒少年梦

《原下的日子》中，作家陈忠实抒写着自己的宁静和苍茫：

这个给我留下拥挤也留下热闹印象的祖居的小院，只有我一个人站在院子里。

我站在院子里，抽我的雪茄。

我一个人站在院子里。原坡上漫下来寒冷的风。从未有过的空旷。从未有过的空落。从未有过的空洞。

他回到原下的祖屋一人独处，整理思绪，在和祖先、土地默默对话的过程中获得心理支持，以"原下陈忠实"署名表明了对自己的认同和归属。陈忠实本身就是生于白鹿原，长于白鹿原，一生也离不开白鹿原，每一篇文字都能代表白鹿原人心声的最终要回归白鹿原的一个人。

《三九的雨》中写道，当陈忠实第一次走出西蒋村到城里念书时，父母送他的眼神是一个永远不变的警示："怎么出去还怎么回来，不要把龌龊带回村子带回屋院。"因而，在父母眼中，不管是开始的小学民请教师，还是获茅盾文学奖的著名作家，抑或省作协主席、中国作协副主席那样的高级别的干部，抑或中央管理的一级协会副职等光彩历程，都没有关系。人还是那个从西蒋村走出去的人，年岁大了，头发稀了，皱纹多了，本性不能变。这个最初从村子里走出去的人干成了啥事，又干错了啥事，升官了降职了，又去哪里了又见谁了，如此这般都是不接地气没有意思的事，有没有有多少官大官小都无关紧要，关键是"别把龌龊带回这个屋院来"。胸怀坦坦荡荡，做人做事干干净净，对得起组织和自己的良心，不辜负家人和乡亲的期望，这些沉甸甸的话语只用一个眼神就足能警示自己的儿子，这是陈家的文化传承。家风一脉相传，祖先一辈辈耕读传家的教诲就是这样，眼里揉不得一点沙子，祖屋不容污脏，留下来的精神和信念同样需要坚守，不能变形走样。先生的父母该是怎样

第十一章 言志抒怀：近代以来诗词文脉的传承

的睿智啊。

能做到宠辱不惊、宁静致远才能从容不迫、厚积薄发。人生在世多见喧闹浮躁之人之事，少见悠游淡定、临危不惧、闲庭信步之人之事。大家风范是怎么装都装不出来的，发自内心的宁静自然表现在面容上必然是由衷从容的。

"桃李春风一杯酒，江湖夜雨十年灯"，黄庭坚的这句话也是陈忠实所喜爱的。人在最寂静的时候想起的绝对是记忆印象最深的人和事。岁月悠悠，多年前的桃花、春风、友人相聚，夜雨潇潇，漏尽灯残之时，悄然浮上心头蔓延开来的是铺天盖地的惆怅和寂静。《原下的日子》中，先生连用"空旷""空落""空洞"三个词排比，抒写的正是一种旷古未有的孤单和空落。善思如忠实先生者，方能理解白鹿原上的历史春秋，方能纵横捭阖编织构造起原上的人物关系之网，方能在中国文学史的长河中立起白嘉轩、鹿子霖这样的威权人物和精明人物；黑娃和白孝文这样性格鲜明，方向相反的叛逆人物；田小娥这样复杂的、深受封建宗法文化荼毒的女性；方能用寻找到属于自己的句子捕捉到朱先生、鹿兆海、鹿三等一个个陌生而复杂，富有文化价值魅力的人物形象。一部《白鹿原》足以丰富当代中国小说的人物画廊，足以让陈忠实先生活在读者心中，足以引起评论和关心作家作品的人们长久的痴迷和探究。

火车与汽笛也是这样。一列列火车天天奔跑在大江南北，要说鸣笛的次数，铁道部门怕也说不清。可偏偏就是1955年路过家乡的一列火车，一声汽笛深深地刺激了13岁的陈忠实。在赶赴灞桥镇报考中学长途跋涉的路上，砂石路磨破了他的旧布鞋，脚后跟磨出了血，用布巾包，用课本、树叶垫都不顶事。他掉队很远几乎绝望，不上初中回家割草拾柴不也是日子吗？这时，鸣着汽笛的火车冒着白烟呼啸而过，车窗映出的一张少年悠闲的脸刺激了他。

感激这张看似悠闲的少年脸！这脸成了符号，成了教材，成了难以磨灭的永久记忆。同样是人，生活在同一个世界，竟然还有许多人不用走路，不用穿磨破脚后跟的破布鞋去旅行或者去探亲呢？天哪，这人和人竟是这样的不同！一个平素看来十分平常的火车和汽笛作为文化符号警示了这个心劲颇高的英俊少年，而且更为刺激的是，火车里的少年是否注意到了火车外这个乡下赶路的少年，是否注意到了这个穿着旧布鞋的少年，注意到他磨破了脚后跟血流不止呢？这根本不可能有答案。我们只知道火车外的少年所思所想，而永远不大可能得知火车里临窗少年的所思所想，似乎也没有必要知道。

在这里，陈忠实大约是知道火车里临窗少年的所思所想，这个悠闲少年无非是惊讶乡村的景色，惊讶赶路的少年如此匆忙，抱怨旅途的漫长等不一而足。即便这个坐火车的少年没有这样的思绪，陈忠实理所当然地这么认为了，也没有错。这少年在这里只是一个媒介或者符号，足以激起除了本人之外的任何一个个体的思维就够了。很多人都有这样的心路历程。我们坐在腾空而起的飞机上，想象着四周看到这飞机起飞的人们在想些什么，或者他们什么都没有想，重要的是我们的思想一刻不停歇地在翻滚，思逐风云的过程其实就是个体的进步升华或沉沦。

2013年6月，《白鹿原》单行本出版二十周年之际，陈忠实欣然接受了《华商报》记者的采访。谈到作品和现实中的白鹿原，他说起自己曾回到原上老家写的两首诗："我写过两首诗，有'轻车碾醒少年梦，乡风吹皱老客颜'，有'来来去去故乡路，翻翻复复笔墨缘'。还有，'忆昔悄然归故园，无意出世图清闲'，结尾是'从来浮尘难化铁，十年无言还无言'。"这里的轻车应是多年前的这列火车，少年梦当是自己痴迷一生的神圣文学和传世之作。

在一定的价值观指导下，一个人努力地去从事为大众谋利益而且自己喜欢的事情，体验生活，体验成就，才能在更高的层次上解读生命，追求更高境界的精神层次，这很难得。心中梦想和目前从事的工作吻合其实是一种莫大的幸运，喜欢读书的人成为一流作家和愿意投机钻营的人成为末流政客二者之间有类似性，只不过境界高低不同。随波逐流、人云亦云、亦步亦趋永远不是创新的路径。

生命是分层次的，可贵的是人们的力争上游。很多问题终究没有也不可能有确切答案，关键是要始终保持思维的长寿与活跃。生命应当有更高层次、更高境界的精神追求，而非随波逐流，于是生命价值才会永在。

过一种不仅仅止于温饱的生活，而且还能依兴趣选择文学，过一种精神富足的性灵生活，在思维最活跃状态最好的年龄完成一部代表作，不折不扣地实现当初的少年梦，这是陈忠实个人和文学的幸运。"一个穿粗布衣服吃开水泡馍的人怎么就弄起了被视作浪漫而又富于诗意的文学？多年后我把原因归于一根对文学敏感的神经，就是这根神经使我在少年时就做着作家梦。"谜底似乎可以揭开了。1996年陈忠实清明节回原上祭祖时写的两句诗，"轻车碾醒少年梦，乡风吹皱老客颜"，这车碾醒的就是文学梦，就是作家梦。为了少年时的梦而追逐一生，矢志不渝，这梦成了他从事创作最初的冲动。之后六十年如一日对文学的坚守和信赖，不仅是心灵宁静、毅力的坚韧，更是自然而然的对于文学的献身和生命体验、文化传统体验以至于哲学体验的升华。

100. 我有使命不敢怠

2023年1月19日，这一天，笔者如约来到贾平凹先生位于西安南郊永松路的工作室,向他问候新年,就中华诗词和文学创作的有关问题交流请教,获益匪浅。回想起贾平凹文学创作中对中华诗词的化用,我认为中华优秀传统文化在他作品中有着深深的烙印。儒、道、释三大文化思想是中国传统文化的基石,弘扬道德修身、主张天人合一、追求净化灵魂分别是其主旨,而诗词从不同的侧面对三大文化思想均有呈现。贾平凹在创作中自觉靠拢并将传统文化融入人物性格和叙事风格中,语言、场景、故事、结构中或隐隐约约或直接铺陈,古典诗学品格犹如春风,习习吹来。

  贾平凹的文学语言清新灵动,疏淡豁达,沉静大气,对天人合一、天人感应有着深刻的认识,不失婉转朦胧、灵秀通透的中国古典诗学品格。《白夜》中,姜白石凄清、惆怅的词曲萦绕着全书,"疏疏雪片,散入溪南苑,春寒锁,旧家亭馆。有玉梅几树,背立怨东风,高花未吐,暗香已远",这首《玉梅令》中的凄清意境更加衬托出了虞白这位末世美人的孤寂。传统文脉对他的浸润在其文学创作中随处可见。他说:"我叹服过先秦的开放与深邃、博广,沉溺过魏晋的随心而述、神采飞扬,对汉唐的雍容与饱满,在一个时期里又充满了敬意。另外,我喜欢过'性灵派'文人,读过'笔记小说',感慨并忘情过元的戏曲及明清的叙事小说。"贾平凹在《极花·后记》中引用过苏轼的一句诗,"沧海何曾断地脉,白袍端合破天荒"原为苏轼独对海南琼州人姜唐佐文才的肯定。"贾平凹也许已经破了天荒,而还未引起我们足够的重视,甚至连他自己也没有完全地意识到。"① 评论家韩鲁华始终关注着自己多年来跟踪的作家贾平凹,他曾自称自己和老贾之间是多年的精神交往。韩鲁华正是从贾平凹文学语言与传统文化关系的角度肯定了这种"破天荒"式的

---

① 韩鲁华:《贾平凹文学创作与中国传统文脉的承续》,《文艺争鸣》2017年第6期。

第十一章 言志抒怀：近代以来诗词文脉的传承

创新。

苏东坡是贾平凹做梦都要效仿的一个人，可苏东坡也不能免俗。他在朝担任重要职务的时候，佳作较少，反而被贬谪黄州、惠州、儋州时，文学艺术上的收获达到了顶峰。苏轼自己也这样认为，《自题金山画像》有诗为证："心似已灰之木，身如不系之舟。问汝平生功业，黄州惠州儋州。"苏轼能够成为文学乃至文化的典范，除了天赋才情与个人努力，与他一生三黜的经历关系很大。王维、孟浩然相对而言，大约想通了、参透了这些事，就超脱一些。

在《极花·后记》中，贾平凹说："人格理想是什么，如何积累性、群体性的理想过程，又怎样建构文学中的我的个体？记得那一夜我又在读苏轼，忽然想，苏轼应该最能体现中国人格理想吧，他的诗词文赋书法绘画又应该最能体现他的人格理想吧。""还是那个苏轼吧，他的诗词文赋书法绘画无一不能，能无不精，世人都爱他，但又有多少人能理解他？他的一生经历了那么多艰难不幸，而他的所有文字里竟没有一句激愤和尖刻。他是超越了苦难、逃避、辩护，领悟到了自然和生命的真谛而大自在者，但他那些超越后的文字直到今日还被认为是虚无的消极的，最多说到是坦然和乐观。真是圣贤多寂寞啊！"

政治家眼中的艺术家有时是幼稚或天真的。因为从事的领域不同，政治家主要考虑的是国家、社会的宏大主题，艺术家只是感性地就某一方面的主题进行再创造、再加工。这涉及观察问题的角度和思路问题，艺术家也有发现、渲染、塑造美的责任，习惯于理想化地看待世界，有时候往往不能准确理解和表现社会变化，如果不及时纠偏，就有幼稚化的倾向。社会治理却是一个复杂的系统工程，容不得天马行空，必须严谨细致，因为这事关千家万户，艺术家往往难以全面把握。

文人在政治面前的傲骨现象大量存在，但软骨问题也不少，自古以来就有。李白干谒韩朝宗就是为了获得推荐，政治上持续受到重用，最终成为帝王师；听闻皇帝召见，他也很兴奋。政治理想始终没有实现，"不幸"成了伟大诗人，事与愿违。那个时代没有专职诗人，诗人大都是业余的，理想就是治理国家。其实，古代很多文人不具备治理才能。政客见面，多谈政治经济社会发展和人事变迁，舍此，共同话题便少一些。普通人见面话家常，亲切感人，说不完的具体事。唐诗人杜荀鹤说"逢人不说人间事，便是人间无事人"。花鸟山水如能成为我们日常相见的话题，那大约我们的人生也到了一个不与人争，平衡淡泊的境界。宋代吉州庐陵人邵定有"白日看云坐，清秋对雨眠。眉头无一事，笔下有千年"。悠闲自在山居中隐逸，秋风秋雨中安然高卧，心如容器却不装杂事琐屑事，心宽心安心才暖，唯有超脱之笔，悟透了历史兴衰和沧桑巨变。才算是达到了人生的至臻境界。

当代自诩热爱文学的人，不要说拿个处长去试探，大约给个科长，立刻就患上了软骨病。在生存的巨大压力之下，这些都能理解。当然也可以用金钱去试探，在解决了生存问题之后，金钱的试金石作用依然不减其神效。

主题创作是必需的，但不能等同于宣传。宣传政策也不能简单套用到文学创作中来，创作规律是要遵循，不然就不生动、不深刻、不传神。围绕主旋律的创作不能缺，但其他的也得有。时代是丰富的，作品也应是多彩的。梁晓声的《人世间》、陈彦的《主角》，除了书写我们这个伟大民族和伟大时代以外，还写了老百姓的日常生活，大家爱看。有烟火气息，也有历史厚重感，又贴近主题创作要求，机缘巧合之下就受欢迎。有些作家一直很顺，作品写得好，为人也好，上下左右大家都很满意。要让大家都说好，不是一件容易

第十一章　言志抒怀：近代以来诗词文脉的传承

的事。

　　论及自己生活多年的西安，他说"整个西安这座城，充溢着历史的古意，表现的是一种东方的神秘，囫囵囵是一个旧的文物，又鲜活活是一个新的象征。"① 贾平凹住的这条街，服务设施都很全。街上吃完饭，回来写作，书桌子留给写作的地方虽然小，但不影响创作的持续和深刻。人的嘴不大，一辈子要吃多少东西？

　　社会上有啥事，文坛上就有啥事，很热闹的。名利场在哪里都存在。真正热爱文学、热爱评论的人不多，有些人把这当作生存手段。评论界月月都在开研讨会，常不邀请作家。有人在会上也发言，我听了，感觉这人就根本没有看完我的作品。本来写了东，让他说成西；本来很得意这句话，遣词造句还大有讲究，可他根本没有关注到。20世纪90年代开研讨会，常常作家也都能被邀请上。现在评论界很红火，复旦大学、南京大学是评论重镇，话语权大，他们说好才是好，他们说不好，有时你还真没有办法。现在陕西评论家少，主要是评论文章少，有人多年也集不成一个集子，在全国影响也不够大。陕西的评论家适当关注陕西作家应该成为习惯，自己要扶持自己，关心作家成长，再推出几个有全国性影响的作家。

　　商於古道自古就是一条璀璨的诗歌之路和热闹的名利之路。古老的驿道联结着关中与中原、东南各地，又是商客交易、文人往来、官宦履职的必经之道，现存有大量的诗歌遗迹和传说。到了中晚唐时期，朝廷对商山路和沿途驿馆多次修治，人流物流量不断增加，大凡举子、文士、官员、使节或上京赶考，或职务调迁，或视察州县，或奉旨拜谒，都要经过商山路。绵延600里的商山路途经蓝田、商州、丹凤、商南，东至河南省内乡县柒於镇，唐末诗人王贞白在

---

① 贾平凹：《坐佛》，译林出版社2012年版，第209页。

他的诗中,把"商山路"称为"名利路"。其《商山》诗云:"商山名利路,夜亦有人行。四皓卧云处,千秋叠藓生。昼烧笼涧黑,残雪隔林明。我待酬恩了,来听水石声。"

秦末汉初,东园公唐秉、甪里先生周术、绮里季吴实和夏黄公崔广四位博士,因避秦焚书坑儒而隐居商山。四位老者品行高洁、银须皓首,故被称为"商山四皓"。四老登上商山,只见千山苍苍,四野茫茫,泉石清幽,草木含情,比起京都咸阳,真是人间净土。这儿听不到刀枪鏖鼓的惊鸣,看不见残暴无道的杀戮,见不到争宠斗势的恶棍,觉不到尔虞我诈的寒碜,也没有卖官卖爵的小人,遂决心"岩居穴处""紫芝疗饥"。他们采食商芝、栖身洞穴,曾赋有著名的《紫芝歌》。此后,熙熙攘攘商山路上,有唐一代,李白、白居易、元稹、柳宗元、韩愈、杜牧、李商隐、温庭筠、王贞白等就留下了大量诗歌。北宋诗人王禹偁任商州团练副使不足两年,写下了200多首有关商州的山水名胜、风俗人情、生产生活题材类诗歌;清代商州籍贡生王时叙北京候补期间,留下了百首竹枝体七言绝句,抒发了浓郁的乡关之恋。可见从秦汉到清末,商於诗路并未中断,延续至今。

今天,商洛出了一批作家,有些现在都是全国性的了。电视片《秦岭有峰:商洛文学再出发》把商洛的作家,大大小小一网打尽了。这些人坚持下去会成气候的。商洛作家多得像树上的核桃,丹江里的鱼一样难以数清。陈彦、陈仓已经是全国性作家了,另外如王卫民、黄朴、陈敏、陈毓等等都是很优秀的。贾平凹认为他们都在各自熟悉的领域辛勤耕耘着,水平足够高了。

作家负责记录现实,要保持张力,是抨击的先锋和社会的良知,但不负责提供解决问题的办法,因为制定和执行政策是社会治理的职责。像《高兴》《秦腔》《暂坐》《极花》等都是这样,作家愿意通过文学再现历史，提出问题，通过描述发声，对社会问题起到先知先觉的作用，但提出解决思路不是作家职责。

社会现实记录过程中，作家可通过传统文化的多种元素辅助问题呈现。诗词、对联、中医、书法、绘画、音乐等，只要符合艺术表现需要，均可以不同形式进入创作中。小说《暂坐》中反映了传统文化传承过程中的困境。知名作家羿光且有良好的传统文化根基，前后给夏自花写了三组挽联。第一副："天地一遽庐，生死犹旦暮。此身非我有，易晞等朝露。"李白曾有"夫天地者，万物之逆旅也；光阴者，百代之过客也"。作家贾平凹为文中主人所拟的这句话和大诗人李白《春夜宴从弟桃李园序》何其相似！天地之大，光阴易逝，每个人都将是人间匆匆过客。作家惋惜夏自花生命之短暂又融入了自身深沉的人生体悟。第二副，"乐意相关禽对语，生香不断树交花"含蓄委婉地表达了自己和夏自花的知己相交。第三副，"感再生之光显，寂灭之芳声；叹双桐半生死，两剑一飞沉"感叹夏自花香消玉殒，知音失伴。小说《秦腔》塑造了一个清风街的文化能人、乡村医生赵宏声，工于撰写楹联。赵宏声撰写的戏楼联："名场利场无非戏场做得出泼天富贵，冷药热药总是妙药医不尽遍地炎凉"，可谓洞察世事。土地庙对联："这一街许多笑话，我二老全不做声"，以讥讽君亭、上善、金莲为权力和利益奔走捣弄的行为，颇多不满。

小说《老生》的封底上印有作者贾平凹的自述："我有使命不敢怠，站高山兮深谷行。风起云涌百年过，原来如此等老生。"自20世纪70年代开始发表作品，正是因了心中这不容怠慢的使命感，如今已年逾古稀的贾平凹持续不断地为中国当代文学贡献着佳作。《秦腔》获第七届茅盾文学奖时，贾平凹不无感慨地说："有幸生在中国，有幸目睹中国巨大的变革，现实给我提供了文字的想象，作为一个作家，我会更加努力，将根植于大地上，敏感而忧患的心生出翅膀飞翔，能够再写出满意的作品。"怎样老老实实地把民间化、日常化的社会生活表现出来，原汁原味地把传统文化在人物身上的烙印刻画得更逼真，在这一出发点上，使命和责任驱使他不断思考、不停止地行走、不懈怠地写作。

自然界瓜果草木都能给人很多启示。逢太平盛世或荒年，成熟季节的樱桃都呈现着自身的娇嫩与匀称，不受世事纷扰的影响。杜甫贬官或任左拾遗时，樱桃年年红艳，变化的只是品食樱桃之人。只要天时地利人和，樱桃无关世事纷扰，只管扬花挂果。杜甫《野人送朱樱》有"西蜀樱桃也自红，野人相赠满筠笼。数回细写愁仍破，万颗匀圆讶许同"，其中不无赞美和悲伤。

南宋爱国诗人陆游主张在家国危难之际，士人阶层须担当大义、挺身而出，方能体现出中华民族一脉相承的责任和担当之宏大格局。陆游的《金错刀行》抒发了诗人誓死抗敌的报国热忱："千年史策耻无名，一片丹心报天子。尔来从军天汉滨，南山晓雪玉嶙峋。呜呼！楚虽三户能亡秦，岂有堂堂中国空无人！"这种以身许国的浩然正气在文天祥、谭嗣同等可歌可泣的英雄人物身上体现得淋漓尽致。因之，诗词不单单是诗词，它是民族大义、天地正气大格局的呈现。大多数中国人的爱国意识是融入骨头里的，这与他们从小诵读传统诗词不无关系。

故乡是地理实体，也是精神栖居之地。《诗经》中"曰归曰归，岁亦莫止"应当是对故土的呼唤和思念；《招魂》"魂兮归来哀江南"是屈原对故土故国的担当和思念；陶渊明眼中的故土和山水之乐相连；李白、杜甫眼中的故土表现为叹惋和慷慨。荣登庙堂，则希望衣锦还乡，"威加海内兮归故乡"，风光无限，故乡成了发迹之处；颠沛流离，则希望回乡求得安稳，归隐田园，"田园将芜胡不归"，故乡成为心安之处；人类追本溯源时，故乡会成为不可回避的童年记忆。贾平凹的"商州世界"就是对故乡的回忆,家乡是一块神奇偏远的土地,四面环山并不荒凉,人性朴素绝不混沌,五谷杂粮茂生,春夏秋冬分明,纯朴贫瘠的故乡在现代化进程中经历了阵痛战栗和"迁世之悲"。

大多数文学家都应该是思想家。杜甫、苏轼、刘禹锡、朱熹等都有独立的哲学思维,否则,其文学成就不会那么高。文学其实是思想冲突和矛盾的具体化,哲学是对生活经验的概括,是经验和知识搭建起来的框架。朱熹的"等闲识得东风面,万紫千红总是春"实际上体现了联系的普遍性。辛弃疾的"青山遮不住,毕竟东流去",杜甫的"尔曹身与名俱灭,不废江河万古流",刘禹锡的"沉舟侧畔千帆过,病树前头万木春",叶绍翁的"春色满园关不住,一枝红杏出墙来"等都体现了事物发展的普遍性和客观性。苏轼"不识庐山真面目,只缘身在此山中",王安石的"不畏浮云遮望眼,自缘身在最高层"都是讲矛盾的普遍性。

哲学让诗词深刻有趣,文学则是人类生活哲理的艺术再现。我们学习传承中华诗词,不仅仅因为其中高超的文学技巧、艺术魅力,更因为文字所蕴藏的巨大思想魅力,以及古人对理想生活方式的向往追求。

附录 寸心谋千里，白首观万物
（关于本书的三次宽泛式对话）

对话者：吴克敬，著名作家，1954年生，陕西扶风人，陕西省作协副主席、西安市作协主席，鲁迅文学奖、冰心文学奖、柳青文学奖获得者；张志昌，文化学者，1970年生，陕西扶风人，商洛学院教授、西安建筑科技大学教授、西安航空学院特聘教授。

（一）写作的选题和方向

张志昌（以下简称张）：我翻阅了当代一些文化学者或作家对古代诗词的解读，数量如山，解读类著作可谓浩如烟海。其中精品佳作不少，但问题也不少。总的感觉是不少文本仅仅局限于个人的一种阅读体验，或者某种程度上好像是为了噱头的一类戏说唐诗宋词，网络营销上推波助澜，社会上也有了一定影响，但准确性差点，学术风格上也不是太严肃。问题归问题，这些作品的确起到了普及诗词的作用。

我打算用一段时间大体上围绕一个主题，有针对性地选择一些诗人进行品鉴，看最终能否有突破或成系统呢？比如以关中地域为范围，选取典型的诗人和代表性作品。一个比较宽泛的选法是或者生活于长安，或者写作内容与长安有关，或者受到上述两类作品或人物的影响。当然在读者眼中，我们这种做法可能也只是一种个体的阅读体验。也许，在写作进行过程中，诗词作品选取可能会超越关中或陕西地域的限制，在空间和时间上突破现在这种初衷。倘若能够实现，也是一种诗词和写作者、阅读者的幸运和机缘。

"诗无达诂"也罢，"千家注杜"也好，只要能帮助读者理解诗人诗作就好。天津师范大学杨无锐博士有《十九日谈：〈古诗十九首〉里的生活与英雄》一书，他在书中通过对古诗十九首中日常生活、平庸琐屑之事的解读，结合当代生活中的德性实践，真正的阅读发生了。《朱子语类》中说："若不能兴起，便不是读诗。"这讲的其实就是诗歌的"兴""观""群""怨"，而我们知道，"兴"是读诗首要之事，这符合孔子诗教的本意。"八月秋高风怒号，卷我屋上三重茅。"杜甫在成都草堂艰难度日，当凌厉的秋风吹走茅草屋唯一的遮盖时，感受最深的是谁？只能是主人。杜甫深切地感受到了。莫砺锋先生作为知青，在乡下风雨怒号的时候真切地感受到了。因为秋风也卷走了他屋顶的茅草。怎么办呢？作为个体，他用自己的愤怒体会到了杜甫的愤怒和胸怀。可是，个人风雨飘零时，杜甫想到的不仅仅是自己。个体的窘迫在时代的风浪面前算什么？"安得广厦千万间，大庇天下寒士俱欢颜！风雨不动安如山。呜呼！何时眼前突兀见此屋，吾庐独破受冻死亦足！"也就是说，个人的遭遇真的算不了什么。一个有情怀的人，在这个时候想的不应该仅仅是个人。杜甫茅屋上被卷走的茅草犹如抗战胜利时的一个喜悦的眼神，一滴喜悦的眼泪，瞬间打通古今人们的感受，连接了心灵。大江南北所有爱国者吟诵的杜诗，"剑外忽传收蓟北，初闻涕泪满衣裳"，今天读着怎么能不激动？千年之前，我们祖先的激动就是我们的激动，中华民族的魂魄已然深深地融入了中华诗词中了。

吴克敬（以下简称吴）：从心灵出发去读诗，也就是说这些诗歌对我们的启迪在哪里？中国人之所以着迷传统诗词，还不是因为心灵的共鸣。日月、山水没变的前提下，难道是人变了？我时常迷惑，也在不断思考。其实，变化的只是我们体验的方式或渠道。唐以后至清，很多名士都不是以诗家而著称，但都是诗人，作品大都与作者的生平与特定时期的心情有关，通过诗品可以对得上此人性格。关中自古出名士，也形成了一个群体。关中是他们长期生活活动的区域，围绕这个主题可以尝试做一些挖掘和品鉴工作，诉诸文字，力争最终达到对受众的启迪。当然这是一个比较高远的也是理想的目标，只要能达到初步整理也是对自己一个交代。

从诗的角度去记录唐及唐以后的诗词，记文的同时也是记人。文风可以适当活泼，思考尽可能深入，但尽可能保持自己的特点和风格不变，前后统一。品鉴的主要线索是古人在当时当地当事中的态度、方式，这样受众好进入，不失学术性的同时某种程度上也是一种社科普及。

就像你说的，结合诗及诗人本身叙述是一种方式，另外还有关联的思考，也不一定就此诗论此诗，有可能论及其他，或者近现代，或者当代。因为诗词是中华优秀传统文化的重要组成部分，中国人绝大多数是受诗词浸淫的，诗词也对他们的世界观以及之后的言行影响深远。论及这些人或事是正常的。这项工作前人做过很多，但就"诗无达诂"而言，诗词的空间足以装下从古到今无数人的阅读体验。我曾在多所大学讲坛上专门就"阅读"一题谈过看法，要坚持阅读，培养我们用暖洋洋的目光去注视这个社会。文学需要温度和情怀，这是咱们中国文化一以贯之的传统文脉。

张：文化是一个系统，包罗更多的元素是应有之义。诗词是作者在当时情境下对文化的一种理解。写的时候也许简单，因为阅读情境的变化，后世解读就难了一些。同时，古人的人格也未必个个

附录　寸心谋千里，白首观万物（关于本书的三次宽泛式对话）

都高尚，从诗词中可以看出，从史料中也可以看出。《旧唐书·崔颢传》就记载："崔颢者，登进士第，有俊才，无士行，好蒱博饮酒。及游京师，娶妻择有貌者，稍不惬意，即去之，前后数四。"作诗和做人未必一一对应。崔颢《黄鹤楼》诗可以让李白搁笔，"眼前有景题不得，崔颢有诗在上头"，但他贪酒嗜赌谄媚好美色总是为人们诟病。诗文和人格人品未必一致，这就造成了理解上的困难。

时光倏忽千年，但人们面临的有关基本问题仍然没有变，解读和品读只要对人们有借鉴就是好的。中华诗词就激励了叶嘉莹先生度过劫难，精神的力量、美学的力量让她和古人对话，从人生的苦难中走了出来。如天地人伦、顺境逆境、出世入世、田园风光等，不同时代的人们总是要寻求诗意栖居的，总是要面对生活中的困顿。面对矛盾，总是要积极寻求解决的办法，如果限于当时社会环境，那么就追求自身精神的超越和人格的独立，这实际上是中国文化传统中的"兼济"和"独善"的传统。

行文风格上要区别于引经据典类的纯学术性文章。纯学术有其高尚之处，但陷入晦涩可能会脱离受众。大白话式解读有其通俗之处，但学术性不够。二者结合也是一个尝试。诗作选取上可以从《诗经》以来，一直到当代作家的传承这是一条完整的文脉和系统的格局。

吴：关中诗词要注意张载、游师雄、吕大忠这些人的诗作及其延伸剖析、点评。作者的诗为引子，以经历作为论述基本线索，也许可以引出不少创新点。

宋代围绕关学，关中所出的有影响力的人物不少。元因享国短暂，相对少些，宋与明恐怕也得关注。这两个时期思想相对解放，关学也是转折点。深入进去，单是一个人的代表性的一首诗论考起来，就十分有意思，蕴含了太多包袱与考据点。

张：是这样。这一定是个富矿。以关中蓝田为例的话，应该涉及秦关先生王之士、蓝川先生牛兆濂。其他学者多侧重于文学浪漫角度去剖析诗，其实诗中包含了丰富的社会历史信息。

吴：打开一个综合研究诗或词的新局面，不从传统研究者的平仄格律和狭窄感情来论，会成为一个新的角度。我们读中华诗词，就是为了让我们人格高贵，微笑向暖，明媚如诗般前行。因为仅仅从形式来论的话，就会显得狭窄，这也不是具有大抱负和情怀的士大夫创作时的初衷，他们是寓事寓思想于诗词中的。

张：关学传人中有烟霞系、沣西系、清麓系。也许一些诗从水平上来看并不高，甚至很一般，但这是作者本人的现实体现，我们不能要求每一个名人都具有高超的作诗水平，因为他们不是专以诗而名。诗是折射反映他们人生心态与经历的直接史料，透过诗，我们仿佛看到一个活生生的有血有肉的张载形象，而不是谈张载就只谈一堆名言名句和思想主张。

吴：烟霞系是刘古愚，沣西系是柏景伟，清麓系是贺瑞麟，他们都是关学的优秀传人。

张：您的说法也符合美国学者韦勒克的观点。文学研究者不必去思索像历史的哲学文明最终成为一体之类的大问题，而应把注意力转向尚未解决或尚未展开充分讨论的具体问题，例如思想实际上是如何进入文学的。思想、文学和文化是相融合的，不能割裂开来看。但可惜的是，很多传统学者在研究时往往陷入狭隘的局域中，这样闭门研究出来的东西，必然无法普及和被认可，所谓进步也就不明显。

陕西人有不同于其他地区群众的特点是因为思想、文学、文化的不同，而不仅仅是地域因素的影响。支撑人内心的是精神坚守和文化依赖。不然山东的孙灵泉怎么能跑到陕西传承关学。整体地历

附录　寸心谋千里，白首观万物（关于本书的三次宽泛式对话）

史地看待中华文化，除了主脉主线以外，我们会发现中华文化是有机的一体的，一些核心的观念是不分朝代和地域的，否则的话我们这个民族的文脉就会断线，就可能会在历史的风云变幻中"零落成泥碾作尘"。

吴：是的。单就一首诗而言，涉及文学、思想、艺术、历史、地理、社会风俗、心理等很多不同学科的内容，必须交叉着看，否则就会以偏概全，甚至出现误读。

诗词歌赋的背后是信念在支撑。今天的人应该从中汲取精神力量。陕西关中具有厚重的历史文化底蕴，承载了大量优秀的民族文化基因，见证了大量王朝及政治势力的兴衰离乱，也因此让世世代代生活在这片土地上的文人士大夫背负了太多先贤的使命与责任，生来就有一种家国天下的情怀。

吴：1923 年，康有为到了陕西，陕西督军刘镇华请蓝田人牛兆濂去作陪，牛才子是以病为由不去的。关学传人是有传统的，讲学可以，做官或与名流交往则不愿意。1703 年康熙西巡到陕西，听闻大儒李二曲盛名传旨召见，76 岁的周至人李二曲也是以年老体弱多病辞召，仅进献了《二曲集》等作品了事。

李二曲同一时期的好友富平人李因笃同样，受到举荐致仕，以死力辞，在老母规劝下涕零登程。康熙皇帝授予李因笃翰林检讨一职，李一年中上疏陈情 37 次，因情词恳切，皇帝准许离京。当时评价李因笃的《告终养疏》与李密的《陈情表》"同擅千古""其父可追班马，为我朝第一篇文章"。李二曲、李因笃和李雪木并称关学的"关中三李"。

眉县人李雪木同样多次拒绝康熙帝的重金礼聘，隐居太白山中，任情放诞，诵读经典，农耕作文，清贫简淡，有《槲叶集》问世。当然康熙皇帝是为了缓和和汉族士人阶层的矛盾，特意以开博学鸿词科、诏举文行兼优之士的特殊政策来试图巩固统治基础的。李因笃家境的确特殊，但和众多的关学传人一样，他们不受笼络其实是有士人阶层的精神情怀坚守的。

张：这种情怀不是表面的，傲骨是生在骨子里的，也是今天很多人所缺乏的。面对权贵和名流，关学的这些传承者就是坚持自己的观点立场，表现的其实是一种姿态。

吴：这种姿态体现为不予合作或学术风骨。道不同，不相为谋是一方面，另一方面还是范仲淹讲给张载的道理，就是希望用儒学的经典学说通过影响人来影响社会，泽被后人。"为天地立心，为生民立命，为往圣继绝学，为万世开天平"的精神力量成为内心支撑，张载希望一代代优秀士大夫"少留意与科举，相从于尧舜之间"，这一思想让人生如何在物质与精神之间找到平衡上升为一个哲学命题。李雪木长期赤贫，又不愿意接受救济，举家生活在太白山中其实面临物质上的巨大困难，书写用的纸张都缺乏，很多诗文是写在树叶上的。《槲叶集》得名有这种因素，但他用强烈的精神追求解决了与物质享用之间的矛盾。动力何在？他曾经在年轻时看了古迹墟墓，感悟到人"百年后化为荒原蔓草，学者当为身后计。欲为身后计，当别有正学"，李雪木潜读古书至鸡鸣方寝，用浩然正气耐住寂寞，做传世学问，"无人知此意，松月在高岑"。今天我们讲要克服浮躁心理也就是这个道理。

清末民初，近代中国发生了翻天覆地的变化。关学在近代传到了烟霞系、沣西系、清麓系等一批学人。沣西先生柏景伟在内忧外患和艰难时局之中，难以排解内心忧伤，表现出传统儒家学者匡扶天下的内心坚守。记得他重游慈恩寺，面对物是人非，在一首诗中渲染了一种悲凉情调："侧身旷渺千秋泪，举目苍茫万里心。是否东风能识我，相逢绝顶一披襟。"他们固守宗师教诲，深耕儒学经典，

附录　寸心谋千里，白首观万物（关于本书的三次宽泛式对话）

用铮铮铁骨以图世风清正，绘就关学在变世下的一抹亮色。问题在于他们没有做到朱熹讲的，旧学商量，新知培养，固守一种理论，创新发展的生命力不够。当一个社会的主要矛盾发生变化时，领时尚之先的知识分子是应该充分关注的。"春江水暖鸭先知"在哲学社会科学领域体现为学术上的敏锐性和政治上警觉。当然康有为是政治家、社会活动家，人品亦有争议，若论真学问不及当时的关中名士。

张：关中旧文人身上有这样一种习气，正是因为这种习气，才导致了后来面对新事物不能创新发展，把握时代矛盾，才成了"绝学"，理论上陷入禁锢。

吴：也不尽如此，其实刘古愚当时对西方先进的科学技术也全面尝试过，筹办过民族工业，最终由于各种原因也失败了。他们在推演乡约古服古冠时候，康有为已经引领思潮十多年了。近代中国发展的历史事实证明，一种理论只有掌握了社会主要矛盾和发展规律时，才能脱颖而出，用真理性的认识去引领社会进步。当然，这种理论只能是和中国实际相结合了的马克思主义科学真理。自然，不同时代的学者总是有属于他们的局限性。我们不能用这些理论去要求关学的这些传承者们。关学发展到清末民初是走入保守的死胡同，鲜有应时之变的。

张：当然，地理位置和环境也是一个附带的原因。刘古愚主持味经书院、崇实书院工作时引进了不少西学教材，学英语、学日语、学纺织、学机械，乃至西方政治经济学。从关学传人到陕西维新派领袖，有"南康北刘"之称的刘古愚客观上传播了资本主义先进的科学技术，也培养了一批在陕西甚至西北军政文化教育领域内有影响的学生，一定程度上影响了中国近代历史的进程。像于右任、杨松解、张季鸾、冯孝伯、王授金、杨西堂等都是他主要的学生。

（二）坚韧、张载和其他

张： 半年来，诗词解读这项工作进展比较缓慢。多方杂事纠于一身，碌碌之下，心难静，进展有限，浮华喧闹多了，时光虚度了不少。人决心做一件事情，没有环境，心难安静也是推动进展的障碍。

吴： 有这种感觉是正常的。过去的水清云高犹如今天闹市的路宽人多车堵一样，都是这个纷繁世界的外在表象，与你我内心安宁无关。热闹从来与你无缘，庸庸作游观之人，睁大眼细细静观，终是一座桥、一条河而已。格物进而致知达到物我相融终是难事，古往今来多少人在浮华中虚度岁月。生活缺乏的只是感悟。和古人一样，我们缺乏的是睁大双眼，悉心感悟，然后记录点滴的恒心和毅力，希望能为中华诗词的传承尽一点点微薄之力。

张： 选这个题目并在数年内完成它，并不是仅仅在速度和数量上的希望，而是能潜心做实事。不作学术的速成，而是能沉下心，钻进去，静静地书写，这其实应该是一个享受的过程，无论是在纸上、电脑上还是手机上，总之，记录自己思维的自然流淌。热爱诗词这么多年了，我想看看自己究竟有多大进步，或者说有多热爱。不看表态和调门高低，我们拿文字说话。

在进度上我也没有想推得很急，但总要有一个进度，否则就是对自己承诺的放弃。人活着，你回想起来其实就是一件件做具体的事情。今天做有益有用的事了，晚上睡觉也会踏实；全年做成了几件自己想做的事情了，年终总结起来就会感觉今年没有白过。日积月累是笨办法，然而是最务实、最能见成效的办法。

吴： 琐事人人都有，可是勤奋和积累也很重要。"百尺竿头立不难，一勤天下无难事"，清代的江苏人钱德苍有《勤懒歌》传世，

附录　寸心谋千里，白首观万物（关于本书的三次宽泛式对话）

习近平总书记曾多次引用过"一勤天下无难事"这句话。钱德苍本人多次应科举不第，后来转入酒肆歌舞场所，广泛涉猎民间戏曲歌舞，他留下的《解人颐》一书收录了大量的箴言格言，喻人警世。前辈们思考的结晶或对思考的记录就构成我们民族智慧的一部分。

张：我理解，这就是学术追求上的坚韧，也就是面对任何障碍，唯一的办法就是一个个去克服，并成为习惯。我们并不奢求成为某一方面的大家，但要力争成为在某一个问题上有独到见解的人。

吴：所有问题的答案在博大精深的中华优秀传统中都可以找到，而且不用远足，很多案例在关中文化中就能找到。先贤们留下了宝贵的精神财富，北宋大儒张载就是典型例子。

张载和王安石、范仲淹、包拯等都是同时代的人，他走的路受到过范仲淹的深刻影响。但同时他又影响了一批弟子，如游师雄等人。

澶渊之盟后，积贫积弱的北宋王朝以每年给辽国二十万匹绢和十万两白银的代价赢得了暂时和平，大规模的战争变成了频频发生的小侵略和掠夺，人民的负担和灾难并没有减轻。

1040年，张载编写了《边议九条》，建议选任好的官吏和将帅，严明军纪，演习备战，储粮集财养兵，兵民一体，共同御敌保边。建议写好了，送给谁呢？张载送给了当时的陕西招讨副使延州知州范仲淹。范仲淹读后感到张载谈吐文雅，志趣不凡，从事哲学思考可能更有利于苍生社会，奉劝他："儒者自有名教可乐，何事于兵！"[①] 张载回到眉县后，遵从范仲淹的教导，以"夜眠人静后，早起鸟啼先"撰联勉励自己，从《中庸》开始仰思俯读，研习儒家经典，求知悟道。

[①] ［元］脱脱等：《宋史·张载传》，中华书局1978年版，第366页。

王安石推行的以"青苗法""免役法""方田均税法""农田水利法""保甲法"为主要内容的新政步履维艰。张载客观上赞同王安石变法，但是他主张要着眼于解决社会根本问题，实行王道，如把土地收归国有再分给农民耕种，"人授一方"，"以田授民"，"渐复三代"；变法要渐变，事缓则圆，不能"顿变"；变法要获得大多数人的支持，避免孤军作战。张载不是变法的核心人物，这些合理的主张并未得到宋神宗和王安石的采纳。"芭蕉心尽展新枝，新卷新心暗已随。愿学新心养新德，旋随新叶起新知。"张载在这首《芭蕉》中，以芭蕉为意象，表达了支持改革的心声，这与荀子"苟日新，日日新，又日新"的观念一脉相承。

人生活在世界上，要追求物质文明的不断进步，要应对外界的纷杂变化，要客观认识周围的自然境界，如何能有一个大致正确的认识？如何能面对剧变临危不乱？如何能与环境和谐相处，赢得内心的平衡？万古长夜里需要明灯指引，蒙顿不清时需要人点拨迷津，张载"为往圣继绝学"，他的思想犹如夜航中的明灯，犹如滋润心田的涓涓细流一样，润物无声，温暖世人，代代流芳。历史证明，当年范仲淹对青年才俊张载万勿热衷金戈铁马驰骋疆场，而宜研习儒教，精思实践，风行教化，泽被后世的厚望并没有落空！

张：明清之际的唯物主义哲学家王夫之最推崇称赞张载。王夫之继承发展了张载"气本论"、"气化论"思想。一个人崇拜另一个人，大多着迷他的是对方的思想或行为。支配行为的多是思想，所以，人的所思所想会成为被人眼中的神奇。所谓神交古人，主要是很多年前古人面对同样问题所表现出来的智慧和思考方式打动我们。15岁的张载在拜谒了武侯祠，总结反思诸葛亮一生的成败得失后提出的"言有教，动有法，昼有为，宵有德，息有养，瞬有存"六有箴言，这不正是他对外在社会的智慧认识吗？因而，王夫之对张载

附录　寸心谋千里，白首观万物（关于本书的三次宽泛式对话）

的钦佩和继承是发自内心的。思想智慧成为桥梁，连接起了六百年的时空距离，王夫之深深地被张载打动并推崇一生。

吴：张载创立的关学不以思辨见长，而以尚实躬行著称。关中民间常将张载称张子，与孔子相提并论。很多关中家庭铭刻着"家尊东鲁百代训，世守西铭一卷书"的训言，重农恋家，崇拜土地，内敛守成。不管别人怎样追逐时髦，自己总是寂寞清醒，坚守一份信念，干好自己当下要干的事，这是很多关中地区老百姓的执念。时光在流转，耕地读书学为好人不能变。

张：是的，我在《文化传统和家国情怀的审视》一书中对张载关学以及陈忠实创作《白鹿原》的心路历程有过比较详细的叙述。文化，人人都能谈几句，说明中国人精神生活离不开文化，这是一种长期的耳濡目染和浸淫。关中文化对关中人而言那是浸透到骨子里的。陕西曾经评选过文化符号，像兵马俑、大雁塔、黄帝陵、西安城墙、延安、秦腔、碑林、秦岭、半坡遗址、羊肉泡馍等都是民间海选认可的主要文化符号。仔细想想除了这些，像关学、陈忠实、路遥、贾平凹、油泼面、唐长安城、曲江流觞、未央宫、华山、咸阳、商鞅、丝绸之路起点等不同类别的文化符号的还很多。基本上，按照张岱年先生的说法，文化是分器物、制度、观念三个层次，这也是比较认可的分法。《秦岭生态环境保护条例》和赳赳老秦的坚忍精气神都是制度、观念层面的文化了。

吴：大文豪托尔斯泰说过："世界上没有一个民族能比得上中国人那样善于耕种土地并靠土地养活自己。一俄亩土地人能养活一个俄国人，两个德国人，而这同一面积的土地却能养活十个中国人。"这是1884年托尔斯泰在《中国的贤哲》一文中的话，他惊诧佩服中国这一时期领先世界的农耕文明。他研究认为社会稳定、文化完整、经济富足的原因在于中国这个"最富有、最古老、最幸福、最爱好和平的民族在生活中遵循着某些原则"。实际上，托尔斯泰心中的某些原则就是自古以来的儒家文化和乡土社会的规矩和传承。从北宋以来传颂千年的《吕氏乡约》就在乡村治理上给关中人树立了类似的原则。

张：陕西师范大学的刘学智教授一直致力于中国哲学史的研究，尤其是关学研究。2018年，他们组成课题组，和蓝田县委宣传部共同讨论形成了《蓝田新乡约》文本。新乡约文本仍以《吕氏乡约》"德业相劝，过失相规，礼俗相交，患难相恤"为基本架构，在继承优秀传统伦理道德观念的同时，赋予其现代性内容和时代精神，包含权利、平等、民主、人本、法治、公德、环保意识和新的教育理念等。这可谓是老树发新芽，创造性转化和创新性发展让古老的乡约在新时代继续发挥着乡村治理的智慧。

（三）作品传世和哲理升华

吴：衡量一部作品是不是真正的人的文学，是否能够传世，基本上与作家的出身和身份、创作动机与创作手法、统治阶层的评判与认可程度等这些非关键因素关系不大。文学是人学，因而最关键的因素要看作品对人的精神提升和净化的贡献度有多大。《荷马史诗》距今2000多年了，可其中表现出的人对命运的挑战和自身的积极进取精神穿越时空，依然让后世的读者着迷，散发着永恒的魅力。雨果的《巴黎圣母院》、托尔斯泰的《复活》、罗曼·罗兰的《约翰·克利斯朵夫》等这类名著突破语言、地域、历史的限制，任何时候读都很迷人。作品要穿越时空打动读者，非得经过不同读者群和时间的考验不可。没有一定数量的作品，你是什么作家？没有一两部精品，后世谁会知道你曾经是作家或诗人？难道凭你曾经参加过的各类研讨会、笔会上那些言论吗？一时的热闹，一定会随风

附录　寸心谋千里，白首观万物（关于本书的三次宽泛式对话）

飘过。

张：也就是说只有形成经典，才有可能传世。而经典一定是超越他人，把握住了时代脉搏，沟通了不同种族、地域人们的心灵，铺陈给我们耐得住咀摸、能启迪灵魂的故事、语言、情节，用特有的魅力打动着读者。有魅力的标识就是时间再变化，作品依然有受众。不读经典总是一桩憾事，不同年代的人读或者同一个人在人生不同阶段读则有个性化的阅读体验，这可能会是一个仁者见仁智者见智的过程了。

吴：经典的形成一定有一个过程，而且从效果上看一定对人类心灵的沟通有着重要的贡献。再好的饭菜也经不住人类的咀嚼，哪怕一个人牙口再不好，总有办法吃进食物，补充营养；而经典书籍能耐得住反复咀嚼，而且越咀嚼越有滋味。中国优秀的传统诗词就是耐挖掘的富矿。中国人咀嚼这些优秀传统文化的精华，在漫漫长夜和战乱离析中走在人生边上，品味着人生甘苦，绵延横亘着五千年的文明因子，生生不息。

"江畔何人初见月？江月何年初照人？""谁家今夜扁舟子？何处相思明月楼？""前不见古人，后不见来者。念天地之悠悠，独怆然而涕下。"张若虚、陈子昂的这些句子流传至今，仍能打动我们心扉，是因为生活体验上升到了生命体验以及哲学体验。被幼稚少年呼作白玉盘的月亮目睹了多少沧海桑田、悲欢离合，脚下的城市乡村路桥曾行走、承担了多少人的喜怒哀乐，而只有与生命对话的诗人、作家才能触摸把握到这真实的脉搏。看似几句话，点点滴滴，星星斑斑却非凡地、里程碑式地再现推进了人类的生命体验。

张：唐代诗人张若虚站在江边，写尽了江南春夜的缠绵悱恻，寄寓离别相思之苦，洗尽六朝宫体诗的浓脂腻彩，《春江花月夜》孤篇盖全唐。读唐诗，不可不读《春江花月夜》，而每读《春江花月夜》总感到它是千古绝唱。

吴：再如别离送行类题材，优秀的诗人依然展现着另一种生命体验。古人送行一般离不开酒。对酒当歌以浇心中块垒是一种消遣和娱乐方式，一般在曲终人散的时候总是有佳作传世的。

张：送行有王维的《送元二使安西》，"渭城朝雨浥轻尘，客舍青青柳色新；劝君更尽一杯酒，西出阳关无故人"可谓朗朗上口传诵至今的佳句。"西出阳关无故人"是对远行的朋友说的，其实也是自己的感悟，大约诗人在这个时候的诗意流淌是一吐为快。

吴：诗歌除了对社会生活的直抒胸臆和忠实记录之外，感受着时代潮汐和精神，其实更重要的是承担着生命体验和对社会现实真切感受的总结，也就是我们常说的哲理总结。作为一个诗人，个体不同年代不同境遇下的生命体验固然真实，但对别人有什么帮助？当后世的人们遇到相类似的情况时，读这些句子能解决心理困惑吗？这可能也是衡量一首诗一句诗能否成为经典的一个重要标杆。从流传至今的诗歌中阅读现实是还原历史和把握生命流程的一种可靠办法。这不同于单一通过阅读官方正史得来的认识，获取的信息量、观测点、真切度均不同。

　　自然规律任谁都无法抗拒，朴质无华、平淡积极、宠辱不惊、安逸自立、高贵坦然地笑纳阴晴悲欢、枯荣生灭，达观通透地经历人生不好吗？现实可能良莠交织，彼岸也并非完美无缺，采集凝望一切美好的事物，敬天敬地敬人敬物，即使干扰严重，即使疲惫困顿至极，始终不坠明净向往，大约才不至于太辜负这一生？只有人过中年后，高远理想和生活尴尬不时碰撞，明白清净淡泊的读书并不能当作一种生活方式，尊严和创造性等内心深处的孤独蔓延开来，才逐渐想到要安妥灵魂，认识到只有思考人类命运和精神建构的孤独感、焦虑感才是走向艺术境界的必由之路。安放灵魂对一位作家

附录　寸心谋千里，白首观万物（关于本书的三次宽泛式对话）

来说是大事，构思、写作离不开，梦中醒来琢磨的也是作品的事，急不得，也马虎不得。灵魂只能放在人物、故事、情节、语言中。

张：一个人年轻时对很多事情激愤尚能理解，中年以后仍然这样可能就无理无趣了。即便在今天，中老年"愤青"也总是为人们侧目。怨气重、戾气重并不表明一个人的强大，有时反而是猥琐和虚弱的表现。青年李白、中年李白和晚年李白其实还是有区别的，从积极到失望到达观对他也是一个艰难的过程。

吴：人生活于这个世界上，与自然界、社会相处，需与形形色色的人、事、物打交道，实属不易。人皮难披还得克服难处继续披，披着人皮的也不一定都是人。动物有时候比个别人还要善良些。生逢乱世面对矛盾冲突可能出现英雄；生逢治世也不见得一直就是康庄大道。"事非经过不知难"，"几家欢乐几家愁"，欢乐和忧愁的内涵也未必都一一对应相仿。

生命是一趟没有返程的列车，终点是既定的，所有人都将毫不例外，那么我们生活的过程又有什么意义呢？做事。只有做事，做自己喜欢做的，做需要自己做的，做有益于家人、社会、国家的事。一件件做，一天天做，做完一批再做下一批，生命才有质量和密度。碌碌无为是我们所不齿的，虚度光阴日后也让我们后悔。当人生已至暮年，总要有值得回忆的东西，如果发现过去的日子无所盘点，那将是一个悲剧中的悲剧。做过的事、见过的人、走过的路、吃过的菜、饮过的酒、说过的话、著成的文章、养育大的子女和爱过恨过的人不就构成了人的一生吗？喜剧有，悲剧也未缺席。个体的悲剧不影响大局，人类历史和社会必然会在一代代人命运和故事的延续中演化发展。

张：文学对一个人到底意味着什么呢？是职业？还是兴趣？是几十年如一日痴爱，无论贫穷富贵生老病死，像对自己唯一钟爱的爱人一样不离不弃？还是一时兴趣所至，吟诵几首诗歌，涂鸦几篇不痛不痒、枉谈理想信念人生感悟的书面文章？很多人对这个问题想过说过写过，想法不一样，答案也多不一样。

生活在关中的作家陈忠实长期信奉文学是魔鬼，文学依然神圣，他检阅中国古典小说史，认为过去的小说大抵上为我们塑造了张飞、诸葛亮、曹操、贾宝玉、王熙凤、林黛玉、孙悟空、猪八戒等耳熟能详、流传至今的典型人物。至于新时期文学仅就性格的典型性而言，孔乙己和阿Q大约绕不过去。其他能让读者记住印象深刻的人物则不大能想得起来，因此，一部中国文学史留给我们的人物包括四大名著在内的应该都是永续流传的经典，足以让一代代中国人津津乐道。

陈忠实立志从大历史的角度，提供崭新的人物形象。一部《白鹿原》，则给中国文学长廊贡献了白嘉轩、鹿子霖、朱先生、白孝文、黑娃、小娥等多个人物，可圈可点，其痛苦欢乐让人思绪难平，铭记在心，功莫大焉。到底哪个人物最成功的，或者说哪个人物得到读者最大程度的喜欢、同情？这是萝卜白菜，各有所好的事情，一时半会儿难以有统一答案。

秦汉以来的璀璨文学史，诗词歌赋论文戏曲不计其数，人们从这个宝贵的财富库中汲取了多少精神营养？古代文学皇冠上的明珠则是唐诗宋词，汉赋元曲明清散文犹如满天的星斗，我们分为最亮的几颗和遍布星空熠熠闪光的群星两类，它们共同构成宇宙星辰浩瀚汪洋。

吴：大学中文系没有培养作家和文学研究者的任务，它只是给了我们进入文学殿堂的钥匙。而一个人喜欢文学，未必就一定要成为作家。

张：对中国人而言，每个人心中都有自己的李白、杜甫，这和

附录　寸心谋千里，白首观万物（关于本书的三次宽泛式对话）

很多写作者心中也有自己的海明威一样。海明威除了不炼丹成仙，不一心当官，其余的爱好和李白差不多，冒险狂放，嗜酒恋爱，周游天下。从这个意义上讲，李白仍然驻扎在我们心里。

张：渴望建功立业实现一番抱负，这在盛世大唐是再正常不过的愿望了。人们能理解自己，也就能理解李白。李白豪放狂野的潇洒心灵中长满了欲望的野草。欲望社会的潇洒有时会很伤害人，危及人的名声、志向甚至性命。岁月静好只是表象，一切美好下面都隐藏着辛苦的付出。

吴：读书越多，懂事越多，就越能明白从普遍意义上来说绝大多数人都是凡人，因为作为芸芸众生面对的是同一个地球，经历的是大致相同的人生过程，要解决的问题类似，方法手段类似，目的地相同，等等。我们要安心接受自己的平凡，要善于过好平凡的人间烟火生活。人间烟火是最真实、最生动的生活，一个人千万不能游离于生活或高高在上，摔下来是不得了的事情。

张：围绕诗歌选题钻研，很有意义和收获，看似宽泛，实际上又有一条主线贯穿始终，即诗人们在当时语境下对人对事对物的态度，当然也是对学识阅历和解读水平的一个考验。工作虽然告一段落，我自己认为这条路可能会伴随终生。十年或更长的时间以后，再回头看当年的解读甚至三次有意义的对话，可能我们两人的感悟一是不同，二是更深刻吧。

吴：一定是这样。少年看山是山，看水是水；中年看山不是山，看水不是水；老年看山还是山，看水还是水！作家迟子建希望在自己年事已高的时候，能做到"不说人间陈俗事，声声只赞白莲花"，意思是到了人生的绚烂境界，置身事外，忘记尘世烦恼，只赞美白莲花的纯洁无瑕，坚守本心才能收获喜悦、感动以及通达。从根子上看这也是从生活体验到生命体验再到哲学体验的一个过程。纵览一生的阅历，所有前尘往事皆为过往，华章也罢，遗憾也罢，都是唯一的不可逆转的经历。

张：我同意您的观点，过往即沉淀和积累。我注意到您的小说中有用到诗词或民间俗谚俗语，这种积累对您的小说创作会有什么帮助呢？

吴：我曾长时间一个人行走在陕北的沟沟壑壑里，也曾不间断地在西府不知名的村庄里行走，在漫无目的的探寻中从精神上找到了珍宝。我结识了遍布于陕北这片热土中的许多人物，他们有着辉煌的历程，在文化传承和民族复兴的伟业中有默默无闻的贡献，也有一些人在这片土地的历史变迁中承担着某一时刻的重要角色，可他们不愿意诉说。这在陕北可能用民歌（信天游）的形式表现，在关中尤其用"口谱"（儿歌）的形式表现，实际上都是生活在这片土地上的人们智慧的结晶。我曾在小说中用信天游和《诗经》的周原篇章进行了呈现。张维迎的母亲曾经说过，"人活眉眼（脸面）树活皮，不要眉眼树剥皮"，整个关中当然包括西府也有类似的说法，人活一张脸，树活一层皮，可见，尊严对人犹如树皮对树一样，是无比重要的。

张：您是说，这种智慧和诗歌一样，总结人生道理，简单浅显又朗朗上口，其实，口语化和白描手法在中国传统诗歌的进入，这本书中我是有探讨的。中国诗歌的魅力正在于不断地品读，不断陷入痴迷，不断地感悟着其中的奥妙。按照关学传人的思想脉络而言，我们两人之间的这种对话也算是以寸心谋千里，以白首观万物、万世和天下，在景色、时间、时局中实现"简则不烦、高则不俗、清则不污"，弥补一个文化人的心愿罢了。

吴：李白说过，"扶风豪士天下奇，意气相倾山可移。作人不倚将军势，饮酒岂顾尚书期"。这是千百年前李白无意中为扶风人做的

附录 寸心谋千里，白首观万物（关于本书的三次宽泛式对话）

广告，也是大唐盛世的风尚。历史上，扶风人班婕妤以辞赋见长，美德传世；班固修《汉书》，著《两都赋》；马融设帐讲学，文脉依然在那片大地上延伸传承。到今天，王宗仁的军旅散文情真意切，张浩文的《绝秦书》用文字纪念历史上的陕西大灾荒，等等，这说明，"扶助京师，以行风化"，古韵文脉从未中断。你我皆是扶风人，但愿我们不要辜负那一片热土。

张：那是西周以来的文脉，把他们发扬光大是应有之义。"丹楼碧阁皆时事，只有江山古到今。"在功名利禄面前，扎扎实实地做点学问，有点业绩方为正道。多说无益，我希望以您为榜样，风追上古。衷心希望您在文学的道路上有更大的收获，或者说有更多的文学夙愿得到实现。

参考文献

《礼记正义》，（汉）郑玄注，（唐）孔颖达等正义，黄侃经文句读，上海古籍出版社 1990 年版。

《周易集解》，王鹤鸣、殷子和编，（唐）李鼎祚注，中央编译出版社 2011 年版。

程俊英、蒋见元：《诗经注析》，中华书局 1991 年版。

金开诚、董洪利、高路明：《屈原集校注》，中华书局 1996 年版。

（汉）司马迁：《史记》，中华书局 1959 年版。

（汉）班固：《汉书》，中华书局 1964 年版。

夏传才校注：《曹操集校注》，河北教育出版社 2013 年版。

魏宏灿校注：《曹丕集校注》，安徽大学出版社 2009 年版。

（魏）曹植：《曹植集校注》，赵幼文校注，中华书局 2016 年版。

（晋）陶渊明：《陶渊明集》，逯钦立校注，中华书局 1979 年版。

（南朝宋）范晔撰：《后汉书》，（唐）李贤等注，中华书局 1965 年版。

（南朝宋）刘义庆撰：《世说新语笺疏》，刘孝标注，余嘉锡、笺疏，中华书局 2016 年版。

（南朝梁）萧统编：《文选》，（唐）李善注，中华书局 1977 年版。

（隋）费长房：《历代三宝纪》，山西赵城广胜寺藏金熙宗皇统九年至世宗大定十三年解州静林山天宁寺刻大藏经本。

（唐）房玄龄等撰：《晋书》，中华书局1974年版。

（唐）卢照邻：《卢照邻集校注》，李云逸校注，中华书局1998年版。

（唐）高适：《高适诗集编年笺注》，刘开杨笺注，中华书局1981年版。

（唐）岑参：《岑嘉州诗笺注》，廖立笺注，中华书局2004年版。

（唐）王维：《王维集校注》，陈铁民校注，中华书局1997年版。

（唐）李白：《李白全集编年笺注》，安旗笺注，中华书局2015年版。

（唐）杜甫：《杜诗详注》，（清）仇兆鳌注，中华书局1979年版。

（唐）白居易：《白居易诗集校注》，谢思炜校注，中华书局2006年版。

（唐）元稹：《元稹集》，冀勤点校，中华书局1982年版。

（唐）刘禹锡：《刘禹锡集笺证》，瞿蜕园笺证，上海古籍出版社1989年版。

（唐）韩愈：《韩昌黎诗集编年笺注》，（清）方世举笺注，郝润华、丁俊丽整理，中华书局2012年版。

（唐）李贺：《李贺歌诗笺注》，（宋）吴正子笺注，（宋）刘辰翁评点，刘朝飞点校，中华书局2021年版。

（唐）韦应物：《韦应物诗集系年校笺》，孙望编注，中华书局2002年版。

（唐）杜牧：《杜牧全集》，陈允吉校点，上海古籍出版社1997年版。

刘学锴、余恕诚：《李商隐诗歌集解》，中华书局1988年版。

（五代）韦庄：《韦庄集笺注》，聂安福注，上海古籍出版社2002年版。

（五代）韦庄：《韦庄词校注》，刘金城校注，夏承焘审订，中国社会科学出版社1981年版。

（唐）司空图、（清）袁枚：《二十四诗品续诗品》，陈玉兰译注，中华书局2019年版。

（后晋）刘昫撰：《旧唐书》，中华书局1975年版。

（宋）司马光编纂：《资治通鉴》，中华书局2011年版。

（宋）郭茂倩编：《乐府诗集》，中华书局1998年版。

（宋）欧阳修：《欧阳修全集》，李逸安点校，中华书局2001年版。

（宋）晏殊、晏几道：《二晏词笺注》，张草纫注，上海古籍出版社2008年版。

（宋）苏轼：《苏轼诗集》，清王文诰辑注，孔凡礼点校，中华书局1982年版。

邹同庆、王宗堂著：《苏轼词编年校注》，中华书局2002年版。

（宋）黄庭坚：《黄庭坚诗集注》，（宋）任渊等注，刘尚荣校点，中华书局2010年版。

（宋）姜夔：《姜白石词笺注》，陈书良笺注，中华书局2009年版。

（宋）洪兴祖：《楚辞补注》，白化文等点校，中华书局1983年版。

北京大学古文献研究所编：《全宋诗》，北京大学出版社1991年版。

（元）脱脱编：《宋史》，中华书局1977年版。

（明）洪自诚：《菜根谭》，民国十五至二十年武进陶氏涉园石印喜咏轩丛书本。

（清）徐增：《说唐诗》，樊维纲校注，中州古籍出版社1990年版。

（清）纳兰性德：《通志堂集》上、下，黄曙辉、印晓峰点校，华东师范大学出版社2008年版。

（清）胡震亨：《唐音癸签》，古典文学出版社1957年版。

（清）彭定求等编：《全唐诗》，中华书局1960年版。

（清）李因笃：《受祺堂文集》，清道光四年刻本。

（清）黄景仁：《两当轩全集》，清咸丰八年黄氏家塾刻本。

（清）袁枚：《小仓山房诗集》，清乾隆刻增修本。

（清）沈德潜：《清诗别裁集》，清乾隆二十五年教忠堂刻本。

（清）野燮、沈德潜：《说诗晬语》，孙之梅、周芳批注，凤凰出版社 2010 年版。

（清）牛兆濂：《牛兆濂集》，王美凤、高华夏、牛锐点校，西北大学出版社 2015 年版。

柏俊才：《唐诗与长安文化》，高等教育出版社 2019 年版。

陈仓：《月光不是光》，安徽文艺出版社 2021 年版。

陈忻：《唐宋文化与诗词论稿》，重庆出版社 2004 年版。

陈忠实：《寻找属于自己的句子》，上海文艺出版社 2009 年版。

程俊英、蒋见元：《诗经注析》，中华书局 1991 年版。

程千帆：《唐诗的历程》，生活·读书·新知三联书店 2021 年版。

程蔷、董乃斌：《唐帝国的精神文明——民俗与文学》，中国社会科学出版社 1996 年版。

段建军：《〈白鹿原〉的文化透视》，中国社会科学出版社 2021 年版。

傅刚：《魏晋风度》，上海古籍出版社 1997 年版。

傅熹年编：《中国古代建筑史·第二卷·三国、两晋、南北朝、隋唐、五代建筑》，中国建筑工业出版社 2001 年版。

胡晓明：《文化江南札记》（增补版），华东师范大学出版社 2019 年版。

胡晓明：《中国诗学之精神》，江西人民出版社 2001 年版。

贾平凹：《河山传》，作家出版社 2023 年版。

贾平凹：《秦岭记》，人民文学出版社 2022 年版。

贾平凹：《坐佛》，译林出版社 2012 年版。

江弱水：《诗的八堂课》，商务印书馆 2017 年版。

金涛声：《杜甫诗传》，巴蜀书社 2019 年版。

李浩：《怅望古今》，生活·读书·新知三联书店2017年版。

李浩：《唐诗的文本阐释》，新华出版传媒集团、陕西人民出版社2022年版。

李浩：《行水看云》，生活·读书·新知三联书店2017年版。

李红岩：《走出东拉河》，南京大学出版社2021年版。

李元洛：《写着写着几千年》，中国友谊出版公司2021年版。

林庚：《唐诗综论》，人民文学出版社1987年版。

刘宁编：《诗者天地心：当代诗词名家讲诗词》，人民文学出版社2023年版。

鲁迅：《鲁迅全集》第二卷，中国文史出版社2002年版。

马大勇：《诗词课：诗词的五种新读法》，辽宁人民出版社2020年版。

马鸣谦：《唐诗洛阳记：千年古都的文学史话》，浙江人民出版社2022年版。

蒙万夫等：《柳青传略》，陕西人民教育出版社1988年版。

蒙万夫等编：《柳青写作生涯》，百花文艺出版社1985年版。

穆涛：《中国人的大局观》，陕西师范大学出版总社2022年版。

潘向黎：《古典的春水：潘向黎古诗词十二讲》，人民文学出版社2022年版。

潘向黎：《看诗不分明》（增补本），生活·读书·新知三联书店2017年版。

钱穆：《中国文化史导论》，九州出版社2011年版。

邱丰：《唐诗长安》（上），西安出版社2016年版。

尚永亮：《唐诗艺术讲演录》，广西师范大学出版社2008年版。

尚永亮编：《唐宋诗分类选讲》，高等教育出版社2007年版。

苏静：《不一样的诗词课——苏静的18节诗词公开课课堂实录》，中华书局 2013 年版。

孙犁：《孙犁文集》第六卷，百花文艺出版社 1982 年版。

王充闾：《国粹：人文传承书》，北京大学出版社 2017 年版。

王士祥：《中华诗词中的民族精神》，大象出版社 2022 年版。

王作良：《唐诗长安》（下），西安出版社 2016 年版。

闻一多：《唐诗杂论》，中华书局 2009 年版。

吴义勤编：《咏西安诗词曲赋集成》（1—5 卷），陕西师范大学出版总社 2018 年版。

徐风：《江南繁荒录》，译林出版社 2020 年版。

徐晋如：《国文课：中国文脉十五讲》，广西师范大学出版社 2022 年版。

阎琦编：《商於诗路》，中华书局 2019 年版。

杨光汉：《红楼梦：一次历史的轮回》，云南大学出版社、云南人民出版社 2014 年版。

杨匡汉：《古典的回响》，中国社会科学出版社 2015 年版。

杨无锐：《十九日谈〈古诗十九首〉里的生活与英雄》，天津人民出版社 2021 年版。

余恕诚：《唐诗风貌》（修订本），中华书局 2010 年版。

张维迎：《回望：一个经济学家是如何长成的》，海南出版社 2023 年版。

张炜：《读〈诗经〉》，中华书局 2019 年版。

张志昌：《文化传统与家国情怀的审视：以陈忠实及其〈白鹿原〉为例》，中国社会科学出版社 2019 年版。

郑愁予：《郑愁予的诗：不惑年代选集》，江苏凤凰文艺出版社 2016 年版。

钟思远：《衣冠归晋》，四川大学出版社 2023 年版。

朱鸿：《长安是中国的心》，生活·读书·新知三联书店2013年版。

资中筠：《资中筠自选集：士人风骨》，广西师范大学出版社2011年版。

宗白华：《美学散步》，上海人民出版社1981年版。

中共中央马克思恩格斯列宁斯大林著作编译局编译：《马克思恩格斯全集》第20卷，人民出版社1971年版。

中共中央马克思恩格斯列宁斯大林著作编译局编译：《马克思恩格斯文集》第2卷，人民出版社2009年版。

中共中央文献研究室编：《毛泽东年谱（1949-1976）》第5卷，中央文献出版社2013年版。

［古希腊］赫西俄德：《工作与时日神谱》，张竹明、蒋平译，商务印书馆1991年版。

［德］黑格尔：《美学》，朱光潜译，商务印书馆1981年版。

［奥地利］斯蒂芬·茨威格：《人类的群星闪耀时：十四篇历史特写》，舒昌善译，生活·读书·新知三联书店2017年版。

［法］勒克莱齐奥、董强：《唐诗之路》，人民文学出版社2021年版。

［法］蒙田：《蒙田随笔集》，梁宗岱、黄建华译，人民文学出版社2005年版。

［日］浅见洋二、高桥文治、谷口高志：《有皇帝的文学史：中国文学概说》，黄小珠、曹逸梅译，凤凰出版社2021年版。

［日］川岛武宜：《现代化与法》，申政武等译，中国政法大学出版社2004年版。

［美］乔治·萨顿：《科学的生命》，刘珺珺译，商务印书馆1987年版。

［加］叶嘉莹：《人间词话七讲》，北京大学出版社2014年版。

后记 微笑向暖，明媚如诗

一 从关中出发

历史意义上的关中是华夏文明最早的发祥地。蓝田猿人、大荔猿人乃至六千年前的半坡村落都是同时期居世界领先地位的文明。旧石器时代中晚期的关中以彩陶、农耕最为兴盛发达，物质资料和生活必需品实行原始共产制和平均分配制度，同一氏族共同生活，拥有共同的血缘，崇拜共同的祖先。周族始祖后稷曾在泾、渭二水下游（今陕西武功、扶风境内）耕种立业。古公亶父时，周人迁至周原，初具国家雏形。《诗经·大雅·绵》就歌颂了周原的肥沃和富饶："周原膴膴，堇荼如饴"，周人东向灭商，建立西周王朝，黄河流域第一个统一的王朝形成了。秦、汉、唐之后，关中文化日益成为全国文化的中心。

地理意义上的关中指秦岭北麓平均海拔500米的渭河冲积平原，居"四关"（四关一般是西大散关、东函谷关、南武关、北萧关）之中，天下之脊，中原之龙首，实为兵家必争之地。

秦中自古帝王都。十三个王朝，1100多年绵亘不绝的历史，渭河流域优良的自然条件，游牧经济和农业经济交织等，都是关中得天独厚的人文历史资源,孕育了悠久的文明。秦人擅长养马,游牧经济转换为农业经济为主后,畜牧传统并没有丢弃,善于相马的伯乐即为秦穆公之臣。关中文化具有鲜明的时代性和功利性,或农耕垦荒、攻伐重战,或开塞迁民、勒石创制等,干的都是对国计民生有直接利害关系的事,不玄想空想,少论证牵附。

这块土地上,先民们勤劳耕耘,创造和续写着历史。土地满载着历史文化,联结着重复着人类诞生以来绵长的体验和记忆。看蓝田猿人遗址,看半坡,看周原,看秦陵,历史的遗迹无不让人震惊并肃然起敬。

对史诗效应的追求是关中文化的传统,而这一传统渊源悠远。周秦故地是中华民族的摇篮。《诗经》《尚书》《春秋》中不少篇章在秦地或在关中写成,以及史书大笔《史记》和《汉书》的作者都是关中人。特别是《史记》注重诗与史的结合,被鲁迅誉为"无韵之《离骚》"。以审美的眼光读史,是一个不可忽略的传统。尤其在秦地的文化史中,读历史让我们明智笃信,读文学让我们知人文,熟读传统诗词让我们温柔敦厚、温暖高贵。

作家陈忠实在给家乡的《灞桥区民间文学集成》所作的序文中,第一次比较透彻直率地袒露了他对关中这块土地的理解和体验,字字句句无不散发着深情和沉思:"作为京畿之地的咸宁,随着一个个封建王朝的兴盛走向自己的历史峰巅,自然也不可避免随着一个个王朝的垮台而跌进衰败的谷底;一次又一次王朝更迭,一次又一次老帝驾崩新帝登基,这块京畿之地有幸反复沐浴真龙天子们的辉光,也难免承受王朝末日的悲凉。难以成记的封建王朝的封建帝君们无论谁个贤明谁个残暴,却无一不是期图江山永驻万寿无疆,无一不是首当在他们宫墙周围造就一代又一代忠勇礼仪之民,所谓京门脸面。封建文化封建文明与皇族贵妃们的胭脂水洗脸水一起排泄到宫墙外的土地上，这块土地既接受文明也容纳污浊。缓慢的历史演进中，封建思想封建文化封建道德衍化成为乡约族规家法民俗，渗透到每一个乡社每一个村庄每一个家族，渗透进一代又一代平民的血液，形成一方地域上的人的特有文化心理结构。在严过刑法繁似鬃毛的乡约族规家法的桎梏之下，岂容哪个敢于肆无忌惮地呼哥唤妹倾吐爱死爱活的情爱呢？即使有某个情种冒天下之大不韪而唱出一首赤裸裸的恋歌，不得流传便会被掐死；何况禁锢了的心灵，怕是极难产生那种如远山僻壤的赤裸裸的情歌的。"

关中平原不仅气候适宜，风调雨顺，历史源远流长，中华民族的先民们早就在这片大地上诗意栖居着。这片古老而具有民俗文化的关中地域，几乎可以说是集中代表了我们民族的文明与历史，我们的民族正是从黄土地上起步，这是一块记录了我们民族漫长历史的文化沃土。离开这片厚重的土地，再谈中国历史的根基和绵延似乎轻渺多了。

我们可亲可敬的乡亲世代安居在这片土地上，演绎着轰轰烈烈的一生。一个农民在自己的一生中面临着娶妻生子、盖房种地、伤老病死、村镇邻居等大事，这对他自己而言都是大事难事重要事，都是要考验生存智慧和人际关系的。对别人容易，对自己来说一件件一桩桩绝非易事。事非经过不知难，绝不能看不起广袤乡野中发生的人和事！设身处地把我们放到那样的具体环境中，未必有人家处理得那样妥善，活得那样精彩！顽强的意志和穷且益坚的品质不分时间地点都是人类优秀文化的组成部分。从关中推及的古人和当今普通人的生活，大体无异。江南江北、大漠塞外、沿海内地、春夏秋冬、东南西北，几千年的中华民族文明史上，我们努力奋斗的脚步没有停歇，昂扬的姿态依然迷人。

周王朝从关中肇始，把历代诗人在这片热土吟咏的壮美诗词全部进行收集是一件难事。不可能全，必然挂一漏万。解读其中的家国文化情怀则是一件难上加难的事。光是想象一下就觉得巅峰之高，登攀之吃力，效果之不佳是预想之中的。不做，徒想，徒然，这个覆辙我不愿意重蹈。

从关中出发到全国，从《诗经》以来到当代的中华诗词收一个全集，也几乎是不大可能实现的事情。沉浸于其中，并就某一方面感兴趣或深有感悟的片段进行摘录和体验式阅读，这有可行性。于是，我尽自己的能力，耗费数年时间做了这件事。深知不可能做到博大精深，但按照自己的理解去做总是一件好事。人一生要少出现"美人迟暮，良志未遂"的遗憾，因此，阅读、思考、写作应该成为一个文化学者的自觉习惯。

长期和学生打交道，如何用诗词来传播中华优秀传统文化，将其中的诗性精神内化为学生的潜在修养，也是我常考虑的问题。叶嘉莹、潘鼎坤两位先生对中华诗词的热爱和传播事业的身体力行，当为我辈效仿的榜样，本书中我特意写了两位的事迹和对诗词的感悟。诗词给我们前行的动力，给我们克服困难的勇气，也给我们寄放心灵的可能。如此，我多么希望教育战线能出现更多热爱诗词教育的好老师，从小学就注重个体讲授、深度整合、文化内涵解读，如苏静老师那样，上好每一堂"不一样的诗词课"①；同时我也多么希望中小学生、大学生们一生一直能微笑向暖、明媚如诗，快乐地成长成才。学知识，掌握技能，成为国家和民族需要的人才，然而其中离不开人文素养。现在已经很少有人再提意大利人文学者菲利波·贝罗尔多了。翻阅有关巴黎大学的史料，我了解了这位学者的

---

① 山东青岛的苏静老师有多年小学、大学老师任教的经历，始终痴迷于"诗教"这一神圣而古老的命题，具体可参见苏静《不一样的诗词课——苏静的18节诗词公开课课堂实录》，中华书局2013年版。

后记　微笑向暖，明媚如诗

创举。公元1476年，包括菲利波·贝罗尔在内的一批意大利人文学者来到巴黎大学，讲授"人文学"这一新兴学科。菲利波·贝罗尔讲授的课程是"诗歌艺术和人文学"，在就职演讲中他认为，诗歌艺术和哲学之间有着紧密的联系，哲学研究可从诗歌艺术中大获裨益。他授课的讲稿和实际教学的情况已经渺茫不可考了，但可以想见的是必然涉及诗人对哲学问题的基本思考。西方有西方的诗歌解读，但中国有中国的诗词，这些遗产温暖了我们几千年，让我们自豪且高贵，昂然前行。

中国古代社会的选士制度造成一批士人郁郁不得志，他们以诗酒浇胸中块垒，在诗词中就表现为言志或田园等不同的艺术风格，给我们留下了宝贵的精神财富。当然，除此之外，不同时代的诗词作者还表现出对世界、社会和人生的哲学思考，如以"孤篇压全唐"的张若虚《春江花月夜》、陈子昂对时空的追问、李白的浪漫主义、杜甫的现实主义、崔护经历人面桃花的悲情惘然、白居易的达观、苏轼穿透孤独的通透、刘禹锡"晴空一鹤排云上"般的诗情、南唐后主李煜无意中对有限和无限的体验等，穿越时空，哪一点不是抚慰我们心扉的灵丹？

"随园老人"、清代诗人和散文家袁枚才华出众，自成一派，把情感视为诗歌动力，主张"性情以外本无诗"。性灵派诗人赵翼在《读随园诗题辞》中称赞了袁枚的诗酒风流和畅怀适意："其人与笔两风流，红粉青山伴白头。作宦不曾逾十载，及身早自定千秋。"诗歌没有饱满充盈的感情，则很难打动人。袁枚是拿情感的浓郁程度来确定诗的品位高低的，他要求诗歌中的感情要"愈痴愈妙"。朋友们相见后，寒暄一天，宴饮数次，却没有一句肺腑之言，袁枚认为"此等泛交，如何可耐？"作诗和交朋友其实是一个道理。作为受众，读到的诗歌假如全是没有情感的句子，则容易让人觉得空洞无物，味同嚼蜡。清诗论家横山先生叶燮早就把"理、事、情"作为诗歌的三要素,即说哲理阐释、社会人生百态、真情实感是诗歌艺术生命力的主旨所在,且"理"居首位。这比袁枚弘扬情感的观点要早,要全面,容量也要大很多。当然,诗人们身份、心胸、阅历、环境、才学、才气、才情等各不相同,如何别出心裁,独树一帜,那就是每个具体背景下个体的不同创造了。

君臣之间的情分时有时无,高深莫测;恋人之间的悲情缠绵哀怨;朋友之间的友情也会因为境遇不同等因素难以尽言,但母子之间的深情在诗词中的呈现可以轻易说明问题。我还是愿意说说清代的袁枚和黄景仁的例子。

袁枚曾摹写了耄耋之年的老母亲对自己的呵护之情,异常感人。其诗《儿鬓》云:"手制羹汤强我餐,略听风响怪衣单。分明儿须白如许,阿母还当襁褓看。"全诗浅显易懂,然而真真切切。孩子再大,哪怕胡须皆白,在老人面前依然是孩子。母亲能给孩子最大的关心其实倾注在吃穿住行这些细微小事上。母亲亲手烹制的菜肴汤羹,饿不饿儿子都得吃。门外的风略微大一些,就担心儿子穿得单薄了。儿子两鬓都白了,然而母亲还将其当作襁褓中的孩子看待。"临行密密缝"和归来时的翘首盼中寄托的均是父母对子女无价的情爱。

稍后的诗人黄景仁在《别老母》中流露出的真情袁枚的情感类似于与意构类的。"搴帷拜母河梁去,白发愁看泪眼枯。惨惨柴门风雪夜,此时有子不如无。"老母白发苍苍,正是需要儿子照料的时候,自己却要到河梁之地去谋生,风雪之夜,母子于柴门外话别,诗人伤心凄然,难舍难分,沉痛心酸,欲哭无泪。

白居易曾说,"感人心者,莫先乎情。"自古以来,文章缺乏情感倾注,枯燥乏味,难以感动读者。同样写母子情深,当代经济学家张维迎在《我的母亲》①中讲述了自己和母亲之间的深情。2008年5月,母亲去世,而他因为当天要完成一家企业给北大光华管理学院的重要募捐,无法及时走开,等回到陕北吴堡家中时,母亲已经离开人世了。回忆往事,他说这是自己终身的遗憾。"遗憾,是因为决策失误。决策之所以失误,一个重要原因是,我们经常搞不清楚不同事情的轻重缓急。"② 一生中这样的遗憾越多,我们对世界和人生的失望就越多。一个人只有在有了一些阅历,到了一定的年龄,尤其是经历了生离死别,恐怕这种体会更深切。

二 格局与文脉

中华诗词温暖了中华民族几千年,让我们在历史长河中有方向,有坚守,让我们有尊严,有底气,阔步前行。中华诗词让我们爱国爱家爱自己,金戈铁马壮志凌云报效国家;重视亲情即使远行也思念故土思念亲人;善待自己内心平衡光阴微澜岁月静好中直面人生,微笑前行。

诗词成为感情的自然流淌,有时离我们很近。唐代贾岛视诗如生命,"一日不做诗,心源如废井"。当诗滋润心田,牵系生命的时候,"饥者歌其食,劳者歌其事",客观世界的变化都会激发我们的喜怒哀乐时,诗词就在我们身边。

也许因为眼下的平淡与日常的苟且,诗词有时离我们很远。尘世中的喧嚣和俗事纠缠牵绊了每个人的精力,让我们难以静下心来,也谈不上诗意栖居了。一座桥只是每日上下班必经之地,又与春波何关?年复一年,日复一日,烟熏火燎的日常生活泥沙俱下地感动

---

① 张维迎:《我的母亲》,《英才》2008年第7期。
② 张维迎:《回望:一个经济学家是如何长成的》,海南出版社2023年版,序言。

我们时，诗词就在不远处等着安置你我的心灵。

某高校"三八节"，女同学悬挂了一幅标语，云："中意也，盈盈红袖谁家女；文质何，郁郁青衿是吾生。幸得识卿桃花面，从此阡陌是暖春"。女子面若桃花，明艳动人却不轻浮，这些就让诗人瞬间温暖起来。春寒料峭之下，从视觉到感觉，阡陌纵横之下，大地充盈了暖暖春意。细水流年，阡陌暖春，有中华诗词千百年来温润我们的心灵，愈显人间清欢，愈显岁月静好。

女同学探讨的也许是意中人难觅的问题。可是，在我看来，有着桃花面的意中人和拨动我们心弦的诗词一样，于人生都不可或缺。人生岂可无诗?! 有诗方有温暖，有高贵，有牵挂，能远行，知操守，明是非，让我们在人生征途上暖意融融。每一个春天都会跨越冬天，款款走来，明艳动人地向我们招着手。瞬间，晓见一花开，春光四面来。

格局指事物认知的程度和范围。中华诗词的格局在本书中体现为创作的"原点"即出发点、舞台、内容、杰出代表。理想及梦想的坚守等。文脉当指文学的要义、传统、文风、线索的赓续，本书从文风质白、奇崛、忧伤及眷恋的表达、言志抒怀的传承等方面讨论，士气、格局与文脉完美结合，从千古流传至今。第一章至第十章探讨中华诗词的格局、文脉。第十一章讨论近代以来文人对中华诗词文脉的传承。以此书摅发自己祈愿华夏文化统绪不坠的赤子之心。

附录部分则是作者和著名作家、陕西作协副主席吴克敬先生就中国诗词的谈话记录。吴克敬先生的小说创作近些年来呈现井喷现象，为不少评论家所关注。吴先生最新压卷之作《凤栖地》在反复修改阶段我曾拜读，其中援引了《诗经》中孕育于周原的部分篇章，意蕴深远。我想起，他的小说《乾坤湾》就直接把源自陕北高原的民歌作为章节的开首语，每一首都像一根红线一样串起了章节的脉络。他平时在生活中听到民间的俗谚，也会当即记录下来，认为这些精辟的总结对塑造人物、布局谋篇是有帮助的。一个人的成功离不开勤奋，也离不开中国诗词和文学传统的浸染，我和吴克敬先生的每一次交谈宛如当年和陈忠实先生的交谈一样，均是精神享受的过程。

三　致谢

　　天赋于我是没有的，勤奋却是一贯的品性。清代钱德苍《解人颐·勤懒歌》有"一勤天下无难事"，我常以此自勉。于是，就有了数年的积累、点灯熬油、键盘敲击的享受过程，夜深人静时甚至像着了魔一样沉迷于诗词体验和自由书写，这自然是一个神奇的过程。始料不及的是日积月累，有了贻笑大方的这本书。任何时候，我自认为并无凌云健笔，到如今也唯有满怀萧瑟，春花凋谢之感怀，对中华诗词也只是欢喜如初，释怀悠悠，保守着内心的似锦繁花，在似酒春光和如水月色中，且以喜乐，且以永日。方此时，我更加体会到，中华诗词一定会长久地陪伴着中国人的日常生活，让我们愈品愈痴愈妙！

　　"天意君须会，人间要好诗"（白居易《读李杜诗集因题卷后》），当然也需要好诗人，好的诗论和喜欢诗歌的读者。本书离成为好的诗论，显然还有很大差距。面对浩瀚若苍穹的中华诗词星空，在篇章采撷、诗论阐发、作者经历包括自己的体验阅读方面，一定存在挂一漏万和谬误之处，希望广大读者和方家不吝赐教。

　　需要特别说明的是，著名作家、陕西省作协副主席、西安市作协主席吴克敬先生多年鼓励我，希望我在工作之余万勿放弃对学术理想的追求，尤其在对话交流的过程中，在重要关头多次提点我，给予我不断完善本书章节的勇气和动力。商洛学院中国古代文学专业李小奇教授发现了初稿中不少文字、体例、表述等方面存在的问题，基于她深厚的专业功底，对全书涉及诗词的个体阅读体验，以及理解的准确性上也提出诸多修改建议，上述问题和建议我均乐于接受。胞弟张宏昌看了初稿后，从生活经历和感悟上也指出了应修改之处；商洛学院的青年教师王叶、苏铁柱就全书引文、参考文献等进行了反复细致的核对；西安建筑科技大学的青年文化学者崔凯博士就草堂寺、亲仁坊、兴庆宫等地理史料等进行了富有成效的考证和说明，在此我一并致谢。还要感谢的是，中国社会科学出版社朱华彬、李立两位责任编辑从选题、目录、行文等方面逐一把关，对全书成稿起到了莫大的规范与鼓舞作用。

  虽勉力而为，因学养有限，书中谬误在所难免，未来如能有修订的机会，也是一桩幸事。

张志昌

2023 年 6 月